BASTEI
LÜBBE

MADDRAX IM
TASCHENBUCH-PROGRAMM:

23 239 Bd. 1 Die dunkle Zukunft der Erde
23 249 Bd. 2 Die Kinder des Kometen
23 257 Bd. 3 Odyssee der Verlorenen
23 261 Bd. 4 Die Erben der Menschheit
23 269 Bd. 5 Reise in die ›Neue Welt‹

Timothy Stahl • Jo Zybell • Claudia Kern
Michael J. Parrish • Ronald M. Hahn

MADDRAX

In den Fängen des Weltrats

Fünf Romane

BASTEI
LÜBBE

BASTEI LÜBBE TASCHENBUCH
Band 23 273

1. Auflage: Juni 2004

Vollständige Taschenbuchausgabe
der Romanserie, Band 27 bis 31
Infos zur Serie unter
www.maddrax.de

Bastei Lübbe Taschenbücher ist ein Imprint
der Verlagsgruppe Lübbe

Lektorat: Michael Schönenbröcher
Titelillustration: Arndt Drechsler
Kartenzeichnung: Helmut W. Pesch
Umschlaggestaltung: QuadroGrafik, Bensberg
Satz: Fanslau, Communication / EDV, Düsseldorf
Druck und Verarbeitung: Maury Imprimeur, Frankreich
Printed in France
ISBN 3-404-23273-9

INHALT

KANDA
Neuer Nordpol
(ehem. Edmonton)
Saalaik
Denvaa
Sub'sisco
San'andra-See
MEERAKA
El'ay
Veenix
Pazifa-See
Santoon
Gokaal-See
BASTEI
MADDRAX
DIE DUNKLE ZUKUNFT DER ERDE
Nordamerika
im 26. Jahrhundert

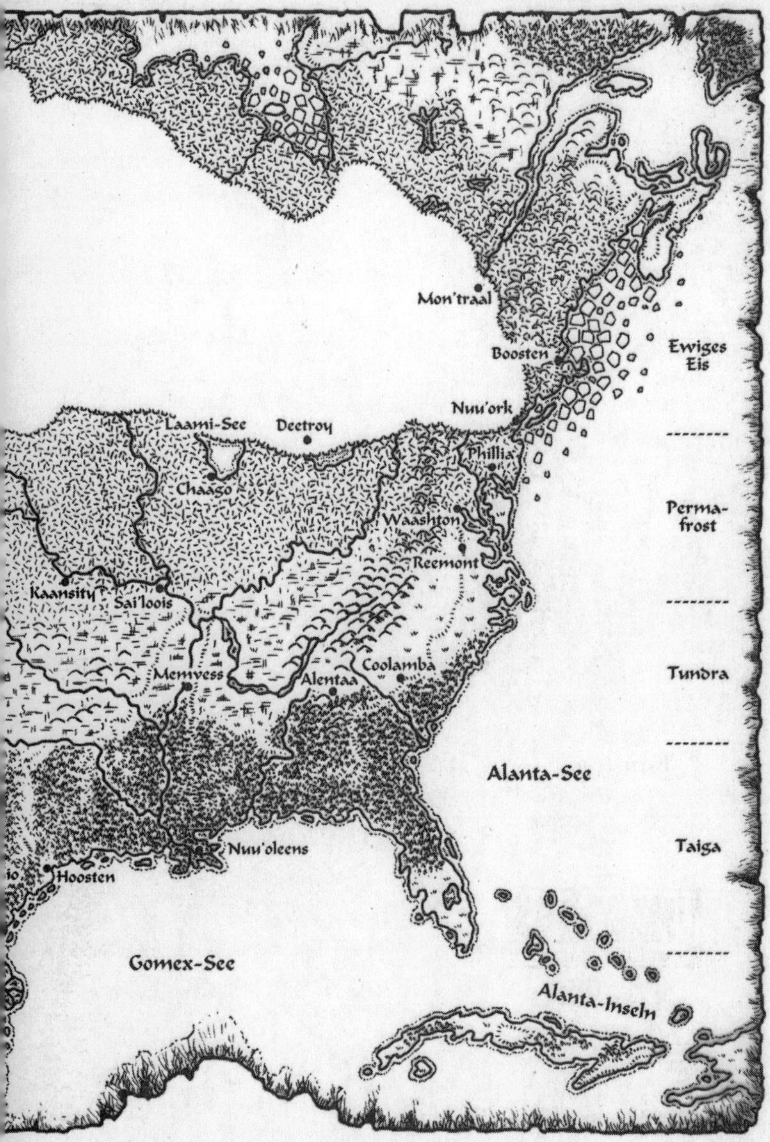
Mon'traal
Boosten
Nuu'ork
Ewiges Eis
Laami-See
Deetroy
Phillia
Chaago
Perma-frost
Waashton
Reemont
Kaansity
Sai'loois
Tundra
Memvess
Alentaa
Coolamba
Alanta-See
Taiga
Nuu'oleens
Hoosten
Gomex-See
Alanta-Inseln

TIMOTHY STAHL

RUF DES BLUTES

Amerika im Jahre 2508

Das Ungetüm kam mit dem aufziehenden Sturm – als ritte es auf der unsichtbaren Brandung des schwarzen Wolkenmeeres heran, in dem die Sonne nurmehr ein verwaschener Fleck und die Berge im Westen schon versunken waren.

Der Wind erschuf Gespenster aus Staub und gab sie dem *Ding* als Eskorte, lieh den körperlosen Schöpfungen seine eigene heulende Stimme, in die sich schließlich die des Ungetüms selbst mengte. Rumorend und grollend, ächzend und schnaufend bewegte es sich voran, langsam und träge, wie am Ende seiner Kräfte.

Zu diesem Eindruck passte auch das Äußere des Monstrums: In seinem Panzer, dunkel wie geronnenes Blut, klafften fransige Löcher, manche faust-, andere kopfgroß.

Es sah aus, als sei ein noch viel größeres Ungeheuer mit Klauen und Zähnen voller Wut und Mordlust darüber hergefallen. Und die kindliche Phantasie Rhians und Quinlans, erblüht in Jahren der Abgeschiedenheit dieser Einöde, genügte vollauf, um sich einen solchen Kampf der Titanen lebhaft vorzustellen.

Näher und immer näher kam das Ungetüm, rumpelte schließlich über die Bohlenbrücke, die sich über den Wassergraben spannte, und rollte in das Geviert zwischen den Flachbauten.

Die Phantome aus Sand und Staub zerstoben, als seien sie nun, da ihre Aufgabe erfüllt war, von ihrem gespenstischen Dasein erlöst.

Allenfalls fünfzehn oder zwanzig Schritte von Rhian und ihrem nur Minuten jüngeren Bruder entfernt kam das Unding endlich zum Stehen, mit einem monströsen Seufzen, als hauche es jetzt und an dieser Stelle sein unheimliches Leben aus.

Und mit einem letzten Ächzen und Grollen erstarb auch etwas in dem *Ding*, dessen Kraft jetzt nur noch reichte für ein letztes Schütteln. Metallenes Klappern wurde laut und verklang. Rost löste sich und rieselte mit vernehmlichem Rascheln zu Boden.

Dann stand das Ungetüm vollends still. Wirklich wie tot. Nur die Geräusche des nahenden Unwetters waren noch zu hören.

Auf die kurze Distanz verflog der Eindruck eines tatsächlichen Tieres. Von seiner Unheimlichkeit indes büßte das fremdartige *Ding* auch von Nahem besehen nichts ein.

Dennoch bestand weder für Rhian noch Quinlan ein Zweifel daran, worum es sich dabei wirklich handelte –

»Ein ... Gefährt!«, sagte das Mädchen verwundert.

Auch wenn weder sie noch ihr Bruder je eines *dieser* Art gesehen hatte. Denn ...

»Es fährt von selbst!«, staunte Quinlan.

Sie kannten Kutschen und Karren und auch Fahrzeuge, die mit einem Wort nicht zu beschreiben waren. Aber alles, was sie bislang gesehen hatten, war von Tieren gezogen worden. Dieses Gefährt hier verfügte zwar über Räder, bewegte sich aber ohne erkennbaren Antrieb.

Was von fern noch wie rissige rostrote Haut ausgesehen hatte, erwies sich jetzt als metallene Verkleidung, gefertigt aus rostigen Platten verschiedener Größen, die einander wie die Schuppen einer Schlangenhaut überlappten. Dazwischen schimmerten vereinzelt Stellen von schmutzigem Gelb. Und was Rhian und Quinlan vorhin noch für eine spitz zulaufende Schnauze gehalten hatten, war in Wirklichkeit etwas wie ein Rammsporn oder eher noch ein Pflug, wohl dafür gedacht,

Hindernisse, Sandverwehungen und dergleichen aus dem Weg zu räumen.

Der Höhe nach überragte das Gefährt die Zwillingsgeschwister um das drei- oder vierfache ihrer eigenen Körpergröße, und von vorne bis hinten maß es gut und gerne dreißig Schritte.

Am Augenfälligsten aber war das Viereck über der Pflugschar, das über die ganze Breite des Gefährts ging und in dem sich der bleierne Himmel spiegelte. Die Bewegung darauf konnte vom Wolkenspiel herrühren – doch ebenso gut mochte es sein, dass sich dahinter etwas rührte.

Und darüber, flankiert von roten Kreisen wie stieren Augen …

»Uul … ass …« Rhian las die Buchstabenfolge dort oben halblaut nach.

OOL US

Diese beiden Worte standen da in schwarzen, kaum noch entzifferbaren Lettern, deren Anordnung vermuten ließ, dass irgendwann ein paar weitere dazu gehört hatten, die Wind, Wetter und Zeit längst fortgewischt hatten. Einen Sinn ergaben diese fünf Buchstaben jedenfalls nicht, das immerhin wagte Rhian zu beurteilen, auch wenn es mit ihren Lesekünsten nicht allzu weit her war. Zumindest reichten sie noch lange nicht an die ihrer Mutter heran, die sich aufs Lesen verstand und die beiden Kinder daran teilhaben ließ, wann immer sich die Möglichkeit ergab. Dann holte Mutter ihr *Buk* hervor, die *Bybell*, wie sie es nannte, das sie einst von ihrer Mutter und die wiederum von der ihren bekommen hatte. Und sie alle hatten ihren Töchtern daraus das Lesen gelehrt.

Die Männer jedoch, die Väter und Söhne der Familie also, hatten stets wenig davon gehalten. Zeitverschwendung sei dieses Lesen, pflegten sie zu sagen, und zu nichts nütze. Von Nutzen war nur, was man mit seinen Händen tun konnte: Jagen und ein Feld bestellen, ein Haus bauen und seine Familie beschützen.

Quinlan und Vater machten darin keine Ausnahme. Zwar lauschte Quinlan gelegentlich den Geschichten, aber Interesse, die eigene Nase in dieses Buk zu stecken, hatte er nie gezeigt.

Ganz anders Rhian. Mochte sie ihrem Zwillingsbruder auch in vielerlei Hinsicht ähnlich sein, in diesem Punkt unterschieden sie sich wie Tag und Nacht. Rhian war nicht nur von der Kunst des Lesens an sich fasziniert und in Bann geschlagen, sondern auch vom Inhalt der Bybell.

Weil es jene Welt, von deren Entstehung und Geschichte darin die Rede war, angeblich wirklich einmal gegeben hatte. Davon war Mutter felsenfest überzeugt. Doch irgendwann – vor so langer Zeit, dass keine lebende Seele sich mehr daran zu erinnern vermochte – war eingetreten, was in einer der letzten Geschichten der Bybell prophezeit worden war:

»... und die Sterne des Himmels fielen auf die Erde ... und der Himmel wich ... und alle Berge und Inseln wurden bewegt von ihrem Ort.«

Die Apokalypse. Der Jüngste Tag.

Man hatte den Untergang lediglich anders genannt: *Kristofluu ...*

Darauf war die Welt eine andere geworden. Und die Menschen waren jenem sagenhaften Garten Eden ferner denn je ...

»Was heißt das?«, fragte Quinlan, und die Ungeduld seines Tons ließ Rhian annehmen, dass er seine Frage mindestens schon zum zweiten Mal stellte. Sie war in Gedanken versunken gewesen.

OOL US

Rhian sah noch immer hinauf zu den beiden Worten und zuckte die Schultern.

»Ich weiß es nicht. Vielleicht kennt Mutter –«

Das Mädchen verstummte.

Hinter dem glänzenden Viereck an der Front des Gefährts bewegte sich jetzt tatsächlich etwas. Ein dunkler formloser Schatten nur, trotzdem fühlte sich Rhian angestarrt davon; schlimmer noch, wie von einer kalten Hand berührt.

Und sie spürte, dass es Quinlan nicht anders ging. Dazu bedurfte es keiner Worte. Sie standen einander nahe auf eine Weise, die sich dem Begreifen entzog. Manchmal verstanden sie sich, ohne miteinander reden zu müssen, und auf ganz ähnliche Art teilten sie bisweilen starke Gefühle.

Rhian fröstelte. Ihr war, als husche etwas Kaltes auf dünnen Beinen unter ihrer Kleidung entlang und über ihre nackte Haut.

Quinlan rückte näher und fasste nach ihrer Hand. Das half, nicht sehr, aber ein wenig zumindest. Doch auch ihr Bruder fühlte sich mehr als nur unbehaglich.

An der Seite des Gefährts schwang ächzend und knarrend eine Metallplatte in die Höhe und gab eine übermannshohe Luke frei.

Und dann stieg der Fremde aus seinem Gefährt.

Beinahe erinnerte sein Schnaufen und Ächzen an das seines Fahrzeugs, als es vorhin in den Hof gerollt war. Jede Bewegung bereitete ihm Mühe – was in Anbetracht seiner Leibesfülle auch verständlich war. Der Mann war fett und zudem nicht mehr der Jüngste, und unter seinem dunkelroten Mantel zeichnete sich ein breiter Buckel ab, der sogar seinen Kopf noch überragt hätte, hätte er nicht einen hohen schwarzen Hut getragen.

Langes graues Haar quoll darunter hervor und fiel bis auf die Brust des Mannes, wo es zu mehreren Zöpfen geflochten war.

Als er schließlich aus dem Gefährt war, blieb er kurz stehen und holte rasselnd Atem, dann wandte er sich um, auf einen Stock gestützt, der unten in einem Huf endete und oben eine schillernde Kugel trug.

Selbst diese geringe Bewegung brachte sein schwabbeliges Gesicht in Wallung. Sein Dreifachkinn und seine lappigen Wangen schlugen gleichsam Wellen. Doch sein Lächeln war freundlich wie auch der Blick aus seinen Augen.

Er setzte an, etwas zu Rhian und Quinlan zu sagen, doch bevor er auch nur eine Silbe sprach, hob er den Blick und schaute über die Köpfe der Geschwister hinweg.

»Geht ins Haus.«

Sie hatten Vater nicht kommen hören, doch er stand unmittelbar hinter ihnen. Der Wind musste seine Schritte verschluckt haben. In der Hand hielt er seinen gut armlangen Prügel, aus Hartholz geschnitzt und sorgsam zurechtgeschliffen. Durchs obere und dickere Ende war ein gutes Dutzend Metallstifte getrieben, die nicht nur vom Rost dunkel waren. Damit hatte er schon manches Tier von Stall und Hühnerschlag vertrieben (und ein paar auch kurzerhand erschlagen). Zwar verstand er sich auch auf den Umgang mit wesentlich eleganteren und vor allem wirkungsvolleren Waffen, aber Vater war nun einmal ein Mann, der gern mit den Händen zu Werke ging …

»Geht!«, verlangte er, in noch strengerem Ton diesmal, als die Kinder keine Anstalten machten, ihm zu gehorchen.

Sie hielten einander immer noch bei der Hand. Rhian

zog Quinlan mit sanfter Gewalt fort, in Richtung des Wohnhauses, wo Mutter in der offenen Tür stand. Der Wind spielte mit ihrem langen dunklen Haar.

Da Quinlan sich nur widerwillig und entsprechend langsam bewegte, schnappten sie noch Fetzen dessen auf, was Vater und der Fremde beredeten.

Der Dicke bat um Quartier für die Nacht, bis das Unwetter vorübergezogen war. Der Regen würde die *Roods** erfahrungsgemäß in reißende Flüsse verwandeln, wenn die Wasser von den Felshängen der Berge ins Flachland herabstürzten. Außerdem müsse er an seinem Fahrzeug verschiedene Dinge richten.

Das Auftauchen des Mannes war – abgesehen von seinem sonderbaren Gefährt – nichts wirklich Außergewöhnliches. Zwar kamen nicht allzu oft Fremde hierher, aber gelegentlich eben doch. Und Vater wies die Obdachsuchenden nie ab. Er hieß sie allerdings auch nicht im Haus willkommen, sondern wies sie in die *Baan*, den großen Schuppen zwischen Wohnhaus und Stallungen, in dem Arbeitsgerät und andere Dinge lagerten. Man konnte Fremden gegenüber nie vorsichtig genug sein, lautete Vaters Devise …

Auch diesem Mann gestattete er in der Baan zu nächtigen, die auch groß genug war, um seinem Gefährt Platz zu bieten, sodass er es dort instand setzen konnte.

Als Rhian und Quinlan beim Haus anlangten, standen Vater und der andere Mann noch immer vor dem Gefährt und sprachen miteinander, vielleicht darüber, wo der Fremde herkam und wohin er unterwegs war.

Rhian blieb stehen, wie gelähmt, und schauderte.

---

* Bezeichnung für Reisewege, entstanden aus den englischen Begriffen *road* und *route*.

Wieder fühlte sie sich angestarrt! Doch weder Vater noch der Fremde sahen in ihre Richtung.

Quinlan nickte, als hätte seine Schwester laut gefragt, ob er es auch spüre. Irgendjemand starrte sie von irgendwoher an, mit stechenden, körperlich spürbaren Blicken.

Doch dieser Jemand selbst war nirgendwo zu sehen...

Wer oder was es auch war, es stierte den beiden Kindern nach, bis sie im Haus verschwunden waren und Mutter die Tür hinter ihnen geschlossen hatte.

Und selbst dann dauerte es noch eine ganze Weile, bis die unheimliche Kälte dieser Blicke vollends von ihnen wich.

Februar 2517

Er nahm das Tuchbündel auf, in dem er Proviant und ein paar andere Kleinigkeiten verstaut hatte, und kletterte vom Karren, der vor sehr langer Zeit – teilweise jedenfalls – ein Ford gewesen war, gebaut Ende der sechziger oder Anfang der siebziger Jahre des 20. Jahrhunderts. Dann streckte er dem Mann auf dem Bock die Hand entgegen. »Danke. Du hast mir sehr geholfen.«

Der alte Mann mit dem Gesicht eines Kindes schlug ein. »War mir eine Freude. Du hast mir die Einsamkeit vom Leibe gehalten.« Er ließ die Zügel schnalzen. Der Karren ruckte an. »Viel Glück – und die Götter mit dir, Maddrax!«

»Und mit dir«, sagte Matthew Drax.

Er blieb inmitten der Kreuzung zweier Überlandstraßen stehen und schaute dem Händler nach, bis der Karren im Flirren und Glitzern der Eiskristalle, die in der

Luft schwirrten, verschwunden war. Dann schulterte er sein Bündel und marschierte los in Richtung Süden.

Die Gletscherfelder und Schneewüsten, die den nördlichen Teil der einstigen *United States of America* sowie Kanada unter sich begraben hatten, lagen mittlerweile hinter ihm. Die Eiseskälte jedoch hing Matthew Drax an wie eine Klette. Sie war allgegenwärtig und sprach allem Hohn, was er je an Minustemperaturen erlebt hatte.

Aber er hatte keine Wahl gehabt, sich auf diesen Wahnsinnsmarsch zu begeben – zu Fuß von New York nach Washington! Oder, wie es heute heißen musste: Von *Nuu'ork* nach *Waashton*. Durch ein Land, das kaum mehr etwas mit dem gemein hatte, das er noch vor einem Jahr als Heimat kannte. In dem nicht nur das Wetter zu seinem Todfeind mutiert war, sondern tödliche Gefahren in jeder nur denkbaren Form überall lauerten.

Noch vor einem Jahr …, echote es hinter Matts Stirn.

Zwar führte er keinen Kalender mit sich und schnitzte auch keine Kerben in ein Stück Holz, aber er hatte sich ein gesundes Zeitgefühl bewahrt und wusste, dass ziemlich genau ein Jahr vergangen war, seit er in dieser Welt gestrandet war – seit es ihn aus dem Jahr 2012 um gut fünfhundert Jahre in die Zukunft geschleudert hatte!* Während die Welt, die er kannte, sozusagen »hinter ihm« von einem gewaltigen Kometen getroffen worden war, der Zivilisationen ausgelöscht und alles Leben auf Erden grundlegend verändert hatte.

Nein, die Welt war nicht untergegangen an jenem Februartag vor mittlerweile fünfhundertfünf Jahren. Aber ihre Geschichte hatte einen völlig neuen Lauf

* siehe Taschenbuch 1, Roman 1 »Der Gott aus dem Eis«

genommen, als sei eine Weiche umgestellt und der Zug des Lebens auf ein Nebengleis der Evolution umgeleitet worden, das in keiner noch so absurden wissenschaftlichen Hypothese je Erwähnung gefunden hatte.

Es war ein Wunder, dass er dieses erste Jahr überlebt hatte! Aber Matt Drax wusste, dass er dies vor allem Aruula zu verdanken hatte. Aruula, die so schöne wie raue Barbarin, die Matt unmittelbar nach seiner »Landung« in dieser Zeit erst kennen und später lieben gelernt hatte. Die ihn nicht nur mit dieser Welt vertraut gemacht, sondern ihm auch ein ums andere Mal das Leben gerettet hatte. Bis auf die britische Insel hatte sie ihn auf seiner Odyssee begleitet. Dort, in der Sklaverei, war ihr gemeinsamer Weg schließlich zu Ende gewesen.*

Was aus Aruula geworden war, ob sie überhaupt noch lebte – Matt wusste es nicht. Und eben diese Ungewissheit war es, die ihm zu schaffen machte. Vor allem jetzt, auf seiner einsamen Wanderung durch diese arktische Kälte, wo ihn nichts ablenkte von den Gedanken an die Frau, die er liebte und die auf eine besondere Weise genauso fremd war wie diese Welt an sich...

Was er für Aruula empfand, war entweder mehr als nur Liebe – oder etwas völlig anderes, für das es vielleicht nicht einmal das passende Wort gab. Die Umstände hatten sie binnen eines Jahres geradezu gewaltsam und enger aneinander gebunden, als es sich die meisten Menschen vermutlich vorstellen konnten.

Jetzt, da Aruula nicht mehr bei ihm war, kam es Matt vor, als habe man ihm ein Teil seiner Selbst aus dem Leib gerissen. Das war keine Floskel, kein Klischee, denn er konnte den Schmerz und die Leere wirklich fühlen.

Und auch Pieroo, ein Kampfgefährte aus Euree, den

---

* siehe Taschenbuch 4, Roman 6 »Aufbruch in die ›Neue Welt‹«

es ebenfalls vom Sklavenmarkt nach Meeraka (wie Amerika heute hieß) verschlagen hatte, war nicht lange an Matts Seite geblieben. Bei der Flucht aus Nuu'ork waren sie getrennt worden.* Wohin der Wind ihn inzwischen wohl getrieben hatte ...?

Zumindest reiste Pieroo in dem gasgefüllten Ballon um einiges komfortabler als Matt. Das Glück, von einem fahrenden Händler ein Stück des Weges mitgenommen zu werden, war Matthew nur dieses eine Mal beschieden gewesen. Was schlicht daran lag, dass der Händler der einzige Mensch war, den er bislang auf seinem Marsch getroffen hatte.

Matt verscheuchte die Gedanken an verlorene Freunde, was ihm nur leidlich gelang. Er konnte förmlich spüren, wie sie sich in seinem Hinterkopf hielten, darauf lauernd, abermals über sein Denken herzufallen. Beinahe verbissen konzentrierte sich Matt deshalb auf das Jetzt und Hier.

Der Wind heulte um ihn her und hieb mit Waffen aus blankem Eis unentwegt auf ihn ein. Hätte er nicht den (leider Gottes erbärmlich stinkenden) Fellmantel getragen, den Pieroo ihm noch zugeworfen hatte, wäre er wohl längst erfroren. Sein ganzer Körper war mittlerweile nur noch Schmerz, doch die Hoffnung, dass die Kälte irgendwann zu gefühlsmäßiger Taubheit führen würde, wollte sich partout nicht erfüllen.

Und auch seine Kräfte wollten nicht nachlassen.

Wie ein Roboter, der stur seiner Programmierung folgte, setzte Matt Fuß vor Fuß, tat unverdrossen einen Schritt nach dem anderen, als hielte ihn etwas, das sich seinem bewussten Zugriff entzog, in steter Bewegung.

---

* siehe Taschenbuch 5, Roman 5 »Stadt der Untoten«

Jeder Schritt brachte ihn seinem nächsten Etappenziel ein winziges Stück näher – Washington, einst nicht nur das Herz dieser Nation, sondern wichtigste Schaltzentrale globaler Macht. Und als solche war die Stadt für Katastrophen vom Kaliber »Christopher-Floyds« auch gewappnet gewesen – oder besser gesagt: Man hatte hinreichend Vorsorge getroffen, die Ärsche der führenden Köpfe zu retten, ganz gleich, was mit dem Rest der Welt geschah.

Als Angehöriger der amerikanischen Streitkräfte hatte Matt Kenntnis von gewissen »Sicherheitsmaßnahmen« gehabt. Zwar war er kein hochrangiger Militär gewesen, der Einblick in geheime Unterlagen hatte, dennoch wusste er genug, um davon auszugehen, dass die Regierungsspitze – und natürlich die Grauen Eminenzen dahinter – die Kometenkatastrophe 2012 unbeschadet überstanden hatten. Und das nicht etwa eingepfercht in einen engen Bunker, der rein auf Zweckmäßigkeit und als Übergangslösung ausgelegt war. Matt nahm an, dass dieser Sicherheitsaufenthalt auf Dauer ausgerichtet war – mit großer Wahrscheinlichkeit auf Lebensdauer und darüber hinaus.

Was war aus diesen Männern und Frauen geworden? Wer waren ihre Nachfolger, und wie hatten die sich mit der Situation arrangiert? Und wie hatten sie sich bis zum heutigen Tage entwickelt?

Fragen, deren Antworten Matt vor Ort suchen und finden wollte – in Washington.

Und dann …?

Da war es wieder, dieses Stimmchen, das sich wie ein sprechender Parasit in ihm eingenistet hatte.

Was würde er tun, wenn er in Washington angelangt war und herausgefunden hatte, was es herauszufinden gab?

Matt musste sich und dem Stimmchen die Antwort darauf schuldig bleiben. Er wusste nicht, was er danach tun würde. Er versuchte sich einzureden, dass es ohnedies sinnlos war, sich jetzt schon über ein mögliches *Danach* Gedanken zu machen. Aber das war nur die halbe Wahrheit.

Denn Tatsache war schlicht und ergreifend, dass er keinen Plan hatte, kein großes Ziel, das er ansteuerte.

Manchmal kam Matt sich vor wie einer der Helden aus den Fantasyromanen, die er in seiner Jugend gelesen hatte; auf einer endlosen Odyssee, deren letztendliches Ziel er nicht kannte.

Er lachte freudlos auf. Wie zum Teufel sollte ein solches Ziel auch aussehen? Die Hoffnung, den Zeitsprung rückgängig zu machen und in »seine« Welt zurückzukehren, wäre lächerlich gewesen. Schließlich hatte er nicht die geringste Ahnung, wie diese Reise über mehr als fünfhundert Jahre überhaupt zustande gekommen war. Wie also könnte er auch nur versuchen, den umgekehrten Weg zu finden?

Und davon abgesehen – warum sollte er ihn gehen wollen? Immerhin war die Erde in dem Moment, da Matts Trip in die Zukunft begonnen hatte, von dem Kometen getroffen worden. Und es gab buchstäblich nichts, was er hätte tun können, um dieses Schicksal und seine Folgen von der Welt abzuwenden.

Nein, *diese* Zeit und *diese* Welt waren seine neue Heimat; damit hatte er sich – wenn auch vielleicht nur insgeheim und notgedrungen – längst abgefunden. Tatsächlich gab es Momente und Situationen, da ihm sein wirklicher Name – Matthew Drax – wie der eines anderen Menschen erschien, eines Mannes, den er einmal gekannt und inzwischen aus den Augen verloren hatte.

Er selbst fühlte sich mehr und mehr wie *Maddrax*. So hatte ihn das Nomadenvolk genannt, das ihn damals gefunden hatte. Und immer häufiger stellte sich Matt mit eben diesem Namen Fremden gegenüber vor.

Maddrax war der Mann, der aus ihm geworden war. Ein Sohn dieser Welt – oder wenigstens ein Adoptivkind …

Und verfolgte er diesen Gedanken weiter, dann mochte seine rastlose Suche womöglich nur der Versuch sein, sich mit dieser Welt in all ihren Facetten vertraut zu machen und anzufreunden.

Oder sie dient ganz einfach nur als Beschäftigungstherapie, meldete sich die Stimme in seinem Kopf wieder, *um dich davor zu bewahren, wahnsinnig zu werden oder auch nur zu verzweifeln!*

Matt zuckte im Gehen die Schultern.

Vielleicht …

Wenn es so war, dann erfüllte diese Methode ihren Zweck seit immerhin einem Jahr mit ziemlichem Erfolg. Obwohl Matts Reise ihn manchmal unmittelbar an den Abgrund des Wahnsinns führte!

Dann etwa, wenn er unversehens über einen Toten stolperte –

– wie *jetzt und hier!*

2508

Irgendetwas weckte Rhian mitten in der Nacht. Vielleicht ein Geräusch, vielleicht nur der Wind, der durchs offene Fenster hereinstrich …

Was es auch war, es weckte sie schnell, übergangslos. Die Augen öffnen und sich kerzengerade im Bett aufzurichten war eins.

Der Sturm war inzwischen vorbeigezogen. Der Wind

war zur Brise geworden, die angenehm über Rhians Gesicht fächelte.

Das Fenster!

Als sie und Quinlan sich schlafen gelegt hatten, war es fest verriegelt gewesen; natürlich, schließlich hatte draußen der Sturm getobt. Jetzt aber stand es offen, und Rhian musste sich die Frage, wer es geöffnet hatte, nicht einmal stellen.

So wenig wie sie zu Quinlans Bett hinübersehen musste, um zu wissen, dass ihr Bruder nicht darin lag. Sie tat es trotzdem, nur um ihre Vermutung im grauen Licht des Mondes bestätigt zu finden.

Rhian stand auf, tappte auf nackten Füßen zu Quinlans Bett und legte die Hand in die Kuhle seiner Schlafstatt. Kühl, nicht einmal mehr der Rest von Wärme. Quinlan musste sich also schon vor einer geraumen Weile davongestohlen haben.

Und seine Schwester wusste auch, wo er sich hingeschlichen hatte. Es war schließlich nicht das erste Mal, dass Quinlan einen der fremden Besucher näher in Augenschein nahm. Nur hatte er Rhian bisher immer geweckt, damit sie ihn begleiten konnte. Diesmal hatte er es nicht getan. Wohl weil er wusste, dass dieser Fremde Rhian nicht geheuer war – gelinde ausgedrückt.

Vor dem Einschlafen hatten sie noch über den Gast gesprochen, und Quinlans Interesse vor allem an dessen Fahrzeug war so groß gewesen, dass er vor Aufregung im Bett hin und her gerutscht war.

Rhian ging zum offenen Fenster und sah hinaus in die Nacht und hinüber zur Baan, die jetzt nur ein schwarzer Klotz war. Das Mädchen hielt den Atem an und lauschte.

Nichts regte sich, nichts war zu hören außer dem Säuseln des Windes, der zu schwach geworden war, um an den Dingen zu rühren, die der Sturm auf den Hof getrieben hatte – abgerissene Zweige und Äste, trockene Wurzelballen …

Rhian seufzte. Sie wusste jetzt schon, was Vater ihnen morgen auftragen würde: Aufräumarbeiten. Das herangewehte Gezweig entlauben, die Äste zurechtsägen, damit sie als Brennholz taugten …

Aber das war morgen und lag noch Stunden entfernt.

Jetzt dachte Rhian nur daran, wie Quinlan hinüber zur Baan zu schleichen, um erstens ihn zu finden und zweitens einen genaueren Blick auf jenes Gefährt zu werfen, das keiner Zugtiere bedurfte. Sie musste zugeben, dass auch sie selbst ein klein wenig von Neugier geplagt wurde.

Die Kammer, in der sie und ihr Bruder schliefen, lag zu ebener Erde. Lautlos stieg Rhian zum Fenster hinaus, verharrte und lauschte noch einmal, und als sie noch immer nichts hörte, lief sie eilends los und blieb erst wieder stehen, als sie in den Schlagschatten eintauchte, den die Baan im Mondlicht warf.

Langsamer ging sie weiter, auf das Gebäude zu, das ihr mit einem Mal so finster schien, als läge dort nicht jener geräumige Schuppen, den sie praktisch seit ihrer Geburt kannte, sondern ein Schlund, der ins Nirgendwo reichte, an einen Ort ohne Wiederkehr …

Rhian schüttelte heftig den Kopf, als würde sie die krausen Ideen damit los. Manchmal war ihr die eigene Phantasie geradezu unheimlich. Vater hatte wohl doch nicht ganz Unrecht, wenn er über Mutters Geschichten herzog …

Nahe der hinteren Ecke der Baan gab es zwei lose Bretter in der Wand. Verschob man sie, konnte man durch die Lücke in den großen Schuppen gelangen.

Meist hatten Rhian und Quinlan diesen Weg benutzt, wenn sie sich heimlich in die Nähe der Gäste geschlichen hatten – manchmal um die Fremden zu bitten, ihnen von der Welt jenseits des Horizonts zu erzählen, und manchmal auch nur, um ihnen im Schlaf etwas zu stibitzen.

Würde der Dicke schlafen? Oder hantierte er noch an seinem Gefährt herum? Und würde sich Quinlan ihm gezeigt haben, oder hielt er sich versteckt und beobachtete nur?

Als Rhian die Stelle mit den losen Brettern erreichte, stutzte sie. Die Lücke war verschlossen.

Es schien ihr unwahrscheinlich, dass Quinlan das Schlupfloch hinter sich verbarrikadiert hatte. Das taten sie nie, um keine Zeit zu verlieren, sollte ein schneller Abgang nötig sein.

Andererseits stand ja gar nicht fest, dass Quinlan auf diesem Weg in die Baan gelangt war. Vielleicht war er ganz offen durch das Tor gegangen, weil er von draußen gehört hatte, dass der Fremde noch wach war.

Rhian gab sich einen Ruck. Wenn sie diese Überlegungen weiterspann, konnte sie bei Sonnenaufgang noch hier stehen. Entschlossen ging sie in die Knie, drückte die Bretter vorsichtig beiseite und kroch durch die Lücke.

Im Inneren der Baan empfingen sie Dunkelheit und Staub, der ihr in der Nase kitzelte. Mit Müh und Not konnte sie den Niesreiz unterdrücken.

Unmittelbar hinter dem Durchschlupf verhielt sie auf Händen und Knien, horchte und starrte ins Dunkel, das sich zögernd hob. Zwar wurde es nicht wirklich hell, nicht einmal hell genug, als dass Rhian wirklich Einzelheiten erkennen konnte, aber das Mondlicht, das nebelhaft durch Ritzen in Dach und Wänden sickerte, genügte, um Konturen und Schattierungen auszumachen.

Das Gefährt des Fremden jedenfalls war nicht zu übersehen. Es thronte in der Düsternis wie ein schwarzer Berg. Nur vereinzelt, wo Rost und Schmutz Lücken gelassen hatten, schuf das einfallende Licht matte Reflexe auf dem Metall.

Vorsichtig bewegte sich Rhian weiter auf das Fahrzeug zu. Dabei blieb sie auf den Knien. Ihr Blick ging unter dem Fahrzeug hindurch, und sie sah, dass auf der anderen Seite Licht war, rötlich glosend und flackernd, vermutlich von Laternen herrührend.

Rhian kroch weiter. Wieder wirbelte Staub hoch. Und diesmal gelang es ihr nicht, das Niesen zu unterdrücken. Zwar presste sie im letzten Moment noch beide Hände vor Mund und Nase und erstickte das Geräusch halbwegs, aber in der Stille musste es trotzdem in der ganzen Baan zu hören sein!

Eine Sekunde verstrich, eine zweite. Nichts geschah.

Doch dann – ein Flüstern, das Rhian nicht verstand. Und unmittelbar danach …

»Rhian?«

Quinlans Stimme! Aber sie klang … merkwürdig, ohne dass Rhian auf Anhieb hätte sagen können, was daran ungewohnt klang. Sie kam auch nicht dazu, sich darüber klar zu werden. Mehr noch, sie fand nicht einmal Gelegenheit, etwas zu erwidern – denn die Stimme ihres Bruders wurde wieder laut, ungleich lauter diesmal als zuvor; er brüllte förmlich!

»Rhian! Lauf weg! Hol Vater! Schnell, ich –«

Was immer Quinlan noch hatte sagen wollen, erstickte in einem schmerzhaften Aufschrei und ging dann in einem dumpfen Gurgeln unter. Offenbar hatte ihn erst jemand geschlagen und hielt ihm jetzt den Mund zu.

Rhian biss sich auf die Lippen, so fest, dass es wehtat. Sie hatte im Reflex den Namen ihres Bruders rufen wollen und zwang sich jetzt den Mund zu halten, mucksmäuschenstill zu sein.

Sie hatte nicht die leiseste Ahnung, in was für eine Situation ihr Bruder geraten war. Fest stand nur, dass er in Gefahr war, in einer Gefahr, die auch ihr drohte, wenn sie auf sich aufmerksam machte oder gar versuchte, Quinlan zu helfen.

Der Fremde musste ihm Gewalt angetan haben.

Geschichten fielen ihr ein, die andere Besucher erzählt hatten. Unheimliche Geschichten von Sklavenhändlern, die durch die Lande zogen, um Menschen gefangen zu nehmen, die sie andernorts verkauften – wo sie dann in Ketten beispielsweise Minenarbeit zu verrichten hatten, bis sie vor Entkräftung starben.

»Hau ab! Verschwind-«

Quinlans neuerliche Warnung war nicht mehr so laut wie die vorherige. Und diesmal hörte Rhian den Schlag, der ihren Bruder zum Verstummen brachte.

Was sollte sie tun – vorsichtig sein oder sich beeilen?

Sie entschied sich für Letzteres, sprang auf, wirbelte herum und wollte sich in Richtung des Schlupflochs werfen.

Sie schaffte nicht einmal die halbe Distanz.

Mit einem dumpfen Laut auf den Lippen prallte Rhian gegen ein Hindernis, das zuvor noch nicht da gewesen war. Was immer es war, es rührte sich um keinen Deut, aber es war auch nicht so hart, dass der Aufprall ihr wirklich wehgetan hätte.

Nein, der Schmerz kam erst, als sich eine Hand grob

in ihr Haar grub, eine andere ihr den rechten Arm auf den Rücken drehte und sie in dieser Haltung voranstieß, zur Mitte der Baan hin, um das Gefährt herum auf die andere Seite, wo vier oder fünf Kerzen in Glaszylindern brannten und die Szenerie ausleuchteten.

Quinlan lag am Boden. Er regte sich, aber er war zu benommen, um auf eigenen Füßen zu stehen. Blut lief ihm aus einer Stirnwunde, der Nase und dem Mundwinkel übers Gesicht.

Aus irgendeinem Grund hatte Rhian geglaubt, es müsse der Dicke sein, der sich ihr im Dunkeln in den Weg gestellt hatte und sie jetzt in diesem schmerzhaften Griff hielt. Was jedoch nicht der Fall war, denn der Fremde stand neben Quinlan und sah ihr mit dem gleichen freundlichen Lächeln entgegen, mit dem er am späten Nachmittag aus seinem Fahrzeug gestiegen war.

»Reizend«, sagte er mit rasselnder Stimme, »ganz reizend.«

Der kugelförmige Knauf seines Stockes war mit Quinlans Blut verschmiert. Das untere Ende, das einem Huf nachgebildet war, streckte er in Rhians Richtung, drückte es ihr unters Kinn und hob ihren Kopf an.

»Und schön«, sagte er dann, »sehr schön.«

Noch immer konnte Rhian nicht sehen, wer sie festhielt. Aber der Fette gab diesem anderen ein Zeichen, woraufhin auch Rhians linker Arm nach hinten gerissen wurde. Dann spürte sie, wie raue Stricke darumgezurrt wurden, und schließlich erhielt sie einen Stoß, der sie neben Quinlan zu Boden gehen ließ.

»Bitte«, brachte sie hervor, und es war ihr nicht klar, wo sie die Kraft dazu fand, »lasst uns … in Frieden. Wir haben nichts getan …«

Der Dicke grunzte. »Das hat auch niemand behauptet.«

Rhian mühte sich auf den Rücken, hob den Blick, um den Helfer des Dicken anzusehen – und wünschte sich noch im selben Moment, es nicht getan zu haben!

Der Kerl war ein Ungeheuer, von riesenhafter und unförmiger Gestalt. Mit Muskeln, die seine narbige Haut beinahe zu sprengen schienen. Splitternackt und ölig schwarz vor Dreck.

»Sperr sie ein, und dann –«, begann der Dicke, doch er beendete den Satz nicht.

Das Tor der Baan flog förmlich auf, und ein Schatten stürmte herein! »Rhian! Quinlan!«

Vater!

Vielleicht waren Quinlans Rufe bis zum Haus hinübergedrungen und hatten ihn geweckt. Vielleicht hatte er nach seinen Kindern sehen wollen und festgestellt, dass sie nicht in ihren Betten lagen.

Egal. Er war hier, und nur das zählte. Er war hier, um ihnen zu helfen, und er war sichtlich zu allem entschlossen.

Mit einem Blick erfasste Vater die Situation. In der Faust hielt er den Nagelknüppel. Und schon schwang er ihn gegen den Riesen!

Der ließ den Hieb kommen, hob erst im letzten Moment die Hand. Metallspitzen bohrten sich in seinen Oberarm. Doch der Hüne kannte entweder keinen Schmerz, oder er hatte sich vollkommen unter Kontrolle.

Vater wollte seine Waffe zurückreißen, doch es blieb beim Wollen. Die Hand seines Kontrahenten packte ihn am Unterarm, die andere ballte er zur Faust und drosch sie von unten gegen Vaters Ellbogengelenk.

Die Kinder hörten, wie es brach. Sahen, wie Haut, Fleisch und Sehnen rissen.

Vater brüllte auf vor Schmerz. Brüllte immer noch, als

der andere ihn herumwirbelte, jetzt im Nacken packte und mit dem Gesicht gegen die Wandung des Fahrzeugs schlug. Einmal, zweimal – wieder und wieder …

Blut lief über das Metall herab und schuf erst dunkle Flecken am Boden, dann eine Lache.

Als der Riese endlich aufhörte, Vater gegen das Fahrzeug zu schleudern, konnte Rhian dessen Gesicht nicht mehr erkennen. Und das lag nicht nur an dem Tränenschleier, der ihren Blick verschwimmen ließ …

Das Gesicht des Monstrums in Menschengestalt blieb bei all dem unbewegt, gerade so, als sei er zu keiner noch so geringen Gefühlsregung fähig.

Mit stoischer Miene stemmte er Vater in die Höhe, hielt ihn in der Waagrechten und beugte ein Knie. Dann ließ er sein blutig geschlagenes Opfer herabsausen und brach ihm das Kreuz, so mühelos, wie andere einen Ast entzweibrachen.

Das morsche Geräusch ging Rhian durch Mark und Bein. Sie stöhnte auf, als teile sie den Schmerz ihres Vaters.

Fast so, als habe er die Lust an dem grausamen Spiel verloren, ließ der Riese von Vater ab, warf ihn beiläufig zur Seite.

Es schien Rhian wie ein grausames Wunder, dass Vater noch lebte. Stöhnend und nicht imstande, sich noch zu bewegen, prallte er gegen das Gefährt, stürzte zu Boden und blieb liegen.

Stumm betete sie zu jenem Gott, von dem in Mutters Bybell die Rede war, dass er ihrem Vater die Gnade des Todes gewähren möge.

Doch das Leben hielt sich in Vaters Blick, und den Blick hielt er stur, weil er sich nicht rühren konnte, auf Rhian gerichtet, bis sie ihn schließlich nicht mehr ertrug, die Lider schloss und den Kopf abwandte.

»Die Frau«, hörte sie die Stimme des Fetten und öffnete die Augen, um zu sehen, wie der Fremde eine Geste in die Richtung des Wohnhauses machte.

Der Riese wusste offenbar, was von ihm verlangt wurde, ohne dass es ausdrücklicher Worte bedurfte.

Und auch Rhian wusste es.

Der Riese verließ die Baan stapfenden Schrittes. Vaters Prügel steckte noch immer in seinem Arm und wippte wie eine zusätzliche verkrüppelte Gliedmaße.

Rhian bemühte sich nicht zu schluchzen, lauschte angestrengt. Und hörte doch nichts, nicht das geringste Geräusch, nicht den leisesten Schrei.

Nach einer Weile – Rhian wusste nicht, wie viel Zeit vergangen war; es konnten Minuten sein, aber ebenso gut eine Stunde – kehrte das Monster zurück, in der Faust Vaters Keule, von der frisches Blut tropfte, und in den Metalldornen hingen Büschel langen dunklen Haares.

Mutter war gestorben, wie sie gelebt hatte – still und duldsam.

Rhian spürte einen eisigen, fürchterlichen Schmerz in der Brust. Irgendetwas zerbrach darin; etwas, das unmöglich je wieder heilen konnte …

Schließlich wurden sie und Quinlan unsanft ins Innere des Gefährts verfrachtet. Es wurde dunkel um sie wie in mondloser Nacht.

Und diese Nacht währte viele schreckliche Tage lang – um irgendwann in noch größeren Schrecken zu münden …

Augen, so grau und trüb wie dieser Tag, starrten Matt an. Als könnten sie etwas sehen, das nur Toten bestimmt war. Und dem verzerrten Gesicht des Mannes nach zu urteilen war es nichts, das ein Lebender sehen wollte …

Maddrax hatte das Gefühl, eine klamme Hand würde sich um sein Herz legen. Das war nicht die erste Leiche, die er sah, natürlich nicht. In dieser Welt voller Gefahren war der Tod ein steter Begleiter. Dennoch, der Anblick zählte ganz sicher zu den Dingen, an die er sich niemals gewöhnen würde.

Matt war fast über den Toten gestolpert. Die wirbelnden Eiskristalle in der Luft beschränkten die Sicht auf ein paar Schrittlängen, und wenn der Wind zwischendurch noch an Stärke gewann, war mitunter kaum die Hand vor Augen zu sehen. Deshalb war Matt erst im letzten Augenblick auf den Leichnam aufmerksam geworden, der in verkrümmter Haltung am Boden lag und zu ihm aufblickte, als hätte er ihn erwartet.

Es war kaum festzustellen, wie lange der Mann schon tot war. Die Kälte hatte seinen Körper konserviert. Die Haut war von kalkigem Weiß, die Wangen eingefallen, und die Augen waren im Frost geschrumpft wie vertrocknete Früchte.

Woran der Mann jedoch gestorben war, konnte Matt auf Anhieb sagen. Dazu musste man kein Arzt sein, sondern nur Augen im Kopf haben.

Der arme Kerl war verblutet –

– oder vielmehr: Jemand hatte ihm sein Blut *geraubt!*

Nicht bis auf den letzten Tropfen zwar; was man in seinen Adern belassen hatte, war aus den Schnittwunden an Hals und Handgelenken gelaufen und am Boden zu einem kleinen dunklen See gefroren.

Die Schnittwunden selbst, klaffend wie zahn- und lippenlose Mäuler, waren es, die Matt verrieten, was hier geschehen war, wer diesen Mann auf dem Gewissen hatte.

Nosfera!

Die »Vampire« dieser Zeit, wenn man so wollte.

Matt hatte mit dieser Spezies seine Erfahrungen gesammelt; schon relativ kurze Zeit nach seiner Ankunft in dieser postapokalyptischen Zeit war er erstmals auf diese Rasse getroffen.*

Die Nosfera waren wohl eine der grausamsten Abarten, die Mutter Natur nach der Kometenkatastrophe erschaffen hatte. Und diese Grausamkeit richtete sich sowohl gegen diese Geschöpfe selbst wie auch gegen ihre Opfer.

Im Grunde waren Nosfera bedauernswerte Kreaturen; Mutanten, deren rote Blutkörperchen sich so rasch abbauten, dass sie stets Nachschub brauchten – in Form frischen Blutes! Und das konnten ihnen nun einmal nur andere Menschen »liefern«. Also schlugen die Nosfera menschliche Beute, labten sich an deren Blut – und in den allermeisten Fällen endete ein solcher Überfall für das Opfer tödlich.

Dementsprechend waren die Nosfera eine der meist gehassten und verachteten Rassen dieser Welt, von vielen nicht mit den Menschen auf eine Stufe gestellt, sondern nur mit Tieren.

So sehr Matt auch verabscheute, was die Nosfera taten, kam er doch nicht umhin, Mitgefühl für sie zu empfinden – eben weil sie gezwungen waren zu tun, was sie taten. Sie folgten lediglich ihrem Selbsterhaltungstrieb.

Matt seufzte schwer. Es war müßig, weiter darüber nachzudenken. Dennoch geisterte ein Gesicht an seinem

---

* siehe Taschenbuch 1, Roman 5 »Festung des Blutes«

inneren Auge vorüber, flüchtig nur wie ein welkes Blatt im Herbstwind – das faltige Gesicht eines Nosfera.

Navoks Gesicht.

Navok, den Matt in Südengland kennen gelernt hatte. Ein Nosfera, der den Vorurteilen, die man seiner Rasse gegenüber hegte, eben nicht entsprochen hatte, der kein Monstrum gewesen war und für den Matt sogar etwas wie Sympathie empfunden hatte – auch wenn der Nosfera letztlich zum Verräter geworden war. Aber er hatte Matt nicht aus niederen Motiven »verkauft«, sondern in dem Bestreben, seine Familie zu schützen. Und das machte ihn fast noch sympathischer.

Aber auch das war ein müßiger Gedanke, befand Matt. Denn Navok war tot, umgekommen in einer Explosion ...*

Sein Blick ruhte auf dem Toten, neben dem er in die Knie gegangen war. Wer mochte er gewesen sein, und was hatte ihn wohl in diese unwirtliche Gegend geführt?

Matt ging davon aus, dass der Mann vor seinem Tod mehr getragen hatte als die spärliche Kleidung, in der er jetzt noch steckte. Vermutlich hatte man ihn nicht nur seines Blutes, sondern auch seiner warmen Klamotten beraubt, möglicherweise auch seiner Waffen –

Ein Rascheln.

Matt versteifte. Hielt den Atem an. Lauschte.

Ein dumpfes Schnaufen. Irgendwo jenseits der glitzernden, wehenden und wogenden Vorhänge aus Eis um ihn her.

Oder doch nur der Wind?

---

* Das glaubt Matt jedenfalls, siehe Taschenbuch 4, Roman 4 »Das Sklavenspiel«. Navok entkam allerdings der Explosion, siehe Taschenbuch 5, Roman 1 »Die wandelnde Tote«.

Matt bewegte lediglich den Kopf, nur so weit wie nötig. Sein Blick wanderte nach links, nach rechts. Und fand nichts.

Trotzdem legten sich die Finger seiner Rechten wie von selbst um den Griff des Kurzschwerts, das unter dem Mantel im Gürtel steckte –

– und dann geschah alles gleichzeitig und rasend schnell!

Ein Schatten fiel über ihn. Etwas ungeheuer Massiges, Großes tauchte aus den Eiswirbeln auf wie aus dem Nichts und berührte ihn – nicht einmal mit besonderer Kraft, aber doch heftig genug, um ihn die Balance verlieren und stürzen zu lassen.

Noch in der Bewegung zog Matt das Schwert, aber er kam nicht dazu, es auch nur gegen den Angreifer zu richten.

Ein gehörnter Schädel von immenser Größe hing plötzlich direkt über seinem Gesicht. Graue lederne Haut, ein riesiges Maul, darüber ein weiteres stumpferes Horn. Schwarze Augen fixierten ihn. Und rechts und links seiner Hüften ragten zwei säulenartige Beine auf, die einen gewaltigen Körper trugen.

All diese Eindrücke nahm Matt binnen einer Sekunde auf, während er vor Schrecken wie paralysiert dalag.

Eine Kreatur wie diese hatte Matt nie zuvor gesehen, und er hatte schon allerhand gesehen in dieser Welt – von hundegroßen Spinnen bis hin zu sprechenden Riesenratten.

Dieses Wesen hier hätte eine Kreuzung aus Rhinozeros und Kaffernbüffel darstellen können – was natürlich eine biologische Unmöglichkeit war. Aber die Abstammung des Tieres war momentan auch Matts geringstes Problem.

Das Wesen öffnete sein Maul und entließ fauligen

Atem, der Matt fast die Sinn raubte. Es schien entschlossen, ihm kurzerhand nicht etwa den Kopf, sondern nur das Gesicht abzubeißen!

Sumpfig stinkende Dunkelheit stülpte sich förmlich über Matt, die nicht nur vom Maul des Tieres herrührte; tatsächlich drohte er jetzt das Bewusstsein zu verlieren. Klebriger Geifer klatschte ihm ins Gesicht ...

Und dann hörte er – dumpf nur und wie von fern, aber doch betörend schön – die Melodie.

Und die Zeit selbst schien einzufrieren.

2508

Man gab ihnen zu essen und zu trinken. Doch damit hörten die Annehmlichkeiten auch schon auf.

Rhian und Quinlan waren in einen Käfig aus Bohlen und Gitterstäben gesteckt worden, der selbst für eine Person zu klein war; zu niedrig, um auch nur aufrecht zu sitzen, zu eng, um sich auszustrecken.

Und sie waren nicht die einzigen Gefangenen des Fetten und seines hünenhaften Helfers – nicht mehr. Nach den Zwillingsgeschwistern hatten die beiden weitere Kinder verschleppt. Drei an der Zahl, die in gleichartigen Mini-Kerkern festgehalten wurden. Die Käfige standen im rückwärtigen Bereich des Fahrzeugs, zwei nebeneinander, die anderen beiden darüber gestapelt.

Es stank nach Urin und Kot, nach Erbrochenem, und über allem hing ein schwerer stechender und zugleich betäubender Geruch, der, wie die Kinder inzwischen wussten, von den Behältern ausging, die entlang beider Wände standen. Darin befand sich das »Futter« für das Gefährt.

Teeve nannte es *Fjuul*. Und das Fahrzeug bezeichnete er als *Tragg*.

Teeve wusste vieles, viel mehr als Rhian und Quinlan, obwohl er mindestens ein Jahr jünger war als sie. Doch im Gegensatz zu ihnen war der schwarzlockige Junge mit der dunklen Haut nicht irgendwo im Ödland aufgewachsen, sondern an einem Ort namens *Kaansity,* wo so viele Menschen lebten, dass – so behauptete Teeve jedenfalls – niemand sie zählen könnte, nicht einmal dann, wenn er es sein ganzes Leben lang versuchte.

Rhian und Quinlan konnten sich weder einen solchen Ort vorstellen noch eine solche Anzahl von Menschen. Aber sie konnten nicht genug kriegen von dem, was Teeve zu erzählen wusste. Seine Worte lenkten sie ab von dem, was geschehen war – und was auch immer vor ihnen liegen mochte.

Leider wusste Teeve auch darüber Bescheid ...

»Ihr habt noch nie vom *Sammler* gehört?«, hatte sich der Junge mit den großen dunklen Augen gewundert und nach vorne gezeigt, wo der Fette saß und das Fahrzeug lenkte. Der nackte Riese hockte hinter ihm, reglos und stumm, als sei er vorübergehend gestorben.

»Nein«, sagte ein Mädchen, Vanna mit Namen, der bislang letzte »Neuzugang«. »Nur von den Rev're-«

»Nicht!«, fuhr Quinlan dazwischen. »Sprich ihren Namen nicht aus, wenn du sie nicht rufen willst!«

Teeve machte eine wegwerfende Handbewegung. »Die Typen sind doch nur Kinderkram«, sagte er verächtlich und dann mit gesenkter Stimme im Verschwörerton: »Aber der Sammler ist *echt*!«

Rhian hatte den Eindruck, dass Teeve das Ganze nur als Spiel betrachtete, das ihm keine Angst machen konnte. Sie fand das so bewundernswert wie unverständlich ... Oder hatte Teeve in seinem jungen Leben vielleicht schon Schlimmeres erlebt als diese Entführung? Immerhin, an einem Ort, wo so viele Menschen lebten, mochten ganz andere Dinge passieren als im Ödland, wo das Auftauchen eines einzigen Menschen schon außergewöhnlich war …

… oder vielmehr *gewesen* war.

Rhian wusste, dass das Leben, wie sie es gekannt hatte, vorbei war, ein für alle Mal. Sie *wusste* es einfach, so sicher, als könne sie schon einen Blick in die Zukunft tun.

»Werden sie uns als Sklaven verkaufen?«, fragte Quinlan in Erinnerung an die Geschichten mancher Fremder, die bei ihnen übernachtet hatten.

Im Käfig nebenan schüttelte Teeve den Kopf.

»Nein, der Sammler ist kein Sklavenhändler. Aber verkaufen wird er uns, das schon.«

»Und an wen?«, wollte Quinlan wissen.

»Niemand weiß genau, wer *sie* sind. Aber sie sind nur auf Kinder aus und tun dann …«, Teeve zögerte kurz, suchte nach dem passenden Wort und fand es nicht, »… *Sachen* mit ihnen.«

»Sachen?«, echote Rhian.

Teeve nickte. »Die meisten überleben es nicht.«

»Und woher weißt du davon?«, wunderte sich Rhian.

»Wie gesagt, die *meisten* überleben es nicht – ein paar aber schon. Und ich kenne jemanden, der ihnen sogar entkommen ist!«

Vielleicht beruhte Teeves Unbekümmertheit auf eben diesem Wissen – dass zumindest einem ihrer »Vorgänger« die Flucht gelungen war.

»Was hat er dir erzählt?«, fragte Vanna zaghaft. Vermutlich wollte sie gar keine Einzelheiten wissen, aber eine Art morbider Neugier mochte sie zu der Frage drängen. Und außerdem war alles besser, als in drückendem Schweigen in den Käfigen zu hocken und dem Schicksal zu harren …

»Sie machen … Versuche oder so was mit den Kindern«, antwortete Teeve.

»Versuche? Was ist das?«, hakte Quinlan nach.

»Kann ich nicht genau sagen«, gestand Teeve und fügte mit dunkler, fast schon erschreckend erwachsener Stimme hinzu: »Und ich wills auch gar nicht genau wissen …«

Vielleicht haben wir ja Glück, dachte Rhian, *und finden es nie heraus …*

Und im Stillen betete sie zu jenem Gott, von dem die Bybell erzählte. Bat ihn, dass er etwas geschehen lassen möge, das ihnen die Flucht ermöglichte, bevor es zu spät war.

Aber es geschah nichts. Und Rhian ertappte sich bei dem Gedanken, dass jener Gott womöglich damals mitsamt seiner Schöpfung untergegangen war, an jenem Tag, da Kristofluu über die Welt gekommen war.

Und schließlich erreichten sie ihr Ziel. Einen so fremdartigen und durch und durch unheimlichen Ort, dass es selbst Teeve die Sprache verschlug …

Im allerersten Augenblick war Matt Drax versucht zu glauben, dass alles nur ein Albtraum gewesen sei.

Sekundenlang fühlte er sich orientierungslos wie im Halbschlaf. Doch schließlich kühlte die klebrige Feuchtigkeit, die sein Gesicht bedeckte, im schneidenden Wind ab, und diese Kälte war es, die seine Lebensgeister weckte und ihm den Blick für die Wirklichkeit klärte.

Das gehörnte … Untier stand noch immer vor ihm. Allerdings hatte es von ihm abgelassen und war sogar etwas zurückgewichen. Nur der Blick seiner wie aus poliertem Marmor wirkenden Augen ruhte noch auf Matt.

Und die Melodie verklang in einem letzten Ton, der im Pfeifen des Windes aufging.

Matt stutzte. Die Melodie …?

Die Melodie!

Er erinnerte sich daran. Wunderschön war sie gewesen, fremdartig, aber wunderschön und –

Matt rief sich innerlich zur Vernunft. Wo war diese Musik hergekommen? Hatte der Wind sie verursacht, oder hatten ihn seine Ohren nur getrogen?

Eine kurze Tonfolge ertönte, harmonisch und irgendwie … spöttisch. Und sie kam von –

Matt wandte den Kopf nach rechts, zuckte zurück, hatte Mühe, einen Laut des Erschreckens zu unterdrücken – und musste dabei aussehen wie ein Idiot. Denn der andere Mann verzog den Mund zu einem Lächeln.

Der andere Mann. Der Fremde. Der wie aus dem Nichts aufgetaucht sein musste. Und der jetzt nur vier oder fünf Schritte entfernt saß, mit untergeschlagenen Beinen, in den Händen eine Art Panflöte, mit der er spielerisch gegen sein Kinn tippte.

Er schwieg, nickte aber zum Gruß. Und Matt, vollkommen perplex, erwiderte die Geste.

Seinen allerersten Gedanken verwarf er sofort wieder.

Nein, der Fremde war ganz bestimmt nicht der Mörder des Mannes, den er tot aufgefunden hatte. Ein besonderes Merkmal der Nosfera war ihre mumienhaft wirkende Haut. Das Gesicht seines Gegenübers jedoch zeigte einen fast bronzenen Teint, und seine scharfen Züge und die dunklen Augen ließen in Matt die Vermutung keimen, dass sich unter den Ahnen dieses Mannes amerikanische Ureinwohner befunden haben mussten. Dafür sprachen auch das lange Haar, schwarz und glänzend wie das Gefieder eines Raben, sowie die lederne Kleidung und der auffallende Schmuck des Mannes.

Aber vielleicht glaubte ja der andere, dass er, Matt, den Toten auf dem Gewissen hatte …

»Hör zu«, begann Matt deshalb, »ich weiß nicht, wer du bist und wo du herkommst, aber ich habe mit dem Tod dieses Mannes nichts zu tun. Ich –«

Der Fremde nickte, unverändert lächelnd. »Ich weiß, Maddrax.«

Matt hatte das Gefühl, sich eine Ohrfeige eingefangen zu haben!

Das Lächeln des anderen vertiefte sich ob Matts verblüffter Miene.

»Woher –«, setzte er an, aber der Mann mit der Panflöte unterbrach ihn.

»Woher ich deinen Namen kenne? Nun, du hast in Nuu'ork für einiges Aufsehen gesorgt.«

Selbst seine Stimme klang melodisch – ruhig, angenehm und auf seltsame Weise fast spürbar warm, dachte Matt – und noch im selben Moment fand er den Gedanken an sich merkwürdig. Normalerweise registrierte er solche Dinge nicht, wenigstens nicht bewusst. Aber irgendetwas an diesem Mann war … eigenartig. Als ginge etwas von ihm aus, das –

Matt fand kein Wort dafür. »Ach, hab ich das?«, fragte er stattdessen.

»O ja.«

»Ich kann mich nicht erinnern, dich dort gesehen zu haben«, sagte Matt.

»Das hast du auch nicht. Ich …«, der Fremde hob wie entschuldigend die Schultern, »… beobachte für gewöhnlich nur. Höre mich um. Lasse mir erzählen, was geschehen ist. Um es dann weiterzutragen an andere Orte.«

Matt warf einen bezeichnenden Blick auf das Instrument des anderen. Es bestand aus schätzungsweise zwanzig aneinander gereihten Pfeifen, gefertigt aus verschiedenen Materialien, darunter Holz und Metall.

»Dann bist du so etwas wie ein fahrender Sänger? Ein ... Barde?«

»Ein *Truveer.*«

Truveer – das Wort rührte wohl von dem Begriff *Trouvère* her, das im Grunde lediglich ein anderes Wort für *Troubadour* war. Der Fremde betonte es nur geringfügig anders. Was Matt wunderte, war allerdings vielmehr die Verwendung eines französischen Wortes. In New York hatte er festgestellt, dass die Sprache in Meeraka dem »alten« Englisch sehr viel verwandter war, als es drüben in Europa (das die Einwohner dort Euree nannten) der Fall war; dort hatten sich praktisch sämtliche europäischen Sprachen zu einem völlig neuen Idiom vermengt, zur »Sprache der Wandernden Völker«, die Matt im Laufe der Zeit einigermaßen erlernt hatte.

Als hätte er Matts Gedanken gelesen, sagte der Fremde: »Verzeih mir die Unhöflichkeit. Ich vergaß mich dir vorzustellen. Man nennt mich Jonpol Sombriffe. Ich komme aus dem Lande Loisaana, aus Nuu'oleens, um genau zu sein.«

Nuu'oleens – New Orleans also. Damit machte für Matt der französische Spracheinschlag dieses Truveers Sinn. Auch seinen Vornamen sprach er eher weich aus – wie Jean Paul, weniger wie John Paul. Und wenn er sich Jonpol Sombriffe so besah, dann mochte es gut sein, dass sich in seiner Ahnenreihe auch Cajuns und Afroamerikaner finden ließen.

Mit einem Schnauben brachte sich die Kreatur in Erinnerung, die Matt vorhin noch bedroht hatte. Erst jetzt fiel ihm auf, dass das beeindruckende Tier eine Art Sattel und Packtaschen über dem Rücken trug.

»Gehört das dir?«, fragte er Jonpol Sombriffe.

»Nein, meine treue Begleiterin ist ein *Aneetah*.«

Seine Lippen huschten über die Flöte, und Matt war fast sicher – so unwahrscheinlich es auch sein mochte –, Beethovens »Für Elise« in der kurzen Tonfolge zu erkennen.

Hinter Sombriffe ballten sich in den Eisschleiern Schatten zusammen, gewannen Kontur und Masse – und dann kam das Reittier des Troubadours.

Wieder einmal war Matt baff.

Ein ... *Ameisenbär*?

Freilich war dieses Tier wesentlich größer als seine Ahnen; groß genug eben, dass ein Mensch darauf reiten konnte und hinter dem Sattel noch Platz für Gepäck war.

Das pelzige Tier trottete gemächlich heran, verhielt hinter Sombriffe, und der Troubadour fasste über die Schulter nach hinten und streichelte ihm über die Charakternase.

»Ich nehme an, dass dieser *Rhiffalo* ...«, Jonpol sah zum dem grauhäutigen Tier mit den Hörnern hin, »... das Reittier des toten Mannes war.«

»Rhiffalo?«, wiederholte Matt lahm.

Der Barde nickte. »Ja, eine seltene Spezies. Ich hatte bisher erst eines dieser Tiere gesehen. Sie gelten als sehr treu. Das Tier bleibt bei seinem Herrn, selbst über dessen Tod hinaus.«

»Und nicht nur das. Es hat ihn sogar noch verteidigt!«, erinnerte Matt an den Angriffsversuch des Tieres. Und plötzlich fiel ihm die Melodie wieder ein. »Hast du ...?«, fragte er zögernd und deutete auf Sombriffes Panflöte.

»Ich habe das Tier beruhigt, ja.«

»Danke. Ein Glück, dass du in der Nähe warst.« Ihm kam eine Idee. »Wie ist es – willst du dich mir anschließen? Mein Ziel ist Washington.« Matt korrigierte sich, als der Truveer offenkundig nicht recht verstand: »Waashton.«

»Ein weiter Weg«, meinte Jonpol. »Begleite mich doch nach Phillia und raste dort.«

»Phillia?«

»Im Lande Sylvaania«, präzisierte der Barde. Er wies um sich. »Wir sind schon mittendrin.«

Phillia, das konnte das einstige Philadelphia sein, vermutete Matt. *Sylvaania* stand natürlich für den früheren Bundesstaat Pennsylvania. Und wenn seine Geografiekenntnisse nicht völlig eingerostet waren (und er auf seinem bisherigen Marsch nicht allzu weit vom Weg abgekommen war), dann lag Philadelphia in etwa zwischen New York und Washington.

»Warum nicht?«, meinte er schließlich. »Reist du aus einem bestimmten Grund nach Phila ... – ich meine Phillia?«

Jonpol Sombriffe nickte. Sein Blick ging an Matt vorbei und blieb auf dem Toten ruhen.

»Seine Mörder versammeln sich dort.« Er sagte es ganz nüchtern, ohne Hass oder sonstige Regung im Ton.

»Seine Mörder?«, wiederholte Matt. »Du meinst –?«

Der Barde nickte abermals. »Ja. Nosfera. Sie folgen dem Ruf des Blutes.«

Matts Vermutung, dass der Truveer den Toten gekannt hatte und ihn deshalb rächen wollte, erwies sich als falsch. Jonpol Sombriffes Interesse an den Nosfera war anderer Natur.

»Sie folgen dem Ruf des Blutes? Was meinst du damit?«, fragte Matt.

»Davon erzähle ich dir unterwegs«, antwortete der Barde. »Lass uns aufbrechen und den Rest des Tages nutzen. Unser Nachtlager schlagen wir nach Sonnenuntergang auf.«

Matt nickte. Zwar war die Sonne jenseits des Eisnebels kaum auszumachen, aber immerhin, noch stand sie am Himmel und tauchte die Welt in fahles Licht. Und lagern würde er ohnedies lieber anderswo – nicht direkt neben einem Toten, den sie nicht beerdigen konnten. Davon abgesehen, dass es ihnen am nötigen Werkzeug fehlte, wäre es ihnen sowieso nicht gelungen, ein Grab auszuheben. Der Boden war hier – und in weitem Umkreis – beinahe felsenhart vor Frost. Man hätte wohl Dynamit gebraucht, um ihn auch nur anzukratzen.

»Kann uns dein Aneetah denn beide tragen?« Matt deutete auf den monströsen Ameisenbären, der mit seiner rüsselartigen Nase hinter der Rinde eines toten Baumes nach Insekten suchte.

Sombriffe sah seinen neuen Weggefährten verwundert an.

»Das muss sie nicht. Du kannst den Rhiffalo des Toten nehmen.«

»Ach…?«, machte Matt wenig begeistert und äugte hinüber zu dem gehörnten Ungetüm, das offenbar auch vom Hunger geplagt wurde und den Boden mit gesenktem Schädel nach Fressbarem absuchte.

»Du hast doch nicht etwa Angst vor dem Tierchen?«, stichelte Jonpol amüsiert.

Matt sagte nichts. Unbehagen (das Wort gefiel ihm deutlich besser als Angst) war nicht der einzige Grund, aus dem er sich scheute, das Reittier des Toten zu übernehmen. Schwerwiegender war, dass es ihm vorkam wie Leichenfledderei.

Jonpol schien ihm seine Bedenken von der Stirn abzulesen. »Sieh es von *der* Seite: Wenn das Tier hier bleibt, wird es über kurz oder lang verhungern. Nehmen wir es mit, überlebt es.«

»Wer sagt denn, dass es überhaupt mitkommen *will*?«, wandte Matt ein.

»Ich«, erwiderte der Troubadour, wandte sich in Richtung des Rhiffalos und ging langsam darauf zu. Dabei sprach er so leise vor sich hin, dass Matt ihn nicht verstand. Aber das Tier bewegte aufmerksam die Ohren und ließ zu, dass Jonpol ihm die Hand auf den muskulösen Hals legte.

Wie er dastand und leise, aber stetig auf das massige Geschöpf einsprach, erinnerte er Matt an jene Männer, denen man zu seiner Zeit geradezu magische Kräfte im Umgang mit Pferden nachgesagt hatte – die *Pferdeflüsterer.*

Dann setzte der Truveer seine Flöte an die Lippen und spielte. Die Tonfolge erinnerte Matt ein wenig an New-Age-Musik, die er seinerzeit als relativ langweilig empfunden hatte. Jetzt allerdings, da er ein Jahr lang praktisch ohne Musik gelebt hatte, fand er Gefallen daran; sie beruhigte ihn auf ganz eigenartige Weise. So in etwa, dachte er, musste man sich nach einer erfolgreichen Meditation fühlen.

Die Ruhe, die in ihm aufstieg, war von solcher Tiefe, dass er nicht einmal merkte, wie Jonpol Sombriffe den letzten Ton verwehen ließ. Er wurde des Barden erst gewahr, als der schon auf seinem Aneetah saß und das Tier dazu brachte, Matt mit der Nase anzustupsen.

Die Bewegung war sanft, trotzdem überraschte sie Matt so sehr, dass er ums Haar das Gleichgewicht verloren hätte.

»Worauf wartest du?«, fragte Jonpol vom Rücken des Tieres herab.

»Immer mit der Ruhe«, sagte Matt – und meinte es nicht nur als Floskel, sondern empfand es aus tiefem Herzen: Ruhe. Keine Hektik, kein Stress . . .

Lächelnd und leise den Kopf schüttelnd, ging er auf den Rhiffalo zu. Dieser Bursche hatte was, ohne Zweifel, etwas ganz Besonderes sogar . . .

Als Matt behutsam Anstalten machte, auf den Rücken des Tieres zu klettern, wandte es den gehörnten Schädel und ließ ein unwilliges Schnauben hören.

»Hooo!«, machte Matt. »Sei ein braver . . . äh . . . Rhiffalo.«

Er konnte Jonpols Grinsen geradezu spüren.

»Was ist?«, rief er dem Truveer zu. »Ich dachte, du hättest das Biest beruhigt?«

»Wofür hältst du mich? Für einen Zauberer?«, gab der Spielmann zurück.

»Ja!«

»Tut mir Leid, aber ich bin nur ein schlichter Truveer, der sich ein bisschen auskennt mit *Masique*.«

»Masique?«, fragte Matt. »Was ist das nun wieder?«

Jonpol hob die Panflöte und deutete auf die Gepäcktaschen hinter sich, in denen er vermutlich weitere Instrumente verstaut hatte. »Die Kunst meiner Gilde.«

»Deiner Gilde? Es gibt noch mehr von deiner Sorte?«

»Von meiner Sorte – ja.« Sombriffe lachte. »Aber keinen Zweiten *wie* mich!«

»Das glaub ich dir aufs Wort«, sagte Matt und unternahm den nächsten Versuch, in den Sattel hinaufzusteigen. Was schon dann schwierig gewesen wäre, hätte sich das Tier kooperationsbereit gezeigt – was es allerdings nicht tat. Stattdessen schüttelte es sich unwillig, und ehe Matt sich versah, lag er rücklings auf dem Boden.

»Du hast kein Händchen im Umgang mit Tieren, wie?« Jonpol war näher gekommen.

Matt verkniff sich die Bemerkung, dass er dafür aber einen Kampfjet mit verbundenen Augen fliegen konnte und dass ein solcher Stahlvogel sich einen Dreck um Truveers und Masique scheren würde. Schweigend rappelte er sich in die Höhe und rieb sich den verlängerten Rücken; der Boden war in der Tat hart wie Fels …

Jonpol lehnte sich im Sattel zur Seite, streckte den Arm nach dem Rhiffalo aus und kraulte ihn hinterm Ohr. »Aufsitzen«, sagte er ganz ruhig, ohne sich nach Matt umzudrehen.

Der tat wie ihm geheißen, und tatsächlich ließ das Tier nun zu, dass er in den überraschend bequemen Sattel stieg.

Jonpol drückte seinem Tier die Schenkel in die Flanken. Der Aneetah trabte an, und der Rhiffalo folgte ihm.

Sie ritten südwärts. Folgten dem Verlauf früherer Straßen, deren Asphalt- und Betondecken unter der Frosteinwirkung aufgebrochen waren und die jetzt grauen grindigen Narben gleich über Mutter Erdes kalten Leib verliefen.

Sie passierten Städte, die unter der tonnenschweren Last von Eis und Schnee in Jahrhunderten zu Ruinen geworden waren, zu Totenstädten einer untergegangenen Zivilisation.

Und unterwegs besang Jonpol Sombriffe, was er die »Legenden und Historien der Nosfera« nannte.

2508

Jenseits der schroffen Felsketten dämmerte ein neuer Tag herauf, als die Kinder endlich aus ihren Käfigen gelassen und aus dem Tragg getrieben wurden. Die Bergzüge wirkten im Gegenlicht tiefschwarz und substanzlos, wie Löcher, die ins Firmament gebrannt worden waren. Und das vage Licht des Morgens schmerzte nach dem langen Halbdunkel im Gefährt in den Augen.

Dennoch sahen die Kinder, wo sie angelangt waren: Ein weitläufiges Karree hinter hohen Mauern, umrahmt von staubiger Wüste und Geröllfeldern. Eine holprige Straße führte schnurgerade auf ein mächtiges Tor in dem Mauerviereck zu, an dessen Ecken Türme aufragten. In entgegengesetzter Richtung verlief sich die Straße scheinbar im staubgrauen Nichts, zu dem Himmel, Berge und Boden in der Ferne verschmolzen.

Der nackte Hüne blieb bei den fünf Kindern, während der Fette vortrat und ein Zeichen in Richtung eines der Türme machte. Eine Weile lang geschah nichts, dann endlich öffnete sich rumpelnd, knirschend und quietschend das metallene Tor in der Mauer. Durch die Öffnung waren im Inneren des umgrenzten Areals weitere Bauten auszumachen, schmucklos mit schwarzen Fensterhöhlungen.

Vier Gestalten in dunklen bodenlangen Kutten, die Gesichter im Schatten weiter Kapuzen verborgen, zogen einen flachen Karren heran, der unter anderem beladen war mit Behältern wie jenen, in denen der Sammler das Fjuul für sein Fahrzeug lagerte.

Dem Karren folgten weitere Gestalten, in gleicher Weise gekleidet, drei an der Zahl.

Rhian fror erbärmlich. Nicht nur, weil der erwachende Morgen die Schatten und Kälte der Nacht noch lange nicht vertrieben hatte … Der Anblick der unheimlichen Prozession und dieses Ortes selbst erfüllten sie mit einem Grauen, das weder Namen noch Grund hatte. Trotzdem wusste Rhian, dass es berechtigt war! Etwas ging von diesen Gestalten und dem Ort aus, etwas wie ein stinkender und eiskalter Odem, den die Kinder zwangsläufig einsogen und mit dem sie die schiere Angst einatmeten.

Die fünf Kinder drängten sich aneinander, verängstigten Tieren gleich, die in gegenseitiger Nähe Schutz und Trost suchten. Aber sie waren keine Tiere, sie wussten, dass sie letztlich nichts füreinander würden tun können, dass sie der Gefahr hoffnungslos unterlegen waren. Selbst Teeves Mut und Sorglosigkeit waren verflogen.

Die vier Vermummten stoppten den Karren neben dem Gefährt des Sammlers. Ohne ein Wort begannen sie die Ladung ins Fahrzeug zu verfrachten und brachten die leeren Fjuul-Behälter heraus.

Die drei anderen Gestalten verhielten vor dem Sammler, der seinen Hut abgenommen hatte und sich grüßend verneigte; selbst diese Verbeugung brachte ihn zum Keuchen.

Eine Frauenstimme antwortete ihm aus den Schatten einer Kapuze. »Endlich. Du warst lange fort diesmal.«

»Es wird schwieriger«, erwiderte der Sammler mit rasselnder Stimme. »Die Menschen werden vorsichtiger. Das Wort reist schneller. Man kennt den Sammler –«

»Dann musst du dir eben etwas einfallen lassen«, unterbrach ihn die Frau. »Oder wir müssen uns nach einem anderen Sammler umsehen. Du weißt, was das bedeutet.« Unter der Kapuze bewegte sich ihr Kopf, und wenn ihr Gesicht auch nicht zu erkennen war, so war doch klar, dass ihr Blick auf den nackten Mann fiel. »Und du weißt, was das für *ihn* bedeuten würde ...«

Der Fette hob beschwichtigend die Hände und stieß hastig hervor: »Nein! Ich meine – ich stehe weiterhin zu euren Diensten und beklage mich auch nicht, versteht mich bitte nicht falsch.«

Die Frau nickte. »Gut. Für dich –«, wieder fiel ihr Blick auf den Nackten, » – und dein Söhnchen.«

Die Worte trafen Rhian wie ein Guss kalten Wassers. Dieses Ungeheuer war der Sohn des Sammlers? Sie hatten keinerlei Ähnlichkeit miteinander, sah man davon ab, dass sie beide die Grausamkeit mit der Muttermilch eingesogen haben mussten ...

Aber irgendwie knüpfte Rhian in Gedanken die richtige Verbindung: Diese Unheimlichen hier hatten den Sammler aus einem bestimmten Grund in der Hand, und dieser Grund hatte mit seinem Sohn zu tun.

Die vier anderen waren mit dem Verladen fertig. Stumm traten sie neben den Karren, auf dem nurmehr die leeren Fjuulbehälter standen.

Als sei dies ein Zeichen, trat der nackte Riese zu seinem Vater und streckte dem Trio auffordernd den Arm hin. Eine der drei Gestalten, die vom Wuchs her kleinste, wandte den Kopf der größten zu. Die nickte, und daraufhin langte der Kleine in die Falten seines Gewands und förderte etwas zutage, das Rhian nicht genau erkennen konnte – eine Nadel ...?

Ja, ein einsamer Strahl der Morgensonne fing sich darauf und ließ das Metall kurz aufblitzen.

Der Vermummte trat vor den Hünen hin und stach ihm die Nadel in den Unterarm. Der Nackte stöhnte wohlig auf. Dann gesellte sich die kleine Gestalt wieder zu seinen beiden Begleitern.

Der Fette schnaufte vernehmlich. »Was denn? Das war alles? Aber –«

Wieder unterbrach ihn die Frau. »Wir haben die Dosis reduziert. Das heißt, ihr müsst in Zukunft eher wiederkommen und liefern. Wenn nicht –« Den Rest ließ sie unausgesprochen, aber der Sammler wusste ganz offensichtlich, was sie meinte. Selbst im trüben Licht des neuen Tages war zu sehen, wie sein teigiges Gesicht noch fahler wurde.

»*Draggs*«, raunte Teeve neben Rhian. »Sie geben dem Großen Draggs als Teil der Bezahlung.«

»Draggs?«, fragte sie ebenso leise zurück. »Was sind Draggs?«

»Draggs können alles Mögliche sein. Aber sie machen dich süchtig. Du brauchst sie immer wieder, sonst krepierst du.«

Rhian verstand noch immer nicht recht, ließ es aber dabei bewenden.

Ohne jedes weitere Wort wandte sich der Sammler um und mühte sich zurück in sein Gefährt. Sein Sohn half ihm dabei. Irgendwie schien er agiler als zuvor; gerade in den letzten Tagen hatte Rhian den Eindruck gehabt, als sei dieser Kerl müde geworden. Es mochte mit diesen Draggs zu tun haben, dachte sie – und plötzlich geschah etwas, mit dem niemand gerechnet hatte!

Ein Junge, dessen Namen sie nicht kannten und den der Sammler als letztes Opfer an Bord gebracht hatte, wirbelte mit einem Mal herum – und rannte davon, so schnell seine jungen Beine ihn trugen!

Rhian verspürte nicht den Wunsch, seinem Beispiel zu folgen. Ihr war klar, dass eine Flucht hier nirgendwo hinführen konnte. Und den anderen schien es ebenso zu gehen. Fast mitleidig blickten sie dem Flüchtenden nach, unter dessen hastigen Schritten Staub aufwölkte.

Aus den Augenwinkeln sah Rhian, wie der Dritte im Bunde der Kuttenträger den Kopf wandte und den Arm hob. Sie sah sich nach ihm um. Der andere blickte hinauf zu einem der Türme, die dort drüben über die Mauer aufragten. Durch die Bewegung verschob sich seine Kapuze etwas. Morgenlicht fiel auf ein fahlgelbes Gesicht, lang und mit eingefallenen Wangen, die Augen so dunkel, dass es wirkte, als wären die Höhlen leer.

Der Hässliche stöhnte auf, als bereite ihm das Licht Schmerzen, und zog hastig seine Kapuze zurecht.

Drüben löste sich ein schwarzer Schatten vom Turm. Mit ausgebreiteten Flügeln und einem schrillen Schrei schoss er in die Lüfte. Kraftvolle Schwingenschläge trugen ihn schneller und immer schneller voran, dem flüchtenden Jungen nach. Zwei, dann drei weitere Vögel schlossen sich ihm an.

Sie hatten den Ausreißer binnen weniger Herzschläge eingeholt, stießen kreischend auf ihn nieder und warfen ihn zu Boden. Ihre Schwingen wirbelten Staub auf, die gnädig verhüllten, was dort draußen geschah; nur die Schreie des Jungen waren zu hören.

Aber die Vögel töteten ihn nicht. Sie brachten ihn zurück. Mit vereinten Kräften schleppten sie ihn heran, die Krallen in seiner Kleidung und wohl auch in seinem Fleisch verhakt. Als sie ihn neben den vier anderen Kindern fallen ließen, hatte er das Bewusstsein verloren. Blut lief ihm aus zahlreichen Wunden.

Zwei der Gestalten lösten sich vom Karren, hoben den besinnungslosen Jungen auf und verfrachteten ihn auf die Ladefläche, wo er sich stöhnend und wimmernd wieder zu regen begann.

Die Frau trat hinzu, streckte einen Finger aus und fuhr damit über eine der Wunden des Jungen. Einen Moment lang betrachtete sie die feuchte Röte auf ihrem Finger – und dann steckte sie ihn in den Mund.

Die anderen beiden traten neben sie, der Größere legte den Arm um ihre Schulter, und beide taten es ihr nach.

»Es stimmt eben doch«, ließ sich die Frau vernehmen. »Es schmeckt besser, wenn es in Wallung versetzt wurde.«

Rhian spürte ein Würgen im Hals. Sie musste an sich halten, sich nicht zu übergeben.

Das Gefährt des Sammlers erwachte brüllend zum Leben, wurde gewendet und entfernte sich, der Straße folgend.

Den Kindern wurde bedeutet, hinter dem Ladekarren herzugehen, den die vier Vermummten zurück durchs Tor zogen. Die anderen drei folgten ihnen.

Neben dem Tor entdeckte Rhian ein Schild. Die verbliebenen Buchstaben darauf waren nur schwer zu entziffern. Aber sie brachte es zustande. Trotzdem konnte sie sich unter den Worten nichts vorstellen:

N VADA STAT PRISON

Nach Einbruch der Dunkelheit schlugen Matt Drax und Jonpol Sombriffe ihr Lager auf. In der Nähe murmelte ein Bach, der trübes Wasser führte, Gletschermilch, wie man das Schmelzwasser der Eisriesen nannte.

»Lager« war freilich übertrieben. Im Grunde taten sie kaum mehr, als von ihren Reittieren zu steigen, ein

Feuer zu entfachen und aus Ästen und Zweigen einen behelfsmäßigen Windschutz zu basteln. Im Stillen leistete Matt wieder einmal seinen Ausbildern in der Armee Abbitte; die Schinder hatten die neuen Rekruten nicht nur getriezt, sondern auch auf unmöglichste Situationen vorbereitet, von denen keiner geglaubt hatte, dass sie im Ernstfall je eintreten könnten. Inzwischen wusste Matt, dass es noch weit schlimmer kommen konnte...

Am Feuer teilten Matt und Jonpol schließlich ihre Vorräte aus Trockenfleisch (auch in den Packtaschen des Rhiffalos hatte sich noch Essbares finden lassen), und der Truveer braute aus Bachwasser und irgendwelchen getrockneten Kräutern und Wurzeln eine Art Tee, der zu Matts Überraschung nicht nur angenehm roch, sondern obendrein noch viel besser schmeckte. Außerdem vertrieb das Getränk die Kälte einigermaßen aus den Knochen.

Kurzum, es stellte sich ein Hauch von Gemütlichkeit ein, die Sombriffe noch veredelte: Er hatte ein Saiteninstrument, eine Art primitive Laute, hervorgeholt und gab weitere Geschichten zum Besten, die man sich über die Nosfera erzählte. Sein Fundus zu diesem Thema schien unbegrenzt, was Matt nicht sonderlich wunderte – immerhin hatte es seit jeher Vampirgeschichten wie Sand am Meer gegeben. Und nichts anderes war es im Grunde, was der Truveer hier zu Gehör brachte, wenn auch freilich in Abwandlungen und mit persönlicher Note versehen.

Trotzdem erkannte Matt den größten Teil dessen, was der Barde ihm über die Historie des »Volkes der Nacht« berichtete. Es war eine Verquickung alter Mythen über Vampire, von Geschichten à la »Dracula« bis hin zu Inhalten von Vampirfilmen und Romanen neueren Datums.

Allerdings gestand Matt ein, dass er noch nie jemandem begegnet war, der so faszinierend, so mitreißend und anschaulich zu erzählen wusste wie Jonpol Sombriffe. Und es konnte kaum ein Zweifel daran bestehen, dass der Truveer vom Wahrheitsgehalt seiner schauerlichen Moritaten überzeugt war.

Matt selbst war zwar weit davon entfernt, über die Nosfera wirklich Bescheid zu wissen, aber er wusste immerhin, dass diese Rasse entstanden sein musste wie viele andere, nachdem »Christopher-Floyd« im Februar 2012 auf der Erde eingeschlagen war: Sie waren mutiert – unter einem Einfluss, der Matt selbst noch rätselhaft war. Mittlerweile war ihm natürlich klar, dass dieser Einfluss in unmittelbarem Zusammenhang mit dem Kometen stehen musste, aber das Problem als solches stand nach wie vor auf seiner ellenlangen Liste mit Fragen, die ihrer Antwort harrten …

Wie auch immer, den Nosfera eine mythische und mystische Historie anzudichten, die nichts anderes tat, als alte Vampirlegenden nachzuerzählen, war an den Haaren herbeigezogen. Obgleich Matt durchaus eine Vorstellung hatte, wie es dazu gekommen war: Als sich Überlebende der Katastrophe zu Gruppen zusammengefunden hatten und an Lagerfeuern zur Zerstreuung Geschichten erzählten, die sie selbst noch gekannt hatten, aus Büchern und Filmen beispielsweise. Im Laufe der Jahrhunderte und mit der fortschreitenden Degeneration der Menschen mochten diese Geschichten ein Eigenleben entwickelt haben und zu Legenden und Sagen mutiert sein.

»Erzähl mir, was du mit ›Ruf des Blutes‹ meintest«, bat Matt, als der Truveer eine Pause einlegte, um ein paar Bissen zu essen.

»Dazu muss ich weiter ausholen«, erwiderte Jonpol kauend.

Matt nickte ergeben. Das hatte er nicht anders erwartet. Sich in wenigen Worten auszudrücken schien nicht die Stärke seines Weggefährten zu sein.

»So sehr die Nosfera allerorten auch gefürchtet werden, so verachtet und hasst man sie doch auch«, begann Sombriffe nach einem kräftigen Schluck von seinem Gebräu. »Und vor allem: Es regt sich Widerstand gegen das Volk der Nacht. Man lauert den Nosfera auf, stellt sie und richtet sie hin.«

Für Matt klang das nach einer Neuauflage der mittelalterlichen Inquisition. Nicht zum ersten Mal dämmerte ihm die Erkenntnis, dass sich die Geschichte der Menschheit eben doch wiederholte, in der einen oder anderen Form...

»Die Nosfera allerdings haben ihre größte Schwäche erkannt: Ihre Uneinigkeit«, fuhr der Truveer fort. »Sie treten in der Regel einzeln oder in kleinen Gruppen auf. Es mag ein paar Ausnahmefälle geben; ich habe auch schon von ganzen Sippschaften gehört, bin jedoch noch keiner begegnet – was ich keineswegs bedauere!«

Wieder stärkte er sich zwischendurch mit einem Schluck und einem Bissen Trockenfleisch.

»Solche größeren Verbunde von Nosfera müssen früher oder später scheitern, aus dem einfachen Grund, dass es ihnen an Blut fehlt. Die großen Mengen, die es bedarf, um alle Mäuler zu stopfen, sind schwer zu beschaffen. Ein Einzelner hat es da doch wesentlich leichter, seinen Bedarf zu decken.«

»Und was hat das mit diesem ›Ruf des Blutes‹ zu tun?«, warf Matt etwas ungeduldig ein. Er war längst todmüde und sehnte sich nach Schlaf.

»Dazu komme ich gleich«, versprach der Truveer. »Wenn die Entwicklung so weitergeht, dann müssen die

Nosfera damit rechnen, dass ihre Art irgendwann in nicht allzu ferner Zeit ausgelöscht wird. Und mögen sie auch nichts als Ungeheuer sein, so hängen sie doch an ihrem Leben. Also müssen sie etwas unternehmen, um dieser Hetzjagd ein Ende zu bereiten.«

»Und das wäre …«

»… besagter Ruf des Blutes. Sie treffen sich in Phillia. Nicht alle Nosfera natürlich, aber doch so viele wie möglich. Der Ruf ging durch alle Lande, aber er wird wohl nicht jeden einzelnen Nosfera erreicht haben.«

»Und was genau soll in Phillia geschehen?«, fragte Matt. Auch wenn Jonpol noch immer nicht konkret geworden war, bereitete ihm die bloße Vorstellung, dass es an einem Ort zu einer großen Zusammenkunft von Nosfera kommen könnte, ein nicht zu leugnendes Unbehagen.

»Es geht die Kunde, dass sich die Nosfera organisieren, dass sie *ein* Volk werden wollen, das durch den Zusammenhalt erstarkt.«

Das klang für Matt, als wollten die Nosfera einen eigenen Staat gründen. Was das für Konsequenzen hatte, war nur allzu klar …

»Sie werden Unmengen an Blut brauchen«, sagte er und spürte plötzlich einen Kloß im Hals. Das auch im gedörrten Zustand noch tranige Siilfleisch wollte ihm nicht mehr recht schmecken. »Und da willst du ausgerechnet nach Phillia gehen?«, fragte Matt. »Warum tust du das?«

»Es ist meine Aufgabe – meine Bestimmung«, antwortete der Truveer. »Ich werde ein Lied erschaffen über die Geburt einer Nation – und vielleicht auch über ihren Untergang. Ein Epos, das seinesgleichen sucht!«

Matt nickte nachdenklich. Die europäischen Moritatensänger im Mittelalter hatten im Grunde nichts anderes getan. Bevor es Zeitungen und sonstige Medien gegeben hatte, waren sie es gewesen, die neueste Nachrichten von Ort zu Ort getragen und verkündet hatten – auch wenn diese Nachrichten dann längst schon Schnee von gestern gewesen waren.

»Und dafür setzt du dein Leben aufs Spiel?«

Sombriffe lachte auf, aber es klang nicht so amüsiert und leichthin, wie er es wohl beabsichtigt hatte. »Irgendwann wird es mich mein Leben sogar kosten, damit muss ich rechnen. Ich hoffe nur, dass dann ein anderer unserer Gilde zugegen sein wird, um von meinem heldenhaften Tod zu singen.«

»Ich hoffe nur, dass es dazu nicht kommen wird, solange wir zwei zusammen sind«, meinte Matt.

»Das liegt wohl ganz bei dir«, grinste der Truveer. »Das Kämpfen ist nicht meine Stärke, weißt du?«

»Das heißt, ich soll für dich den Leibwächter spielen? Du bist ein durchtriebener Hund.«

»Wohl wahr. Was glaubst du, warum es mich bis jetzt nicht erwischt hat?« Jonpol kniff ein Auge zu.

»Und was ist mit meinen … *Vorgängern* passiert?«

»Ich habe ihnen zur Unsterblichkeit verholfen – in meinen Liedern.«

Und diesmal wartete Matt vergeblich auf eine Geste, dass Jonpol seine Bemerkung nicht ganz ernst gemeint hatte …

»Gute Nacht, Maddrax. Schlafe gut und schöne Träume«, sagte der Truveer schließlich, doch seine Wünsche gingen nicht in Erfüllung.

Matt Drax schlief weder gut, noch träumte er schön. Stattdessen plagten ihn Träume von hunderten Nosfera, die ein Blutbad im wahrsten Sinne des Wortes anrichteten.

Und sich selbst sah Matt in blutroten Fluten jämmerlich ersaufen …

Noch zwei Tage lang ritten sie durch Nebel aus Eiskristallen, wurden gelegentlich heimgesucht von Schneeschauern, und die Kälte biss sich wie mit Zähnen tief in ihrer beider Fleisch.

Am dritten Tag schlug das Wetter um – ohne wirklich besser zu werden.

Es begann zu regnen.

Binnen kürzester Zeit waren Matt Drax und Jonpol Sombriffe durchnässt. Die Kleidung klebte ihnen am Körper wie eine zweite Haut und gefror in der immer noch eisigen Kälte. Dass sie sich keine Lungenentzündung einfingen, schrieb Matt schließlich vor allem dem teeähnlichen Gebräu zu, das der Truveer mehrmals täglich zubereitete.

Die Gegend blieb trostlos und öde. Die einstmals dicht bevölkerte Ostküste der Vereinigten Staaten war regelrecht verwaist. Matt und Jonpol passierten nur vereinzelte Ansiedlungen, die sich allenfalls mit sehr viel gutem Willen als kleine Städte oder auch nur Dörfer bezeichnen ließen.

Einmal hatten sie das Glück, einen solchen Ort am Abend zu erreichen, gerade rechtzeitig zur nächtlichen Rast. In dem Dörflein fand sich sogar etwas wie eine Gastwirtschaft, wo man ihnen erlaubte, im Stall nebenan zu nächtigen, und Jonpol dankte es den gastfreundlichen Leuten mit ein paar Moritaten und Liedern.

Kurzweilig war die Reise trotz allem. Sombriffe war ein Mann jener Sorte, deren Mundwerk man nach ihrem Ableben wohl extra würde totschlagen müssen. Er erzählte und redete unentwegt.

Aber Matt wurde nicht müde, ihm zuzuhören.

Denn der Truveer war weit herumgekommen und hatte viel erlebt. Und so entstand vor Matts geistigem Auge, wie ein Puzzle, ein Bild dieses neuen Amerikas. Natürlich klafften noch Lücken in diesem Bild, und es mochte auch nicht alles hundertprozentig den tatsächlichen Begebenheiten entsprechen, was Jonpol da schilderte. Aber immerhin, er vermittelte Matt eine Ahnung dessen, was ihn möglicherweise erwartete, wenn er seinen Weg fortsetzte.

Und schließlich stellte der Barde die Frage, auf die Matt schon lange gewartet hatte.

»Und du? Wo kommst du her, Maddrax? Du stammst nicht aus Meeraka, das rieche ich.«

Ein knappes Grinsen hob Matts Mundwinkel. »Dann stimmt was mit deiner Nase nicht. Ob du es glaubst oder nicht – ich stamme aus diesem Land.«

»Dafür weißt du aber schlecht Bescheid über die Dinge.«

»Es ist lange her, seit ich zuletzt hier war.«

»So?« Jonpol lachte auf. »Deinem dürftigen Wissen nach müsstest du hundert Jahre lang fort gewesen sein – mindestens! Ha!«

»Fünfhundert.«

»Wie –?«

»Es ist fünfhundert Jahre her, seit ich zum letzten Mal zuhause war. Genau genommen sogar ein bisschen länger …«

»Dann siehst du für dein Alter aber noch schneidig aus.« Jonpol maß ihn mit übertrieben kritischem Blick vom Scheitel bis zur Sohle.

»Danke«, sagte Matt, und ohne den Kopf zu wenden: »Du glaubst mir kein Wort, was?«

»Natürlich nicht.« Der Truveer zuckte leichthin die

Achseln. »Aber ich habe nichts gegen eine faustdicke Lüge – solange sie nur gut erzählt ist.«

»Und wie war ich?«

»Lausig.«

»Mag daran liegen, dass es die Wahrheit ist.«

Jonpol winkte ab. »Nun lass gut sein.«

Matts Grinsen vertiefte sich. »Hast du schon mal von ›Christopher-Floyd‹ gehört?«

Der Truveer wiederholte den Namen langsam und brachte ihn vom Klang her nicht exakt so hin wie Matt. »Nein«, sagte er dann, »wer soll das sein?«

»Nicht wer, sondern *was* – nämlich das, was ihr Kristofluu nennt«, erklärte Matt.

»Kristofluu!«, stieß Jonpol hervor, als handele es sich um ein Wort, das man besser nicht aussprach. »Die Faust und der Zorn der Götter –«

Matt unterbrach ihn, ehe er zu einer neuen Volksrede ansetzen konnte. »Ich war dabei, als er die Erde traf.«

»Du warst dab-« Jonpol schluckte trocken und musterte seinen Begleiter aus geschmälten Augen, argwöhnisch und aufmerksam in einem.

»Ja. ›Christopher-Floyd‹, so nannten wir ihn damals – den Kometen. Weißt du, was ein Komet ist?«

»Ein Komet?« Jonpol schüttelte den Kopf. »Nein.«

Und jetzt war es an Matt zu erzählen. Bis zum Abend und in die Nacht hinein führte er das Wort, sprach er von der Zeit, aus der er kam, wann und wie es ihn in diese Zukunft verschlagen, wohin sein Weg ihn geführt und was er alles erlebt hatte.

Jonpol Sombriffe hörte zu, unterbrach ihn kaum, und am Ende sagte er, fast atemlos wie nach einer Tour de Force: »Das glaubt mir kein Mensch.«

»Du sollst es ja auch niemandem erzählen«, erwiderte Matt und rollte sich unter dem Regenschutz zusammen, den sie gebaut hatten.

»Aber wenn ich das alles für mich behalten soll«, sagte der Truveer, »weshalb hast du es mir dann verraten?«

»Damit du weißt, mit wem du es zu tun hast.«

»Das wusste ich schon vorher. Aber jetzt weiß ich es genau.«

»Ach ja?«

Im Schein des niederbrennenden Feuers sah Matt das markante Profil des Barden wie einen Scherenschnitt. Jonpol nickte bedächtig und schaute in die Flammen, als gäbe es darin etwas furchtbar Interessantes zu sehen.

»Dass du ein ganz besonderer Mann bist, Maddrax. Und dass dich die Götter schickten.«

»Das glaube ich weniger«, meinte Matt. »Ich hatte bisher einfach nur Glück.«

»Glück ist eines der wenigen Dinge, an die ich nicht glaube. Zufall ist ein weiteres. Du wurdest aus einem bestimmten Grund gesandt, Maddrax – *das* ist etwas, woran ich glaube. Warte es ab«, sagte Jonpol und legte sich ebenfalls zur Ruhe, »warte es nur ab.«

Damit schlief er ein – und hatte es einmal mehr geschafft, dass Matt unruhig träumte …

2508

Kantige schmucklose Bauten mit winzigen vergitterten Fenstern. Hinter den Mauern lange kahle Gänge aus Beton, Stege aus Rosten und karge Zellen mit Gittertüren. Alles in rötlich glosendes Licht gehüllt von rußenden Fackeln.

Rhian wusste nicht, wie lange es her war, dass der Sammler sie und die anderen hier abgeliefert hatte, eingetauscht für Fjuul und Draggs. Irgendwann hatte sie aufgehört, die Tage und Nächte zu zählen – nicht weil es sie nicht mehr interessiert hätte, sondern weil es ihr unmöglich geworden war. Weil man sie mitunter tage- und nächtelang am Stück schlafen ließ, während sie in anderen Zeiten ebenso lange kein Auge zutun konnte – manchmal vor Schmerz und manchmal weil sie Angst hatte, nicht mehr aufzuwachen.

Obgleich … der Tod schien ihr bisweilen fast verlockender als ein Fortdauern dieses Daseins, dieses Dahinvegetierens in Gefangenschaft, in der sie der Willkür ihrer Peiniger hilflos ausgeliefert war.

Die anderen – Teeve, Vanna, den Jungen, dessen Namen sie noch immer nicht kannte, und vor allem Quinlan, ihren Bruder – hatte sie kaum mehr gesehen. Man hielt sie in weit voneinander entfernten Zellen fest. Nur ab und zu hörte sie ihre Leidensgenossen noch, manchmal wechselten sie, unsichtbar füreinander, über die Distanz ein paar Worte miteinander, die Gesichter zwischen die Gitterstäbe ihrer Zellentüren gepresst, als wären sie sich so näher. Und manchmal hörte sie die anderen in der Ferne schluchzen …

Es war lange her, dass *sie* Rhian in ihre Zelle zurückgebracht hatten.

Sie, die in Kutten gewandeten Gestalten, deren Zahl nicht zu schätzen war, weil das Mädchen sie nicht voneinander unterscheiden konnte; in den Kapuzenmänteln sahen sie alle gleich aus. Mittlerweile hatte Rhian freilich den einen oder anderen Blick in ihre Gesichter erhascht, aber auch die ähnelten sich so stark, dass eines wie das andere schien: vertrocknete Haut wie aus Leder, aschgrau oder schmutzig-gelb wie Kerzenwachs, die Augen dunkel und tief in den Höhlen und der Atem aus ihren Mäulern nach Fäulnis stinkend.

Nur drei ihrer »Wärter«, wenn man sie so nennen wollte, kannte Rhian. Die drei, die sie und die anderen Kinder draußen vor dem Tor dieses *N VADA STAT PRISON* in Empfang genommen hatten.

Die Frau hieß Tyress, und sie unterschied sich von den anderen ihrer Art durch ihre maskenhafte Schönheit. Maskenhaft, das war genau das richtige Wort. Tyress trug ihr makelloses Gesicht zur Schau wie eine Maske, die blasse Haut glatt wie Glas, aber auch so starr. Und manchmal fragte sich Rhian, ob Tyress' Gesicht tatsächlich nichts anderes war als nur eine Maske, hinter dem sich ihr richtiges Gesicht verbarg, das so hässlich, so ledern und dörr sein musste wie das ihrer Artgenossen.

Der Name des hoch gewachsenen Mannes war Vaitor. Er schien mit Tyress verbunden zu sein, ganz so wie Vater und Mutter es gewesen waren.

Rhian spürte ein schmerzhaftes Drücken im Hals. Der Gedanke an ihre Eltern tat immer noch entsetzlich weh...

Und dann war da noch der Dritte, der kleinere Mann, kleinwüchsig fast schon, den sie Kharnov hießen. Der Schlimmste von allen, der Foltermeister, der Hexer. Und nicht nur deswegen die widerlichste Gestalt, die Rhian je gesehen hatte – nicht einmal ihre Albträume wurden von übleren Kreaturen bevölkert...

Heute war es wieder so weit.

Heute holten sie Rhian wieder aus ihrer Zelle, zwei der namen- und gesichtslosen Gestalten, um sie hinab in Kharnovs Reich zu bringen, an jenen Ort, für den Rhian einen ganz eigenen Namen gefunden hatte. Sie nannte ihn *Hölle*, weil dort der Teufel die Herrschaft führte und die verdammten Seelen quälte...

Kharnovs Reich, die Hölle, lag unter der Erde. Ein

gewaltiger Raum ohne Fenster, dessen Decke nicht zu sehen war. Ein Labyrinth aus Apparaturen, Glasbehältern, Schläuchen und mehr. Tinkturen und Gebräue kochten über kleinen Feuern, blubberten gespenstisch, und über allem lagen tausend Gerüche, manche unsichtbar, andere wie Nebel.

Der schlimmste Geruch indes ging von Kharnov selbst aus. Er roch, als sei er schon gestorben und der Verwesung anheim gefallen. Und sah man ihn an, verstärkte sich dieser Verdacht nur noch: Seine Haut war grau und fleckig, runzlig wie die eines faulen Apfels. Grinste er, bleckte er dunkle Zähne in gleichfarbenem Fleisch. Sein rechtes Auge glich einer runden Frucht, viel zu groß für die Höhle, überspannt von einem narbigen Lid, das linke gleichfalls hervorgequollen, rund und in unablässiger Bewegung. In seiner Kutte kroch und krabbelte winziges Getier, sodass es aussah, als führe der derbe löchrige Stoff ein unheimliches Eigenleben.

Als Rhian hereingeführt wurde, rieb er sich die knöchern wirkenden Hände, flocht die spinnenbeinigen Finger ineinander und bedeutete den beiden Kuttenträgern, das Mädchen zum Stuhl zu bringen.

Der Stuhl, aus massivem, vor Alter steinhartem Holz gezimmert, stand im hinteren Teil des Raumes, etwas erhöht, fast wie ein Thron. Nur war es kein erhabenes Gefühl, darauf zu sitzen. Ganz im Gegenteil ...

Rhian nahm Platz, ohne sich zu wehren. Das hatte sie längst aufgegeben. Gehorsam legte sie beide Arme auf die Lehnen und ließ zu, dass man ihr die ledernen Bänder umlegte, die sie an den Stuhl banden.

Kharnov kam, und Rhian atmete so flach wie nur möglich.

Der hässliche Zwerg schlang faserige Schnüre um

ihre Oberarme und zurrte sie zu. An Rhians nackten Unterarmen traten die Adern wie blaue erhabene Linien zwischen Narben, Wunden und dunklem Schorf hervor.

Sie wandte den Blick ab und starrte stur geradeaus. Sie wusste auch so, was Kharnov tat. Es war immer dasselbe …

Etwas entfernt standen Vaitor und Tyress. Sein Arm lag um ihre Schultern. Aufmerksam beobachteten sie Kharnovs Tun, obwohl sie es schon tausend Mal und öfter gesehen haben mussten. Aber sie sahen ihm nicht zu, um ihn zu überwachen, sondern weil es sie … erregte. Rhian hatte es immer in ihren Gesichtern erkennen können, und diesmal war es nicht anders.

Etwas wie fiebrige Erwartung stand in ihren Mienen, als Kharnov die Hohlnadeln ansetzte und in Rhians Adern stak. Und als das Blut durch die Schläuche rann und sich in gläsernen Gefäßen sammelte, begann das Paar schwer zu atmen wie vor Lust.

Rhians Herz pochte heftiger, und das Blut floh schneller aus ihr. Sie fühlte, wie ihre Kraft schwand, mit jedem Tropfen Blut. Ihre Glieder wurden schwer, dann schienen selbst ihre Augenlider wie aus Blei.

Sie würde wieder schlafen, lange, lange schlafen …

Nach einer Weile brachten die beiden Kapuzenträger das Mädchen zurück in seine Zelle. Rhian bekam es kaum mit. Nur dass eine der beiden Gestalten bei ihr blieb, sich zu ihr setzte und ihre Hand nahm, registrierte sie noch bewusst und mit Staunen – weil es neu war.

Die Gestalt streifte die Kapuze zurück.

Der Anblick ihres Gesichts – des Gesichts eines Mädchens, das nur wenig älter sein konnte als Rhian selbst – war das Letzte, was sie sah. Rhian nahm es mit hinüber in den Schlaf und die Träume. Und fühlte sich zum ersten Mal seit sehr langer Zeit nicht ganz so einsam und verlassen.

Sie erreichten Phillia am Ende eines Tages, an dem die Sonne sich zeitweise zwischen den Regenwolken gezeigt hatte, und auch jetzt goss sie, wie zum Abschied, noch einen Schwall rotgoldenen Lichtes herab und machte den Anblick der Stadt noch unwirklicher, als er es ohnedies schon war.

Matt Drax vergaß für einen zeitlosen Moment sogar zu atmen.

Philadelphia erhob sich vor ihnen wie eine archaische Burg, von Titanen für Titanen erbaut. Hochhäuser, weit entfernt noch, waren ihre Türme, die bis in die Wolken hinaufreichten, als müssten sie den schiefergrauen Himmel stützen. Niedrigere Bauten dazwischen wirkten wie trutzige Mauern aus schwarzem Stein. Ringsum flachten die anderen Gebäude ab wie Hänge eines Berges, auf dem diese Feste aus strategischen Gründen errichtet worden war. Und die untergehende Sonne setzte all dies in waberndes Feuer und verband die Teile des Ganzen mit Regenbogenbrücken.

Dann schloss sich der Spalt im Wolkenvorhang, das unwirkliche Bühnenlicht erlosch, und Matt sah die Stadt als das, was sie wirklich war: eine Ruine, wie so viele andere Städte, die einst prächtig und voller Leben gewesen waren. Ein Ort, an dem sich die Finsternis eingenistet hatte – und mit ihr etwas Feindseliges, nicht Greifbares, etwas wie ein giftiger Hauch, der jede Hoffnung erstickte.

»Du erkennst die Stadt nicht wieder«, stellte Jonpol Sombriffe fest.

Matt nickte und schüttelte den Kopf fast in derselben

Bewegung. Seine Gedanken standen ihm offenbar ins Gesicht geschrieben wie Worte in einem Buch.

»Ich war nie in dieser Stadt«, sagte er. »Aber…«, er machte eine unbestimmte Geste, »…ich weiß, wie sie aussah. – Ist die Stadt bewohnt?«

»Kommt drauf an, was du unter ›bewohnt‹ verstehst«, gab Jonpol zurück, wartete aber keine Erwiderung ab, sondern fuhr fort: »Natürlich lassen sich an einem Ort wie diesem Menschen nieder, für eine Weile jedenfalls. Immerhin gibt es hier genug Dächer, die vor diesem verdammten Regen schützen. Aber Phillia ist nicht vergleichbar mit anderen Städten, wie es sie weiter südlich gibt.«

Der Truveer hatte Matt erzählt, dass es im Kältestreifen relativ wenige Städte und Ansiedlungen gab. Wovon sollten die Menschen hier auch leben? Es wuchs kaum etwas, und auf Grund der dünnen Besiedlung gedieh auch kein Handel. Im vergleichsweise wärmeren Süden sah das anders aus.

Sie saßen auf ihren Reittieren, die Seite an Seite standen, und ließen ihre Blicke über die kantige Landschaft wandern, die die Bauten vor ihnen formten und in deren Täler sich jetzt die Nacht senkte.

»Wir sollten die Gunst der Stunde nutzen und in die Stadt schleichen, um uns dort ein Versteck zu suchen«, sagte Jonpol.

Matt nickte. Ja, es war wohl eine gute Idee, im Schutz der Dunkelheit in die Stadt vorzudringen. Er legte keinen Wert darauf, einer Horde Nosfera am helllichten Tage über den Weg zu laufen –

– wenn denn überhaupt etwas dran war an dem, was der Barde über diese mysteriöse Zusammenkunft der Blutsauger erzählt hatte.

Im selben Moment fragte sich Matt, was er hier

eigentlich zu suchen hatte. Warum er sich überhaupt auf dieses Wagnis einließ. Hatte er nicht vor kurzem noch – indirekt zumindest – beschlossen gehabt, sich aus Dingen, die ihn nicht unmittelbar angingen, herauszuhalten?

Warum also wollte er sich jetzt wie ein Dieb in diese Stadt stehlen, um, unter ungünstigsten Umständen, Kopf und Kragen zu riskieren für – ja, wofür eigentlich? Damit dieser postapokalyptische Nachrichtenkurier eine neue Story im Repertoire hatte?

Nein.

Das »Stimmchen« in ihm hatte sich wieder zu Wort gemeldet. Und Matt musste es nicht bitten, konkreter zu werden. Es lieferte ihm ganz von selbst die Antwort auf seine Frage – die er sich im Grunde schon selbst beantwortet gehabt hatte.

Er ließ sich auf diese Sache ein, weil er es *wollte*. Weil es seiner ureigenen Natur entsprach. Weil er im Grunde seines Herzens schon immer ein Abenteurer gewesen – und aller Disziplin zum Trotz, die man ihm im Armeedienst eingetrichtert hatte, immer geblieben war.

Und weil ihm Jonpol Sombriffe ein Freund geworden war, den er nicht allein lassen wollte.

So einfach war das – und doch so schwierig …

Der Truveer saß ab. »Wir lassen die Tiere zurück«, sagte er und kramte in seinen Packtaschen.

Die Idee gefiel Matt nicht besonders, aber ihr Vorteil war nicht von der Hand zu weisen. Zu Fuß waren sie wesentlich unauffälliger und vor allem flexibler, andererseits aber eben auch langsamer.

Er stieg ab, holte aus den Satteltaschen ebenfalls etwas Proviant, den er in den Taschen seiner Kleidung verstaute. Dann leinten sie den Aneetah und den Rhiffalo in der Nähe einer kargen Buschgruppe an und machten sich auf den Rest des Weges.

Als sie durch die Randbezirke der Stadt gingen – die Wohnsiedlungen, die man seinerzeit *Suburbs* genannt hatte –, stiegen in Matt einmal mehr Bilder von Städten auf, die in Kriegen zerbombt worden waren.

Die einstmals schmucken Familienresidenzen ringsum waren kaum mehr als Häuser zu identifizieren. Wände standen nur noch vereinzelt, alles andere lag in Trümmern, war verrottet und stank buchstäblich zum Himmel. Was irgendwann noch irgendwie verwendbar gewesen war, war längst fortgeschafft worden.

Je näher sie dem einstigen Downtown-Bezirk Philadelphias kamen, desto mehr erinnerte ihre Umgebung an eine wirkliche Stadt, wenn auch verlassen und heruntergekommen. Aber es gab halbwegs intakte Gebäude, und beiderseits der Straßen fanden sich vereinzelt Blech- und Rostungetüme, die einmal Autos gewesen waren. Sogar einen alten Schulbus entdeckte Matt. Die ursprüngliche dunkelgelbe Karosserie des Fahrzeugs war über und über mit gleichfalls rostigen Blechteilen ausgebessert worden und sah aus wie ein metallener Flickenteppich. Auch die Fensterreihen waren regelrecht verbarrikadiert worden. Die Schnauze war mit einer Art Pflugschar versehen. Dass Matt trotzdem wusste, womit er es hier zu tun hatte, lag an den verblichenen Buchstaben an der Fahrzeugfront: OOL US. Früher hatte dort einmal das Wort SCHOOL BUS gestanden …

Hier und da gab es sogar noch Schilder an Fassaden, die davon kündeten, welcher Profession hier dereinst nachgegangen worden war: ein Ärztezentrum, die Niederlassung einer Versicherungsgesellschaft, eine Anwaltskanzlei, Fastfood-Restaurants …

Obwohl er nie in Philadelphia gewesen war, überkam Matt ein eigenartiges Gefühl von Déjà-vu. Die Stadt ähnelte anderen, die er gekannt hatte. Und es war unvorstellbar, nein *unbegreiflich*, dass seither über fünfhundert Jahre vergangen sein sollten. Es schien ihm, als sei es gestern erst gewesen ... Und wenn er sich umsah – jetzt, da die einbrechende Nacht die gröbsten Spuren des Zerfalls verbarg –, dann fiel es Matt leicht zu glauben, dass es tatsächlich erst gestern gewesen war ...

Die Kehle wurde ihm schmerzhaft eng. Er räusperte sich, vergeblich.

»Alles in Ordnung mit dir?«, fragte Jonpol.

Matt nickte nur – und verharrte inmitten der Bewegung.

»Was –?«, setzte der Barde an, doch Matt bedeutete ihm mit einer knappen Geste, still zu sein.

Und dann hörten sie es beide – Stimmen. Gelächter. Und einen Schrei, der in einem Wimmern verklang.

Wieder begann Jonpol mit: »Was –?«, und wieder ließ Matt ihn nicht ausreden. Diesmal, indem er kurzerhand loslief, in die Richtung, aus der die Laute zu ihnen drangen. Durch eine Gasse, die zwischen zwei Ziegelbauten hindurchführte, vorbei an einer Feuertreppe, so zerfallen, dass sie im Wind schwankte, als sei sie aus Papier.

Die Stimmen hallten von den Wänden zu beiden Seiten wider, als kämen sie plötzlich von überall her. Als hockten dort oben in den Schatten Gestalten wie auf den Rängen einer Arena, um zu begaffen, was immer ihnen hier auch geboten werden mochte.

Am Ende der Gasse flackerte Licht. Es rührte von einem Haufen Bohlen und Bretter her, der in Brand gesteckt worden war und diesen Hinterhof illuminierte – sowie das Szenario, das sich hier abspielte.

Hinter den Resten eines ehemaligen Müllcontainers fand Matt Deckung. Jonpol ließ sich neben ihm nieder.

»Nosfera!«, knirschte er.

»Ja«, raunte Matt, den Blick starr auf die fünf Gestalten gerichtet, die eine weitere umstellt hatten, letztere in einen Umhang mit großer Kapuze gehüllt, im Arm ein Bündel, das nur ein Kleinkind sein konnte. Die Schreie und das Wimmern stammten von dieser Frau, das Gelächter und die rauen Hohnrufe von den Nosfera um sie her. Ihre Fratzen schienen im flackernden Feuerschein in steter Bewegung, wirkten noch dämonischer, als sie es ohnedies schon waren.

Ohne den Blick abzuwenden, zog Matt sein Kurzschwert und wog es wie abschätzend in der Hand. Einen flüchtigen Moment lang dachte er wehmütig an die Zeiten zurück, da ihm eine Schusswaffe zur Verfügung gestanden hatte. Aber die Beretta hatte man ihm damals bei Southampton abgenommen, zusammen mit der kompletten restlichen Notausrüstung. Jetzt musste er sich mit dem behelfen, was er hatte, und dieses Schwert war das Einzige, was er hatte. Es musste genügen.

Matt stand auf.

»Was hast du vor?«, zischte Jonpol.

»Na was wohl?«, fragte Matt zurück. »Glaubst du, ich sehe zu, wie diese Kerle die Frau umbringen?«

»Das hätte mich auch sehr enttäuscht«, räumte der Truveer ein.

»Und mich erst.«

Matt stürmte los.

Zwei der Nosfera rammte er beiseite, als er ihren Kreis durchbrach, nutzte die Überraschung, trat dem einen gegen das Knie und rammte dem anderen den Knauf seiner Waffe ins Gesicht. Dann stand er auch schon neben der bedrängten Frau und wollte sie hinter sich schieben, um sie zu schützen.

Dabei verrutschte ihre Kapuze. Ihr Gesicht kam zum Vorschein – ein Gesicht, das sich kaum von dem der Umstehenden unterschied!

Die Nosfera ließ das Bündel fallen – nur schmutzige Decken. Kein Kind …

Eine Falle!

Um das zu erkennen, hätte es des triumphierenden Heulens der Nosfera nicht bedurft.

Doch dieses Geheule kam nicht nur von den drei Kerlen und der Frau, die sich rasch ein paar Schritte zurückzog, damit er sie nicht als Geisel nehmen konnte. Es drang ebenso von oben herab und aus den Schattennestern, die der Feuerschein in den Winkeln dieses Hinterhofes ließ.

Weitere Nosfera stiegen aus den dunklen Fensteröffnungen der Häuser, die den Hof begrenzten, lösten sich aus dem Dunkel der Ecken.

Mit einem raschen Blick überschlug Matt ihre Zahl – ihre deutliche *Über*zahl: Ein gutes Dutzend. Und es mochten sich noch mehr versteckt halten …

»Shit!«, presste er hervor.

»Sheyit!«, hörte er Jonpols Stimme im gleichen Ton.

Einen winzigen Moment lang hatte Matt seine Hoffnung auf den Truveer gesetzt; darauf, dass er sich im Hintergrund halten mochte, um ihm in einem günstigen Augenblick zur Hilfe zu kommen. Aber die Bande hatte auch den Barden erwischt.

Sie waren in einen Hinterhalt getappt, der nicht einmal ihnen gegolten haben konnte, da niemand von ihrem Kommen gewusst hatte. Was an ihrer fatalen Lage allerdings nichts änderte.

Denn die Nosfera ließen keinen Zweifel daran, was sie mit ihnen vorhatten …

Sie stießen Jonpol in Matts Richtung, der den taumelnden Freund vor einem Sturz bewahrte, derweil die Nosfera um sie her ihre Waffen zogen: abenteuerliche, aber hochgefährliche Gerätschaften, allesamt mit blitzenden rasiermesserscharfen Klingen versehen, mit denen sie ihren Opfern die Adern aufschlitzen würden, um sich dann ein blutiges Festmahl zu gönnen!

Ihre runzligen Gesichter machten es schwer, ihr Alter zu schätzen, aber Matt nahm an, dass es sich um eher junge Vertreter ihrer Spezies handelte. Die Nosfera, die einen Kreis um sie gebildet hatten, erinnerten ihn an Halbstarke längst vergangener Tage – von Kopf bis Fuß in nietenbeschlagenes Leder gekleidet, provozierende Haltung und Miene und bewaffnet wie eine Gang, die sich mit Rivalen anlegen wollte.

Matt wollte etwas sagen, aber einer der Nosfera kam ihm zuvor. Er stand ihm genau gegenüber, ein Bursche mit hohlen Wangen und ausladendem Kinn. In der rechten Hand wirbelte er eine Kette, an deren Ende etwas wie ein Stern aus Messerklingen befestigt war. Matt zweifelte nicht daran, dass der andere mit dieser vermutlich selbstgebastelten Waffe umgehen konnte.

»Gibts noch mehr von euch?«, wollte der Nosfera wissen. Seine Stimme klang unangenehm heiser.

»Wie meinst du das?«, fragte Matt zurück.

»So wie ich es gesagt habe – ich will wissen, ob nur ihr zwei Jagd auf uns gemacht habt oder ob sich in der Stadt noch mehr von euch versteckt halten!«

Matt begann zu verstehen. Vorhin schon hatte er angenommen, dass diese Falle nicht für sie gestellt worden sein konnte. Wenn er die Worte recht deutete, dann hatte ihr Hinterhalt irgendwelchen »Nosfera-Jägern« gegolten.

»Wir haben weder euch noch sonst jemanden gejagt«, erklärte Matt betont ruhig. »Ihr habt die Falschen erwischt.«

Der Nosfera, der sich entweder zum Sprecher der Bande gemacht hatte oder tatsächlich der Anführer dieser Bande war, lachte rau. Andere fielen mit ein.

»Natürlich«, sagte er dann, »was sonst solltet ihr uns sagen?«

»Es ist die Wahrheit«, beharrte Matt.

Aus den Augenwinkeln nahm er eine Bewegung wahr. Jonpol griff vorsichtig in die Falten seines Ledergewandes. Hielt er dort eine Waffe versteckt?

Weiter kam Matt mit dem Gedanken nicht. Er war nicht der Einzige, der die Bewegung sah.

»Der Langhaarige!«, rief einer der Nosfera. »Vorsicht!«

Der Typ mit der Kette reagierte. Und stellte unter Beweis, dass Matt Recht gehabt hatte – er verstand sich meisterlich auf den Umgang mit seiner Waffe!

Die Kette sirrte heran, exakt in Jonpols Richtung. Der wirbelnde Klingenkranz schnitt fauchend durch die Luft – und noch im selben Sekundenbruchteil durch den Ärmel des Truveers und in das Fleisch darunter!

Jonpol schrie auf und presste die andere Hand gegen die Wunde. Blut quoll zwischen seinen Fingern hervor.

»Lass sehen«, verlangte Matt, ohne die Nosfera aus den Augen zu lassen. Der Kerl mit der Kette hatte seine Waffe mit einem Ruck wieder eingeholt und ließ sie drohend hin und her schwingen.

»Geht schon«, zischte Jonpol zwischen den Zähnen hervor. »Nur ein Kratzer.«

Der Nosfera, der ihn verletzt hatte, nickte. »So ist es. *Das* war nur ein Kratzer. Nur eine Warnung. Macht keine Dummheiten und spuckt aus, wo sich die anderen verbergen, dann –«

Matt grinste freudlos. »Und dann? Macht ihrs kurz und schmerzlos, oder was?«

Der Nosfera nickte. »Du sagst es.«

Matts Faust schloss sich fester um den Griff seines Kurzschwerts. Seine Knöchel knackten, zeichneten sich als helle Halbmonde unter der Haut ab.

Verdammt!, dachte er. *Verdammtverdammtverdammt!* Er war kein Meister im Umgang mit dieser Waffe. Aruula, die praktisch mit dem Schwert in der Hand aufgewachsen war, hatte ihm zwar mehrfach gezeigt, wie man damit umging, und er hatte sich dabei nicht einmal dumm angestellt. Aber er war ganz einfach nicht zum Schwertkampf geschaffen. Er stammte aus einer Zeit, in der andere Waffen zum Einsatz kamen.

Und doch war das Schwert alles, was er hatte – in einem drohenden Kampf, in dem die Kräfteverhältnisse ohnehin mehr als nur zu seinen Ungunsten standen.

Matt machte sich keine Illusionen darüber, dass sich dieser Kampf vermeiden ließ. Die Nosfera würden sie nicht ziehen lassen, ganz gleich, was sie ihnen erzählten. Der Ausgang des Kampfes stand allerdings auch schon fest – es war lediglich noch die Frage offen, wie viele der Nosfera er mitnehmen konnte.

... ganz gleich, was sie ihnen erzählten ...?, echote es hinter Matts Stirn.

Er musste sich um eine nüchterne Miene bemühen. Vielleicht hatte er gerade den Trick gefunden, mit dem sie den Nosfera entkommen konnten! Oder wenigstens eine Chance hatten ...

»Wir können euch zu unserem Versteck führen«, sagte er mit einem raschen Seitenblick auf Jonpol, hoffentlich unauffällig genug, dass keiner der Nosfera ihn bemerkte oder zumindest richtig deutete.

Aber der Barde nickte nur kaum merklich. Er schien zu verstehen oder immerhin zu ahnen, was Matt vorhatte.

Zwei, drei Sekunden lang maß der Nosfera Matt mit so bohrendem Blick, als versuche er in seinen Gedanken zu lesen. Dann endlich nickte er knapp und sagte: »Gut. Bringt uns hin. Aber ich warne euch – keine Dummheiten. Ihr könnt uns nicht entwischen. Wir würden euch wie Tiere hetzen und erlegen – so wie ihr es mit uns getan habt!«

»Keine Sorge«, erwiderte Matt.

»Wirf dein Schwert weg«, verlangte der Nosfera.

Matt zögerte einen Moment, dann öffnete er die Faust, und die Waffe klirrte zu Boden.

»Und jetzt geht voran«, befahl der andere. Zweien seiner Kumpane, die unter anderem Speere trugen, bedeutete er, Matt und Jonpol zu folgen und sie in Schach zu halten. Schließlich setzte sich der ganze Trupp in Bewegung.

Matt und Jonpol betraten die Gasse, die zur Straße hinausführte. Sie passierten den löchrigen Müllcontainer. Hier war die Gasse am engsten ... und ihr Vorteil am größten.

Matt sah, dass der Truveer ihn aus den Augenwinkeln beobachtete und auf ein Zeichen wartete.

»Jetzt!«

Matt sank in die Knie. Wie erwartet stach der Nosfera hinter ihm mit seinem Speer zu, doch die Spitze der Waffe fuhr über ihn hinweg. Matt stieß sich nach hinten ab, prallte gegen den Nosfera und riss ihn um – nicht ohne ihm dabei den Speer aus den Fäusten zu reißen.

Noch in der Bewegung zielte er mit dem Schaft auf den zweiten Nosfera, der wiederum mit seinem Speer auf Jonpol einstach. Der Truveer hatte den Attacken bisher ausweichen können, und Matts Hieb schaffte ihm den Gegner endgültig vom Hals.

Die Aktion hatte nicht länger als zwei, höchstens drei Sekunden gedauert. Die anderen Nosfera waren gerade erst dabei, zum Angriff überzugehen.

Matt wies auf den Container und rief seinem Gefährten zu: »Schnell! Wir stellen das Ding quer!«

Der Müllbehälter erwies sich als leicht genug, dass sie ihn zu zweit schnell genug von der Stelle bewegen und die Gasse damit provisorisch verbarrikadieren konnten – lange genug jedenfalls, um sich einen Zeitvorteil zu verschaffen.

Als die Nosfera sich anschickten, den Container so weit zur Seite zu rücken, dass sie die Stelle passieren konnten, waren Matt und Jonpol schon tiefer in die Gasse hineingelaufen.

Matt hielt den erbeuteten Speer mit beiden Fäusten gepackt, Jonpol griff wieder unter seine Lederkleidung und holte – seine Flöte hervor ...

Matt registrierte es mit verwundertem Blick. »Was hast du vor?«, fragte er bissig. »Willst du ihnen den Marsch blasen?«

Jonpol verstand die Bemerkung nicht und überging sie.

»Halt sie mir vom Leibe. Ich kann sie mit Masi-«

Ein Warnruf gellte aus dem Pulk der Nosfera. »Der Kerl ist ein Truveer! Passt auf!«

»Wow!«, machte Matt. »Die Typen scheinen ja mächtig Respekt vor deiner Gilde zu haben.«

»Halt sie auf!«, verlangte Jonpol noch einmal und setzte die Panflöte an die Lippen.

Zwei Nosfera stürmten auf Matt zu. Einer der beiden schwang in jeder Faust eine Sichel, der andere ein Schwert mit schmaler Klinge. Mit dem Lanzenschaft hielt Matt sie auf Distanz.

Er legte es nicht darauf an, sie zu töten. Aber er würde es tun, wenn ihm keine andere Möglichkeit blieb. In dieser Welt herrschten raue Gesetze, und hätte er sich ihnen nicht längst untergeordnet, wäre er schon nicht mehr am Leben gewesen.

Jonpol blies drei, vier lang gezogene Töne, den Anfang einer Melodie. Dann schrie er kurz auf und kippte nach hinten weg.

Matt hatte gesehen, dass etwas durch die Luft auf den Truveer zugerast war. Ein kurzer Blick verriet ihm, dass einer der Nosfera eine Schleuder trug und benutzt hatte. Ein Lederband, mit dem er vermutlich einen Stein auf den Barden abgeschossen und einen Volltreffer gelandet hatte.

Jonpol blutete nicht, war auch nicht besinnungslos, aber ausgeknockt. Stöhnend wälzte er sich am Boden, beide Hände vor die Stirn gehoben. Die Flöte lag zwei, drei Schritte von ihm entfernt.

Matt beschloss einen Gang höher zu schalten – in die harte Tour. Der Schaft seines Speers traf einen der beiden Angreifer vor die Stirn, trieb ihn nach hinten und ließ ihn benommen zu Boden gehen.

Blieb noch der mit den Sicheln. Er wirbelte die halbmondförmigen Klingen blitzschnell, stieß damit nach Matt, links, rechts, links, rechts.

Matt wich aus, rechts, links, rechts, links. Dann tauchte er ab und hieb dem Nosfera den Speer zwischen die Fußknöchel, bewegte ihn mit einem heftigen Ruck seitwärts und brachte den Gegner zu Fall. Zwei rasche Tritte, und der Blutsauger war entwaffnet.

Aber seine Kumpane rückten nach. In der engen Gasse behinderten sie sich zwar gegenseitig, aber wenn sich auch nur drei oder vier zugleich auf Matt stürzten, sanken seine Chancen, lebend oder auch nur mit halbwegs heiler Haut davonzukommen, gen null.

Er wich zur Seite, wollte die Gassenwand in seinem Rücken wissen. Und stieß gegen die Feuertreppe. Sie schwang hin und her und knarrte unter der eher sachten Berührung – dennoch ging Matt das Risiko ein, klomm drei, vier Stufen empor, und als die Konstruktion seinem Gewicht standhielt, überwand er auch noch die Restdistanz bis zum ersten Absatz hinauf.

Die Treppe schwankte unter und über ihm wie ein junger Baum im Sturm. Aber sie trug ihn. Vielleicht hielt sie auch noch dem Gewicht einer weiteren Person stand, mehr gewiss nicht. Und das hieß für Matt, dass er in relativer Sicherheit war, vorerst jedenfalls.

Er kam jedoch nicht in den Genuss, sich über diesen minimalen Triumph zu freuen. Denn die Nosfera taten, was er in ihrer Situation vielleicht auch getan hätte. Sie setzten ihn unter Druck.

»Bleib stehen!«, gellte die markante Stimme des Anführers der Bande zu ihm herauf.

Matt sah hinab. Und zerbiss einen Fluch.

Der Nosfera hatte Jonpol Sombriffe vom Boden hochgezerrt. Immer noch benommen, hing der Truveer im Griff des Blutsäufers, der ihm einen geschwungenen Dolch gegen den Hals drückte, so fest, dass bereits ein dünner roter Faden über die Klinge lief.

»Wirf die Waffe weg und komm runter, sonst –«

Er vollendete die Drohung nicht.

Denn er starb in eben diesem Augenblick!

Ein kurzes dumpfes Geräusch ertönte, und urplötzlich, wie hingezaubert, ragte ein handlanger Schaft aus der Schläfe des Nosferas.

Der Schaft eines Pfeils, den irgendjemand von irgendwo mitten ins Ziel geschickt hatte!

Und dieser unsichtbare Jemand war schnell, verdammt schnell. Und gründlich.

Noch bevor die Nosfera begriffen, was eigentlich passiert war, holte sich der Tod weitere vier von ihnen. Als die übrigen endlich realisierten, was geschah, waren noch drei tot. Und die Verbliebenen hatten nicht die allergeringste Chance, den Pfeilen aus dem Nichts zu entgehen.

Das mörderische Schauspiel währte nur Sekunden. Dann war es vorbei, buchstäblich, für jeden Einzelnen der Nosfera.

Drunten in der Gasse war Jonpol gegen die Wand gesunken und hielt sich mit ausgestrecktem Arm aufrecht. Droben auf dem Treppenabsatz war Matt in die Knie gegangen, fast instinktiv, um ein möglichst kleines Ziel zu bieten.

Aber wer der Schütze auch war, er hatte es weder auf ihn noch auf den Truveer abgesehen. Matt ahnte, warum. Dass es sich bei dem Schützen um denjenigen handelte, dem der Hinterhalt der Nosfera eigentlich gegolten hatte.

Damit wusste Matt zwar noch nicht, mit wem er es konkret zu tun hatte. Doch er erfuhr es im nächsten Moment.

Als der Engel kam.

Der Engel des Todes . . .

Das war Matts allererster Gedanke, als die Gestalt am Ende der Gasse erschien.

Im flackernden Gegenlicht des Feuers, das im Hinterhof immer noch wie ein Scheiterhaufen loderte, zeichnete sie sich als kompakter tiefschwarzer Schatten ab. Eine Windbö, die von der Straße her in die Gasse fuhr, bauschte ihren Umhang zu mächtigen Schwingen auf. Und sie schien über die Leichen, mit denen sie sich selbst den Weg gepflastert hatte, nicht einfach hinwegzusteigen, sondern vielmehr zu schweben, ohne jeden Laut.

Obwohl er das Gesicht der Gestalt nicht sehen konnte, glaubte Matt die Kälte zu spüren, mit der sie die toten Nosfera maß – voller Verachtung.

Unterhalb der Treppe verhielt sie schließlich und sah kurz zu ihm auf, wobei ihr Gesicht im Schatten der Kapuze ihres weiten Umhangs verborgen blieb. Dann wandte sie sich Jonpol zu und untersuchte schweigend seine Verletzungen. »Du wirst es überleben.«

Eine weibliche Stimme, jung. Erstaunlich jung sogar, wie Matt fand.

Wieder sah sie zu ihm hoch. »Hast du vor, für immer da oben zu bleiben?«

Matt erwiderte nichts, machte sich aber an den Abstieg. Vorsichtig ging er die schwankenden und knirschenden Stufen hinab. Irgendwo über ihm lösten sich Rostflocken und fielen ihm auf Haar und Schultern.

»Ich glaube, das gehört dir.«

Ihre Retterin reichte ihm sein Kurzschwert. Er nahm es und erhaschte einen Blick auf die Waffe, die sie in der anderen Hand hielt und mit der sie die Nosfera getötet hatte.

Eine Armbrust. Genauer gesagt eine Armbrust-Pistole, handlich und doch effektiv, tödlich eben – in der richtigen Hand. Dass sie Letztere besaß, daran hatte diese »Jägerin« schließlich keinen Zweifel gelassen.

Noch immer konnte Matt das Gesicht seines Gegenübers nicht erkennen. Vielleicht fing sie seinen forschenden Blick auf, vielleicht war es nur Zufall; jedenfalls streifte sie die Kapuze zurück, und zum Vorschein kam – das Gesicht eines Engels.

Sie war atemberaubend schön. Und tatsächlich jung. Verdammt jung. Eher ein Mädchen noch als schon eine Frau.

Dunkles Haar, das ihr bis auf die Schultern reichte – ein paar Strähnen fielen ihr in die Stirn –, und die dunklen glutvollen Augen, als verstecke sich ihr Blick dahinter. Die vollen Lippen waren von einem tiefen Naturrot. Und in ihren Zügen war etwas, *lauerte* etwas, das Matt berührte – auf eine Weise, die ihm als Mann nicht unangenehm war, die ihm in der Situation jedoch unpassend erschien und eher peinlich war. Weil er sicher war, dass man ihm seine Reaktion ansehen konnte – und dem Hauch von Belustigung in der Miene der Fremden nach zu schließen war sie ihr zumindest nicht entgangen.

Noch keine zwanzig, schätzte Matt ihr Alter. Ein halbherziger Versuch, sich den Genuss ihrer Attraktivität zu verbieten. Der Versuch schlug denn auch erbärmlich fehl.

Obwohl sie gerade eiskalt ein Dutzend Nosfera getötet hatte, obwohl er nichts weiter über sie wusste, noch nicht einmal ihren Namen kannte … fand er sie anziehend.

Fast verspürte er Erleichterung, als Jonpol neben ihn trat und ablenkte.

»Alles in Ordnung mit dir?«, fragte er den Truveer und wandte sich ihm zu.

Verdammt, es kostete ihn regelrecht Mühe, den Blick von dem Mädchen zu lösen! Was war nur los mit ihm? Beinahe mochte man glauben, die Kleine sei eine Hexe, die ihn in ihren Bann geschlagen hatte!

Jonpol nickte. Und verzog vor Schmerz das Gesicht. Ein dunkle Schwellung verunzierte seine Stirn, wo ihn der Stein getroffen hatte. Er musste Kopfschmerzen wie nach einem Vollrausch haben. Seine Verletzungen an Hals und Arm allerdings waren tatsächlich kaum mehr als Kratzer. Sie hatten bereits aufgehört zu bluten.

Das Mädchen hatte sich derweil gebückt und etwas vom Boden aufgehoben. Jonpols Flöte, die sie ihm jetzt reichte.

»Ein Truveer, wie?«, fragte sie.

Jonpol wollte nicken, verkniff es sich aber gerade noch rechtzeitig, um das Hammerwerk unter seiner Schädeldecke nicht abermals zum Laufen zu bringen.

Das Mädchen verzog die Lippen zur Andeutung eines Lächelns. »Dann kann ich mir denken, was euch nach Phillia verschlagen – oder *gelockt* hat.«

»Was weißt du darüber?«, hakte Jonpol nach.

»Über die Zusammenkunft der Nosfera?« Sie wiegte den Kopf. »Eine ganze Menge.«

»So?«, mischte sich Matt ein. »Dann lass mal hören.«

»Warum große Worte machen?«, fragte sie und sah ihn an. »Ich kann euch *zeigen,* was diese verdammten Blutsäufer vorhaben.«

»Zeigen?« Jonpols Neugier war geweckt, aber dazu gehörte nicht viel. »Was denn?«

»Den Ort, an dem sie ihr Blutfest feiern wollen. Das solltet ihr euch wirklich nicht entgehen lassen! – Kommt mit!«

Und damit ging, nein *stürmte* sie auch schon die Gasse hinab. Aber wieder so leichtfüßig, fast schwebend wie zuvor schon.

Matt warf Jonpol einen Blick zu.

»Worauf warten wir?«, fragte der Truveer und folgte dem Mädchen, das die Straße bereits erreicht hatte.

Matt schloss sich an. Das Mädchen hatte auch seine Neugier geweckt, natürlich; aber in erster Linie folgte er ihr, weil er mehr über sie erfahren wollte. Zumindest ihren Namen …

Im Gehen nannte er Jonpols und seinen und fragte nach dem ihren.

»Rhian«, antwortete sie.

2509

Rhian erwachte. Und der erste Anblick war Lunaas Gesicht. Wie fast jedes Mal in letzter Zeit, wenn sie aus dem erholsamen Schlaf erwachte, der nicht nur ihre Kräfte, sondern auch ihr Blut regenerierte.

Lunaa, die Tochter Tyress' und Vaitors. Eine Nosfera wie ihre Eltern. Jung, wenig älter als Rhian selbst. Lunaas Gesicht zeigte erst vage Ansätze jener Dörre, die sich schon tief in die Züge der älteren Nosfera gegraben hatte, sah man von Tyress ab. Kharnov hatte diesen Prozess bei ihr aufgehalten. Das wusste Rhian von Lunaa – wie so vieles andere über diesen Ort und was hier geschah sowie über Kharnov und Lunaas Eltern.

»Ich will, dass du uns verstehst«, hatte Lunaa gesagt, als Rhian sie damals gefragt hatte, warum sie ihr all das erzählte. »Ich will nicht, dass du uns hasst.«

Aber es war schwer, wenn nicht unmöglich, diesen Hass zu bezähmen, der in Rhian im Laufe der Zeit gewuchert war wie ein Geschwür. Erst war es nur Angst gewesen, Angst und Verzweiflung, aber irgendwann war beides umgeschlagen in Wut, und daraus war Hass geworden. Dieser Hass mochte ihre stete Angst nicht vollends erstickt haben, aber er war stärker. Er war für Rhian eine Art Anker, mit dem sie sich in dieser Welt hielt, an dem sie sich festklammerte, um nicht in den

Abgrund aus Wahnsinn zu stürzen, der rings um sie her klaffte.

Dennoch begrüßte sie Lunaas Nähe, ihre Fürsorge. Und wenn auch nur, weil sie ihr Abwechslung und Zerstreuung bot in den Phasen zwischen den »Besuchen« in Kharnovs höllischem Refugium.

Lunaa lächelte. Aber es war ein bloßes Bewegen der schmalen Lippen. In ihren Augen – schöne Augen in einem hässlicher werdenden Gesicht – blieb etwas Dunkles wie ein Schatten.

»Was ist?«, fragte Rhian. »Was hast du?«

»Garney ist tot«, erwiderte Lunaa.

»Garney?« Rhian sah sie fragend an.

»Der Junge, der mit euch hergebracht wurde.«

Rhian nickte benommen. Der Junge, dessen Namen sie bis heute nicht gekannt hatte.

Garney …

Jetzt wusste sie ihn. Jetzt, da er tot war. Etwas an diesem Umstand berührte ihr Herz wie mit einem kalten Finger.

»Woran ist er …?«, setzte Rhian an, ohne die Frage ganz auszusprechen. Das musste sie auch nicht. Die Frage war schließlich nahe liegend.

»Sein Körper war nicht mehr in der Lage, den Blutverlust auszugleichen«, entgegnete Lunaa. »Das passiert eben irgendwann.«

Rhian hasste den Ton, in dem Lunaa sprach, so nüchtern, gleichgültig. Aber sie wusste auch, dass Lunaa nichts dafür konnte. Es war ihr nicht möglich, anders zu reagieren. Sie war an diesem Ort aufgewachsen, und der Tod der Kinder, die der Sammler hierher brachte, hatte sie ihr Leben lang begleitet.

Und sie war vom hehren Zweck dieses Sterbens überzeugt.

Denn schließlich starb jedes dieser Kinder zum Wohle der Nosfera ...!

Rhian fröstelte, wie jedes Mal, da sie daran dachte, was Lunaa ihr gesagt hatte über den Sinn und Zweck und die Ziele jener Experimente, die Kharnov vornahm.

Er – und mit ihm Vaitor und Tyress – jagten einer Idee hinterher, von der sie schier besessen waren. Sie versuchten ein Märchen wahr zu machen, spürten einer Legende nach, von der sie gehört hatten.

Sie glaubten wahrhaftig, dass es ihnen gelingen konnte, *Blut zu machen!*

Angeblich war es schon einmal gelungen. Vor ewiger Zeit, an die sich niemand mehr erinnerte. Nur die Sage davon hatte die Zeit überdauert.

Kharnov sei es gewesen, so sagte Lunaa, der die Geschichte gehört hatte. Er habe sie nicht nur geglaubt, sondern auch Vaitor und Tyress damit infiziert. Und seither suchten sie nach Mitteln und Wegen, sie wahr zu machen.

Eine so absurde wie lästerliche Idee, fand Rhian. Wie konnte sich irgendjemand anmaßen, den Saft des Lebens imitieren zu wollen, ganz gleich in welcher Absicht?

Kharnov, laut Lunaa seit jeher von der Existenz geheimnisvoller Mächte und Kräfte überzeugt und fasziniert, tat es. Und Rhian hoffte, dass er dafür eines Tages in der Hölle – in der *richtigen* Hölle! – schmoren würde.

Bis dahin jedoch würde noch viel Blut fließen, *echtes* Blut. Blut von Kindern, das, so argumentierte Kharnov, noch unverdorben und rein sei und deshalb der Stoff sein müsse, aus dem er seinen Traum schaffen würde – den Traum *aller* Nosfera: Blut in Hülle und Fülle!

Bis dahin würde der Sammler weiterhin im ganzen Land Kinder auflesen, ihren Familien entreißen und an diesen Ort im Nirgendwo karren, um sie Kharnov auszuliefern, der sich den Sammler verpflichtet hatte, indem er dessen Sohn abhängig gemacht hatte von einem Mittel, das immense Kraft und Schmerzunempfindlichkeit verlieh.

O ja, Kharnov war ein Teufel. Und Lunaas Eltern, mochten sie im Endeffekt auch kaum mehr als Handlanger des Wahnsinnigen sein, waren um keinen Deut besser.

Ab und an spielte Rhian mit dem Gedanken, sich in den Besitz jenes Stoffes zu bringen, durch den der Sohn des Sammlers zum Übermenschen geworden war. Mit solcher Kraft würde es ihr ein Leichtes sein, Kharnov für seine Grausamkeiten zur Rechenschaft zu ziehen und ihn eigenhändig zur Hölle zu schicken!

Aber sie versuchte es nie. Schreckte davor zurück. Weigerte sich, den eigenen Tod zu besiegeln, so lange es noch ein Fünkchen Hoffnung gab.

Hoffnung hegte Rhian, so lange sie noch Kraft zum Beten fand. Und diese Kraft versiegte nicht. Sie währte zwei oder drei Jahre lang; vielleicht war sogar noch mehr Zeit vergangen, als ihre Gebete schließlich erhört wurden …

Rhian führte sie schnell und sicher durch schmale Durchlässe zwischen Häusern und über Hinterhöfe, stets geschützt vor zufälligen Blicken etwaiger Beobachter. Matt zweifelte nicht daran, dass das Mädchen sich schon seit einiger Zeit in Phillia aufhielt und ihre Hausaufgaben gemacht hatte. Möglicherweise lebte sie ja auch hier. Die entsprechende Frage – und etliche andere, die ihm auf der Zunge brannten – hatte er sich bislang verkniffen, weil Rhian ihnen bedeutet hatte, still zu sein.

Matt hatte nicht das Gefühl, dass Philadelphia ganz und gar verlassen war. Obwohl es den Anschein hatte, dass sie sich durch eine Geisterstadt bewegten. Sie begegneten keiner Menschenseele; nirgends gab es ein sichtbares Anzeichen dafür, dass hier Menschen lebten. Aber Matt meinte sie fühlen zu können, die Gegenwart von Menschen – und vor allem deren Angst. Und manchmal glaubte er ihre Blicke zu spüren, aller Heimlichkeit, mit der sie sich voran bewegten, zum Trotz.

Menschen, die sich versteckten. Die sich nicht mehr aus ihren Unterschlupfen wagten, seit das Grauen in ihre Stadt Einzug gehalten hatte ...

»Da ist es.«

Rhian war in der Deckung eines Schutthaufens stehen geblieben, gerade hoch genug, dass ihr Blick noch darüber und auf das fiel, was sich ein Stück entfernt hinter einem hohen Maschendrahtzaun erhob.

Eine alte Fabrik. Genauer gesagt ein Zweigwerk der Coca-Cola-Company. Das rotweiße Firmenzeichen hatte die Jahre überdauert und prangte noch immer an der hohen Gebäudewand.

»Was soll hier sein?«, fragte Matt.

»Da drinnen haben sie sich eingenistet«, behauptete Rhian, »und treffen ihre Vorbereitungen.«

»Für das ... Blutfest?«, meldete sich Jonpol Sombriffe zu Wort.

Rhian nickte. »Ich habe es gesehen.«

»Warst du drin?«, fragte Matthew.

»Ja.«

»Dann zeig uns, wie man reinkommt. Ich möchte mich gern mit eigenen Augen überzeugen.«

Rhian hob die Schultern. »Wie ihr wollt. Aber es ist gefährlich.«

»Das nehmen wir in Kauf«, sagte Matt. Jonpol nickte eifrig.

»Na gut. Kommt mit – dort hinüber.«

Sie ging voran, entfernte sich ein Stück von der Fabrik und betrat eine schmale Straße, in deren Mitte sie stehen blieb.

»Helft mir«, sagte sie, bückte sich und machte sich an einem Kanaldeckel zu schaffen.

Damit war für Matt klar, wie sie in die Fabrik vordringen würden. Durch die Kanalisation, natürlich. Die alten Tunnel führten wie ein zweites Straßennetz unter der Oberfläche einher.

Es war nicht das erste Mal, dass Matt die Unterwelt einer Stadt betrat. Er erinnerte sich an Bologna, wo er schon einmal in eine Festung der Nosfera eingedrungen war, und an Aachen, wo er mit Aruula gegen mutierte Insekten angetreten war.*

Auch unter Philadelphia hatte sich der Gestank über fünfhundert Jahre lang gehalten. Nur – und das erschreckte Matt Drax fast – machte ihm der Kloakengeruch längst nicht mehr so viel aus wie vor ein paar Monaten noch ...

Matt übernahm es, den Deckel über dem Ausstieg in die Höhe zu drücken. Zu seiner Überraschung verließen sie die Kanalisation nicht innerhalb der Fabrik, sondern durch ein Loch in unmittelbarer Nähe der Außenwand.

Damit hätten sie sich den Weg durch die stinkende

---

* siehe Taschenbuch 1, Roman 5 und Taschenbuch 3, Roman 3

Unterwelt eigentlich sparen können, fand Matt, weil es allem Augenschein nach niemanden gab, der die unmittelbare Umgebung der Fabrik überwachte. Andererseits sprach diese Vorgehensweise für die absolute Vorsicht Rhians, und möglicherweise verdankte sie es eben dieser Vorsicht, dass sie noch lebte.

Er wollte und musste mehr über dieses Mädchen herausfinden. Rhian reizte ihn wie eine verschlossene Schatztruhe, die alles Mögliche bergen konnte.

Rhian bedeutete ihnen, sich im Schatten der Mauer zu halten. Kaum mehr als Schatten, huschten sie zur nächstgelegenen Ecke, wo sich ein Blitzableiter neben der Kante an der Wand emporrankte. Das brüchig gewordene Mauerwerk bot überdies Möglichkeiten, mit Händen und Füßen hinreichend Halt zu finden, wie Rhian bewies, als sie mit geradezu katzenhafter Gewandtheit hinaufkletterte.

Von unten sah Matt, dass das Mädchen unter dem Umhang fast nichts trug; nur ein knappes Höschen, das ihren knackigen Po nicht einmal halb bedeckte, darüber eine Art Bustier.

Eine Feststellung, die ihn nicht gerade ruhiger werden ließ...

»Süß, nicht?«

Jonpol Sombriffe stand neben ihm und versetzte ihm einen anzüglichen Rippenstoß, während er Rhian ebenfalls mit Blicken folgte.

Matt musste sich von dem Anblick förmlich losreißen. Dann machte er sich selbst an den Aufstieg.

Rhian erwartete sie auf dem Flachdach, über das der Wind ungehindert fuhr. Einmal mehr erinnerte ihr flatternder Umhang an Flügel. Und wieder schien sie eher zu schweben denn zu gehen, als sie sich geduckt in Richtung einer Reihe von Kunststoffkuppeln bewegte.

Unter den Abdeckungen lagen Dachluken. Das Plastik war zu trüb, als dass man hindurchblicken konnte. Darunter schien allerdings alles in Dunkelheit zu liegen.

Zielsicher steuerte Rhian das dritte Oberlicht in der Reihe an. Fast geräuschlos hob sie die Abdeckung an, warf einen kurzen Blick durch den Spalt, dann klappte sie die Kuppel vollends zur Seite.

Der fast volle Mond spendete genügend Licht, sodass Matt dort unten auch etwas erkennen konnte. Obgleich es kaum etwas zu sehen gab. Der Boden lag vier oder fünf Meter unter ihnen, und der Raum war, so weit er ihn überblicken konnte, leer.

»Und jetzt?«, fragte er Rhian. Ihm stand der Sinn nicht unbedingt nach einem Sprung in die Tiefe über fünf Meter auf harten Beton.

Das Mädchen lächelte nur, griff hinter die Umrandung der Luke und förderte ein aufgerolltes Seil zutage. Ein Ende band sie um die Scharniere der Abdeckung, dann warf sie das Bündel hinab.

»Ich zuerst«, sagte sie nur, schwang sich durch die Luke und ließ sich geschwind wie ein Äffchen am Seil hinunter. Unten angekommen, sah sie sich nach allen Seiten um, dann winkte sie den beiden Männern, ihr zu folgen, was sie weit weniger elegant erledigten.

Der Raum war in der Tat leer. Irgendwann mochte er als Lager gedient haben. An der Stirnseite gab es einen Aufzug, dessen schwere Tür Rhian aufzog. Dahinter war keine Kabine, sondern nur ein leerer Schacht, der ins Bodenlose führte.

Wieder zauberte Rhian ein Seil hervor. Das Ende war bereits an den Scharnieren der Tür befestigt, die Rolle selbst war in einer Nische in der Schachtwand festgeklemmt gewesen.

»Du scheinst hier ja ein und aus zu gehen«, meinte Matt. »Wie oft warst du schon hier?«

Sie zuckte die Achseln. »Ein paar Mal.« Dann kletterte sie in den Schacht hinab. Wieder folgten ihr Matt und Jonpol.

Sie passierten eine Tür. Erst auf der nächst tiefer gelegenen Etage verließen sie den Liftschacht. Ein kurzer Gang führte von der Tür weg und mündete auf eine Galerie. Hinter deren Brüstung wogte Licht aus der Tiefe herauf. Geräusche waren zu vernehmen – Schritte, Stimmen, Undefinierbares.

»Kein Wort mehr!«, zischte Rhian und bewegte sich dicht an der Wand entlang bis zur Ecke vor. Matt und Jonpol drängten sich hinter das Mädchen, sahen an ihm vorbei und über das Geländer der Galerie hinweg.

Man musste kein Getränkeherstellungsspezialist sein, um zu erraten, dass sich dort unten das Herzstück der einstigen Fabrik befand. Matt sah Teile von Förderanlagen, Kessel, Leitungen und Rohre, hohe Tanks aus Kunststoff. Hier war vor langer Zeit einmal die weltberühmte »koffeinhaltige Limonade« hergestellt und abgefüllt worden.

Doch warum sollten sich Nosfera ausgerechnet diesen Ort auswählen, um ... was auch immer zu tun?

Entgegen der Warnung, absolutes Schweigen zu bewahren, stellte er Rhian die entsprechende Frage.

Sie verstieß gegen das eigene Gebot und antwortete wispernd: »Siehst du die Behälter?« Sie wies auf die Tanks, die Matt bereits ausgemacht hatte. Ihr Fassungsvermögen musste gut hundert Gallonen betragen. Er nickte.

»Sie sind mit Blut gefüllt.«

Matt schauderte. Sein Magen revoltierte. »Das ... gibts nicht«, presste er hervor.

»Du glaubst mir nicht?« Rhian wartete keine Antwort ab. Dicht an der Wand entlang huschte sie um die Ecke auf die Galerie. »Kommt mit.«

Das Mädchen führte sie über die Galerie in Richtung der aufragenden Tanks. Auf dem Weg dorthin gelang es Matt, mehr von dem zu erkennen, was weit unter ihnen im Licht von Fackeln vorging.

Er sah Gestalten in kuttenartigen Gewändern, über ein Dutzend. Sie machten sich an der alten Produktionsanlage zu schaffen. In ihrem Aufzug wirkten sie wie Angehörige eines Geheimbundes.

Sie erreichten die Tanks und verhielten in ihrem Sichtschutz. Vier standen in einer Reihe, auf der gegenüberliegenden Seite noch einmal so viele.

Rhian zog einen Pfeil hervor, setzte die Spitze gegen die Tankwandung, und nach einer kleinen Weile war es ihr gelungen, ein Loch hineinzubohren. Sie zog den Pfeil heraus, und aus der Öffnung rann eine dunkle Flüssigkeit. Rhian fing etwas davon mit der Hand auf. dann verstopfte sie das Loch mit einem Holzspan.

Die nasse Hand hielt sie Matt hin. Er strich mit dem Finger durch die Feuchte. Von unten drang genug Licht herauf, dass er die Farbe der Flüssigkeit ausmachen konnte.

Rot wie Blut.

Er roch daran – Kupfergeruch …

»Nun?«, fragte Rhian. Es klang fast ein wenig triumphierend.

Matt hätte sich am liebsten übergeben. Und auch Jonpols bronzener Teint gerann zu etwas Aschfahlem.

Selbst wenn nicht alle diese Tanks voll mit Blut waren – es mussten Unmengen von Menschen gestorben sein, um auch nur einen dieser gewaltigen Behälter mit Blut zu füllen …

Etwas Kaltes stieg in Matt auf. Zorn. Ekel. Entsetzen. All das vereinte sich zu etwas, das sein Denken auszuschalten drohte. Er ballte die Fäuste, wäre liebend gerne dort hinuntergestürmt, um jedem Einzelnen dieser Mörder eigenhändig den Hals umzudrehen!

Rhian berührte ihn am Arm. »Nicht«, sagte sie leise. »Jetzt noch nicht.«

Er entspannte sich, wandte ihr den Blick zu. »Was meinst du mit ›jetzt noch ni-‹?«

Sie ließ ihn nicht ausreden, ließ ihn auch nicht los, nahm ihn an der Hand und zog ihn mit sich. »Es gibt noch etwas, das ich euch zeigen möchte.«

Sie verließen die Galerie, von der aus früher vermutlich Wartungsarbeiten an der Produktionsmaschinerie ausgeführt worden waren, über einen weiteren Gang, der in einen Korridor mündete, an dem sich auf der einen Seite leere Zimmer reihten, ehemalige Büros und Kontrollräume, wie Matt an den Resten der Einrichtung erkannte. Die gegenüberliegende Wand wurde von Fenstern durchbrochen. Durch sie fiel der Blick in eine weitläufige Halle, von der große Tore auf Rampen hinausführten. Von hier aus war einst der Abtransport erfolgt.

Heute war die Halle in flackernden Kerzen- und Fackelschein getaucht. Lange Bänke und Tafeln waren aufgestellt worden, in der Tat so, als stünde alles bereit für ein festliches Mahl für zahlreiche Gäste.

Der Blickfang jedoch und das Augenfälligste dort unten war – ein Sarkophag.

Ein gewaltiges, monströses hölzernes Ding, reich verziert mit Farben und Intarsia. Und in all dem Zierrat waren zwei Gestalten herausgearbeitet worden. Ein Mann und eine Frau, die – über die Distanz zumindest – beinahe lebensecht aussahen, so als lägen sie auf dem Sarkophag und schliefen nur.

»Was ist das?«, fragte Matt verblüfft.

»Darin befinden sich die Überreste zweier Nosfera«, behauptete Rhian. »Auf sie geht die Idee der großen Zusammenkunft und der Einheit zurück. Die Blutsäufer verehren das Paar. Und zum Zeichen des Neubeginns wollen sie die Reliquien dem Feuer übergeben.«

Matt schauderte. Irgendwie klang es unheimlich vertraut, was er da hörte. Fanatiker, pseudoreligiöse Spinner. Sie waren nicht ausgestorben, o nein. Es gab sie immer noch – und sie waren gefährlicher denn je!

Rhian hielt immer noch seine Hand. »Genug gesehen?«, fragte sie.

»Mehr als genug.« Matts Stimme kratzte.

»Dann kommt – ich bringe euch zu meinen Freunden«, sagte Rhian und führte sie den Weg zurück, den sie gekommen waren. Erst hinaus und dann *hinauf* in die Nacht.

Die Reste Philadelphias lagen tief unter ihnen. Das Mondlicht schuf aus den Gebäuden und Ruinen eine bizarre Landschaft, fast wie aus Vulkangestein, mit schroffen Kanten und steilen Klüften.

Und sie kletterten höher und immer höher, ließen die Stadt unter sich zurück wie eine andere Welt.

Obwohl der Wind hier oben von schneidender Schärfe war und bitterkalt, war Matthew Drax in Schweiß gebadet. Hinter ihm schnaufte Jonpol Sombriffe wie eine Dampfmaschine.

Nur Rhian schien der beschwerliche und scheinbar endlose Aufstieg nichts auszumachen.

Der Aufstieg …

Eher eine Bergtour. Die Bezwingung eines Berges aus Stahl, Beton und Glas.

Sie erklommen einen Wolkenkratzer, in dem sich die Aufzüge vor fünf Jahrhunderten zum letzten Mal bewegt hatten und an dem seither der Zahn der Zeit gnadenlos gefressen hatte. Nur die steinernen Gargoyles, die an der Fassade hingen und hockten oder sich wie zum Sprung bereit festklammerten, hatte er seltsamerweise fast verschont. Die grotesken und Furcht einflößenden Phantasiegestalten schienen für die Ewigkeit geschaffen ...

Zwanzig, fünfundzwanzig Stockwerke lagen mittlerweile unter ihnen. Etwa die gleiche Zahl wartete noch auf sie. Wenn Matt nach oben sah, hatte er allerdings das Gefühl, als nähme der marode und monströse Turm überhaupt kein Ende.

Dort oben hatten sich Rhians Freunde eingenistet, wie in einem unzugänglichen Adlerhorst. Dorthin waren sie unterwegs – über Treppen und Leitern, an Seilen und Kabeln und stählernen Trägern empor. Sollte tatsächlich jemand auf die Idee kommen, Rhian und ihre Freunde da oben angreifen zu wollen, würde ihm nach dieser Klettertour schlicht die Kraft dazu fehlen ...

Aber irgendwann hatten sie es doch hinter sich. Noch bevor sie die obere Etage enterten, wurde ihre Ankunft bemerkt.

»Auge um Auge ...«, rief jemand halblaut von oben herunter.

Und Rhian antwortete: »... Zahn um Zahn.«

Ein Codewort, der Bibel entnommen. Matt staunte einmal mehr. Er wusste nicht, was er erwartet, wie er sich Rhians Freunde vorgestellt hatte. Aber wie auch immer, er hatte dabei ganz sicher nicht die »verlorenen

Kinder« aus dem »Nimmerland« vor Augen gehabt. Doch an eben jene erinnerte ihn die Truppe hier oben. Und es fiel ihm nicht schwer, ihren Peter Pan in Rhian zu sehen …

Keiner ihrer Freunde war älter als sie. Und sie wirkten abgerissen, verwahrlost, waren schmutzig und stanken. In ihren Gesichtern aber las Matt etwas, das ihrem Äußeren widersprach: Allesamt schienen sie älter, als sie es an Jahren tatsächlich waren, erwachsener. Abgehärtet, oder besser: hart geworden durch ein entbehrungsreiches Leben.

Kreuzritter …

Dieses Wort kam Matt in den Sinn. Denn diese Halbwüchsigen entsprachen in gewisser Weise ganz dem Bild, das er von den Kreuzrittern des Mittelalters hatte, die sich unter Strapazen gen Jerusalem gemüht hatten, ein vermeintlich hehres Ziel vor Augen. Die für ihren Glauben, ihre Überzeugung alles gegeben und jede Entbehrung auf sich genommen hatten.

Wie Rhians Freunde eben.

Auf ihrem Banner stand jedoch nicht die Befreiung einer Heiligen Stadt. Sondern die Befreiung ihrer Welt von allen Nosfera!

Ganz unverhohlen hatte Rhian ihnen auf dem Weg hierher gesagt, weshalb sie und ihre Freunde nach Phillia gekommen waren.

»Tod allen Nosfera! Eine bessere Chance als hier und jetzt wird sich uns nie mehr bieten. Wenn wir jetzt nicht zuschlagen, werden wir dieser Brut nie Herr werden!«

Und dieses Häuflein Jugendlicher war also die Armee, mit der sie gegen die Nosfera antreten wollte. Ein Selbstmordkommando, ganz gleich wie entschlossen diese Jungen und Mädchen, wie stark die persönlichen Beweggründe, aus denen sie sich Rhian und ihrer Sache angeschlossen hatten, auch sein mochten. Rhian hatte ihnen auch davon erzählt. Bei den meisten ihrer Freunde handelte es sich um Waisen, deren Familien von Nosfera getötet worden waren. Aber Rachedurst war keine Garantie für einen Sieg. Schon gar nicht in einer solchen Schlacht.

Matt wusste nicht, wie viele Nosfera dem Ruf des Blutes nach Phillia gefolgt waren; auch Rhian kannte diese Zahl nicht, Jonpol ebenso wenig. Aber es waren ganz bestimmt Hunderte, vielleicht mehr. Wie wollte eine Truppe von rund zwei Dutzend Teenagern gegen eine solche Übermacht ankommen?

Andererseits hatte Matt aber auch keine Ahnung, wie er Rhian und ihre Freunde von ihrem Vorhaben abbringen sollte. Auf ihre Art waren sie wahrscheinlich kaum weniger fanatisch als die Nosfera. Mit Worten jedenfalls würde er nichts bewegen, das war ihm klar.

Vielleicht kam ihm ja über Nacht die Erleuchtung. Denn das große Fest, der Neuanfang für die Nosfera, sollte erst in der morgigen Nacht stattfinden, wenn der Mond in vollem Rund am Himmel stand. *Der Vollmond der Vampire* – das war das i-Tüpfelchen auf diesem ganzen mystischen Wahnsinn …

Matt sagte nichts, als Rhian ihren Freunden mitteilte, dass sie in ihm und dem Truveer zwei weitere Mitstreiter gefunden habe. Morgen würde er die Sache klären. Jetzt stand ihm der Sinn nur nach einem: Schlaf. Mit einem halbwegs ordentlichen Dach über dem Kopf, wenn auch fast hundertfünfzig Meter über dem Erdboden.

Die jungen Leute hatten die gesamte Etage okkupiert; entsprechend herrschte hinsichtlich der Nachtlager kein Gedränge. Matt suchte sich ein ruhiges Eckchen, griff sich die Decke, die ihm jemand reichte, zog sich bis auf die Hose aus und legte sich hin.

Zum Schlafen kam er aber noch eine ganze Weile nicht.

2511

Irgendwann würde auch sie zum allerletzten Mal in die Hölle hinabsteigen, hinunter in Kharnovs furchtbares Reich der Pein. Irgendwann würde auch sie das Schicksal Garneys und all der anderen Kinder teilen, die der teuflische Alchimist opferte, um sich seinen abseitigen Traum zu erfüllen.

Und irgendwie hatte Rhian das Gefühl, dass dieses letzte Mal heute gekommen war ...

Wie immer war sie an den klobigen Stuhl gefesselt worden. Und wie immer setzte Kharnov ihr die Nadel an den Arm, um ihr Blut zu nehmen. Doch diesmal blieb der Schmerz aus.

Etwas Großes, Dunkles flog in ihre Richtung und schlug mit dumpfem Laut auf den Boden.

Ein ... Vogel? Ja, einer jener riesenhaften Vögel, die in den Türmen draußen nisteten, als Wächter und Jäger, sollte ein Gefangener sein Heil in der Flucht suchen.

Der Vogel war tot. Jemand hatte ihm den Kopf vom Hals getrennt. Blut sickerte aus der hässlichen Wunde und sammelte sich am Boden zu einer ölig schimmernden Pfütze.

Tyress schrie auf. Vaitor ließ einen unartikulierten Laut des Erschreckens hören. Und Kharnov klaffte der Mund auf, als er den Mann sah, der den Kadaver hierher geschleudert und das Tier wohl auch getötet hatte.

»Du?« Kharnov schien wie betäubt.

Der Fremde nickte. »Ich. Endlich. Nach so langer Zeit habe ich dich gefunden, hat mir der HERR den rechten Weg gewiesen.«

Rhian wurde die Kehle eng. Ihr Herz hieb wie mit Fäusten gegen ihre Rippen. Der Anblick des Mannes erschreckte auch sie. Er sah aus, als sei er geradewegs der Hölle entstiegen.

Er schien auf seltsame Art ganz aus Schwärze gemacht. Alles an ihm bis auf den weißen Kragen, das nicht von dieser Farbe war: das lange strähnige Haar, der wuchernde Bart, der breitkrempige Hut, der sein Gesicht überschattete, der bis zum Boden reichende Ledermantel, die schweren Stiefel.

Und all die Dinge, die er bei sich trug.

Rhian hatte nie zuvor etwas Vergleichbares gesehen, aber instinktiv ahnte sie, dass es sich bei all diesen Dingen um Waffen handelte.

Eines davon, das Größte, nahm der unheimliche Fremde jetzt von seiner Schulter und richtete es auf Kharnov. Obwohl es sichtlich schwer war, hielt er es mit nur einer Hand. Mit der anderen pflückte er etwas von einem Gurt, der ihm quer über die Brust verlief; etwas, das aussah wie ein schwarzes Ei. Mit dem Daumen entfernte er einen kleinen Stift, der wiederum einen Bügel gehalten hatte. Dann warf er das ovale Ding von sich, zielsicher in Kharnovs Gerätschaften und Apparaturen hinein.

Und dann, zwei, drei Atemzüge später, öffnete sich ein Fenster zur Hölle! Das jedenfalls war Rhians Eindruck.

Mit ohrenbetäubendem Donnern zerriss die Wirklichkeit. Eine Feuerwand schoss hoch. Trümmer flogen Geschossen gleich durch den Raum. Sengende Hitze strahlte zu ihr her.

Geblendet schloss Rhian die Augen, und als sie die Lider wieder öffnete, war es vorbei. Nur ätzender Rauch hing noch in der Luft. Scherben und Schutt regneten zu Boden. Es stank nach Blut. Aber sie selbst war nicht verletzt!

Kharnov stieß ein irres weibisches Wimmern aus. Ein Glaskolben steckte in seiner Schulter. Er schien ihn nicht einmal zu spüren.

»M-mein Werk ...«, flüsterte er fassungslos, verzweifelt. »Mein Leben ...«

»Dein Leben ist verwirkt«, sagte der ... *Rev'rend*!

Die Erkenntnis traf das Mädchen wie ein Schlag!

Der Fremde war einer jener Rev'rends, von denen sie schon gehört hatte. Besucher, die bei ihren Eltern eingekehrt waren, hatten von ihnen erzählt. Niemand hatte Genaueres über sie gewusst, und zumindest Quinlan hatte sie für so etwas wie den *Bogeemaan* gehalten, nur dazu geschaffen, um kleinen Kindern Angst zu machen.

Aber jetzt stand einer dieser Rev'rends vor ihr, leibhaftig, und Rhian verspürte, zu ihrem eigenen Erstaunen, keine Furcht mehr vor ihm.

»Du hast uns verraten«, fuhr der Rev'rend an Kharnov gewandt fort, »unser Wissen schändlich missbraucht, Frevler! Du hast GOTT selbst verraten!«

Kharnov schluckte heftig. Sein spitzer Adamsapfel tanzte auf und nieder wie an einem Gummiband.

»I-ich ... nein, du m-missverstehst das alles ... Bruder«, stammelte er.

»Wage es nicht, mich so zu nennen!«, donnerte der andere.

Schräg hinter ihm machte Rhian eine Bewegung in den Schatten aus.

Vaitor! Mit erhobenem Arm machte er einen Schritt

auf den Rev'rend zu, und einen weiteren. Rhian sah, dass er etwas in der hochgereckten Faust hielt; etwas, das er dem Mann in Schwarz auf den Schädel schlagen wollte!

Und sie schrie. Wie von selbst brach die Warnung aus ihr hervor, gellend laut, schrill, so entsetzt, als würde sie selbst von Vaitor angegriffen werden.

»Vorsicht! Hinter dir! Pass auf!«

Der Rev'rend reagierte augenblicklich. Sackte in die Knie und kreiselte in der Bewegung herum.

Vaitors Hieb ging fehl. Der eigene Schwung ließ ihn einen Schritt nach vorne taumeln.

Aus der Hocke versetzte ihm der schwarze Mann einen Tritt, der Vaitor nach hinten trieb. Und dann spuckte die Waffe in der Hand des Rev'rends einen blendend hellen Blitz aus, der Vaitor in die Brust schlug!

Sein Gewand fing Feuer. Aber da war Vaitor bereits tot.

Tyress folgte ihrem Geliebten Sekunden später in den Tod, auch sie von einem solchen Blitz gefällt.

Dann widmete sich der Rev'rend wieder Kharnov – oder wollte es tun, denn der kleinwüchsige Teufel versuchte zu fliehen!

Irgendwo hinter dem Stuhl, auf dem Rhian saß, musste es einen weiteren Ausgang geben. Den trachtete Kharnov zu erreichen.

Der Rev'rend stürmte an Rhian vorbei. Sie hörte, wie er Kharnov erwischte – der Zwerg quiekte wie eine Ratte und zappelte im Griff seines Häschers, als der ihn zurückschleifte.

Rhian rechnete damit, dass der Mann in Schwarz auch Kharnov mit einem seiner Blitze zur Hölle schicken würde. Stattdessen nahm er einen weiteren dieser ovalen Gegenstände von seinem Gurt, steckte ihn Kharnov in die Kutte und schleuderte ihn mit einer fast lässig anmutenden Bewegung meterweit von sich.

»Möge der HERR deine verkommene Seele richten!«, rief er.

Der Donner erfolgte, kaum dass Kharnov den Boden berührt hatte. Die Explosion zerriss den wahnsinnigen Zwerg in schmorende Fetzen. Es stank durchdringend nach verbranntem Fleisch und versengtem Haar.

Schweigend löste der Rev'rend die Fesseln um Rhians Arme. Dann nahm er sie hoch und trug sie fort aus dieser Hölle, in die er vom Fuß der Treppe aus noch weitere jener »Donnereier« warf.

»Halte dich stets hinter mir, Kind«, sagte er, als sie oben anlangten.

Wie der Gestalt gewordene Tod marschierte der Rev'rend durch die Korridore und Räume, Rhian immer dicht hinter ihm, und keiner der Vasallen, die ihren Weg kreuzten, überlebte die Begegnung.

Schließlich befreiten sie die anderen Kinder aus ihren Zellen, unter ihnen Teeve und Quinlan – der arme Quinlan, den Rhian seit ewiger Zeit nicht mehr gesehen hatte, aber das geschwisterliche Band zwischen ihnen war nie abgerissen. Deshalb hatte Rhian geahnt, was aus ihm geworden war; dennoch, es mit eigenen Augen zu sehen war entsetzlich ...

Vanna war nicht unter den anderen Kindern; das Mädchen war gestorben, so wie Garney. Rhian, Quinlan und Teeve mitgezählt, waren sie zu zwölft.

»Zwölf«, sagte der Rev'rend und nickte zufrieden. »Eine gute Zahl.«

Sie standen im Hof, der von den hohen Außenmauern umgrenzt wurde. Im Staub lagen die Kadaver der anderen Vögel, die der Mann in Schwarz getötet haben musste, als er sich Einlass verschafft hatte. Jetzt saß er auf einem mächtigen zweirädrigen Gefährt, das wie ein wütendes Raubtier grollte.

»Der HERR sei mit euch«, sagte der Rev'rend und zeichnete mit der Hand ein unsichtbares Kreuz in die Luft.

»Du verlässt uns?«, fragte Rhian sorgenvoll.

»Der HERR bestimmt meine Wege und mein Tun. Ich bin sein Diener und habe IHM zu folgen.«

»Aber ... was ...«, stieß Rhian hervor, »... was soll aus uns werden?«

Der Rev'rend streckte die Hand aus und legte sie ihr auf den Kopf.

»Hilf dir selbst, dann hilft dir GOTT«, sagte er, so leise, als sei es nur für sie ganz allein bestimmt.

Und in ihr regte sich etwas, angerührt und ausgelöst von seinen Worten. Etwas, das noch nicht zur Gänze erwacht, aber spürbar war. Und es war ein gutes Gefühl ...

Der Mann in Schwarz griff unter seinen Mantel und holte etwas hervor, das er Rhian reichte.

Ein ... Buk. Eine ...

»Eine Bybell?«, entfuhr es ihr beinahe entgeistert. Ehrfürchtig nahm sie es entgegen.

»Das Buch des HERRN«, sagte der Rev'rend. »Es enthält alles, was ein Mensch im Leben braucht. Und wer es versteht, findet darin alle Kraft der Welt.«

»Ich danke dir, Rev-«, begann Rhian, doch der Rev'rend unterbrach sie.

»Danke nicht mir – danke dem HERRN. Immerdar.« Sein Finger wies nach oben, vielleicht beabsichtigt, vielleicht nur zufällig ...

»Das werde ich«, gelobte Rhian, »so lange ich lebe – und darüber hinaus.«

»Dann«, behauptete der Rev'rend, »sehen wir uns wieder – vor SEINEM Thron.«

Und damit setzte er sein Gefährt in Bewegung und donnerte zum Tor hinaus. Die Kinder sahen ihm nach, bis er in einer Staubwolke verschwand, als hätte es ihn nie gegeben. Dann hörten sie nur noch das Grollen des Zweirades, das von den Bergen widerhallte, und schließlich kehrte vollkommene Stille ein.

»Was tun wir jetzt?«, fragte eines der Kinder.

»Warten«, erwiderte Rhian, das Buch mit beiden Armen an sich gepresst.

»Warten? Worauf denn?«

Zu Fuß würden sie nicht weit kommen. Sie hatten keine Ahnung, wo sie waren, wie weit es bis zur nächsten menschlichen Ansiedlung war. Ein Marsch ins Ungewisse konnte nur in den Tod führen.

Doch Rhian wusste, was zu tun war. Was ihre Chance war, nicht nur von hier fort-, sondern auch irgendwo anzukommen.

»Wir warten«, sagte sie, »auf den Sammler.«

Stille hatte sich über die Schlafenden gelegt wie eine gewaltige Decke. Nur draußen heulte, sang und wisperte der Wind um das Gebäude, und für Matt klang es, als unterhielten sich die steinernen Gargoyles in einer fremden Sprache.

Er war todmüde, aber der Schlaf wollte sich nicht einstellen. Er zwang seine Lider zusammen, versuchte an nichts zu denken – vergebens. Sein Denken hatte sich in ein Perpetuum mobile verwandelt, das sich nicht stoppen ließ. Und es kreiste unentwegt um die Nosfera. Die alte Fabrik. Was dort geplant war, wie es vonstatten gehen würde.

Vielleicht, dachte Matt, war es gut, dass er nicht schlafen konnte. Die übelsten Albträume seines Lebens wären ihm gewiss …

Ein Geräusch, das sich nicht in die Kulisse fügte, die der Wind draußen wob, ließ ihn die Augen öffnen. Drei, vier Sekunden lang brauchten seine Augen, um sich auf das Zwielicht einzustellen.

Aber da war sie schon bei ihm. Lautlos, wie es ihre Art war, glitt sie zu ihm unter die Decke und drängte sich an ihn.

Warm und nackt. Und samten weich.

»Rhian!«, entfuhr es ihm lauter als gewollt. »Was –?«

Mit dem Finger verschloss sie ihm den Mund. »Nicht!«, flüsterte sie, so nah an seinem Ohr, dass ihr Atem wie eine Sommerbrise darüber strich. »Du weckst noch die anderen.«

»Was willst du?«, fragte er leise. Eine dumme Frage, wie er sich noch im selben Moment eingestand. Es stand außer Frage, was Rhian wollte – was jede Frau wollte, die nächtens splitternackt zu einem Mann unter die Decke kroch.

Nur dass Rhian keine Frau war. Sie war ein Mädchen, ein Kind fast noch! Auch wenn ihr Verhalten anderes weismachen wollte. Ihr Verhalten und ihr … Körper. Dieser herrlich weiche, glatte und warme Körper. Matt spürte ihre Brüste an seiner, als sie sich ein wenig über ihn schob. Ihre verhärteten Brustwarzen strichen wie Fingerspitzen sanft über seine nackte Haut.

Sein Puls beschleunigte sich, wie auch sein Atem. Und seine Stimme klang rau, fast erstickt, als er sagte: »Rhian, das –«

Wieder versiegelte sie ihm die Lippen, mit ihren eigenen diesmal. Und Matt konnte nicht anders, als ihren

Kuss zu erwidern. Er war kein Eisblock, verdammt, nur ein Mensch, ein Mann aus Fleisch und Blut; aus Blut, das mehr und mehr in Wallung geriet und ihm eine fast schmerzhafte Erektion bescherte.

»Bleib bei uns, Maddrax. Hilf uns.« Rhians Flüstern erreichte ihn wie von weither. Ihre Zungenspitze erkundete seinen Hals, seine Brust und wanderte tiefer.

Er fasste sie bei den Schultern und zog sie hoch, bis er ihr ins Gesicht sehen konnte. »Tust du das deshalb? Damit ich euch helfe?«

Sie sah ihn aus großen Augen an. Verletztheit malte sich in ihre Züge. »Wofür hältst du mich?«, fragte sie.

Matt zögerte. »Ich ... ich weiß es nicht«, gestand er. Er wusste nicht, was er von Rhian halten sollte. Aber er wusste auch, dass er dieser Frage gerne nachgehen wollte ...

Sie missverstand ihn. »Du glaubst, ich würde mich dir andienen, um –?«

»Nein«, beeilte er sich zu sagen, »nein, so hab ich das nicht gemeint! Aber du bist so ...«, er suchte nach dem passenden Wort, »... du gibst mir Rätsel auf, Rhian. Du *bist* ein Rätsel für mich.«

»Du meinst ... geheimnisvoll?« Der verletzte Zug schwand aus ihrem Gesicht. Ihre Stimme gewann etwas Rauchiges, Raues, Verruchtes fast.

»Mh-hm.«

»Möchtest du ... meine Geheimnisse ... ergründen?«, fuhr sie fort.

»Vielleicht ...«

Ihre Hand strich wie zufällig über seinen Schoß. Er stöhnte auf. »Vielleicht?«, wiederholte sie.

»Ich mmmöchte ...« Matt musste an sich halten, um nicht einfach über Rhian herzufallen.

Dafür tat sie es – *sie* kam über *ihn*.

Sie kam *vor* ihm. Und sie kam *mit* ihm.

Und hatte auch dann noch nicht genug *von* ihm ...

Auch Jonpol Sombriffe fand keinen Schlaf. Nicht nur, weil sich Rhian zu Maddrax geschlichen hatte und der den Reizen des Mädchens nicht hatte widerstehen können ...

Jonpol schmunzelte im Halbdunkel, derweil Rhian nicht weit entfernt nur mit Mühe ein Stöhnen unterdrückte, das ihre ganze Bande wecken würde. Er hatte schon viel eher bemerkt, wie es um die zwei stand. Sie hatten die Augen kaum voneinander lassen können, und wahrscheinlich war ihnen das selbst nicht einmal aufgefallen.

Aber dass die beiden sich dort drüben miteinander vergnügten, war wie gesagt nicht der eigentliche Grund, aus dem der Truveer noch wach lag. Ihn beschäftigte vielmehr der Gedanke an die Nosfera, an den morgigen Tag – und vor allem an jenen geheimnisvollen Sarkophag und seinen schaurigen Inhalt!

Jonpol Sombriffe liebte es, seine Geschichten quasi zu illustrieren – mit Zeichnungen oder Schaustücken beispielsweise. Und was immer sich in jenem Sarkophag befand, ein Teil davon würde ganz gewiss ein fantastisches Schaustück für diese Geschichte abgeben, wenn er sie erzählte. Das setzte freilich voraus, dass er dann noch in der Lage war, sie zum Besten zu geben. Immerhin mochte es sein, dass er dieses Abenteuer nicht überlebte. Doch der Tod schreckte ihn nicht; kein Truveer fürchtete den Tod. Vielmehr betrachteten sie das Sterben als letzte Geschichte ihres Lebens, als letztes Abenteuer. Und es hielt sich der Glaube in den Kreisen ihrer Gilde, dass sie sich drüben, auf der anderen Seite alle wieder sehen und einander diese letzten Geschichten erzählen würden ...

Was mochte sich in dem Sarg befinden? Nur Asche? Knochen vielleicht? *Ein Totenschädel,* dachte Jonpol, *würde sich gut ausnehmen in meiner Sammlung.* Und in Gedanken sah er sich schon die Legende der Nosfera in großem Kreise erzählen und wie die Frauenzimmer spitz aufschrien beim Anblick des knöchernen Schädels.

Potzblitz, er *musste* es wissen! Er *musste* einen Blick in diesen Sarkophag werfen, bevor er ein Raub der Flammen wurde, und wenn es irgend ging, wollte er etwas daraus stehlen.

Noch ehe es ihm recht bewusst wurde, war Jonpol bereits aufgestanden und schlich sich davon. Unbemerkt verließ er das Lager und kletterte den Weg zurück, den sie herauf genommen hatten. In umgekehrter Richtung erwies sich die Strecke keineswegs als einfacher und kaum weniger mühselig.

Auf dem Weg zum Versammlungsort der Nosfera hielt er sich so gut es ging im Dunkeln. Zwei- oder dreimal hörte er Stimmen und versteckte sich, bis sie wieder verklungen waren oder sich zumindest weit genug entfernt hatten.

Dann war er am Ziel. Kolossal ragte der Bau mit der rotweißen Zeichnung vor ihm in die Höhe.

Stille. Nichts regte sich. Gut.

Jonpol nahm nicht denselben Weg wie am Abend zuvor. Er entsann sich der weiten Tore, die direkt in die Halle mit dem Sarkophag geführt hatten. Nachdem er das Gebäude zur Hälfte umrundet hatte, fand er sie.

Dahinter wogte noch immer ein rotgoldenes Lichtermeer, zu dem sich Hunderte von Kerzenflammen vereinten.

Neben einem der Tore blieb der Truveer stehen, ging in die Knie und lugte um die Ecke.

Niemand zu sehen. Und der Sarkophag befand sich ganz in seiner Nähe. Mit fünfzehn, höchstens zwanzig schnellen Schritten würde er ihn erreicht haben. Und schon huschte er darauf zu.

Eine Bewegung aus den Augenwinkeln erschreckte ihn – dann atmete er auf. Nur sein eigener Schatten, der riesenhaft verzerrt hinter ihm über Boden und Wand glitt.

Als er endlich neben dem Sarkophag stand, empfand er beinahe etwas wie Ehrfurcht. Die beiden Figuren auf dem Deckel, Mann und Frau, waren von wahrer Künstlerhand geschaffen worden.

Noch einmal schaute er sich vorsichtig nach allen Seiten um, dann machte er sich daran, den Sargdeckel anzuheben. Er war schwer, aber nicht zu schwer für Jonpol. Spaltweit klaffte er auf, noch nicht weit genug allerdings, dass er hineinsehen konnte.

Und dann hörte er die Stimmen.

Stimmen, die näher kamen! Und Schritte! Die Kerzenflammen gerieten in heftigere Bewegung.

Weg hier! war Jonpols erster Impuls. Doch er widerstand ihm. Es war zu spät, um unerkannt zu entkommen.

Nein, er brauchte ein Versteck. Und da bot sich nur eines an . . .

Ein kurzer Ruck, dann stand der Deckel weit genug offen, dass der Truveer durch den Spalt schlüpfen konnte. Behutsam ließ er den Deckel wieder herab. Schwärze schloss sich um ihn. Und ätzender Gestank.

Er lag in etwas Pulvrigem. Asche, vermutete er.

Und trotz des Ekels, den er empfand, erfüllte ihn doch auch eine fiebrige, wunderbare Erregung in Aussicht auf die Geschichte, die er in sein Repertoire würde aufnehmen können.

Draußen näherten sich die Schritte und Stimmen. Jonpol hörte sie dumpf, etwas verzerrt, aber deutlich genug, um die Worte zu verstehen.

Gebannt lauschte er den Nosfera. Atemlos. Und sein Herz raste immer schneller.

Er hörte – die *Wahrheit*. Die *ganze* Wahrheit.

Und diese Wahrheit war … ganz *anders!*

Als Matt Drax erwachte – oder vielmehr geweckt wurde –, graute draußen bereits der Morgen.

Rhian war fort, weg wie ein Traum, der erlischt, sobald man die Augen aufschlägt. Doch Matt hatte noch ihren Duft in der Nase, roch ihn überall auf seiner Haut – und er trug seine Hose nicht mehr …

Kein Traum also. Rhian war tatsächlich bei ihm gewesen. Und sie hatten sich geliebt mit feuriger Leidenschaft, mit fast barbarischer Wildheit.

Letzteres erinnerte Matt an Aruula, brutal und schmerzhaft, und mit einem Mal fühlte er sich hundeelend …

»Zieh dich an!«

»Jonpol?«

»Wer sonst? Hältst du mich für deine Gespielin, mit der du dir die Nacht vertrieben hast, während ich Kopf und Kragen riskierte?«, fragte der Truveer. Sein spöttisches Grinsen wirkte aufgesetzt, als hätte ihm irgendetwas das echte Grinsen gründlich ausgetrieben.

Matt tastete nach seiner Hose und stieg unbeholfen hinein. »Wovon redest du überhaupt?«

»Ihr habt es wie Tiere getrieben. Das war nicht zu überhö-«, antwortete der Barde.

»Nein«, fiel ihm Matt ins Wort. »Was hast du riskiert? Ich meine, was hast du getan?«

Jonpol sah sich sichernd um. Er wollte nicht, dass jemand mithörte, was er erfahren hatte und Maddrax erzählen musste. »Ich war noch einmal dort.«

»Dort?«

»Bei den Nosfera.«

Matt riss die Augen auf. »Allein? Aber was um alles in der Welt –?«

Der Truveer winkte hastig ab. »Egal. Hör mir genau zu. Ich wurde Zeuge einer Unterhaltung, die alles in ein völlig anderes Licht rückt ...«

Und dann berichtete er, was er, im Sarkophag versteckt, mitangehört hatte. Er verfügte über ein ausgezeichnetes Gedächtnis und konnte das Gespräch der Nosfera fast wörtlich wiedergeben.

Matt lauschte ihm atemlos, und am Ende stand er da wie vom Donner gerührt. »Das ... das ist ...« Ihm fehlten die Worte. Als müsse er es noch einmal hören, um es glauben zu können, fasste er zusammen, was Jonpol ihm erzählt hatte. Das Wesentliche ließ sich relativ knapp umreißen.

»Die Nosfera haben ... einen Blutersatz entwickelt, den sie hier ausgeben wollen, um ihn unter ihresgleichen zu verbreiten? Damit sie künftig keine menschlichen Opfer mehr schlagen müssen?«

»So ist es.« Jonpol nickte.

»Aber das ... das stellt ja alles auf den Kopf!«

»Sag ich doch!«

Matt zog sich hastig an. »Wir müssen mit Rhian reden«, erklärte er.

Sie machten sich auf die Suche nach dem Mädchen. So leise wie möglich schlichen sie zwischen den Schlafenden hindurch, um niemanden zu wecken.

Rhians Lager befand sich in einer versteckten Ecke. Sie schlief ebenfalls noch, zumindest waren ihre Augen geschlossen, und neben ihr, im Schatten – hockte ein Nosfera, der Blut aus Rhians Arm soff!

Als er Matt und Jonpol bemerkte, löste er die Lippen von der Wunde und sah mit blutverschmiertem Mund und erschrocken zu ihnen auf.

Matt sprang auf ihn zu, packte ihn, riss ihn hoch und schmetterte ihn gegen die Wand. Die Wucht presste dem Nosfera die Luft aus den Lungen. Matt holte zum Schlag aus, wollte dem Blutsauger die Faust ins dörre Gesicht schmettern – doch dazu kam es nicht.

»Nein!« Rhian fiel ihm in den Arm, hielt ihn zurück, zerrte ihn weg von dem Nosfera, der benommen an der Wand entlang zu Boden rutschte, wo er hocken blieb wie ein verängstigtes Tier.

Noch ehe Matt etwas sagen oder fragen konnte, hatte sich Rhian zwischen ihn und den Nosfera gedrängt. Von unten herauf sah sie Matt an, ihre linke Hand gegen die Wunde am rechten Unterarm gepresst, der voller Narben war.

»Was –?«, keuchte Matt.

Rhian schüttelte den Kopf. »Lass ihn in Ruhe, Maddrax. Er ist ... mein Bruder.«

»Dein Bruder?«

»Quinlan.«

»Verdammt, was geht hier vor?«, fuhr Matt das Mädchen an. »Und wusstest du, dass die Nosfera keineswegs planen, sich zu organisieren, sondern –«

Erschrecken mengte sich in Rhians Blick. »Wir müssen reden«, sagte sie rau.

»Allerdings!«

»Nicht hier«, bat Rhian, »nicht vor den anderen. – Kommt mit.«

Widerstrebend folgte Matt dem Mädchen. Sie ging ihm und Jonpol voraus, hinunter ins nächste Stockwerk.

Und dann erzählte sie ihnen alles. Ihre ganze Geschichte.

Beginnend mit dem Tag, als der Sammler zu der elterlichen Farm kam, um sie und Quinlan zu holen …

2511

Der Sammler schöpfte keinen Verdacht. Für ihn sah es aus wie immer. Zunächst …

Das Tor in der Mauer öffnete sich bei seiner Ankunft. Doch weiter geschah nichts. Niemand zeigte sich, nichts regte sich.

Der Sammler wartete in seinem Fahrzeug ab. Und nach einer Weile setzte er es wieder in Bewegung und fuhr durch die Toröffnung auf den Hof dahinter, wo er es abermals zum Stehen brachte.

Wieder verging einige Zeit. Dann stieg der Fette aus, gefolgt von seinem hünenhaften Sohn.

Der Moment, auf den Rhian und die anderen Kinder gewartet hatten!

Türen wurden aufgestoßen. Kinder stürmten hervor. Mit Eimern in der Hand rannten sie auf den nackten Riesen zu und übergossen ihn mit Fjuul, um dann schleunigst Reißaus zu nehmen.

Dann kam Teeve. In der Hand eine Fackel. Brüllend rannte er auf den großen Mann zu, näherte sich ihm bis auf drei Schritte und warf die Fackel.

Augenblicklich verwandelte sich der Hüne in eine Feuersäule. Teeve heulte triumphierend auf – sein Plan hatte funktioniert!

Das Fleisch des Hünen verbrannte. Aber er starb ohne einen Schmerzenslaut.

Alles war so schnell gegangen, dass der Sammler erst jetzt kehrtmachte, um in sein Fahrzeug zu fliehen. Doch da hatten ihm Rhian und ein paar andere schon den Weg verstellt.

Er versuchte sich zu wehren. Schlug mit seinem hässlichen Stock nach den Kindern, die er allesamt selbst hierher verfrachtet hatte. Aber sie waren ihm über, hatten ihn im Nu überwältigt. Japsend wie ein Fisch auf dem Trockenen, lag er schließlich am Boden, in Erwartung desselben Schicksals, das seinen Sohn ereilt hatte.

Doch ihn steckten die Kinder nicht in Brand.

Der Sammler wurde das erste »Opfer« von Quinlan. Der durch Kharnovs Experimente selbst zum Nosfera geworden war …

Teeve fand schließlich heraus, wie sich das Gefährt des Sammlers in Bewegung setzen und steuern ließ. Und so verließen Rhian und die anderen diesen Ort, der ihr Leben auf immer verändert hatte.

Den Ort, an dem ihr gemeinsamer Feldzug gegen die Nosfera seinen Anfang genommen hatte …

Matt war erschüttert.

Was Rhian ihnen erzählt hatte, war … Er wusste es nicht. Vielleicht gab es kein Wort, um das Grauen zu beschreiben, dem sie und die anderen Kinder ausgeliefert gewesen waren.

Dennoch, er konnte verstehen, warum sie zu fanatischen Nosfera-Jägern geworden waren. Aber es gab auch noch vieles, das er nicht verstand! Und vor allem: Dass er es verstand, hieß keineswegs, dass er es guthieß! Schon gar nicht in Anbetracht dessen, was Jonpol herausgefunden hatte.

Dieser Gedanke setzte in Matts Kopf einen anderen in Gang; löste einen Verdacht aus, der ihm im allerersten Moment absurd, vollkommen abwegig erschien, aber dann …

»Du hast gewusst, dass sich die Nosfera hier nicht versammeln, um sich gegen die Menschen zu verbünden!«

Es war keine Frage, die er Rhian stellte. Er traf vielmehr eine Feststellung.

Das Mädchen nickte. Aber sie hatte keine Mühe, ihm dabei in die Augen zu sehen. Sie hielt Matthews Blick auch dann noch stand, als sie ihm weitere Geheimnisse eröffnete. Und dabei glänzten ihre Augen so kalt, als sei etwas darin gefroren.

»Ich habe außerdem nichts unversucht gelassen, um diese Ungeheuer noch mehr in Verruf zu bringen. Ich musste es tun, Quinlans wegen … Ich konnte ihn nicht nur mit meinem Blut am Leben halten.«

»Soll das etwa heißen …?« Matts Erschütterung vertiefte sich noch. »Du hast … Menschen umgebracht und –«

»– und den Anschein erweckt, es seien Nosfera gewesen, ja.«

»Und die Lügengeschichte von der großen Zusammenkunft –« Matt ersparte sich den Rest der Frage, denn Rhian nickte bereits.

»Ich habe sie mitverbreitet. Die Menschen glaubten zwar ohnehin, dass etwas daran sei, aber ich habe sie mir zunutze gemacht, um den Hass zu schüren.«

Unaufgefordert beantwortete sie auch die nächste Frage, die Matt auf der Zunge lag. »Lunaa entging dem Rev'rend damals und überlebte. Solange wir uns noch in diesem Prison aufhielten und auf den Sammler warteten, hielt sie sich versteckt. Danach ist es ihr irgendwie gelungen, Kharnovs Traum in die Tat umzusetzen, das Erbe ihrer Eltern anzutreten, wenn man so will. Und offenbar hat sie auch deren Überreste zusammengekratzt und schleift sie zum Andenken mit sich herum.«

»Sie ... dieses Mädchen hat das künstliche Blut hergestellt?«, warf Matt ungläubig ein.

»Nicht sie allein. Sie fand Hilfe, wie mir ein Nosfera verriet, bevor ich ihm –« Mit einem Finger fuhr sich Rhian in unmissverständlicher Geste quer über den Hals. »Er sagte etwas von ›Bunkermenschen‹ ...«

Der Begriff elektrisierte Matt förmlich. Bunkermenschen! Angehörige der so genannten Communities, unterirdisch lebende Minigesellschaften, die sich das Wissen der alten Zeit bewahrt und weiterentwickelt hatten. Es gab sie also auch in Meeraka! Zwar konnte er sich nicht vorstellen, wie eine Nosfera mit diesen Leuten zusammengekommen war, die ihres geschwächten Immunsystems wegen kaum aus ihren Bunkern kamen, aber das tat im Moment auch nichts zur Sache –

– und Rhian ließ sich von seiner überraschten Reaktion auch nicht beirren.

»... keine Ahnung, was er damit meinte«, fuhr sie fort. »Aber das ist auch nicht wichtig.«

Sie lächelte, ganz mädchenhaft, unschuldig. Ein Schauer lief Matt den Rücken hinab. Rhian war verrückt. Wahnsinnig. Verständlich, aber ...

»Und jetzt ist alles bereit. Heute Nacht werden Hunderte dieser Bestien sterben. Es wird ein Zeichen sein, ein Fanal für alle Menschen, sich gegen diese Kreaturen zu erheben!«

»Dazu wird es nicht kommen«, sagte Matt hart.

»Nein?«

»Das lasse ich nicht zu.«

»Wie willst du es verhindern?«

»Indem ich deinen Freunden da oben die Wahrheit sage«, erklärte Matt. »Und zwar jetzt gleich!«

Er wollte sich umdrehen. Jonpols Ruf ließ ihn innehalten.

»Vorsicht, Maddrax!«

Das kurze Zögern kostete ihn den Sekundenbruchteil, den er vielleicht hätte nutzen können, um dem Hieb auszuweichen. So aber traf Quinlans Schlag ihn gegen die Schläfe.

Aufstöhnend ging er in die Knie.

Wieder drosch Rhians Bruder zu, der sich heimlich herangeschlichen hatte – oder hatte er gespürt, dass seine Schwester in Schwierigkeiten steckte?

Matt wunderte sich, dass ihm gerade diese Idee jetzt durch den Sinn ging. Jetzt, da er doch eigentlich jedes Quäntchen seiner Konzentration darauf verwenden sollte, um bei Bewusstsein zu bleiben!

Quinlans dritter Schlag traf ihn in den Nacken und machte ihm den mittlerweile hellen Tag zu finsterster Nacht.

Als Matt aus seiner Ohnmacht erwachte, hatte draußen die Nacht den Tag abgelöst. Durch eine Lücke in der Wand sah er den Vollmond, und trüb, wie sein Blick noch war, meinte Matt darin ein bleiches narbiges Gesicht zu sehen, das ihn höhnisch angrinste.

Er wollte sich aufrichten, da erst bemerkte er, dass er an Händen und Füßen gefesselt war. Genau wie Jonpol Sombriffe, der neben ihm hockte und seinem zerknitterten Gesichtsausdruck nach auch noch nicht lange wach sein konnte.

Eine Bewegung machte Matt auf die beiden Jungs aufmerksam, die drei Schritte entfernt saßen und jetzt ihre Waffen – der eine hielt Matts Kurzschwert, der andere eine Armbrust, wie Rhian sie besaß – fester packten und auf Matt richteten.

»Lasst den Unsinn, Kinder«, knurrte er. »Mir ist nicht nach einem Ausbruchsversuch zumute.«

Was nicht ganz stimmte. Das wurde ihm allerdings erst bewusst, als sein Gehirn so weit auf Touren gekommen war, dass es Zusammenhänge konstruieren und Schlüsse ziehen konnte.

Quinlan und Rhian hatten nicht nur ihn, sondern auch Jonpol außer Gefecht gesetzt. Ihren Anhängern mochten sie irgendein Märchen aufgetischt haben, vielleicht dass die beiden Männer Verräter waren. Und inzwischen musste die ganze Truppe unterwegs sein, um den Angriff auf die Nosfera zu starten!

Wieder glaubte Matt ein Gesicht im Mond zu sehen. Diesmal nickte es ihm zu.

»Macht uns los!«, sagte er zu den beiden Wachen, die Rhian zurückgelassen hatte. »Schnell, wenn ihr das Leben eurer Freunde retten wollt!«

»Halts Maul!«, schnauzte der Bursche mit der Armbrust.

»Sonst schneide ich dir die Zunge heraus!«, drohte der andere und stieß mit Matts eigener Waffe nach ihm.

»Sei still, Maddrax«, raunte Jonpol.

Matt warf ihm einen Blick zu. Der Truveer nickte beruhigend. Dann spitzte er die Lippen und begann zu pfeifen.

Leise erst, so als vertreibe er sich nur die Langeweile.

Matt fühlte, wie Ruhe in ihm aufstieg. Wohltuende Wärme.

Jonpols Pfeifen wurde melodischer, immer beruhigender, und …

Unsanft wurde Matt geweckt. Verwirrt blinzelte er und sah, dass Jonpol mit den gefesselten Füßen nach ihm stieß, um ihn aus seinen Träumen zu reißen. Die beiden Jungen lehnten Schulter an Schulter, schlummerten und schnarchten.

»Warst du das?«, fragte Matt verdutzt und ein Gähnen unterdrückend.

»Masique«, sagte der Truveer nur.

»Masique …« Matt erinnerte sich dumpf, das Wort schon einmal gehört zu haben.

»Ein Schlaflied nach Art meiner Gilde, wenn du so willst«, sagte Jonpol.

»Du bist doch so was wie ein verdammter Zauberer«, grunzte Matt, immer noch müde.

»O nein, kein verdammter«, verwahrte sich der Barde, »ganz bestimmt nicht verdammt! Aber ich will verdammt sein, wenn wir zu spät kommen, um diesem verrückten Weibsstück ins Handwerk zu pfuschen!« Er rutschte herum und reckte Matt die gefesselten Hände hin. »Versuch den Knoten zu lösen. Mach schon!«

Matt kroch zu dem Jungen, der sein Schwert hatte, nahm es dem Schlafenden ab und kehrte zu Jonpol zurück. Die Schneide nach oben, hielt er dem Truveer die Waffe hin, der seine Fesseln darüber rieb. Die Befreiungsaktion ging nicht ganz unblutig ab, aber sie klappte letztlich.

Als sie einander auf die Beine halfen, sog Matt schnüffelnd die Luft ein.

»Dieser Geruch …«, sagte er. »Kommt der von dir?«

»Vergiss nicht, ich lag mit zwei toten Nosfera in einem Sarg –«

»Nein, das riecht nicht nach Verwesung...« Matt nahm einen scharfen schwefligen Geruch wahr. Wie von...

Mit spitzen Fingern klaubte er sich durch die Falten von Jonpols Kleidung, wie ein Affe, der im Fell des anderen nach Läusen suchte. Und schließlich fand Matt seinen Verdacht bestätigt.

Zwischen den Fingern zerrieb er etwas Schwarzes, das einen schmierigen Film auf den Kuppen hinterließ. Er suchte nach einer weiteren Probe und besah sie sich eingehend.

»Schwarzpulver...«, murmelte er entgeistert.

Irgendjemand musste das Zeug in dieser Zeit neu erfunden haben, und möglicherweise war es effektiver als der Sprengstoff, der zuerst im alten China und später dann in Deutschland von dem Mönch Berthold Schwarz entwickelt worden war. Wie Rhian daran gekommen war, mochte der Teufel wissen. Es war letztlich auch egal.

Was zählte, war, dass Matt jetzt wusste, wie sie die Versammlung der Nosfera – im wahrsten Sinne des Wortes! – zu *sprengen* gedachte!

Jonpol hatte in der Tat schon von Schwarzpulver gehört – wenn auch unter anderem Namen. Aber er hatte die Wirkung noch nirgendwo mit eigenen Augen gesehen.

Matt hatte sich die Rückstände in Jonpols Kleidung auf dem Weg zur alten Getränkefabrik noch einmal genauer besehen. Dieses Pulver schien wie das aus »seiner Zeit« im Wesentlichen aus Kohle, Schwefel und Salpeter zu bestehen. Es war außerordentlich fein zermahlen, was die Sprengkraft in jedem Falle steigerte, ganz gleich ob es in dieser Zeit noch andere wirkungsverstärkende Beimengungen enthielt.

Rhian und ihre Freunde hatten den Sarkophag also mit Schießpulver gefüllt. Um ihn in die Luft zu jagen, mussten sie das Ding in Brand stecken. Und das würden sie sicher erst dann tun, wenn sich alle Nosfera in jener Halle versammelt hatten, in der die Reliquie stand.

Matt konnte sich gut vorstellen, dass dieser Höhepunkt zur Mitternacht vonstatten gehen sollte, wenn der Mond am höchsten stand. Dass er noch nicht stattgefunden hatte, konnten sie feststellen, als sie ihr Ziel erreichten.

Die Hallentore standen nach wie vor offen. Doch diesmal herrschte dahinter nicht gähnende Leere. Die langen Tafeln waren beiderseits vollbesetzt. Über der Versammlung lag eine Spannung, die selbst über die Distanz fast greifbar schien.

Wie Rhians Plan aussah, hatten Matt und Jonpol von ihren beiden Bewachern erfahren. Sie hatten die Jungs gefesselt, dann geweckt, und mittels Masique, diesmal auf der Flöte gespielt, hatte Jonpol die beiden zum Reden gebracht.

Demzufolge hatten die anderen Kutten übergezogen und sich geschminkt, um sich unerkannt unter die Nosfera zu mischen. Rhian selbst würde ihnen das Zeichen zum Angriff geben.

Das klang für Matt ein bisschen vage, aber immerhin deutlich genug, um ihn eines erkennen zu lassen: In ihrem Wahn war das Mädchen offenbar sogar willens, ihre Freunde dem großen Ziel zu opfern. Denn in dem Sarkophag befand sich vermutlich genug Schwarzpulver, um die ganze Halle in die Luft zu jagen. Möglicherweise waren auch anderswo in der Fabrik noch Ladungen angebracht, die den Rest in Schutt und Asche legen würden.

Da die beiden Jungs als Bewacher zurückgelassen worden waren, waren auch ihre Kutten noch übrig. Matt und Jonpol hatten sie vorsorglich übergestreift, um sich gegebenenfalls ebenfalls unters Volk mischen zu können.

Jonpol war es, der schließlich so etwas wie einen Plan parat hatte.

»Schleich du dich zu den Toren«, sagte er. »Ich nehme den anderen Weg übers Dach. Warte, bis du mich droben an den Fenstern siehst. Und dann halte dir die Ohren zu.«

»Du willst die ganze Versammlung einschläfern mit deiner Masique?« Matt schaute etwas ungläubig drein.

»Das wird mir nicht gelingen«, bekannte der Truveer. »Nicht jedermann ist für Masique empfänglich. Aber ich hoffe, dass ich genug schlafen legen kann, um es dir zu ermöglichen, das Schwarzpulver unbrauchbar zu machen. Vielleicht indem du Kunstblut hineinkippst?«

»Das ist ein Scheißplan«, murrte Matt.

»Scheißplan?« Jonpol runzelte die Stirn. Offenbar konnte er mit dem Wort nichts anfangen.

»Nix gutt«, sagte Matt.

»Dann schlag was Besseres vor«, forderte Jonpol ihn auf.

Matt zog eine Grimasse. »Mach dass du verschwindest. Ich warte dort auf deinen Auftritt.« Er wies zur ehemaligen Laderampe der Fabrik und den Hallentoren darüber.

Der Truveer verschwand im Dunkeln. Matt machte sich auf den Weg zu den Toren. Unbemerkt erreichte er die Rampe, kletterte hinauf und drückte sich neben dem ersten Tor gegen die Wand. Vorsichtig spähte er um die Ecke.

Es mussten in der Tat ein paar hundert Nosfera sein, die sich hier eingefunden hatten. Raunen und Tuscheln erfüllte die Halle. Und über allem lag eine Atmosphäre wie vor einem Gewitter, als knistere die Luft vor Elektrizität.

»Willst du nicht hineingehen?«

Matt versteifte. Langsam drehte er sich um, darauf bedacht, die Kapuze seiner Kutte möglichst weit über die Stirn rutschen zu lassen. Dann sah er dem Nosfera ins Gesicht, der ihn von hinten angesprochen hatte. Sein Gegenüber ließ mit keiner Regung erkennen, dass er seine »Verkleidung« durchschaut hatte.

Matt gestattete dem Stein, von seinem Herzen zu fallen.

»Ich warte noch auf jemanden«, nuschelte er.

»Oh«, machte der Nosfera nur und ging an ihm vorbei in die Halle. »Ich hoffe, dein Freund beeilt sich. Es fängt bald an.«

Ja, dachte Matt angespannt, *das befürchte ich auch* …

Wieder sah er hinauf zu den glaslosen Fenstern unterhalb der Hallendecke, und jetzt machte er dort eine rasche Bewegung aus.

Jonpol zeigte sich nur ganz kurz, vergewisserte sich, dass Matt ihn gesehen hatte, dann ging er auf Tauchstation – und ließ nur noch von sich hören.

Das aber bekam Matt nicht mit. Er hielt sich die Ohren zu.

Ein paar der Anwesenden hoben irritiert den Blick, als die Masique erklang. Dann schlossen auch schon die Ersten die Augen.

Eine Szene wie aus *Dornröschen* …

Stille kehrte ein. Köpfe senkten sich. Andere Nosfera

fielen ganz vornüber und schliefen auf den Tischen ein.

Aber nicht alle ...

Es war, wie Jonpol gesagt hatte: Masique wirkte nicht auf jeden. So wie es eben Menschen gab, die für Hypnose nicht anfällig waren.

Matt überlegte, was er jetzt tun sollte. Doch die Entscheidung wurde ihm abgenommen.

Wieder nahm er droben hinter den Fenstern eine Bewegung wahr. Doch es war nicht Jonpol, der sie verursacht hatte, sondern – Rhian! Und wieder erschien sie Matt wie ein Engel des Todes in ihrem wallenden Umhang.

Nein, korrigierte er sich im Stillen – vielmehr kam sie ihm vor wie der Sensenmann höchstpersönlich ...

Und dann überschlugen sich die Ereignisse auch schon.

Rhian trug eine Fackel bei sich. Sie hob die Armbrust-Pistole, in der ein Pfeil zum Schuss bereitlag, dessen Spitze offenbar präpariert war. Als Rhian die Fackel dagegen hielt, fing das Pfeilende sofort Feuer.

Und Matt rannte los. Stürmte auf den Sarkophag zu und stellte sich mit ausgebreiteten Armen genau in die Schusslinie. »Rhian!« Sein Ruf schmetterte durch die Halle. »Tu's nicht!«

»Verschwinde, Maddrax!« Ihre Stimme klang kalt.

»Nein! Hör mir zu, Rhian, du –«

»Geh mir aus dem Weg!«

Matt setzte alles auf eine Karte. »Du musst erst mich erschießen, wenn du –«

Sie ließ ihn nicht einmal ausreden. »Wie du willst!«, rief sie. Und schoss.

Der brennende Pfeil raste auf Matt zu. Instinktiv wollte er ausweichen. Zu spät!

Feuriger Schmerz schien seinen ganzen linken Arm regelrecht in Brand zu stecken. Flammen züngelten aus dem Stoff des Kuttenärmels. Die Hitze ignorierend, erstickte Matt das Feuer mit der flachen Hand und riss den Pfeil los, der sich im Stoff verhakt und die Haut darunter aufgerissen hatte.

Das Ganze dauerte nicht länger als ein, zwei Sekunden. Als Matt jetzt wieder nach oben schaute, sah er Jonpol mit Rhian ringen!

Verdammt, er musste dort hinauf, schnellstens! Gehetzt blickte er sich um. In der Ecke linker Hand befand sich eine in die Wand eingelassene Leiter, die zu der Fensterfront emporführte – beziehungsweise daran vorbei und höher bis zur Decke, wo sich im Dämmerlicht klobige Umrisse abzeichneten. Vielleicht die Reste einer Klimaanlage.

Matt rannte los, sprang hoch und kletterte die Sprossen hinauf. Ein weiterer Sprung, dann brach er durch das Fenster, das der Wand am nächsten lag – das einzige, dessen Glas nach fünfhundert Jahren noch intakt gewesen war …

In einem Schauer aus Scherben prallte Matt auf dem Dach dahinter auf und rollte sich ab – zu seinem Glück! Wo er eben aufgekommen war, zischte ein Pfeil durch die Luft und klirrte gegen die Wand. Rhian hatte auf ihn geschossen!

Matt hechtete nach vorn und presste sich flach gegen den Boden, um kein festes Ziel zu bieten.

Doch seine Vorsicht war unbegründet. Denn Rhian sprang durch eines der Fenster hinab in die Halle!

Der Aufprall musste höllisch schmerzen, und sie konnte ihn unmöglich ohne Knochenbrüche überstanden haben. Aber ein Blick in die Tiefe zeigte Matt, dass das Mädchen allen Schmerz ignorierte und in Richtung des Sarkophags humpelte, Armbrust und Fackel immer noch in den Händen.

»Jonpol …!« Matt ging neben dem Truveer in die Knie. Im allerersten Moment hatte er ihn für tot gehalten, doch Rhian hatte ihn nur niedergeschlagen. Matt nahm den Bewusstlosen auf beide Arme und sah wieder in die Halle hinunter.

Inzwischen hatten sich einige der wach gebliebenen Nosfera so weit von ihrer Überraschung erholt, dass sie zum Gegenangriff übergingen.

Jetzt schlug die Stunde von Rhians Freunden, die, in Nosfera-Kutten gehüllt, in einem Nebenraum gelauert hatten und von der Masique nicht eingeschläfert worden waren. Jetzt stürmten sie in die Halle, und sie kannten weder Rücksicht noch Gnade, kein Zögern, kein Zaudern. Sie attackierten die Nosfera ohne jede Hemmung mit Schwertern, Armbrüsten und Äxten.

Schreie gellten. Blut spritzte. Tote sanken zu Boden.

Und Rhian bewegte sich hinkend zwischen ihnen hindurch, fixiert auf den Sarkophag.

»Rhian!«

Jemand schrie ihren Namen. Sie hielt inne, wandte sich um, sah die Gestalt, die auf sie zurannte, und erkannte sie.

»Lunaa!«

Das Wiedersehen der beiden jungen Frauen, die einmal fast so etwas wie Freundinnen gewesen waren, währte nur einen Augenblick. Und es eskalierte nicht einmal.

Matt sah Quinlan, noch bevor Rhian ihn entdeckte. Lunaa wurde seiner überhaupt nicht gewahr und starb, ohne zu wissen, wer ihr hinterrücks mit dem Schwert den Schädel gespalten hatte.

Rhian nahm ihren Weg zum Sarkophag wieder auf, unaufhaltsam wie ein Racheengel.

Eine Sekunde lang spielte Matt ganz ernsthaft mit dem Gedanken, in die Halle zurückzuklettern, um zu retten, was zu retten war.

Dann siegte die Vernunft. Die Einsicht, dass es nichts mehr zu retten gab außer dem eigenen Leben und dem Jonpol Sombriffes …

Der Truveer kam zu sich, gerade als Matt den Rand des Daches erreichte. Zu ihrer beider Glück – Jonpol die ganze Feuerleiter hinunter zu tragen, hätte zu viel Zeit gekostet.

»Keine Zeit für Erklärungen!«, fuhr Matt den Spielmann an, als dieser zu einer Frage ansetzte. »Da runter! So schnell, wie du kannst!«

Sie hatten den Boden noch nicht ganz erreicht, als ein gewaltiger Donnerschlag die gesamte Fabrik erbeben ließ. Das Metall der gewundenen Leiter ächzte; etliche Verankerungen lösten sich aus der Wand, die an mehreren Stellen aufzubrechen begann.

Matt sah nach unten. Noch etwa fünf Meter bis zum Grund. »Spring!«, brüllte er und schwang sich selbst über das Geländer.

Die Hitze der Explosion folgte ihnen, als sie halb rennend, halb taumelnd Abstand gewannen. Hinter ihnen prasselten Mauersteine nieder, und das gesamte Gelände wurde vom Feuerschein hell erleuchtet.

Weitere Explosionen klangen auf. Wie Matt vermutet hatte, hatten Rhian und ihre Anhänger noch mehr Sprengladungen versteckt, die das Feuer jetzt auslöste.

Selbst nachdem sie zwei Häuserblocks entfernt

waren, gingen noch Trümmer in ihrer Nähe wie steinerner Hagel nieder.

Schließlich – die letzte Detonation.

Und die Fabrik stürzte ein, mit solchem Getöse, dass der Boden unter ihren Füßen erzitterte.

Eine gewaltige Staubwolke quoll in die Höhe.

Dann – Stille.

Totenstille.

Und still gingen auch Matthew Drax und Jonpol Sombriffe nach einer Weile ihres Weges.

Der Rhiffalo war verschwunden. Nur Jonpols Aneetah stand noch dort, wo sie das Tier gestern zurückgelassen hatten.

»Ich nehme an, der Rhiffalo kehrt zu seinem toten Herrn zurück«, sagte der Truveer. Er lächelte ein winziges Lächeln. »Manche Tiere sind treuere Seelen als Menschen.«

Matt nickte schweigend. Er dachte an Rhian. An das Mädchen, das er vielleicht hätte lieben können ... wäre sie das Mädchen gewesen, für das er sie gehalten hatte.

»Begleitest du mich nach Waashton?«, fragte er Jonpol. Der Gedanke, allein zu sein, bedrückte ihn.

»Nein, mein Freund, tut mir Leid. Ich habe anderes zu tun.«

Matt versuchte seine Enttäuschung zu verbergen. »Ich vermute, du willst dein Lied schreiben, wie?«

Der Truveer stieg auf den Rücken des Aneetahs. »Ja. Aber es wird ein trauriges Lied, Maddrax. Denn es hat keine Helden.«

»Nein, die hat sie nicht ...«

»Vielleicht treffen wir uns wieder«, meinte Jonpol. Er zwinkerte ihm zu. »Du bist für Lieder gut, Maddrax.«

»Machs gut, mein Freund«, sagte Matt. »Viel Glück und ... neue Abenteuer.«

»Auf Wiedersehen, Maddrax.« Damit setzte der Truveer sein Tier in Bewegung und ließ es davontrotten.

Matt sah Jonpol nach, bis er verschwunden war. Dann setzte er seinen eigenen Weg fort, nach Süden.

Keine Helden ...

Die Worte des Barden klangen in ihm nach.

Wie wahr ...

Er hatte sich nie weniger heldenhaft gefühlt als jetzt.

So änderten sich die Dinge ... Vor einem Jahr hatte man ihn noch für einen Gott gehalten. Heute hatte er mit Müh und Not sein Leben und das eines Freundes gerettet, während Hunderte starben.

Aber in einer Welt wie dieser musste man vielleicht selbst das als Heldentat verstehen ...

ENDE

JO ZYBELL

ARENA DER GÖTTER

»Entscheide dich ...« Borisaas flüsterte, trotzdem übertönte seine Stimme alle anderen Geräusche in dem finsteren Lagerraum.

Die Rumpfplanken ächzten. Von außen klatschten die Wellen gegen die Bordwand. Eng aneinander gedrückt lagen oder hockten sie in vollkommener Dunkelheit. Über ihnen knallten Stiefel auf Holzbohlen. Stimmen riefen Worte in einer unverständlichen, hart klingenden Sprache. Und von irgendwo her aus dem Schiffsrumpf erklang dieses rätselhafte rhythmische Stampfen. Seit Beginn ihrer unfreiwilligen Reise begleitete es sie. Seit fünf Sonnenaufgängen. Die meisten von ihnen achteten schon nicht mehr darauf.

»Du musst dich entscheiden, Suljaana, du musst ...«

Es roch nach Teer, Schweiß und Urin. Ihr dunkles Gefängnis schaukelte auf und ab. Einige der kleineren Kinder weinten leise vor sich hin. Andere stöhnten im Schlaf. Die älteren waren wach. Alle. Sie saßen an den Wänden, um mit ihren steifen Rücken die Kälte von den Jüngeren fern zu halten. Fast jeder von ihnen drückte einen oder zwei der kleinen Körper an sich.

Sie lauschten in die Dunkelheit. Borisaas ballte die Fäuste so fest, dass seine Fingernägel sich in die Handballen bohrten. Die Anspannung trieb seinen Herzschlag an.

Nicht dem dumpfen Brausen des Meeres auf der anderen Seite der Bordwand lauschten sie. Nicht den Schritten und fremden Männerstimmen über ihnen. Auch nicht dem Gewimmer der Kleinen und dem für sie unerklärlichen Stampfen. Sie lauschten auf ein Wort von Suljaana. Oder besser: ihrem Schweigen. Denn noch blieb Suljaana stumm.

»Entscheide dich endlich ...« Borisaas beugte sich in

die Richtung, aus der er ihre Atemzüge hören konnte. Hastige, ein wenig rasselnde Atemzüge. »Wirst du es tun?« Er sprach mit leiser eindringlicher Stimme.

Niemand außer ihm konnte es wagen, Suljaana diese Frage zu stellen – Suljaana war die Tochter der obersten Priesterin der Dreizehn Inseln. Und mit ihren vierzehn Wintern die Älteste unter den siebenundfünfzig verschleppten Kindern und Halbwüchsigen. Nur Borisaas – er hatte dreizehn Winter gesehen – konnte es an Klugheit und Stärke mit ihr aufnehmen. Die anderen akzeptierten beide, als wären sie schon kampferprobte Jungkrieger.

»Suljaana!«, zischte Borisaas. »Sie werden dich gleich holen! Ich frage dich – wirst du es tun?!« Er hätte auch fragen können, ob das Mädchen gleich oder erst später sterben wollte.

»Ja...« Die zitternde Stimme Suljaanas aus der Dunkelheit. Allen, die wach waren, stockte der Atem. Nicht nur, weil sich die Angst in Suljaanas Stimme auf sie übertrug – normalerweise zitterte sie nicht, Suljaanas Stimme! Es waren vor allem ihre Fantasien über die Folgen von Suljaanas Antwort, die ihnen lähmendes Entsetzen durch die Glieder jagte.

»Ja«, wiederholte Suljaana, diesmal mit festerer Stimme. »Ja, ich werde es versuchen.«

»Gib ihr den Nagel, Dolwuunas«, flüsterte Borisaas. Er sah den Jungen neben sich nicht, aber dessen Ellbogen berührte ihn, während er den Nagel unter seinem Fell hervorkramte. Ein langer rostiger Nagel – ein kleines Mädchen hatte ihn zwischen ein paar leeren Fässern in ihrem Gefängnis hier unter Deck gefunden. Und an den eisernen Fassreifen hatte Borisaas seine Spitze zugeschliffen. Tagsüber, wenn das Stampfen aus dem Schiffsrumpf besonders laut war.

Dolwuunas Hand streckte sich aus, und Suljaana tastete nach ihr. Bis sie den Nagel berührte. Sie schälte sich aus ihrem Fellmantel und steckte ihn zwischen den Lendenschurz und die Haut ihres Gesäßes. Kalt und spitz fühlte er sich an.

Danach sprach keiner mehr ein Wort. Lange nicht. Jeder wusste, was zu geschehen hatte, wenn Suljaana zurückkam. *Falls* sie zurückkam. Borisaas hatte seinen Plan wieder und wieder erklärt. Bis auch der Ängstlichste unter ihnen begriffen hatte.

Schließlich erklangen Schritte auf der Stiege vor der Tür des Lagerraums. Männerstimmen, raues Gelächter – wie schon in den beiden Nächten zuvor. Wie ein Fiebertraum fiel die Erinnerung über Suljaana her. Ihr abgemagerter, hoch gewachsener Körper versteifte sich, sie schauderte.

Selbst das Schluchzen der kleinen Kinder verstummte. Nur ein dünnes Stimmchen erhob sich plötzlich aus der Dunkelheit. »Wudan geht mit dir, Suljaana, Wudan wird helfen ...« Dann das Scharren des Eisenriegels. Die Tür wurde aufgerissen.

Die Umrisse von vier Nordmännern wurden sichtbar. Einer hielt eine Öllampe in den dunklen Raum. Ihr Lichtschein fiel auf die eng aneinander gekauerten Gestalten. Ein zweiter Mann drängte sich an ihm vorbei. Sein Schatten legte sich auf die jungen Gefangenen, seine Peitsche weckte schlafende Kinder auf. Die am Boden zusammengekrümmten Körper zuckten zusammen, schreckten hoch und wichen den Stiefeln des Mannes aus. Eine Gasse bildete sich.

An ihrem Ende, an der Wand, die der Tür gegenüber lag, saß Suljaana. Die Schultern hochgezogen, die Augen weit aufgerissen, die geballten Fäuste gegen die Brust gepresst, sah sie ihm entgegen.

Der Mann beugte sich wortlos zu ihr herunter. Sie konnte sein Gesicht nicht sehen. Er packte sie am Handgelenk, zog sie hoch und zerrte sie hinter sich her. Vorbei an dem Lampenträger. Dessen Gesicht lag deutlich sichtbar im Lichtschein: gelblich, lippenlos, mit einem quallenartigen Gewächs statt einer Nase über den braunen Zähnen und kalten leblosen Schlitzaugen. Sie erinnerten Suljaana an die Augen eines Fischs.

Ähnlich die beiden hinter ihm, vor der ausgetretenen Holzstiege: Dem einen hing ein Hautlappen anstelle einer Nase mitten im hohlwangigen Gesicht, der andere hatte zwar eine Nase, dafür aber keine Ohren; quastige Stummel ragten aus seinen Schädelseiten. Alle vier trugen Hosen und Jacken aus erdfarbenem Wildleder und Kurzschwerter in schwarzen Hüftgurten.

Suljaana stolperte hinter dem Mann mit der Peitsche her die Stufen hinauf. Es war Nacht; kalte Seeluft strömte schneidend in ihre Lunge. Hinter sich hörte sie die Tür ins Schloss fallen. Der eiserne Riegel wurde vorgeschoben. Auf der letzten Stufe stürzte sie. Kopf und Spitze des langen Nagels unter ihrem Lendenschurz bohrten sich in ihre Haut. Der Peitschenkerl riss sie hoch. Sein harter Griff um ihr Handgelenk schmerzte.

An der Reling vorbei zerrte er sie über das Oberdeck. Das Meer rauschte, Gischt sprühte Suljaana ins Gesicht. An den Ecken der Deckaufbauten baumelten Öllampen. Ihr ärmlicher Schein sickerte durch die Dunkelheit. Suljaana taumelte hinter dem Peitschenmann her und blickte über die Rcling: Das Meer erschien ihr als schwarzes kochendes Nichts. Undeutlich nur sah sie die Umrisse der letzten vorbeiziehenden Eisberge. Drei Sonnenaufgänge lang hatten sie den Dampfer vom Kurs abgedrängt. *Wenn du dich losreißen könntest*, dachte sie, *wenn du über die Reling springen könntest ... alles wäre vorbei ...*

Eine Faust stieß sie von hinten zwischen die Schulterblätter. Der zweite Nordmann trieb sie an, der mit der Lampe. Ein weiterer hielt Wache vor der Tür zum Lagerraum mit den Gefangenen. Im Wechsel von Tag und Nacht lösten sich die Wächter dort ab.

Der Seewind schlug Suljaana das eigene Haar ins Gesicht. Sie blickte in den Nachthimmel. Ein verwaschener Fleck in grenzenloser Schwärze – der Mond. Bizarre Wolkengebilde jagten durch den Lichtfleck hindurch. Und Rauch, der aus den Rohren des Nordmannschiffes stieg. Sie dachte daran, dass Borisaas glaubte, der Rauch hinge mit dem Stampfen aus dem Schiffsrumpf zusammen.

Sie wurde in einen schmalen Gang hineingezerrt. Vor einer Tür blieb der Peitschenmann stehen – vor derselben Tür wie schon in den vergangenen beiden Nächten. Angst und Ekel schnürten Suljaanas Kehle zu. Mit dem Peitschenknauf schlug der Mann gegen die Tür.

Sie wurde aufgerissen. Licht fiel auf das Gesicht des Peitschenmannes. Eine unförmige Beule wölbte sich anstelle des linken Auges aus seinem Gesicht. Hautlappen hingen von spitzen Nasenknorpeln herab. Lange Schneidezähne ragten über seine Unterlippe. Lächerlich sah er von der Seite aus. Doch als er sie packte, um sie durch die Tür zu schieben, sah Suljaana sein rechtes Auge. Ein großes eisgraues Auge voll kalter Grausamkeit.

Sie taumelte in einen von zwei Öllampen erhellten Raum und stürzte auf die Holzplanken. Die Männer palaverten an der Tür. Sie drehte sich um und sah den Rücken des Mannes, der diesen Raum bewohnte. Ein Eisschauer rieselte ihr über den Rücken. Wie sie ihn fürchtete, diesen Kerl, wie sie ihn hasste ...

Ein rötlicher Haarzopf lugte aus seinem schwarzen Lederhelm. Schwarz auch und aus Leder war der Mantel, den er trug. Ein breiter roter Streifen zog sich über den Rücken. Suljaana wusste, dass der Schwarze der Schiffsführer war. Und sie hatte gespürt, wie die anderen ihn fürchteten.

Sie verstand nicht, was die Männer redeten, natürlich nicht. Sie verstand aber, dass der Schwarze den Einäugigen *Turkaz* nannte. Er verscheuchte den Peitschenmann und den anderen mit einer heftigen Armbewegung. Dann schlug er die Tür zu, schob den Riegel vor und drehte sich um.

Sein schwarzer Helm ging an der Vorderseite in eine Maske über, die bis in Nasenhöhe hinabreichte. Durch die Seeschlitze konnte Suljaana die Augen erkennen. Grünliche Augen – Suljaanas Albträume der vergangenen zwei Nächte waren voll von ihnen gewesen …

Mit einer Handbewegung bedeutete er ihr aufzustehen. An einem Hocker zog sie sich hoch. Ihre Knie zitterten, ihre Unterlippe bebte. *Du musst stark sein, Suljaana*, dachte sie, *ganz stark …*

Mit einem Schritt war er bei ihr. Sie verschränkte die Arme vor der Brust und wich bis zur Wand zurück. Ihre Gedanken flohen zu ihren Leidensgenossen in dem dunklen Lagerraum. *Vielleicht sind sie direkt unter mir …*

Über vierundsechzig waren sie gewesen, als die Nordmänner sie vor sechs Sonnenuntergängen auf ihren Kahn geschleppt hatten. Drei kleine Kinder und vier Mädchen, nur wenig jünger als Suljaana selbst, waren seitdem gestorben oder umgebracht worden. *Tu es*, sagte eine Stimme in ihr. *Stirbst du, dann musst du wenigstens das Elend nicht länger ertragen …*

Der Mann öffnete seinen schwarzen Mantel und ließ

ihn zu Boden fallen. Darunter trug er eine schwarze Lederweste – ebenfalls mit balkenartigen roten Streifen gezeichnet – und ein braunes sackartiges Hemd. Er zog die Weste aus. Die Augen in den Sehschlitzen ließen Suljaana nicht los.

Mit einer einzigen Handbewegung riss er ihr den Fellmantel vom Leib. Suljaana machte erst gar nicht den Versuch, ihre Blöße mit den Armen zu bedecken. Nur in der ersten Nacht hatte sie versucht sich zu wehren. Sein Mund verzog sich zu einem Grinsen. Er legte die Hände auf ihre Schultern und schob sich an sie heran. Sein Atem stank nach Fisch.

Sein Maskengesicht verschwamm vor Suljaanas Blick. Ihre Gedanken kreisten um Borisaas. Seine Stimme füllte ihren Kopf aus. *Taste über seine Rippenbögen … auf der linken Seite schräg nach oben … es ist schwerer, als du es dir vorstellen kannst … du wirst deine ganze Kraft brauchen …*

Sie legte ihre Rechte auf die Brust des Mannes. Unter dem groben Stoff des Hemdes ertastete sie seine Rippen.

Das Grinsen des Mannes schien noch breiter zu werden. Er missdeutete Suljaanas Geste und stieß ein zufriedenes Grunzen aus. Langsam beugte er sich über das Mädchen.

Suljaana hatte längst den Nagel aus ihrem Lendenschurz gezogen. Jetzt bog sie den linken Arm hinter sich, holte aus –

– und stieß mit aller Kraft zu!

Mit einem hässlichen Knirschen fuhr das Eisen ins Herz des Mannes. Suljaana spürte, wie ihn ein Zucken durchlief und er starr wurde. Nichts als ein Röcheln kam über seine Lippen.

Suljaana hielt ihn, als er langsam nach unten zu rutschen begann, damit er nicht auf dem Boden aufschlug. Sie starrte den Nagelkopf an – schräg nach unten gerichtet, ragte er unter dem linken Rippenbogen des Sterbenden heraus, etwa eine Handbreit. Sie wunderte sich, weil nur wenig Blut aus der Einstichstelle in den Hemdstoff sickerte. Der Nagelkopf zuckte im Rhythmus der letzten Herzschläge. Der Kopf des Maskierten fiel auf seine Brust. Die Zuckungen des Nagelkopfes hörten auf.

Das Mädchen drehte sich um und ließ den Toten gegen ihren Rücken kippen. Auf den Knien rutschend, schleppte sie ihn zu seinem Lager und wälzte ihn hinauf. Sie deckte die Leiche zu, zog ihr das Kurzschwert aus dem Gurt und legte sich neben sie. Borisaas hatte ihr eingeschärft, das zu tun. Er rechnete damit, dass es Männer unter der Besatzung gab, die sich einen heimlichen Blick durchs Kajütenfenster nicht verkneifen konnten.

Suljaana legte das Schwert des Toten auf ihre nackte Brust und hielt es umklammert. Bis in die letzten Nachtstunden hinein würde sie auf dem Lager des Schiffsführers liegen bleiben. Borisaas wollte es so …

Schmutziges Rot schob sich am Horizont in den Nachthimmel. Gischt spritzte über die Reling. Das rhythmische Stampfen aus dem Schiffsrumpf klang gedämpft. Nachtsüber drosselten die Nordmänner die Geschwindigkeit. Der kastenartige Kahn schaukelte im stürmischen Wellengang. Der Wind riss die Rauchschwaden von den Eisenrohren auf das Oberdeck herab. Es roch nach Feuer. Suljaana tastete sich an den spröden Holzdielen der Deckaufbauten entlang. Keine Nachtwache der Nordmänner zu sehen bisher.

Unter dem Fellmantel trug sie jetzt ein Hemd aus grobem Stoff. Sie hatte es in der Kajüte des Schiffsführers gefunden. Seinen schwarzen Gurt hatte sie sich um die schmale Taille geschnallt. Alle Waffen, die sie in der Kajüte des Toten gefunden hatte, steckten darin: drei Messer, ein kurzstieliges Beil, ein Schwert mit schmaler Klinge. Das Kurzschwert des Ermordeten hielt sie mit beiden Händen unter ihrem Fellmantel fest.

Ein Holzgeländer schälte sich aus der Dunkelheit: die Stiege, die hinab in den Lagerraum führte. Sie blickte zurück, nach oben zur Kommandobrücke, spähte um die Ecke der Deckaufbauten. Nirgends die Spur eines Nordmannes. Doch Suljaana wusste, dass nicht die ganze Besatzung – etwa dreißig Mann insgesamt – schlief. Wie viele wohl auf der Kommandobrücke Wache hielten? Doch mehr als einer bestimmt. Auch vorn am Bug beobachtete ein Mann das nächtliche Meer. Und im Rumpf des Schiffes, dort wo es Tag und Nacht stampfte, mussten auch zwei oder drei Nordmänner wach sein. Und schließlich die beiden Wächter vor der Tür des Lagerraums.

Suljaana ging in die Knie, legte sich flach auf den Boden und robbte dem Stiegenabgang entgegen, bis sie durch die Geländerholme zur Tür hinabspähen konnte. Der Wächter! Er lehnte gegen die Tür und stützte sich auf sein Schwert.

Suljaana presste ihre Stirn gegen das nasse Holz der Decksplanken. Fieberhaft überlegte sie, wie sie sich verhalten sollte. Sie entschied sich schließlich dafür, einfach die Stiege hinunterzugehen. Als hätte der Schiffsführer sie wieder zurückgeschickt. Der Wachmann würde ihr glauben, oder nicht? Würde den Riegel öffnen und sie hinein zu den anderen lassen. Und dann …

Plötzlich klangen Schritte auf. Suljaana hob den Kopf.

Der Wächter war aufgestanden und stapfte die Stiege hinauf. Wild schlug Suljaanas Herz in ihrer Kehle. Sie sah, dass der Mann sein Schwert auf der untersten Stufe zurückgelassen hatte.

Sie drückte sich flach auf die Planken. Jetzt packte der Mann den Holm des Geländers und zog sich die letzte Stufe hinauf. Er schlurfte zur Reling. Wie ein Schlaftrunkener wankte er. Suljaana kniff die Augen zusammen und versuchte zu erkennen, was der Mann an der Reling zu schaffen hatte. Er fummelte vor seinem Bauch herum. Seine Beinkleider rutschten ein Stück über sein Gesäß. Suljaana hörte den Urinstrahl nicht plätschern – dazu brauste die See zu laut – aber sie wusste jetzt, dass er sein Wasser abschlug.

Eine Sturmböe fegte über Deck. Der Mann wankte und stellte sich breitbeiniger hin, um dem Wind zu trotzen. Suljaana schluckte trocken. Ein Gedanke füllte ihr Hirn aus und ließ sich nicht mehr verdrängen. Ein verrückter Gedanke, doch sie erkannte ihre Chance.

Sie ging in die Hocke und zog das Kurzschwert aus dem Mantel. Tief atmete sie durch. Behutsam richtete sie sich auf und schlich an den Wächter heran. Wie einen Speer hob sie die Klinge über den Kopf. Die letzten vier Schritte nutzte sie, um Anlauf zu nehmen …

Ein leises Ächzen. Der Wächter sackte mit dem Kopf voran über die Reling. Die Klinge glitt wie von selbst aus seinem Rücken. Ängstlich sah Suljaana sich um. Keine Schritte, keine Stimmen. Geschafft.

Sie musste nur die Knie des Toten umfassen und ihn ein wenig anheben, um ihn über Bord gehen zu lassen. Sie konnte den Aufschlag seines Körpers im Wasser kaum vom Rauschen der Wogen unterscheiden.

Suljaana schlich zur Stiege, eilte die kurze Treppe hinab und zog den Riegel zurück.

Gestank und stickige Luft schlugen ihr aus dem in einen Kerker verwandelten Lagerraum entgegen. Der Dunkelheit wegen konnte Suljaana nichts sehen. Doch sie hörte Felle rascheln, hörte Füße scharren, hörte dutzendfaches Seufzen.

Jemand packte sie bei den Schultern und zog sie an sich. Sie spürte einen warmen Körper, sie hörte ein Herz schlagen. Und dann Borisaas Flüsterstimme: »Suljaana…, meine tapfere Suljaana…« Tränen stürzten ihr aus den Augen.

»Hast du Waffen?« Dolwuunas ließ ihr keine Zeit, die plötzlich abgefallene Spannung herauszuweinen. Der Junge tastete ihren Mantel ab. Der Kampf hatte gerade erst begonnen…

Borisaas und drei Knaben von nicht einmal neun Wintern schlichen zum Bug des Nordmannschiffes, um den Wächter dort auszuschalten. Suljaana, Dolwuunas und einige andere Halbwüchsige kletterten auf die Kommandobrücke. Sie wussten, dass sie nichts zu verlieren hatten. Sie alle wussten das. Mit dem Mut der Verzweifelten fielen sie über den Steuermann und seinen Gehilfen her.

Sie raubten den Toten ihre Waffen. Anschließend drangen sie in die Schlafgemächer der Besatzung ein…

Die Elektromotoren summten im Rumpf der *Twilight of the Gods*. Vom Heck her dröhnten die beiden Luftpropeller. Aus den Augenwinkeln beobachtete Rulfan die Konsole mit den Armaturen. Die vielen Lichter, Digitalanzeigen und Zeiger waren ihm noch lange nicht vertraut. Gestern erst waren sie von den Dreizehn Inseln aus in See gestochen.*

---

* siehe Taschenbuch 5, Roman 3 »Beim Volk der 13 Inseln«

Wulf, der weiße Lupa, lag zwischen Konsole und Kapitänssessel auf dem Boden und schlief. Hin und wieder sackte das Luftkissenboot in ein Luftloch. Rulfan hatte sich inzwischen an diese Momente gewöhnt, in denen er glaubte, seine Eingeweide würden sich ihm in die Kehle drängen.

Er sondierte das Material aus einer der Leichtmetallkisten, die hier oben an der Rückwand der Kommandobrücke gestapelt waren. Trockennahrung und Decken fand er, Medizin, chirurgische Instrumente, Munition, primitive Gewehre, Sauerstoffflaschen und Taucheranzüge aus Neopren.

Nur oberflächlich hatte er die Ausrüstung des Schiffes in der vergangenen Woche gesichtet. Die Armaturenkonsole und der Maschinenraum der Twilight of the Gods hatte seine ganze Aufmerksamkeit beansprucht. Der letzte Besitzer des Fahrzeugs, Jacob Smythe, hatte keine Gebrauchsanleitung hinterlassen. Alles, was er in der Community von seinem Vater gelernt hatte, sein ganzes Wissen musste Rulfan aufbieten, um dem Schiff seine Geheimnisse zu entreißen. Aruula war ihm dabei keine große Hilfe.

Die Navigations- und Steuerungselektronik hatten ihm noch die geringeren Probleme bereitet. Der Computer funktionierte zwar nicht auf DNS-Basis wie die Rechner, die er aus den Communities kannte, aber so viel Ahnung von Wissenschaftshistorik hatte Rulfan, um zu wissen, dass die Alten vor *Kristofluu* Rechner mit Mikroschaltkreisen gebaut hatten. Und selbst wenn er es nicht gewusst hätte – das Ergebnis unterschied sich nur in seiner Visualisierung auf dem Monitor und in der Geschwindigkeit seines Zustandekommens.

Was ihn jedoch viele Tage Zeit gekostet hatte, waren die Motoren des Fahrzeuges. Dass es Elektromotoren waren, hatte ihm die Analyse des kleinen Trilithium-Rechners enthüllt, den ihm sein Vater Leonard Gabriel anvertraut hatte.

Das handtellergroße, scheibenförmige Gerät konnte wegen der CF-Strahlung zwar keine Verbindung mit der Zentralhelix der Community Salisbury mehr aufnehmen – nicht einmal zwanzig Kilometer vermochte es zu überbrücken, und Salisbury lag gut tausend Kilometer entfernt. Der T-Computer arbeitete aber auch als autarke Recheneinheit zuverlässig und schnell.

Woher gewannen die Motoren den Strom, der sie antrieb? Trilithiumbatterien waren nirgends zu finden gewesen. Auch keine Geräteverkleidung, die auf einen antiken Generator hindeutete. Erst vor drei Tagen hatte Rulfan das Rätsel der beiden Maschinenblöcke neben dem Elektromotor lösen können: Es handelte sich um zwei Brennstoffzellen, in denen Wasserstoff mit Sauerstoff reagierte und die auf diese Weise Strom produzierten. Und Wasser als Nebenprodukt.

Die Anlage zur Wasserstoffgewinnung konnte er mit Hilfe des T-Rechners schnell analysieren. Wasser gab es in Hülle und Fülle. Rulfan rechnete sich gute Chancen aus, mit der Twilight of the Gods die lange Reise nach Meeraka bewältigen zu können.

Sein Blick wanderte zufrieden über die Ausrüstungsgegenstände. Er hatte sie zwischen Sesselzeile und Rückwand ausgebreitet. Vor allem die Trockennahrung würde ihnen vermutlich noch gute Dienste erweisen. Aruula war zwar eine geschickte Fischerin – geschickter als Rulfan –, aber auf hoher See fing selbst sie nicht jeden Tag etwas.

Er sah zur Tür der Kommandobrücke. Aruula war noch immer nicht zurückgekehrt. Auf welchem Teil des Luftkissenbootes mochte sie sich aufhalten? Er ging zur

Instrumentenkonsole. Der Autopilot war eingeschaltet. Der Radar zeigte keine Hindernisse auf dem einprogrammierten Kurs – keine Eisschollen, keine Klippen, keine Inseln. Vor den Frontfenstern war noch immer dunkle Nacht. Manchmal klatschte Gischt von der Bugwelle gegen das Kunstglas.

Er lief zur Tür und verließ die Kommandobrücke. Der Lupa hob den Kopf, sprang auf und folgte seinem Herrn.

An der Stahlreling entlang hangelte der ganz in Fell gehüllte hoch gewachsene Mann sich heckwärts auf das Dach über dem Passagierraum. Eiskalter Wind ließ sein langes Grauhaar flattern. Am östlichen Horizont mischte sich ein milchiger Streifen in das Schwarz der zu Ende gehenden Nacht. Vor diesem Streifen zeichnete sich die Silhouette einer menschlichen Gestalt ab. Reglos stand sie an der Dachreling und blickte über die runden Stahlhülsen der Luftpropeller hinweg nach Osten. Windböen rissen an ihrem Haar, am Fell ihres Mantels.

»Aruula!«, rief Rulfan. Sie hörte ihn nicht. Zu laut war das Dröhnen der Propeller.

An der Reling entlang tastete er sich über das Dach. Das Getöse der Propeller schwoll an, Fahrtwind im Rücken drückte ihn förmlich heckwärts. Endlich stand er neben ihr. Sie wandte nicht einmal den Kopf. Ihre schönen Züge schienen versteinert, ihre Kiefermuskulatur zuckte.

Rulfan ahnte, was in ihr vorging. Nicht den schmutzigen Sonnenaufgang, der bald einen neuen Wintertag heraufführen würde, wollte sie beobachten. Das, was ihr inneres Auge fern im Osten noch sah, war für Rulfan längst nicht mehr zu erkennen. Nicht einmal für den Radar auf der Kommandobrücke. Die Inseln, die sie schon vor Stunden verlassen hatten. Die Dreizehn

Inseln – Aruulas alte Heimat. Der Abschied setzte ihr zu. Sie hatte kein Wort mit ihm gesprochen, seit sie in See gestochen waren.

Es war aussichtslos, sich bei dem Lärm, den die Propeller verursachten, verständigen zu wollen. Rulfan fasste Aruulas Oberarm und machte Anstalten, sie von der Heckreling wegzuziehen. Wenn es hell würde, brauchte er sie auf der Kommandobrücke.

Sie wandte ihm den Kopf zu. Trotz der Dunkelheit meinte er ihre Augen blitzen zu sehen. Dann schüttelte sie seine Hand ab und trat einen Schritt zur Seite.

Rulfan stieß einen Fluch aus. Noch nicht allzu lange kannte er die junge Frau. Während des kurzen Krieges gegen die Nordmänner bei London hatte er sie kämpfen gesehen. Das war vor seiner schweren Verwundung gewesen. Danach hatte er sie längere Zeit aus den Augen verloren.

Seit einem halben Mond aber tat Rulfan kaum noch einen Atemzug, ohne ihre Stimme zu hören und ihr Gesicht zu sehen. In Plymeth hatte er sie aus den Fängen des wahnsinnigen Wissenschaftlers Jacob Smythe befreit. Dann die Flugreise im Helikopter ins Nordland und der Kampf gegen die Invasoren. Seite an Seite mit Aruulas Volk hatten sie die Nordmänner vertrieben und Smythe überlistet. Wie es schien, hatte ihn eine Eisbestie gefressen.

Aruula war eine hartnäckige und eigensinnige Frau – bei Wudan, das war sie! Hartnäckiger und eigensinniger, als Rulfan es sich vorgestellt hatte. Und als es ihm lieb war. Er wandte sich ab und stemmte sich gegen den Fahrtwind, um zurück zur Kommandobrücke zu gehen. In den Tagen vor dem Aufbruch waren sie sich ein paar Mal in die Haare geraten.

Der Lupa begann plötzlich zu bellen, sah zu Rulfan

zurück, wandte sich wieder der Kommandobrücke zu und bellte erneut. Bald hörte es auch Rulfan – der akustische Alarm! Er beschleunigte seinen Schritt.

Zurück auf der Kommandobrücke flog sein Blick über die Armaturen. Ein rotes Licht neben dem Radarschirm blinkte. Der Suchstrahl glitt rhythmisch über einen grünen Punkt. Wulf stand neben ihm auf den Hinterläufen. Die Vorderpfoten lagen auf der Instrumentenkonsole. Er kläffte den Monitor an.

Rulfan schaltete den akustischen Alarm aus. Seine Finger glitten über die kleine Tastatur seines T-Rechners. Er hatte ihn mit dem Prozessor des Navigationsrechners verbunden. Wulfs Gekläffe verstummte endlich. Plötzlich spürte Rulfan die körperliche Nähe eines Menschen. Er drehte sich um. Und blickte in Aruulas braune Augen.

Sie stand an der offenen Tür. Ihre bronzefarbene Gesichtshaut war von der Kälte gerötet. Schweigend betrat sie die Kommandobrücke und zog die Tür hinter sich zu. Rulfan sah sie an. »Du trauerst«, sagte er. »Diesmal hat dich niemand gezwungen, dein Volk zu verlassen. Du hättest bleiben können.«

»Was gehen dich meine Gefühle an?« Sie trat neben ihn an die Konsole mit den Navigationsinstrumenten.

»Wenn wir Meeraka je erreichen wollen, brauche ich einen Menschen mit einem klaren Kopf und einem starken Herzen an meiner Seite. Ich fürchte, du hast deins auf den Dreizehn Inseln zurückgelassen.«

»Du weißt nicht, was du redest«, beschied sie ihm kühl. »Als ich meine Heimat zum ersten Mal verließ, war ich ein kleines Mädchen in den Händen einer fremden Horde. Ich hatte keine Zeit, Abschied zu nehmen. Todkrank wurde ich damals.« Sie seufzte bitter. »Achtzehn Winter ist das her, fast neunzehn. Jetzt aber habe ich Zeit, Abschied zu nehmen. Zeit, mich meiner Trauer hinzugeben. Na und?« Sie wies auf den Radarschirm. »Was bedeutet das?«

Rulfan beachtete ihre Geste nicht. Noch immer sah er sie an. Er wusste, was es bedeutete, Abschied zu nehmen – o ja, das wusste er. Er selbst war zwölf gewesen, als er die Community und seinen Vater verlassen hatte, um auf eigene Faust das Festland zu erreichen und nach Mutter und Schwester zu suchen. Viele Winter lang war er am Großen Fluss und den Gebirgen entlang seines Ufers unterwegs gewesen, bevor er in Coellen das Schicksal der Frauen aufklären konnte. Nicht einmal Gräber waren von ihnen übrig geblieben.

Und dann die lange Zeit in den Wäldern um Coellen, der Kampf gegen die Bruderschaft der Scheußlichen Drei. Und vor wenigen Monden erst wieder ein Abschied … »Ich weiß, was du fühlst«, sagte er leise. »Trotzdem: Bist noch immer entschlossen, Maddrax zu suchen? Meeraka ist sehr weit …«

»Niemand weiß wirklich, was der andere fühlt«, unterbrach sie ihn schroff. Hartnäckig deutete sie auf den Radarschirm. »Was hat das zu bedeuten?«

Rulfan gab auf. Er wandte sich den Navigationsinstrumenten zu. »Ein Objekt in Richtung Sonnenuntergang.«

»Was ist ein Objekt?«

»Ein Eisberg, ein Schiff, was weiß ich – eine Insel kann es nicht sein.«

»Woher willst du das wissen?«

Rulfan tippte auf der Minitastatur des T-Rechners herum. Manchmal verdrossen ihn ihre kritischen Fragen. Die Männer aus Coellen, die er in den Widerstandskampf gegen die Bruderschaft geführt hatte, pflegten nie solche Fragen zu stellen. »Weil es vorhin noch nicht auf dem Radarschirm zu sehen war.« Eine Zahl erschien auf dem Display des Trilithium-Computers. »Es liegt auf unserem Kurs – am Ende der Passage, die uns aus dem Kalten Sund in das Nordmeer hinausführt. Ziemlich genau achtundvierzig Seemeilen entfernt.«

»Wie viele Speerwürfe sind das?«, wollte Aruula wissen.

»Zehntausende.«

»Und wann erreichen wir das Ding?«

»Wenn wir in dieser Geschwindigkeit weiterfahren, nicht vor der Mitte des neuen Tages. Aber sobald es hell wird, können wir beschleunigen. Falls wir nicht in ein Eisschollenfeld geraten ...«

Grau kroch die erste Morgendämmerung in die Höhle. Thul'anymo klammerte sich im Rückenfell eines der bciden Reenas fest und richtete sich auf. Eisklumpen hingen im Pelzsaum seiner Kapuze. Gefrorene Feuchtigkeit seiner Atemluft. Die Tiere, zwischen denen er geschlafen hatte, stießen meckernde Laute aus und schüttelten sich. Er stand auf und trat vor die Höhle.

Am Horizont ging die Schwärze der Nacht schon in bleiches Frühlicht über. Es war noch dunkel, aber Thul'anymo konnte die Hand vor seinen Augen erkennen. Sie steckte in einem dicken Pelzhandschuh. Auch die Konturen riesiger Treibeisblöcke sah er tief unter sich im Meer. Wie riesige schlafende Tiere kauerten sie sich an den Fuß des Gletschers. Den Wasserfall sah Thul'anymo nicht, aber er hörte ihn rauschen.

Er holte den Schlitten aus der Höhle – ein einfaches Holzgestell mit Reena-Haut bespannt und mit weit hochgebogenem Bug. Thul'anymo rollte Proviant,

Werkzeug und Holz in sein Fell und band es auf den Schlitten. Den Speer befestigte er am Bugbogen, sodass die Spitze nach oben ragte. Er spannte die Reenas vor den Schlitten, hing sich Bogen und Köcher um die Schulter und trieb die Tiere an. Der Schlitten setzte sich in Bewegung und pflügte durch den Schnee.

Der zweite Tag seiner einsamen Fahrt begann. In lang gezogenen Serpentinen führte der Pfad am Hang des schneebedeckten Vulkankegels entlang, zum Hauptkrater hinauf. Dorthin, wo Thul'anymo die Götterboten treffen wollte.

In Richtung des Sonnenaufgangs war der Himmel schon so fahl wie das Gesicht eines Sterbenden, als der Göttersprecher den Rand des kleineren Seitenkraters erreichte. Felsen und sogar spärliches gelbes Gras zeigten sich immer häufiger in der Schneedecke. Das Gestein war warm hier oben, wärmer als unten in der Ebene. Bald fand der alte Mann keinen durchgängigen Schneepfad mehr, über den er seinen Schlitten lenken konnte.

Thul'anymo stieg ab, band die Reenas los, packte sich das Fellbündel auf den Rücken und schulterte seinen Speer. Er kraulte die Tiere unter dem Kinn und flüsterte ihnen Beschwörungsformeln in die Ohren. Sie würden warten, bis er vom Gipfel zurückkehrte.

Dann stieg er über Geröll und erkaltete Lavabrocken zum Hauptkrater hinauf. Keinen Augenblick zweifelte er daran, eine Abordnung der Dra'flais dort oben zu treffen, eine Abordnung der Götterboten. Thul'lan'aizir selbst hatte zu ihm gesprochen. Im Traum, vor vier Nächten. *Steig zu mir auf den Hvuravellir,* hatte die Stimme des Gottes gesagt, *meine Boten erwarten dich dort …*

Immer seltener traten die Fellstiefel Thul'anymos in Schnee. Über ihm schälte sich der Kraterrand aus der

Dämmerung. Dampfwolken stiegen aus ihm in das dunkle Firmament der zurückweichenden Nacht...

Er hörte es, noch bevor er den Rand des Hauptkraters erreichte. Es klang, als würden viele Hände rasend schnell auf ein zum Trocknen ausgespanntes Fell schlagen. Oder als würden tausende Lederfetzen an Stangen gebunden im Sturm flattern. Thul'anymo blieb stehen und lauschte.

Es kam aus dem Krater, natürlich, woher sonst? Thul'anymo blickte hinauf zu dem Felsgrat etwa dreihundert Schritte über ihm. Kreisrund zog er sich um den Krater. Deutlich zeichnete sich inzwischen die Rauchwolke aus dem Vulkan gegen den düsteren Morgenhimmel ab.

Es schwoll an, das Geschwirre und Getrommel, brach sich im Inneren des Felskegels an den Steilwänden, erfüllte dann schlagartig den Himmel über dem Gipfel und hallte von den Hängen wider.

Nur ihre Schatten sah der Göttersprecher zunächst. Zu einer kleinen dunklen Wolke zusammengeballt, schälten sie sich aus dem Rauchpilz über dem Vulkan. Doch bald konnte Thul'anymo die einzelnen Körper unterscheiden: lang gestreckte Leiber, umgeben vom schwirrenden, nebelhaften Tanz ihrer Flügel.

Sie kamen zu siebt. Sie kamen meistens zu siebt. Dann jedenfalls, wenn Thul'lan'aizir sie aussandte, um mit seinem Diener Thul'anymo zu reden. Wenn es ernst wurde, schickte der Gott auch sieben mal sieben Dra'flais aus. Und wenn sein Gegenspieler, der grausame Dämon Liob'hal'bakor, zu einem neuen Vernichtungsschlag gegen Thul'anymos Volk ausholte, schickte Thul'lan'aizir sogar siebzig Boten in den Kampf. Aber das kam nicht oft vor. Nur einmal hatte der Göttersprecher das bisher erlebt.

Sechs von ihnen landeten etwa einen Speerwurf entfernt von Thul'anymo. Einer drehte eine Runde über ihm und setzte dann drei Schritte vor ihm auf.

Thul'anymo ließ Fellbündel und Speer fallen. Er nahm den Bogen von der Schulter und ging in die Knie. »Dein Diener Thul'anymo ist gekommen, wie du es geboten hast!«, rief er mit heiserer Stimme. »Hier bin ich, Thul'lan'aizir, hier bin ich und höre …!«

Der Dra'flai legte seine drei Flügelpaare zusammen und breitete sie über seinen von bräunlichen Schuppen bedeckten Körper. Er überragte den knienden Göttersprecher nur wenig, war also etwas niedriger als ein Reena. Doch sein dreigliedriger, spindelförmiger Körper wirkte wesentlich länger als der des Zugtieres.

Sechs Beine hatte der Dra'flai. Dreigliedrige Beine, nicht viel kräftiger als der Schaft eines Kampfspeeres. Das körpernaheste Glied ragte fast steil nach oben, die anderen beiden im spitzen Winkel nach unten zum Boden. Dort verdickten sie sich etwas und mündeten in eine dreizehige Kralle. Bei genauem Hinsehen konnte Thul'anymo erkennen, dass auch die Beine von unzähligen winzigen Schuppen überzogen waren.

Der riesige dreieckige Schädel des Dra'flais – ebenfalls lang gestreckt und voller brauner Schuppen – pendelte auf und ab, als wollte er nicken. Seine schwarzen Facettenaugen bedeckten fast die gesamten Schädelhälften. Eine feine Schuppenhaut überzog sie halb – milchig und von feuchtem Glanz.

An der unteren, spitzen Seite des Schädels zuckte etwas Zangenartiges – die Beißwerkzeuge des Dra'flais. Und oberhalb der Augen ragte je ein Fühler aus dem Schädel, fast so lang wie ein Speer. Daumendick an der

Stelle, wo sie aus den Schuppen traten, verjüngten sie sich mehr und mehr und endeten schließlich in fast haarfeinen Spitzen. Die wippten auf und ab, während der Dra'flai seinen Schädel bewegte.

Das Wesen setzte sich ruckartig in Bewegung. Erde und Gestein knirschten unter seinen Fußkrallen. Vor dem Göttersprecher verharrte es wieder bewegungslos. Sein linker Fühler senkte sich langsam herab. Bis er die Stirn des alten Mannes berührte.

Thul'anymo spürte ein Kribbeln an der Stelle, wo der Fühler gegen seine Stirnhaut drückte. Es verstärkte sich zu einem Summen. Wärme strömte in seinen Schädel.

»Sprich, barmherziger Gott!« Thul'anymo neigte den Kopf und hob dabei die Handflächen gegen den Vulkankegel. Der Fühler des Dra'flais wich nicht von seiner Stirn. »Sprich, Thul'lan'aizir – dein Diener lauscht deiner Stimme…« Thul'anymo schloss die Augen. Und wartete. Nicht lange, und das Summen in seinem Schädel verwandelte sich in eine Stimme…

Wie glühende Asche lag der neue Morgen über dem östlichen Horizont. Das Meer darunter verwandelte sich in schäumendes Blut. Über der Farberuption der aufgehenden Sonne zerfaserte der Himmel in violette Fetzen, die mehr und mehr im dunklen Grau verschwammen.

Rulfan und Aruula standen an der Dachreling und beobachteten das Naturschauspiel. Nur wenige Atemzüge lang dauerte es. Dann sog das dunstige Einerlei des Winterhimmels die Farben aus Wasser und Wolken. Der neue Tag brach an.

Zurück auf der Kommandobrücke fuhr Rulfan die Maschine hoch. Die Twilight of the Gods gewann an

Fahrt. Noch immer war der grüne Leuchtpunkt auf dem Radarschirm. 39,7 Seemeilen Entfernung, verriet das Display des T-Rechners.

Sie tranken Wasser und aßen geräucherten Fisch. Wulf, der Lupa, knurrte unwillig. Doch der Hunger zwang ihn schließlich, die ungewohnte Nahrung herunter zu schlingen.

Immer wieder signalisierte die Navigationselektronik Küstennähe. Rulfan durchforstete den Rechner nach Seekarten. Er fand fast ausschließlich unbrauchbares Material – Karten aus der Zeit vor *Kristofluu*.

Damals, vor vielen hundert Jahren, musste man ein Wasserfahrzeug durch unzählige Meeresengen steuern, um ein Land, das die Alten *Dänemark* nannten, zu umschiffen. Ein anderer Weg führte nicht aus dem Kalten Sund ins Nordmeer hinaus.

Die apokalyptische Katastrophe hatte dieses Land in unzählige kleine Inseln verwandelt. Keine einzige Karte fand Rulfan, die den Küstenverlauf nach *Kristofluu* dokumentierte. Wie auch? Selbst der ebenso geniale wie wahnsinnige Smythe würde wohl nie Gelegenheit gehabt haben, die inselreiche Passage vom Kalten Sund in das Nordmeer zu kartografieren. Nicht mal eine Skizze konnte Rulfan aus den Tiefen der Datenbank ausgraben. Also musste er sich auf das Navigationssystem der Twilight of the Gods verlassen. Und auf seine Augen.

Nach etwa vierzehn Seemeilen war Rulfan gezwungen, den Elektromotor zu drosseln: Eisschollen kamen in Sicht. Nicht einfach nur flache Scheiben, sondern Kegel, so hoch wie das Schiff selbst. Rulfan wagte es nicht, die Twilight of the Gods über sie hinwegschweben zu lassen.

Bald trieben sie backbords und steuerbords vorbei, manche nicht weiter als einen halben Speerwurf entfernt. Rulfan manövrierte das Boot auf einem Zickzackkurs durch das Schollenfeld. Die Stunden flogen dahin.

Gegen Mittag endlich lag das Treibeis hinter ihnen. Und die Inselgruppen zwischen Euree und dem Nordland ebenfalls. Das Nordmeer weitete sich bugwärts. Rulfan beschleunigte die Twilight of the Gods. Die Entfernung zu dem Objekt auf dem Radarschirm schrumpfte zusehends. Noch knapp drei Seemeilen betrug sie, als Rulfan sein *Binocular* an die Augen setzte und den Horizont absuchte. Er entdeckte eine Rauchfahne.

Wortlos reichte er Aruula das Gerät. »Was ist das?«, zischte sie. »Ein Nordmannschiff?«

»Ja.« Rulfan beugte sich über die Tastatur des Navigations-Computers. Seine Finger hämmerten in die Tasten. Eine der alten Seekarten flimmerte auf dem Monitor. Rulfan dachte nicht daran, sich auf sie zu verlassen, doch sie bot wenigstens Anhaltspunkte zur Orientierung. Er prägte sich die Kurskoordinaten ein. Wieder bearbeitete er die Tastatur.

Aruula setzte das Glas ab. »Was tust du?«

»Ich ändere unseren Kurs.«

»Warum das?« Eine steile Falte grub sich zwischen ihre Brauen.

»Um ihnen auszuweichen.«

Aruula fasste seinen Unterarm und zog seine Hand von der Tastatur weg. »Ausweichen?! Ich will ihnen nicht ausweichen!« Sie blickte sich um. An einem Wandhaken neben der Tür hingen zwei Gewehre: Aruulas Armbrustwaffe aus dem Bunker des Feuerrohrpriesters von *Kalskroona* und Rulfans *Laserbeamer*. »Mit deinem Blitzrohr kannst du sie vernichten!«

»Willst du weiter ins Nordmeer hinaus und nach Meeraka, oder willst du Krieg führen?« Rulfan musterte ihr hartes Gesicht. Hass spiegelte sich darin. Wie ein zerfetzter Schleier legte er sich über ihre Züge und verhüllte die Schönheit darin.

Rulfan mochte es nicht, wenn sich ihre Miene so verhärtete. Er mochte dieses faszinierende Frauengesicht, wenn es entspannt und heiter war. Vielleicht noch, wenn sich Trotz und Eigensinn in seinen Zügen spiegelten. Dann mochte er es sogar mehr, als er sich selbst eingestehen wollte.

»Hast du nicht mit eigenen Augen gesehen, was sie meinem Volk angetan haben?!«, fauchte Aruula. »Hat dein Freund Honnes dir nicht berichtet, wie sie ihn gequält haben? Hast du noch immer nicht begriffen, dass sie grausam und blutgierig sind?! Steuere das Boot auf sie zu! Ich will, dass du sie versenkst! Ich will es!«

»Rachedurst ist der Anfang der Grausamkeit«, sagte Rulfan leise. Er machte sich von ihr los und fuhr fort, die Kursänderung einzutippen.

Aruula schob sich zwischen ihn und die Instrumentenkonsole. Ihre Hände schlossen sich um seine Oberarme. »Jedes ihrer Schiffe auf den Meeren ist ein Schiff zu viel!« Sie blickte zu ihm empor. Ihre braunen Augen loderten. Rulfan meinte einen grünen Schimmer in ihnen zu erkennen.

»Jeder ihrer Soldaten auf dieser Erde ist einer zu viel!« Beschwörend klang ihre Stimme jetzt. »Greif das Schiff an!« Er schwieg. Ihre Leidenschaft machte ihn sprachlos. Er fragte sich, ob sie genauso leidenschaftlich lieben konnte, wie sie hasste. »Bitte«, sagte sie mit plötzlich weicherer Stimme.

Er nickte langsam.

Nicht lange danach schwebte das Luftkissenboot über den Wogen des offenen Meeres. Küstenstreifen, Inseln und Treibeis verschwammen mit dem dunstigen

Winterhimmel. Bald konnten sie den Nordmanndampfer mit bloßem Auge sehen.

Rulfan programmierte den Autopiloten so, dass die Twilight of the Gods in weniger als zwei Speerwürfen Entfernung steuerbords an dem Schiff vorbeigleiten würde. Er nahm sein Kaskaden-Laser-Gewehr vom Wandhaken, öffnete die Tür und trat auf das Bootsdach. Hinaus in den kalten Wind …

Das Gesicht auf die fellverhüllten Oberschenkel gepresst, auf der Stirn den Druck des Dra'flai-Fühlers, in seinem Kopf die Stimme – so kauerte Thul'anymo auf dem steinigen Boden. Wie schon so oft zuvor.

Gut, dass du gekommen bist …

Es war nicht so, dass die summende Stimme in seinem Schädel deutlich voneinander unterscheidbare Worte formulierte. Thul'anymo spürte das Summen, spürte die Nähe einer unbeschreiblichen Erhabenheit und *wusste*, was sie ihm zu sagen hatte. Er wusste es einfach, ohne je erklären zu können, wie dieses Wissen zustande kam. Es war plötzlich da. Als hätte etwas, das größer und mächtiger als er selbst war, seine Gedanken in ihn hineingeworfen.

Es ist wieder einmal so weit: Der Geist der Finsternis, der Hasser der Izekos, der Vernichter allen Lebens, der nimmersatte Liob'hal'bakor will dein Volk auslöschen …

Thul'anymo erschauerte. Obwohl er längst ahnte, dass Thul'lan'aizir, dass sein Gott ihn vor einem neuen Angriff des Dämonen und seiner Handlanger warnen würde.

Aber fürchte dich nicht, mein treuer Diener – meine Kraft wird mit euch sein: die Kraft des Lichts, die Kraft des Guten und Erhabenen. Geh und verkünde es deinem Volk …

Warm perlte es durch Thul'anymos Körper. Zuversicht und Dankbarkeit erfüllten ihn.

… sag den Izekos: Thul'lan'aizir der Barmherzige wird euch beschützen. Sag ihnen: Thul'lan'aizir, der Herr des Lichtes und des Lebens, wird der Schutzwall um sie sein, an dem die Boten der Finsternis zerbrechen werden …

Der Atem des Götterpriesters flog keuchend. Er zitterte vor Erregung. Ein euphorischer Rausch ergriff ihn.

… niemals wird der Zorn des abscheulichen Liob'hal'bakor das Volk der Izekos vernichten, sag ihnen das! Und sag ihnen, sie sollen drei mal sieben Männer und Frauen auswählen, die sich zum Kampf bereiten …

»Wann, o Erhabener Thul'lan'aizir, wann wird es geschehen?« Weiter nichts als ein Krächzen kam über die blutleeren Lippen des Göttersprechers. Es war nicht nötig, dass er überhaupt etwas zu sagen versuchte. Sein Gott wusste auch so, was ihn bewegte. Doch seine Erregung verschaffte sich Luft und presste die Worte aus ihm heraus.

Noch vier Mal wird es Abend und Morgen. Wenn dann die Sonne aufgeht, versammle dein Volk in den Klippen an der Küste, wo der Fluss sich ins Meer ergießt. An der Stelle, von der aus man beides sehen kann: meinen heiligen Vulkan und die Eiskuppel des scheußlichen Liob'hal'bakor. Dort sollen die Auserwählten am Strand warten …

Der Druck gegen seine Stirn ließ plötzlich nach. Das Summen in seinem Kopf verstummte. Thul'anymo richtete sich auf. Durch einen Tränenschleier sah er, wie der Dra'flai ein Stück rückwärts lief und sich von ihm entfernte. Dann, als der Götterbote die Flügel ausbreitete, ertönte ein fast metallenes Zirpen und Schaben. Im nächsten Moment füllte sich die Luft erneut mit dem Getöse und Getrommel rasenden Flügelschlags.

Alle sieben Dra'flais zugleich schwangen sich in den

Himmel. Der Götterbote, dessen Fühler Thul'anymo berührt hatte, setzte sich an ihre Spitze. Sie flogen zum Kraterrand hinauf.

Aus tränenden Augen blickte der alte Göttersprecher ihnen nach. So lange, bis ihr Schwarm sich wieder zu einem dunklen Schatten vereinigte und in die Säule des Rauchpilzes eintauchte.

Schweiß stand auf Thul'anymos Stirn. Auch die Tücher unter seinem Fellmantel waren nass geschwitzt. Drei Mal versuchte er vergeblich aufzustehen. Jedesmal gaben seine Knie nach. Der Rausch verflog nur langsam. Stille Freude blieb zurück.

Irgendwann stand er auf seinen zitternden Beinen und belud sich mit Fellbündel, Bogen und Speer. Seine Kniegelenke schienen aus weich gekochtem Walfleisch zu bestehen, als er den Abstieg zu seinem Schlitten und den wartenden Reenas wagte…

Der kastenartige Dampfer schaukelte im hohen Wellengang auf und ab. Nur eine spärliche Rauchfahne flatterte an einem seiner beiden Schornsteinrohre. Die Besatzung des Schiffes fühlte sich sicher, schien nicht an Flucht zu denken. Anders wusste Rulfan die langsame Fahrt des Dampfers nicht zu deuten.

Er kniete neben der Reling auf dem Bootsdach, legte seinen Laserbeamer auf den Mittelholm und visierte das große Ziel an. Wulf zog den Schwanz ein und floh winselnd auf die Kommandobrücke. Das Tier wusste, was geschah, wenn sein Herr zu der klobigen Waffe griff.

Aruula lehnte neben Rulfan über der Reling. Das Binocular an die Augen gepresst, beobachtete sie den Nordmanndampfer. Der Wind peitschte Rulfan eine

Strähne seines langen Grauhaars ins Gesicht. Er strich sie sich hinter die Ohren. Dann legte sich seine Hand wieder um die raue Oberfläche des Waffenkolbens. Die Kuppe seines Zeigefingers berührte den Knopf, mit dem man den feinen Ziellaserstrahl auslöste.

»Warte!« Aruulas Hand berührte seine Schulter. Er blickte zu ihr auf. Ihre Haare flatterten im Wind. Weit über die Reling gebeugt, spähte sie durch das Binocular. »Bei Wudan...«, stöhnte sie. »Das sind ... das sind keine Nordmänner...« Sie reichte ihm das Glas. »Sieh selbst!«

Rulfan stand auf, hängte sich den Laserbeamer über die Schulter und setzte das Binocular an. Zum Greifen nah schien die geteerte Bordwand des Holzkastens. Und die Gestalten hinter der Reling – viele kleine Gestalten. Manche konnten kaum über die Reling schauen, so klein waren sie.

»Kinder...«, flüsterte Rulfan. Etwa dreißig Köpfe zählte er. »Kinder und Halbwüchsige...« Im Geist sah er sich eine tödliche Laserkaskade auf das Nordmannschiff abfeuern. Die Vorstellung ließ ihn frösteln...

»Das sind Kinder meines Volkes!«, stöhnte Aruula. »Die Verschleppten!« Sie begann wild mit den Armen zu rudern.

Rulfan stürmte auf die Kommandobrücke und steuerte die Twilight of the Gods steuerbords an das Nordmannschiff heran. Aruula und einige der Kinder verständigten sich in der Sprache der Dreizehn Inseln. Rulfan verstand kein Wort.

Wenig später hatten sie beide Schiffe miteinander vertäut und kletterten an Bord des Dampfers. Fünfzig Kinder umringten sie. Ausgehungerte, abgerissene Gestalten, schmutzig und stinkend. Das jüngste der Kinder hatte noch nicht einmal richtig sprechen gelernt.

Das älteste – ein Mädchen namens Suljaana – war vierzehn Winter alt.

Aruula umarmte eines nach dem anderen, wieder und wieder. Sie hatte Tränen in den Augen, während sie mit der Kinderschar palaverte.

Von Zeit zu Zeit drehte sie sich nach Rulfan um. »Sie haben die Besatzung getötet…« Unglaube stand in Aruulas Miene. »Stell dir das vor, Rulfan – bis auf einen haben sie alle getötet…« Sie übersetzte ihm, was die Kinder ihr atemlos erzählten. Die dramatische Geschichte eines ungleichen Kampfes, den sie mit List und dem Mut der Verzweiflung für sich entschieden hatten.

Rulfan war sprachlos. *Was ist das für ein Volk, das solche Menschen hervorbringt*, fragte er sich. Er betrachtete das hohlwangige Gesicht eines hoch gewachsenen Mädchens – Suljaana. Sie hatte eine Schlüsselrolle bei dem Aufstand gespielt. Ihre müden und gleichzeitig stolzen Augen hielten seinem Blick stand. Oder der etwas kleinere Junge mit dem trotzig vorgeschobenen Unterkiefer und dem verfilzten rötlichen Langhaar – Borisaas, der Rädelsführer der Kinderschar.

Borisaas winkte sie hinter sich her. Sie folgten ihm über das Deck. An manchen Stellen entdeckte Rulfan Blutflecken. Vor sieben Fellbündeln zwischen den Decksaufbauten und einer Stiege ins Unterdeck blieben sie stehen. Bedrückendes Schweigen breitete sich plötzlich aus.

»Sieben von ihnen verloren ebenfalls ihr Leben«, sagte Aruula leise. »Die Leichen der Nordmänner haben sie über Bord geworfen.«

Borisaas ging weiter. Er führte sie hinab in den Maschinenraum. Die meisten anderen Kinder drängten sich hinter Rulfan und Aruula her die schmale Treppe hinunter. Borisaas stellte Aruula zwei Halbwüchsige vor. Sie bewachten einen Nordmann, der Kohlen in den Brennkessel schaufelte. Ein hässlicher einäugiger Bursche namens Turkaz. Mit einem kurzen Strick waren seine Knöchel aneinander gefesselt. Nur mit kleinen Tippelschritten konnte er sich bewegen. Ein weiteres Tau um seinen Hals führte hinauf zu einem der Dampfrohre, wo es mehrfach verknotet war. Rulfan begriff, dass er das einzige überlebende Besatzungsmitglied vor sich hatte.

Aruula beäugte den Gefangenen aus schmalen Augen. Wieder war diese Härte in ihrem Gesicht, wieder der grünliche Schimmer in ihren Augen. Der Hass sog das Blut aus ihrer Haut. Rulfan schauderte.

Plötzlich griff Aruula zu ihrem Hüftgurt und zog ein Messer heraus. Doch bevor sie sich auf Turkaz stürzen konnte, warf sich Borisaas zwischen sie und den Gefangenen. Er gestikulierte heftig dabei. Später erfuhr Rulfan, dass die Kinder Turkaz Schonung zugesagt hatten. Als Gegenleistung hatte er versprochen, den Dampfer zurück zu den Dreizehn Inseln zu steuern.

Sie verteilten Trockennahrung und frisches Trinkwasser unter den Kindern. Rulfan holte die Medizinkiste von der Twilight of the Gods. Er versorgte Wunden und verteilte Medikamente gegen Durchfall und Fieber.

In der Mitte der zweiten Tageshälfte zog sich von Osten her eine schwarze Wand über den Himmel. Von einem Atemzug zum anderen türmten die Wellen sich baumhoch auf und stürmten gegen die beiden Schiffe an. Ein Orkan brach los …

(Wer berührt mich?)

(Wer soll dich schon berühren, Liob'hal'bakor? Wer außer uns beiden brütet noch an diesem eisigsten aller Orte dieses Universums vor sich hin?)

(Übertreibe nicht schon wieder, Thul'lan'aizir!)

(Deine Aura fühlt sich kalt und hart an, Liob'hal'bakor – es war schwer, deine Ströme aufzuspüren.)

(Gibt es eine Vereinbarung zwischen uns, die mich zwingen könnte, dich in meine Karten schauen zu lassen, Thul'lan'aizir?)

(Wie harsch du wieder bist. Aber gut – kommen wir zur Sache: Ich habe meine Haupteinheit instruiert. Bist du bereit?)

(Drei mal sieben biotische Organisationen – ich bin auf dem Laufenden, Thul'lan'aizir. Du wirst sie alle verlieren.)

(Das glaubst du jedes Mal – und immer erweisen sich deine Modelle als klägliche Versager.)

(Ich habe sie optimiert. Du wirst ein eiskaltes Wunder erleben.)

(Ich spüre Zorn, Liob'hal'bakor. Kann es sein, dass du die Sache um eine Spur zu ernst nimmst?)

(Ich nehme sie so ernst, wie sie ist, Thul'lan'aizir. Aber es gefällt mir nicht, wie du über mich sprichst – »der Geist der Finsternis, der Vernichter allen Lebens, der nimmersatte, der abscheuliche Liob'hal'bakor«, und was du dieser Kreatur nicht alles eingeflüstert hast – kein Wesen unter Murans Licht schätzt es, in einer solchen Weise herabgewürdigt zu werden.)

(Wie kalter Schwefeldunst kriechen die Bilderströme aus deiner Aura in mein Zentrum. Mich fröstelt. Murans Licht ist unendlich weit entfernt. Und zudem vermutlich längst erloschen. Ich mache mir Sorgen, Liob'hal'bakor – bist du krank?)

(Vor Heimweh, ja ...)

(Vielleicht auch vor Machtgier oder Träumerei oder Eitelkeit ...? Hier sind wir, und hier müssen wir uns den Weg bereiten!)

(Schluss jetzt. Zurück zur Sache. Du hast sie im Griff, deine biotischen Organisationen, Thul'lan'aizir, zugegeben – aber ich wette, dass ich zwei mal sieben bezwinge.)

(Ho, ho – dann müsste es dir gelungen sein, halbe Daa'muren aus deinen Modellen zu machen. Ich halte dagegen: Du wirst weniger als ein mal sieben packen, und von deinen Modellen wird allenfalls eines den Weg zurück in dein Eishaus finden, und das mit mächtig zerzausten Fühlern.)

(Warten wir es ab ...)

Die Naturgewalten wollten nicht mehr aufhören zu toben. Wellenwände bäumten sich gen Himmel und brachen über den beiden Schiffen zusammen. Platzregen und Hagel prasselten aus pechschwarzen Wolken. Orkanböen fegten von Osten her über das Meer, peitschten es auf und trieben den Nordmann-Dampfer und die Twilight of the Gods weiter und weiter auf das offene Nordmeer hinaus.

Nur die Blitze erhellten die Finsternis. Der zu Ende gehende Tag war so schwarz wie die Nacht und wie der folgende Tag. Mit keinem Lichtschimmer verriet der Himmel Sonnenuntergang und Sonnenaufgang.

Die fünfzig Kinder waren an Bord der Twilight of the Gods geklettert – Rulfan hielt das Luftkissenboot für sicherer als den Nordmannkahn. Turkaz war allein auf dem Schiff zurückgeblieben – an das Ruder gekettet. Aruula hatte nicht geduldet, dass Rulfan den Gefangenen auf das Luftkissenboot brachte.

Durch die Backbordfenster der Kommandobrücke beobachtete Rulfan manchmal den auf den Wellen tanzenden Holzkasten. Der Rumpf ächzte und stöhnte, als wollte er jeden Moment auseinander brechen.

Das Unwetter wütete drei Nächte und zwei Tage lang. Zu Beginn des dritten Tages ließ der Orkan nach. Als hätte das Meer sich ausgetobt, beruhigte sich der schwere Wellengang schlagartig. Gegen Abend hin wurde der schwarze Himmel grau. Rulfan und einige der älteren Kinder kletterten zurück auf den Nordmanndampfer.

Der gefangene Soldat im Ruderhaus zitterte am ganzen Körper. Wäre das Schiff gesunken, hätte es ihn mit in die Tiefe gerissen. Rulfan hatte Mitleid mit ihm und versorgte ihn mit Wasser. Zu Essen konnte er ihm nichts geben; die Vorräte waren erschöpft, und auch das Süßwasser ging zur Neige.

Rulfan erklärte Borisaas, Dolwuunas und ihren Gefährten die Dampfmaschine. Wie man ein Schiff steuerte, musste er ihnen nicht zeigen. Auf den Dreizehn Inseln verstand man etwas von der Seefahrt.

Noch in derselben Nacht wurde der Kessel angeheizt. Am nächsten Morgen nahmen beide Schiffe Fahrt auf. Auf der Kommandobrücke der Twilight of the Gods brütete Rulfan über veralteten Seekarten. Aruula, Borisaas und Dolwuunas standen neben ihm. Fasziniert betasteten die Jungen Kontroll-Leuchten, Schalter und Monitore. Hinter ihnen kauerten Suljaana und ein paar kleinere Kinder am Boden. Sie kraulten dem zahmen Lupa das Fell. Wulf räkelte sich auf dem Rücken und präsentierte den kleinen Händen seinen Bauch.

»Was sind das für Zeichen?« Borisaas deutete auf die Seekarte.

»So ungefähr würdest du diese Gegend hier sehen können, wenn du ein Vogel wärst«, gab Rulfan lächelnd Auskunft. »Jedenfalls sah sie in der Zeit der Alten so aus.« Mit dem Finger fuhr er die Küstenlinie entlang. »Dieses Land hier, das südliche Nordland, nannten sie Dänemark. Heute besteht es aus vielen Inseln.«

»Warum?«, wollte Dolwuunas wissen.

»Orguudoos Todesstern hat das Antlitz der ganzen Erde verändert«, orakelte Aruula. Die Jungen machten erschrockene Gesichter. »Hier liegt unsere Heimat.« Aruula zeigte auf die Südküste Schwedens. Fragend blickte sie Rulfan an. »Und an welcher Stelle des Nordmeeres sind wir jetzt?«

Rulfans Finger tanzten über die Tastatur. Sein Blick flog zwischen Karte und Monitor hin und her. »Der Sturm hat uns weit aufs Meer hinausgetrieben«, sagte er. »Seht ihr diese große Insel hier?« Aruula und die Jungen nickten. »Die Alten nannten sie ›Island‹. Wir sind ihr näher als der Passage in den Kalten Sund. Ich schätze, sie ist nicht weiter als dreißig Seemeilen entfernt.«

»Wir wollen aber dorthin.« Borisaas tippte auf die Südküste Schwedens. »Nach Hause. Wenn ihr die Nordmänner besiegt habt, droht uns keine Gefahr mehr auf den Dreizehn Inseln. Wir wollen nach Hause.«

Rulfan nickte. »Ich sollt nach Hause zurückkehren, Borisaas. Aber wir brauchen Proviant und frisches Trinkwasser. Lass uns also nach Island fahren. Wir werden fischen und jagen und die Wasserfässer auffüllen. Und dann werdet ihr zurück zu den Dreizehn Inseln fahren.«

Rulfan setzte die Twilight of the Gods vor den Bug des Nordmannschiffes und nahm es in Schlepptau, um schneller voranzukommen. Schon gegen Mittag zeigte der Radar die Küstenlinie einer großen Insel an: Island lag vor ihnen.

Sie standen im Kreis um ihren Göttersprecher herum, auf dem runden Platz im Zentrum der Igluu-Siedlung. Dreizehn Männer und acht Frauen, alle in lange Mäntel und Beinkleider aus Reena-Fell gewickelt. Kapuzen bedeckten ihre Köpfe. Männer und Frauen waren kaum voneinander zu unterscheiden. Sie hielten kleine becherartige Gefäße in den Händen. Im Schnee zu ihren Füßen lagen Speere, Bögen und Schwerter.

In der Nacht zuvor erst war der Sturm von der Südwestküste Thul'Izelas abgezogen. Schneeverwehungen rund um das Lager und zwischen den Igluus waren als seine stummen Zeugen zurückgeblieben. Nur noch vereinzelte Schneeflocken schwebten seit den Morgenstunden aus dem grauen Himmel und blieben in den Fellkapuzen hängen oder in den Bärten der Männer.

»Die Größe und Stärke des barmherzigen und allmächtigen Thul'lan'aizirs aufs Neue und wieder aufs Neue aufscheinen zu lassen – dazu hat er uns ins Leben gerufen, meine Izekos!« Die Arme segnend ausgebreitet, stand Thul'anymo im Kreis der Einundzwanzig. Etwa hundertsiebzig Mitglieder des Stammes verharrten ein wenig abseits zwischen den Igluus. Einige saßen auf Schlitten. Alle lauschten den Worten ihres Häuptlings und Göttersprechers.

»Im Namen des Großen und Erhabenen werden wir heute erneut den finsteren Blutsäufer und Fleischfresser Liob'hal'bakor und seinen abscheulichen Boten die Stirn bieten.« Mit einer Handbewegung winkte er drei fellverhüllte Frauen aus den Zuhörern zwischen den Igluus herbei. Sie trugen bauchige Krüge aus Ton. Die einundzwanzig Auserwählten hoben ihre Becher. Bereits zum dritten Mal an diesem Morgen.

»Stärkt euch also mit Thul'lan'aizirs Glutwasser der Hoffnung!« Die drei Frauen schenkten ein bernsteinfarbenes, schäumendes Gebräu ein. Einem nach dem anderen. Am Schluss reichte man auch Thul'anymo einen Becher. »Auf den barmherzigen und allmächtigen Thul'lan'aizir!« Der Göttersprecher hob seinen Becher. Sie tranken gleichzeitig, und die umstehenden Männer, Frauen und Kinder brachen in lautes Jubelgeschrei aus.

Die einundzwanzig Auserwählten leerten ihre Becher in einem Zug und stellten sie dann vor sich im Schnee ab. Sie schulterten mannshohe Bögen und Kampfspeere und schnallten ihre Schwerter um. Bewegung kam auch unter ihre Stammesgenossen – sie wichen auseinander und bildeten eine Gasse.

Durch sie hindurch stapften die Bewaffneten aus dem Lager. Thul'anymo setzte sich an die Spitze. Erst als sie schon zwei, drei Speerwürfe von den letzten Igluus entfernt waren, schlossen viele der Stammesmitglieder sich ihnen an. Verwandte und Freunde – jüngere Männer und Frauen zumeist.

Ein paar der Frauen trugen Fellbündel mit sich. Sie drückten sie an ihre Oberkörper und hielten sie auf eine behutsame, fast zärtliche Weise fest. So wie man Dinge festhält, die einem wertvoll sind und von denen man sich niemals freiwillig trennen würde.

Die Gruppe stieg die Anhöhe hinauf, die sich wie ein Schutzwall um das kleine Igluudorf zog. Es wurde nicht viel gesprochen. Die einundzwanzig Männer und Frauen hinter dem Göttersprecher redeten überhaupt nicht miteinander. Stumm blickten sie vor sich hin. Manche wankten ein wenig. Nicht jeder vertrug das Glutwasser gleich gut.

Thul'anymo an der Spitze des Zuges bewegte ununterbrochen seine Lippen. Er murmelte Gebete und Beschwörungsformeln. Hin und wieder blieb er stehen, hob den Kopf, spähte in alle Himmelsrichtungen und lauschte.

Vom Kamm der Anhöhe aus konnte man das Meer sehen. Ein dunkler türkisfarbener Streifen zwischen der weißen zerklüfteten Schneefläche und dem schmutziggrauen Himmel. Die meisten der einundzwanzig Auserwählten drehten sich dort oben noch einmal um und blickten zurück auf die Igluus. Auf das Dorf, in dem sie aufgewachsen waren. Auf die Schneehütten, unter deren Kuppeln sie den Legenden der Eltern und Großeltern gelauscht, gelacht und geweint, gespielt und Kinder gezeugt hatten.

Wie ein Paradies kamen sie ihnen in diesem Augenblick vor, die eng aneinander gebauten Igluus dort unten in der Schneemulde, diese kärgliche Siedlung, in der sie der lebensfeindlichen Eisinsel ihre menschliche Existenz abgetrotzt hatten. Wie ein verlorenes Paradies.

Stumm wandte sich einer nach dem anderen ab und stapfte dem Göttersprecher hinterher der Küste entgegen. Ihre Stammesgenossen folgten ihnen in sorgfältig gewahrtem Abstand.

Der Schnee knirschte unter ihren Stiefeln, das Rauschen der Brandung schwoll allmählich an, und als der verwaschene Lichtfleck der Sonne den höchsten Punkt im Grauhimmel durchlief, erreichten sie ein zerklüftetes Eisfeld.

Etwa vier Speerwürfe vom Meeresufer entfernt stellten sich die Einundzwanzig in einem großen Kreis auf, sodass sie einander die Rücken zuwandten. Ihre Blicke suchten den Himmel, die Eisküste und die weiße Bergkette im Inneren der Insel ab. Sie warteten.

Eistrümmer ragten aus dem Feld. Es bedeckte das ausgedehnte Mündungsdelta eines Stromes, der aus den nahen Bergen floss und an dieser Stelle ins Meer mündete. Entlang zahlloser Bruchspalten türmten sich die Eistrümmer zu skurrilen Gebilden auf. Manche sahen aus wie vereiste Hausruinen, andere wie zersplitterte Türme, wieder andere glichen riesigen weißen Scherben, die sich aus der Eisfläche himmelwärts bogen.

Der Zug der Dorfbewohner löste sich auf. In kleinen Gruppen versteckten sich die Izekos in Eisspalten und Trümmerbergen. Thul'anymo kletterte auf einen der höheren Eistürme, etwa einen Steinwurf vom Kreis der Auserwählten entfernt. Auf seiner zerklüfteten Spitze stellte er sich breitbeinig auf, hob die Arme über den Kopf und betete.

Dabei drehte er sich in alle Himmelsrichtungen und beobachtete den Horizont. Lange tat er das, und lange standen die einundzwanzig Männer und Frauen fast reglos.

Irgendwann verstummten die Gebetsrufe des Göttersprechers. Er schirmte die Augen mit der Hand ab, kniff die Lider zusammen und spähte den Küstenstreifen entlang nach Norden. Viele Speerwürfe entfernt hing eine einzelne Wolke tief über dem Eis. Oder nein – keine Wolke: eine Rauchfahne. Sie stieg von einem dunklen Fleck zwischen Meer und Eisküste auf, und je länger Thul'anymo diesen Fleck fixierte, desto mehr wollte es ihm scheinen, als sähe er neben ihm noch einen zweiten, etwas kleineren Fleck.

Und dann entdeckte er ein paar dunkle Punkte. Nicht auf dem Meer, sondern im Weiß des Eises und des Schnees. Ebenfalls im Norden, ein wenig unterhalb der beiden undeutlichen Flecke. Die Punkte bewegten sich.

Die Götterboten! Aber warum flogen sie nicht? Warum hörte er nicht den Lärm ihres Flügelschlages?

Thul'anymo lauschte angestrengt. Doch! Da war es – fern noch, aber es schwoll langsam an, dieses vertraute und gefürchtete Geräusch. Wie das Getrommel von Hagelkörnern auf den Igluukuppeln klang es zunächst, bald aber wie der Hufschlag einer großen Reena-Herde, die sich in rasendem Galopp näherte.

Schneller, als die dunklen Punkte in nördlicher Richtung näher kamen. Verwirrt blickte Thul'anymo sich um – und entdeckte die Dra'flais. Sie flogen von Süden her heran. Die Boten Thul'lan'aizirs? Sein Blick hastete zurück nach Norden. Aber wer waren dann diese da? Die Todesbringer Liob'hal'bakors? Warum flogen sie nicht wie sonst? Der Göttersprecher begriff nicht.

Wieder ruckte sein Kopf herum – die Dra'flais wippten in der Luft auf und ab. Das Gehämmer ihres rasenden Flügelschlages erfüllte den Himmel über dem Eisfeld. Deutlich konnte er sie jetzt voneinander unterscheiden.

Vierzehn waren es – und nicht die Boten Thul'lan'aizirs rauschten dort heran, sondern die ihnen zum Verwechseln ähnlich sehenden Bestien des Todesgottes! Thul'anymo erkannte sie trotzdem, an der dunkelgrauen Färbung ihrer lang gestreckten Körperglieder und an den Schwimmhäuten zwischen den nach hinten gestreckten Beinen und der Unterseite des Rumpfes.

Die einundzwanzig Männer und Frauen unter ihm auf dem Eis duckten sich und wandten sich nach Süden. Einige legten Pfeile in ihre Bögen, andere packten ihre Speere oder Schwerter.

Wo waren die Boten des Schutzgottes? Thul'anymos Herz schlug wild in seinem Brustkorb. Er sah zu den Punkten im Norden – das waren keine Dra'flais, das waren Menschen! Izekos aus dem Gebiet jenseits der Berge? Doch wo blieben die Boten Thul'lan'aizirs?

»Komm, o Thul'lan'aizir!«, brüllte der Göttersprecher. »Komm und steh deinem Volk bei! Komm und erfülle dein Wort!«

Die angreifenden Dra'flais rauschten über ihn hinweg. Sie zogen eine enge Kurve über den Auserwählten und stießen dann auf sie herab. Pfeile schwirrten ihnen entgegen, prallten an ihren Körpern ab, Speere stachen nach ihnen, Schwertklingen kreisten über Köpfen. Eine berührte den Fühler eines angreifenden Dra'flais – sofort zuckte dessen zweiter Fühler gegen das Metall: Grelle Blitze knisterten durch die Luft, mit einem Schrei brach der Schwertkämpfer zusammen, krümmte sich im Schnee und verschwand unter dem Körper des Dra'flais.

Thul'anymo streckte die Arme dem Himmel entgegen. »Wo bist du, Thul'lan'aizir?!« Er schrie nach seinem Gott.

Und plötzlich tauchten sie auf, die braunschuppigen Götterboten, krochen aus Eisspalten, flogen aus der Deckung der Eistrümmer und stürzten sich auf die nur wenig größeren Angreifer.

Sie waren längst da gewesen, Thul'lan'aizirs Gesandte, hatten schon im Eis auf den Angriff gewartet! Das Herz des Göttersprechers jubelte. Blitz und Donner umgaben ihn von einem Atemzug zum anderen. Ein Gewitter tobte auf dem Eis ...

Borisaas hatte ihn entdeckt, den Mann auf dem Eisturm. Rulfan hatte dem Jungen sein Binocular überlassen. Wie verzaubert drückte der Lockenkopf das Okular an die Augen und bestaunte Eisklippen und Berggipfel. Eben noch in weiter Ferne, rückten die Dinge auf einmal zum Greifen nahe heran. Borisaas konnte sich kaum beruhigen vor Staunen.

»Ein Mensch!«, rief er plötzlich.

Aruula riss ihm das Glas aus den Händen und blickte in die Richtung, in die der Junge deutete. »Tatsächlich ...« Die fellverhüllte Gestalt stand auf dem zersplitterten First einer eisigen Erhebung und reckte die Arme zum Himmel. Als würde sie um Hilfe rufen. Oder beten.

Aruula reichte Rulfan das Fernglas. »Da sind noch mehr«, sagte der, nachdem er hindurchgesehen hatte. »Los, lasst uns zu ihnen gehen.« Sie stapften durch den Schnee. Aruula trug die Waffe bei sich, die sie im Bunker des Feuerrohrpriesters von *Kalskroona* gefunden hatte. Ein sperriges, mit drei armbrustartigen Aufsätzen bestücktes Gewehr, mit dem man zusätzlich zur Munition auch kleine Bolzenpfeile verschießen konnte. Deswegen nannte sie es *Feuerrohrbogen.*

Vor der Küste der großen Insel waren sie vor Anker gegangen. Mit Borisaas, Dolwuunas und zehn anderen Halbwüchsigen hatten sie ein Beiboot des Nordmanndampfers zu Wasser gelassen und waren zur Eisküste gerudert. Suljaana war mit dem Gros der Kinder an Bord des Dampfers geblieben. Rulfan wusste, dass er sich auf das Mädchen verlassen konnte.

Sie durchquerten eine breite Schneemulde. Der Mann auf dem Eisturm geriet für kurze Zeit aus ihrem Blickfeld. Ein seltsames Geräusch lag in der Luft – ein Dröhnen, als würden irgendwo weit weg kleine Trommeln von vielen Händen bearbeitet werden.

Aruula und Rulfan mit dem Lupa marschierten an der Spitze der kleinen Gruppe. Dicht hinter Rulfan Borisaas und Dolwuunas. Seit ihrer ersten Begegnung mit dem grauhaarigen Albino wichen die Jungen nicht mehr von dessen Seite. Vorbehaltlos vertrauten sie Rulfan und hatten ihn als Ersatz-Vater akzeptiert.

Auf der anderen Seite der Mulde stapften sie den Hang hinauf. Das rätselhafte Gehämmer in der Luft schwoll an. Aruula und Rulfan wechselten beunruhigte Blicke. Eine steile Falte stand zwischen Aruulas Brauen. Rulfan spürte die Nähe der Gefahr fast körperlich. Der Lupa neben ihm knurrte und legte die Ohren an. Sein Nackenfell sträubte sich.

Rasch erreichten sie den Rand der Mulde. Das zerklüftete Eisfeld lag wieder vor ihnen. Die turmartige Eisformation mit dem einsamen Beter war noch gut vierhundert Schritte entfernt.

Etwas hatte sich verändert. Etwas schwirrte dort ruckartig durch die Luft. Zuerst erkannten sie nicht mehr als einige längliche Schatten, die ganz in der Nähe des Fremden dicht über dem Eis durch den Dunst schossen.

Und dann ein Lichtschein und ein Krachen, als würden kurz nacheinander Baumstämme splittern.

»Was ist das?!«, rief Aruula. Sie blieb stehen, als wäre sie gegen ein unsichtbares Hindernis gelaufen. Die ganze Gruppe hielt an. Ungläubig flogen ihre Blicke über das Eisfeld: Blitze zuckten dort. Zwischen den Eistrümmern sah man menschliche Gestalten. Über ihnen schossen die seltsamen Schatten hin und her. Von ihnen gingen die Blitze aus. Der Lupa neigte den Kopf, bleckte die Zähne und knurrte.

Rulfan wandte sich zu den Halbwüchsigen um. »Zurück in die Mulde!« Borisaas, Dolwuunas und die anderen Jungen und Mädchen liefen ein paar Schritte zurück und duckten sich in den Schnee.

»Dort kämpfen Menschen um ihr Leben!« Aruula beobachtete die unwirkliche Szene zwischen den Eistrümmern durch das Binocular. »Sie wehren sich mit Schwertern und Speeren und Bögen gegen ... gegen

Wesen, die mich an Bellits erinnern ... Bei Wudan – ein ungleicher Kampf! Die Bellits greifen mit Blitzen an!« Sie reichte Rulfan das Glas.

Schweigend beobachtete nun auch der das Kampfgeschehen. »Bellits sind kleiner. Und haben weder Schuppen noch eine lederartige Grauhaut.« Er stöhnte leise, als er einen der Kämpfer sich im Blitzfeuer winden und in den Schnee sinken sah. Wulf bellte jetzt laut und drohend. »Sehen aus wie riesige Libellen*.«

»Libellen?« Irgendwann hatte Aruula den Begriff schon gehört. Von Maddrax.

»So nannten die Alten ein Insekt, das dem Bellit ähnelte. Nur war es nicht größer als eine Hand.« Er setzte das Glas ab. »Wir kehren um, lichten die Anker und versuchen an einer anderen Stelle der Insel an Land zu gehen.«

»Du willst diese Menschen ihrem Schicksal überlassen?!« Aruula bedachte ihren Gefährten mit einem kalten Blick und nahm ihm das Glas weg. »Sie haben keine Chance gegen diese blitzenden Ungeheuer!«

Sie beobachtete eine Zeitlang den Kampf zwischen den Eistrümmern. Einer der Kämpfer brannte lichterloh. Ein Fluginsekt hatte den zappelnden Körper gepackt und schwirrte damit hoch in die Luft. Ein zweites griff es von oben an. »Was ist *das*?«, flüsterte sie. »Sieht so aus, als würden sich diese Libellen auch untereinander bekämpfen!« Sie drückte Rulfan das Binocular an die Brust und zog ihren Feuerrohrbogen von der Schulter. »Wir werden nicht fliehen.«

»Sei vernünftig, Frau!« Aruulas verächtlicher Blick schmerzte Rulfan. Gleichzeitig ärgerte er sich über ihren Starrsinn. »Denk an die Kinder deines Volks – wenn wir

---

* engl. »Dragonflys«

die Angriffslust dieser Kreaturen auf uns lenken, setzen wir ihr Leben aufs Spiel!« Aus den Augenwinkeln sah er Borisaas' Blick. Aufmerksam verfolgte der Junge ihren Streit. »Und denk an dein Ziel – willst du Maddrax suchen, oder willst du Krieg führen?!«

»Das kommt mir bekannt vor.« Aruula schnaubte verächtlich. »Hätte ich auf dich gehört, hätten wir die Kinder nie gefunden.« Sie stapfte los.

Rulfan zischte den kläffenden Lupa an. Wulf verstummte endlich. »Überall auf der Welt gibt es irgendwelche Bestien, die irgendwelchen Menschen nach dem Leben trachten!«, rief er der Barbarin hinterher. »Was geht dich das an?! Du hast ein Ziel! Hörst du?! Das allein hat dich zu interessieren!«

»Was geht mich ›überall‹ an?!«, fauchte Aruula zurück. »Ich bin nicht überall! Ich bin hier auf dieser Eisinsel! Und hier sehe ich, wie Menschen einen aussichtslosen Kampf kämpfen!« Sie kramte ein paar Bolzenpfeile aus einer Ledertasche an ihrer Hüfte. »Wenn dich das kalt lässt, geh zurück zum Schiff und warte dort auf mich!«

Rulfan stieß einen Fluch aus. Alles in ihm sträubte sich dagegen, in den Kampf dieser Fremden einzugreifen. Nicht weil sie ihm gleichgültig waren – er wollte die Kinder nicht in Gefahr bringen. Und er wollte sich vor allem auf nichts einlassen, was ihre Mission gefährden konnte. Und die hieß: Meeraka erreichen und Maddrax suchen.

Doch was blieb ihm übrig? In großen energischen Schritten pflügte die Barbarin durch den Schnee. Rulfan zog seinen Laserbeamer von der Schulter und folgte ihr. Nur zögernd schlich sein Lupa hinter ihm her.

Das Knistern der Blitze, das merkwürdige Gehämmer, das Knallen der elektrischen Entladungen dröhnten lauter und lauter, je näher sie dem Kampfplatz kamen. Bald konnte Rulfan ohne Fernglas erkennen, was sich dort abspielte: Etwa ein Dutzend der Libellenartigen stürzten sich in immer neuen Anflügen auf die Menschen herab. Vielleicht sechs oder sieben etwas kleinere Fluginsekten versuchten sie daran zu hindern.

Die Gestalten auf dem Eis wehrten sich verzweifelt mit Schwertern und Speeren. Ihre Schreie – Kampf- und Todesschreie – mischten sich in den Lärm, den die Riesenlibellen mit ihren Blitzen und ihren Flügeln verursachten.

Sieben, acht Menschen lagen schon reglos im Schnee, einige bedeckt von den dunkelgrauen Leibern der Libellen. Deren dreieckige Schädel zuckten auf und ab, als würden sie die Gesichter oder Oberkörper ihrer Opfer aufmeißeln wollen.

Rulfan setzte das Glas an die Augen und visierte eine der grauhäutigen Bestien an. Deutlich waren die schwarzen Zangen zu erkennen, die aus ihrem Maul ragten und deren Spitzen sich in den Kopf des Reglosen bohrten. Blut färbte den Schnee rot.

»Was tut es…?!« Aruula riss Rulfan das Binocular aus der Hand und richtete es auf die Szene. »Bei Wudan…« Etwas wie ein Rüssel schoss zwischen den Beißzangen der Bestie hervor und bohrte sich in das Gesicht des Opfers. »Bei Wudan … es saugt ihn aus! Verfluchte Brut Orguudoos!«

Andere Fluginsekten, unwesentlich kleiner und mit einem braunen Schuppenpanzer bedeckt, versuchten auf die graue Bestie hinabzustoßen. Doch zwei weitere Libellen mit grauer Lederhaut wehrten ihre Angriffe ab, als wollten sie das grausame Mahl ihres Artgenossen schützen.

»Es sind zwei unterschiedliche Arten!« Rulfan legte

seinen Laserbeamer an. »Die Schuppigen scheinen auf Seiten der Menschen zu kämpfen!«

Der nadelfeine Strahl des Ziellasers löste sich vom oberen, dünneren Lauf des Gewehrs und erfasste eine der beiden Bestien. An ihm entlang fauchte fast zeitgleich eine Laserkaskade aus dem unteren, größeren Waffenlauf. Der Energiestrahl traf die graue Libelle, hüllte sie einen Atemzug lang in eine Lichtkugel, verdichtete sich dann zu einem glühenden Bogen zwischen ihren langen Fühlern – und erlosch.

Wütender und kraftvoller als zuvor schoss die Bestie nach oben. Ihre Beißzangen erwischten die Gegnerin bei den Flügeln. Die kam ins Trudeln und landete auf dem Eis. Sofort war die Grauhäutige über ihr. Obwohl die kämpfenden Kreaturen noch über hundert Schritte entfernt waren, konnten Rulfan und Aruula es knirschen und knacken hören, als der Schädelansatz des angeschlagenen Rieseninsekts zwischen den Kauzangen der Grauhäutigen zerbrach. Der braune Schuppenkörper sackte in den Schnee und rührte sich nicht mehr.

Rulfan schoss eine zweite Laserkaskade ab – und wieder schien die libellenartige Bestie den Laserstrahl zu absorbieren. Ungläubig starrte er die unheimliche Kreatur in der Lichthülle an – ein Feuerbogen bildete sich zwischen ihren Fühlern, loderte auf und schien dann im Körper zu verschwinden.

»Das gibt es nicht…«, flüsterte Rulfan. Aus den Augenwinkeln sah er Aruulas steinerne Miene. Ihre bronzefarbene Gesichtshaut sah aus wie nasser Lehm. »Das gibt es nicht…« Unter Rulfans Schädeldecke arbeitete es fieberhaft. *Wie kann ein Lebewesen eine Kaskade konzentrierter Vernichtungsenergie einfach schlucken? Ein Roboter…?*

Zwei fellvermummte Kämpfer griffen die beschossene Bestie von zwei Seiten an. Mit ihren Langschwertern hieben sie nach dem dreieckigen Kopf. Sie versuchten die Fühler zu treffen.

Rulfan hatte längst begriffen, dass die tödlichen Energieentladungen von dem Fühlerpaar über den Facettenaugen ausgingen. Einer der Kämpfer wurde von einer zweiten Bestie aus der Luft angegriffen. Beide Fühler – länger als das Bein eines ausgewachsenen Mannes – schlangen sich von hinten um den Kopf des Schwertkämpfers und berührten sein Gesicht.

Ein Blitz flammte auf. Der Kämpfer riss den Mund auf, ohne zu schreien. Er krümmte sich und stürzte in den Schnee. Die Bestie schlug ihm ihre Kauzangen in die verbrannte Stirn.

»Verfluchtes Biest!« Aruula legte den Feuerrohrbogen an und zielte. Der erste Bolzenpfeil traf die Libelle am mittleren Körperglied, prallte ab und trudelte in den Schnee. Die Barbarin stieß einen wütenden Schrei aus.

Der andere Schwertkämpfer machte ganz den Eindruck, als hätte er mit dem Leben abgeschlossen. Wie ein Besessener hieb er auf das grauhäutige Rieseninsekt ein. Die Fühler wichen ihm pendelnd aus. Beweglich wie Peitschenleder schienen sie zu sein. Und plötzlich erwischten beide Fühler die Schwertklinge – sie glühte auf, der Kämpfer krümmte sich, schien aber an seiner Waffe zu kleben. Er stürzte hin, ohne sie loszulassen. Rauch stieg aus dem Fell seines Ärmels auf. Rulfan sah, wie die Haut seines Handgelenks Blasen warf und aufplatzte.

Ein Bolzenpfeil traf die Bestie mitten ins Facettenauge und blieb stecken. Sie warf sich herum und äugte in Aruula Richtung.

Ohrenbetäubender Lärm von allen Seiten. Blitze zuckten, Flügelschlag rasselte, Menschen schrien. Und dazwischen das beschwörende Rufen des Beters auf dem Eisturm. Von fern hörte Rulfan seinen Lupa bellen. Wulf hatte sich zurückgezogen. Die blitzespeienden Bestien waren ihm nicht geheuer.

Über ein Dutzend Kämpfer lagen bereits im Schnee. Die Rüssel der Monsterlibellen wühlten in ihren Schädeln. Schmatzendes Schlürfen war zu hören. Von den Braunschuppigen waren zwei tot. Fünf gingen noch auf die grauen Bestien los. Nur eine der Angreiferinnen hatten sie bisher besiegen können.

Der Ausgang des Kampfes lag für Rulfan auf der Hand. »Wir müssen uns zurückziehen!«, rief er. »Sie sind zu gefährlich! Wir können sie nicht vertreiben!«

Aruula schien ihn nicht zu hören. Den Kolben des Feuerrohrbogens an die Schulter gedrückt, marschierte sie der getroffenen Bestie entgegen. Mit ruckartigen Kopfbewegungen versuchte die, den Bolzenpfeil aus ihrem Auge zu schütteln.

Rulfan hängte sich den offensichtlich wirkungslosen Laserbeamer auf den Rücken und lief hinter Aruula her. »Die Haut der Biester ist zäh wie hartes Leder! Du schaffst es nicht!«

Im Getümmel der Kämpfenden sah er, wie es einem Schwertkämpfer gelang, einer Libelle den linken Fühler abzuschlagen. Ein Speerträger eilte herbei und rammte seine Waffe in den Rachen der grauhäutigen Bestie. Sie stürzte in den Schnee und blieb dort reglos liegen.

»Ziele zwischen die Kauzangen!«, rief Rulfan Aruula zu. »Versuch sie in den Rachen zu treffen!«

Der Körper der Bestie schaukelte auf und ab, als sie Aruula entgegenstelzte. Kaum noch dreißig Schritte trennten die Barbarin von dem morddurstigen Rieseninsekt, das jetzt den Kopf hochriss, als wollte es drohen.

Die Mechanik des Gewehrs löste die gespannte Sehne der dritten Armbrust – der Bolzenpfeil zischte los und fuhr in den Rachen der Libelle. Die Kreatur warf sich auf den Rücken und strampelte mit den langen Beinen, erst heftig, dann langsamer. Schließlich zuckte sie nur noch schwach.

Rulfan zog Aruula das Schwert aus der Rückenscheide. »Pass auf! Komm nicht in Reichweite ihrer Fühler!«

Die Barbarin legte drei neue Bolzenpfeile in die Waffe ein. Das Schwert schützend vor der Brust, drehte Rulfan sich hinter Aruulas Rücken um sich selbst.

Zwei Bestien flogen heran. Sie hatten die Gefahr erkannt, die ihnen von der fremden Frau drohte.

»Über dir!«, brüllte Rulfan. Aruula riss die Waffe hoch. Der erste Bolzenpfeil traf eine der Flugbestien. Eine Schneewolke stäubte auf, als sie in eine Eisspalte stürzte. Die andere wurde von einer braun geschuppten Artgenossin angegriffen, die von oben auf sie herabstieß, sie nach unten drückte und einen ihrer Fühler mit den Kauzangen packte.

Rulfan wartete, bis die beiden Wesen in den Schnee stürzten. Die untere bäumte sich auf, wälzte sich auf die Seite und versuchte so die Angreiferin abzuschütteln. Doch die verbiss sich in die Hautfalten zwischen Kopf und Körper. Rulfan schlich sich von der Seite an, wartete, bis die Graue den Schädel zur Seite bog und den Rachen öffnete – dann stieß er zu. Ein knirschendes Geräusch erklang, und als er das Schwert zurückriss, ergoss sich schwallartig ein trübes, farbloses Sekret aus dem Rachen der Bestie. *Also doch keine Roboter*, schoss es ihm durch den Kopf.

Das Insekt rührte sich nicht mehr. Auf dem toten Körper hockte immer noch die braun geschuppte Riesenlibelle. Ihre Facettenaugen schienen Rulfan zu fixieren. Ein kalter Hauch füllte plötzlich sein Hirn aus. Als würde etwas Unsichtbares in ihn eindringen wollen, etwas, das sich seiner Kontrolle entzog. Er wandte sich ab und spähte nach Angreifern, die Aruula im Visier hatten.

Die unerwartete Waffenhilfe fachte den Widerstandswillen der Kämpfer an. Acht oder neun waren noch am Leben. Sie stimmten ein Gebrüll an, dass eher an Verzweiflung denn an Wut denken ließ. Wahrscheinlich wollten sie sich Mut machen.

Gemeinsam gingen sie auf eine Bestie los, der Aruula einen Flügel durchschossen und die sie so zur Landung gezwungen hatte.

Und tatsächlich schien sich das Blatt langsam zu wenden: Aruula konnte zwei weitere Bestien mit Bolzenpfeilen töten, drei starben durch Speerstöße der pelzvermummten Kämpfer, eine durch die Beißwerkzeuge einer geschuppten Artgenossin, und zwei konnte Rulfan unschädlich machen.

Die drei Überlebenden ergriffen die Flucht. Zwei tote und einen noch lebenden Kämpfer nahmen sie mit. Der zappelte in den Rachenzangen der Bestie und schrie in Todesnot – die hohe Stimme jagte Rulfan einen Schauer über den Rücken. Schwer atmend stützte er sich auf Aruulas Schwert und sah den abschwirrenden Riesenlibellen hinterher. Die Stimme des Entführten – eindeutig eine Frauenstimme – veranlasste ihn, sich die Gesichter der sieben überlebenden Kämpfer genauer anzusehen: Zwei von ihnen waren Frauen.

Thul'anymos alter Körper zitterte. Kaum waren seine klammen Finger noch in der Lage, Halt in den Eisspalten zu finden, als er von seinem zersplitterten Eisturm herabkletterte. Unheimlich war die plötzliche Stille unter ihm auf dem Kampfplatz. Seine Hände rutschten ab, er scheuerte über das Eis und schlug im Schnee auf.

Ächzend stemmte er sich hoch und ging auf die Knie. Seine wässrigen Augen wanderten über das Schlachtfeld. Er sah Leichen seiner Stammesgenossen und Kadaver der scheußlichen Todesboten über zerpflügtem, teilweise rot gefärbtem Schnee. Um die Toten herum waren Wasser- und Matschpfützen entstanden – die erhitzten Körper hatten den Schnee zum Schmelzen gebracht.

Am Rande des Kampfplatzes, einen halben Speerwurf von Thul'anymo entfernt, hockten die sieben überlebenden Auserwählten, entkräftet und mit zerrütteten Nerven. Er konnte sehen, wie ihre Köpfe wackelten und ihre Knie gegeneinander schlugen. Apathisch starrten sie auf ihre toten Gefährten.

Fünf von sieben Götterboten waren tot. Darüber erschrak der Alte am meisten. Schon lange nicht mehr hatten so viele ihr Leben gelassen. Der abscheuliche Liob'hal'bakor musste seine Mordbestien mit bisher unbekannten Kräften ausgestattet haben. Verzagt betrachtete der Göttersprecher die beiden überlebenden Dra'flais. Inmitten der Toten warteten sie auf ihr Dankopfer.

Und dann das fremde Paar – wie Menschen aus Fleisch und Blut sah es aus. Aber waren die beiden wirklich Menschen? Sie hatten auf Seiten seiner Izekos und der Götterboten gekämpft. Hatte womöglich auch sie der barmherzige Thul'lan'aizir gesandt?

Ein Tier gehörte zu ihnen. Ein Tier mit weißem Fell,

das sich nicht am Kampf beteiligt hatte. Weit abseits stemmte es die Vorderläufe in den Schnee und kläffte erregt. Seit wann wurden Götterboten von Tieren begleitet?

Dann aber erfüllte grimmige Freude den Alten – er entdeckte die vielen getöteten Dra'flais mit der grauen Lederhaut – die Mordbestien des abscheulichen Liob'hal'bakors. Das hatte sein Stamm den Fremden zu verdanken. Kein Auserwählter würde mehr leben ohne sie, und kein Götterbote. Sie allein hatten die drohende Niederlage abgewendet. Thul'anymo stand auf. Dankbarkeit verdrängte seine Verzagtheit. In gebeugter Haltung ging er den Fremden entgegen.

Sie standen bei einer der toten Mordbestien, traten mit den Stiefeln gegen den Kadaver, stocherten mit einem Schwert in deren Rachen herum.

»Dank sei euch, ihr Gesandten Thul'lan'aizirs!«, rief er ihnen zu. »Der barmherzige Gott segne euch und schenke euch ewiges Leben!«

Der Mann und die Frau blickten auf. Ein Paar rote und ein Paar braune Augen musterten den Göttersprecher. Kluge, starke Augen.

Wenige Schritte vor den beiden Gestalten sank er erneut auf die Knie. »Ich danke dir, erhabener Thul'lan'aizir, für diese mächtigen Streiter!« Die Fremden schwiegen noch immer und blickten einander an.

Nach und nach krochen die Izekos aus Eislöchern, das Gefolge der Auserwählten. Sie näherten sich dem stillen Schlachtfeld. Zögernd erst, dann rascher, die Frauen mit den Fellbündeln vor der Brust an der Spitze.

Irgendjemand schrie plötzlich und lief los. Andere folgten – jene, die einen Verwandten oder Freund unter den Überlebenden erkannten. Von allen Seiten wurden die sieben Auserwählten umringt. Man umarmte sie, man gestikulierte, man küsste sie und redete auf sie ein. Die ermatteten Kämpfer ließen es apathisch über sich ergehen.

Ein Dra'flai tauchte neben Thul'anymo auf. Der Göttersprecher zuckte zusammen; sein Körper versteifte sich. Die schwarzen Facettenaugen dicht vor ihm schienen ihn zu fixieren. Er beugte sich ihnen entgegen. Ein Fühler berührte ihn an der Stirn, Wärme kroch in seine Haut. Sein Kopf sank in den Schnee vor seinen Knien. Der Fühler auf seiner Stirn ließ ihn nicht los. Vertrautes Summen und Kribbeln erfüllte das Innere seines Schädels.

»Hier ist dein Diener, barmherziger Thul'lan'aizir. Ich höre – sprich ...«

Die Stimme schälte sich aus dem allgegenwärtigen Summen. Dunkler als sonst klang sie, gedämpft und unklar.

Der Fleischfresser hat die Pforten seiner schwärzesten Abgründe geöffnet! Siehst du, wie viele meiner Boten ich für dein Volk opfern musste? Siehst du, wie viele deiner Leute er verschlungen hat, der Hasser des Lebens? Spürst du die Dunkelheit über Thul'Izela?

»Ich sehe, ich spüre, ich erkenne, o Erhabener!« Thul'anymo bohrte seine schweißnasse Stirn in den Schnee.

Forsche nach der Sünde unter den Izekos, raunte die Stimme. *Decke die Finsternis in euren eigenen Reihen auf. Die Finsternis, die dem Abscheulichen Kraft über euch und meine Boten verliehen hat.*

»Ich werde das Böse unter den Izekos entwurzeln!«, krächzte der Göttersprecher. »Ich gelobe es dir ...«

Gut. Was glaubst du, wer den Kampf entschieden hat?

»Du allein, Allmächtiger!« Thul'anymo richtete sich

auf und hob beide Arme. »Du, Thul'lan'aizir, der du in deiner Weisheit zwei Boten in Menschengestalt gesandt hast! Du hast uns auch diesmal gerettet!«

So ist es, raunte die Stimme. *Und gepriesen der Weise, der erkennt, dass es so ist. Ich rief sie vom anderen Ende Welt, ich gebot ihnen über das Meer zu fahren – einzig und allein, um diese Sieben und dein Volk zu retten! Nimm sie auf und tu ihnen alles erdenkliche Gute. Und versenke die Schiffe, mit denen sie gekommen sind.*

»Schiffe?« Thul'anymo verstand nicht sofort.

Du weißt, dass mein Gebot Schiffe verbietet. Ausnahmsweise gestattete ich meinen Boten, das sündige Gefährt zu benutzen. Wie sonst hätten sie euch retten können? Jetzt aber brauchen sie die verbotenen Schiffe nicht mehr. Sorg dafür, dass sie zerstört und versenkt werden. Sie kränken mein göttliches Auge.

»Ein helles Licht auf meinem Eispfad sei dein Wort, allmächtiger Thul'lan'aizir …!«

Und nun das Dankopfer.

Der Druck des Fühlers ließ nach. Die Klauen des Dra'flais scharrten über den Schnee. Er zog sich ein Stück zurück. Thul'anymo stand auf und winkte die Frauen mit den Fellbündeln herbei. Langsam näherten sie sich, sehr langsam.

Thul'anymo wandte sich unterwürfig an die fremden Götterboten. »Mein Volk ist euer Volk«, rief er und verbeugte sich. »Mein Igluu ist euer Igluu und meine Speise die eure!«

Die Fremden machten verschlossene Mienen. Als würde es sie nicht berühren, was der Alte ihnen anbot. Oder als würden sie es nicht verstehen. Zwischen den Brauen der Frau stand eine steile Falte. Der Mann mit der weißen Haut und dem langen Grauhaar neigte den Kopf und schien Thul'anymo nachdenklich zu mustern.

Der Göttersprecher deutete ihr Verhalten als Ausdruck ihrer überirdischen Würde.

Die Frauen mit den Fellbündeln traten vor die Dra'flais hin. Vier Frauen waren es, junge Frauen, die erst in den letzten Monaten geboren hatten. Sie legten die Fellbündel vor den geschuppten Götterboten ab. Eine schluchzte leise in sich hinein, eine zweite brach in lautes Wehklagen aus.

Eine herrische Geste des Göttersprechers, und einige Männer lösten sich aus der Menge. Sie liefen zu den Frauen. Vier von ihnen zogen sie von den Fellbündeln und Dra'flais weg. Eine Frau schrie laut und stemmte sich mit den Füßen in den Schnee. Ihre Arme streckten sich nach dem Fellbündel aus. Ihr Gejammer gellte über das Eisfeld. Doch die Männer ihres Stammes zerrten sie mit sich.

Die anderen Männer wickelten die Fellbündel aus. Vier nackte Säuglinge kamen zum Vorschein. Aus halb blinden Augen blinzelten sie in den grauen Himmel. Einer schlief. Einer quäkte und strampelte.

Die drei Dra'flais stelzten zu ihnen und packten sie mit Klauen und Kauzangen. Sie breiteten ihre Flügelpaare aus. Das vertraute Gerassel erhob sich. Eine Frauenstimme aus der Menge kreischte wie von Sinnen. Die Dra'flais erhoben sich. Mit den Babies zwischen Klauen und Zangen flogen sie Richtung Bergkette davon. Die Menge stimmte einen Singsang an, der wohl Jubel ausdrücken sollte, aber ziemlich zurückhaltend und verkrampft klang.

Thul'anymo ging zu den Fremden und verneigte sich. »Folgt mir, Gesandte des barmherzigen Thul'lan'aizirs …«

(Wer berührt mich?)

(Liob'hal'bakor berührt dich, der Sieger.)

(Der Sieger? Bleib nüchtern, Liob'hal'bakor – wir sind Forscher. Du hast elf Modelle verloren.)

(Ich habe zwei mal sieben deiner biotischen Organisationen neutralisiert, Thul'lan'aizir. Genau so viele, wie ich angekündigt habe. Also bin ich der Sieger!)

(Drei Modelle, Liob'hal'bakor! Drei deiner Modelle sind in dein Eishaus zurückgekehrt! Mit zerzausten Fühlern! Genau wie ich es vorausgesagt hatte!)

(Du hast mir ein überlebendes Modell prognostiziert! Ein *Modell, Thul'lan'aizir, eines!)*

(Konnte ich ahnen, dass du deine Modelle derart effektiv optimiert hast? Drei unbeschädigte Modelle von solch optimierter Qualität entsprechen einem Modell der Vorgängerreihe. Also bin ich *der Sieger!)*

(Deine Logik ist bezaubernd, Thul'lan'aizir! Es tröstet mich, dich zu solch abstrusen Denkoperationen gezwungen zu haben. Der Spaß lässt mich den Schmerz über gewisse Verleumdungen vergessen – ›der Geist der Finsternis, der Vernichter allen Lebens, Fleischfresser‹ und so weiter. Du weißt, wovon ich rede.)

(Ich denke, du hast deiner Rolle wieder einmal alle Ehre gemacht. Ich gebe sogar zu, dass mich die Vernichtungskraft deiner optimierten Modelle beeindruckt hat. Allerdings gefällt mir nicht, dass du neutralisierte Bioorganisationen in deine Eishöhle schleppen lässt. Das ist gegen die Regel.)

(Existiert in dieser Hinsicht eine Regel, Thul'lan'aizir …?)

(Schon die Mitnahme ihrer cerebralen Substanz ist gegen die Regel …)

(Ich erinnere mich nicht an eine derartige Regel, Thul'lan'aizir, wahrhaftig nicht. Als du die festgelegt hast, muss ich gerade von Daa'mur geträumt haben.)

(Wir haben *diese Regel festgelegt, Liob'hal'bakor. Sie lautet: Aufgrund seines unerschöpflichen Pools an biotischen Programmen ist es Liob'hal'bakor nicht gestattet, zusätzliche biotische Organisationen in den Wirkungsradius seiner Aura zu schaffen …)*

(Biotische Organisationen? Deine Interpretation der Regel scheint mir mehr als willkürlich, Thul'lan'aizir. Ich habe meine Modelle keine biotische Organisation in den Wirkungsbereich meiner Aura bringen lassen, sondern ehemalige *biotische Organisationen. Die Madensäcke waren nämlich tot und sind damit nicht mehr als biotisch zu bezeichnen und folglich auch nicht mehr als organisiert …)*

(Einer von ihnen hat sich aber noch geäußert …)

(Nicht mehr lange …)

(… und tot oder lebendig: Ihre biotische Substanz ist selbst erloschen noch brauchbar.)

(Du bist ein Erbsenzähler, Thul'lan'aizir! Ich genehmige mir drei lächerliche biotische Einheiten, die schon in den Fäulnisprozess übergehen, und du lässt dir jedes Mal eine Handvoll Frischfleisch offerieren, das noch nicht einmal Welt von Ich unterscheiden kann …)

(Nun gut, lassen wir das und kehren zur Sache zurück. Fakt ist: Wir kommen langsam voran, aber wir kommen voran …)

(Nichts da, Thul'lan'aizir – ich bleibe dabei: Diese frisch ins Leben geworfenen biotischen Einheiten begünstigen dich in unangemessener Weise …)

(Sie sind ein Ausgleich für den Biopool im Einflussbereich deiner Aura, Liob'hal'bakor. Ein geradezu lächerlicher Ausgleich …)

(Lächerlich? Was du nicht sagst, werter Thul'lan'aizir! So lächerlich, dass du zwei biotische Organisationen daraus synthetisieren kannst, die in der Lage sind, elf meiner Modelle zu neutralisieren! Elf extrem optimierte Modelle, das möchte ich betonen …!)

(Ich hab nichts zu schaffen mit diesen exotischen Bioformen, Liob'hal'bakor …)

(Und warum haben sie dann Seite an Seite mit deinen Modellen und deinen biotischen Organisationen gekämpft? Verrat mir das, Thul'lan'aizir!)

(Sie entstammen nicht meiner Aura, wirklich nicht!)

(Wenn das wahr ist, müssten wir unsere Auren zu einer extrem gründlichen Analyse vereinigen – aber ich halte deine Gedankenströme für verlogen und die Bilder aus deiner Aura für Täuschungsmanöver.)

(Sie entstammen nicht meiner Aura, Liob'hal'bakor! Bei Sol'Daa'muran, es ist so! Ich weiß nur, dass sie auf Wassergefährten geschwommen kamen …)

(Auf Wassergefährten?! Solche Konstrukte hast du deinen biotischen Organisationen doch strengstens verboten!)

(Sie gehören nicht zur symbiotischen Einheit meiner Bio-Organisationen! Wann wirst du mir glauben? Ich weiß nicht, wo sie hingehören. Ich weiß aber, dass sie nicht allein sind. Gut sieben mal sieben unreife Organisationen gehören zu ihnen …)

(Wunderbar zu wissen, Thul'lan'aizir! Ganz wunderbar …! Sieben mal sieben unreife Organisationen?)

(Das könnte uns einen großen Schritt voranbringen …)

(Zunächst einmal könnte es mich *einen großen Schritt voranbringen …)*

(Was hast du vor, Liob'hal'bakor? Denk an die Regeln! Was hast du vor?!)

(Gibt es eine Regel, die mich zwingt, meine Karten vorzeitig aufzudecken …?)

Sie verbeugten sich lächelnd, ihre Mienen drückten Dankbarkeit und Demut aus. Fast hatte Rulfan den Eindruck von Unterwürfigkeit. Das machte ihn misstrauisch.

»Sie nennen sich *Izekos*«, sagte Aruula. Der Alte redete ununterbrochen auf sie ein. Rulfan konnte seine Sprache genau so wenig verstehen, wie er die Sprache des Volkes der Dreizehn Inseln hatte verstehen können.

Aruula dagegen begriff zumindest in groben Zügen, was der Göttersprecher mitteilen wollte – denn das war er ohne Zweifel. Aus den Erfahrungen vieler Winter bei Sorbans Horde wusste sie, wie Göttersprecher sich bei Auseinandersetzungen mit Feinden zu verhalten pflegten: Sie beteten und beschworen die Geister. Genau das schien dieser Mann getan zu haben, dort oben auf seiner Eisklippe, während die Schlacht tobte.

Außerdem hatte Aruula beobachtet, wie er vor dem Insekt niederkniete und sich von dessen Fühler berühren ließ. Rulfan war überzeugt davon, dass der Alte mit der rätselhaften Kreatur kommuniziert hatte. Und Aruula war seiner Meinung.

Sie verstand wie gesagt einiges von dem, was der alte Mann in dem dicken Anzug aus Reena-Fell ihr sagen wollte. Weil sie die Bilder in seinem Kopf las, mit denen er seine Worte visualisierte. »Er nennt sich Thul'anymo und will, dass wir mit in ihr Lager kommen«, übersetzte sie für Rulfan.

Der Albino zögerte. »Kann es sein, dass sie uns für Götter oder so was halten?«

»Gut möglich.«

»Ich möchte nicht ein zweites Mal in so einen mörderischen Kampf verwickelt werden.« Er misstraute dem Mann namens Thul'anymo, denn der hatte den Libellen die Säuglinge ausgeliefert. Die entsetzliche Szene stand noch immer in grausiger Klarheit vor Rulfans innerem Auge.

»Wir machen ein paar Tauschgeschäfte mit ihnen«, sagte Aruula. »Die Kinder könnten Reena-Felle gebrauchen. Und unsere Vorräte sind erschöpft. Vielleicht sind sie großzügiger, wenn sie uns für Götter halten.«

»Ja«, knurrte Rulfan, »so großzügig, dass es einem hochkommt…« Noch immer sah er die Babies in den Fängen der davonfliegenden Rieseninsekten zappeln.

»Wir bleiben eine Nacht, stärken uns, füllen unsere Vorräte auf und stechen morgen früh wieder in See. Was hältst du davon?« Fragend sah Aruula den grauhaarigen Albino an.

Er nickte langsam, während er in die unterwürfigen Mienen der Eingeborenen blickte. »Vielleicht hast du Recht«, murmelte er. Es war eine halbherzige Zustimmung. Eine Stimme in ihm nörgelte daran herum. Eine Stimme, die leise zum sofortigen Aufbruch riet. Rulfan hörte nicht auf sie und hatte kein gutes Gefühl dabei.

Eine Gruppe Izekos begleitete sie zur Küste. Borisaas und Dolwuunas bestürmten Rulfan mit Fragen. Er blieb merkwürdig einsilbig. Zurück bei den Schiffen, ließ er die Kinder an Bord der Twilight of the Gods umsteigen. Borisaas und Dolwuunas sperrten Turkaz, den gefesselten Nordmann, in den Lagerraum unter Deck, wo sie selbst noch bis vor wenigen Sonnenuntergängen gefangen gehalten worden waren. Die Izekos standen am Ufer und begafften die Schiffe. Nicht besonders wohlwollend, wie es Rulfan scheinen wollte.

Entsetzt wichen sie zurück, als er das Luftkissenboot an Land steuerte. Aruula lud sie ein, an Bord zu kommen, doch die Izekos weigerten sich beharrlich.

Rulfan steuerte um das zerklüftete Eisfeld herum. Er folgte den Izekos, die vor dem Boot herrannten, als wären sie auf der Flucht. Das Dröhnen der Luftpropeller hatte sie in Angst und Schrecken versetzt. Am Rande eines schneebedeckten Talkessels stellte er die Motoren aus.

»Ihr Lager.« Aruula deutete in den flachen Talkessel. Igluu reihte sich an Igluu. In der Mitte der Siedlung erhoben sich zwei lang gestreckte, dicht nebeneinander gebaute Schneehäuser. Sie überragten die anderen Iglu-us um eine halbe Speerlänge.

»Gemeinschaftshütten«, sagte Suljaana. Aruula nickte. Auch auf den Dreizehn Inseln baute man im Zentrum einer Siedlung große Hütten, in denen Feste gefeiert wurden und sich die Ratsversammlungen trafen.

Rulfan ordnete an, dass die Kinder an Bord der Twilight of the Gods bleiben sollten. Aruula erhob keinen Widerspruch. Es gab lange Gesichter, vor allem unter den Halbwüchsigen. Die kleineren Kinder waren zwar neugierig, hatten aber schon von den Libellenmonstern gehört. Die Furcht vertrieb ihre Neugier rasch.

Borisaas verlangte mit in das Lager der Izekos kommen zu dürfen. Rulfan musste nicht mit ihm streiten – Aruula sprach ein Machtwort, und der Rädelsführer der Kinder fügte sich. Mehr einer Eingebung als einer sachlichen Überlegung folgend, ließ Rulfan auch den Lupa auf der Twilight of the Gods zurück.

Aruula und er kletterten von Bord und stapften durch den Schnee ins Izeko-Dorf hinab. Rulfan schleppte einen Ledersack mit sich, in den er ein paar Sachen gesteckt hatte, die er gegen Proviant und Felle einzutauschen hoffte: drei antike Gewehre aus Smythes Waffenbeständen, ein paar Schachteln Trockennahrung, einige hundert Meter Kunststoffseil und ein paar Dutzend Messer aus dem ehemaligen Bordrestaurant. Allesamt verrostet.

Die Izekos schickten ihnen eine Empfangsdelegation entgegen. In unterwürfiger Haltung näherten sich die

Inselbewohner, verbeugten sich ständig und machten kein Geheimnis aus ihrer Ehrfurcht. Während sie ins Lager geführt wurden, betrachtete Rulfan die Männer und Frauen genauer. Sie waren ziemlich kleinwüchsig, im Schnitt einen halben Kopf kleiner als Aruula. Dichte Bärte wucherten in den Gesichtern der Männer, kleine runde Gesichter mit großporiger Haut. Rulfan sah fast durchweg blaue oder graublaue Augen.

Man geleitete sie in einen der beiden großen Gemeinschaftsigluus. Aus einer Öffnung seines kuppelförmigen Schneedachs stieg eine Rauchsäule in den Winterhimmel. Der Boden innerhalb des Gemeinschaftshauses war eisfrei und weitgehend mit Fellen ausgelegt. In seinem Zentrum, unter der Rauchöffnung, brannte ein großes Feuer.

Der alte Göttersprecher hockte dort und erwartete sie. Zwei Schritte hinter ihm saßen etwa zwei Dutzend Männer und Frauen. Die Ältesten des Dorfes, vermutete Aruula. Sie hatten ihre Kapuzen abgestreift und ihre Fellmäntel geöffnet. Darunter trugen sie kurze Pelzjacken und Beinkleider aus Reena-Fell. Männer wie Frauen hatten sich ihr dichtes schwarzes Haar zu langen Zöpfen geflochten, die vor Fett glänzten.

Mit einer einladenden Geste wies der Alte auf zwei fellbespannte Hocker neben dem Feuer. Selbst in seinem Haar konnte Rulfan keine graue Strähne entdecken. Nach und nach schlüpften immer mehr Izekos in die Gemeinschaftshütte. Nur wenige setzten sich jedoch ans Feuer. Die meisten näherten sich der Feuerstelle nicht weiter als zehn Schritte. Staunen und Ehrfurcht stand in ihren Mienen und Augen.

Rulfan und Aruula nahmen Platz, und der Göttersprecher begann zu reden. Aruula hörte aufmerksam zu, nickte hin und wieder und stellte Fragen in der Sprache der Wandernden Völker. Die Verständigung gestaltete sich müheloser, als sie erwartet hatte. »Er will wissen, ob wir Abgesandte seines Gottes sind«, übersetzte sie für Rulfan.

»Frag ihn, wie sein Gott heißt.«

»Thul'lan'aizir, der Erhabene und Barmherzige.«

»Sag ihm, Thul'lan'aizir sei mir im Traum erschienen und hätte mir befohlen, auf der Insel zu landen. Und sag ihm, dass ich gehorcht hätte, obwohl wir diesen Gott nicht kennen.«

Genau das erklärte Aruula dem Alten. Ein Raunen ging durch die Menge. Thul'lan'aizir nicht zu kennen schien den Inselbewohnern unvorstellbar zu sein. Dass Rulfan und Aruula seinem Befehl trotzdem gefolgt waren, festigte aber ihren Ruf als Götterboten.

Das Feuer brannte herunter. Einige Männer und Frauen brachten Krüge mit frischem Wasser. Sie boten zuerst Rulfan und Aruula davon an. Während die Frauen Tongefäße verteilten und einschenkten, spießten die Männer Fische auf dünne Metallstäbe und legten sie auf Astgabeln über die Glut. Bald erfüllte der Duft nach gebratenem Fisch den Raum.

Aruula erkundigte sich bei dem Göttersprecher nach Thul'lan'aizir, dem Erhabenen und Barmherzigen.

»Er lebt in einem Vulkan, der *Hvuravellir* heißt. Die schuppigen Riesenbellits sind seine Boten. Wenn einer die Stirn des Göttersprechers mit seinem Fühler berührt, kann er die Stimme seines Gottes vernehmen.«

»Und die grauen Libellen?«, wollte Rulfan wissen. »Frag ihn, wo sie herkommen.«

Die gegarten Fische wurden von den Spießen gezogen. Auf Tonscherben reichten die Männer sie zuerst Rulfan und Aruula und dann dem Göttersprecher und den Ältesten. Mit pathetischen Gesten und finsterer Miene beantwortete Thul'anymo Aruulas Fragen.

»Die Grauen sind die Mordbestien eines bösartigen Gottes, sagt er.« Wieder übersetzte Aruula. »Er heißt Liob'hal'bakor. Angeblich wohnt er in den Ruinen einer Stadt der Alten. Die Izekos nennen diesen dunklen Ort Thul'reygavee. Eine riesige, zum Himmel hin durchbrochene Eiskuppel soll sich über Teile der Ruinen wölben. Unter ihr, in einem tiefen Loch voll heißem Wasser, würde der böse Geist hausen. Thul'anymo sagt, Liob'-hal'bakor sei ein Stern, der vor unermesslichen Zeiten vom Himmel gefallen sei. Er glaubt, dass der böse Stern einst die ganze Welt beherrscht und gequält hat. Bis Thul'lan'aizir vom Himmel herabgestiegen sei und den dunklen Gott zurückgedrängt habe. Nun brütet er in seinem heißen Wasserloch unter der Eiskuppel von Thul'reygavee immer neue Pläne aus, um die Herrschaft über die Welt wieder zu gewinnen ...«

»Es gibt nichts Neues unter der Sonne«, murmelte Rulfan.

»Wie meinst du das?«

»Vergiss es.« Er biss in seinen Fisch. »Frag ihn, warum ein angeblich barmherziger Gott kleine Babies als Opfer verlangt.«

Aruula sah ihn skeptisch an. »Willst du ihn kränken?«

»Dann stell die Frage so, dass sie ihn nicht kränkt.«

Aruula wandte sich wieder an den Göttersprecher. Was mit den Säuglingen geschehe, die Thul'lan'aizirs Boten mitgenommen hatten, fragte sie vorsichtig. Der Alte holte zu weitschweifigen Erklärungen aus.

»Die Seelen der Kinder hätten sich schon längst mit dem Gott vereinigt, sagt er«, übersetzte Aruula schließlich. »Er nennt sie ›begnadete Auserwählte‹, weil sie sich nicht erst in einem entbehrungsreichen Leben für die ewige Gemeinschaft mit Thul'lan'aizir qualifizieren müssten...«

»Sie haben also gewissermaßen eine Abkürzung genommen«, knurrte Rulfan bitter. Er legte die Scherbe mit dem erst halb aufgegessenen Fisch beiseite. Es schmeckte ihm plötzlich nicht mehr. »Was sagst du dazu, Frau?«

Nachdenklich betrachtete Aruula den Götterspre-cher und die Ältesten. Sie schmatzten und nagten ihre Fische bis auf die Gräten ab. »Die Babies waren nackt, als die Riesenbellits sie forttrugen. Sie müssen innerhalb kürzester Zeit erfroren sein. Ein guter Gott tötet keine kleinen Kinder...«

»Und auch keine großen.« Rulfans Gesichtszüge wurden hart und kantig. Seine roten Augen wanderten unruhig über die Menge der Izekos. »Ich weiß nicht, wer oder was hinter diesen beiden angeblichen Göttern steckt. Und ich will es auch nicht wissen.« Sein Blick folgte dem vom Feuer aufsteigenden Rauch. Der Himmel über der Eiskuppelöffnung war schon dunkel. »Beim ersten Morgengrauen werden wir Island verlassen.«

Rulfan griff hinter sich und zog den prall gefüllten Ledersack auf seine gekreuzten Beine. »Lass uns also zum geschäftlichen Teil des Abends übergehen.«

Er packte Messer, Seile und Gewehre aus. Thul'anymo und seine Izekos machten große Augen und sperrten staunend die Münder auf. Aruula bot die Dinge zum Tausch an. Fellbündel und Trockenfleisch wurden herbeigeschafft. Rulfan erklärte dem Göttersprecher die Funktionsweise der Gewehre. Eine große Gruppe Izekos folgte ihm vor das Schneehaus, wo er die Waffe demonstrierte. Ein Schuss hallte durch die Abenddämmerung, und ein Tongefäß, das Rulfan in den Schnee hatte stellen lassen, zersprang in hundert Scherben. Erst erschraken die Izekos, dann betasteten sie staunend die Waffe. Thul'anymo war der Erste seines Stammes, der es wagte, damit zu schießen.

Einige Frauen redeten auf Aruula ein. Sie wollten es sich nicht nehmen lassen, auch die Kinder an Bord des Bootes zu verköstigen. Die Barbarin hielt es für eine gute Idee, den Kindern eine warme Mahlzeit zu verschaffen. Rulfan ließ sich überreden und stapfte schließlich selbst zur Twilight of the Gods hinauf, um die Kinder abzuholen. Den Lupa ließ er an Bord. Der Gedanke, das Boot völlig unbewacht zurückzulassen, gefiel im nicht.

Die Nacht legte sich dunkel auf die Igluu-Siedlung, als die fünfzig Kinder in die Gemeinschaftshütte strömten. Das Feuer wurde angefacht und viele Spieße mit zahllosen Fischen bestückt. Aruula verteilte eingetauschte Felle, während das Fleisch garte.

Während des Essens ertönten Trommeln und Flöten. Ein paar Izekos begannen zu tanzen. Frauen mit Tonkrügen schenkten ein schäumendes, bräunliches Getränk aus. »Glutwasser«, übersetzte Aruula die Erklärungen des Göttersprechers.

Rulfan runzelte die Stirn. Er schnupperte an dem Becher, den man ihm reichte. Das Gebräu roch scharf, sein Duft legte sich prickelnd auf die Nasenschleimhaut. »Lieber nicht«, brummte er.

»Wir sollten nicht unhöflich sein«, gab Aruula zu bedenken. »Wenn ich den Alten recht verstehe, gilt das Getränk als heilig. Er bietet es nicht jedem an ...«

»Verstehe ...« Rulfan blickte missmutig in den Becher. »Also gut.« Sie taten es dem Göttersprecher und seinen Ältesten gleich, hoben ihre Becher und tranken.

Das Glutwasser machte seinem Namen alle Ehre – brennend rann es über Zunge und durch Kehle und Speiseröhre. Wohlige Wärme erfüllte Rulfans Magen. »Schmeckt nicht schlecht«, knurrte er. Aruula nickte und hustete. Grinsend schlug er ihr mit der flachen Hand auf den Rücken. Gut war es, sie zu berühren.

Als sie aufhörte zu husten, begegneten sich ihre Blicke. Rulfan ließ seine Hand auf ihrem Rücken liegen. Nicht lange, aber länger, als es nötig gewesen wäre. Ein Schleier schien durch Aruulas braune Augen zu ziehen. Dunkel wurden sie einen Atemzug lang, fast schwarz.

Ein weiterer Wärmeschauer perlte durch Rulfans Körper. Doch der hatte nichts mit dem Glutwasser zu tun. Ganz eindeutig nicht ...

(Wer berührt mich?)

(Wer schon, Liob'hal'bakor? Ich belausche deine Aura schon seit geraumer Zeit – wem gelten deine verschlüsselten Gedankenströme?)

(Niemandem, Thul'lan'aizir. Ich grüble so vor mich hin.)

(Nach meinem Eindruck gelten sie deinen Modellen.)

(Du täuschst dich.)

(Wo sind deine Modelle?)

(Sie schweben hier über mir im Wasser und sehen mir zu, wie ich Biomaterial zu einem optimierten Protomodell organisiere.)

(So? Und warum hat dann eines meiner Modelle einen Schwarm deiner Modelle über der Eiskuppel aufsteigen gesehen? Dreimal sieben deiner Modelle, um exakt zu sein.)

(Du spionierst mir nach, Thul'lan'aizir?!)

(Bilder deines Zorns branden gegen meine Aura. Das ist unangenehm – beherrsche dich bitte. Keine Regel verbietet es

einem von uns beiden, die Residenz des anderen durch die Augen der Modelle zu betrachten.)

(Wir müssen das Regelwerk überarbeiten – es ist Dutzende von Gestirnumkreisungen alt.)

(Unser Regelwerk ist das denkbar beste, Liob'hal'bakor! Ich will wissen, warum du deine Modelle in die Nacht hinausgeschickt hast!)

(Ein Experiment – ich will ihren Einsatzradius testen. Ich glaube, es ist mir gelungen, die Entfernung zu optimieren, über die hinweg ich sie steuern kann. Außerdem ...)

(Vertusche die Wahrheit nicht, Liob'hal'bakor! Wozu hast du sie ausgesandt?!)

(... außerdem versuche ich den Geräuschpegel ihres Fluglärms zu dämpfen ...)

(Wozu hast du sie ausgesandt?!)

(Was geht es dich an, Thul'lan'aizir?! Keine Regel verpflichtet mich, dich vor einer Simulation über meine Fortschritte zu informieren ...)

(Du willst dir einen Vorteil mir gegenüber verschaffen, Liob'hal'bakor, ich weiß es genau ...!)

(Ich bitte dich, Thul'lan'aizir – niemals käme ich auf so einen Gedanken ...)

Das Fest zog sich hin. Das Glutwasser heizte den Trommlern mächtig ein, und rund um das Feuer tanzten sich die Tänzer in Ekstase. Am wildesten von allen schüttelte der alte Göttersprecher seine Glieder. Von Zeit zu Zeit grinste er zu Rulfan und Aruula hinüber, die sich ein Stück vom Feuer ins Halbdunkel zurückgezogen hatten, um den Tänzern Platz zu machen. Thul'anymo ruderte dann mit beiden Armen. Die Geste war eindeutig – er forderte seine Ehrengäste zum Mittanzen auf.

Suljaana und Borisaas hatten sich längst unter die Tanzenden gesellt. Die kleineren Kinder hatten am wenigsten Hemmungen, sich ein Beispiel an ihnen zu nehmen. Die Halbwüchsigen schlossen sich nur zögernd an. Manche zogen sich mit schon eingeschlafenen Kleinkindern in die dunkleren Bereiche des Gemeinschaftsigluus abseits des Feuerscheins zurück.

Irgendwann konnte auch Aruula den wilden Rhythmen nicht länger widerstehen. Sie stand auf und mischte sich unter die Tänzer. Rulfan fiel auf, dass sie ein wenig wankte. Auch er selbst fühlte sich nicht mehr ganz standfest. Ein Helm aus warmen Dampfschwaden schien zwischen seiner Schädeldecke und seinen Hirnhäuten zu wabern. Das Glutwasser hatte sein Blut erhitzt. Seit er vor vielen Jahren den Kampf gegen die Schwarze Bruderschaft in Coellen aufgenommen und zusammen mit seinen Kämpfern dem Coelsch abgeschworen hatte, trank er keine starken Getränke mehr.

Manchmal schien der Fellhocker zu schwanken, auf dem er saß, und manchmal konnte er die Schatten der Tänzer, die das Feuer an die Schneewände warf, nicht mehr von den wirklichen Menschen unterscheiden. *Du bist berauscht*, dachte er, *gut, dass Honnes dich nicht so sehen kann ...*

Seine Augen klebten an Aruula – wie sie sich den immer rasender werdenden Schritten der anderen Tänzer anpasste, wie sie ihre Arme in die Luft warf, wie sie ihren Oberkörper in den Hüften bog und wie ihr die dichte Haarmähne um das Gesicht peitschte ...

Der warme Helm auf seinem Hirn saugte sich voll mit ihrem Anblick. Bald sah er nur noch sie. Und anders als sonst, wenn er sie als Frau wahrnahm – und das war oft geschehen, von Anfang an – verbot er sich den

Genuss ihres Anblicks nicht. Unter seinem Zwerchfell schien ein Vogel mit den Flügeln zu schlagen ...

Irgendwann sprang sie zu ihm, packte seine Handgelenke und zog ihn hoch. Widerstandslos folgte er ihr in den hin und her wogenden Tänzerkreis um das langsam niederbrennende Feuer. Diesmal erregte es nicht seinen Zorn, dass sie ihm ihren Willen aufzwang – diesmal erregte es etwas ganz anderes. Etwas Starkes, dem Rulfan lange keinen Raum mehr in seinem Dasein gegeben hatte: ein ungeheures brennendes Verlangen ...

Er überließ sich dem Rhythmus der Trommeln. Wie von selbst bewegten sich seine Beine, seine Arme, sein drahtiger, hoch gewachsener Körper.

Er staunte zunächst noch über sich selbst. Selbstbeherrschung und Nüchternheit – das waren die Tugenden, die ihm schon in Coellen den Nimbus des gefährlichen Strategen, des unbesiegbaren Kämpfers eingetragen hatten. Sie lösten sich in Nichts auf, diese Tugenden. Die männliche Vitalität seines Vaters, die Wildheit seiner Mutter – beides brach aus den verborgensten Winkeln seines Innersten hervor. Lange nicht empfundene Gefühle überfluteten ihn – Lust und Rausch. Das Staunen verflog rasch, Rulfan überließ sich der Ekstase.

Und der Nähe der Barbarin. Rötlich braun glänzte ihre Haut im Schein der Flammen. Ein Lodern glomm in ihrem dunklen Blick, und war es da nicht wieder, dieses Grün, das er manchmal zu sehen glaubte, wenn leidenschaftliche Wut sie packte?

Aruula wirbelte um sich selbst und um ihn; ihr schweres Haar peitschte ihm um den Hals. Keinen Atemzug lang ließ er sie mehr aus den Augen; es war, als würde sein Geist mit dem ihren verschwimmen, würde vorwegnehmen, was sein Körper sich wünschte.

Etwas flimmerte zwischen ihnen, unsichtbar und doch gegenwärtig und stark.

Sie bemerkten kaum, wie immer mehr Kinder und Halbwüchsige sich in den dunklen Bereich des Schneehauses zurückzogen. Nur als Suljaana Borisaas Hand packte und ihn aus dem Kreis der Tanzenden zog, sah Aruula kurz auf. Die Glut in den Augen des Mädchens fiel ihr auf. Sie lachte; es war die gleiche Glut, die auch ihren Körper erfüllte. Nur beiläufig registrierten sie, dass die Trommeln nachließen und kleine Gruppen und Paare aus der Menge der Tänzer ausscherten und in der Dunkelheit verschwanden.

Aruula schob sich an Rulfan heran. Der Duft seines Schweißes fachte ihre Lust an. »Komm«, hauchte sie. Hand in Hand wankten sie aus dem Lichtkreis des Feuers. Sie sanken auf ein Fell.

Maddrax, schoss es Rulfan durch den heißen Nebel in seinem Schädel, *sie gehört Maddrax*... Seine Hand tastete im Dunkeln nach einem weiteren Fell. *Maddrax ist weit*... Er erwischte eines und zog es über sich und die Barbarin. *Maddrax ist weit ... vielleicht lebt er schon nicht mehr*...

Wie von selbst vergrub sich seine Hand in ihr Haar. Er beugte sich über sie. In der Dunkelheit konnte er nicht einmal Aruulas Gesicht sehen. Nur ihren fliegenden Atem spürte er warm auf seiner Haut. Die Trommeln verstummten.

Geräusche aus der Dunkelheit ließen ihn aufsehen. Schatten bewegten sich unter Fellen, ritten aufeinander – zu zweit, zu dritt, zu viert überließen sich die Izekos ihrer Lust. Nur der Göttersprecher tanzte noch um die Glut. Sein krächzender Singsang mischte sich mit dem Stöhnen und Keuchen, das auf einmal von überall aus der Dunkelheit des Schneehauses zu hören war.

Das zerbrach auch den letzten Damm in Rulfans Kopf. Ohne die Worte des Singsangs zu verstehen, begriff er, was der Alte da von sich gab: eine Fruchtbarkeits-Beschwörung.

»Aruula …«, flüsterte er. Ihr Körper bog sich unter seinem. Ihre Hand griff nach seiner und schob sie auf ihre Brust. »Aruula, ich …«

»Still!« Und ihre heißen Lippen verschlossen seinen Mund …

Die plötzliche Ruhe weckte den Lupa. Er hob den Kopf, spitzte die Ohren und lauschte. Keine Stimmen mehr, kein Getrampel, kein Getrommel. Vor den Bugfenstern der Kommandobrücke war es stockdunkel.

Etwas störte die Stille. *Raus*, befahl ihm sein Instinkt. Er stand auf, lauschte wieder, drückte die nur angelehnte Dachluke hoch und sprang aufs Dach. Reglos verharrte er, lauschend und witternd. Etwas störte die Stille.

Sein Geruchssinn und sein feines Gehör durchdrangen die vollkommene Dunkelheit. Die Stille war unvollkommen. Irgendwo knirschte Schnee, irgendwo rieb sich Luft an einem Körper, irgendwo raschelte Fell.

Wulf tänzelte auf dem Bootsdach hin und her. Immer wieder stand er still, immer wieder drehte er seine Ohren in alle Himmelsrichtungen, immer wieder hob er die Schnauze in den Wind. Da lag etwas im Wind, das nicht dort hingehörte. Sein Instinkt beharrte darauf. Er setzte über die Reling und landete im Schnee.

Geduckt schlich er um das Boot herum. Für ihn war es kein Boot, für ihn war es etwas, das zu seinem Herrn gehörte wie dessen Fellmantel, Speer oder Gewehr. Und was zu seinem Herrn gehörte, gehörte auch zu ihm.

Unermüdlich umkreiste er das Boot, blieb stehen, lauschte, prüfte die Witterung, schlich weiter. Was trug ihm der Wind da zu? Was störte die Stille?

Der Lupa blieb am Rand des Hangs stehen, an dessen Fuß er die menschliche Siedlung wusste. Er äugte in die Dunkelheit, lauschte und schnupperte. Der Wind trug ihm den Duft von Lebendigem zu – Schweiß, Urin, weniger vertraute menschliche Sekrete, alles vermischt mit dem Geruch von Feuer. Und da – wieder das Knirschen.

Der Wind wechselte. Die Witterung, die der Lupa jetzt aufnahm, war anders, ganz anders – bitter, herb, gefährlich. Sein Rückenfell sträubte sich, er knurrte. Und dieses ferne Geräusch – wie ein nahender Sturm. Wie Kies, der auf Fels rieselt.

Er lief ein Stück in die Nacht hinaus, schnüffelte, lauschte, lief zurück, horchte in die Siedlung hinab. Schritte, ganz deutlich, viele Schritte. Wulf duckte sich in den Schnee und wartete. Sie kamen den Hang herauf. Sie bemühten sich, leise zu gehen. Sein Herr war nicht dabei. Sie rochen nach Angst...

Raues Gebell riss ihn aus dem Schlaf. »Wulf...« Rulfan fuhr hoch. Die Glut des Feuers leuchtete in der Mitte des Schneehauses. Daneben lag der Körper des Göttersprechers. Er schnarchte.

Wieder das Gebell. Es *war* Wulf! Er bellte, als wollte er ein ganzes Taratzenrudel in die Flucht schlagen.

Rulfan löste sich von Aruulas nacktem Körper und bedeckte ihn mit der Felldecke. Sie schrak auf. »Was ist passiert?«, flüsterte sie.

»Weiß nicht.« Hastig stieg er in seine Fellhosen und verschnürte sie. »Jemand muss am Boot sein. Fremde –

sonst würde Wulf nicht bellen.« Er schlüpfte in Hemd, Jacke und Stiefel, warf sich den Mantel über und griff sich Wurfspeer und Laserbeamer.

»Ich gehe mit dir.« Aruula tastete im Dunkeln nach ihren Kleidern. Rulfan widersprach nicht, aber er wartete nicht auf sie. Das Gebell seines Lupas alarmierte ihn. Er stieg über schlafende, eng aneinander gekuschelte Körper und erreichte endlich den Ausgang. Drei schwere Ledermatten zog er beiseite, dann trat er in die Nacht hinaus.

Die Kälte schnitt ihm in Nase und Mund. Seine Augen tränten. Das Gebell kam vom Standort der Twilight of the Gods. Auch Schritte meinte Rulfan von dort zu hören. Und Stimmen. Er rannte los.

Seine Glieder fühlten sich schwer an. Er verfluchte das Glutwasser. Und dachte gleichzeitig an Aruula. *Vielleicht hätten wir ohne dieses Zeug nicht erlebt, was wir erlebt haben ...*

Schnell erreichte er den Hang des flachen Talkessels. Das Gebell des Lupas drang aus der Dunkelheit. Weit vom Boot entfernt. Rulfan pfiff durch die Finger. Das Gebell näherte sich, Schnee knirschte unter schlanken Läufen, ein Schatten tauchte auf – Wulf. Kläffend tänzelte er vor Rulfan hin und her, sprang ein paar Schritte meerwärts ins Dunkle, kam zurück, rannte wieder los. Als wollte er ihm etwas zeigen.

Rulfan ging in die Hocke; seine Finger glitten über den Schnee. Vertiefung von Stiefelabdrücken. Sinnlos, die Spuren in der Dunkelheit zu untersuchen.

Er kletterte an Bord der Twilight of the Gods und holte eine Stablampe von der Kommandobrücke. Vom Bootsdach aus leuchtete er hinunter in den Schnee. Jetzt sah er sie deutlich, die Spuren. Mindestens ein Dutzend Stiefelabdrücke zogen sich am Boot vorbei und führten

Richtung Küste in die Dunkelheit. Die Spuren kamen aus dem Igluu-Dorf. Eine Gruppe Izekos musste demnach zum Meer aufgebrochen sein. »Warum …?«, murmelte Rulfan. »Was haben sie mitten in der Nacht an der Küste zu suchen?«

Schritte näherten sich vom Hang aus. »Rulfan?!« Aruulas Stimme. »Was ist passiert?« Sie tauchte im Lichtkegel der Stablampe auf und schirmte die Augen mit der Hand ab.

»Jemand ist hier vorbeigegangen. Izekos, schätze ich. Sie kamen aus dem Lager und scheinen Richtung Küste unterwegs zu sein. Zehn bis zwölf wahrscheinlich.«

»Der Dampfer …« Aruula trat näher und blickte zu ihm hinauf. »Sie wollen den Dampfer versenken …« Erschrocken klang ihre Stimme.

»Wie kommst du darauf?« Rulfan kletterte zu ihr hinunter.

»Der Göttersprecher – er erwähnte, dass sein Gott verboten hat, Schiffe zu bauen.« Sie sprach hastig. Ihrer Miene sah Rulfan an, dass sie überzeugt war von dem, was sie da gerade gesagt hatte. »Ich habe ihn *belauscht* und sah Bilder in seinem Geist, die ich nicht einordnen konnte …«

»Du hast in seinen Gedanken herumgeschnüffelt?«

Sie nickte. »… Bilder von Männern, die mit Äxten auf eine Bretterwand einschlugen. Jetzt begreife ich – er hatte seinen Jägern längst den Auftrag gegeben! Das Bild, das ich sah – er stellte sich vor, wie sie ein Loch in die Bordwand schlagen und das Schiff versenken …«

Rulfan überlegte fieberhaft. Die Kinder schlafen lassen und allein zur Küste fahren? Aber wenn die Izekos die Kinder als Geisel nahmen! Also die Kinder wecken und gleich mitnehmen? Das würde Zeit kosten …

Er starrte in die Dunkelheit. »Sie können noch nicht weit sein. Mit dem Luftkissenboot sind wir schneller als sie. Hol die Kinder. Bringt Proviant und Felle mit. Ich mache das Boot startklar.« Er drückte Aruula die Stablampe in die Hand. Sie lief den Hang hinunter. Er selbst kletterte wieder an Bord.

Zurück auf der Kommandobrücke schaltete er die Stromaggregate ein und dann die Bordbeleuchtung. Er aktivierte gerade die Brennstoffzellen, als der Lupa wieder anschlug. Diesmal klang sein Gebell heiserer, weniger aggressiv, und furchtsames Jaulen mischte sich darunter.

Rulfan rannte an Deck. Vom Bootsdach aus blickte er hinunter auf Wulf. Der Lupa kläffte und sprang an der Bordwand hinauf, als versuchte er die Metallleiter mit den Vorderläufen zu erreichen. Doch ständig glitt er ab und plumpste in den Schnee.

Rulfan hatte keine Erklärung für das ungewöhnliche Verhalten des Tieres. Unten im Lager sah er den Lichtschein der Stablampe zwischen den Igluus. Aruula hatte schon fast wieder das Gemeinschaftshaus erreicht.

Rulfan kletterte von Bord. »Was ist denn los, Wulf?« Er packte das schwere Tier und stemmte es nach oben. Winselnd zog sich der Lupa aufs Dach. Dort gab er endlich Ruhe.

Rulfan lauschte in die Dunkelheit. Irgendetwas musste sich in der Nähe aufhalten, das den Fluchtinstinkt des Lupas auslöste. Eine beklemmende Ahnung beschlich ihn. Er erinnerte sich, wie Wulf angesichts der Blitze speienden Bestien den Rückzug angetreten hatte. Keinem Gegner wich der weiße Lupa in der Regel aus – nur Feuer ging er aus dem Weg.

Und dann hörte Rulfan es: Gehämmer erfüllte plötzlich die Nachtluft. Der Flügelschlag der Mörderlibellen …

Eben noch in Borisaas knabenhafte Arme gekuschelt, eben noch versunken in das goldene Licht süßer Träume von ersten Küssen und Berührungen, eben noch selig wie lange nicht saß Suljaana jetzt kerzengerade auf ihrem Fell. Borisaas neben ihr stöhnte ihm Schlaf. Ihr schmaler Körper war steif vor Angst.

Und sie wusste nicht einmal, wovor sie Angst hatte. Sie hörte nur die zischenden Stimmen aus der Dunkelheit, sah den Göttersprecher Holzscheite auf die fast erloschene Glut werfen, sah überall Schatten aus der Dunkelheit wachsen und hörte das vollkommen fremde Geräusch: ein Flirren und Trommeln, das sie nicht einordnen konnte. Es kam von oben.

Sie starrte in die Dunkelheit hinauf, ohne das Eisgewölbe der Decke sehen zu können.

»Dra'flais!«, rief plötzlich eine Stimme. »Dra'flais!« Sie rief noch mehr, aber nur dieses eine Wort konnte Suljaana einordnen. Die Gerüchte von den fliegenden und tödliche Blitze verschießenden Ungeheuern hatten schnell die Runde gemacht.

»Borisaas!« Sie schüttelte den schlafenden Jungen. »Borisaas! Wach auf!«

Borisaas fuhr hoch. »Was ist los?«

Das fremdartige Geräusch schwoll an – und brach plötzlich ab. Dafür knirschte der Schnee auf dem Dach des Großigluus. Suljaanas Augen folgten dem aufsteigenden Rauch. Flammen schlugen aus dem Holz, das Thul'anymo aufs Feuer gelegt hatte. Suljaana konnte die Kaminöffnung im Kuppeldach erkennen.

Beschwörender Singsang erhob sich plötzlich. Der

Göttersprecher. Seine Stimme klang zittrig. Von irgendwoher hörte Suljaana Aruula rufen. »Suljaana! Borisaas! Aufwachen! Borisaas! Dolwuunas!« Irgendwo außerhalb der Hütte rief sie nach ihnen. Suljaana sprang auf.

Keinen Atemzug lang ließ sie die Dachöffnung aus dem Blick. Schnee rieselte von dort ins Feuer herab. Plötzlich ein Schatten im hell erleuchteten Rauch. Ein Schaben dann, lautes Knirschen und Rascheln – ein dreieckiger Kopf erschien in der Öffnung.

Ein ungeheurer Aufschrei ging durch die Hütte. Männer brüllten, Frauen kreischten, Kinder heulten laut, alles rannte durcheinander.

Große Schneebrocken brachen aus der Kaminöffnung. Einer fiel ins Feuer und löschte es fast. Rauch erfüllte den düsteren Raum. Der Körper der Bestie rutschte durch die erweiterte Öffnung, prallte dumpf und schwer auf das Feuer und löschte es vollständig.

Das allgegenwärtige Geschrei gellte in Suljaanas Ohren. Beißender Rauch drang ihr in Nase und Mund. Neben sich hörte sie Borisaas husten. Wieder der Aufprall eines schweren Körpers, und noch einer und noch einer.

Etwas berührte sie kalt im Gesicht. Etwas Lebendiges, Festes – doch kein menschliches Körperteil. Sie verlor alle Kontrolle über sich, kreischte, rannte los und stolperte über ein Kind.

»Suljaana!« Borisaas Stimme aus der Dunkelheit. Sie achtete nicht darauf. Die Panik trieb sie voran, füllte ihre Augen mit Tränen, schnürte ihr die Kehle zu. Ein Blitz zuckte, noch lautere Schreie erklangen, es stank nach verbranntem Haar und Fleisch. Suljaana war auf einmal von einer Mauer menschlicher Körper umgeben. Nichts war zu sehen, überall Schreie, überall Rauch, überall

Menschen. Sie ließ sich von der Menge mitreißen. Irgendwie gelangte sie ins Freie. Wieder wurde ihr Name gerufen, diesmal von Aruula.

»Hier bin ich!«, brüllte sie. Plötzlich war etwas Kaltes, Hartes an ihrem Körper, in ihrem Haar. Sie wurde hochgehoben. Das hohe, fast metallene Geschwirre schwoll an. Der Schatten eines dunklen Körpers war über ihr, und unter ihr schwand der Boden ...

Rulfan hetzte an der Schneewand der Gemeinschaftshütte entlang. Menschen stürzten an ihm vorbei. Dumpfe Schreie und Gejammer drangen aus dem großen Igluu. Die Panik schlug ihm von allen Seiten entgegen. Das Gehämmer entfernte sich rasch. Der Angriff der Libellenartigen war so rasch vorbei, wie er begonnen hatte.

Der Lupa sprang vor ihm her. Er bellte aufgeregt. Rulfan rief nach Aruula. Endlich erreichte er den Eingang des Gemeinschaftsigluus. Rauch quoll daraus hervor. Eine große Gruppe Menschen versperrte ihn. Sie kauerten ihm Schnee. Rulfan hörte Frauen weinen, Männer fluchen und Kinder wimmern. Er richtete den Schein der Lampe, die er vom Boot mitgebracht hatte, auf die Gruppe. Es waren fast ausschließlich Kinder von den Dreizehn Inseln. Und mittendrin Aruula.

Vier, fünf Kleinkinder drängten sich an sie. Aus traurigen Augen blickte sie ihn an. »Die Riesenbellits. Sie haben Kinder mitgenommen. Es waren die Grauen.« Wie leer gefegt war Rulfans Kopf plötzlich. Keine Antwort kam über seine Lippen. »Ich weiß nicht, wie viele fehlen. Aber es sind viele. Suljaana ist auch verschwunden ...«

Rulfan schloss die Augen. Trauer und Enttäuschung

wühlten in seiner Brust. Und Reue. *Warum hab ich nicht auf meine innere Stimme gehört …* Keinen klaren Gedanken konnte er fassen. Der beißende Rauch aus dem Eishaus reizte ihn zum Husten. *Sieh der Wirklichkeit ins Auge … es ist, wie es ist, du musst handeln …*

Er schüttelte sich und bäumte sich gegen die lähmende Apathie auf. »Weg hier!«, blaffte er. Seine Fähigkeit, mehrere Gedanken auf einmal zu denken, setzte sich durch. »Die älteren Jungen packen so viel Proviant und Felle, wie sie tragen können. Hinauf zum Boot damit. Die großen Mädchen bringen die Kleinkinder hinauf. Beeilt euch!«

»Sie haben viele Kinder geraubt!«, schrie Aruula. »Begreifst du nicht?!«

»Erst kümmern wir uns um den Dampfer, dann um die Kinder.«

Später, als alle an Bord waren und die Elektromotoren im Rumpf der Twilight of the Gods schon summten, zählten sie die Kinder durch. Neunzehn fehlten, unter ihnen Suljaana.

»Wir müssen sie retten!«, rief Borisaas. Er stürzte sich auf Rulfan, klammerte sich an dessen Fellmantel fest und versuchte den viel Größeren zu schütteln. »Wir müssen sie suchen!«, rief er immer wieder. »Wir müssen sie retten!« Tränen strömten über sein Gesicht. Fast alle weinten. Auch Aruula. Sie machte sich Vorwürfe.

Rulfan blieb stumm. Seine Finger flogen über die Tastatur des Navigationsrechners. Vom Heck her erklang das Gebrüll der Luftpropeller. Das Luftkissen baute sich auf und hob die Twilight of the Gods an. Die starken Scheinwerfer des Bootes bohrten sich in die Dunkelheit.

Das Fahrzeug setzte sich in Bewegung und schwebte über das Eis.

Die Borduhr behauptete, zwei Stunden seien vergangen, seit der Lupa die angreifenden Bestien gewittert hatte. Für Rulfan waren nur wenige Atemzüge vergangen. Er fragte sich, wo die Zeit geblieben war. Er fragte sich, wo die paradiesischen Stunden mit Aruula dort unten im Gemeinschaftsigluu geblieben waren.

Sie erreichten die Küste keinen Moment zu früh. Die Scheinwerfer des Luftkissenfahrzeuges erfassten das Ruderboot des Nordmanndampfers. Es schaukelte auf den Wellen. Dreizehn Izekos steuerten es von der Küste weg dem Dampfer entgegen. Die Twilight of the Gods schwebte aufs Wasser hinaus und schnitt ihnen den Weg ab.

In stummem Zorn feuerte Rulfan eine Laserkaskade über die Köpfe der Izekos hinweg. Zischend verdampfte das Wasser an der Stelle, wo der Strahl ins Meer fuhr. Die Izekos warfen sich übereinander und bedeckten ihre Köpfe mit den Armen. Sie schrien vor Entsetzen.

Rulfan sah einige langstielige Äxte zwischen den zusammengekrümmten Körpern. Er zwang einen der Izekos an Bord zu kommen. »Ihr wolltet das Schiff versenken!«

Aruula übersetzte die Antwort des Mannes. »Thul'lan'aizir hat es uns befohlen.« Rulfan nickte stumm.

Aruula holte aus und schlug dem Mann ins Gesicht. »Ihr habt uns betrogen!«

Er jammerte und beteuerte, dass sein Gott nur Gutes im Sinn habe.

»Und dieser andere Gott?«, fauchte Aruula ihn an. »Liob'hal'bakor – wo finde ich ihn?«

Der Izeko starrte sie aus weit aufgerissenen Augen

an. Er schien seinen Ohren nicht zu trauen. Aruula packte ihn am Brustfell seines Mantels. »Wo liegt seine Räuberhöhle?!« Sie schüttelte ihn. »Wo liegt Thul'reygavee?! Rede...!«

Mit zitternder Stimme stammelte der Eingeborene ein paar Sätze, aus denen Aruula nicht klug wurde. »Wir nehmen ihn mit«, sagte sie heiser. »Er wird uns den Weg zeigen.« Sie sagte das mit dem herben Zug um Mund und Augen, der Rulfan inzwischen vertraut war. Er schluckte den Widerspruch herunter, der ihm auf der Zunge lag. Hauptsache zunächst, dass der Dampfer gerettet war. Alles Weitere stand sowieso in den Sternen.

Vom Dach der Twilight of the Gods aus beschimpfte Aruula die Izekos im Ruderboot. Sie drohte ihnen mit dem Feuerstrahl und schickte sie zurück zur Küste. Die Männer griffen nach den Ruderstangen. Die Dunkelheit verschluckte das kleine Boot.

Rulfan steuerte das Luftkissenboot backbords an den Dampfer heran. »Ich hätte niemals auf dich hören sollen«, knurrte er. »Niemals...!«

»Wirklich niemals?« Spöttisch blitzte sie ihn an.

Sie schafften den Großteil des Proviants und der Felle an Bord des Nordmanndampfers. Auch die Kinder. Der Gefangene schlief neben dem erkalteten Heizkessel. Rulfan weckte ihn mit einem Tritt und befahl ihm, das Feuer im Kessel anzufachen. Zusammen mit Borisaas und Dolwuunas warf er die Maschinen an. Sie lichteten die Anker des Dampfers und fuhren ihn ein Stück aufs offene Meer hinaus. Dort ankerten sie erneut.

Aruula ließ die Kleinkinder unter Deck bringen. Den Halbwüchsigen schärfte sie ein, Wachen aufzustellen. Und bei einem drohenden Angriff die Maschinen anzuwerfen und den Dampfer noch weiter von der Insel wegzusteuern.

»Ich bleibe nicht hier«, sagte Borisaas trotzig. »Ich will zu Suljaana! Ich gehe mit euch!«

Aruula hatte Verständnis für den Jungen, und Rulfan war zu erschöpft, um mit ihm herumzustreiten. Also übernahm Dolwuunas das Kommando über den Dampfer.

Rulfan, Aruula und Borisaas kletterten zurück auf die Twilight of the Gods. Auf der Kommandobrücke hatten sie den Izeko an einen Sessel gefesselt.

Im Osten dämmerte bereits der neue Tag herauf, als Rulfan die Motoren hochfuhr. Das Boot nahm schnell Fahrt auf. Immer in Sichtweite der Küste schwebten sie nach Norden. Der Dampfer und die winkenden Kinder blieben zurück. Der Izeko wies ihnen den Weg zu den Ruinen Thul'reygavees …

(Berühr mich nicht!)

(O doch! Melde dich, Liob'hal'bakor!)

(Ich kommuniziere mit meinen Modellen – berühr mich nicht, Thul'lan'aizir!)

(Öffne deine Aura! Öffne sie endlich! Du hast mich betrogen!)

(Betrogen?! Was für ein großes Wort für einen nebensächlichen Spielzug!)

(Deine Modelle haben die unreifen biotischen Organisationen der Fremden beschlagnahmt. Ich weiß es! Gestehe, Liob'hal'bakor!)

(Nur ein paar. Es wird unserem Projekt zugute kommen. Aber erst nach dem nächsten Turnier …)

(Du willst mich ausstechen, du willst den Ruhm für dich allein …)

(Ich bitte dich, Thul'lan'aizir! Unsere Forschung ist zu wichtig, als dass ich ihre Ergebnisse für mich allein ausschlachten würde. Sol'Daa'muran soll mich erkalten lassen, wenn ich nicht die Wahrheit sage! Nur die nächste Runde, die will ich gewinnen. Niemand kann mir verbieten, mich zu revanchieren …)

(Was hast du vor mit den unreifen Organisationen, Liob'hal'bakor?!)

(Meine Analysen sind noch nicht abgeschlossen. Doch ich stehe in Verbindung mit meinen Modellen. Sie fliegen gerade ein. So weit ich sehe, bestätigen die Daten meine Theorie: Die Primaten-Organisationen taugen nicht für unsere Zwecke. Schon der kurze Flug ist ihnen nicht bekommen. Die Schließmuskel versagten, die Herzfrequenz geriet außer Kontrolle, und eine Organisation hat unterwegs die Funktion aus Mangel an Oxidationsgas aufgegeben.)

(Daraus darfst du keine allgemein gültigen Schlüsse ziehen, Liob'hal'bakor. Meine biotischen Organisationen haben beim letzten Turnier immerhin elf deiner Modelle neutralisiert.)

(Die meisten gingen auf das Konto der Fremden …)

(Handelt es sich bei ihnen etwa nicht um Primaten-Organisationen …?)

(Schon, aber …)

(Nichts ›aber‹! Du unterschätzt die aufrecht gehenden biotischen Organisationen dieses Planeten, Liob'hal'bakor. Das Problem ist nicht ihre Konstitution – wir können sie jederzeit optimieren. Das Problem ist der Zugang zu ihrem zentralen Nervensystem …)

(Ich komme zu anderen Ergebnissen, Thul'lan'aizir, du kennst meine Theorie …)

(Weich den Fakten nicht aus, Liob'hal'bakor! Unsere Modelle zum Beispiel – sie funktionieren fantastisch. Doch selbst zu ihrem zentralen Nervensystem blieb uns der letzte Schritt bisher verwehrt …)

(Wir stehen kurz davor ...)

(Was bitte rechtfertigt deinen Optimismus, Liob'hal'bakor?)

(Wir sehen durch sie, wir riechen durch sie, wir steuern indirekt ihre Motorik, wir kommunizieren durch sie. Denk an das letzte Turnier – es war, als würden wir uns persönlich gegenüberstehen ...)

(Aber der letzte Schritt, Liob'hal'bakor! Noch immer sind wir an unsere Speichereinheit gebunden! Der letzte Schritt ...)

(Wir stehen kurz davor, sage ich, Thul'lan'aizir! Jedes Turnier beweist es. Nicht mehr lange und ...)

(Warum versiegen deine Gedankenströme, Liob'hal'bakor? Warum zieht sich deine Aura zusammen?)

(Fremde biotische Organisationen ... unkontrollierte – sie müssen ganz in meiner Nähe sein ...)

Sturmböen peitschten die Wogen auf. Baumhohe Brandung brach am Bug der Twilight of the Gods über die Reling und klatschte gegen die Frontscheiben der Kommandobrücke. Rulfans und Aruulas Blicke folgten dem ausgestreckten Arm des Izekos. »Das ist es ... das ist Thul'reygavee.«

Zerklüftete Eisformationen schälten sich an der Küste aus dem Dunst, manche so hoch wie der Schwarze Dom zu Coellen.

Rulfan hatte eine antike Karte von Island aus den Tiefen der Datenbank gefischt und auf den Monitor geladen. Er verglich sie mit den Daten, die ihm sein T-Rechner lieferte. Es bestand praktisch kein Zweifel: Thul'reygavee war identisch mit der alten Hauptstadt der Insel. *Reykjavik* hatten die Alten sie genannt.

Treibeis lag vor der Küste. Rulfan navigierte die Twilight of the Gods zwischen den schiffsgroßen Blöcken hindurch. An keiner Stelle fiel der Küstenstreifen so sanft ins Meer, dass er das Luftkissenfahrzeug an Land hätte schweben lassen können. Also steuerte er die Twilight of the Gods auf eine ausgedehnte, relativ flache Eisscholle und fuhr die Maschinen herunter. Das Getöse der Luftpropeller am Heck verstummte, das Luftkissen wurde abgebaut, der Schiffsrumpf senkte sich und setzte auf dem Eis auf.

Mit dem Binocular suchte Rulfan die vereisten Ruinen ab. Die Eiskuppel am Westrand der ehemaligen Stadt war nicht zu übersehen. Wie ein glatt geschliffenes Gebirge erhob sie sich über den skurrilen Formationen. Etwa zwölf Speerwürfe entfernt, schätzte Rulfan. »Dort also haust dieser verfluchte Mordgott«, murmelte Aruula.

Der Izeko, noch immer an einen Sessel vor der Instrumentenkonsole gefesselt, zitterte wie fahles Laub im Sturm. Rulfan band ihn los. »Ich hätte auf meine Intuition hören sollen«, zischte er. »Wir hätten den Rückzug antreten müssen, als es noch nicht zu spät war …«

»Et fa comu fa«, sagte Aruula. »Jetzt ist es zu spät.« Sie nahm sein Binocular und fixierte die gewaltige Eiskuppel. Wasserdampf stieg von ihrem höchsten Punkt in den Morgenhimmel und vermischte sich mit dem Dunst. »Hast du Angst?«

»Wenn du *keine* Angst hast, fessele ich dich sofort an seiner Stelle auf einen Sessel«, knurrte er.

Eine spöttische Antwort lag ihr auf der Zunge. Sie schluckte sie herunter. Natürlich hatte sie Angst. Ein Narr, wer angesichts einer Behausung voller Mordmonster keine Angst hatte.

Sie ließen ein Schlauchboot zu Wasser. Zu fünft paddelten sie an die Eisküste. Aruula, Rulfan, der Lupa, Borisaas und der Izeko. Der kletterte als Erster an Land. Kaum spürte er festen Boden unter den Füßen, rannte er los. Nach Süden, weg von den schnee- und eisbedeckten Ruinen der alten Hauptstadt.

Rulfan blickte ihm nicht einmal nach. Er hätte ihn sowieso laufen lassen. Während Aruula ihren Feuerrohrbogen schulterte und an Land sprang, stieß Rulfan mit dem Speer tiefe Kerben ins Eis. In ihnen vertäute er das Schlauchboot.

Aruula marschierte los, Borisaas folgte ihr. Er trug eines der altertümlichen Gewehre aus dem Waffenfundus des wahnsinnigen Smythe mit sich. Ein Jagdgewehr aus dem zwanzigsten Jahrhundert. Rulfan hatte ihm gezeigt, wie er damit umgehen musste.

Natürlich war der Junge weit davon entfernt, ein guter Schütze zu sein. Aber mit ein bisschen Glück würde er den Libellen mit der Schusswaffe mehr Schaden zufügen können als Rulfan mit seinem hochmodernen Laserbeamer.

Obwohl Rulfan die Wirkungslosigkeit seines Kaskadenlasers beim Kampf gegen die Libellenwesen noch in allen Knochen steckte, hatte er ihn mitgenommen. Neben dem Speer gehörte noch die Stablampe zu seiner Ausrüstung für diese Expedition. Die zweite Lampe trug Borisaas.

Endlich kletterte auch er aufs Küsteneis. Der Lupa erwartete ihn schwanzwedelnd. »Hast du dir überlegt, was aus den Kindern wird, wenn wir sterben?«, rief der Albino der Barbarin hinterher.

»Es gibt keinen Weg zurück mehr«, antwortete sie. »Hast du nicht eben selbst behauptet, es sei zu spät?«

Rulfan biss die Zähne zusammen und sah ihr nach. Als wäre sie nicht auf ihn angewiesen, stampfte sie durch den Schnee. Der schmächtige Borisaas hatte Mühe, Schritt mit ihr zu halten.

Eine Mischung aus Zorn und Sorge wühlte Rulfans Geist auf. Und noch ein Gefühl, ein ganz neues. Seit der vergangenen Nacht unterdrückte er es nicht mehr:

Liebe. Die Liebe zu dieser eigensinnigen Barbarin, die ihren Verstand so leichtfertig ihrer Leidenschaft opfern konnte.

Er seufzte, schulterte seinen Speer und machte sich auf den Weg.

Sie kamen langsam voran. Schneeverwehungen, vereiste Trümmer, Erdspalten und schneebedeckte Schutthalden zwangen sie zu Umwegen oder beschwerlichen Kletteraktionen. Tiefer und tiefer drangen sie in die Ruinen von Thul'reygavee ein. Die hohe Eiskuppelwand rückte näher. Sie lag am Ostrand der toten Stadt. Dort ragte sie mitten aus den Ruinen. Es zeigte sich, dass nur ihre obere Hälfte geschliffen glatt aussah. Der untere Teil war zerklüftet und mit Eissplittern und Trümmern übersät.

Lange waren sie unterwegs. Aber noch länger suchten sie einen Zugang in die Kuppel. Aruula fluchte und unterdrückte die Tränen, während sie zwischen den Ruinen nach einem Durchschlupf suchten. Die Sorge um Suljaana und die Kinder zerrte an ihren Nerven.

Mit dem Laserbeamer verschafften sie sich schließlich Zugang zu den vereisten Hausruinen, die am Fuß der Kuppel gleichsam mit ihr verwachsen waren. Doch in keinem der zerstörten Häuser konnten sie einen Durchgang entdecken, der in die Kuppel hineinführte.

In fast vierzig Ruinen waren sie eingedrungen, über fünfzehn Speerwürfe weit hatten sie sich am Fuß der Eiskuppel entlanggearbeitet – nichts. »Wir werden einen Tag brauchen, um die Kuppel zu umrunden, und drei zusätzliche Tage, um alle Ruinen nach möglichen Eingängen zu durchsuchen«, sagte Rulfan irgendwann. »Ich habe genug.« Er nahm sein Lasergewehr von der Schulter. »Tretet hinter mich.« Aruula und Borisaas taten, was er sagte. Auch der Lupa zog den Schwanz ein und entfernte sich.

Rulfan stand zwischen zwei Ruinen und richtete das Gewehr auf die Eiswand. Die Zielstrahlfunktion aktivierte er nicht. Er drückte die Energietaste und hielt sie gedrückt. Ein kontinuierlicher weißer Strahl fraß sich ins Eis. Die Kaskadenfrequenz war so hoch, dass sie von einem menschlichen Augen nur als Strahl wahrgenommen wurde.

Das Eis schmolz, Wasser kochte, stieg als Dampf auf oder rann in Strömen von der Kuppel.

Der Strahl riss ab. Rulfan drückte auf eine Taste an der rechten Kolbenseite. Ein kaum hörbares Klicken im Inneren der Waffe: Eine neue Galliumpatrone wurde in den Mikroreaktor geschoben. Wieder schoss ein Strahl aus dem unteren Lauf des Laserbeamers – und das Eis schmolz weiter.

Ein kleiner Tümpel bildete sich zwischen den Ruinen. Rulfan musste auf eine schneebedeckte Schutthalde steigen, um nicht im Wasser zu stehen. Endlich klaffte ein Loch in der Eiskuppel, fenstergroß, kniehoch über der Erde.

Rulfan hängte sich den Laserbeamer zurück über die Schulter. Selbst durch das Fell seines Mantels hindurch spürte er die Hitze, die jetzt von der Waffe ausging. Er drehte sich zu seinen Gefährten um. Borisaas starrte in die Öffnung in der Eiswand. Aruula kniete im Schnee. Ihr Oberkörper lag auf den Schenkeln, die Stirn presste sie gegen die Knie. Sie *lauschte*.

Ungeduldig trat Rulfan von einem Bein auf das andere. Der Lupa sprang durch Pfützen zu dem Eisloch. Davor blieb er stehen, senkte den Kopf und legte die Ohren an. Sein Rückenfell sträubte sich, er knurrte. Rulfan zischte, um ihn zum Verstummen zu bringen, doch Wulf knurrte weiter.

Endlich richtete Aruula sich auf. Die Angst in ihren Augen war nicht zu übersehen. »Suljaana«, flüsterte sie. »Ich konnte ihren Geist spüren. Ein erschrockener Geist, der sich den Tod wünscht.«

Borisaas rannte los. »Schnell«, keuchte er. »Wir müssen sie finden!«

Rulfan hielt ihn fest. »Und die anderen?«, fragte er heiser.

»Angstbilder, fiebriges Gestammel ...« Aruula zuckte mit den Schultern. »Ich weiß nicht, wie viele noch am Leben sind. Aber da ist noch etwas ...«

»Was?«

»Ein starker, furchtloser Geist – ich spürte seinen ungeheuren Hunger ...«

»Hunger?«

»Hunger nach Leben.« Aruula stand auf.

Rulfan drehte sich um und blickte in das Eisloch. Düsteres grünliches Dämmerlicht waberte dahinter. »Ich gehe als Erster«, sagte er.

Thul'anymos Stimme donnerte über die Köpfe seiner Izekos hinweg. »Rottet das Böse in eurer Mitte aus! Wer hat gegen Thul'lan'aizirs Gebote gesündigt?!« Er brüllte, so laut es seine vom nächtlichen Gelage heisere Stimme zuließ. Wütend klang er, ungeheuer wütend. »Wer hat heimlich auf seinen Göttersprecher und Häuptling geflucht? Wer hat seinem Nachbarn Jagdbeute gestohlen?! Wer hat sich heimlich gewünscht, ein Schiff zu bauen und Thul'Izela zu verlassen?«

Seine grimmige Miene schien die eines Rachegottes zu sein. »Zu mir, ihr Sünder! Gesteht, bereut und tut Buße! Damit der Zorn Thul'lan'aizirs von unseren Igluus weiche!«

In Wirklichkeit war der Göttersprecher weder wütend, noch sann er auf Rache. Er war einfach nur verwirrt. Noch nie war es vorgekommen, dass Thul'lan'aizirs Götterboten ihn nicht vor einem Überfall von Liob'hal'bakors Todesboten gewarnt hatten.

Zwei junge Jäger hatten die Blutsäufer getötet und viele Kinder der beiden Götterboten geraubt. Und die Götterboten vertrieben ...

Der Göttersprecher war verwirrt und hatte Angst. Doch beides verbarg er vor sich und den Izekos, indem er eine donnernde Strafpredigt hielt. Er hatte nur eine einzige Erklärung für den unangekündigten Überfall: Irgendjemand im Dorf musste eine schreckliche Sünde begangen haben. Eine Sünde, die Thul'lan'aizirs Herz für seine Izekos verschlossen hatte.

An die andere Möglichkeit wagte Thul'anymo nicht zu denken: Daran, dass Liob'hal'bakor wieder die Oberhand über die Welt gewinnen und den erhabenen und barmherzigen Thul'lan'aizir vertreiben könnte ...

Sie kamen nacheinander – gestanden kleinere Diebstähle, Betrügereien, Geschlechtsverkehr mit Verwandten oder Reenas, Mordwünsche gegen irgendwelche Konkurrenten und so weiter. Nichts von Bedeutung. Und gerade das steigerte Thul'anymos Verwirrung und Angst noch.

Er schlug mit einem Stock auf die Sünder ein und brummte ihnen Strafen auf. Zeitlich begrenzten Nahrungsentzug zumeist oder einen Fischzug für den

Göttersprecher oder Arbeit an der Gemeinschaftshütte.

Schwermut befiel ihn, als der letzte Übeltäter die Flucht aus seinem Igluu ergriff. So viel der Göttersprecher auch grübelte, ihm wollte keine Erklärung für das schreckliche Geschehen einfallen. Dass selbst die beiden Götterboten nichts gegen die Todbringer vermocht hatten, schien ihm fast ein Zeichen des bevorstehenden Weltuntergangs zu sein.

So hockte er bis zum Abend in seinem Igluu, rührte weder Wasser noch Fisch an, hockte nur da, grübelte und versank immer tiefer in Schwermut. Kurz vor Sonnenuntergang brachten sie ihm dann einen der Männer, die Thul'anymo ausgesandt hatte, um das erste der beiden Schiffe zu zerstören. Der erzählte, was geschehen war.

Thul'anymos Stimmung hellte sich auf. Endlich eine Erklärung für Thul'lan'aizirs Schweigen! Sie hatten seinen Auftrag noch nicht erfüllt! Noch immer trieben zwei Schiffe vor der Küste! Jetzt packte ihn wirklich die Wut. Und belebte seinen matten Körper.

Er rief seine Izekos im Gemeinschaftsigluu zusammen. »Beim ersten Morgenlicht versammelt euch vor meinem Igluu. Äxte, Schwerter, Speere und Feuersteine bringt mit. Lasst uns schnell wie junge Reenas sein, um den Willen des erhabenen und barmherzigen Thul'lan'aizirs zu erfüllen …«

Sie konnten ihre Füße so behutsam aufsetzen, wie sie wollten – die Geräusche ihrer Schritte hallten aus dem weiten Raum zurück, als würden Riesen über das Eis stapfen. Schon nach wenigen Schritten sahen sie die Kuppelwand hinter sich nicht mehr. Nur ein milchiger Fleck verriet, wo etwa sich die Öffnung ins Freie befand.

Das Zentrum der Kuppel war mehr als drei Speerwürfe von ihnen entfernt. Dort fluoreszierte eine dunstige Säule aus Wasserdampf und grünem Lichtschimmer. Sie mündete hoch oben in eine kreisrunde Öffnung. Darüber sah Aruula einen grauen Fleck – ein Stück Himmel.

Von dieser unheimlichen Dampfsäule aus sickerte dämmriges Streulicht in die Finsternis. Aruula konnte die Gesichtszüge ihrer beiden Begleiter nicht unterscheiden. Sie sah aber den grünen Schimmer, der den Schatten des Lupas überzog. Im Weiß seiner Augen spiegelte das Grün sich wider, und statt Rot glitzerten seine Iriden Violett.

Überall lag das unwirkliche Licht – auf dem Kolben von Rulfans Laserbeamer, auf dem Schweiß in Borisaas' Gesicht, auf dem Metall des Feuerrohrbogens, den Aruula mit beiden Händen in die grüne Dämmerung richtete.

Schritt für Schritt näherten sie sich der Lichtdampfsäule. Der dröhnende Widerhall ihrer Schritte hemmte sie. Alle drei erwarteten jeden Augenblick einen Angriff der Killer-Libellen.

Von Zeit zu Zeit blieb Aruula stehen und schloss die Augen. Die Nähe eines starken kalten Geistes war für sie spürbar, ohne dass sie die konzentrierte Kauerhaltung einnehmen musste.

»Sie müssen uns längst bemerkt haben.« Rulfans Flüstern hallte aus dem grünen Dämmerlicht zurück.

Schäumendes Zischen erfüllte plötzlich das Kuppelinnere. Sie blieben stehen und beobachteten die Lichtsäule. Mächtige Dampfwolken schoben sich an ihr entlang dem Kuppeldach entgegen und quollen durch die Öffnung. Dann ein tosendes Rauschen – ein Wasserstrahl schoss von unten durch Dampf und Licht, brach auf halber Höhe zusammen und schlug auf dem Boden auf. Explosionsartiger Lärm erschütterte die Kuppel.

»Ein Geysir!«, flüsterte Rulfan. Der Donner verrauschte. Dafür ertönte lautes Schaben und klagendes Gewimmer. Es brach sich an den Kuppelwänden. Sie wussten nicht, aus welcher Richtung des Eisraums es tatsächlich kam.

Das Wimmern wurde deutlicher, ging in Geschrei über.

»Ein Kind!«, krächzte Aruula. Wulf fing an zu bellen. Borisaas blickte gehetzt um sich. Aruula sah seinen Kopf hin und her fliegen. Dann ein Geräusch, das sie kannten: hämmernder Flügelschlag. Die Luft vibrierte davon. Aruula riss den Feuerrohrbogen hoch, Rulfan seinen Speer.

Drei waren es. Doch die langen Schemen ihrer Körper glitten durch das Streulicht, ohne von ihnen Notiz zu nehmen.

Warum greifen sie nicht an?, schoss es Rulfan durch den Kopf. *Was haben sie vor...?* Er wirbelte herum und schaltete seine Lampe an. Ihr Strahl traf den Hinterleib einer Bestie. Sie flog unbeeindruckt weiter und verschwand wie die anderen hinter dem Geysir. Rulfan hatte erkannt, dass sie etwas in den Fußklauen gehalten hatte – gläserne Röhren, gefüllt mit einer milchigen Flüssigkeit.

»Weiter!«, zischte Aruula. »In die Richtung, aus der sie kamen!« Sie stürmte los, Rulfan, sein Lupa und Borisaas hinterher. Die verzweifelte Hoffnung, irgendwo im düsteren Dämmerlicht den Ort zu finden, wo noch überlebende Kinder gefangen gehalten wurden, peitschte sie vorwärts.

Vereiste Schutthügel und Ruinen erhoben sich vor ihnen im Halbdunkel. Sie kletterten darüber hinweg.

Der Schatten eines riesigen Eisklotzes tauchte auf. Aruula stolperte und schlug lang hin, Borisaas fiel über sie.

Die Libellen kamen zurück! Das Tosen ihrer Flügel war allgegenwärtig. Die Glasröhren, die sie vorhin transportiert hatten, waren nicht mehr da. Hatten sie sie in den Geysir fallen lassen? Ihre Körper glitten auf sie zu. Borisaas riss sein Gewehr hoch, Aruula ihren Feuerrohrbogen. Breitbeinig stand Rulfan über ihnen. Mit gezücktem Speer erwartete er die Attacke. Doch die drei grauhäutigen Insektenbestien donnerten erneut über sie hinweg, flogen auf einen Eisklotz zu und landeten davor.

Rulfan erkannte die nur teilweise zerbrochene Glasfront einer Gebäuderuine. Das Glas des Eingangsportals allerdings war vollständig zerstört. Nacheinander schoben sich die großen Leiber der Bestien durch die glaslosen Türrahmen in die vereiste Ruine hinein.

»Die Kinder!«, zischte Aruula. »Sie sind dort drin!« Sie stützte sich auf dem kalten Eisboden ab, um aufzustehen. Ihre Hand ertastete etwas Langes, Sprödes. Sie blickte auf den Boden – ein Knochen war es, was sie da in den Fingern hielt, ein menschlicher Oberarmknochen! Erschrocken ließ sie ihn los und sprang auf.

Rulfan beleuchtete den Eisboden. Sie hielten den Atem an – Knochen und Totenschädel, wohin der Lichtkegel fiel. Borisaas begann zu zittern. Seine Unterlippe bebte. »Wudan sei uns gnädig«, stöhnte Aruula.

Und dann die Schreie eines Menschen in Todesnot! Von allen Seiten der Kuppelwände hallten sie wider. Gleich darauf das scheppernde Getrommel der Insektenflügel.

Rulfan richtete den Strahl der Stablampe auf die

Glasfront im Eisblock. Ein Dra'flai hob eben ab. Mit einem menschlichen Körper in den Beißfängen!

Borisaas brüllte auf, als er das Fellbündel zwischen den Kauzangen der Bestie erkannte – es war Suljaana!

Rulfan ließ den Speer wieder sinken. Er konnte ihn nicht einsetzen, ohne Suljaana zu gefährden. Sie bewegte sich nicht, doch sie schien noch zu leben. Ihre weit aufgerissenen Augen reflektierten das grünliche Licht.

»Nicht schießen«, brüllte Rulfan, »sonst triffst du das Mädchen!« Er umklammerte Borisaas, der schon das Gewehr angelegt hatte. Der Junge schrie und strampelte. Die Angst um Suljaana trübte seinen Verstand.

Als der Dra'flai über sie hinwegsauste, war nur Aruula in der Lage, auf die Rückenpartie des Tieres zu feuern.

»Ziel auf die Flügel!«, rief Rulfan. Borisaas riss sich von ihm los. Über Knochen, Eistrümmer und Ruinen hinweg jagte er dem Insekt hinterher. Wulf schloss sich dem Jungen kläffend an. »Ziel auf die Flügel! Bei Wudan! Auf die Flügel!«

Aruula schoss – und traf den rechten Hinterflügel. Der Dra'flai sackte nach unten, konnte sich aber noch in der Luft halten.

Ein weiterer Dra'flai tauchte aus dem Eisblock auf und startete sofort. Offenbar wollte er seinem angeschlagenen Artgenossen beistehen.

In diesem Moment erreichte Borisaas den Räuber seiner Freundin und klammerte sich an einem der Hinterläufe fest. Mit beiden Füßen stemmte er sich gegen im Boden festgefrorene Felsbrocken.

Die schaukelnde Bewegung der Bestie stockte. Ihr Kopf mit Suljaana in den Fängen ruckte herum. Neugierig schienen die Facettenaugen den schreienden Jungen zu mustern.

Hinter Borisaas landete die zweite Libelle, musste sich aber dem bellenden Lupa stellen. Mit ausgestreckten Fühlern ging sie auf Wulf los.

Rulfan und Aruula hetzten durch die Kuppel. Je näher sie den beiden Dra'flais und damit dem Geysirkrater kamen, desto heller wurde es. Rulfan erreichte den Kampfplatz als Erster. »Aus dem Weg, Wulf!« Er hob den Speer. Der Lupa schlug einen Bogen um die Bestie und sprang auf deren Rücken.

Der keuchende Atem Aruulas kam näher. Breitbeinig stellte sie sich neben Rulfan und hob den Feuerrohrbogen. »In den Rachen!«, zischte Rulfan. Entsetzt musste er erkennen, dass die angeschossene Bestie sich immer weiter auf den Kraterrand zu bewegte. Borisaas an ihrem linken hinteren Lauf wurde einfach mitgeschleift. Rulfan wollte an der zweiten Bestie vorbei, doch die zuckte blitzschnell zur Seite. Sie schien entschlossen, ihrer Artgenossin den Rücken frei zu halten.

Aruula ging in die Hocke, um eine günstigere Schussposition zu erlangen. Doch die Bestie dachte nicht daran, ihr den Rachen zu präsentieren. »Verfluchte Orguudoo-Brut«, schimpfte Aruula. »Sie haben dazugelernt ...«

Borisaas schrie in höchsten Tönen. »Helft mir! Rettet Suljaana!« Immer näher näherte sich die Bestie dem Kraterrand. Borisaas sah zurück, in seinen großen Augen konnte Rulfan grüne Lichtreflexe erkennen.

Durch die ruckartigen Bewegungen der Libellenartigen war der Lupa wieder von ihrem Rücken gerutscht. In immer neuen Anläufen sprang er die Bestie an. Und auf einmal hielt er ihren rechten Fühler zwischen den Reißzähnen. »Nein!«, schrie Rulfan. »Lass los!«

Die Bestie stieß ihren dreieckigen Kopf gegen den Boden. Wulf überschlug sich und knallte aufs Eis, doch den Fühler ließ er nicht los. Der linke Fühler zuckte zu seinem Hinterleib. Wenn der Stromkreis geschlossen wurde…

Aruula schoss einen Bolzenpfeil ins Facettenauge des Rieseninsektes und brachte es damit aus dem Konzept. Wieder ruckte der Kopf herum, diesmal zu Aruula. Wulf, der noch immer den Fühler zwischen den Fängen hielt, wurde durch die Luft geschleudert und riss ihn mit herum. Die beiden Fühler der Bestie kreuzten und berührten sich…

Blitze zuckten, Energie entlud sich krachend, als würde Holz splittern. Der Lupa verschwand jaulend im Dämmerlicht und schlug irgendwo hinter Rulfan auf.

Die beiden Fühler der Riesenlibelle schienen aneinander zu kleben. Blitze schossen aus ihnen, ein Lichtbogen tanzte über den bebenden Leib des Dra'flais, Rauch stieg aus seinen Augen, seine Beine glitten auseinander. Der graue lederartige Leib prallte aufs Eis, dann schlugen Flammen aus ihm.

Fasziniert beobachteten Rulfan und Aruula das Sterben der Bestie. Und noch jemand hatte genau gesehen, was sich zwischen dem Lupa und der Bestie abspielte: Borisaas. Er begriff, hörte auf zu schreien und zog sich am Hinterlauf der Libelle hoch.

Kaum zwanzig Schritte trennten ihn und Suljaana noch vom Krater des Geysirs. Borisaas schob sich über die harte Rückenhaut der Bestie, erreichte ihr mittleres Körperglied und warf sich bäuchlings darüber. Seine Hände verkrallten sich in den harten Hautfalten zwischen Mittelleib und Schädel. Er zog sich nach vorn, richtete sich auf und ritt plötzlich in der Spalte des Schädelansatzes. Der Dra'flai warf den Schädel hin und her.

Borisaas hörte Schritte durch die Kuppel hallen –

Aruula und Rulfan spurteten der Bestie hinterher. Sie würden sie nicht mehr rechtzeitig erreichen.

Der Kopf der Bestie schüttelte Borisaas durch. Mit aller Kraft klammerte er sich fest. Schon hüllte der Dampf aus dem Krater ihn ein, schon roch er das schwefelhaltige Wasser.

Seitlich am Schädel vorbei blickte er nach unten – in Suljaanas panisch aufgerissene Augen. Die Fühler der Bestie peitschten nach ihm. Einer berührte ihn. Er griff danach und hielt ihn fest.

»Suljaana!«, schrie er. »Bring sie nach Hause! Bring sie alle nach Hause!« Der zweite Fühler stach ihm entgegen – und wie mit einem Schwert fing er den Schlag mit dem Fühler ab, den er noch immer festhielt.

Die ersten Funken sah er noch überspringen. Spürte noch den Schmerz, mit dem sich der Blitz in seinen Körper fraß. Doch selbst nachdem Borisaas' Bewusstsein geschwunden war, hielten seine Fäuste die Fühler fest, pressten sie aneinander.

So ging er in den Tod. Licht und Feuer fraßen ihn auf.

Und die Bestie mit ihm …

(Es sind die Ersten, die es wagen.)

(Hast du eine Erklärung dafür, Liob'hal'bakor?)

(Nein, Thul'lan'aizir. Allerdings fällt mir eine bemerkenswerte Neigung an diesen fremden biotischen Organisationen auf – ohne die Bindung an ihre Biomasse überwinden zu können, lassen sie sich doch von dem zufälligen Ergehen anderer biotischer Organisationen berühren. Auf eine sehr primitive Weise zwar, aber dennoch bemerkenswert. Sie nennen es ›Mitleid‹ oder ›Erbarmen‹ …)

(Interessant, Liob'hal'bakor, äußerst interessant … und

deswegen haben sie sich in deine Residenz gewagt, glaubst du?)

(Deine biotischen Organisationen haben noch nie an einen solchen Schritt gedacht. Die Fremden sind die Ersten. Das gibt mir zu denken. Zumal diese Neigung offenbar zu ganz extremen Phänomenen führen kann. Du wirst es nicht glauben, Thul'lan'aizir, aber eben hat einer von ihnen – eine relativ unreife Organisation – ganz bewusst seine eigene Funktion aufgegeben, um die Neutralisierung einer anderen biotischen Organisation zu verhindern …)

(Das halte ich für ausgeschlossen.)

(Ich lasse dir die Daten zuströmen. Es hat mich zwei Modelle gekostet, sie zu erheben – aber sie sind mindestens das siebenfache wert …)

(Er hat sich selbst neutralisiert? Um eine biotische Organisation zu retten, die ihn berührt hat …?)

(Auf eine primitive Weise berührt, wie gesagt, Thul'lan'aizir. Nicht in der Art, wie unsere Auren sich berühren können.)

(Wie nennen sie es? ›Mitleid‹?)

(… oder ›Erbarmen‹. Das Motiv, das sie zu mir geführt hat, wird jedenfalls unter ihresgleichen mit solchen Begriffen umschrieben. Doch da ist noch etwas anderes, eine Empfindung, für die ich noch nicht einmal den Ansatz einer Hypothese habe. Eine Empfindung, die allen vier fremden Organisationen den Geist verwirrt. Sogar der vierbeinigen. Ich glaube, diese Empfindung war es, die die unreife Organisationsform zur Neutralisation getrieben hat …)

(Von was für einer Empfindung sprichst du, Liob'hal'bakor?)

(Sie nennen es ›Liebe‹.)

(›Liebe‹?)

(Eine Empfindung, die nach meiner bisherigen Analyse häufig Hand in Hand mit der erwähnten Neigung geht.)

(Aber grenzt das nicht an die Negativierung der eigenen Existenz?)

(Ich bin mit den Auswertungen der Daten noch lange nicht fertig, Thul'lan'aizir. Ich habe bewusst auf eine frühzeitige Neutralisierung der vier verzichtet, um sie eingehend studieren zu können. Es ist kurios, wie ernst sie bei der Sache sind ...)

(Ich entsinne mich, dass auch du dazu neigst, unsere Turniere übertrieben ernst zu nehmen, Liob'hal'bakor. Aber Spaß beiseite: Du solltest dir die zentralen Nervensysteme dieser biotischen Organisationen auf keinen Fall entgehen lassen. Ich habe so eine Ahnung, dass wir in ihnen den Schlüssel zur letzten Tür finden könnten ...)

(Daran dachte ich auch, Thul'lan'aizir. Der letzte Schritt zur Unabhängigkeit von unseren Speichereinheiten – die Fremden könnten ihn einleiten. Ich werde sie von meinen Spezialmodellen neutralisieren lassen ...)

Wie oft hatte er solche Situationen erlebt: Das Grauen öffnet seinen Schlund und schlägt einem die giftigen Klauen ins Herz, und da ist keine Zeit zu schreien, zu weinen, zu trauern. Rulfans Brustkorb fühlte sich an, als würde spröder Stein ihn ausfüllen. Er reagierte nur noch, wie ein Automat. Bückte sich zu dem Mädchen, riss es hoch und warf es über seine Schulter.

»Lauf, Aruula!«, keuchte er dabei. »Lauf um dein Leben!«

Das Ungeheuer in dem Geysir – Rulfan zweifelte nicht daran, dass es unter der dampfenden Lichtsäule im kochenden Wasser hauste – würde sie nicht einfach so gehen lassen. Im Moment gab es zwar keinen Anhaltspunkt für diese Befürchtung, dennoch wusste Rulfan es. Jede Faser seines Körpers war erfüllt von dieser Gewissheit.

»Lauf, Aruula!«

Doch Aruula lief nicht. Sie konnte sich nicht bewegen. Die Hände vor den Mund geschlagen, stand sie neben dem Kadaver der Bestie und starrte hinunter auf den verkohlten Leichnam des Jungen. Der Feuerrohrbogen baumelte an ihrem Arm. Dampfschwaden hüllten sie ein. Ihre Augen wirkten leer. Steif und verkrampft stand sie da. Keine Träne löste sich, kein Schrei.

»Aruula!« Rulfan blieb vor ihr stehen. Er keuchte. »Du musst laufen!« Sie reagierte nicht. Er holte aus und schlug ihr mit der flachen Hand ins Gesicht. Sie zuckte zusammen und blickte ihn erschrocken an. »Lauf, Frau! Lauf endlich!« Er warf den Speer weg und zog sie mit sich.

Nicht das Loch, das er in die Kuppel geschmolzen hatte, steuerte er an, sondern den Eisblock über der Glasbauruine. *Die Kinder, die Kinder ...!*

Irgendwo aus dem Dämmerlicht jaulte der Lupa. »Hierher! Hierher, Wulf!«

Das Tier war noch am Leben. Die Taubheit in Rulfans Brust und Kopf ließ weder Freude noch Überraschung darüber zu.

Aruula, hinter ihm, rannte jetzt, ohne dass er sie noch ziehen musste. Er ließ ihre Hand los, um den Körper des Mädchens besser fassen zu können. Ungeheures Rauschen und Zischen erfüllte plötzlich die Kuppel

Wie aus dem Nichts tauchte der Lupa neben Rulfan auf. Er hinkte und torkelte. Das Fell über seinen Lefzen war verkohlt. *Wie konnte er das überleben ...?* Im Laufen suchte ein Winkel in Rulfans Hirn nach einer Erklärung. *Er hat den Fühler nur mit den Fängen berührt ... Seine Zähne leiten keinen Strom ... kann das sein ...?* Das Rauschen und Zischen schwoll an. Grünes Licht pulsierte durch die Kuppel. *Etwas, das keinen Strom leitet, eine Isolierung …*

Der Eisblock schälte sich aus dem Dämmerlicht. Der Eisblock über der Ruine, aus der die Bestie Suljaana geholt hatte.

Plötzlich fiel Aruulas Hand auf seine Schulter. »Sieh nur, Rulfan!«, schrie sie. »Sieh dir das an!«

Rulfan drehte sich um. Dichte Dampffontänen schossen aus dem Geysirkrater. Sie glühten in grünem Licht. Heißes Wasser schwappte aus dem Boden. Höher und höher stieg es, wie ein gewaltiger Springbrunnen. Und dann erhob sich eine Wassersäule aus dem Krater. Einen halben Speerwurf weit stieg sie nach oben.

Auf ihrer Krone, umgeben von Gischt, Dampf und grüner Lichtkorona lag –

– ein Kristall! Länglich geformt, etwa einen Meter lang, von wabenartig geschliffener Oberfläche. In seinem Inneren pulsierte das grüne Licht.

Unfähig, nach Luft zu schnappen, unfähig, sich zu bewegen oder zu schreien, standen sie da und starrten ihn an. Nicht einmal einen Atemzug lang tanzte er auf der Wasserfontäne. Dann brach sie unter ihm zusammen, und der Kristall stürzte zurück in den Krater.

Fast gleichzeitig spuckte der Geysir die libellenartigen Bestien aus. Einen langen grauen Körper nach dem anderen. Zehn, fünfzehn, zwanzig Dra'flais – sie durchstießen die Dampfsäule und flogen heran. Das Gehämmer ihrer Flügelpaare erfüllte jetzt die Kuppel.

Rulfan packte Aruula. »Renn! Renn um dein Leben!«

Sie stürmten durch Ruinen, über vereiste Schutthalden, stolperten über Eistrümmer und Skelette und erreichten den glaslosen Rahmen der Ruine. Ein vereister Stein lag vor dem Eingang. Oder ein Metallschild? Schriftzeichen waren darauf zu erkennen – *duCODE*.

»Hinein!« Rulfan zog sich Suljaana von der Schulter und drückte sie gegen Aruulas Körper. »Nimm du sie! Such die anderen Kinder!«

Er schob Aruula in das zerstörte Gebäude hinein. Hinter ihnen, vor der Ruine, landeten die ersten Dra'flais. Aruula und Rulfan spurteten durch einen großen Raum. Im Laufen knipste der Albino seine Stablampe an. Der Lichtstrahl traf zwei Aufzugsschächte, daneben den verbogenen Türrahmen zum Treppenhaus. Als würde sie jeden Moment einstürzen, wölbte sich die Decke stellenweise tief in den Raum hinein.

Sie stolperten über Trümmer und Schutt ins Treppenhaus hinein. Von oben hörten sie Kinderstimmen wimmern und um Hilfe rufen.

»Ich halte sie auf!«, keuchte Rulfan. Aruula schleppte sich mit Suljaana auf den Armen das verrostete und teilweise vereiste Metallgerippe einer ehemaligen Treppe hinauf. Rulfan griff nach dem Riemen seines Laserbeamers und zog ihn von der Schulter. Drei Dra'flais schoben sich eben in das zerstörte Foyer der Ruine. Er zielte auf die Decke. Die Laserkaskaden fuhren in verrottetes Holz, Kunststoff und Eis.

Es knarrte und knisterte – dann gab die Decke nach, brach herab und stürzte auf die Dra'flais. Eine Lawine von Trümmern ergoss sich in den Eingangsbereich und versperrte den Bestien den Zugang.

Rulfan sprang über die Treppenreste ins erste Obergeschoss. »Hier oben!«, kam es aus der Dunkelheit des Treppenhauses. Er richtete den Lampenstrahl himmelwärts. Über verbogenem und verrostetem Geländer erschienen Aruulas Haar und Gesicht. »Sie sind hier oben!«

Weiter. Rulfan hetzte von Stahlsprosse zu Stahlsprosse. An manchen hing noch das Gestein der Originaltreppe. Im dritten oder vierten Obergeschoss – Rulfan hatte nicht mitgezählt – stieß er endlich auf seine Gefährtin.

»Da.« Aruula deutete in die Dunkelheit. Der Lichtkegel von Rulfans Lampe fiel zuerst auf Suljaana. Sie hockte apathisch inmitten der Kinder. Rulfan konnte später nicht sagen, warum er sie zählte. Er zählte sie einfach – außer Suljaana waren es elf.

Obwohl er befürchtet hatte, kein einziges überlebendes Kind mehr anzutreffen, fuhr es ihm wie eine Klinge ins Herz. *Sieben Kinder … Die verfluchten Bestien haben sieben Kinder umgebracht …*

Der Lichtkegel glitt über Metallkästen, Monitor- und Computergehäuse, Glaswannen und sperrige Gebilde, die Rulfan an Mikroskope erinnerten. Alles war durch Staubfladen und spinnennetzartige Schleier miteinander verbunden.

Die Stirnseite des Raumes füllte eine Schrankreihe aus Leichtmetall oder Kunststoff aus, deren Glastüren zerbrochen waren – ehemalige Wärmeschränke. In ihren Fächern reihte sich Gestell an Gestell. Und darin Reagenzglas an Reagenzglas.

Rulfan trat näher heran. Die Röhren waren verschlossen und mit Etiketten versehen. Sie enthielten eine trübe Flüssigkeit, in der fasrige graue Fäden schwammen. Dasselbe Material, das die Libellen vorhin zum Geysir transportiert hatten.

Es blieb keine Zeit, die Röhrchen näher zu untersuchen. Über kurz oder lang würden die Bestien einen anderen Zugang in die Ruine finden. Rulfan steckte zwei der Röhrchen in den Lederbeutel unter seinem Mantel.

Dann richtete er den Lampenstrahl auf Suljaana. Zusammengesunken hockte sie in Staub und Trümmern, starrte vor sich hin und rührte sich nicht. »Sieh zu, dass du die anderen auf die Beine bringst«, flüsterte Rulfan. »Falls wir hier lebend rauskommen, können wir sie nicht bis zum Boot tragen …«

Aruula beugte sich zu dem Mädchen hinab und schüttelte es sanft. Rulfan eilte in den nächsten Raum. Er versuchte sich zu orientieren. In welcher Richtung lag die Wand der Eiskuppel? Er fand eine zerborstene Mauer. Dahinter reflektierte Eis das Licht der Stablampe. Er schaltete die Lampe aus und legte den Laserbeamer an.

Wasser verdampfte und plätscherte in die unteren Stockwerke. Wenig später gähnte ein Loch in der Kuppelwand, gerade groß genug, dass ein ausgewachsener Mann wie er hindurchschlüpfen konnte.

Und zu klein für die Dra'flais, hoffte Rulfan.

Er spähte hinaus auf die Ruinen Thul'reygavees. Vom Durchschlupf aus ging es zwei Meter hinab auf ein eisbedecktes Dach. Überwindbar für die Kleinen. Waren sie erst einmal draußen, würde sich ein Weg finden …

Kaum konnte Thul'anymo das kastenförmige Schiff von den dunkelgrauen Wellen unterscheiden. Mindestens dreizehn Speerwürfe von der Eisküste entfernt schaukelte es auf den Wogen. Unschlüssig wanderte sein Blick von dem kleinen Ruderboot im schneefreien Sand zu dem großen Schiff draußen auf dem Ozean.

Es musste auf den Grund des Meeres sinken. Einen anderen Weg, Thul'lan'aizir wieder versöhnlich zu stimmen, gab es nicht.

Das zweite Schiff war nirgends zu sehen. Daraus schloss Thul'anymo, dass die beiden Götterboten mit ihm unterwegs waren. Also waren sie nicht an Bord dieses Holzkastens.

Ihr Boot später ebenfalls zu zerstören würde viele Opfer kosten. Aber kein Opfer war zu groß, um Thul'lan'aizir gnädig zu stimmen. Doch eins nach dem anderen. Jetzt zunächst das größere Schiff, der Holzkasten. Die Gelegenheit war günstig.

Der Göttersprecher wandte sich um. Etwa achtzig Augenpaare hingen an ihm. Alle erfahrenen Jäger und Jägerinnen waren ihm an die Küste gefolgt.

»Es geht um die Ehre des Erhabenen und Barmherzigen!«, rief Thul'anymo. »Um die Ehre Thul'lan'aizirs, unseres Gottes! Er hat geboten, die Schiffe seiner beiden Boten zu zerstören!«

Er ließ seine Worte wirken und schwieg. Viele Köpfe senkten sich. Nur wenige Izekos hielten seinem Blick stand.

Thul'anymo deutete auf das Ruderboot. Sechzehn Mann fasste es, schätzte er. »Wer von euch ist bereit, für die Ehre des Erhabenen und Barmherzigen einzutreten? Wer von euch ist bereit, diese hölzerne Kränkung unseres Gottes auf den Grund des Meeres zu schicken?«

Über dreißig Arme schossen in die Höhe. Und bevor Thul'anymo eine Auswahl treffen konnte, stürmten diese über dreißig Männer und Frauen das Ruderboot. Flüche wurden laut, eine Prügelei brach los.

»Hört auf!«, schrie der Göttersprecher. »Sofort aufhören! Ich werde die Auserwählten bestimmen …«

Es gelang ihm nicht, sich Gehör zu verschaffen. Ein paar Männer schoben das Ruderboot ins Wasser. Andere warfen sich in die eiskalten Wogen und klammerten sich am Bootsrand fest. Selbst im Wasser prügelten sie sich um den Vorzug, den Willen ihres Gottes erfüllen zu können. Thul'anymo sah es mit einer gewissen Befriedigung.

Schließlich stach ein völlig überfülltes Beiboot mit

mehr als zwanzig Männern und Frauen in See. Die keinen Platz gefunden hatten, stapften fluchend an den Strand zurück.

Die Ruderer legten sich in die Riemen und steuerten den ankernden Holzkahn draußen auf dem Meer an.

»Thul'lan'aizir segne und behüte euch!«, rief der Göttersprecher ihnen nach. »Er mache euch stark wie einen *Izeekepir*, damit ihr seinen Willen erfüllen möget!«

(Wer berührt mich?)

(Liob'hal'bakor. Wer sonst fristet sein Leben noch auf diesem kalten Eissplitter?)

(Du verbohrst dich mal wieder in die Schattenseite der Wirklichkeit, Liob'hal'bakor. Immerhin befinden wir uns auf unserem Zielplaneten, und immerhin residierst du in einem warmen Wasserloch. Deine Bilderströme sind farblos und karg, deine Aura düster – was ist geschehen?)

(Sie sind entkommen, Thul'lan'aizir, stell dir das vor! Es ist ihnen gelungen, aus meinem Eishaus zu fliehen! Und zwölf noch nicht neutralisierte Bio-Organisationen haben sie mitgenommen!)

(Der Instinkt, den sie ›Liebe‹ nennen, scheint ziemlich stark zu sein.)

(Was du denkst, Thul'lan'aizir! Sie sind verschlagen, das ist alles! Und sie sind gefährlich! Ich habe ihnen vier mal sieben Modelle hinterhergeschickt!)

(Deine Enttäuschung ist fehl am Platz, Liob'hal'bakor. Wo bleibt dein Spieltrieb, wo dein Forschergeist? Du nimmst die Dinge mal wieder zu ernst. Betrachte es als Experiment, als gelungenes Experiment. Sie sind deinen Modellen entkommen. Sie konnten sogar biotische Organisationen ihrer Gattung befreien. Und jetzt meine Schlussfolgerung: Haben wir es hier nicht mit exakt den biotischen

Organisationen zu tun, die wir seit unzähligen Gestirnumkreisungen …)

(Zweiundsiebzig mal sieben …)

(… die wir seit über zweiundsiebzig mal sieben Gestirnumkreisungen durch all unsere Turniere, Forschungen, Analysen und Optimierungen angestrebt haben? … Du schweigst, Liob'hal'bakor? Warum sagst du nichts?)

(Du hast Recht, Thul'lan'aizir. Die fremden biotischen Einheiten könnten uns den letzten Schritt ermöglichen. Nur – sie sind entkommen. Und sie haben Schiffe. Wenn meine Modelle versagen …)

(Wie viel Modelle hast du auf die Jagd nach ihnen geschickt?)

(Vier mal sieben, Thul'lan'aizir – ich sagte es doch …)

(Ich schicke ebenfalls vier mal sieben Modelle an die Küste. Wir brauchen unbedingt ihr zentrales Nervensystem …)

Ein Sturm fegte von Sonnenaufgang her über die See. Wellentäler öffneten sich jäh vor dem Bug der Twilight of the Gods. Das Boot sackte in Luftlöcher. Im nächsten Moment stemmte die Brandung es auf den Gipfel baumhoher Wogen. Schneeflocken fegten aus dem Himmel.

Aruula huschte mit einem Krug Wasser von Kind zu Kind. Ausgetrocknet waren sie und ausgehungert. Sie verteilte hochkonzentrierte Nahrungsriegel unter ihnen. Viele musste sie überreden, die Speise anzunehmen. Manche zwang sie zu essen. Die Kleineren lagen mit offenen Augen auf den Sitzbänken oder hockten unter den Tischen des ehemaligen Bordrestaurants und stierten apathisch vor sich hin. Die Halbwüchsigen wies Aruula an, die Kleinkinder zu versorgen. Das lenkte sie wenigstens vorübergehend von dem Schock ab, den sie erlitten hatten.

Suljaana war nicht ansprechbar – sie reagierte nicht auf zärtliche Worte, nicht auf strenge Ermahnungen. Sie saß auf dem Boden neben der Tür zum Außendeck, hatte die Beine angezogen, die Hände vor die Augen gelegt und schaukelte hin und her. Manchmal hörte Aruula sie schluchzen.

Die Barbarin beneidete Rulfan. Er stand ein Deck über ihr auf der Kommandobrücke, nur in Gesellschaft seines Lupas, und konnte sich mit dem Navigationsrechner und den vielen Schaltern und LED-Leuchten der Instrumenten-Konsole beschäftigen. Das bedrückende Elend hier unten auf dem Passagierdeck blieb ihm erspart.

Aruula gab den befreiten Kindern zu trinken, streichelte und küsste sie und versuchte ihre Zuwendung einigermaßen gleichmäßig zu verteilen. Es zerriss ihr schier das Herz, wenn sie die kleinen zitternden Gestalten betrachtete, wenn sie in die leeren Gesichter blickte.

Hin und wieder stand sie auf und sah steuerbord durch die Fenster zur Küste zurück. Schon zwanzig oder dreißig Speerwürfe entfernt war das Luftkissenboot. Die eisbedeckten Ruinen Thul'reygavees unterschieden sich auf die Entfernung kaum noch vom Relief der verschneiten Küstenlandschaft.

So sehr erwartete sie die Verfolgung durch die Riesenbellits, dass ihr Dunstfetzen und Schneeflocken manchmal die Gestalt einer der Bestien vorgaukelten. Aruula blinzelte dann und schüttelte sich. Doch anders als die Schemen in Schneefall und Dunst ließen sich die schlimmen Erlebnisse in der Eiskuppel nicht abschütteln.

Das Grau des Himmels sog sich bereits mit dem Schwarz der Nacht voll, als sie wieder einmal durch ein

Bugfenster aufs Meer hinausblickte und den Nordmanndampfer erkannte. Die Twilight of the Gods näherte sich ihm rasch. Bald entdeckte Aruula sein Beiboot in den Wellen an der Bordwand. Und kurz darauf konnte sie auch die Gestalten an der Reling hinter dem lichten Vorhang tanzender Schneeflocken erkennen.

Da waren nicht nur Kinder und Halbwüchsige!

Sie stürzte aus dem Passagierraum und kletterte zur Kommandobrücke hinauf. »Wer ist da auf dem Dampfer?«, rief sie, den Lukenknauf noch in der Hand.

Rulfan – er stand zwischen Kommandantensessel und Instrumentenkonsole – beobachtete den Nordmanndampfer durch sein Binocular. »Ich kann es nicht erkennen. Der Schnee fällt zu dicht.« Er wandte sich backbords und richtete das Binocular auf die Küste. »Ich sehe eine große Gruppe Izekos. Ich glaube, Thul'anymo ist darunter.«

»Sie versuchen den Dampfer zu versenken«, flüsterte Aruula. Rulfan antwortete nicht. Er setzte das Glas ab. Unbeirrt steuerte er die Twilight of the Gods an den kastenförmigen Dampfer heran, bis sie an Backbord neben ihm trieb.

Gemeinsam verließen sie die Kommandobrücke, traten hinaus aufs Bootsdach und blickten zu dem höheren Dampfer hinauf. An der Reling winkten die Kinder herab. Zwischen ihnen waren etwa zwei Dutzend Izekos. Die meisten machten ernste Gesichter. Einige lächelten verkrampft.

Aruula sprach mit Dolwuunas. »Die Izekos haben darum gebettelt, an Bord kommen zu dürfen«, übersetzte sie seinen Bericht schließlich.

Rulfan begriff nicht. Er blickte hinunter in das Ruderboot – Schwerter, Speere und vor allem Beile lagen dort kreuz und quer durcheinander.

»Dolwuunas hat es ihnen nur unter der Bedingung erlaubt, dass sie ihre Waffen im Beiboot lassen.«

»Was wollen diese Leute auf dem Schiff?« Rulfan runzelte die Stirn.

»Weg von der Insel«, erklärte Aruula. »So weit weg wie möglich.«

Sie brachten die befreiten Kinder an Bord. Es gab Tränen und Zusammenbrüche. Vor allem die Nachricht von Borisaas' Tod traf die Kinder und Halbwüchsigen hart. Aruula kümmerte sich um sie, während Rulfan den fluchtwilligen Izekos Maschinenraum und Kommandobrücke des Dampfers erklärte.

Bald stampften die Dampfmaschinen im Rumpf des Schiffes. Die Dämmerung legte sich aufs Meer. Die Insel verschwamm mit dem Schwarz der anbrechenden Nacht.

Und mit der Nacht kamen die Dra'flais.

Wulf reagierte als Erster. Sein Fell sträubte sich, mit den Vorderpfoten lehnte er gegen die Reling des Dampfers und bellte in Richtung Küste. Mit bloßem Auge war nichts zu erkennen. Aber Rulfan wusste, was die Stunde geschlagen hatte.

»In die Kajüten mit euch!«, brüllte er. »Unter Deck, schnell! Türen verschließen!« Izekos und Kinder spritzten auseinander. Auch den Lupa scheuchte Rulfan in den Laderaum unter Deck. Nach kaum drei Atemzügen war das Außendeck des Nordmanndampfers leer gefegt.

An den Tauen, die Dampfer und Luftkissenboot miteinander verbanden, hangelten Aruula und Rulfan sich hinunter aufs Dach der Twilight of the Gods.

Eine schwarze Wolke löste sich aus dem Nachtgrau

über der Insel und schwirrte heran. Die Luft vibrierte vom Flügelschlag der Riesenlibellen. Aruula und Rulfan rannten über das Dach und schlüpften nacheinander durch die Luke auf die Kommandobrücke.

Rulfan schaltete die Bordbeleuchtung ein und justierte die Außenscheinwerfer so, dass ihre Lichtkegel die anfliegenden Bestien erfasste. »Es sind über fünfzig«, stöhnte er.

»Und es sind Graue *und* Schuppige«, ergänzte Aruula. »Sie haben sich gegen uns zusammengeschlossen!«

Kurz darauf umgab das Gehämmer von Flügelschlag die Twilight of the Gods. Blitze zuckten. Rulfan und Aruula beobachteten, wie einige der Rieseninsekten auf dem Außendeck des Nordmanndampfers landeten. Die Bestien bewegten ruckartig ihre dreieckigen Schädel. Dumpfe Schläge und hölzernes Knirschen war plötzlich zu hören.

Rulfan wandte sich um und betrachtete die Leichtmetallkisten an der Rückwand der Kommandobrücke. Es wurde Zeit, seinen Plan in die Tat umzusetzen. Dabei wusste er nicht einmal, ob es funktionieren würde. Es hatte keine Möglichkeit bestanden, seine Theorie zu überprüfen.

»Bei Wudan«, hörte er Aruula stöhnen. »Sie zerhacken einfach das Holz!« Ihre Hand umklammerte seinen Arm. »Die Kinder … wir müssen ihnen beistehen!«

Rulfan nickte. Mit zwei Schritten war er bei den Kisten. Er öffnete eine davon und zog einen Taucheranzug heraus. »Du hast gesehen, was Borisaas getan hat, um den Dra'flai zu töten?«

Aruula blickte ihn verständnislos an.

»Er hat die beiden Fühler miteinander in Kontakt

gebracht.« Rulfan zog seinen Mantel aus, öffnete die Lederriemen um Beine und Arme und schälte sich aus seiner Fellkleidung. »Die Waffe der Bestien hat sie selbst getötet.« Nackt bis auf einen Lendenschurz entfaltete er den größeren der beiden Neopren-Anzüge und zwängte sich hinein.

»Ich glaube zu wissen, wie es funktioniert.« Rulfan zog den Reißverschluss vom Bauch aus zu seinem Hals hoch. »Wenn ich richtig liege, haben wir eine Chance. Zieh dich aus, Aruula, und leg den zweiten Anzug an.«

Sie nickte und stieg aus ihren Kleidern.

»Das Feuer, das aus den Fühlern der Riesenbellits fließt, nannten die Alten ›Strom‹«, fuhr Rulfan fort. »Und in den Communities heißt es noch heute so. Es hört sich kompliziert für dich an – aber es ist so: Wenn du zwei unterschiedlich gepolte Stromleitungen in Kontakt zueinander bringst, gibt es einen Kurzschluss. Der Energiefluss bricht vollständig zusammen. So ein Kurzschluss kann Feuer verursachen.« Er zog sich den Kopfteil des Anzugs über das Haar und streifte sich die Handschuhe über.

»Ich verstehe nicht, wovon du sprichst!« Eine steile Falte grub sich zwischen Aruulas Brauen ein. Vorwurfsvoll blitzte sie ihn an.

»Schon gut, schon gut.« Er half ihr in den Taucheranzug. »Du musst nur eins verstehen: Wenn du die beiden Fühler packst und in Kontakt miteinander bringst, werden die Riesenbellits von ihrem eigenen Feuer vernichtet.«

»Du bist wahnsinnig!« Aruula blickte zu den Fenstern hinaus. Es wimmelte von Dra'flais an Bord des Dampfers. Auch auf dem Dach der Twilight of the Gods waren sie gelandet, doch gegen das Leichtmetall vermochten sie nichts auszurichten. »Genau das hat Borisaas das Leben gekostet!«

»Hör gut zu.« Rulfan zog ihr die Handschuhe über. »Der Stoff, aus dem dieser Anzug gemacht ist, heißt *Gummi*. Der Strom kann nicht durch ihn hindurchfließen.«

Sie neigte den Kopf und musterte ihn skeptisch. Ihr langes Haar verschwand unter dem schwarzen Material der Kapuze. Die Schönheit ihres Gesichts verschlug ihm den Atem. Er wich ihrem Blick aus.

»Das Feuer der Dra'flais, es kann diesen Anzug nicht durchdringen, verstehst du?« Endlich nickte sie. »Hüte dich nur, dass nicht beide Fühler auf einmal dein Gesicht berühren. Das ist die einzige Stelle, wo die Haut ungeschützt ist.«

Rulfan öffnete die Luke und trat aufs Dach hinaus. Die Bordbeleuchtung erhellte die Twilight of the Gods. Auch der geteerte Rumpf des Dampfers lag in hellem Licht.

Aruula hängte sich den Feuerrohrbogen um die Schulter und folgte Rulfan. Sieben Riesenlibellen hoben die Schädel und belauerten sie.

»Sobald mich einer angreift, schieß ihm in die Augen.« In geduckter Haltung schlich Rulfan an die Bestie heran, die ihm am nächsten war. Ihre Fühler senkten sich, dann bewegte sie sich ruckartig auf ihn zu.

Aruula schoss einen Bolzenpfeil ab und traf das rechte Facettenauge. Der Dra'flai zuckte zusammen, verharrte und schüttelte den Schädel. Der Pfeil steckte in seinem Auge.

Rulfan sprang zu ihm, packte seine Fühler und drückte sie gegeneinander.

Blitze zuckten, es zischte und krachte, ein Lichtbogen glühte auf – die Beine der Bestie streckten sich. Dann schlug sie auf dem Dach auf und bewegte sich nicht mehr. Rulfan selbst hatte nicht mehr als ein Kribbeln in seinen Händen verspürt. Die Isolierung hielt die tödliche Energie von ihm fern.

Beflügelt vom Erfolg seiner Strategie, schritt Rulfan furchtlos auf das nächste Rieseninsekt zu. Er wartete nicht, bis Aruula einen Schuss abgab – energisch packte er zu und bog die Fühler des Dra'flai zusammen. Wieder zuckten Blitze und ein Lichtbogen. Rauch quoll aus dem Rachen der monströsen Kreatur.

»Es klappt!«, krächzte Aruula. »Du hast Recht – ihr eigenes Feuer tötet sie!«

Seite an Seite drangen sie auf die Libellenartigen ein. Aruula schoss Bolzenpfeile auf sie ab, und wenn sie dann angriffen, packte Rulfan sie an den Fühlern und schloss sie kurz.

Vier der Bestien töteten sie auf diese Weise. Die anderen drei ergriffen die Flucht und schwangen sich in die Luft. Das Gehämmer ihrer Flügel mischte sich in das Rauschen der Wellen. In engen Kreisen schwirrten sie über ihnen.

Aruula nahm sie unter Beschuss, während Rulfan auf den Nordmanndampfer kletterte. Sie warf ihm die Waffe hinauf und hangelte sich an den Tauen entlang bis zur Reling des Kahns. Rulfan gab ihr Feuerschutz.

Von allen Seiten drangen die Dra'flais auf sie ein. Schnell ging Aruula die Munition aus. Sie ließ den Feuerrohrbogen auf die Decksplanken fallen und griff die Bestien unbewaffnet an.

Die Furchtlosigkeit ihrer Gegner und vor allem die Wirksamkeit ihrer Angriffe schien die Libellen zu verwirren. Immer zögernder wurden ihre Vorstöße, mehr und mehr hoben ab und versuchten aus der Luft auf Rulfan und Aruula herabzustoßen.

Der Kampf währte nicht lange. Als neunzehn qualmende Insektenkadaver reglos auf dem Oberdeck lagen – viele auf dem Rücken und die sechs Beine steif in den Nachthimmel gestreckt – starteten die anderen wie auf ein Kommando. Zusammen mit denen, die schon in der Dunkelheit über dem Schiff schwirrten, flogen sie zurück zur Insel.

Rulfan und Aruula warteten nicht bis zum Morgen. Die Maschinen der Twilight of the Gods wurden hochgefahren, der Heizkessel des Nordmanndampfers angefeuert – das Luftkissenboot nahm den Dampfer in den Schlepptau. Durch Schneefall und stürmische See ging die Fahrt südwärts ins offene Meer hinaus …

Drei Sonnenaufgänge später.

Sie standen auf der Kommandobrücke und reichten sich abwechselnd das Binocular. Der Himmel war heller als in den vergangenen zwei Wochen zuvor, kaum ein Wind wehte über die Wellen, und die See lag ruhig wie lange nicht mehr. Der weiße Lupa schlief zusammengerollt auf dem Kommandantensessel.

Sie beobachteten den Horizont in Richtung Sonnenaufgang. Eine Rauchfahne hing dort über dem Meer. Der Nordmanndampfer war nur noch als kleiner schwarzer Fleck auszumachen.

»Glaubst du, sie werden durchkommen?«, sagte Aruula leise.

»Niemand, der sich auf den Weg macht, kann wissen, ob er sein Ziel erreichen wird.« Rulfan reichte ihr das Glas. »Wir auch nicht.« Seine Finger flogen über die Tastatur des Navigationsrechners. Der Bug der Twilight of the Gods beschrieb einen Bogen nach Südwesten. Aruula, das Binocular an den Augen, musste sich drehen, um den Nordmanndampfer nicht aus dem Blick zu verlieren. Bald verschwamm die Rauchfahne mit Himmel und Meer.

Aruula setzte das Glas ab. »Ich bin froh, dass die Izekos an Bord sind. Sie sind stark und kampferprobt.«

»Die Kinder deines Volkes haben gelernt, um ihr Leben zu kämpfen. Selbst wenn die Izekos nicht an Bord wären, würde ich mir keine Sorgen machen.« Die Twilight of the Gods nahm Fahrt auf. Die Luftpropeller am Heck dröhnten. »Auf nach Meeraka«, sagte Rulfan heiser. Er warf einen Seitenblick auf Aruula. »Du willst doch noch nach Meeraka?«, fragte er lauernd.

»Warum sollte ich das nicht wollen?« Ihr prüfender Blick wanderte über sein Gesicht. Er fühlte sich durchschaut. »Ich will nach Meeraka, Rulfan. Ich will zu Maddrax. Ich liebe ihn, daran ändern auch die Stunden im großen Igluu nichts.« Sie blickte ihn an, als wollte sie sich vergewissern, dass er jedes Wort verstand.

Rulfan antwortete nicht. Ihre Worte brannten in seiner Brust. Er bemühte sich um eine gleichmütige Miene, scheuchte Wulf von dem Sessel und ließ sich selbst dort nieder. Aus einer Schublade unter der Instrumentenkonsole nahm er ein Glasröhrchen.

»Warum hast du es aus der Eiskuppel mitgenommen?«, wollte Aruula wissen.

»Das Rätsel der beiden Götter von Island –« Er hob das Reagenzglas hoch und hielt es gegen das Deckenlicht. Ein fast durchsichtiger hauchdünner Faden schwebte in trüber Flüssigkeit. »Ich glaube, dass es damit zu tun hat.«

»Was ist das?«

Rulfan stieß ein trockenes Lachen aus. »Wie soll ich dir das erklären?« Er betrachtete das Etikett. Ziffern waren darauf zu lesen. Und ein Datum – 23. 6. 2009. Von seinem Vater kannte er die Zeitrechnung der Alten und hatte eine Vorstellung davon, wie viele Winter vergangen waren, seit *Kristofluu* vom Himmel auf die Erde gestürzt war. Demnach musste der winzige Faden in diesem Röhrchen fünfhundertsieben Winter alt sein.

Er dachte an die Zeichen in dem Stein oder Metallschild vor dem Eingang der Ruine, in der sie die Kinder gefunden hatten – *duCODE*. Aus den geschichtlichen Datenbanken der Community Salisbury wusste er, dass die Alten Firmen und Institute betrieben hatten, in denen mit dem menschlichen Erbcode experimentiert wurde. Bevorzugt in unterirdischen Labors und auf entlegenen Inseln, weil diese Versuche eigentlich streng verboten gewesen waren.

»Das, was du hier in diesem Gläschen siehst …« Rulfan verstummte. Wie sollte er einem Menschen ohne jede Spur naturwissenschaftlicher Bildung erklären, was ein genetischer Code, was Desoxyribonukleinsäure war?

»Aus dem Ding in diesem Gläschen«, setzte er neu an, »aus diesem Ding, das aussieht wie eine Staubflocke, kann man einen Menschen machen.«

Aruula kniff die Augen zusammen und neigte den Kopf auf die Schulter. Rulfan sah ihr an, dass sie ihm kein Wort glaubte. »Einen Menschen? Ich versteh nicht … Was hat das mit den angeblichen Göttern zu tun? Und mit dem grünen Kristall?«

»Ich weiß es auch nicht«, murmelte Rulfan. »Aber ich hab da so eine Ahnung …«

ENDE

CLAUDIA KERN

DIE NEUE MACHT

»Rein. – Rein. – Raus.«

Die monotone Stimme des Wachsoldaten lullte Matt ein. Hunderte Menschen standen auf der breiten Holzbrücke. Die meisten hatten Lastschlitten dabei, auf denen sich Felle und Bündel türmten, und warteten geduldig auf den Moment, an dem auch sie durch das Stadttor treten konnten.

Matt vertrieb sich die Zeit mit der Betrachtung der Stadt, die von hohen Mauern umgeben war. Unter der Brücke erstreckte sich das gefrorene Band des Potomac Rivers.

Für Matt gab es keinen Zweifel, dass er endlich sein Ziel erreicht hatte. Er war in Washington D. C.

Matthew dachte an den langen Weg, der bereits hinter ihm lag. Die Communities in London und Salisbury hatten ihn gebeten, nach Amerika zu reisen, um Kontakt zu ähnlich hochentwickelten Gemeinschaften wie die der europäischen Bunker-Zivilisationen aufzunehmen, die es auch dort geben musste. Die Technos hofften in ihnen Verbündete für ihren eigenen Kampf und ihre Forschungen zu finden.* Eine Funkverbindung war wegen der weltweiten CF-Strahlung, die alle Frequenzen über weitere Strecken störte, nicht möglich. Und vorangegangene Expeditionen waren verschollen geblieben. Die Bunkermenschen waren wegen der fünfhundert Jahre währenden Isolation extrem anfällig gegen jedwede Krankheitskeime – und davon gab es an der Oberfläche dieser albtraumhaft veränderten Erde mehr als genug.

Die Reise hatte Commander Matthew Drax und seine Begleiterin, die Barbarin Aruula, zuerst in die Sklaverei und dann auf unterschiedliche Wege geführt. Während

---

* siehe Taschenbuch 4, Roman 3 »Die Erben der Menschheit«

Matt als Leibeigener des Entdeckers Kolomb an Bord des Katamarans *Santanna* nach New York gereist war, hatte man Aruula auf dem Frauenmarkt verkauft. Matt wusste nicht, ob auch sie bei einem neuen *Besitzer* gelandet war. Er wusste noch nicht einmal, ob sie überhaupt noch lebte.

Matt hatte Nuu'ork – wie man New York jetzt nannte – fluchtartig verlassen müssen, als die Stadt von parasitären Würmern übernommen wurde.* Allein hatte er sich auf den Weg nach Washington gemacht, dem eigentlichen Ziel seiner Reise. Wenn Technos auch auf dieser Seite des Atlantiks existierten, dann hielten sie sich mit großer Wahrscheinlichkeit hier auf, im Atombunker der US-Regierung.

Vielleicht, hoffte Matt vorsichtig, hatte ja sogar die Regierungsstruktur die Katastrophe und fünf Jahrhunderte überstanden, und es gab noch ein Überbleibsel der Vereinigten Staaten von Amerika, so wie er sie kannte.

»Raus.«

Die monotone Stimme riss Matt aus seinen Gedanken. Überrascht sah er den Wachmann an, der bereits einen Händler, der hinter Matt gegangen war, an ihm vorbeiwinkte.

»Was soll das heißen?«, fragte er.

Der Soldat, ein mittelgroßer, aber enorm muskulöser Mann, musterte ihn kurz. »Du hast keine Waren zum Verkauf bei dir und siehst auch nicht so aus, als hättest du Geld. Also kannst du wieder gehen. Waashton kann mittelloses Pack wie dich nicht gebrauchen.«

Ich fasse es nicht, dachte Matt. Er hatte Wochen gebraucht, um nach Washington zu gelangen, hatte Ent-

---

* siehe Taschenbuch 5, Roman 5 »Die Stadt der Untoten«

behrungen und Rückschläge hingenommen ... nur um sich drei Schritte vom Stadttor entfernt abweisen zu lassen?

Der Soldat wollte sich dem nächsten Händler zuwenden, aber Matt fasste ihn am Arm.

»Hör zu«, sagte er eindringlich. »Ich habe eine sehr lange Reise hinter mir und muss dringend mit den Herren dieser Stadt sprechen. Ich habe wichtige Informationen für sie.« Matt sah die Zweifel in den Augen des Wachmanns und fuhr fort: »Ich komme aus Euree, wenn du weißt, wo –«

»Was ist hier los?«, unterbrach ihn eine Stimme. »Warum geht es nicht weiter?«

Ein kleiner älterer Mann trat aus dem Stadttor. Ebenso wie der Soldat trug er eine dunkle Lederrüstung, die allerdings mit Gold verziert war. Matt schätzte, dass es sich bei ihm um einen Offizier handelte.

»Sir!«, bellte der Soldat und salutierte. »Dieser Mann behauptet, er käme aus Euree.«

Der Offizier warf Matt einen flüchtigen Blick zu. »Natürlich, und ich bin vom Muun.«

Die Umstehenden lachten über die Bemerkung. Matt kniff die Lippen zusammen. Er wusste, dass hier in Meeraka der neue Name für Europa in etwa den gleichen Stellenwert hatte wie zu seiner Zeit der Begriff »Atlantis« – eine Sage, mehr nicht.

»Jag ihn fort«, wies der Offizier den Wachmann an. »Das ist nur ein Bettler, der sich wichtig machen will.«

»Yessir!« Der Soldat legte drohend eine Hand auf den Knauf seines Schwertes. »Du hast es gehört.«

Matt wich zurück. Sein eigenes Kurzschwert wurde vom Mantel verdeckt, aber er hatte ohnehin nicht vor, es zu ziehen. Im Schwertkampf war er noch immer ein Stümper.

»Schon gut«, sagte er stattdessen und wandte sich ab. »Ich bin schon weg.«

Missmutig und von einigen hämischen Kommentaren begleitet, schob er sich durch die Menge. Er ging auf die schneebedeckten Hügel zu, bis er außer Sichtweite der Soldaten war. Dann blieb er stehen. Er hatte nicht vor, einfach so aufzugeben. Es musste mehr als einen Weg in die Stadt geben.

Mit knurrendem Magen hockte er sich auf einen Baumstumpf und wartete auf die Nacht.

Im Schutz der Dunkelheit kehrte Matt an das Ufer des Potomac zurück. Früher hatte sich Washington weit über beide Seiten der Flussgabelung erstreckt, aber das heutige Waashton hielt sich innerhalb dieser natürlichen Grenzen. Es gab nur eine einzige Brücke über den Fluss, und die endete in dem geschlossenen Stadttor.

Matt fluchte leise, als er die hell erleuchteten Mauern der Stadt sah. In den überdachten Rundgängen brannten Fackeln. Soldaten patrouillierten mit Speeren und Armbrüsten zwischen ihnen. Sie wirkten nicht so, als würden sie sich von einem einzelnen Mann überrumpeln lassen.

Geduckt lief Matt weiter am Ufer entlang. Von dieser Seite des Flusses aus konnte er nicht erkennen, ob es irgendwo verborgene Türen in den Mauern gab.

»Psst«, unterbrach ein Laut seine Gedanken.

Matt zuckte zusammen und drehte sich um. Zwischen den Schneeverwehungen hockte ein kleiner bärtiger Mann, der ihm zuwinkte und sich dabei hektisch umsah.

»Was willst du?«, fragte Matt und ging einen Schritt auf den Unbekannten zu. Der grinste.

»Die Frage ist, was *du* willst. Wenn du Einlass in die Stadt begehrst, kann ich dir helfen. Wenn du nur die Nachtluft genießt, geh ruhig weiter.«

»Du kannst mich in die Stadt bringen?«

Der Unbekannte nickte. »Für den richtigen Preis bringe ich dich sogar ins Wheiduus.«

Ein Schlepper, dachte Matt und erinnerte sich an die zwielichtigen Gestalten, die vor langer Zeit in jeder mexikanischen Grenzstadt herumgelungert hatten. Ihre Versprechungen von Reichtum und Glück hatten mehr als einen illegalen Einwanderer das Leben gekostet.

Washington musste sehr wohlhabend sein, wenn sich hier ein ähnliches Phänomen entwickelt hatte.

Matt sah zweifelnd zu den Mauern und den patrouillierenden Soldaten. Im Moment war auch er nichts anderes als ein illegaler Einwanderer, der in eine Stadt eindringen wollte, in der er nicht willkommen war. Es widerstrebte ihm zwar, aber die Dienste des Schleppers konnte er gut gebrauchen.

»Wie viel?«, fragte er.

»Für dich ...« Der Schlepper musterte ihn einen Moment im Mondlicht und hob dann die Schultern. »Alles, was du hast.«

Matt seufzte und drehte die Taschen seiner Uniformhose nach außen. »Sieht schlecht aus«, sagte er. »Ich bin momentan etwas knapp bei Kasse.«

»Du hast einen Mantel und ein Schwert«, widersprach der Schlepper.

Matt schüttelte den Kopf. »Den Mantel behalte ich. Aber du kannst das Schwert haben.«

Der Schlepper zögerte einen Moment.

»Okee«, sagte er dann. »Komm mit und mach genau, was ich dir sage.«

Geduckt liefen er und Matt zwischen den Hügeln und Schneeverwehungen hindurch. Ein paar Minuten gingen sie nach Süden, weg vom Fluss, dann machten sie den Bogen zurück.

»Es ist zu gefährlich, am Ufer zu bleiben«, erklärte der Schlepper, der sich geweigert hatte, seinen Namen zu nennen. »Die Soldaten sind wachsam, und im hellen Muunlicht wären wir leicht auszumachen.«

»Warum riegeln sie ihre Stadt so ab?«

Der Schlepper kratzte sich am Kopf. »Die Bürger von Waashton teilen den Reichtum, den sie besitzen, nicht gerne.« Er pflückte etwas aus seinen Haaren und zerquetschte es mit einem angewiderten Gesichtsausdruck zwischen den Fingern. Matt vergrößerte vorsichtshalber den Abstand zu ihm.

Sie erreichten das Ufer und gingen hinter einer Schneeverwehung in Deckung. Auf der anderen Seite des Flusses endete die Vorderseite der Stadtmauer in einem Turm und knickte im rechten Winkel nach hinten weg. Davor lag eine lang gezogene schneebedeckte Ebene, die sich in der Dunkelheit verlor.

»Der Turm an der Ecke der Mauer ist seit ein paar Tagen unbesetzt«, sagte der Schlepper. »Ein Soldat ist auf der morschen Treppe in den Tod gestürzt. Jetzt wagt sich niemand mehr hinein, und ausbessern können sie die Treppe erst, wenn neues Holz aus dem Süden geliefert wird.«

Matt betrachtete die Mauer. Der Turm stand ein wenig vor und schuf so einen toten Winkel, der ihn vor den Augen der Soldaten auf der Mauer verbergen würde. Auf diese Weise kam er zumindest bis zur Stadtmauer.

»Und dann?«, fragte er leise. »Wie kommen wir hinein?«

»Keine Ahnung.«

Matt sah ihn irritiert an. »Was?«

»Keine Ahnung«, wiederholte der Schlepper. »So weit war ich noch nie.«

»Was soll –«, begann Matt, als er ein Flackern in den Augen des Bärtigen bemerkte. Er drehte sich zur Seite, spürte einen Luftzug und hörte, wie ein Gegenstand dumpf in den Schnee schlug. Aus der Drehung sprang Matt auf und fuhr herum.

Vor ihm stand ein zweiter zerlumpter Mann, der in diesem Moment mit einer Keule ausholte.

Der Schlepper wich zurück. »Schlag doch zu!«, schrie er seinen Komplizen an.

Matt wartete dessen Reaktion nicht ab. Seine Stiefelspitze traf den Mann in den Magen. Stöhnend ließ er die Keule fallen und brach in die Knie. Ein Schlag in den Nacken schleuderte ihn zu Boden.

Der Schlepper streckte die Hand nach der Keule aus, sah dann jedoch seinen Komplizen in den Schnee fallen und stolperte zurück. Sein Mut schien ihn endgültig verlassen zu haben, denn er drehte sich um und verschwand zwischen den Hügeln.

Matt blieb stehen. Es hatte keinen Sinn, den Schlepper zu verfolgen, der sich in dieser Gegend wohl wesentlich besser auskannte als er selbst. Stattdessen wandte er sich dem Turm zu.

Der Schlepper schien die Wahrheit gesagt zu haben, denn im hellen Mondlicht hätte Matt zumindest die Umrisse eines Menschen, der sich dort oben aufhielt, bemerken müssen. Aber es war niemand zu sehen.

Halb rutschend, halb kletternd überwand er das steile Ufer und machte einen vorsichtigen Schritt auf den gefrorenen Fluss hinaus. In seiner dunklen Kleidung fühlte sich Matt wie eine wandelnde Zielscheibe, als er geduckt über das Eis lief, aber der befürchtete Pfeilhagel blieb aus.

Wenige Minuten später kletterte er bereits auf der anderen Seite ans Ufer. Vor ihm breitete sich eine weiße Ebene aus, die hier und da von schwarzen Schatten durchbrochen wurde. Zu seiner Linken lag die Stadtmauer, deren Fackeln wie tief hängende Sterne in der Dunkelheit leuchteten.

Matt sah sich um. Er war ein Jahr lang auf der Andrews Air Force Base in der Nähe von Washington stationiert gewesen und hatte sich oft genug in der Stadt aufgehalten. Die Erinnerung daran half ihm jetzt bei der Orientierung.

East Potomac Park, erkannte er schließlich. Ein paar Kilometer südlich vom Weißen Haus, dem Ort, auf den er seine Hoffnungen gesetzt hatte. Wenn es noch so etwas wie die Vereinigten Staaten gab, dann hatten sie dort ihren Sitz.

Der Schnee knirschte unter Matts Stiefeln. Das Geräusch klang in der Stille überlaut. Melancholisch dachte Matt an die langen Spaziergänge, die er mit seiner Ex-Frau Liz hier unternommen hatte – allerdings nur bei Tag, denn nachts war die Wahrscheinlichkeit, in diesen Parkanlagen ermordet zu werden, höher als in manchen Kriegsgebieten. Aber das war vorbei. Das Eis schien nicht nur die Landschaft, sondern auch alles Leben, das es hier einmal gegeben hatte, geschluckt zu haben.

Matt wandte sich nach Norden, dem Weißen Haus zu.

Im gleichen Moment brach der Schnee unter ihm ein.

Er landete weich.

»Umpf«, machte etwas unter ihm. Von oben rieselte Schnee durch das Loch und raubte Matt die Sicht. Es stank nach menschlichen Ausdünstungen und Fäkalien. Er versuchte auf die Füße zu kommen, aber der Boden bewegte sich unter ihm wie ein bockiges Tier. Schmerzhaftes Stöhnen und überraschte Schreie wurden laut, als er das Gleichgewicht nicht halten konnte und zur Seite fiel.

Matt wischte sich den Schnee aus den Augen. Direkt vor sich sah er das faltige, zahnlose Gesicht einer alten Frau, die ihn verschreckt ansah und urplötzlich zu schreien begann. Andere griffen den Schrei auf. Innerhalb von Sekunden war die kleine Höhle erfüllt von menschlichem Gebrüll. Die Felle, die auf dem Boden lagen, bewegten sich. Schlafverquollene Gesichter lugten daraus hervor. Anscheinend war er in einer Schlafhöhle gelandet. Das Loch, durch das er gefallen war, befand sich keinen Meter über ihm. Stehend konnte er es leicht erreichen, aber dazu musste er erst mal auf die Beine kommen.

Matt hob beruhigend die Hände. »Keine Panik!«, rief er über das Geschrei hinweg. »War nur ein kleiner Unfall. Ich bin sofort wieder weg.«

Er wusste nicht, ob ihn jemand verstanden hatte, war nur froh, endlich festen Boden und keine menschlichen Körper mehr unter den Stiefeln zu spüren.

Matt richtete sich auf und zuckte zusammen, als eine Faust an ihm vorbei ins Leere schoss. Seine kleine Rede hatte anscheinend nicht den erwünschten Effekt.

Er ignorierte den Angreifer, stieß sich vom Boden ab und stemmte sich mit einem Klimmzug aus der Höhle. Einen Moment befürchtete er, der Schnee würde unter seinem Gewicht nachgeben, dann hatte er die unmittelbare Nähe des Lochs verlassen und stand auf.

Um ihn herum bewegte sich der Schnee. Dunkle, in Felle gehüllte Gestalten kletterten aus ihren Schlafhöhlen und sahen sich suchend nach der Quelle des Lärms um. Matt bemerkte mit einem mulmigen Gefühl, dass einige von ihnen bewaffnet waren.

Vorsichtig zog er sich zurück. Vor ihm schob sich der Kopf der alten Frau aus dem Loch. Sie sprang wie verrückt auf und ab, zeigte auf Matt und schrie: »Das ist er! Er wollte uns umbringen!«

Na vielen Dank, dachte Matt und rannte los. Aus den Augenwinkeln bemerkte er, dass nur ein paar der vermummten Gestalten ihm folgten. Die anderen blieben nach wenigen Metern stehen und begannen untereinander zu diskutierten.

Matt lief weiter. Das Gebrüll seiner Verfolger sorgte dafür, dass um sie herum der Schnee aufbrach und weitere Vermummte aus ihren Behausungen kletterten. Sie hatten anscheinend keine Ahnung, was der Lärm bedeutete, gingen den wild gestikulierenden Männern jedoch neugierig nach. Der ganze Park schien voll von ihnen zu sein, und Matt fragte sich unwillkürlich, warum sie hier in Erdlöchern hausten, wenn die Stadt keinen Steinwurf weit entfernt war.

Den Grund erfuhr er, als er eine besonders hohe Schneeverwehung passierte und dahinter einen weiteren Teil der Stadtmauer entdeckte. Dieser Steinwall war wesentlich niedriger, nur rund zwei Meter hoch, und schien noch im Bau zu sein. Angespitzte hölzerne Palisaden verliehen ihm ein bedrohliches Aussehen. In der Mitte des Walls befand sich ein vergittertes Tor, hinter dem einige Soldaten standen. Der Schein eines Lagerfeuers warf flackernde Schatten über ihre Gesichter.

Matt sah sich nach seinen Verfolgern um, als er auf das Tor zuging, aber die blieben zurück. Dafür traten zwei Soldaten aus den Schatten hinter dem Gitter und blickten ihm entgegen. Sie trugen lange Lanzen in den Händen.

»Bleib stehen!«, rief einer von ihnen. »Eidie!«

Eidie? Matt wusste nicht, was das sein sollte. Er zuckte verständnislos mit den Schultern. Der Soldat seufzte, schob den Ärmel seiner Uniform hoch und hob den Arm.

Matt trat näher heran und sah eine schmale Narbe an der Innenseite seines Unterarms. Darunter schimmerte etwas metallen.

»Eidie«, wiederholte der Soldat ungeduldig.

Natürlich, dachte Matt. *ID. Die Abkürzung für Identification. Er will meinen Ausweis sehen.*

Es überraschte ihn nicht wirklich, dass in einer mittelalterlich wirkenden Stadt Implantate als Ausweise verwendet wurden. Im Gegenteil bestätigte es seine Hoffnung, dass es in Washington eine Techno-Community gab.

»Ich besitze keine Eidie«, gestand er, »aber ich habe wichtige Informationen für die, von denen ihr die Eidies bekommt.«

Er sprach lauter als nötig in der Hoffnung, dass sich unter den Menschen am Lagerfeuer ein Techno befand, der seine Worte hörte. »Sag ihnen, es geht um die Bunker in Euree.«

Der Soldat nickte gleichgültig. »Okee, sag ich ihnen. Geh du einfach zurück in den Pomaapa, kriech in dein Loch und warte ab. Die melden sich schon bei dir.«

Matt entging nicht, dass der zweite Soldat sich nur mühsam das Lachen verbiss. Trotzdem sprach er weiter. »Ich glaube nicht, dass du verstehst, wovon ich rede.

Vielleicht solltest du besser deinen Vorgesetzten holen.«

Die beiden Uniformierten sahen sich an. Das Grinsen verschwand von ihren Gesichtern und wich einem drohenden Ausdruck.

»Das reicht jetzt«, sagte der erste Soldat. »Wir hatten alle unseren Spaß, also verschwinde.«

»Tut mir Leid. Ich muss darauf –«

Der Stoß kam so schnell, dass Matt ihn nur als flirrende Bewegung wahrnahm. Im nächsten Moment krümmte er sich bereits stöhnend im Schnee zusammen. Die Menschen, die ihn eben noch verfolgt hatten, wurden unruhig. Anscheinend weckte die Reaktion der Soldaten ein »Wir-gegen-sie-Gefühl« und ließ sie ihre ursprüngliche Wut vergessen.

Der heiße Schmerz in seinem Magen verging langsam. Matt kam unsicher auf die Beine und schüttelte die Benommenheit ab. Der Soldat, der mit dem stumpfen Ende seiner Lanze zugestoßen hatte, drehte die Waffe in den Händen und richtete die Metallspitze durch das Gitter auf ihn.

»Wenn du die andere Seite auch noch kennen lernen willst, dann geh uns ruhig weiter auf die Nerven.«

»Schon gut...« Matt wich ein paar Schritte zurück und blieb ratlos stehen. Auch sein zweiter Versuch, in die Stadt zu gelangen, war gescheitert. Er dachte an die Händler, die er am Morgen auf der Brücke gesehen hatte. Vielleicht konnte er einen von ihnen überreden, ihn mitzunehmen oder zwischen den Waren durch das Stadttor zu schmuggeln. Aber wie? Er hatte keine Zahlungsmittel, kannte niemanden. Die einzigen möglichen Verbündeten waren die vermummten Gestalten, die im Park lebten und ebenso Ausgestoßene waren wie er. Selbst wenn sie auf seiner Seite standen – was Matt trotz der lautstark bekundeten Solidarität bezweifelte –, helfen konnten sie ihm nicht.

Es bleibt dabei, dachte er frustriert. *Ich bin draußen, die sind drinnen, und ich komm nicht rein.*

Etwas summte.

Dass Matt das Geräusch überhaupt bemerkte, lag nur an seiner Vertrautheit. Er hatte es in seinem Leben schon oft gehört, jedes Mal, wenn er den Sicherheitsbereich einer militärischen Einrichtung betreten hatte, und das dazu gehörende Bild stand plastisch vor seinem Auge: Eine sich drehende Überwachungskamera.

Matt sah auf. Sein Blick glitt an den roh behauenen Steinquadern der Stadtmauer entlang. Er bemerkte nicht, dass die Menschenmenge vor der Mauer angewachsen war und Soldaten und Ausgestoßene Beleidigungen austauschten. Seine ganze Aufmerksamkeit galt der Mauer.

Und dann fand er sie. Eine dunkle Linse, in der sich das Mondlicht spiegelte, kaum größer als eine geballte Kinderfaust. Sie drehte sich leise surrend und war zwischen den Steinen so gut getarnt, dass niemand, der nicht konkret danach suchte, sie entdeckt hätte.

Matt dachte einen Moment nach, dann zog er sein Kurzschwert unter dem Mantel hervor.

Ein paar Vermummte applaudierten. Sie glaubten wohl, er wolle die Soldaten angreifen, aber Matt hatte anderes vor. Er zog die Schwertspitze durch den Schnee. Drei tiefe Furchen entstanden auf diese Weise, bevor er zurücktrat und nervös darauf wartete, dass die Kamera das Bild einfing. Wenn er mehr Zeit gehabt hätte, wäre ihm vielleicht eine bessere Idee gekommen, doch die Stimmung auf beiden Seiten der Mauer schaukelte sich rasch hoch. Noch warfen die Ausgestoßenen nur mit Schneebällen und wurden durch die Lanzen in Schach gehalten, aber Matt ahnte, dass es nicht dabei bleiben würde.

Deshalb hatte er schnell reagiert und drei einfache Buchstaben in den Schnee geritzt.

U S A

Matt konnte nur hoffen, dass die Herren der Stadt diese antike Bezeichnung ihres Heimatlandes noch kannten und rasch reagieren würden. Denn in diesem Moment flog der erste Stein.

Harold Baker liebte seinen Beruf. Er saß vor einer Wand von Monitoren und beobachtete eine Stadt, in der kaum jemand wusste, dass es ihn gab. Seine Finger glitten über die Tastatur, veränderten die Blickwinkel der Kameras, zoomten auf dem einen Monitor eine Szene heran, während sie auf einem anderen den Bildausschnitt verkleinerten. Schon längst benötigte Harold die Auflistung der Quadranten nicht mehr und hatte sie in die unterste Schublade seines makellos aufgeräumten Schreibtischs verbannt.

Er kannte seine Stadt, obwohl er sie noch nie betreten hatte. Jeder Winkel, den die Kameras erfassen konnten, war ihm vertraut. Manchmal träumte er von der schwarzweißen Welt seiner Monitore und sah sich selbst durch ihre Straßen gehen.

In dieser Nacht hatte er dafür jedoch keine Zeit. Bereits seit einigen Tagen zeichneten sich Probleme am Westtor ab, die nun zu eskalieren drohten.

Die Illegalen, Menschen, die in der Hoffnung lebten, irgendwann die Stadt betreten zu dürfen, randalierten. Der Auslöser war offenbar, dass einer von ihnen mit den Soldaten in Streit geraten und etwas unsanft behandelt worden war. Jetzt versammelte sich eine stetig wachsende Gruppe vor dem Tor. Einige von ihnen begannen unter den Augen der für sie unsichtbaren Kamera im Schnee nach Steinen zu graben.

Harold seufzte stumm und aktivierte das Mikrofon seines Headsets mit einem Tastendruck.

»Control an Equalizer eins bis vier«, sagte er in einem Tonfall, den er nur für offizielle Ankündigungen benutzte. »Code Gelb in Quadrant 7.3. Bitte um Untersuchung. Over.«

Nacheinander bestätigten drei seiner Agenten die Meldung. Die Antwort des vierten war zögernder.

»Hier ist Equalizer vier an Control. Nun ... wo genau liegt Quadrant 7.3? Over.«

Harold fuhr mit der Hand über seinen kahlen Kopf. *Eines Tages*, dachte er, *bringt mich Joshua Harris noch mal um den Verstand*.

»Equalizer vier«, sagte er in seinem strafenden Tonfall. »Diese Information entnehmen Sie bitte Ihrem Codebuch. Over.«

»Mensch, Harold, ich habs im Bereitschaftsraum liegen lassen«, entgegnete Harris. »Gib mir doch einen Tip. Osttor, oder?«

»Keine Klarnamen über Funk, Equalizer vier! Und wenn Sie den Auftrag nicht erfüllen können, muss ich darüber einen Vermerk machen. Over!«

Harold sah auf die Monitore und versuchte sich mit den vertrauten Bildern zu beruhigen. Seine Augen weiteten sich, als ihm etwas auffiel.

»Bleib mal locker«, meldete sich Harris' Stimme aus seinem Kopfhörer. »Außer uns hat keiner Funk. Was soll schon –«

Harold warf ihn mit einem Knopfdruck aus der Leitung.

»Equalizer zwei«, sagte er heiser, ohne auf den angebrachten Tonfall zu achten. »Dringende Missionsänderung. Code Rot...«

Sein Blick haftete auf dem Bild, das ihm die Kamera zeigte. Er kannte die Buchstaben. Natürlich; jedes Kind hier hatte sie im Geschichtsunterricht gelernt. Aber kein Mensch außerhalb des Bunkers dürfte sie kennen.

U S A

United States of America.

»Positive Identifizierung.«

»Seid ihr sicher?«

»Absolut. Er ist es.« Die Stimme klang blechern aus dem Lautsprecher. Der Mann drehte sich zu den anderen in dem kleinen Raum um, fragte stumm nach ihrem Rat.

»Es könnte eine Falle sein«, gab einer von ihnen zu bedenken. »Wir sollten vorsichtig sein.«

»Unsinn«, widersprach ein anderer. »Eine solche Chance bekommen wir vielleicht nie wieder. Wir müssen sie nutzen.«

Der Mann lauschte der Diskussion, ohne selbst daran teilzunehmen. Die Argumente beider Seiten waren vernünftig, aber die endgültige Entscheidung konnte ihm keiner seiner Ratgeber abnehmen.

Er wandte sich wieder der Sendeanlage zu und hob die Hand, um die anderen zum Schweigen zu bringen. Es wurde still im Raum. Der Mann schaltete das Mikrofon ein.

»Schnappt ihn euch«, sagte er.

Matt wusste nicht, ob die Kamera die Buchstaben wahrgenommen hatte. Er hatte auch keine Zeit, sich darüber

Gedanken zu machen, denn aus der kleinen Gruppe von Randalierern war eine Menschenmenge geworden, die ihn einschloss und zur Mauer drängte.

Steine flogen über seinen Kopf hinweg und prasselten auf der anderen Seite des Hindernisses nieder. Einige prallten gegen die Mauer und wurden in die Menge zurückgeschleudert. Direkt neben Matt schrie eine Frau auf, als sie an der Stirn getroffen wurde. Er wollte nach ihr greifen, aber sie taumelte nach hinten und verschwand.

Ich muss hier weg, dachte er. Noch hielten sich die Soldaten zurück, aber durch das Gitter des Tores konnte er sehen, wie weitere Einheiten, die Armbrüste trugen, in Stellung gebracht wurden. Mit den Schilden, die sie zum Schutz über ihre Köpfe hielten, sahen sie aus wie römische Legionäre. Der Gegenschlag war nur noch eine Frage der Zeit.

Matt versuchte sich nach hinten zu kämpfen, doch die nachrückende und schiebende Masse warf ihn immer wieder nach vorn. Er fühlte sich wie ein Schwimmer, der gegen eine hoffnungslos starke Strömung ankämpft.

Ein paar Meter entfernt kam Bewegung in die Menge. Menschen wurden brutal zur Seite gestoßen, andere wichen freiwillig zurück und gaben den Weg frei für eine kleine Gruppe vermummter Gestalten.

Es war nur ein Gefühl, das Matt vor ihnen warnte. Vielleicht lag es an ihrem brutalen Auftreten, vielleicht an der Entschlossenheit, die sie demonstrierten, oder vielleicht auch daran, dass sie genau auf ihn zukamen. In jedem Fall spürte er, dass mit den Vermummten etwas nicht stimmte.

Er gab seine Bemühungen auf und ließ sich mit der Menge treiben. Er gewann rasch Abstand zu der Gruppe, die trotz ihrer Brutalität mehr Zeit brauchte, um sich durch die Menschenmasse zu kämpfen.

Die Menge stockte. Erste ängstliche Schreie wurden laut. Matt wandte den Blick zur Mauer und sah die von Schilden geschützten Soldaten hinter den Palisaden auftauchen. Entweder gab es dort eine Plattform, oder sie standen auf Leitern. Die Armbrüste waren durch die Holzpfähle zu sehen und ließen das Schicksal, das den Ausgeschlossenen bevorstand, erahnen.

Der Anblick der Soldaten peitschte die Menge noch weiter auf. Ein wütender Steinhagel ging auf die Uniformierten nieder, aber die regten sich nicht. Anscheinend warteten sie auf den Befehl zum Angriff.

Matt sah zurück zu der Stelle, wo er die Vermummten zuletzt gesehen hatte. Sie waren verschwunden.

»Dies ist die letzte Warnung!«, schrie einer der Soldaten von den Palisaden herab. »Haut ab oder wir werden auf euch schießen!«

Chaos brach aus. Ein Teil der Menschen glaubte die Worte und versuchte sich in Sicherheit zu bringen, während ein anderer Teil weiter nach vorn drängte. Matt stemmte sich gegen den Sog, kämpfte sich durch die schreiende Menge.

Das Gesicht eines Vermummten tauchte direkt vor ihm auf. Ein zweiter stand plötzlich neben Matt. Jetzt war er sich sicher, dass die Vermummten ihn verfolgten, auch wenn er nicht wusste, warum.

Eine Hand griff nach seinem Arm. Matt fuhr herum, wollte den Griff instinktiv mit einem Schlag sprengen – und blickte in die Augen einer ernst wirkenden dunkelhaarigen Frau.

»Kommen Sie mit«, sagte sie in lupenreinem Englisch. »Wir müssen uns beeilen.«

Die gebrüllten Befehle auf den Palisaden machten

deutlich, dass sie Recht hatte. Matt nickte und folgte ihr durch die Menge, die sich wie durch Magie vor ihr teilte.

Wie macht sie das?, fragte er sich – bis er die zuckenden Körper entdeckte, die sich auf dem Boden krümmten. Offenbar benutzte sie eine Art Elektroschocker, um den Weg frei zu räumen.

»Equalizer zwei an Control«, sagte sie in diesem Moment, »Objekt gesichert. Bewege mich nach 7.3/4. Halten Sie sich bereit, Control. Over.«

Matt konnte die Antwort nicht verstehen und nahm an, dass sie über einen versteckten Kopfhörer erfolgte. Er sah sich nach den Vermummten um, aber sie waren nicht zu sehen. Dafür fiel ihm auf, dass die Soldaten ihre langen Armbrüste wie Gewehre gegen die Schultern stemmten.

»Runter!«, schrie Matt und versetzte der Frau einen Stoß, der sie zu Boden warf. Er ließ sich fallen und hoffte inständig, dass sie den Elektroschocker nicht im Reflex gegen ihn einsetzte.

Sie tat es nicht, schützte nur ihren Kopf mit den Armen, als ein Hagel von Pfeilen über den Menschen niederging. Aus Wut wurde Panik. Wie eine Herde Tiere drehte sich die Menge und stürmte von der Mauer weg.

Matt kam gerade noch rechtzeitig auf die Beine, um nicht niedergetrampelt zu werden. Auch die Frau hatte es geschafft. Sie stach mit dem Elektroschocker, einem kleinen schwarzen Kasten, wild in die Menge, ohne viel auszurichten.

»Da lang!«, rief sie und zeigte auf die Mauer. Sie war weniger als zehn Meter entfernt, aber in dieser Situation kaum zu erreichen. Matt wurde mehrmals beinahe von den Füßen gerissen, als er sich gemeinsam mit der Frau vorkämpfte. Eine Welle von Körpern wogte ihm entgegen, wollte ihn mitreißen. In den Gesichtern stand Panik; die Schreie waren ohrenbetäubend. Er wurde von Stößen und Schlägen getroffen, stolperte über am Boden liegende Menschen und schaffte es doch irgendwie, auf den Beinen zu bleiben.

Dann endlich hatten Matt und die Frau die Mauer erreicht. Schwer atmend lehnte er sich gegen die kühlen Steine, während die Frau etwas in ihr nicht sichtbares Mikrofon sagte. Ihnen bot sich ein Bild des Grauens. Tote und Verwundete lagen im aufgewühlten blutigen Schnee. In einigen steckten Pfeile, aber die meisten waren totgetrampelt worden. Die Menge hatte sich zerstreut. Nur einige Gruppen standen noch außerhalb der Reichweite der Pfeile und brüllten den Soldaten Verwünschungen entgegen.

Neben Matt knirschte es. Überrascht sah er, wie zwei der großen Steinquader im Boden versanken. Die Frau duckte sich unter dem verbliebenen Teil der Mauer hindurch. Matt folgte ihr. Die Mauer schloss sich hinter ihm.

Auf dieser Seite der Begrenzung herrschte militärische Ordnung. Die Armbrustschützen kletterten gerade von ihren Leitern und nahmen vor ihrem Vorgesetzten Aufstellung. Ein paar Uniformierte sahen zu Matt und der Frau herüber, machten jedoch nicht den Versuch, sie aufzuhalten.

Die Frau ignorierte ihre Blicke und führte Matt an einigen flachen Holzhäusern vorbei zu einer breiten Straße.

»Mein Name ist Dayna«, sagte sie, als sie die letzten Soldaten hinter sich gelassen hatten. »Ich arbeite für die WCA, die World Council Agency.«

»Commander Matthew Drax«, stellte Matt sich zum

ersten Mal seit langem wieder mit seinem richtigen Namen vor. »US Air Force.«

Dayna runzelte die Stirn, als könne sie nichts mit der Bezeichnung anfangen. Matt beschäftigte sich hingegen mit dem Begriff World Council. Wenn die Technos, die er zu sehen erwartete, sich wirklich den Namen Weltrat gegeben hatten, waren sie entweder sehr großspurig oder sehr mächtig. Matt kannte die Schwächen seines Volkes ebenso gut wie die meisten Amerikaner und tippte auf Ersteres.

»Wo gehen wir hin?«, fragte er nach einer Weile.

»Dorthin«, antwortete Dayna und deutete voraus.

Matts Augen weiteten sich, als er das Gebäude sah, das zwischen den schneebedeckten Häusern stand und von zahlreichen Lampen erhellt wurde.

Das Weiße Haus.

Es war ein Nachbau, das erkannte Matt, als er näher herankam. Das zweistöckige Gebäude bestand aus steinernen Säulen und weiß gestrichenem Holz und war wesentlich kleiner als das ursprüngliche Weiße Haus. Vielleicht war das Original bei der Katastrophe oder während der folgenden Unruhen zerstört worden.

Die beiden Soldaten, die vor dem Eingang standen, salutierten, als sie Dayna sahen, und öffneten die Tür. Matt trat in einen langen Korridor, der mit Teppichen ausgelegt war. An den Wänden hingen Porträts, auf denen alte Männer mit ernsten Gesichtern zu sehen waren. Matt blieb überrascht stehen, als er auf einem davon Richard Nixon erkannte.

Die Agentin bemerkte seinen Blick. »Er war einer der letzten Herrscher der alten Welt«, sagte sie. »Ein großer Mann.«

Matt hob die Schultern. »Wenn Sie das sagen …« Er verkniff sich die Frage, ob sie je von Watergate gehört hatte. Geschichtliche Informationen hatten wohl auch auf dieser Seite des Atlantiks die Zeit nicht gut überstanden.

Dayna klopfte an eine Tür, die am Ende des Korridors lag. Ohne eine Antwort abzuwarten, trat sie ein. Matt folgte ihr in einen großen halbrunden Raum, dessen eine Wand mit Monitoren bedeckt war. Computer summten im Hintergrund. An einem Schreibtisch saß ein kahlköpfiger blasser Mann in einer grauen Uniform. Er trug ein Headset und lauschte mit konzentriertem Gesichtsausdruck.

Er ist ein Techno!, dachte Matt. *Aber wie kann er an der Oberfläche überleben?*

Die Technos in Europa hatten ein Stück der alten Zivilisation in die neue Welt gerettet, indem sie sich in ihren Bunkern abschotteten. Dafür zahlten sie jedoch einen hohen Preis, denn durch die Jahrhunderte währende Isolation hatten sie nicht nur ihre Körperbehaarung und Pigmentierung, sondern auch ihr Immunsystem verloren. Matt hatte Technos gesehen, die außerhalb ihrer sterilen Bunker innerhalb weniger Minuten tödlich erkrankt waren. Der Mann hinter dem Schreibtisch wirkte jedoch völlig gesund und schien keine Angst vor Ansteckung zu haben, sonst hätte er seine Besucher wohl kaum so nah an sich herangelassen.

Matt warf Dayna einen verstohlenen Blick zu und fragte sich, ob auch sie ein Techno war. Ihre Haare waren vielleicht nur eine Perücke und ihre gebräunte Haut möglicherweise das Ergebnis von Make-up. Aber hätte sich ein Techno in diese Menschenmenge gewagt?

Seine Gedanken wurden unterbrochen, als der Kahlköpfige das Headset ablegte und sich räusperte.

»Vorgehensweise B-12«, sagte er zu Dayna, ohne seinen zweiten Besucher eines Blickes zu würdigen. »Code Alpha 2.«

»Verstanden.« Sie wandte sich an Matt. »Kommen Sie mit.«

»Wohin?«

»Sie haben nicht die Berechtigung für diese Informationen«, mischte sich der Techno ein. »Folgen Sie den Anweisungen.«

Die Begegnung verlief nicht so, wie Matt sie sich vorgestellt hatte. Er ging auf Konfrontation. »Ich befolge nur Anweisungen, deren Bedeutung ich kenne. Sagen Sie mir, was Sie von mir wollen, und wir können darüber reden.«

Er bemerkte, dass der Techno nach einem Knopf tastete, der in seinem Schreibtisch eingearbeitet war. Vermutlich konnte er damit Verstärkung anfordern.

»Vorgehensweise B-12«, sagte Dayna ruhig, »bedeutet, dass wir Sie umfassend medizinisch untersuchen und dekontaminieren. Wenn wir nicht wissen, ob wir jemand als Freund oder Feind einschätzen sollen, bezeichnen wir das als Code Alpha 2.«

Der Techno schüttelte den Kopf. »Das ist ein grober Verstoß gegen die Sicherheitsvorschriften.«

»Melden Sie mich.« Die Agentin sah Matt an. »Sind Sie mit einer Untersuchung einverstanden?«

Er nickte. »Natürlich.«

Dayna führte Matt zu einer zweiten Tür, die in einen schmalen fensterlosen Korridor führte. Aus den Augenwinkeln sah Matt, wie der Techno sein Headset aufsetzte und sichtlich erregt hineinsprach.

»Werden Sie Ärger bekommen?«, fragte er, als sie den Gang hinuntergingen.

»Ich glaube nicht. Niemand nimmt Harold so richtig ernst.« Sie lächelte und blieb vor einer Metalltür stehen. »Wenn es keine Vorschriften gäbe, er würde sie erfinden.«

Die Tür öffnete sich zischend. Matt blickte in einen Raum voll von medizinischen Apparaturen, Monitoren und blinkenden Lampen.

»Die gesamte Untersuchung ist vollautomatisch«, erklärte Dayna. »Der Computer wird Ihnen sagen, was zu tun ist. Okay?«

Matt nickte zweifelnd und betrat den Raum.

Die Agentin wartete, bis sich die Tür hinter ihm geschlossen hatte, dann legte sie ihre Handfläche auf eine unauffällige Wölbung in der Wand. Es piepte einmal kurz.

»Equalizer zwei an Control«, sagte sie in ihr Mikrofon. »Code Alpha aktiviert. Over.«

»Verstanden. Control out.«

Harold klang immer noch verärgert. Dayna ignorierte seinen Tonfall und trat in einen Nebenraum, um sich selbst dekontaminieren zu lassen. Ihre Gedanken kreisten um Matthew Drax, den sie belogen hatte.

»Sie haben gelogen!« Matt schob wütend den Ärmel seiner frisch gesäuberten Uniform nach oben. Unter der Haut seines Unterarms schimmerte etwas bläulichmetallen. »Das ist ja wohl kaum Teil einer medizinischen Untersuchung. Was soll das?«

Dayna betrachtete einen kleinen Monitor, auf dem das Ergebnis der Untersuchung aufgeschlüsselt war. Sie hatte sich umgezogen und trug jetzt eine graue Uniform.

»Der Chip übermittelt nur Ihren Standort«, antwortete sie abwesend. »Ein Computer überprüft dann, ob Sie berechtigt sind, sich dort aufzuhalten. Mit Ihrem Chip können Sie sich nicht nur frei in Washington bewegen, sondern auch unsere Basis betreten.« Sie stutzte, wechselte abrupt das Thema. »Wie sind Sie denn mit radioaktiver Strahlung in Berührung gekommen?«

Matts Ärger verflog, machte einer dumpfen Sorge Platz. Er dachte an die Atombombe, die von den Bewohnern New Yorks als heiliges Relikt verehrt worden war. Er hatte die Zündung nicht verhindern können, hatte jedoch dafür gesorgt, dass die Bombe weit draußen auf dem gefrorenen Meer explodierte.* Wenn er die Augen schloss, sah er noch immer den grellen Blitz der Detonation und spürte den heißen Sturm auf der Haut.

»Das ist eine lange Geschichte«, sagte er und trat an den Monitor. »Gibt es ein Problem?«

»Nicht mehr.« Dayna zeigte auf eine erschreckend lange Zahlenkolonne. »Das waren Ihre Strahlenwerte vor der Dekontaminierung. Wenn Sie nicht zu uns gekommen wären ...«

Sie ließ den Satz unvollendet. Matt schluckte. Seine Sorge galt nicht den Bürgern New Yorks, denn die waren mittlerweile wohl längst Opfer der Parasiten geworden, sondern seinen Freunden, denen ebenfalls die Flucht aus der dem Untergang geweihten Stadt gelungen war. Sie hatten keine Möglichkeit, sich von der Strahlung zu befreien, würden noch nicht einmal den Grund kennen, wenn sie in einigen Jahren erkrankten.

Dayna missverstand sein Schweigen. »Sie müssen

---

* siehe Taschenbuch 5, Roman 4 »New York, New York!«

sich keine Sorgen machen. Die Dekontaminierung war erfolgreich. Wir sollten jetzt den Weltrat aufsuchen. Der Präsident wartet bestimmt schon auf Sie.«

»Ist er hier im Weißen Haus?«, fragte Matt, während sie durch ein Labyrinth aus Korridoren gingen.

»Nein. Aus Sicherheitsgründen halten sich die Mitglieder des Weltrats in unserer Basis auf. Die Menschen dieser Stadt sind primitiv, und wie Sie gesehen haben, sind Gewaltausbrüche keine Seltenheit. Deshalb bevorzugen wir eine Umgebung, die wir vollständig kontrollieren können.«

Sicherheit und Kontrolle, dachte Matt und strich mit den Fingerspitzen über den Chip in seinem Arm. *Sie scheinen davon besessen zu sein.*

Laut sagte er: »Trägt jeder in Washington einen solchen Chip?«

Die Agentin nickte. »Jeder, der sich innerhalb der Stadtmauern aufhält. Damit verhindern wir, dass die Waashtoner an Orte gelangen, an denen sie nichts zu suchen haben, und gleichzeitig haben wir stets einen Überblick über die Bevölkerungszahlen. Wenn sie wegen Krankheiten oder Fehlernährung sinken, lassen wir ein paar der Leute in die Stadt, die Sie vor der Mauer gesehen haben. So reduzieren wir auch die Gefahr genetischer Defekte, die durch Inzucht entstehen könnten. Wir implantieren die Chips bereits bei der Geburt. Die Hebammen der Stadt gehören zu uns. Und wer ihnen entgeht, fällt spätestens dann auf, wenn er die Stadt zum ersten Mal verlassen will. Das System bewährt sich seit Jahrhunderten.«

Sie blieben vor einer Metalltür stehen, die von zwei bleichen kahlköpfigen Soldaten bewacht wurde. Ein Licht blinkte grün. Die Tür öffnete sich zischend und gab den Blick auf eine kleine Fahrstuhlkabine frei. Matt nahm an, dass ihre Chips in diesem kurzen Moment überprüft worden waren.

Sie traten ein. Die Tür schloss sich, und der Aufzug bewegte sich mit einem sanften Ruck nach unten. Es gab keine Knöpfe in der Kabine, keine Möglichkeit, das Ziel der Fahrt zu beeinflussen.

»Und die Waashtoner ahnen von all dem nichts?«, setzte Matt seine Fragerunde fort. Es wunderte ihn, wie offen Dayna ihm bisher geantwortet hatte, obwohl sie so gut wie nichts über ihn wusste. Ihr Verhalten stand im Gegensatz zu ihren Reden über Sicherheit und Kontrolle.

»Wir sind wie Geister für sie«, sagte die Agentin. »Sie wissen, dass wir da sind, uns unter ihnen aufhalten, aber mehr auch nicht. Niemand ahnt, dass die Stadt praktisch von uns regiert wird.«

Die Fahrstuhltüren öffneten sich, und Matt trat in ein großes betongraues Gewölbe. Einige Technos, die an Computern arbeiteten, sahen kurz auf und nickten Dayna zu. Über ihren Köpfen waren blinkende Lichter in einer Anordnung angebracht, die Matt merkwürdig vertraut erschien.

Wie die Zuganzeigen in der Lenkzentrale eines Bahnhofs, dachte er, sah zur Seite und traute seinen Augen nicht.

Dort stand ein Zug.

Hinter den hell erleuchteten Fenstern der Großraumabteile saßen Technos, die anscheinend auf die Abfahrt warteten. Die stählernen Wagons waren auf Hochglanz poliert, und die schwarze Schrift, die in sie eingestanzt war, ließ sich leicht entziffern.

SUBWAY 1

UNITED STATES OF AMERICA

In Gedanken entschuldigte sich Matt bei all den Verschwörungsfanatikern, über die er in seinem Leben gelacht hatte. Besonders im Internet hatte sich hartnäckig die Behauptung gehalten, dass man während des Kalten Kriegs eine unterirdische Zugstrecke gebaut hätte, die das Weiße Haus mit dem Pentagon in Arlington und dem CIA-Hauptquartier in Langley verband. Wäre eine Atombombe auf eines dieser Ziele gefallen, hätten sich die obersten Regierungsmitglieder damit vorher retten können.

Matt hatte die Geschichte stets für Blödsinn gehalten, aber jetzt sah er sich gezwungen, seine Meinung zu ändern.

Er stand vor dem Zug des Präsidenten.

»*Niemand ahnt, dass die Stadt praktisch von uns regiert wird*«, klang Daynas Stimme blechern aus dem Lautsprecher.

Harold lehnte sich vor. Auf einem der Monitore starrte ihm das Gesicht seines obersten Vorgesetzten entgegen, der die Unterhaltung zwischen der Agentin und dem Fremden interessiert verfolgte.

»Sir«, merkte er an. »Halten Sie es wirklich für klug, ihm so viel über uns zu verraten?«

»Vergessen Sie nicht, dass er uns mit jeder Frage auch etwas über sich selbst verrät. Ist Ihnen aufgefallen, dass er Washington sagt und nicht Waashton? Außerdem spricht er vom Weißen Haus und weiß, was Radioaktivität ist.«

Harold nickte und fluchte innerlich. Er hatte die Besonderheiten tatsächlich nicht bemerkt. »Ich frage nur, Sir, weil wir in den Tunneln keinen Empfang haben. Soll ich DeLano anweisen, während dieser Zeit nichts zu sagen?«

Sein Vorgesetzter dachte einen Moment nach. »Lassen Sie Major DeLano reden, Baker, sonst könnte unser Besucher misstrauisch werden. Sie soll nach eigenem Ermessen entscheiden.«

»Yessir.«

Eigenes Ermessen, dachte Harold, während er die Anweisung an Dayna weitergab. Das waren für ihn die schlimmsten Befehle, denn sie zwangen ihn, Entscheidungen ohne die Grundlage von Vorschriften zu treffen. Er war froh, nicht an DeLanos Stelle zu sein, nahm jedoch an, dass sie das Gleiche über seinen Posten sagen würde.

In seinem Kopfhörer knackte es. »Equalizer vier an Control«, sagte Joshua Harris hörbar zerknirscht. »Bin jetzt am Osttor, aber hier ist niemand. Erbitte Anweisung. Over.«

Harold rieb sich genervt die Schläfen. »Control an Equalizer vier. Melden Sie sich unverzüglich im Hauptquartier. Out.«

Er zog einen Ordner aus der Schreibtischschublade und schlug zwei Paragrafen nach, die er noch nicht komplett auswendig konnte. Wenn Harris hier auftauchte, wollte er die Strafmaßnahmen, die er gegen ihn durchsetzen würde, zumindest richtig zitieren.

Paragrafen kannten so etwas wie eigenes Ermessen nicht.

Dayna war sich nicht sicher, wie sie Matthew Drax einschätzen sollte. Er verhielt sich nicht wie die anderen Menschen, die sie an der Oberfläche getroffen hatte. Sie hatte seine Reaktionen auf die Computer und den Fahrstuhl beobachtet, aber er nahm beides kommentarlos hin, beinahe so, als wäre er damit aufgewachsen. Nur der Zug schien ihn überrascht zu haben.

Jetzt saßen sie in einem der Großraumabteile, deren Licht die vorbeirasenden Tunnelwände erhellte. Der Zug holperte auf den Schienen, zeigte trotz regelmäßiger Wartung leichte Verschleißerscheinungen. Der Weltrat plante seit langem eigene Züge zu bauen und die über fünfhundert Jahre alten Fahrzeuge zu ersetzen, aber die Rohstoffbeschaffung war schwierig.

Dayna wollte die Zeit im Tunnel eigentlich nutzen, um Matthew Drax einige Fragen zu stellen, doch er kam ihr zuvor.

»Ich habe Menschen, die wie Sie seit Jahrhunderten unterirdisch leben, in Europa getroffen«, sagte er. »Sie alle leiden an einem geschwächten Immunsystem und können ihre Bunker nicht mehr ohne Schutzanzüge verlassen. Wieso haben Sie dieses Problem nicht?«

Dayna zögerte, zum einen weil die Information, dass es auf der anderen Seite des Atlantiks eine Zivilisation gab, sie überraschte, zum anderen weil sie nicht wusste, ob sie auf die Frage antworten durfte.

Harold hätte es ihr sicherlich verboten, aber früher oder später würde der Fremde ohnehin die Wahrheit erfahren. Außerdem holte sie so vielleicht den Vertrauensbonus zurück, den sie durch den Zwischenfall mit dem Implantat verloren hatte.

»Wir hatten dieses Problem ebenfalls«, antwortete sie und öffnete die obersten Knöpfe ihrer Uniform. »Aber wir haben es gelöst.«

Sie sah, wie Drax' Augen sich weiteten. Der Anblick der durchsichtigen Kanüle, die eine gelbliche Flüssigkeit tröpfchenweise in ihren Hals pumpte, schien ihn zu schockieren. Dayna zog einen schmalen Plastikbehälter aus der Innentasche ihrer Jacke. Die Kanüle endete darin.

»Der Behälter enthält ein Serum, das uns immunisiert und das Blut reinigt«, erklärte sie. »Wir verwenden es seit ungefähr dreißig Jahren, um an der Oberfläche zu überleben. Wir müssen ständig damit versorgt werden, deshalb die Kanüle.«

Sie strich sich durch das dunkle Haar. »Eine Nebenwirkung des Serums löst bei einigen von uns einen verstärkten Haarwuchs und eine veränderte Pigmentierung der Haut aus. Dadurch fallen wir unter den normalen Menschen weniger auf, auch wenn dieses Aussehen für unser Empfinden sehr unästhetisch ist.«

»Dieses Serum könnte sehr viele Menschen vor dem Tod bewahren«, sagte Matthew.

Dayna nickte. »Das hat es bereits.«

Erst dann bemerkte sie, dass er nicht über ihr Volk, sondern über die Menschen im fernen Europa sprach. Sie kannte das Leben vor dem Serum nur aus den Erzählungen der Älteren und schauderte bei dem Gedanken daran.

Der Zug bremste ab. Die dunklen Tunnelwände verschwanden und wurden von einem hell erleuchteten Gewölbe abgelöst, das sich kaum von dem unterschied, das sie vor einigen Minuten verlassen hatten.

Dayna stand auf. »Wir sind da.«

»Das ist die größte Anlage, die ich bisher gesehen habe«, sagte Matthew sichtlich beeindruckt, als sie durch die offenen Türen traten. »Wie viele Menschen leben hier?«

Harolds Stimme meldete sich in ihrem Ohr. »Die Frage darf nicht beantwortet werden.«

Dayna hob die Schultern. »Ich weiß es nicht genau.

Der Präsident kann Ihnen das sicherlich beantworten.«

Matthew schien sich mit der ausweichenden Erklärung zufrieden zu geben. Schweigend verließen sie die Zugstation und traten in einen der langen Korridore, von denen die Basis sternförmig durchzogen wurde. Ein Transportband befand sich auf der rechten Seite. Dayna wollte Matthew die Benutzung erklären, aber er nickte nur und betrat es ohne Zögern.

»Die Basis ist wie ein Fünfeck aufgebaut«, sagte die Agentin. Sie rechnete mit Harolds mahnender Stimme, aber die blieb aus. »In der Mitte, an dem Knotenpunkt, wo die fünf Hauptkorridore beginnen, liegt das Capitol. Dort berät der Weltrat seine Entscheidungen. Am Ende der Korridore befinden sich Fahrstühle, durch die im Notfall die Basis in den oberen Teil des Gebäudes evakuiert werden kann.«

»Wir sind im Pentagon, richtig?«

Woher weiß er das, wenn er aus Europa kommt?, fragte sich Dayna irritiert. Laut sagte sie: »Das stimmt.«

Sie verließen das Transportband und betraten einen Nebengang, an dessen Ende zwei Soldaten Wache standen. Porträts hingen an den Wänden.

»Commander Matthew Drax ist hier«, sagte Dayna zu den Uniformierten. Einer von ihnen öffnete die Tür und führte ihren Begleiter in den dahinter liegenden Raum.

Dayna blieb zurück und fragte sich, welche Geschichte Matthew wohl zu erzählen hatte.

»Willkommen im Pentagon, Commander Drax. Mein Name ist Victor Hymes. Ich bin der Präsident des Weltrats.«

Der ältere Mann, der sich hinter seinem Schreibtisch erhob und Matt die Hand entgegenstreckte, hatte kurze graue Haare und einen sorgsam gestutzten Vollbart. Er trug eine Uniform, auf deren Brusttasche ein Abzeichen prangte, das Matt erst auf den zweiten Blick wieder erkannte. Dann aber rieselte die Erkenntnis wie ein kalter Schauer in sein Bewusstsein.

Es war das Symbol, unter dem im Jahr 2011 die Beratungen über den Einschlag »Christopher-Floyds« begonnen worden waren: eine von einem Kometen-Keil zerteilte Erdkugel, jetzt kombiniert mit den Streifen der US-Flagge. Matt hatte an einer der Konferenzen teilgenommen und bei dieser Gelegenheit auch Professor Dr. Smythe kennen gelernt, seinen späteren wissenschaftlichen Kopiloten.

Matthew ergriff die Hand des Präsidenten. »Danke, Sir. Es war eine lange Reise.«

Er setzte sich und betrachtete das Arbeitszimmer des Präsidenten. Natürlich gab es keine Fenster, aber der Raum wurde von mehreren altertümlich wirkenden Stehlampen in ein angenehm weiches Licht getaucht. Bücherregale standen an den Wänden, Teppiche bedeckten den Boden. Das einzige Zugeständnis an die moderne Technik war ein Computermonitor, der am Rand des Schreibtischs stand, als wäre er eine tolerierte, aber unerwünschte Notwendigkeit.

Matt bemerkte, dass der Präsident ihn aufmerksam musterte.

»Sie sehen erschöpft aus, Commander«, sagte der ältere Mann. »Wenn Sie es wünschen, führen wir unser Gespräch zu einem späteren Zeitpunkt.«

»Mir geht es gut, Sir. Ich bin nur etwas müde.«

Das stimmte nur zum Teil. Seit er in der Wärme des Büros saß, hatte er den Eindruck, sein Kopf sei voller Watte.

Hymes nickte. »Okay. Bevor wir diese Unterhaltung beginnen, sollte ich Ihnen sagen, dass die anderen Mitglieder des Weltrats zugeschaltet sind. Was Sie mir sagen, sagen Sie ihnen.«

Matt fragte sich automatisch, ob sein Gespräch mit Dayna ebenfalls abgehört worden war, schob den Gedanken aber zur Seite.

»Mr. President«, begann er, »ich habe von der Community in London den Auftrag erhalten, die Regierung der Vereinigten Staaten aufzusuchen. König Roger I. möchte mit Ihnen Wissen und Technologie austauschen.«

Hymes runzelte die Stirn. »England … Haben wir nicht mal gegen die Engländer Krieg geführt?«

»Mit Verlaub, Sir, das war vor über siebenhundert Jahren. Danach haben wir häufig gemeinsam mit den Engländern gegen andere Krieg geführt.«

»Wen meinen Sie mit *wir*, Commander?«

Die Frage kam so unerwartet, dass Matt nicht wusste, was er sagen sollte. Entweder hatte der Präsident ihn mit Absicht in diese Falle geführt, oder er hatte sie durch seinen unbedachten Satz selbst ausgelöst.

»Mit *wir*«, erklärte er wahrheitsgemäß, obwohl er wusste, dass dieses Geständnis die Situation komplizierter gestaltete, »meine ich die Amerikaner.«

Hymes lehnte sich in seinem hohen Sessel zurück. »Etwas Ähnliches habe ich mir gedacht, Commander. Sehen Sie, ich habe Ihre Uniform erkannt und die Flagge darauf. Niemand von uns würde sich als Amerikaner bezeichnen, Sie hingegen schon. Dabei behaupten Sie, aus Europa zu kommen. Finden Sie das nicht merkwürdig?«

Matt seufzte. »Vielleicht sollte ich ganz von vorn beginnen«, sagte er. Und begann zu erzählen.

Dayna stand vor der Tür ihrer Wohneinheit und fragte sich, ob sie das Unvermeidliche nicht noch länger aufschieben konnte. Sie hatte Matthew Drax beim Präsidenten abgeliefert und damit ihren Auftrag erfüllt. Das abgeschaltete Mikrofon und der Empfänger steckten in ihrer Uniformtasche, sie war müde und hungrig. Trotzdem sträubte sie sich dagegen, die Einheit zu betreten.

Sie wusste, was sie dort erwartete.

Dayna wollte sich gerade umdrehen, um noch einen Spaziergang durch die Korridore zu unternehmen, als die Tür sich öffnete.

»Baby«, sagte Malcolm mit breitem Grinsen. »Komm zu Papa.«

Dayna unterdrückte einen Seufzer und ließ sich in die Wohneinheit ziehen.

Wie konnte ich je glauben, dass ich ihn liebe?, fragte sie sich zum wiederholten Mal, als Malcolm die Knöpfe ihrer Uniformjacke zu öffnen begann. Er hatte lange, schlanke Finger, war durchtrainiert und gut aussehend. Dayna wusste, dass sie sich hatte blenden lassen und viel zu schnell auf seinen Vorschlag eingegangen war, eine gemeinsame Wohneinheit zu beantragen. Jetzt bereute sie diese Entscheidung.

Sie schob Malcolm genervt zurück. »Tut mir Leid. Ich bin jetzt wirklich nicht in Stimmung.«

Er reagierte genau so, wie sie befürchtet hatte. »Was soll das heißen, nicht in Stimmung?«, sagte er aufbrausend. »Wir haben seit drei Tagen keinen Sex mehr gehabt. Hast du einen anderen? Ist es einer von diesen WCA-Flaschen? Besorgt er's dir besser als ich?!«

Dayna fuhr sich müde mit der Hand über die Augen. »Du weißt genau, dass das nicht stimmt. Es gibt keinen anderen.« Sie versuchte an seinen gesunden Menschenverstand zu appellieren. »Wenn du einen anstrengenden Tag im OP hattest, bist du ja auch zu müde. Ich hatte eine harte Nacht –«

»Fragt sich nur mit wem!« Malcolms feingliedrige Chirurgenhände zitterten vor Wut. »Es ist Harris, richtig?«, schrie er unvermittelt. Sein Speichel benetzte Daynas Gesicht. »Dieses Schwein grinst immer so dreckig, wenn er mich sieht. Glaub nicht, dass ich so was nicht merke!«

Sie schüttelte den Kopf. Malcolms Stimmungsschwankungen und seine extreme Eifersucht waren nur zwei der Gründe, warum sie ein Zusammenleben mit ihm nicht mehr ertrug.

»Es gibt keinen anderen. Ich ...« Dayna unterbrach sich und legte die Hand ans Ohr, als würde sie einen schlecht verständlichen Befehl über den Empfänger bekommen. Sie wusste, dass ihre Flucht den Streit nur verschob, aber Malcolms Schicht begann erst in einer Stunde, und so lange hielt sie die ständigen Anschuldigungen nicht aus.

»Equalizer zwei an Control«, sagte sie zu niemandem. »Verstanden. Over.«

Malcolm sah sie misstrauisch an, als sie ihre Uniformjacke zuknöpfte.

»Das war Harold«, log Dayna. »Er hat mich gebeten, unseren europäischen Besucher zu seinem Quartier zu bringen. Wir können später über alles reden.«

Sie schloss die Tür hinter sich, bevor Malcolm reagieren konnte, und stieß die Luft aus. Es war das erste Mal, dass sie ihn so dreist belogen hatte.

Müde ging Dayna bis zum Büro des Präsidenten und schickte den Soldaten, der Matthew eigentlich hätte begleiten sollen, in den Bereitschaftsraum. Dann lehnte sie sich gegen die Wand und dachte darüber nach, wie Malcolm auf eine Trennung reagieren würde.

Der Gedanke machte ihr Angst.

»... und dann sah ich die Videokamera. Den Rest kennen Sie ja.« Matt trank einen Schluck Wasser und sah den Präsidenten über den Rand des Glases hinweg an. Der schüttelte den Kopf.

»Eine unglaubliche Geschichte. Ich bin sicher, dass nicht alle Mitglieder des Weltrats meine Auffassung teilen, aber ich halte sie für wahr.« Hymes stand auf und ging zur Tür. »Ich danke Ihnen, Commander. Sie haben uns viel Stoff für unsere Entscheidungen geliefert. Ruhen Sie sich erst einmal aus. Morgen sehen wir dann weiter.«

Matt war unzufrieden mit dem Verlauf des Gesprächs. Der Präsident wirkte zwar wie ein guter Zuhörer und intelligenter Staatsmann, aber Matts persönliche Geschichte hatte ihn deutlich mehr interessiert als die Zustände in den europäischen Communities. Der Frage nach einer möglichen Lieferung des Serums war er aus dem Weg gegangen.

Matt verabschiedete sich vom Präsidenten und trat hinaus auf den Gang, wo eine sichtlich übermüdete Dayna auf ihn wartete.

»Ich bringe Sie in Ihr Quartier«, sagte sie knapp. Ein paar Meter legten sie schweigend zurück. Matt hatte den Eindruck, dass die Agentin etwas bedrückte.

»Haben Sie doch Ärger wegen diesem Harold bekommen?«, fragte er.

»Nein, es sind ... es geht um private Dinge.« Rasch wechselte sie das Thema. »Wie war Ihr Treffen mit dem Präsidenten?«

Matt schilderte seinen Eindruck.

»Sie sollten die Zurückhaltung des Präsidenten nicht überbewerten«, kommentierte sie, als ob sie Hymes verteidigen müsse. »Der Weltrat ist gespalten, was eine Öffnung nach draußen betrifft. Eine Fraktion misstraut allen äußeren Einflüssen. Aus diesem Grund dürfen Sie sich nur in Begleitung in der Basis bewegen. Außerdem wird eine Wache vor Ihrer Tür postiert.«

Matt verzog das Gesicht. »Mache ich denn einen so feindseligen Eindruck?«

»Sie sind ein Fremder. Manchen reicht das schon.«

»Und wie kann ich die von meiner Aufrichtigkeit überzeugen?«, fragte er mehr sich selbst als die Agentin.

Sie lächelte. »Klauen Sie einfach keine silbernen Löffel.«

»Ich werde mich bemühen.«

Sie bogen in den Hauptkorridor ein. Matt wollte gerade auf das Transportband steigen, als er überrascht stehen blieb. Ein Frekkeuscher stand in der Mitte des Gangs und sah ihn aus trüben Augen an.

»Ich wusste nicht, dass …« *… sie auch Frekkeuscher verwenden,* hatte er sagen wollen, brach jedoch ab, als er einen zweiten Blick auf das Tier warf und erkannte, dass es sich nur um einen Techno handelte, der in einer Art Gabelstapler saß. Seine übermüdeten Sinne hatten ihm einen Streich gespielt.

»Was wollten Sie sagen?«

Er schüttelte den Kopf. »Nichts. Ich bin nur etwas müde.«

Sein Quartier lag an einem langen Gang voller Türen und war leicht durch einen jungen Uniformierten zu erkennen, der davor stand und mit den Patronen seiner Waffe jonglierte.

»Joshua?«, fragte Dayna. »Was machst du denn hier?«

Harris zuckte die Schultern. »Strafdienst. Harold hat mich wegen Insubordination drangekriegt.« Er sah Matt an. »Hey, Sie müssen der Mann aus Europa sein. Freut mich, Sie kennen zu lernen.«

»Neuigkeiten sprechen sich hier wohl schnell herum.«

Harris grinste. »Vor allem die mit Geheimhaltungsstufe. Wenn Sie Lust haben, treffen wir uns nachher auf ein Bier. Ich würd gern wissen, wie's am anderen Ende der Welt aussieht.«

»Warum nicht«, stimmte Matt zu. Er öffnete die Tür zu seinem Quartier und war erleichtert, nicht noch einen Wachposten neben seinem Bett zu finden, was aber vermutlich nur daran lag, dass der Raum gerade groß genug für eine Person war.

»Es war leider kein anderes Zimmer frei«, entschuldigte sich Dayna. »Der Wohnraum hier unten ist etwas beengt.«

»Kein Problem. Die letzten Nächte habe ich in Höhlen verbracht. An so viel Komfort bin ich kaum noch gewöhnt.« Er drehte sich zu ihr um. »Ich ...«

Sie sah ihn verwirrt an. »Alles in Ordnung?«

Matt nickte hastig. »Ja ... hm, gute Nacht.«

Er schloss die Tür, ohne ihre Antwort abzuwarten. Das war vielleicht unhöflich, erschien ihm jedoch als die einzige Möglichkeit, die Fassung zu bewahren. Schließlich konnte er ihr kaum sagen, dass er zwar *ihre* Stimme gehört, aber *Aruulas* Gesicht gesehen hatte.

Matt lehnte sich gegen die Tür und schloss die Augen.

Was ist nur los mit mir?

Malcolm spürte, wie die Wut ihn innerlich verzehrte. Er hatte zwei Stühle in der gemeinsamen Wohneinheit zertrümmert, aber selbst das besänftigte ihn nicht. Nur die Selbstkontrolle, die er nach außen hin wahrte, schützte ihn davor, sich auf den nächstbesten Passanten zu stürzen und dessen Kopf in den Beton zu rammen.

Als er Harold in einem Nebengang entdeckte, hielt ihn nichts mehr auf dem Transportband. Mit einem Sprung setzte er über das Geländer hinweg und lief auf den kleineren Mann zu.

»Harold«, sagte er freundlich, während seine Faust in Gedanken gegen das Gesicht des Koordinators krachte. »Könnte ich dich kurz sprechen?«

»Natürlich. Worum geht es?«

Malcolm lächelte entschuldigend. »Ich habe den Eindruck, dass Dayna in letzter Zeit etwas überarbeitet ist. Sie ist nervös, fängt schnell Streitigkeiten an ... Du weißt schon. Vielleicht kannst du sie in den nächsten Wochen etwas seltener einsetzen.«

»Sie arbeitet nicht mehr als jeder andere Agent im Außendienst«, antwortete Harold steif. »Hat sie sich etwa über mich beschwert?«

»Nein, ganz und gar nicht. Es ist nur etwas ärgerlich, wenn man sich nach einer zwölfstündigen Schicht mit seiner Freundin entspannen will und die nach fünf Minuten schon wieder weg muss. Du hättest doch bestimmt jemand anderen finden können, der diesen Europäer in sein Quartier bringt.« Malcolm ballte die Fäuste. Er hatte seine Wut kaum noch unter Kontrolle.

»Da muss ein Missverständnis vorliegen«, sagte Harold stirnrunzelnd. »Dayna hat mich kontaktiert und mitgeteilt, dass sie den Agenten, der eigentlich dafür zuständig war, abgezogen hat. Sie wollte diese Aufgabe übernehmen.«

Ich habe es gewusst, dachte Malcolm. Er ließ den irritierten Harold stehen und setzte seinen Weg zur Arbeit fort.

»Die kleine Schlampe belügt mich«, murmelte er.

Matt verdrängte den Gedanken an Halluzinationen und ließ sich erschöpft auf das Bett fallen. Wenn er erst einmal ein paar Stunden geschlafen hatte, würde auch seine Wahrnehmung wieder vernünftig funktionieren.

Er blieb auf der Bettdecke liegen und schloss die Augen. Sein Körper hatte sich mittlerweile so sehr an die Kälte gewöhnt, dass der Raum ihm erstickend warm vorkam. Die Matratze war fast so weich wie altes Stroh.

So weit ist es schon gekommen, dachte Matt schläfrig. *Ich ziehe Stroh Matratzen vor.*

Es wurde immer wärmer.

Ein beißender Geruch lag in der Luft. Etwas kratzte über den nackten Betonboden. Es klang wie eine Kralle.

Matt öffnete die Augen.

Rauchschwaden hingen wie Nebel in dem kleinen Raum, reizten ihn zum Husten. Er sprang von dem fauligen Stroh auf, in dem er gelegen hatte, und spürte kalten harten Lehm unter seinen Füßen. Rote Augen starrten ihn aus der Dunkelheit an.

O nein, dachte er, als er den Geruch endlich erkannte, *Taratzen*.

Die aggressiven menschengroßen Ratten waren schon in freier Wildbahn gefährliche Gegner, aber in dieser beengten Höhle war Matt ihnen praktisch ausgeliefert. Er fragte sich, warum er den strengen Geruch, den sie verströmten, nicht schon bemerkt hatte, als er hier nach einem Schlafplatz suchte, fand aber keine Antwort. Er wusste nur, dass er so schnell wie möglich nach draußen musste.

Geduckt tastete er sich durch die Höhle und hoffte auf dem Boden seine Kleidung zu finden oder zumindest die Stiefel. Er begriff seinen eigenen Leichtsinn nicht, der ihn dazu bewogen hatte, sich an einem fremden Ort auszuziehen.

Die roten Augen begannen um ihn zu kreisen. Die Taratzen spielten mit ihm, als wüssten sie genau, dass ihr Opfer keine Chance hatte.

Matts Finger ertasteten Holz. Ein seltsam gekrümmter Ast, der jedoch stabil wirkte. Er nahm ihn auf, machte eine rasche Drehung und hörte, wie das Holz mit einem unsichtbaren Gegner kollidierte. Der Ast zersplitterte in seiner Hand. Die restlichen Teile schleuderte er den Taratzen entgegen.

Ein plötzlicher Lichtstrahl ließ ihn herumfahren. Ohne es zu bemerken, musste er den Ausgang der Höhle erreicht haben. Matt spürte die Blicke der Taratzen in seinem Rücken, als er darauf zurannte.

Plötzlich tauchte eine Gestalt vor ihm auf, stellte sich zwischen ihn und den rettenden Ausgang. Sie zischte angriffslustig, streckte Matt lange Klauen entgegen.

Er zögerte keine Sekunde. Mit einem Schrei warf er sich nach vorn und riss die Taratze zu Boden. Er spürte ihr hartes, borstiges Fell unter seinen Händen. Scharfe Zähne schnappten nach ihm. Spitze Krallen ritzten seine Haut.

Matt schlug zu. Er deckte die Taratze mit einer Serie von Hieben ein, die das Tier aufstöhnen ließen.

>Menschliches Stöhnen.<

Es hielt ein Stück Metall in der Hand, das es Matt ins Gesicht rammen wollte, aber der blockte im letzten Moment ab. Ein Tritt der Taratze schleuderte ihn zurück.

>»Harris an alle. Ich brauche –«<

Bevor die Riesenratte wieder auf die Füße kommen konnte, war Matt bei ihr. Er tauchte mit Leichtigkeit unter ihren Schlägen hindurch, trat ihr die Beine unter dem Körper weg. Sie krallte sich an ihm fest, zog ihn mit zu Boden. Er schlug zu.

>Harris.<

Matt sah das Metallstück vor sich liegen.

>Eine Pistole?<

Er griff danach, holte aus, um der Taratze den Schädel zu zertrümmern. Das geschwächte Tier schrie ihm seine Angst entgegen.

>»Nein! Bitte!«<

Das haarlose Gesicht der Riesenratte war blutig und schmerzverzerrt. Ihre dunklen menschlichen Augen sahen Matt flehend an. Die Uniform, die er in seiner linken Hand spürte, war grau und fleckig; die Pistole in seiner rechten Hand schwer wie Blei. Er ließ sie sinken.

»Harris?«, fragte Matt tonlos.

Der Soldat schlug ihn zur Seite, kroch zitternd weiter in den Gang.

»Harris ... an alle«, stieß er hervor. »Ich werde angegriffen ...«

Matt setzte sich auf und schüttelte benommen den Kopf. Wo war die Höhle, wo die Taratzen? Wieso war er wieder in der unterirdischen Basis, und wer hatte den Soldaten angegriffen?

Matts Blick fiel auf seine blutbeschmierten Hände, und er erkannte die Antwort.

Ich, dachte er, *ich war es.*

Dayna wischte sich den Schlaf aus den Augen und betrat die Krankenstation. Sie hatte gerade mal zwei Stunden Ruhe gefunden, bevor der Notruf sie erreichte. General Crow hatte ihr persönlich den Auftrag erteilt, den Zwischenfall, bei dem Matthew Drax Harris angegriffen hatte, zu untersuchen.

Der Weltrat war offensichtlich besorgt.

Die kleine Krankenstation war weiß gekachelt und roch nach Desinfektionsmitteln. Auf einem Tisch lagen blutige Tücher, einige Petrischalen und ein schwarzer länglicher Gegenstand, der wie ein Gehirnwellenscanner aussah. Er war geöffnet, sollte anscheinend repariert werden.

Joshua lag auf einem Metalltisch, über dem eine blendend helle Lampe angebracht war. Seine Rippen waren bandagiert, sein Gesicht verquollen. Malcolm saß neben ihm auf einem Stuhl und betrachtete einige Röntgenbilder. Er drehte Dayna den Rücken zu und hatte sie noch nicht bemerkt.

»Du hast Glück gehabt«, sagte er in diesem Moment zu Joshua. »Es ist nichts gebrochen. Wir werden dich über Nacht zur Beobachtung hier behalten, aber ich glaube nicht, dass es Komplikationen geben wird.«

Dayna atmete auf. Malcolm hatte anscheinend seine Verdächtigungen gegenüber Harris aufgegeben, sonst hätte er ihn kaum so zuvorkommend behandelt.

»Joshua«, machte sie sich bemerkbar. »Wie gehts dir?«

Der Agent drehte den Kopf und versuchte ein misslungenes Lächeln. »Beschissen«, sagte er mit schwerer Zunge.

Dayna zog einen zweiten Stuhl heran und setzte sich. Sie bemerkte Malcolms Blick, ignorierte ihn jedoch.

»Was ist passiert?«

Joshua seufzte. »Wenn ich das so genau wüsste. Ich hab ein Poltern im Zimmer des Europäers gehört und wollte nachsehen, ob alles okay ist. Ich hab die Tür geöffnet und *peng* – hatte ich eine sitzen. Er war wie ein Tier, das man in die Enge getrieben hat, Dayna. Er hätte mich beinahe umgebracht.«

»Und du bist sicher, dass es Matthew Drax war?«, fragte Dayna.

»Absolut. Er hat mich auf einmal angesehen und meinen Namen gesagt. Dann hat er mich in Ruhe gelassen.«

Malcolm mischte sich ein: »Das hätte *dir* auch passieren können, Schatz. Schließlich warst du gestern mehrere Stunden mit ihm zusammen.«

Seine Stimme hatte einen merkwürdigen Unterton, den Dayna zwar bemerkte, aber nicht einordnen konnte. Sie dachte an Matthew Drax und die Informationen, die General Crow ihr über ihn gegeben hatte. Auch wenn die Geschichte, die er dem Präsidenten erzählt hatte, reichlich fantastisch klang, wirkte er auf Dayna nicht geisteskrank. Im Gegenteil, denn nur im Zusammenhang mit dieser Geschichte ergaben die Details, die ihr aufgefallen waren, Sinn.

Sie stand auf. »Ich werde mit Drax reden. Vielleicht bringen wir so Klarheit in diesen Zwischenfall.«

Malcolm griff nach ihrem Arm. »Bitte sei vorsichtig«, sagte er mit aufgesetzt wirkender Besorgnis. »Ich möchte dich nicht hier liegen sehen.«

Dayna löste sich aus seinem Griff. Sie konnte seine Berührung kaum noch ertragen. In diesem Moment wusste sie mit vollkommener Sicherheit, dass die Beziehung zwischen ihr und Malcolm vorbei war.

Sie wandte sich ab und verließ die Krankenstation.

Malcolm sah ihr nach, bis die Tür sich hinter ihr schloss. Dann nahm er eine Pinzette, die auf dem Tisch lag und beugte sich über Joshua.

Nach und nach füllten sich die Petrischalen, deren Etiketten mit einem handschriftlichen Zusatz versehen waren:

M. DRAX

Matt stand nicht auf, als Dayna das Zimmer betrat. Er saß auf dem Bett und spielte nervös mit den Kettengliedern seiner Handschellen. Zwei Soldaten standen neben der Tür und beobachteten misstrauisch jede seiner Bewegungen. Direkt nachdem der Sanitäter, der seine Hände versorgt hatte, gegangen war, hatte er sie darum gebeten, duschen zu dürfen, aber sie hatten ihn ignoriert. Zumindest hatten sie ihm erlaubt, die neben dem Bett bereitliegenden Boxershorts überzuziehen.

Dayna blieb vor ihm stehen. Matt dachte daran, dass er den einzigen Stuhl im Zimmer während seines nächtlichen Anfalls zertrümmert hatte, und senkte den Kopf. Seine bandagierten Knöchel pochten unangenehm, aber er merkte es kaum.

»Das ist wohl schlimmer, als ein paar silberne Löffel zu stehlen«, sagte er, auf das Gespräch anspielend, dass sie am Vortag geführt hatten.

Dayna sah zu den Soldaten neben der Tür. »Gebt mir die Schlüssel für die Handschellen und verlasst den Raum. Ich möchte allein mit dem Europäer sprechen.«

Die Uniformierten zögerten.

»Ich weiß nicht, ob das so eine gute Idee ist«, stimmte Matt ihrem stummen Widerspruch zu, aber Dayna schüttelte den Kopf.

»Ich habe gesehen, wie Sie Joshua zugerichtet haben. Ich werde kein Risiko eingehen.«

Einer der Soldaten griff in seine Brusttasche und reichte der Agentin die Schlüssel. Dann verließen die beiden Männer den Raum und schlossen die Tür hinter sich.

Matt sah auf. »Wie geht es Harris?«

»Er ist nicht schwer verletzt. In ein paar Tagen ist er wieder auf den Beinen.«

»Wenigstens eine gute Nachricht.«

Er schüttelte den Kopf, als Dayna nach seinen Handschellen greifen wollte. »Ich fühle mich sicherer, wenn ich Sie nicht ganz so leicht angreifen kann«, sagte er.

Die Agentin hob die Schultern, legte den Schlüssel neben ihn und setzte sich ans Fußende des Betts. »Joshua hat mir bereits erzählt, was aus seiner Sicht geschehen ist. Jetzt würde ich gerne Ihre Version hören.«

Matt seufzte. »Danach werden Sie den Schlüssel wegwerfen.«

Er dachte einen Moment nach und begann zuerst stockend, dann immer fließender zu erzählen. Er ließ nichts aus, weder die Halluzination des Frekkeuschers im Gang noch die Einzelheiten seines brutalen Angriffs auf Harris.

»Es war alles so real«, sagte er schließlich, »nicht wie ein Albtraum, der bereits nach dem Aufwachen keinen Sinn mehr ergibt. Ich sehe die Taratzenhöhle noch vor mir, wenn ich die Augen schließe. Der Gestank, der Rauch, das Fell in meiner Hand. Alles wirkte echt. Verstehen Sie jetzt, warum ich Angst habe, den Verstand zu verlieren?«

»Sie glauben, dass es noch mal passieren wird?«

Matt fuhr sich mit den Händen durch die Haare. »Ich weiß es nicht. Ich kann mir selbst nicht mehr vertrauen. Es –«

Die Tür wurde geöffnet. Er unterbrach sich und drehte den Kopf, um zu sehen, wer hereingekommen war.

Dayna stand im Türrahmen.

Matt schluckte, sah zurück zum Fußende des Betts. Es war leer. Der Schlüssel, der eben noch neben ihm gelegen hatte, war verschwunden.

Dafür standen die Soldaten wieder an der Tür. Einer sah Dayna an und legte in einer Geste, die auch nach fünfhundert Jahren ihre Bedeutung nicht verloren hatte, den Finger an seine Stirn.

»Der Europäer dreht durch«, sagte er, ohne Rücksicht darauf zu nehmen, dass Matt jedes Wort hören konnte. »Er redet seit ein paar Minuten mit sich selbst.«

»Worüber?«, fragte Dayna.

»Keine Ahnung. Ist keine Sprache, die ich spreche. Ein paar Brocken konnte ich verstehen, mehr aber auch nicht. Irgendwas mit et tu fa tu oder so …«

Matt kämpfte gegen die Panik an, die heiß in ihm aufstieg.

Ich habe in der Sprache der Wandernden Völker gesprochen, dachte er entsetzt. *Es war alles Einbildung …*

Er glaubte in einen Abgrund zu stürzen.

Dayna runzelte die Stirn. Matthew starrte sie an wie einen Geist. Die Farbe war aus seinem Gesicht gewichen, und für einen Moment wirkte er tatsächlich wie ein Wahnsinniger.

Dann fing er sich wieder.

Dayna schickte die beiden Wachen trotz deren Proteste aus dem Raum und setzte sich ans Fußende des

Bettes. Sie brauchte Matthew nicht zu drängen, seine Version des Zwischenfalls zu erzählen. So weit sie es beurteilen konnte, ließ er nichts aus. Als er geendet hatte, lehnte er sich gegen die Wand und spielte nervös mit den Bandagen an seinen Knöcheln. In seinen Augen sah Dayna die Angst eines Mannes, der seinem eigenen Verstand nicht mehr traute.

»Sie wissen nicht, ob ich wirklich hier bin, oder?«, fragte Dayna sanft.

Matthew hob die Schulter. »Gestern hätte ich über eine solche Frage noch gelacht, aber heute ... Sagen wir es so: Ich hoffe, dass Sie real sind, denn sonst habe ich die ganze Geschichte zweimal umsonst erzählt.«

Sein Lächeln wirkte nicht sehr überzeugend.

Dayna sah ihn an. »Wissen Sie, was ein posttraumatisches Stress-Syndrom ist?«

»Natürlich. In der Air Force war das ein Thema, über das niemand gerne sprach. Ich habe von einem Piloten gehört, dessen Hände nach einem Einsatz nicht mehr aufhörten zu zittern. Er konnte keine Kaffeetasse mehr halten, geschweige denn einen Steuerknüppel.« Matthew stutzte, schien erst jetzt die Bedeutung ihrer Frage zu erkennen. »Sie glauben, das könnte die Ursache für meine Halluzinationen sein?« Er schüttelte den Kopf. »Das kann ich mir nicht vorstellen. Sicherlich gab es im letzten Jahr einige traumatische Momente, aber es war kein Horrortrip, der mich den Verstand gekostet hätte. Und es erklärt auch nicht, warum die Probleme ausgerechnet jetzt auftreten.«

Dayna zögerte. Sie kannte Matthew erst seit einem Tag, deshalb war es nicht leicht, mit ihm über etwas doch sehr Persönliches zu sprechen. Auf der anderen Seite konnte sie ihm vielleicht damit helfen, denn sie wusste, wie er sich fühlte.

»Die Dinge liegen nicht immer an der Oberfläche«, sagte sie schließlich. »Sie sind aus Ihrer vertrauten Welt in etwas Fremdes geschleudert worden, haben Freunde und Familie verloren. Monatelang standen Sie unter Spannung, haben stets mit einer Gefahr gerechnet, und jetzt sind Sie auf einmal in Sicherheit. Die Spannung, die wie ein Deckel auf einem Topf gesessen hat, ist weg, und alles, was in diesem Topf ist, drängt nach draußen. Glauben Sie mir, Matthew, Sie verlieren nicht den Verstand. Sie brauchen nur etwas Zeit, um alles zu verarbeiten.«

Genau wie ich das gebraucht habe, dachte sie.

Der Pilot sah sie schweigend an. Er schien zu spüren, dass sie nicht nur über ihn, sondern auch über sich selbst gesprochen hatte. Wenn er angenommen hatte, sie würde noch mehr erzählen, enttäuschte ihn Dayna, denn sie stand auf und ging zur Tür.

»Ruhen Sie sich aus. Wenn Sie möchten, kann ich Ihnen etwas zum Lesen bringen.«

Matthew nickte. »Ja, am besten ein Buch, das der Situation angemessen ist. Wie wärs mit ›Dr. Jekyll und Mr. Hyde‹?«

Dayna erwiderte sein Lächeln, bevor sie das Zimmer verließ. Ihre Worte hatten Matthew Drax anscheinend aufgeheitert und ein wenig von seiner Sorge abgelenkt. Den Preis, den sie dafür zahlen musste, kannte sie: eine Nacht voller Albträume …

Das Capitol war ein Relikt aus der Zeit der Großen Seuche.

Wann war das noch?, dachte Präsident Victor Hymes, als er den großen leeren Saal betrat. *2117 bis 2165? Oder 66?*

Jedes Kind kannte die Daten, aber so sehr er sich auch anstrengte, sie fielen ihm partout nicht ein. Nur die Ereignisse standen klar vor seinem geistigen Auge.

Aus den damaligen Videoaufzeichnungen ging hervor, dass alles ganz harmlos angefangen hatte. Ein unaufmerksamer Techniker, dem ein defekter Luftfilter in der Bunkeranlage entgangen war; einige Menschen, die wenige Stunden später über Halsschmerzen klagten … Hätte man die Zusammenhänge zu diesem Zeitpunkt begriffen, wäre der Gemeinschaft ein fünfzigjähriger Leidensweg erspart geblieben, doch die Ärzte schlugen erst Alarm, als Menschen mit fiebrig glänzenden Augen blutend in den Korridoren starben.

Doch da war es bereits zu spät.

Zuerst erwischte es die Techniker, die in den Belüftungsschächten arbeiteten, dann die Ärzte, von denen die Erkrankten behandelt wurden, schließlich deren Familien und den gesamten Bunker.

Präsident Miguel Fernandez, der erst 2115 gewählt worden war, starb nur zwölf Tage nach Ausbruch der Seuche und hinterließ eine verängstigte, dem Tode nahe Gemeinschaft. Aus Furcht vor der Seuche zogen sich die Menschen in ihre Wohneinheiten zurück, verbarrikadierten die Türen und kamen erst heraus, wenn Hunger und Durst unerträglich wurden.

Im Capitol, dem einzigen Raum mit ausreichender Größe, stapelte man die Toten. Es war wie eine Metapher für das Versagen der Politik und den Untergang des Staates. Kein Senator wagte sich mehr in den Saal, niemand traf dringend notwendige Entscheidungen. Nur die wenigen nicht erkrankten Ärzte arbeiteten Tag und Nacht auf der Suche nach einer Heilung.

Es war nur eine Frage der Zeit, bis jemand die Situation erkannte und nach der Macht im Regierungsbunker griff. Dieser Jemand trug den Namen General William Hymes. Keine zwei Monate nach dem Tod des letzten Präsidenten putschte er gemeinsam mit einigen Getreuen. Er stieß kaum auf Gegenwehr.

Victor Hymes hatte zahlreiche Bücher und Aufsätze über seinen berüchtigten Vorfahren gelesen, aber so sehr ihn dessen Gräueltaten an angeblichen Regimegegnern auch schockierten, konnte er ihn doch nicht gänzlich verdammen, denn diese Terrorherrschaft hatte Richard Vaughn hervorgebracht.

Manchmal, dachte Hymes, *bedarf es eines großen Gegenpols, um die eigene Stärke zu erkennen*.

Er durchquerte den Saal und stieg die Stufen zum Sitz des Präsidenten empor. Jedes Mal, wenn er sich auf dem harten ungepolsterten Stuhl niederließ, lief ihm ein Schauer über den Rücken, und er sah die Videoaufnahmen von Vaughns erster Rede vor sich.

Senator Vaughn hatte den Ruf eines ruhigen, fast schon schüchternen Politikers, der in seinem bisherigen Leben nur ein relativ unwichtiges Gesetz zum Vorfahrtsrecht auf Transportbändern durchgesetzt hatte. Wie es ihm gelungen war, nach General Hymes' Putsch in das Capitol einzudringen und den gesamten Saal mit Kameras und Lautsprechern zu vernetzen, war ein Rätsel, mit dem sich Historiker seit Jahrhunderten beschäftigten.

Aber er hatte es geschafft.

Es war gegen Mittag eines weiteren Tages voller Horrormeldungen über noch mehr Seuchenopfer und eine bevorstehende Hungersnot, als die Monitore in allen Wohneinheiten plötzlich flackerten und einen Mann zeigten, der zwischen den Leichen auf den Stufen zum Präsidentensitz saß.

Vaughn sprach weder besonders laut noch leidenschaftlich, aber er bewegte seine Zuhörer und brachte sie dazu, ihm über ihre Kommunikationseinheiten zu antworten. Zum ersten Mal seit Monaten sprachen die Mitglieder der Bunkergemeinschaft über ihre Lage und ihre Ängste – aber auch über ihre Hoffnungen und die Zukunft.

General Hymes war exakt vier Monate, dreizehn Tage und acht Stunden an der Macht, bevor er von seinen eigenen Soldaten an der Oberfläche ausgesetzt wurde und starb.

Richard Vaughn wurde zum Präsidenten gewählt und führte die Tradition, allein aus dem Capitol zu sprechen, fort.

Es dauerte rund fünfzig Jahre, bis die Seuche in all ihren Formen und Mutationen besiegt worden war und der Bunker endlich zur Ruhe kam.

Präsident Victor Hymes betrachtete die leeren, im Halbkreis angeordneten Sitze, die ihm zugewandt waren. Auf jedem stand ein Namensschild, eine Kamera und ein kleiner Lautsprecher. Auch wenn längst keine Leichen mehr im Capitol lagen, blieb der Saal im Gedenken an Richard Vaughns Mut allein dem Präsidenten vorbehalten. Die Senatoren nahmen aus ihren Büros an den Sitzungen teil. Nur eines hatte sich in den letzten Jahrhunderten verändert: Aus Sicherheitsgründen war der Rest der Bunkergesellschaft ausgeschlossen. Was hier besprochen wurde, blieb geheim, bis der Präsident die Beschlüsse öffentlich verkündete. An manchen Tagen wusste Hymes nicht, ob das eine gute Entwicklung war.

Ein grünes Licht an der Seite seines Sitzes signalisierte ihm, dass alle Senatoren an ihren Plätzen waren. Er drückte auf einen Knopf, der einen Gong ertönen ließ.

»Ich heiße Sie alle zur Sondersitzung des Weltrats willkommen«, sagte Hymes. »Ich nehme an, Sie haben sich mit den Unterlagen vertraut gemacht.«

»Das haben wir in der Tat«, verkündete eine Stimme aus dem rechten Block. »Mr. President, das Verhalten des Fremden entspricht genau den irrationalen Mustern, die wir befürchtet haben. Er ist eine Gefahr für jeden Einzelnen im Bunker und ein unkalkulierbares Sicherheitsrisiko. Wir sollten –«

»Blödsinn!«, unterbrach jemand aus der linken Ecke. »Wir sollten eine kleine Schlägerei nicht überbewerten. Denken Sie doch nur an die Informationen, die wir durch Commander Drax erhalten haben. Endlich haben wir die Gelegenheit, Kontakt zu einer Zivilisation in Europa aufzunehmen und unsere Forschungen auszudehnen.«

»Sie sollten lieber nicht die Informationen unterschätzen, die Drax von *uns* bekommen hat!« Wieder die Stimme aus dem rechten Block. »Er weiß, dass wir ein Serum haben, und wenn wir ihn noch ein paar Tage hier herumlaufen lassen, kennt er vielleicht sogar unsere Truppenstärke. Ich sage, wir dürfen erst mit den Europäern Kontakt aufnehmen, wenn wir unseren eigenen Kontinent unter Kontrolle gebracht haben und aus einer Position der Stärke verhandeln.«

»Wollen Sie erobern oder erforschen, geschätzter Kollege? Wir haben die einmalige Gelegenheit, nicht nur mehr über Europa, sondern auch über die Welt vor ›Christopher-Floyd‹ zu erfahren. Das –«

»- sind Hirngespinste, nichts weiter! Sehen Sie sich Drax doch an! Glauben Sie wirklich, dass Sie von einem Wahnsinnigen vernünftige Informationen bekommen? Das ist lächerlich!«

»*Sie* sind lächerlich, Sie alter Saft-«

»Meine Herren«, unterbrach Hymes die Diskussion. »Wir sollten sachlich bleiben. Sie alle haben das Gespräch zwischen mir und Drax gehört und waren der Meinung, dass er glaubwürdig klang.«

»Das war, bevor er einen Wachmann halb totgeschlagen hat«, warf die Stimme aus dem rechten Block ein.

Der Präsident nickte. »Dieses Verhalten ist Besorgnis erregend, aber sollten wir nicht abwarten, bis wir Licht in die Angelegenheit gebracht haben? Wäre es nicht falsch, unsere Politik an einem einzigen Vorfall, dessen Ursache wir noch nicht einmal kennen, zu orientieren?«

Dieses Mal antworteten gleich mehrere Stimmen aus beiden Blöcken. Hymes wusste, dass die Fronten zwischen den so genannten Forschern und den selbsternannten Bewahrern verhärtet waren, aber dass sie mit einer solchen Vehemenz reagierten, überraschte auch ihn. Die Diskussion wogte lautstark von einer Seite zur anderen, ohne zu einem Ergebnis zu kommen. Beide Blöcke schienen die Anwesenheit des Fremden nutzen zu wollen, um lange schwelende Streitigkeiten von neuem aufzurollen.

Der Präsident seufzte so leise, dass die Mikrofone das Geräusch nicht wahrnahmen.

Das wird eine Weile dauern, dachte er.

Dayna hatte ihr Versprechen gehalten und Matt tatsächlich ein Buch vorbeigebracht, allerdings nicht Robert Louis Stevensons *»Dr. Jekyll und Mr. Hyde«*, sondern eine illustrierte Geschichte der Washingtoner Bunkergesellschaft.

Er wunderte sich anfangs über den einfachen Stil, in

dem das Werk geschrieben war, doch dann entdeckte er eine Zeichnung Washingtons, unter der die Worte »*Mami kann dir sicher sagen, welche Farbe Bäume haben. Vielleicht hilft sie dir beim Ausmalen*« standen. Das Buch war offensichtlich Unterrichtslektüre in der Grundschule.

Sehr schmeichelhaft, dachte Matt.

Trotzdem verbrachte er den Tag mit der Geschichte des Bunkers, auch wenn in der kindgerechten Darstellung wenig Interessantes übrig geblieben war. Man musste schon zwischen den Zeilen lesen, um etwas von dem Horror zu erahnen, der sich beispielsweise während der Großen Seuche und dem kurzen Bürgerkrieg im 22. Jahrhundert abgespielt hatte.

Matt hätte sich gerne mit jemandem über all das unterhalten, aber den ganzen Tag über wurde die Tür zu seinem Zimmer nur zweimal aufgeschlossen. Beim ersten Mal stellte ein grimmig dreinblickender schweigender Mann ein Tablett vor ihn auf den Boden, beim zweiten Mal wiederholte sich der Vorgang mit dem einzigen Unterschied, dass das Tablett diesmal von einer grimmig dreinblickenden schweigenden Frau abgestellt wurde.

Dayna schien als Einzige im Bunker noch ein Interesse daran zu haben, mit ihm zu reden. In den langen Stunden, die er lesend auf dem Bett verbrachte, ertappte sich Matt immer wieder dabei, dass seine Gedanken von der Lektüre zu ihr abschweiften.

Es war ihm nicht entgangen, dass sie gezögert hatte, als sie von den Ursachen eines Stress-Syndroms sprach. Er fragte sich, ob sie eine eigene Geschichte damit verband und deshalb so stark auf ihn eingegangen war.

Die Gedanken an seine Halluzinationen versuchte

Matt so weit wie möglich zu verdrängen. Auch wenn sein Verstand wusste, dass das Unsinn war, gab es doch eine kleine irrationale Stimme, die behauptete, allein die Erinnerung daran könne sie vielleicht zurückbringen.

Seit die grimmige Frau das Essen abgestellt hatte, mussten Stunden vergangen sein. Matt vermutete, dass es an der Oberfläche jetzt tiefste Nacht war. Trotzdem wollte er nicht schlafen. Er hoffte, dass er wach eine größere Chance hatte, eine beginnende Halluzination zu erkennen und sich gegen sie zu wehren. Er war beinahe dankbar über die Handschellen, mit denen es ihm nicht nur schwer fallen würde, jemanden anzugreifen, sondern die auch so unbequem waren, dass sie das Wachbleiben erleichterten.

Matt wandte sich wieder dem Buch zu. Bis zum Jahr 2300 war er bereits gekommen, aber die Konzentration fiel ihm mit jeder Seite schwerer. Zu groß war die Müdigkeit, zu chaotisch die Gedanken, die ihm immer wieder durch den Kopf schossen.

Nicht einschlafen, dachte er angestrengt. *Nicht ...*

Ein Poltern ließ ihn hochschrecken.

Matt setzte sich auf und sah sich irritiert um. Nach einem Moment entdeckte er das Buch, das ihm anscheinend aus den Händen gefallen war, denn es lag jetzt auf dem Boden neben dem Bett.

Ich bin wohl doch eingeschlafen, erkannte er. Frustriert über seine fehlende Willenskraft streckte er die rechte Hand nach dem Buch aus – und erstarrte.

Wie in einer Reihe von Fotografien nahm er das Bild wahr, das sich ihm bot.

Der stählerne Ring der Handschelle, der fest um sein Handgelenk saß.

Die kurze Kette, die daran befestigt war und langsam hin und her schwang.

Der zweite, geöffnete Ring, in dessen Schloss ein kleiner Schlüssel steckte.

Die Bandage um seine Knöchel, feucht und rot glänzend.

Das klebrige Blut auf seiner Hand und die feinen dunklen Spritzer auf seinem Arm.

»Das ist nicht real«, murmelte Matt, während sein Kopf unter dem Dröhnen des Herzschlags zu explodieren drohte. »Das ist nur eine Halluzination, nichts weiter. Ist gleich vorbei.«

Erst jetzt roch er es; den Geruch von Eisen, der wie eine Anklage in der Luft hing. Er musste seinen Körper dazu zwingen, die Beine auf den Boden zu stellen und sich aufzurichten. Seine nackten Fußsohlen berührten etwas klebrig Feuchtes, aber er sah nicht hin, *konnte* nicht hinsehen, weil sein Blick wie hypnotisiert an etwas hing, das hinter dem Fußende des Bettes hervorragte.

Zwei Beine.

Er trat einen unsicheren Schritt vor und musste sich am Bett festhalten, als seine Knie plötzlich nachgaben.

Bitte nicht, dachte er. *Ich kann das nicht getan haben.*

Er erkannte seine grimmig aussehende Wächterin an ihrer Uniform und den kurzen blonden Haaren. Sein Blick streifte die Pistole, die neben ihrem Kopf lag, und dann ihr Gesicht …

Matt schaffte es gerade noch bis zum Waschbecken, bevor er sich übergab.

»Das ist nicht real«, keuchte er. »Nichts davon ist wahr!«

Zitternd wandte er sich zur Tür, hielt den Blick starr geradeaus, um nicht noch einmal in dieses schreckliche zerstörte Gesicht sehen zu müssen.

Er trat hinaus auf den Gang, der im Halbdunkel vor ihm lag. Eine böse Stimme flüsterte ihm die Frage zu, wieso die Wächterin nicht hier draußen stand, wenn er sie doch nicht getötet hatte.

Matt lehnte sich gegen die Wand und kniff die Augen zusammen, als könne er so eine andere Realität herbeizwingen. Doch der Gedanke verschwand nicht, wiederholte sich nur, bis Matt an nichts anderes mehr denken konnte als an diesen einen Satz.

Ich bin ein Mörder.

Er dachte ihn immer noch, als ihn jemand brutal zu Boden warf und seine Arme nach hinten drückte. Das Geräusch der Handschellen, die sich um seine Gelenke schlossen, war fast wie eine Befreiung.

Dayna wusste, dass es ein Albtraum war. Sie hatte den gleichen Traum schon so häufig durchlebt, dass sie jede Einzelheit und jedes Geräusch kannte.

Aber das machte es nicht besser.

Sie war wieder oben zwischen den windschiefen Hütten im ärmsten Teil der Stadt. Der Winter hatte die Stadt beinahe lahm gelegt. Die Blizzards gingen ineinander über, fegten über die Dächer hinweg und rissen die Behausungen der Armen wie Kartenhäuser um. Selbst in den Häusern der wohlhabenden Kaufleute wurden Brennstoff und Nahrung knapp. Die Eisfischer machten nur karge Fänge, und die Siiljäger kamen selten weiter als bis zu den Hügeln, bevor sie der Schnee zurück in die Stadt trieb.

In diesem Chaos glaubte Harold einige Illegale entdeckt zu haben, denen es gelungen war, die Stadtmauer zu überwinden. Equalizer zwei, fünf, sieben und acht sollten sich darum kümmern.

Wie immer trug Dayna die Nummer zwei. Kathy hatte die fünf, Frank die sieben und Jimmy die acht. Sie waren ein eingespieltes Team und hatten solche Aufträge schon oft erledigt.

»Was für ein Scheiß«, beschwerte sich Jimmy. Er stemmte sich gegen den Schneesturm und ließ seine Taschenlampe kurz aufblitzen, aber außer den wirbelnden Flocken war nichts zu sehen. »Wie sollen wir bei dem Wetter jemanden finden?«

Dayna nickte. Wie die anderen auch trug sie die Winterkleidung der Stadtbewohner, in deren Falten eine Taschenlampe und eine kurzläufige Projektilwaffe verborgen waren. Lasergewehre waren bei einem so starken Schneesturm wegen der Reflexionen nicht zu gebrauchen.

»Equalizer zwei an Control«, sagte sie in das kleine Mikrofon unter ihrem Kinn. »Erbitte Befehlsaufhebung aus Wettergründen. Over.«

»Control an Equalizer zwei«, kam die Antwort ohne Zögern. »Negativ. Setzen Sie die Suche fort. Out.«

»Harold ist wohl heute nicht in der Stimmung für Diskussionen«, kommentierte Kathy die Reaktion des Controllers.

»Eines Tages bekommt dieses aufgeblasene Arschloch, was es verdient.« Franks Stimme klang wütend.

»Frank«, murmelte Dayna im Schlaf und drehte sich unruhig um. »Du warst der Erste.«

»Wo ist Frank?«, hörte sie sich fragen. In der Realität war über eine Stunde vergangen, bevor sie diese Frage gestellt hatte, aber der Traum raffte die Ereignisse, reduzierte sie auf das Wesentliche.

»Er war grad noch hier, direkt neben mir«, sagte Jimmy. Sie standen zwischen den Trümmern einer Hütte, wo der Wind nicht ganz so schneidend war.

Kathy hob die Schultern und sah sich um. Es war niemand zu sehen.

»Equalizer zwei an Control«, übernahm Dayna erneut die undankbare Aufgabe, sich bei Harold zu melden. »Erbitte Standort von Equalizer sieben. Over.«

Dieses Mal ließ die Antwort auf sich warten.

»Control an Equalizer zwei. Equalizer sieben befindet sich drei Meter östlich von ihnen. Over.«

Dayna drehte sich zu der angegebenen Stelle um und lenkte den Schein ihrer Taschenlampe dorthin. Einige verkohlte Holzbalken stachen aus dem Schnee in die Luft.

»Da ist er nicht«, sprach Jimmy das Offensichtliche aus. Er ging langsam auf die Balken zu – und verschwand mit einem Schrei.

»Jimmy!« Dayna riss die Waffe unter ihrer Kleidung hervor und entsicherte sie. Gleichzeitig stürmte Kathy nach vorne, warf sich aber nur Sekunden später wieder zurück, als der Schnee unter ihr wegsackte. Unaufhaltsam rutschte sie auf etwas zu, das Dayna nicht sehen konnte. Aber Kathy sah es wohl, denn sie begann panisch zu schreien.

Dayna griff nach ihr, bekam den Stoff ihres Schals zu fassen und wickelte ihn fest um die Hand. Da wurde auch sie nach vorn gerissen, schlug im Schnee auf und rutschte zentimeterweise auf das Loch zu.

»Nicht«, murmelte die schlafende Dayna. »Ich will es nicht sehen.«

Kathys Schreie wurden zu einem Röcheln, und Dayna begriff, dass sie dabei war, ihre Kameradin mit dem eigenen Schal zu erwürgen. Sie wusste nicht, was sie tun sollte. Nirgendwo konnte sie sich Halt verschaffen, aber loslassen wollte sie auch nicht.

Einige weitere Zentimeter, und sie sah über den Rand des Lochs.

Und ließ Kathy los.

Sie war bereits tot, aber Frank und Jimmy lebten unerklärlicherweise noch. Sie lagen zuckend auf dem blutgetränkten Boden, während sich zwischen ihnen Gestalten, die Äxte und Messer trugen, bewegten. Einige andere hockten an den Wänden. In den Händen hielten sie blutige Fleischstücke und –

Dayna sah nicht mehr hin. Sie richtete den Lauf der Waffe in das Loch hinein, auf ihre sterbenden Kameraden und auf die Gestalten, die ihnen das angetan hatten. Dann feuerte sie, bis die Mündung rötlich glühte und ihre Schulter vom Rückstoß schmerzte.

Das Summen gehörte nicht in ihren Traum.

Dayna zuckte zusammen, setzte sich schweißüberströmt auf. Sie war wieder in ihrer Wohneinheit im Bunker. Der Türöffner summte und machte sie darauf aufmerksam, dass jemand hineinwollte. Dayna griff nach der Sprechanlage neben ihrem Bett.

»Wer ist da?«

»Jones. General Crow schickt mich. Es geht um Commander Matthew Drax.«

Zwei Stunden zuvor

Etwas in seinem Verstand war zerrissen wie ein Band, das zu lange unter Spannung steht und dem Druck letztendlich nachgibt. Malcolm spürte ein Kichern in der Kehle aufsteigen und presste die Hand vor den Mund. Die Korridore, durch die er ging, waren verlassen und lagen im Halbdunkel. Um diese Zeit hatte kaum jemand einen Grund, die Wohneinheiten zu verlassen. Auf seinem langen einsamen Weg durch den Bunker begegnete Malcolm keinem anderen Menschen.

Er wusste, dass er wahnsinnig war. Seit einigen Jahren hatte er bereits den Verdacht, dass etwas mit ihm nicht stimmte, hatte bemerkt, wie immer mehr Symptome, die auf eine beginnende Geisteskrankheit hinwiesen, auf ihn zutrafen. Aber dank Dayna hatte er die Kontrolle behalten und den Stimmen in seinem Kopf nicht nachgegeben.

Dayna.

Um sie kreiste sein Leben selbst jetzt noch, nachdem sie ihn verraten hatte. Sie war seine Stütze gewesen, der einzige Fixpunkt in dem inneren Chaos aus Gedanken und Gefühlen. Doch das war vorbei. Die Stütze war ihm entrissen worden, ließ ihn in den Abgrund stürzen, der schon lange auf ihn gewartet hatte.

Die Stimmen übernahmen die Kontrolle. Sie flüsterten ihm hässliche Dinge zu, sprachen von Strafe und Rache. War es nicht logisch, so sagten sie, die zu bestrafen, die ihm den Wahnsinn gebracht hatten, und aus den Tätern Opfer zu machen?

Die Vorbereitungen dazu hatte er längst getroffen, aber erst jetzt hatte er auch die Kraft, sie in Taten umzusetzen.

Malcolm bog um die Ecke und sah die Wächterin, die am Ende des Korridors vor einer Tür stand. Seine Finger schlossen sich um das Betäubungsspray in seiner linken Hand.

»Hallo Anna«, sagte er freundlich, als er näher herangekommen war. »Ich hoffe, dein Gefangener macht keinen Ärger.«

»Malcolm?« Anna war sichtlich überrascht. »Was machst du denn mitten in der Nacht hier?«

»Ich hatte in der Nähe was zu erledigen und dachte

mir, ich könnte doch mal vorbeischauen und sehen, wie's dir geht.« Er machte einen weiteren Schritt auf sie zu.

Anna lächelte geschmeichelt, wenn auch etwas verwirrt. »Woher hast du gewusst, dass ich hier sein würde? Man hat mich doch erst heute Abend gefragt, ob ich für Joshua einspringen kann.«

»Du hättest besser Nein gesagt«, entgegnete Malcolm. Bevor sie reagieren konnte, riss er die linke Hand hoch und sprühte ihr eine weiße Wolke entgegen. Anna schrie nicht. Sie griff nur einmal kurz nach ihrem Hals und fiel nach vorne.

Malcolm trat einen Schritt zurück, als sie vor ihm auf dem Boden aufschlug. Er vergewisserte sich, dass niemand ihn beobachtete, bevor er die Tasche in seiner rechten Hand abstellte und öffnete. Darin lag ein weißer Kunststoff-Overall, einige Petrischalen und der von ihm modifizierte Gehirnwellenscanner.

Mit einigen geübten Handgriffen schlüpfte Malcolm in den Overall und zog die Handschuhe zurecht. Erst dann drehte er die bewusstlose Anna auf den Rücken. Er geriet beinahe in Panik, als er die Schlüsselkarte nicht auf Anhieb fand, aber schließlich entdeckte er sie an einer Kette, die um ihren Hals hing.

Malcolm stand auf und steckte die Karte in den Schlitz neben der Tür. Mit einem leisen Klicken sprang das Schloss auf. Er öffnete die Tür und trat ein.

Das Zimmer war hell erleuchtet. Auf dem Bett lag ein Mann, der Boxershorts trug.

»Wer sind Sie?«, fragte der Fremde, von dem Malcolm wusste, dass er Matthew Drax hieß.

Er verbarg das Betäubungsspray in seiner Faust. »Der Präsident wünscht, dass ich Sie medizinisch untersuche. Ich bin Arzt.«

Malcolm konnte nicht vermeiden, dass das letzte Wort in einem Kichern unterging.

Drax stand alarmiert auf. »Ich weiß nicht, ob –«

Eine weiße Wolke hüllte sein Gesicht ein. Malcolm biss sich nervös auf die Lippen, als Drax stehen blieb und nur benommen den Kopf schüttelte. Wenn das Spray bei Menschen von der Oberfläche nicht funktionierte, hatte er ein Problem. Er wollte es gerade ein zweites Mal einsetzen, als der Fremde endlich zusammenbrach.

Malcolm atmete auf. Er stellte die Tasche auf den Boden, zog Anna ins Zimmer und schloss die Tür.

»Was werden die Wachen sagen, wenn sie den Tatort betrachten?«, murmelte er leise. »O Gott, Drax muss Anna irgendwie überlistet haben. Sie hat die Tür geöffnet, ist eingetreten – wie dumm von ihr. Dann hat er sie geschlagen, hat die Schlüssel zu den Handschellen gefunden ...«

Malcolm kniete sich neben Anna, zog die Schlüssel aus ihrer Tasche und schloss Drax' Handschellen auf.

»Was danach? Drax hat keine Waffe, also hat er ihre genommen ...« Er zog Annas Pistole aus der Halterung an ihrem Gürtel. »... und wie im Rausch immer wieder zugeschlagen ...«

Malcolm holte mit der Waffe aus und zögerte. Er wusste, wenn er jetzt handelte, gab es kein Zurück mehr. Minutenlang hockte er über der bewusstlosen Frau, während die Waffe in seinen Händen schwerer und schwerer wurde.

Hinter ihm stöhnte jemand plötzlich.

Malcolm fuhr herum und ließ die Waffe fallen. Drax hatte den Kopf gehoben und sah ihn mit glasigem Blick an.

»Was ... was tun Sie?«, fragte er schwer.

Malcolm griff nach dem Spray. Sein Gegenüber hob abwehrend die Hände, aber gegen das Gas hatte er keine Chance. Nur Sekunden später fiel sein Kopf wieder zurück.

Malcolm fluchte. Menschen von der Oberfläche waren anscheinend resistenter gegen die Betäubungsstoffe als Bunkerbewohner. Das war besonders ärgerlich, weil er den modifizierten Scanner nur auf eine und nicht zwei Aktionen eingestellt hatte. Drax aber verfügte jetzt über zwei Erinnerungen, die verändert werden mussten, denn er hatte Malcolm nicht nur an der Tür, sondern auch im Zimmer gesehen. Das bedeutete eine Neukalibrierung des Scanners – und ein größeres Risiko.

Der Arzt nahm die Waffe wieder in die Hand. Die Stimmen wurden lauter, übertönten die Angst und die Gewissensbisse. Malcolm wusste, dass er den ersten Schritt auf einem neuen Weg machte, als er Annas Kopf mit dem Pistolengriff zerschmetterte.

Den Rest seiner Arbeit verrichtete er in einem seltsam abgestumpften Zustand. Aus den Schalen mit der Aufschrift M. DRAX entnahm er Hautfasern, die er unter Annas Fingernägeln anbrachte. Er tauchte Drax' Hände in eine der Blutlachen und zog ihn danach zurück auf das Bett. Dann nahm er den Scanner aus der Tasche.

Eigentlich diente der längliche schwarze Kasten zur Aufzeichnung und Überwachung von Hirnströmen, aber Malcolm hatte ihn vor einigen Wochen so modifiziert, dass er die Ströme auch verändern konnte. Damit war er nicht nur in der Lage, Stimmungen und Gedanken zu verändern, er hatte sogar die Möglichkeit, Erinnerungen zu entfernen.

An Dayna hatte er ihn das erste Mal ausprobieren wollen, aber die Dinge hatten sich anders entwickelt.

Malcolm wurde mit jeder Minute, die er mit der Neueinstellung des Geräts verschwendete, nervöser. Er wusste nicht, wann die Wachablösung stattfand, aber es konnte nicht mehr lange dauern. Außerdem begann seine Frühschicht in einer Stunde. Die Zeit wurde knapp.

Endlich zeigte ein grünes Licht an der Seite des Geräts, dass der Scanner bereit war. Malcolm befestigte die Elektroden an Drax' Schläfen und leitete den Vorgang ein.

Sein Opfer stöhnte leise, bewegte sich jedoch nicht. Sekunden später war es vorbei.

Malcolm packte den blutbesudelten Overall mitsamt Scanner in seine Tasche, blieb kurz an der Tür stehen, um sich zu vergewissern, dass er nichts vergessen hatte, und verließ den Raum.

Zurück blieben eine Leiche und ein Mann, der eben die Augen aufschlug.

»Ruhe!«

Erst im dritten Anlauf übertönte die Stimme des Präsidenten den Tumult aus den Lautsprechern. Es wurde langsam still in dem leeren Saal.

Die zweite Sondersitzung innerhalb von vierundzwanzig Stunden, dachte Hymes, *und der ganze Ärger nur wegen eines einzigen Fremden.*

Laut sagte er: »Verehrte Damen und Herren Senatoren, ich weiß, dass Sie alle betroffen über diesen Vorfall sind, aber darf ich trotzdem um Mäßigung bitten? Es bringt doch nichts, wenn wir uns gegenseitig die Schuld zuschieben. Wir brauchen konstruktive Vorschläge!«

»Werft den Barbaren in den Potomac! Das ist mein Vorschlag.«

Hymes seufzte. »Senator Gerner, ich muss Sie verwarnen. Noch eine solche Bemerkung, und ich lasse Ihren Lautsprecher abschalten. Haben wir uns verstanden?«

»Ja, Mr. President. Entschuldigung.«

»Akzeptiert. Wo war ich stehen geblieben?«

»Bei konstruktiven Vorschlägen«, sagte eine dunkle, hart klingende Stimme. Selbst ohne das Namensschild unter dem Lautsprecher hätte Hymes den Sprecher sofort erkannt.

»General Crow«, sagte er zu seinem Stabschef. »Sie haben das Wort.«

Crow war zwar kein Senator, aber bei Sitzungen, in denen es um die innere und äußere Sicherheit des Bunkers ging, durfte er teilnehmen, auch wenn er kein Stimmrecht besaß.

»Danke, Sir«, antwortete Crow. »Ich habe eine Frage an Senator Bale. Erklären Sie mir, warum die Überprüfung von Matthew Drax immer noch aussteht.«

Aus Bales Lautsprecher drang ein lautes Pfeifen. Hymes war sich nicht sicher, ob es sich um eine Rückkopplung oder um die Reaktion des Senators handelte.

»Senator Bale?«, fragte er vorsichtshalber nach. »War das Ihre Antwort?«

Einige lachten.

»Natürlich nicht«, sagte Bale nach kurzer Pause. »Ich habe bereits mit den Sicherheitstechnikern gesprochen. Der Metabolismus des Fremden entspricht nicht dem normaler Menschen, was ich selbstverständlich vollkommen wertfrei meine. Die Anpassung der Scanner ist kompliziert. Ich bin jedoch sicher, dass die Probleme in den nächsten Stunden zu unserer vollsten Zufriedenheit gelöst werden.«

»Ich will Ihnen nicht in den Drink schiffen, Senator«, gab Crow zurück. Im Gegensatz zu Hymes, der seine direkte Art erfrischend fand, fürchteten sich die meisten Senatoren vor der handfesten Ausdrucksweise des Generals, »aber wenn Ihre Leute rechtzeitig den Arsch hochgekriegt hätten, läge jetzt nicht ein Mann auf der Krankenstation und eine Frau in der Organverwertung. Wir hätten Drax von Anfang an unter Arrest stellen müssen, so wie ich es vorgeschlagen habe. Aber nein, Sie und die liberalen Weicheier, die Sie um sich scharen, wissen ja alles besser. *Sie,* Sir, tragen persönlich die Verantwortung für diese Eskalation!«

»Richtig so.«

»Ganz genau.«

»Gibs ihnen, Arthur.«

Hymes bemerkte ohne große Überraschung, dass die Zustimmung für Crows Bemerkungen nicht nur aus dem rechten, sondern auch aus dem linken Block kam.

Die traditionell liberalen Senatoren auf der linken Seite, die sich für Forschung und Wissensaustausch einsetzten, hatten von jeher einen schweren Stand in der Bunkergesellschaft. Viele hielten ihre Forderungen nach mehr Offenheit für zu gewagt und befürchteten Sicherheitsrisiken.

In den letzten Jahren hatte die Bewegung jedoch wie eine Modeerscheinung um sich gegriffen, bis fast die Hälfte der Senatoren sich der Offenheit verschrieben. Aber mit dem Mord an Anna Peabody begann das Pendel zurückzuschwingen. Jetzt trennten sich die Mitläufer von den wirklichen Anhängern.

»Es passt ins Bild, dass dieser Drax behauptet, aus dem 21. Jahrhundert zu kommen«, meldete sich Senator Gerner zurück. »Die Menschen damals waren doch nicht mehr als ein Haufen gefährlicher Irrer! Denken Sie doch nur an die Klon-Experimente. Mehr muss ich wohl nicht sagen. Dieser Barbar gehört erträ-«

Hymes machte seine Drohung wahr und schaltete Gerners Lautsprecher ab.

»Ich wiederhole ein letztes Mal meine Bitte um konstruktive Vorschläge«, betonte er. »Wenn Sie sich dazu nicht in der Lage sehen, muss ich die Sitzung vertagen.«

»Sir«, knarrte General Crows Stimme durch den ruhiger werdenden Saal. »Matthew Drax behauptet den Rang eines Commanders der US Air Force zu tragen. Da das Washingtoner Marines Corps, das mir untersteht, die Nachfolge der amerikanischen Streitkräfte angetreten hat, bin ich somit Commander Drax' oberster Vorgesetzter. Aus diesem Grund verlange ich, dass sein Fall als interne Angelegenheit betrachtet und vor einem Militärgericht verhandelt wird.«

»Ich glaube nicht –«, setzte Bale an, aber Crow ließ ihn nicht ausreden.

»Senator Bale«, fuhr der General fort, »wird natürlich wieder irgendeinen Mist darüber erzählen, dass Drax der Botschafter einer fremden Nation ist. Auch darauf lasse ich mich ein, aber dann gilt sein Mord als Kriegserklärung, und ich werde persönlich nach Europa reisen, um diesen zurückgebliebenen Euro-Bastarden den Arsch aufzureißen!«

Der Jubel der konservativen Senatoren war so groß, dass der halbherzige Widerspruch einiger Liberaler darin unterging.

Du raffinierter alter Kriegstreiber, dachte Hymes mit einer gewissen Anerkennung. Ihm war klar, dass Crow seine Gegner schachmatt gesetzt hatte. Jetzt konnten sie nur noch zwischen zwei Alternativen wählen. Entweder sie unterstellten Drax dem Kommando des Generals, oder sie stimmten für einen Krieg gegen Europa, den eigentlich niemand wollte.

Hymes wusste, wofür sie sich entscheiden würden, und trotz des Respekts, den er für Crow empfand, bedauerte er diese Wendung.

Der General hatte einen guten Grund, warum er Drax' Fall als interne militärische Angelegenheit behandeln wollte. Schließlich konnte nur ein Militärgericht und kein ziviles die Strafe verhängen, auf die er abzielte.

Crow wollte Matthew Drax zum Tode verurteilen lassen.

Obwohl die Müdigkeit wie ein bleiernes Gewicht auf ihm lastete, fand Matt keine Ruhe. Nervös ging er in der kleinen Zelle auf und ab, misstrauisch beobachtet von einem Wärter, der mit angelegtem Gewehr im Gang stand. Man hatte Matt seine Uniform zurückgegeben, allerdings waren die Taschen leer. Auch Gürtel und Schnürsenkel fehlten.

Erst vor kurzem hatte ein Techniker den Zellentrakt verlassen, nachdem er Matts Hautproben mit denen, die sich unter den Fingernägeln der Leiche befanden, verglichen hatte. Seine positive Identifizierung hatte Matts letzte Hoffnung zunichte gemacht. Er hatte keinen Zweifel mehr daran, der Täter zu sein.

Es gab fünf nebeneinander liegende Zellen in diesem Trakt. Sie waren rundum vergittert und von einem Korridor umgeben, sodass kein Gefangener die Möglichkeit hatte, etwas vor den Wärtern zu verbergen.

Matt war über diese strikte Bewachung ebenso froh wie über die Handschellen, die man ihm erneut angelegt hatte. Beides hinderte ihn daran, Jacob Smythe, der in der Nebenzelle saß, an die Kehle zu gehen.

Der Wissenschaftler stand von seiner Pritsche auf und lehnte sich mit verschränkten Armen gegen die Gitterstäbe.

»Du weißt doch, dass es so kommen musste«, sagte er lächelnd. »Jeder, der in dieser Welt landet, verliert früher oder später den Verstand. Zuerst hat es mich erwischt, jetzt eben dich. Finde dich damit ab.«

»Hau ab. Du bist nicht wirklich hier«, entgegnete Matt. Er rieb sich die Augen, versuchte das Bild des grinsenden Wissenschaftlers zu vertreiben, aber als sein Blick sich klärte, stand Smythe immer noch am Gitter.

»Matthew, das bringt doch alles nichts. Wehr dich nicht mehr, lass dich einfach treiben, und es wird dir schon bald besser gehen.«

»Nein! Lass mich endlich in Ruhe!«

Er wandte sich von dem Wissenschaftler ab und legte den Kopf gegen die kühlen Stäbe. Ein Teil von ihm wusste, dass Smythe nur eine Halluzination sein konnte, aber das machte seine ständigen Sticheleien nicht erträglicher.

»Weg vom Gitter«, befahl der Wärter und machte einen drohenden Schritt auf ihn zu. Seine Stimme klang dumpf und entfernt, viel undeutlicher als Smythes. Matt bewegte sich nicht.

Soll er mich doch erschießen, dachte er müde. *Das wäre vielleicht das Beste.*

Aber der Schuss blieb aus. Stattdessen sagte eine fremde Stimme: »Commander Drax, sehen Sie mich an.«

Matt hob den Kopf. Neben dem Wärter stand ein großer kahlköpfiger Techno. Er trug eine graue Uniform mit zahlreichen Abzeichen. Seine blauen Augen blickten kalt und streng.

»Habe ich jetzt Ihre volle Aufmerksamkeit, Commander?«, fragte der Unbekannte.

Matt nickte, obwohl Smythe gerade die Gitterstäbe auseinander bog und in seine Zelle schlüpfte.

»Gut. Mein Name ist General Arthur Crow. Ich kommandiere das Washingtoner Marine Corps, dem Sie laut Senatsbeschluss seit...« Er warf einen kurzen Blick auf seinen Chronometer. »... seit achtzehn Minuten angehören. Damit bin ich Ihr Vorgesetzter.« Der General machte eine kurze Pause. »Also salutieren Sie gefälligst, Mann!«, brüllte er dann unerwartet.

Matt hob halbherzig die Hand und ließ sie wieder sinken. Smythe stellte sich neben ihn.

»So klappt das nie mit der Beförderung, Matthew«, sagte er. »Ein wenig mehr Enthusiasmus wäre schon angebracht.«

»... Sie mir überhaupt zu?« Crow wirkte verärgert, was Matt ihm nicht verdenken konnte.

»Sir«, erwiderte er. »Ich konnte Sie leider nicht verstehen, weil der Mann, der neben mir steht und den Sie nicht sehen können, zu laut gesprochen hat.«

»Schieb ruhig alles auf mich«, moserte Smythe.

Der General hob die Brauen. »Wollen Sie damit behaupten, dass ein Unsichtbarer mit Ihnen in der Zelle ist?«

»Nein, Sir, ich will damit behaupten, dass ich die Kontrolle über meine Wahrnehmungen verloren habe.«

Matt musste sich vollkommen auf die Worte konzentrieren, um sie klar zu formulieren, während Smythe auf und ab sprang und in sein Ohr schrie.

»General, im Moment weiß ich noch nicht einmal, ob *Sie* real sind.«

Crow streckte das Kinn vor. »Das bin ich, so viel kann ich Ihnen versichern.« Er sagte das in einem Tonfall, als sei er sich sicher, dass es niemand wagen würde, aus ihm eine Halluzination zu machen.

»Nun gut«, fuhr der General fort und wirkte irritiert, als Matt Smythe zur Seite stieß, um wenigstens einige Sekunden lang Ruhe zu haben.

»Commander, ich bin hier, um mir Ihre Aussage zu dem Mord anzuhören, der heute Morgen in Ihrem Zimmer begangen wurde. Schildern Sie mir, was passiert ist.«

Ich habe sie umgebracht, wollte Matt sagen, aber im gleichen Moment schoss ein heißer Schmerz durch seine Schläfen. Er presste sich die Hände gegen den Kopf und sackte stöhnend zu Boden.

»... irrer als ein Siil bei Vollmond«, sagte Crows dumpfe Stimme. Mehr hörte Matt nicht, denn fremde Bilder und Geräusche rasten durch seine Gedanken, vermischten sich mit den stechenden Kopfschmerzen.

Er saß wieder im Jet, stürzte unkontrolliert den Alpen entgegen. Hinter ihm – oder neben ihm in der Zelle? – schrie Smythe hysterisch, als er von einer riesigen grauen Taratze zur Seite geschleudert wurde. Ein Schwert bohrte sich in ihren Leib.

»Es wird alles wieder gut«, flüsterte Aruula und strich Matt über das Gesicht. Ihre Ketten klirrten, als blaue, aufgedunsene Gestalten sie von ihm wegrissen. Wimmelnde weiße Parasiten glitten auf ihn zu. Er rutschte über die Planken, bis der Mast in seinem Rücken ihn aufhielt.

»Ich lasse dich auspeitschen!«, schrie Jochim und verschwand unter einer blauen Welle. Ein Hydrit schwamm darin. Er schien Matt zuzuwinken. Dann schoss die Welle über das Deck, spülte ihn und das

Schiff hinab in eisige Höhlen. Colomb und Pieroo saßen zwischen den Stalaktiten und hielten Siilspieße in ein Feuer aus Eiszapfen.

»Es sieht nur aus wie eine Höhle, aber in Wirklichkeit ist es ein Ballon«, sagte Colomb augenzwinkernd.

Matt tauchte in eine graue Wolke ein, wurde emporgehoben. Eine Hand erschien vor ihm, die eine Waffe am Lauf festhielt und auf ihn einschlug. Er riss die Hände vors Gesicht, aber die Hand glitt einfach durch seinen Körper.

»Was für ein Kunststück!«, rief Jonpol, der Moritatensänger. »Ich werde ein Lied darüber schreiben!«

»Erst muss ich ihn untersuchen.«

Matt drehte sich zu der unbekannten Stimme um und sah einen Mann in einem weißen Overall. In einer Hand trug er ein langes schwarzes Schwert. Seine Spitze berührte Matts Stirn, drang durch den Knochen und bohrte sich in sein Gehirn.

»Nein!«

Der Schmerz verschwand. Seine Hände krampften sich um die Gitterstäbe. Schweiß lief ihm in die Augen. Seine Muskeln zuckten wie in einem Krampf.

Es dauerte ein paar Minuten, bis sich Matts Atem beruhigte und er die Kraft fand, sich aufzusetzen. Der Wärter stand vor dem Gitter. In einer Hand hielt er einen Elektroschocker, so wie Dayna ihn oben in Washington benutzt hatte.

Als Matt sich in der Zelle umsah, wunderte es ihn nicht mehr, dass der Wärter den Schocker eingesetzt hatte. Die Pritsche lag umgeworfen auf dem Boden, die Laken waren zerrissen, und aus der dünnen Matratze quoll Schaumstoff.

Ganz ordentliche Leistung für einen Mann in Handschellen, dachte er mit einer Portion Galgenhumor.

Der Wärter schien ähnlicher Ansicht zu sein, denn er sah ihn misstrauisch an. »Noch so eine Aktion, und ich knall dich ab, egal ob Crow das passt oder nicht.«

Matt nickte und lehnte sich erschöpft gegen die Gitterstäbe. Zumindest der General war kein Produkt seiner Phantasie. Nur freuen konnte er sich darüber nicht …

»Setz dich, Dayna«, sagte Victor Hymes freundlich und führte die Agentin zu einer kleinen Sitzgruppe in der Ecke seines Büros. »Wie geht es Malcolm?«

»Wir sehen uns wegen der unterschiedlichen Schichten im Moment etwas seltener«, antwortete Dayna ausweichend. »Wie geht es dir?«

An Victors Blick erkannte sie, dass er ihre Taktik durchschaut hatte. *Belüge nie einen Politiker*, dachte sie, *vor allem keinen, der dich so gut kennt*.

Dayna gehörte zu den wenigen Menschen im Bunker, die den Präsidenten nicht nur privat, sondern auch in der Öffentlichkeit mit Vornamen ansprachen. Alles andere wäre albern gewesen, denn schließlich war er der Bruder ihrer Mutter und kannte sie schon ihr ganzes Leben lang.

»Sei froh, dass du dich für eine militärische Karriere entschieden hast«, sagte Victor auf ihre Frage. »Da musst du dich wenigstens nicht mit diesen Senatoren herumschlagen.«

Dayna wusste, dass er sie nur aufziehen wollte, aber sie ging trotzdem darauf ein. Die Abneigung zwischen ihrer Abteilung und den normalen Soldaten war einfach zu groß. »Die WCA ist nicht das Marines Corps, ergo gehöre ich auch nicht dem Militär an.«

Es war ihr selbst klar, dass die Situation nicht so einfach war, denn General Crow war der Vorgesetzte beider Zweige. Er selbst hatte in einer Rede einmal behauptet, die WCA sei nichts anderes als die Marines ohne Kasernen. Trotz heftiger Proteste von beiden Seiten hatte er diese Behauptung nie zurückgenommen.

Der Präsident sah sie ernst an. »Du bist aber wohl kaum in mein Büro gekommen, um dich über die WCA und die Marines zu streiten, oder?«

Dayna hob die Schultern. »Es hängt zumindest damit zusammen. Ich habe gehört, dass General Crow Matthew Drax nach Militärrecht aburteilen will.«

»Das ist sein gutes Recht. So hat zumindest der Senat entschieden.«

»Dann hat der Senat falsch entschieden. Drax braucht Hilfe, nicht die Todesstrafe!«

Victor wirkte überrascht über ihre Vehemenz.

»Dayna«, versuchte er sie zu beruhigen. »Ich weiß, dass du keine Anhängerin von Crows Politik bist, aber er ist kein Unmensch. Wenn Drax nicht zurechnungsfähig ist, wird er auch keinen Prozess erzwingen.«

»Da bin ich mir nicht so sicher. Das ist doch genau die Chance, auf die er gewartet hat. Crow will keinen Kontakt mit den Europäern, und die werden wohl kaum einen zweiten Abgesandten schicken, wenn ihr erster nicht zurückkommt. Glaubst du wirklich, dass er auf diesen Sieg verzichten wird, nur um einem einzigen Menschen zu helfen?«

Victor schüttelte den Kopf. »Du stellst die Situation viel zu einseitig dar. Auch Crow ist nicht allmächtig. Ich achte schon darauf, dass er seine Befugnisse nicht missbraucht.«

Dayna bemerkte, dass sie nicht zu ihm durchdrang.

»Onkel Victor«, sagte sie leise. »Ich war damals in der

gleichen Lage wie Matthew. Wenn man mir nicht geholfen hätte …«

Der Präsident stand auf. »Blödsinn. Das war etwas völlig anderes. Du hattest ein paar Probleme nach dieser Geschichte.«

»Ein paar Probleme? Ich hab versucht mir die Pulsadern aufzuschneiden. Und es war auch keine *Geschichte*, sondern der Tod meiner Freunde, die bei lebendigem Leib von Kannibalen zerhackt und gegessen wurden. Das hätte mich beinahe umgebracht.«

»Aber zumindest hast *du* niemanden umge-«. Er stockte, wohl als ihm klar wurde, dass das nicht stimmte. Mit einem Stoßseufzer lehnte er sich gegen seinen Schreibtisch und verschränkte die Arme vor der Brust.

»Also gut. Du hast mich genau da, wo du mich haben wolltest. Was soll ich jetzt deiner Meinung nach tun?«

Dayna stand ebenfalls auf. »Nur eine Kleinigkeit. Lass Matthew von einem Arzt untersuchen, bevor Crow seine Stabsmediziner schickt, die ohnehin nur diagnostizieren, was ihm gefällt. Mehr verlange ich gar nicht.«

Victor schien erleichtert darüber zu sein, dass seine Nichte keine komplizierteren Wünsche hatte. Er gab die Anweisung an seinen Sekretär weiter, bevor er Dayna sanft, aber nachdrücklich vor die Tür setzte. Sie wusste, dass sie alle persönlichen Gefallen für die nächste Zeit verspielt hatte, doch das störte sie in diesem Moment nicht.

Dayna verließ den Präsidententrakt. Sie war sich sicher, dass Matthew ein wenig Aufmunterung gebrauchen konnte. Allerdings hoffte sie, dass ihr auf dem Weg zu den Zellen eine Möglichkeit einfiel, um den Worten »Hey, ich habs geschafft, dass man Sie auf Ihren Geisteszustand hin untersucht« einen etwas positiveren Klang zu geben.

Malcolms Schritte waren voller Elan, als er den Korridor zu den Zellen entlangging. Seit zwei Tagen hatte er nicht geschlafen, aber Müdigkeit verspürte er nicht. Im Gegenteil, er war so konzentriert und ausgeruht wie noch nie zuvor in seinem Leben.

Mittlerweile hatte er auch das Kichern unter Kontrolle, und er fragte sich, weshalb er so lange in Angst vor der Bestie gelebt hatte, die an seinem Verstand kratzte. Seit er sie hereingelassen hatte, fühlte er sie in seinem Geist wie ein Raubtier, das wachsam auf der Lauer lag.

Er bog um die Ecke und nickte dem Wachmann am Eingang des Zellentrakts zu. Der trat von der Tür zurück und gewährte ihm Einlass.

Malcolm hätte jeden anderen Arzt seiner Schicht schicken können, um den Auftrag, den ihnen das Büro des Präsidenten gegeben hatte, zu erledigen, aber er wollte selbst gehen. Auch wenn es ein geringes Restrisiko gab, war die Aussicht, sich mit eigenen Augen von den Konsequenzen seiner Tat überzeugen zu können, eine zu große Versuchung. Er musste dem Impuls einfach nachgeben.

Es war ruhig im Zellentrakt. Durch die Gitterstäbe der anderen Zellen sah Malcolm eine einsame Gestalt in der mittleren Zelle. Davor stand ein Wärter, der ein Gewehr in der Hand hielt.

»Dr. Malcolm Calhoun«, stellte sich der Arzt vor. »Das Präsidentenbüro schickt mich, um den Gefangenen zu untersuchen.«

Der Wärter nickte. »Man hat mich informiert.

Machen Sie mit ihm, was Sie wollen, aber verlangen Sie nicht von mir, dass ich die Zellentür aufschließe.«

»Das wird auch nicht nötig sein«, sagte Malcolm und drehte sich um. Er zögerte den Moment des Triumphs so lange wie möglich hinaus, betrachtete zuerst die Schaumstofffetzen am Boden der Zelle, bevor er den Blick auf den Gefangenen richtete.

Explosionsartig brach das Kichern aus ihm hervor, aber er versteckte es unter einem vorgetäuschten Niesen.

»Gesundheit«, sagte Matthew Drax. Er saß auf einer notdürftig bezogenen Pritsche, erschöpft, unrasiert und mit einem Flackern in den Augen, das Malcolm bis vor kurzem jeden Morgen im Spiegel gesehen hatte. Er hatte Angst vor sich selbst.

Du wirst für meinen Mord bezahlen, dachte Malcolm und wagte aus Furcht vor einem neuen Kichern kaum zu atmen, *aber das weißt du ja nicht*.

Drax zeigte mit dem Kopf auf Malcolm, und der hatte für einen Moment den irrationalen Glauben, erkannt worden zu sein. Stattdessen sagte der Gefangene nur: »Siehst du ihn auch?«

»Ja«, antwortete der Wärter. »Ich sehe ihn.«

»Gut.«

Erst jetzt stand Drax auf und wandte sich an Malcolm. »Tut mir Leid, aber in den letzten Stunden habe ich gelernt, nicht allem zu vertrauen, was ich sehe.« Er schlug einen Bogen um etwas, das wohl nur er sehen konnte, und trat an die Gitterstäbe. »Sie würden nicht glauben, womit ich mir gerade die Zelle teile«, fuhr er mit einem Blick auf den Boden fort.

Seine Stimme klang resigniert, aber Malcolm hörte zwischen den Worten eine Stärke heraus, die ihn irritierte.

»Man hat mich geschickt, um Sie auf Ihre Zurechnungsfähigkeit zu untersuchen«, sagte er.

Drax lächelte bitter. »Ich hätte nicht gedacht, dass man die noch untersuchen muss.«

»Wir sind sehr gründlich, wenn es um solche Dinge geht.«

Malcolm stellte die Tasche ab und nahm den Hirnwellenscanner heraus. Zum Glück verfügte die Krankenstation über insgesamt drei dieser Geräte, sodass er seine modifizierte Version ungestört im Büro lagern konnte.

»Was ist das?«, fragte Drax mit deutlichem Misstrauen.

»Nur ein Gerät, das Ihre Gehirnwellen aufzeichnet. Wenn es dort Anomalien gibt, können wir sie finden und Ihnen vielleicht sogar helfen.« Er reichte dem Gefangenen die Elektroden durch das Gitter. »Befestigen Sie die an Ihren Schläfen. Der Vorgang ist vollkommen schmerzlos.«

Drax drehte die weißen Scheiben unschlüssig zwischen den Fingern. Plötzlich hatte Malcolm das Gefühl, es sei vielleicht keine so gute Idee gewesen, selbst hierher zu kommen. Was, wenn der Scanner nicht fehlerfrei gearbeitet hatte und sich Drax doch noch an einen Teil des Verbrechens erinnerte?

Malcolm brach der Schweiß aus. Die Luft erschien ihm stickig und schwer.

»Gehts Ihnen nicht gut?«, fragte der Wärter, dem die Veränderung aufgefallen war.

»Nur schlecht geschlafen«, wiegelte Malcolm ab. Er sah zurück zu Drax und hätte vor Erleichterung beinahe geschrien, als der die Elektroden umständlich mit seinen gefesselten Händen befestigte. Seine Sorge war umsonst gewesen. Anscheinend war Drax' Hoffnung auf Hilfe größer als sein Misstrauen vor der fremden Technik.

Trotzdem wartete Malcolm ungeduldig auf das Ende des Scans. Der grüne Balken an der Seite des Geräts bewegte sich quälend langsam von links nach rechts. Die wellenartige Darstellung der Hirnströme war auf einem kleinen Fenster zu erkennen. Mehrmals sah der Arzt auf, weil er glaubte, Drax mustere ihn, aber dessen Blicke wanderten scheinbar ziellos durch den Raum.

Endlich hatte der Balken sein Ziel erreicht. Malcolm ließ sich die Elektroden zurückgeben und legte den Scanner in die Tasche.

»Ich dachte, Sie würden das Ergebnis direkt hier sehen«, sagte Drax.

»Nein«, log Malcolm. »Das Gerät zeichnet nur auf. Die Analyse muss ich in der Krankenstation durchführen. Ich melde mich dann bei Ihnen.«

Der Gefangene nickte, aber die Enttäuschung war ihm deutlich anzumerken. Er trat von den Gitterstäben zurück und setzte sich auf seine Pritsche.

Malcolm wandte sich ab und verließ mit erzwungener Ruhe den Zellentrakt. Erst als sich die Tür hinter ihm schloss, ohne dass Drax ihn als Mörder beschimpft hatte, dachte er an das Wellendiagramm auf dem Scanner.

In seiner achtjährigen Karriere als Arzt waren ihm solche Hirnströme noch nicht begegnet. Manche der Linien fielen bereits aus dem messbaren Bereich heraus, die meisten anderen lagen im Grenzbereich.

Malcolm unterdrückte ein Kichern, als er erkannte, dass sein Mord eigentlich unnötig gewesen war. Die Halluzinationen, unter denen Drax litt, waren nicht das Resultat von starkem Stress und ständigen Gefahren.

Er verlor ganz einfach den Verstand.

Dayna verpasste Malcolm um weniger als fünf Minuten. Während der Soldat am Eingang des Trakts sie wegen der WCA-Kennung sofort eintreten ließ, fing der Wärter im Inneren sie noch vor den Zellen ab.

»Ich habe strikten Befehl, niemanden ohne vorherige Genehmigung zu dem Gefangenen zu lassen«, sagte er lauter als nötig. »Und Sie haben keine Genehmigung.«

Dayna seufzte. »Hören Sie, Corporal, ich bearbeite diesen Mordfall. Das berechtigt mich automatisch dazu, Commander Drax zu verhören. Leuchtet Ihnen das nicht ein?« Ihr war klar, dass er diesen Ärger nur veranstaltete, weil sie von der WCA war, er jedoch zur WM gehörte.

Der Soldat schüttelte den Kopf. »Mir leuchtet nur ein, was man mir sagt.«

»Okay, wenn Sie es so wollen. Fragen Sie doch bitte im Büro des Präsidenten nach, ob die Genehmigung erteilt wird. Wenn man dort Ja sagt, wird das wohl genügen.«

»Ich habe eine bessere Idee«, entgegnete der Wärter und rückte das Mikro unter seinem Kinn zurecht. »Corporal Whalen an General Crows Büro. Over.«

O nein, dachte Dayna, während Whalen das Problem schilderte. *Nicht ausgerechnet Crow …*

Einen Moment blieb es still im Zellentrakt, dann bellte Whalen plötzlich: »Yessir! – Sofort, Sir!«

Die Art, in der er strammstand, verriet Dayna, dass er mit dem General persönlich sprach. Ihre Hoffnungen sanken.

»Jawohl, Sir!« Er warf Dayna einen missmutigen Blick zu. »Sie haben uneingeschränkten Zugang zu dem Gefangenen.«

Die Agentin nickte, als habe sie nichts anderes erwartet. Ihre Gedanken stellten jedoch nur eine Frage: *Warum?*

»Gut, Corporal. Geben Sie mir die Schlüssel und warten Sie vor der Tür. Ich möchte allein mit Drax sprechen.«

»Die Schlüssel?«

»Natürlich. Der General sagte doch *›uneingeschränkter Zugang‹*, oder?

Der Soldat zog die Karte aus seinem Gürtel und reichte sie ihr zögernd. »An Ihrer Stelle würde ich das nicht tun«, sagte er. »Der Irre hat eben noch seine Zelle zerlegt.«

»Danke für den Hinweis.«

Dayna wartete, bis Whalen den Trakt verlassen hatte, dann ging sie zu der einzig belegten Zelle.

»Wie geht es Ihnen?«, fragte sie Matthew.

Der hob die Schultern. »Abgesehen von den Taratzen, die einen Riesenlärm in der Nebenzelle veranstalten, ganz gut.«

Dayna war sich nicht sicher, ob das ein Scherz war, deshalb ging sie nicht darauf ein. »Erzählen sie mir, was passiert ist?«, fragte sie stattdessen.

Matthew stand von seiner Pritsche auf und begann in der Zelle auf und ab zu gehen. »Wenn ich das nur wüsste. Ich bin eingeschlafen, wachte auf und –« Er stöhnte und presste die Hände gegen seinen Kopf.

Dayna sah ihn besorgt an. »Was ist los?«

»Ich weiß nicht. Es –«

Mit einem Schrei brach er zusammen und blieb reglos liegen.

»Matthew!« Die Agentin steckte die Schlüsselkarte in den Türschlitz und riss die Gittertür auf. Sie ging neben Matt in die Knie. Er schien nicht zu atmen.

Dayna drehte sich um, wollte nach dem Wärter rufen.

Im gleichen Moment legte sich eine Kette um ihren Hals und schnürte ihr die Luft ab. Instinktiv griff sie danach, aber der Druck verstärkte sich nur. Matthew Drax' Gesicht tauchte neben ihr auf. In seinen Augen flackerte es.

»Keinen Laut«, zischte er.

Matt lockerte den Druck der Handschellen ein wenig. Zu seiner Erleichterung schrie Dayna nicht, sondern blieb ruhig sitzen. Es tat ihm Leid, dass er ihr Vertrauen so missbrauchen musste, aber er wusste keinen anderen Ausweg.

»Du machst alles nur noch schlimmer, Matthew«, sagte die Agentin leise. »Wenn du mich jetzt loslässt, wird niemand erfahren, was du gerade getan hast.«

»Dann wird aber auch niemand erfahren, wer den Mord wirklich begangen hat«, entgegnete er. »Ich war es nämlich nicht!«

Daynas Schweigen verriet deutlich, dass sie ihm nicht glaubte. Matt konnte ihr das nicht verdenken, denn bis vor ein paar Minuten hätte er sich selbst nicht geglaubt – doch dann hatte er den Arzt erkannt.

Es war wie ein Blitz gewesen, ein kurzer, stechender Kopfschmerz, der ihn alles klar sehen ließ: Er lag auf dem Boden seines Zimmers. Neben ihm hockte ein Mann in einem weißen Overall über einem Körper, den er nicht genau sehen konnte. Der Unbekannte hielt eine Waffe in der Hand und drehte sich zu ihm um. Für einen Moment blickte Matt in sein Gesicht, dann verschwand alles in einem weißen Nebel.

Matt wusste nicht, warum der Arzt ihm einen Mord

in die Schuhe schieben wollte, aber auf diese Frage würde er schon eine Antwort finden. Wichtiger war, dass er Dayna von seiner Unschuld überzeugen konnte, denn er brauchte ihre Hilfe.

Es fiel ihm ungeheuer schwer, sich bei dem Lärm der kämpfenden Taratzen zu konzentrieren. Sie lieferten sich in der Nebenzelle eine Schlacht mit Sorbans Horde. Matt wusste, dass das nur eine Illusion war, spürte aber trotzdem den Drang einzugreifen.

»Hör mir einen Augenblick zu«, bat er Dayna. »Ich weiß, wie unwahrscheinlich das klingt, aber ich bin kein Mörder. Ich habe Harris angegriffen, aber Anna hat einer von euch ermordet.«

»Woher willst du wissen, dass du dir das nicht auch einbildest?«

Die Frage war berechtigt.

Matt hob die Schultern. »Vielleicht weil ich mich an alle Halluzinationen erinnern kann, aber kaum an diese Nacht. Vielleicht auch, weil ich nie Menschen oder Dinge sehe, die mir unbekannt sind. Diesen Mann kenne ich aber nicht.« Er seufzte und trat nach einer Taratze. »Es ist schwer zu erklären.«

Der Schlag trieb ihm die Luft aus den Lungen. Matt keuchte und verlor das Gleichgewicht. Als er sich aufrichten wollte, blickte er in die Mündung einer Pistole.

Dayna sah ihn über den Lauf hinweg an. »Ich will nicht auf dich schießen, also bleib ganz ruhig.«

Matt ließ sich frustriert zurücksinken. Er hatte seine vermutlich einzige Chance vermasselt.

»Ihr hättet wenigstens etwas Rücksicht nehmen können«, sagte er zu den Taratzen, die geifernd an den Gitterstäben nagten.

Vor ihm schloss die Agentin die Zellentür und sah ihn

mitleidig an. »Steigere dich nicht in diese Wahnvorstellung hinein, Matthew. Das wird dir nicht helfen.«

Matt nickte resignierend. »Vielleicht hast du Recht. Trotzdem möchte ich dich um einen Gefallen bitten. Rede mit diesem Dr. Calhoun, dem Arzt, der mich eben untersucht hat. Wenn er für die letzte Nacht ein wasserdichtes Alibi hat, werde ich nie wieder davon sprechen.«

»Sagtest du Calhoun? Dr. Malcolm Calhoun?«

Hatte ich den Namen nicht schon vorher erwähnt?, fragte sich Matt und verfluchte seine Konzentrationsschwierigkeiten. Laut antwortete er: »Ja, ich halte ihn für den wahren Mörder, und es macht mich nicht besonders glücklich, dass er auch mein Arzt ist.«

Er hatte den Satz kaum beendet, als Dayna wieder in seiner Zelle stand. »Erzähl mir alles, was du weißt.«

»Hey, kennst du den schon?«, fragte Corporal Whalen. »Was sind zehn WCA-Agenten in der Organverwertung?«

»Ein guter Anfang«, antwortete sein Kollege Lance Corporal Bob Hammersmith gelangweilt. »Der ist alt.«

»Aber gut.«

Whalen hatte seine Schlappe gegen die WCA-Agentin noch nicht verwunden. Missmutig betrachtete er die geschlossene Tür des Zellentrakts. »Ich frage mich, was sie so lange da drinnen macht.«

»Kümmere dich doch einfach nicht darum. Sie macht ihren Job, wir machen unseren.«

»Aber warum muss sie *ihren* Job in *meinem* Gefängnis machen?«, beschwerte sich der Corporal. »Ich weiß doch, wie so was läuft. Sie macht irgendeinen Scheiß, und wer ist schuld? Ich natürlich. Crow sollte bei diesen WCA-Typen viel härter durchgreifen.«

Hammersmith nickte, obwohl er auf Whalen nicht den Eindruck machte, als hätte er zugehört.

»Hast du auf das Spiel heute Abend gesetzt?«, fragte er stattdessen.

»Klar, nichts geht –«

Zischend öffnete sich die Tür zum Zellentrakt. Whalen wollte aufatmen, als die Agentin heraustrat, doch dann sah er, dass sie die Hände erhoben hatte.

O shit, dachte er.

»Matthew Drax steht mit einer geladenen Waffe hinter mir«, sagte sie mühsam beherrscht. »Ich habe keinen Zweifel, dass er schießen wird, wenn Sie meinen Anordnungen nicht nachkommen.«

Hammersmith öffnete den Mund, aber die Agentin kam ihm zuvor. »Legen Sie zuerst Mikrofone und Kopfhörer auf den Boden, dann Ihre Waffen.«

Der Lance Corporal befolgte ihren Befehl, aber Whalen zögerte. Er konnte Drax, der hinter seinem Schreibtisch in Deckung gegangen war, sehen. Ein klares Schussfeld hatte er jedoch nicht.

»Corporal«, unterbrach die WCA-Agentin seine Gedanken. »Der Gefangene hinter mir ist bewaffnet und äußerst gefährlich. Wenn Sie kein Blutbad wollen, sollten Sie Ihre Waffe ablegen.«

»Schon gut«, murmelte Whalen und legte die Pistole auf den Boden. Dann folgte er Hammersmith ins Innere des Zellentrakts. Hinter ihnen schloss sich die Tür.

Whalen spürte, wie sich sein Herzschlag beschleunigte. Zwischen ihm und dem Tod stand nichts außer dem gekrümmten Zeigefinger eines Wahnsinnigen.

»Mach keinen Scheiß«, sagte er rau.

Drax stand auf und zeigte mit der Waffe auf seine Zelle. Whalen war beinahe froh, als sich die Gittertür hinter ihm schloss und er die Schlüssel der Handschellen nach draußen reichen musste.

Man sperrte niemanden ein, den man töten wollte.

Stumm beobachteten die beiden Soldaten, wie der Gefangene seine Waffe auf die Agentin richtete und mit ihr durch die Tür verschwand.

Erst dann drehte sich Whalen zu Hammersmith um. »Wetten, dass *ich* dafür eins auf den Deckel kriege?«

Matt gab Dayna ihre Waffe zurück, als sie draußen im Korridor standen, und betrachtete einen Moment lang die Wände.

»Was ist mit Überwachungskameras?«

Die Agentin schüttelte den Kopf. »Unsere Verfassung verbietet es, die eigenen Bürger zu beobachten. Im ganzen Komplex gibt es keine Kameras. Allerdings hilft uns das nur, bis jemand die Wärter entdeckt.«

Die Implantate, dachte Matt. *Damit können sie uns überall finden.*

»Gibt es eine Möglichkeit, die Implantate loszuwerden?,« fragte er.

»Ja, aber nur mit einem speziellen Instrument, das die Widerhaken, mit denen es sich am Knochen festsetzt, löst. Ich kann eins davon aus der Krankenstation mitbringen.«

»Okay.«

Obwohl sie den Plan gemeinsam beschlossen hatten, nachdem beiden klar geworden war, mit welchen Mitteln Malcolm den Mord begangen hatte, war Matt nicht glücklich über die Aufteilung. Während Dayna in der Krankenstation nach Beweisen suchte, sollte er sich am

Bahnhof verstecken, um notfalls an die Oberfläche zu fliehen, wenn ein Alarm ausgelöst wurde. Damit war er praktisch zur Untätigkeit verdammt.

Wären nur die Kopfschmerzen weniger stark und die Halluzinationen – die sich im Moment auf einige Schleimbahnen an der Wand beschränkten – weniger gefährlich gewesen, hätte er dagegen protestiert. So aber sah er ein, dass es das einzig Vernünftige war, wenn er sich versteckte.

Sie hatten sogar kurz darüber nachgedacht, den offiziellen Weg zu gehen und dem Präsidenten alles zu erzählen, aber in der aufgeheizten politischen Stimmung war das zu gewagt.

Wenn Dayna Recht hatte, gab es eine ganze Reihe von Leuten, die ein Interesse daran hatten, Matt als Mörder darzustellen – nicht zuletzt General Arthur Crow. Als Chef der Marines und der WCA wäre es für ihn ein Leichtes gewesen, Beweise, die ihm nicht passten, verschwinden zu lassen.

Es war ungefährlicher, die Beweise selbst sicherzustellen und dem Präsidenten zu übergeben. Zumindest hoffte Matt, dass er Dayna so weit vertrauen konnte.

»Findest du den Weg zum Bahnhof?«, unterbrach sie seine Überlegungen.

Matt nickte. »Von hier aus ist es einfach.«

Er wünschte Dayna Glück und trennte sich von ihr. Nach einer Weile hörte er nur das Hallen seiner eigenen Schritte. Es verwunderte ihn immer noch, wie wenige Menschen er seit seiner Ankunft in dem Komplex gesehen hatte. War der Bunker wirklich so dünn besiedelt, oder gab es noch eine weitere Ebene, von der er nichts wusste?

Matt erinnerte sich an Daynas Bemerkung, es sei nur

wenig Wohnraum vorhanden, und doch passierte er eine nicht enden wollenden Reihe von Türen, durch die jedoch niemand trat. Auf der einen Seite war Matt froh, keinem Menschen zu begegnen, auf der anderen irritierte ihn diese Leere.

Wieso waren ihm bisher nur Techniker, Ärzte und Soldaten begegnet? Wo waren die Zivilisten, wo die Kinder? Das Schulbuch, das Dayna ihm gegeben hatte, war laut Impressum vor über achtzig Jahren gedruckt worden. Warum hatte sie ihm keins gegeben, das aus diesem Jahrhundert stammte? Gab es vielleicht keins?

Ihm kam ein bizarrer Gedanke. Was, wenn dieser ganze Bunker eine Täuschung war und es keine wirkliche Techno-Community mehr gab? War es möglich, dass die letzten Technos Androiden konstruiert hatten, um ihre Zivilisation aufrechtzuerhalten? Er dachte an das Serum, aber auch das war kein Argument gegen seine Theorie.

Vielleicht bestand dieser Bunker aus einer Mischgesellschaft aus Technos und Androiden. Das würde auch die fehlenden Kinder erklären.

Je länger er darüber nachdachte, desto logischer schien ihm die Theorie.

Allerdings wurden seine Gedanken plötzlich unterbrochen, als ein Mann um die Ecke des Korridors bog und mit gesenktem Kopf auf ihn zukam.

Matt erkannte ihn sofort.

Es war Harold.

Warum?, dachte Dayna fortwährend auf ihrem Weg zur Krankenstation. *Warum hat er das getan?*

Erst als Matthew seine Beobachtungen geschildert

hatte, waren ihr die vielen kleinen Details aufgefallen, die sie am Vortag zwar bemerkt, aber nicht richtig eingeordnet hatte.

Die Petrischalen auf dem Tisch, die dort während Joshuas Behandlung eigentlich nichts verloren hatten, der geöffnete Hirnwellenscanner und Malcolms katzenfreundliches Verhalten passten auf einmal zusammen und ließen keinen Zweifel daran, dass er tatsächlich seine Hände im Spiel hatte.

Nur das Motiv war Dayna nicht klar. Obwohl sie lange genug unter Malcolms krankhafter Eifersucht gelitten hatte, konnte sie sich nicht vorstellen, dass er deswegen zum Mörder geworden war.

Vielleicht, dachte sie dann, *haben wir uns auch schon so weit auseinander gelebt, dass mir manche Veränderungen nicht aufgefallen sind*.

Dayna öffnete die Tür zur Krankenstation mit einem Knopfdruck und ging durch das leere Behandlungszimmer. Malcolms Büro lag auf der linken Seite. Sie lauschte einen Moment an der angelehnten Tür. Außer dem Summen der Computer war nichts zu hören.

Dayna atmete auf und betrat das Zimmer. Es lag im Halbdunkel, wurde nur durch das bläuliche Licht des Monitors erhellt. Der Schreibtisch bestand aus einer Stahlplatte, die aus der Wand ragte. Außer dem Computer und einigen Papieren war nichts darauf zu sehen.

Die Agentin drehte sich suchend um. Erst jetzt fiel ihr auf, wie selten sie in Malcolms Büro gewesen war. An den Wänden hingen Bilder, die sie und ihn zusammen zeigten, und eine vergrößerte Postkarte des alten Washingtons.

Dayna trat näher an die Bilder heran. Sie erinnerte sich an den Tag, an dem sie gemacht worden waren. Ein ungewöhnlich warmer Sommertag, den Malcolm und sie dazu genutzt hatten, zum ersten – und letzten – Mal gemeinsam an die Oberfläche zu gehen. Es war ein schöner Tag gewesen, einer der wenigen, die sie miteinander erlebt hatten.

Sie verdrängte den Gedanken.

Unter den Bildern standen einige Schränke und schmale Regale mit ein paar Aktenordnern. Dayna zog eine Schublade auf. Sie war leer. Auch in der nächsten fand sie nichts außer etwas Staub.

Merkwürdig, dachte sie.

Schließlich wurde sie aber doch fündig. Einer der Schränke entpuppte sich als Kühlschrank, dessen einziger Inhalt vier flache Schalen waren. Dayna zog eine von ihnen heraus und las das Etikett.

M. DRAX

Malcolm war immer schon ein Pedant gewesen. Dass seine Ordnungsliebe ihn jetzt eines Verbrechens überführte, entbehrte nicht einer gewissen Ironie. Dayna steckte zwei der Schalen ein. Jetzt musste sie nur noch den Scanner finden.

Piep.

Das Geräusch des Computers ließ sie zusammenzucken. Sie drehte sich um – und erstarrte.

Auf dem Monitor stand ein Schriftzug, der vor wenigen Minuten noch nicht da gewesen war.

Es waren nur zwei Worte, aber sie jagten Dayna einen Schauer über den Rücken.

HAB DICH!

Im gleichen Moment fiel ein Schatten über den Schreibtisch. Noch bevor sie zur Tür sah, wusste sie, zu wem er gehörte. Trotzdem erschreckte sie Malcolms Anblick.

Er stand im Rahmen und hielt eine Waffe in der rechten Hand. Die linke hatte er auf den Mund gelegt, als müsse er ein Lachen unterdrücken. Sein schweißnasses Gesicht glänzte im Licht des Monitors.

Er kicherte.

»Leg die Pistole weg, mein Liebling«, stieß er zwischen zwei Lauten hervor. »So ist es gut.«

Dayna ließ die Waffe zu Boden fallen.

Malcolm schloss die Tür und ging einen Schritt auf sie zu.

»Nette Spielerei, nicht wahr?«, sagte er mit einem Blick auf den Monitor. Er klang wieder völlig normal. »Der Computer ist so eingestellt, dass er diesen Schriftzug zeigt, wenn das Licht im Kühlschrank angeht. Außer dir, habe ich mir gedacht, hätte wohl kaum jemand einen Grund, darin herumzuwühlen.«

»Du hast gewusst, dass ich komme?«

Malcolm nickte. »Ich habe es als Möglichkeit einkalkuliert. Drax hat mich so merkwürdig angesehen, als ich ihn untersuchte. Ich war mir nicht sicher, ob der Scanner ihm wirklich alle Erinnerungen an die Nacht genommen hat. Wie es aussieht, stimmt meine Vermutung.«

Dayna antwortete nicht, sondern beobachtete, wie Malcolm um sie herumging. Sie wartete auf ihre Chance, hoffte, er würde sich von etwas ablenken lassen und ihr die Gelegenheit zum Angriff geben.

Aber er behielt sie weiter im Blick, selbst als er die Wand erreichte, an der die Bilder hingen, und mit den Fingern darüber strich.

»War es nicht ein schöner Tag?«, fragte er, ohne eine Antwort zu erwarten. »Der Wind war überhaupt nicht kalt. Die Sonne glitzerte auf dem Fluss und du warst … so schön …«

Er seufzte leise.

»Warum hast du das getan?!«, schrie er unvermittelt. »Du kleine Schlampe! Wegen dir habe ich gemordet! Verstehst du das?! Nur wegen dir …!« Er schluchzte, schüttelte den Kopf und wischte sich die Tränen von den Wangen.

»Du brauchst Hilfe«, sagte Dayna sanft.

Malcolm sah auf und grinste, als sei sein Ausbruch nichts weiter als ein Scherz gewesen, auf den sie hereingefallen war.

»Ach, was solls.«

Er lächelte und hieb ihr den Waffenlauf so heftig in den Rücken, dass sie stöhnend zu Boden ging. »Lassen wir die Vergangenheit ruhen. Wie heißt noch gleich dieses alte Sprichwort?«

Malcolm zog Dayna hoch und versetzte ihr einen Stoß. Sie taumelte, behielt aber das Gleichgewicht.

»Richtig«, rief er und schnippte mit den Fingern. »Lebe jeden Tag so, als sei es dein letzter. Ich hoffe, du hast diesen Rat beherzigt, denn für dich und deinen Euro-Barbaren ist es heute so weit.«

Malcolm presste die Hand vor seinen Mund und kicherte.

Harold schien in Gedanken versunken. Seine Schultern waren nach vorne geneigt, und seine Blicke hafteten am Boden.

Sieh bloß nicht hoch, dachte Matt, als könnte er den Techno auf diese Weise hypnotisieren.

Es war zu spät, um ihm auszuweichen. Die Wand, an der Matt entlangging, hatte keine Türen. Die lagen auf der anderen Seite, aber er wagte es nicht, den Korridor vor Harold zu durchqueren. Das Risiko, vor einer verschlossenen Tür zu landen und damit Aufmerksamkeit zu erregen, wollte er nicht eingehen.

Die Mikrofone, die von den Soldaten und Agenten verwendet wurden, waren zu klein, um sie auf diese Entfernung zu sehen, aber Matt ging davon aus, dass Harold eins trug. Wenn er Alarm gab, war die Flucht aus dem Gefängnis beendet, bevor sie richtig begonnen hatte.

Matt bemühte sich möglichst gleichmäßig zu gehen, um den Techno nicht durch eine unbedachte Bewegung aus seinen Gedanken zu reißen. Schritt für Schritt gingen sie aufeinander zu, und Matt musste unwillkürlich an ein Duell denken.

Im gleichen Moment trat Harold zur Seite.

Matt stutzte.

Der Techno kam jetzt direkt auf ihn zu, aber sein Blick war immer noch gesenkt, so als bekäme er kaum etwas von seiner Umgebung mit.

Langsam wich Matt aus, doch Harold machte die Bewegung mit wie ein bizarres Spiegelbild. Er blockierte den Weg und legte es anscheinend auf einen Zusammenstoß an.

Was sollte das?

Matt konnte sich nicht vorstellen, dass Harold ihn erkannt hatte und ihn deshalb zu diesem merkwürdigen Spiel zwang. So etwas passte nicht zu einem Paragrafenreiter wie ihm.

Er hatte Harold jetzt fast erreicht. Der machte immer noch jeden seiner Schritte mit.

Dann prallten sie auch schon zusammen – und der Techno verschwand.

Matt drehte sich verwirrt um. Der Korridor lag leer hinter ihm. Es war kein Mensch zu sehen.

Eine Halluzination, dachte er. *Nicht schon wieder …*

Ein Teil von ihm fragte sich, ob alles, was er in den Bunkern erlebte, eine Illusion war. Vielleicht lag er irgendwo zwischen Philadelphia und Washington erfrierend im Schnee und träumte nur davon, den Regierungsbunker erreicht zu haben. Er legte eine Hand auf die Wand, aber auch die beruhigende Kälte des Betons ließ das Gefühl nicht vergehen.

Matt schüttelte den Kopf. Wenn er diesen Gedanken weiterverfolgte, war der Wahnsinn nicht mehr weit. Er musste davon ausgehen, dass zumindest der Bunker und die Menschen, die er hier getroffen hatte, real waren. Hymes, Dayna, Crow und die anderen konnten einfach nicht seiner Phantasie entsprungen sein. Dafür waren sie zu plastisch.

So wie Smythe in der Zelle, sagte die kleine zweifelnde Stimme in seinem Kopf.

Matt ignorierte sie.

Er hatte das Ende des Korridors erreicht und betrat die Bahnhofshalle. An einer Seite stapelten sich Kisten, die der Aufschrift nach Maschinenteile enthielten. Große durchsichtige Kanister mit destilliertem Wasser standen davor.

Matt ging hinter ihnen in Deckung, als er zwei Soldaten bemerkte, die an den Schienen entlanggingen. Sie sahen nicht so aus, als würden sie jemanden suchen. Nach ein paar Minuten verschwanden sie im Tunnel.

Der Zug nahm Matt die Sicht auf die andere Seite der Bahnhofshalle. Hinter den Fenstern der Abteile war es dunkel. *Subway 1* sollte wohl nicht in nächster Zeit abfahren.

Trifft sich gut, dachte Matt. Geduckt lief er an den Kisten entlang, bis er die Lokomotive erreichte, die in die Tunnelöffnung hineinragte. Die Tür zum Führerstand war geöffnet. Matt sah eine Menge Hebel und Schalter, aber keinen Menschen.

Er sprang hinab auf die Schienen und spähte zwischen Lok und Triebwagen hindurch. Das zweite Gleis war leer. Nur einige Technos in weißen Laborkitteln standen wartend auf der Plattform. Der Winkel war so ungünstig, dass sie Matt nicht sehen konnten.

Der wandte sich ab und betrachtete das Kopplungssystem, das Lok und Triebwagen miteinander verband. Es sah nicht ganz unkompliziert aus.

Als kleiner Junge hatte Matt eine kurze Phase durchlebt, in der er Lokführer werden wollte. Der Wunsch endete jedoch abrupt, als sein Vater ihm zum ersten Mal das Cockpit eines Flugzeugs zeigte. Jetzt wünschte Matt, er hätte sich etwas genauer mit der Mechanik von Zügen beschäftigt, denn wenn er sich auf eine schnelle Flucht im Notfall vorbereiten wollte, musste er die Lok irgendwie abkoppeln.

Probeweise zog er an einigen Schläuchen, aber sie saßen bombenfest. Auch die beiden Hebel, die er schließlich fand, ließen sich nicht bewegen.

Shit, dachte Matt und kletterte zurück auf die Plattform. Einen Moment blieb er etwas ratlos stehen, dann stieg er in die Lok.

Der Führerstand war so voll gestopft mit Elektronik, dass er gerade noch Platz für den Sitz des Lokführers bot. Blinkende rote, grüne und gelbe Lichter zogen Matts Aufmerksamkeit auf sich, aber die Abkürzungen, die unter ihnen standen, verrieten ihm nichts von ihrer Funktion.

Er setzte sich. Im gleichen Augenblick fuhr ein kleiner Monitor aus dem Armaturenbrett und drehte sich in seine Richtung. Anscheinend wurde er aktiviert, sobald jemand den Sitz benutzte.

»Willkommen Lokführer eins«, sagte eine sanft klingende, weibliche Stimme. »Bitte nennen Sie die Funktion, die Sie durchführen möchten.«

Matt grinste. Das war ja einfacher, als er gedacht hatte. »Lok abkoppeln.«

»Sie haben Funktion drei Strich sieben Punkt eins ›Lok abkoppeln‹ gewählt. Wenn Sie fortfahren, wird die Lokomotive von den Triebwagen abgekoppelt. Möchten Sie fortfahren?«

»Ja.«

»Sind Sie sicher?«

»Ja!«

»Bitte warten.«

Auf dem Display war eine kleine Sanduhr zu sehen, die sich langsam drehte.

Ein Windows-System, das nach fünfhundert Jahren noch läuft!, dachte Matt. *Bill Gates würde triumphieren, wenn er das sehen könnte.*

»System abgekoppelt«, meldete die Stimme. »Möchten Sie weitere Funktionen durchführen?«

»Nein.«

»Wenn sie mit Nein antworten, werden keine weiteren Funktionen durchgeführt. Möchten Sie mit Nein antworten?«

»Ja.«

Oder hätte er Nein sagen sollen? Die Formulierung klang nach einer Fangfrage.

»Sind Sie sicher?«

»Ja!«

»Menü abgeschaltet. Sie können den Sitz jetzt verlassen.«

Matt seufzte und stand auf. Kein Flugzeug hatte je mit ihm gesprochen, aber nach den Erfahrungen der letzten Minuten war er darüber nicht gerade traurig.

Die erste Hürde auf dem Weg an die Oberfläche hatte er genommen. Am liebsten hätte er die Lok sofort gestartet, aber das hätte Aufmerksamkeit erregt. Nun blieb ihm nichts anderes übrig, als auf Dayna zu warten – oder auf die Soldaten, wer auch immer zuerst in den Außenspiegeln der Lok erschien.

Etwas blitzte in der Dunkelheit des Tunnels. Es sah aus wie Metall, das von einem Lichtstrahl getroffen wird. Matt kniff die Augen zusammen, konnte aber nicht mehr sehen.

Es blitzte erneut.

Wenn das Smythe oder eine Taratze ist, werde ich einfach nichts tun, schwor er sich.

Er sah sich suchend in der Lok um und entdeckte einen kleinen Schalter, dessen Aufschrift *Scheinwerfer* recht eindeutig klang.

Es klickte einmal kurz, als Matt ihn berührte, dann bohrten sich zwei weiße Lichtkegel in die Dunkelheit. In der plötzlichen Helligkeit waren die Gestalten, die sich auf die Lok zubewegten, deutlich sichtbar.

Matt schluckte.

Malcolm murmelte und kicherte vor sich hin, während er neben Dayna durch die Korridore ging. In seinem bleichen Gesicht zuckte es. Die Waffe trug er unter dem Arztkittel verborgen, den er gefaltet auf seinen Unterarm gelegt hatte.

Daynas gefesselte Hände verschwanden auf die gleiche Weise unter einem zweiten Kittel. Hätte jemand genauer hingesehen, wäre ihm aufgefallen, dass etwas an der verkrampften Art, mit der sich die beiden Menschen bewegten, nicht stimmen konnte.

Aber niemand sah genauer hin.

So entging den insgesamt drei Technikern, die ihnen auf ihrem Weg bisher begegnet waren, auch der kleine schwarze Kasten, den Malcolm in seiner freien Hand trug und den er fast ununterbrochen anstarrte.

Dayna wusste, was der Kasten anzeigte. Schließlich war er Teil der WCA-Ausrüstung, die sie in einem verschlossenen Schrank in ihrer Wohneinheit aufbewahrte – oder aufbewahrt *hatte*, denn sie ging davon aus, dass Malcolms Waffe ebenso wie der ID-Tracer zu ihrer Ausrüstung gehörte.

Der Tracer war das vielleicht mächtigste Überwachungsgerät, über das der Weltrat verfügte, und wurde, um Missbrauch zu vermeiden, nur in besonders schweren Fällen eingesetzt.

Man tippte einfach den Namen einer gesuchten Person ein, dann nahm der Tracer Kontakt zur zentralen Registrierungsstelle auf und lud sich die Informationen des Implantats herunter. Der Vorgang nahm weniger als dreißig Sekunden in Anspruch, ermöglichte es einem WCA-Agenten jedoch, den Aufenthaltsort des Gesuchten bis auf einen Toleranzwert von einem Meter zu bestimmen.

Genau das hatte Malcolm getan.

»Aha«, sagte er nach einem weiteren Blick auf den Tracer. »Drax scheint am Ziel zu sein. Er bewegt sich nicht mehr. Er ist am Bahnhof, richtig?«

»Ja.« Es hatte keinen Sinn zu lügen. Auf dem Display sah er ohnehin, wo sich Matthew befand. »Was hast du jetzt vor?«

»Ich bringe es zu Ende.«

Dayna glaubte so etwas wie Trauer in seiner Stimme zu hören.

»Es ist alles ganz einfach«, fuhr Malcolm fort. »Ich finde Matthew, bringe ihn um, töte dann dich und verteile seine DNS-Spuren, die du ja umsichtigerweise eingesteckt hast, auf deiner Leiche. Nach dem Mord an Anna wird niemand daran zweifeln, dass er auch dich getötet hat. Und ich werde als tragischer Held gefeiert, weil ich zwar den Mörder gestellt, aber den Tod meiner Geliebten nicht verhindern konnte. Glaubst du, ich wäre gut in dieser Rolle?«

Dayna schwieg. Auch wenn es keinen Zweifel daran gab, dass er den Verstand verloren hatte, arbeitete sein Gehirn doch noch gut genug für perfide Pläne. Sie suchte nach einem Bruch in der Logik, nach einer Schwachstelle, irgendetwas, das ihn vielleicht davon abbringen könnte. Doch da gab es nichts.

Es war ein wahnsinniger, aber perfekter Plan.

»Und was dann?«, fragte sie. »Was passiert nach den Morden? Willst du einfach weiterleben und die Schuld bis an dein Lebensende mit dir herumtragen?«

Malcolm schüttelte den Kopf. »Nein, mein Liebling, das ist erst der Anfang. Ich werde jeden Einzelnen deiner Geliebten hinrichten, bis keiner mehr übrig ist. Und dann werde ich mich in einer spektakulären Aktion selbst töten.« Er zögerte. »Oder so … Dich wird das jedenfalls nicht mehr betreffen.«

Vor ihnen lag die Bahnhofshalle. Die Frühschicht endete erst in rund einer Stunde, und so lagen die beiden Plattformen fast verlassen da. Nur einige Techniker standen zusammen und unterhielten sich.

Subway 1 stand auf dem ersten Gleis. Die Waggons waren dunkel und warteten darauf, die Arbeiter der zweiten Schicht zu ihren Stellen unterhalb Washingtons zu bringen.

»Los, weiter«, drängte Malcolm. »Wir haben ihn gleich.«

Dayna sah sich um, aber niemand schien zu bemerken, was sich direkt unter ihren Augen abspielte. Sie hoffte, dass jemand Matthews Flucht entdecken würde, wartete auf die dröhnenden Sirenen und das Brüllen der Soldaten.

Ihre letzte Chance war es, gefasst zu werden.

Es stimmt tatsächlich, dachte Matt schaudernd und schlug die Tür zum Führerstand zu. *Sie haben Androiden.*

Die Gestalten, die mit seltsam geschmeidigen Schritten auf die Lok zuliefen, waren nicht mit Menschen zu verwechseln. Ihre metallischen Skelette reflektierten das Scheinwerferlicht und ließen sie fast unwirklich erscheinen. Die Augen leuchteten in ihren Köpfen, während dünne rote Strahlen über die Front der Lokomotive strichen.

Was ist das?, fragte sich Matt und erhielt prompt die Antwort, als die Frontscheibe der Lok mit einem Knall auseinander platzte. Matt ließ sich fallen, spürte, wie ihm das Glas auf Kopf und Rücken regnete.

Ein zweiter unhörbarer Schuss stanzte ein qualmendes Loch in die Rückwand. Funken sprühten. Ein Teil der Lichter erlosch.

Laser, erkannte Matthew, während er über den Boden zur Tür kroch. Vorsichtig streckte er die Hand nach dem Öffnungsmechanismus aus. Vier rote Strahlen strichen über ihn hinweg. Es qualmte. Matt zog hastig die Hand zurück. Die Androiden schienen zu ahnen, dass er fliehen wollte.

Er duckte sich unter weiteren Einschlägen hinweg und riskierte einen kurzen Blick aus dem Fenster. Die ersten Metallwesen hatten die Lok fast erreicht. Im Rückspiegel entdeckte er die Techniker, die aufgeregt in seine Richtung liefen und mit den Fingern deuteten. Anscheinend hatten sie die Androiden ebenfalls gesehen.

Mit einem Satz erreichte Matt den Lokführersitz.

»Willkommen, Lokführer 1,« begrüßte ihn die Computerstimme. Der Rest ihrer Worte ging in einem Knall unter. Ein Laserstrahl hatte sich in die Kopfstütze gebohrt. Glühende Plastikteile wirbelten durch die Kabine.

»... durchführen möchten«, beendete der Computer seine Ansage.

»Lok starten«, sagte Matt und stöhnte, als plötzlich stechender Kopfschmerz einsetzte.

»Unbekannte Parameter. Bitte rufen Sie die Hilfsfunktion auf oder wenden Sie sich an einen Techniker.«

Matt wischte sich Blut aus den Augen, starrte wie durch einen roten Nebel auf die Fehlermeldung im Display.

»Anfahren ... Zug starten ... losfahren«, versuchte er es anders, aber die Antwort blieb gleich.

»Unbekannte Parameter ...«

»Mist!«, fluchte er.

»Unbekannte –«

Das Display flog auseinander. Matt warf sich zur Seite, entging um Haaresbreite einer scharfen Metallspitze, die durch die Rückenlehne des Sitzes getrieben wurde und in der Wand stecken blieb.

Im gleichen Moment tauchte ein skeletthafter Roboterschädel vor dem Seitenfenster auf. Die Scheibe zerbarst, als der Android seine Faust hindurchhämmerte. Seine feingliedrigen Finger tasteten nach dem Türmechanismus.

Matt drehte sich auf den Rücken und trat mit aller

Kraft zu, aber die Finger tasteten weiter. Rote Strahlen zuckten über die Decke.

Noch einmal trat er zu, sah, wie sich die Finger verbogen, bevor die Hand wieder nach draußen verschwand. Kaum war sie weg, tauchte eine zweite auf. Matt wollte zutreten, doch die Hand ließ nur einen schmalen zischenden Behälter los.

Eine Granate!, dachte Matt entsetzt.

Er griff nach dem Behälter und warf ihn aus dem Fenster. Eine grelle Stichflamme blendete ihn, schleuderte ihn zu Boden. Beißender Qualm wehte durch die zerstörte Scheibe in den Führerstand und raubte ihm den Atem.

Matt hustete und stöhnte, als die Kopfschmerzen unerträglich wurden. Taumelnd kam er auf die Beine. Die roten Strahlen zuckten wie Irrlichter durch die Kabine. Einen Moment folgte er ihnen wie hypnotisiert mit den Blicken.

Ich muss klar bleiben!, befahl er sich dann mit einem Ruck. *Ich darf nicht aufgeben!*

Ein weiteres Robotergesicht tauchte wie eine Erscheinung vor dem Fenster auf. Ohne nachzudenken, schlug Matt zu – und krümmte sich zusammen, als heißer Schmerz durch seinen Arm schoss.

Er vergeudete keine Zeit mit der Frage, ob er sich die Hand gebrochen hatte, denn die Androiden waren jetzt überall. Sie zogen sich an der Frontseite der Lokomotive hoch, griffen nach den Öffnungsmechanismen der Türen und tasteten nach den Fensterrahmen. Wie eine stählerne Flut kamen sie über ihn.

Die Welt begann sich zu drehen. Schmerz und Erschöpfung holten Matt ein. Er trat nach den Händen und Köpfen, aber sie wurden nicht weniger.

Wie durch einen dunklen Vorhang entdeckte er einen

Knopf auf dem Armaturenbrett. *Alarm* stand darunter.

Er wusste nicht, warum er diesen Knopf plötzlich für die Rettung hielt. Er konnte keinen klaren Gedanken mehr fassen, verspürte nur noch den Drang, diesen Knopf zu drücken.

Matt stolperte unter den Laserschüssen hindurch, fiel halb auf das Armaturenbrett und schlug mit der unverletzten Hand auf den Knopf.

Sekunden später biss er die Zähne zusammen, als das Heulen der Sirenen seinen Kopf fast zum Platzen brachte.

Die Androiden verstärkten ihre Bemühungen, als ahnten sie, dass sie nur noch wenig Zeit hatten. Die Zielstrahlen ihrer Laserwaffen führten einen irren Tanz in der Kabine auf, woben ein Gitter, aus dem es kein Entkommen kam.

Matt zuckte zusammen, als sie sich plötzlich wie auf ein geheimes Kommando auf ihn richteten. Sein Blick glitt zu einem der zerstörten Seitenfenster. Er wusste, dass es seine letzte Chance war, nahm kurz Anlauf und warf sich hindurch.

Im gleichen Moment explodierte die Lok in einem Feuerball.

General Arthur Crow drehte das halb volle Glas mit der braunen Flüssigkeit nachdenklich zwischen den Fingern.

»Hast du dich jemals gefragt«, sagte er dann, »wie Whisky früher geschmeckt hat, in der alten Welt?«

»Anders, vermute ich«, entgegnete Victor Hymes. »Besser, hoffe ich.«

Crow lächelte. »Deine Nichte zeigt großes Interesse am Fall dieses Commanders«, wechselte er das Thema.

Der Präsident hob die Schultern. »Sie hat persönliche Gründe.«

»Glaubst du, sie könnte gefährlich werden?«

»Dayna?« Hymes sah Crow an, als habe der den Verstand verloren. Halb erwartete er den General lachen zu sehen, aber dessen Züge blieben hart. Er schien seine Befürchtung tatsächlich ernst zu meinen.

»Arthur, sie ist meine Nichte und eine WCA-Agentin. Meinst du wirklich, dass sie sich gegen die Interessen des Weltrats stellen würde?«

Crow trank einen Schluck und verzog das Gesicht, als die scharfe Flüssigkeit ihn zum Husten reizte.

»Manche Erlebnisse können einen Menschen verändern«, sagte er heiser und räusperte sich. »Dayna hat ein solches Erlebnis gehabt.«

Hymes gefiel die Richtung nicht, die das Gespräch nahm. »Sie ist längst darüber hinweg. Ich glaube, du kannst nur nicht damit umgehen, dass sie nicht mit deinen politischen Ansichten übereinstimmt.«

»Schwachsinn! Die Ansichten meiner Agenten sind mir scheißegal, solange sie machen, was ihnen gesagt wird.« Crow stand auf und zeigte auf eine Weltkarte des 20. Jahrhunderts, die er vor langer Zeit hatte rekonstruieren lassen.

»Darum geht es mir«, fuhr er fort. »Diese Welt müssen wir wieder auferstehen lassen. Persönliche Bedenken oder Moralvorstellungen dürfen uns nicht von diesem Ziel abbringen.«

Hymes winkte ab. »Du musst nicht aus der Verfassung zitieren, damit ich dich verstehe. Wir alle kennen das Ziel. Eine einzelne –«

Heulende Sirenen unterbrachen ihn. Hymes sprang auf, während Crow herumfuhr.

»Verdammt. Was –«

Die Tür wurde aufgerissen. Ein junger Adjutant salutierte hastig. »Sir!«, rief er über den Lärm hinweg. »Der Alarm wurde ausgelöst!«

»Habe ich Ihnen Grund zu der Annahme gegeben, dass ich taub bin?!«, brüllte Crow zurück. »Finden Sie heraus, was los ist, und schalten Sie diesen verdammten Lärm ab!«

»Yessir!« Der Adjutant schloss mit hochrotem Gesicht die Tür.

Hymes setzte sich. »Vermutlich nur wieder ein Fehlalarm auf der A-Ebene. Wir müssen das endlich in den Griff bekommen.«

Crow nickte, aber seine Lippen waren zusammengekniffen.

Das Heulen der Sirenen verstummte. Die beiden Männer sahen zur Tür, warteten auf die Nachricht des jungen Lieutenants.

Es schien eine Ewigkeit zu dauern, bis sie endlich ein zaghaftes Klopfen hörten.

»Ja!«

Der Adjutant schob die Tür nur einen Spalt auf und steckte den Kopf hindurch. »Ich dachte, Sir, Sie wissen es vielleicht noch nicht, Sir. Eine Patrouille hat die Gefängniswärter in der Zelle gefunden. Der Gefangene ist verschwunden.«

Mit einem Knall zerplatzte das Whiskyglas an der Wand.

»Ich habe es gewusst!«, brüllte Crow und nahm seine Pistole vom Schreibtisch. »Geben Sie sofort ID-Tracer aus. Ich werde mich persönlich um die Angelegenheit kümmern.«

Der Adjutant schaffte es gerade noch zur Seite zu treten, da stürmte der General auch schon an ihm vorbei.

Hymes betrachtete nachdenklich die Karte an der Wand.

»Lieutenant«, sagte er dann, als der Mann die Tür leise schließen wollte. »Wenn Sie den Auftrag des Generals ausgeführt haben, finden Sie doch bitte heraus, wo meine Nichte sich aufhält.«

Er hatte plötzlich ein seltsames Gefühl im Magen.

»Scheiße!«, schrie Malcolm, während Dayna erleichtert ausatmete. Sie glaubte nie ein schöneres Geräusch gehört zu haben als das Heulen der Sirenen.

Der ID-Tracer landete auf dem Boden, als Malcolm sie am Arm packte und mit sich zog. »Komm schon. Er ist in der Lok!«

Die Sirene verstummte. Die einsetzende Stille wirkte unnatürlich.

Dayna versuchte sich zurückfallen zu lassen und spürte den Lauf der Waffe in der Seite.

»Lass es oder ich leg dich gleich hier um.«

Sie gab den Versuch auf, drehte sich jedoch immer wieder zu den Gängen um. Wo blieben nur die Soldaten?

Malcolm blieb stehen. Sie hatten die Lok fast erreicht. Irritiert bemerkte Dayna Glasscherben auf dem Boden. Irgendetwas schien passiert zu sein.

Sie hatte den Gedanken noch nicht vollendet, als sie plötzlich einen Schrei hörte. Im nächsten Moment stürzte Matthew aus der Lokomotive. Er rollte sich auf dem Boden ab und legte die Hände über den Kopf, als müsse er sich vor fallenden Trümmern schützen.

Dabei war nichts zu sehen.

Malcolm war von seinem plötzlichen Auftauchen so überrascht, dass er zuerst gar nicht reagierte. Erst als

Matthew taumelnd auf die Beine kam, riss er die Waffe hoch.

Dayna handelte, ohne nachzudenken. Sie warf sich auf Malcolm, schleuderte ihn gegen den Zug und verlor selbst das Gleichgewicht.

Ein Schuss löste sich. Die Kugel schlug neben Matthew in den Boden. Betonstücke flogen durch die Luft. Er sah sie verstört an, schien nicht zu wissen, was geschah.

»Lauf!«, schrie Dayna. »Er hat eine Waffe!«

Malcolm trat nach ihr, traf jedoch nicht. Er legte die Pistole an.

Matthew drehte sich um. Mit einem Satz sprang er auf die Schienen und stolperte in den Tunnel. Es knallte zweimal, aber Dayna sah erleichtert, dass er weiterlief.

Malcolm sackte in die Knie. »Du hast alles zerstört«, flüsterte er so leise, dass die Agentin ihn kaum verstehen konnte. »Alles hast du mir genommen. Alles …«

Die Waffe in seiner Hand zitterte, als er sie auf Dayna richtete. Tränen glitzerten in seinen Augen.

Sie rutschte zurück, hörte hinter sich das Poltern schwerer Stiefel und dann eine knarrende Stimme: »Die Waffe weg!«

Die nächsten Sekunden geschahen wie in Zeitlupe. Malcolms Gesicht wurde weiß und verzerrte sich. Quälend langsam krümmte sich sein Zeigefinger um den Abzug. Dayna wollte die Augen schließen, aber sie war wie gelähmt, konnte nichts tun außer in die Mündung zu starren, die wie ein riesiges schwarzes Loch mehr und mehr von ihrem Gesichtsfeld einnahm.

Sie zuckte noch nicht einmal zusammen, als sie den Schuss hörte.

Das kleine runde Loch in Malcolms Stirn sah aus wie

gemalt. Sein Gesicht nahm einen überraschten Ausdruck an und entspannte sich. Ein einzelner Blutstropfen löste sich aus dem Loch und rann nach unten.

Dann fiel Malcolm langsam nach vorne und schlug auf den Boden. Dayna wandte den Blick ab, als sie die graurote Masse am Zugfenster sah.

»Alles in Ordnung?«

Sie sah auf und ließ sich von General Crow auf die Beine helfen. Aus dem Lauf seiner Pistole schlängelte sich ein dünner Rauchfaden.

»Ja, Sir. Mir ist nichts passiert.«

»Ist Drax im Tunnel?«

Dayna wünschte sich, er würde ihr Zeit lassen, um sich zu sammeln. Sie nickte. »Ja, aber er ist nicht der Mörder.«

Crow ließ sie los und verteilte seine Männer mit ein paar Handbewegungen in der Halle. »Ihr sichert hier alles. Ich bin gleich wieder da.« Er sprang auf die Schienen und lief mit gezückter Waffe auf den Tunnel zu.

»Sir!«, rief Dayna ihm hinterher. »Er hat niemanden umgebracht! Ich kann es beweisen! Malcolm ist der Mörder!«

Crow drehte sich nicht um und verschwand in der Dunkelheit.

Matt wusste nicht, wo er war. Immer wieder stolperte er, fiel und stand auf. Er lief, obwohl er nicht sagen konnte, warum.

Das Heulen des Sturms wurde zum Brüllen eines Dinosauriers, zum Donnern eines startenden Flugzeugs.

Unter seinen Stiefeln knirschten Steine – oder waren

es Knochen oder vielleicht auch nur der Sand auf den Planken eines Schiffs?

Alles ging ineinander über. Die Wände des dunklen Tunnels, in denen sich Schatten verbargen, die Gestalt annehmen konnten, um nach ihm zu greifen. Der Wind, der an seinen Kleidern riss und mal kalt wie Eis und dann heiß wie Feuer war.

Die Welt verschwamm in einem Chaos und Bildern, Tönen, Gerüchen und Schmerz. Sie war so schwarz wie die Nacht, die ihn umgab, und so hell wie das blendend weiße Licht an ihrem Ende.

Blendend weiß war auch das Auge des Ungeheuers. Sein Brüllen so laut, dass es den Geist durchdrang, und sein Atem so mächtig wie der Sturm.

»Hör auf!«, schrie Matt ihm entgegen. »Ich kann nicht denken!«

Nichts war wirklich in dieser Welt, weder der Schmerz noch das Auge des Ungeheuers. Mit jedem taumelnden Schritt wurde es größer, heller, bis Matt hineinzustürzen und sich darin zu verlieren glaubte.

»Nichts ist real«, murmelte er und blieb stehen. »Alles ist nur ein Traum … ein Traum in einem Traum …«

Er breitete die Arme aus, um das Ungeheuer willkommen zu heißen.

»Drax!«, brüllte Crow und beschleunigte seinen Lauf.

Er konnte das Bild nicht glauben, das sich ihm bot. Der Mann, den er verfolgte, stand mit ausgebreiteten Armen auf den Schienen, während der Zug aus Washington auf ihn zuraste. Offensichtlich wollte er sich das Leben nehmen!

So nicht, dachte der General, nahm Anlauf und stieß sich ab.

Mit ausgebreiteten Armen stieß er Drax zur Seite und schlug hart auf den Steinen auf. Gleichzeitig donnerte der Zug an ihnen vorbei.

Der Wind zerrte an seiner Uniform. Der Boden vibrierte wie bei einem Erdbeben. Das Flackern der erleuchteten Fenster warf riesenhafte Schatten an die schwarzen Tunnelwände.

Der Zug verschwand in der Dunkelheit.

Crow richtete sich erleichtert auf.

»So leicht kommst du mir nicht davon«, sagte er zu Matthew Drax, der reglos neben ihm lag. Er stand wohl unter Schock. »Hast du gehört? So einen Scheiß lasse ich nicht durchgehen!«

Er griff nach seiner Schulter und drehte ihn auf den Rücken.

Matt blinzelte. Er sah das Gesicht General Crows über sich, spürte dessen Hand an seiner Schulter. Doch das Gesicht war seltsam ... transparent, und der Griff fühlte sich an wie durch eine dicke Schicht Watte.

Für ein paar Sekunden schloss Matt erschöpft die Augen.

Als er sie wieder öffnete, war Crow verschwunden. Oder hatte sich zumindest verändert. Der Mann, der sich über ihn beugte und seine Schulter hielt, war um die fünfzig Jahre alt. Sein Gesicht war schmal und kantig, und die tief liegenden Augen verliehen ihm etwas Raubvogelhaftes.

Eine neue Halluzination?

Wer sind Sie?, wollte Matt fragen, doch er brachte nicht mehr die Kraft dafür auf. Unter ihm schien sich der Boden zu verflüssigen. Er spürte regelrecht, wie sein Körper langsam darin versank. Es war nicht einmal unangenehm.

Trotzdem stieg für einen Moment Panik in ihm hoch, als die Flüssigkeit seine Wangen erreichte und über ihm zusammenschlug.

Dann wurde es dunkel um Commander Matthew Drax…

ENDE?

MICHAEL J. PARRISH

DIE ZWEITE REALITÄT

Matthew Drax war von Wasser umgeben. Er schwebte in einem Meer, umgeben von blauer Unendlichkeit, und die unergründlichen Tiefen schienen ihn verschlingen zu wollen.

Matt kümmerte sich nicht darum. Nie zuvor hatte er sich so schrankenlos frei gefühlt, nie zuvor hatte ihn solches Glück durchdrungen.

Dann plötzlich Licht.

Es schien von ganz oben zu kommen, durchdrang die dunklen Fluten und blendete ihn, schmerzte in seinen Augen. Gleichzeitig merkte Matt, wie ihn etwas zurück zur Oberfläche zog, unnachgiebig, unaufhaltsam. Abrupt öffnete er die Augen – und blickte in gleißende Helligkeit.

»Guten Morgen, Commander Drax«, sagte eine dunkle, sachlich klingende Stimme. »Schön, dass Sie wieder bei uns sind.«

Matt war verwirrt, wusste nicht, was er erwidern sollte.

Das gleißende Licht schmerzte in seinen Augen, seine Kehle fühlte sich an wie ausgedörrt. Er befeuchtete die Lippen, versuchte den schleimigen Brocken zu schlucken, der irgendwo in seinem Rachen saß.

Wo in Wudans Namen war er ...?

Der Schmerz in seinen Augen legte sich, und auch das Pochen in seinem Schädel ließ ein wenig nach. Matt stöhnte und rieb sich die Schläfen, blinzelte in das helle Licht.

Allmählich begannen sich Einzelheiten aus seiner Umgebung zu schälen.

Matt sah weiße Wände, eine Deckenlampe, den Kasten einer Klimaanlage, das obere Ende eines Metallspinds ... Das Innere eines Krankenhauszimmers? Er selbst lag in einem weichen Bett, Kanülen steckten in seinen Armbeugen, der gleichmäßige Ausschlag eines Herzfrequenzmessers war zu hören …

Matt schloss die Augen.

Der Tunnel … der Angriff der Androiden … das brüllende einäugige Monstrum … Die Erinnerung sickerte scheibchenweise in seinen Verstand. Sie mussten ihn gefunden und in die Krankenstation des Regierungsbunkers zurückgebracht haben. Seine Flucht war gescheitert. Nun würde er sich für einen Mord verantworten müssen, den er nicht begangen hatte … Nein, falsch: Von dem er nicht *glaubte*, ihn begangen zu haben.

»Wie geht es Ihnen, Commander?«, fragte die Stimme.

Erneut hob Matt die Augenlider.

Seine Umgebung hatte sich nicht verändert. Er lag noch immer im Bett eines Krankenhauszimmers – aber die Einrichtung war nicht die eines Bunkers. Auch das Licht war anders. Fast so, als wäre es Sonnenlicht, das durch ein Fenster fiel. Was Hunderte Meter unter der gefrorenen Erde von Arlington schwerlich sein konnte.

Langsam drehte Matt den Kopf, was ihm einige Schwierigkeiten bereitete. Die Muskulatur in seinem Nacken war steif, die Halswirbel schienen geradezu eingerostet zu sein. Als hätte er sich seit einer Ewigkeit nicht mehr bewegt …

»Vorsicht«, beschied ihm die Stimme, die vorhin bereits zu ihm gesprochen hatte. »Sie sind ein wenig aus der Übung.«

Matt erkannte, dass jemand neben dem Krankenbett stand – jemand, der weiße Kleidung und einen weiten Arztkittel trug. Langsam blickte Matt an der hageren Gestalt empor, musste seine Augen gegen das blendende Licht abschirmen.

Schließlich blickte er in das Gesicht eines etwa fünfzigjährigen Mannes. Es war schmal und kantig, und die tief liegenden Augen des Fremden verliehen ihm etwas Raubvogelhaftes. Die Nase des Mannes war auffallend schmal und gekrümmt, was diesen Eindruck noch unterstrich. Sein schwarzes Haar, in das sich bereits graue Strähnen gemischt hatten, war dünn und streng nach hinten gekämmt.

Matt war sich sicher, diesen Mann noch nie zuvor in seinem Leben gesehen zu haben.

»W … wer sind Sie?«, fragte er leise, erschrak über den dünnen, brüchigen Klang seiner eigenen Stimme.

»Mein Name ist Dr. Sirwig«, kam die Antwort prompt. »Ich bin Ihr behandelnder Arzt.«

»M … mein behandelnder Arzt?«, würgte Matt hervor. Er war bestürzt, wie schwer ihm das Sprechen fiel. Seine Zunge war eine formlose Masse in seinem Mund; er konnte nur undeutlich artikulieren. Wie lange war er bewusstlos gewesen?

Seine letzte Erinnerung war, dass er auf dem steinigen Boden des Tunnels zwischen Washington und Arlington gelegen hatte, General Crow über sich gebeugt. Der Techno hatte ihn vor dem einäugigen Monster gerettet, hatte ihn zur Seite gestoßen und …

»Das mit Ihrer Zunge wird sich bald legen«, verriet ihm der Arzt. »Die Schwellung ist nur eine Folge der Medikamente, die wir Ihnen verabreichen mussten. In Ihrem Zustand ist sie nicht ungewöhnlich.«

»Wo bin ich?«, stellte Matt die Frage, die ihn plötzlich brennender interessierte als alles andere. Er war sich nun sicher, nicht mehr im Bunker zu sein. Vielleicht hatte man ihn an die Oberfläche verlegt, in einen der oberirdischen Räume des Pentagons.

»Auf der Krankenstation Ihres Stützpunkts«, sagte Dr. Sirwig.

»M ... meines Stützpunkts?«

»Aber ja. Erinnern Sie sich nicht? Sie sind Commander Matthew Drax, Pilot der US Air Force, stationiert auf der Airbase Berlin-Köpenick.«

Im ersten Augenblick war Matt einfach nur perplex. Dann überkam ihn eine widernatürliche Heiterkeit, und er lachte lautlos in sich hinein.

Es war also geschehen. Er hatte den Verstand verloren. Irgendwie war das abzusehen gewesen nach all den Fährnissen der zurückliegenden Zeit, nach all den Dingen, die er erlebt hatte und die sein Verstand kaum hatte verarbeiten können. Die Halluzinationen, unter denen er in den letzten Tagen gelitten hatte, waren nur die Vorboten gewesen. Jetzt hatte es ihn endgültig erwischt.

Durch Umstände, die er bis heute nicht verstand, war er am Vorabend der großen Katastrophe in die Zukunft geschleudert worden, um fünfhundertvier Jahre ... In eine Welt, in der die großen Städte in Schutt und Asche lagen, in der die Menschheit in die Barbarei zurückgefallen war und sich die Zivilisation nur sehr langsam wieder erholte.

»Sie erinnern sich nicht?« Besorgnis klang aus Dr. Sirwigs Stimme.

Matt musste sich zusammenreißen, um nicht laut aufzulachen. Die irrationale Heiterkeit kitzelte in seiner Kehle. »Berlin-Köpenick, ja?«, fragte er und grinste. »Und als Nächstes werden Sie mir weismachen, draußen wartet Major Bellmann, um nach mir zu sehen.«

»Ich konnte Ihren Vorgesetzten bislang noch nicht von Ihrem Erwachen verständigen, aber wenn Sie wollen ...«, gab Sirwig schulterzuckend zurück – und verstummte, als sein Patient plötzlich laut lachte.

Es dauerte eine gute Minute, bis Matt sich wieder unter Kontrolle hatte. »Blödsinn!«, fuhr er Sirwig an. »Das alles ist doch Irrsinn! Sie existieren gar nicht, genauso wenig wie Major Bellmann und die Basis in Köpenick. Alles wurde zerstört, schon vor einem halben Jahrtausend ...«

Sirwig hob seine schmalen Brauen und blickte Matt durchdringend an. »Ich bin mir nicht sicher, ob ich Sie verstehe, Commander Drax«, verriet er. »Seit Ihrer letzten konkreten Erinnerung mag wohl einige Zeit verstrichen sein – aber sicher kein halbes Jahrtausend. Ich bedaure ...«

»Was soll das heißen?«

»Nun, Commander Drax – ich fürchte, Sie haben ein wenig den Bezug zur Zeit verloren. In Ihrem Zustand ist das aber nicht ungewöhnlich.«

»Zustand? Welcher Zustand?« Matt spürte hilflosen Zorn in sich aufsteigen – er kam sich vor wie ein Idiot. War er nun verrückt oder nicht? Warum gab dieser Doktor ... diese *Einbildung* von Doktor Widerworte, anstatt ihn einfach seinem Irrsinn zu überlassen?

»Es wird nicht leicht für Sie sein, das zu begreifen, Commander«, fuhr Sirwig fort, »aber Sie waren für eine Weile außer Gefecht gesetzt. Für eine ganze Weile sogar.«

»Was soll das heißen? Welches Datum haben wir?«

»Es könnte ein Schock für Sie sein, Commander«, erwiderte Sirwig vorsichtig. »Wir schreiben ... das Jahr 2013. Den dreißigsten Mai, um genau zu sein. Oder, um im Jargon der Floydologen zu sprechen, das Jahr zwei nach dem Neubeginn.«

»Jahr zwei? Neubeginn?« Matt schaute den Mediziner unverwandt an. »Wollen Sie mich verarschen, Doktor?«

»Durchaus nicht, Commander. Was ich Ihnen begreiflich zu machen versuche, ist, dass Sie fünfzehn Monate lang im Koma gelegen haben.«

»Ich habe … *was?*«

»Sie waren eine lange Zeit abwesend, Commander. Mehr als einmal haben wir geglaubt, Sie zu verlieren – aber Sie haben einen wirklich zähen Organismus. Nur ihm haben Sie es zu verdanken, dass Sie noch am Leben sind.«

In Matts Kopf strömten die Gedanken zusammen wie die Wasserfälle der Great Niagara Falls.

»Aber … der Komet! Kristofluu, die große Katastrophe! Euree ist verwüstet, wie der ganze Rest der Welt. Sogar hier in Meeraka …«

»Ich weiß nicht, wovon Sie sprechen«, unterbrach ihn Sirwig. Ein alarmierter Ausdruck glitt über die Züge des Mediziners. »Sie haben offensichtlich einen Schock erlitten. Ich verabreiche Ihnen ein Beruhigungsmittel, und sobald Sie sich etwas besser fühlen, werden wir einige Tests machen, um ihre neuralen und sensorischen Fähigkeiten zu prüfen. Möglicherweise hat die lange Bewusstlosigkeit einige vorübergehende Folgen hinterlassen.«

»Vorübergehende Folgen? Was meinen Sie?« Matt schickte dem Arzt einen gehetzten Blick. »Das einzig Vorübergehende hier sind *Sie*! Ich träume das doch alles nur. Ich bin … ich bin … *Maddrax*!«

»Ich weiß nicht, was Sie während Ihres langen Schlafes geträumt haben, Commander«, sagte Sirwig, jedes einzelne seiner Worte betonend. »Ich kann mir vorstellen, dass vieles davon nicht sehr angenehm war. Aber eines kann ich Ihnen versichern: Nichts davon war real. Sie befinden sich hier im Lazarett Ihres Stützpunkts. Was für Albträume Sie auch immer durchlebt haben mögen, Commander – sie sind jetzt zu Ende. Willkommen in der *wirklichen* Welt.«

Damit zog der Mediziner eine Spritze aus der Tasche seines Kittels, löste die Verbindung des Tropfes, der an einer Halterung neben Matt stand, und injizierte deren Inhalt in den dünnen Schlauch, der in einer Kanüle an Matts Handrücken endete. »Sie werden jetzt erst einmal etwas schlafen, Commander Drax. Später sieht alles schon viel besser aus, glauben Sie mir.« Er stellte die Verbindung des Tropfes wieder her, wandte sich um und verließ den Raum.

Matthew fühlte, wie sich sein Pulsschlag beschleunigte, wie ihm kalter Schweiß auf die Stirn stieg.

Sollte es wirklich wahr sein …?

Nein! Niemals!

Was er erlebt hatte, war die Wirklichkeit gewesen. Natürlich war es das. Es war so real gewesen und so schrecklich – kein Unterbewusstsein der Welt konnte einen so wahrhaftigen Albtraum hervorbringen, und wenn das Koma noch so lange dauerte.

Oder doch …? Nein.

Matt vermochte nicht zu sagen, was hier mit ihm geschah, aber er war sicher, dass es eine vernünftige Erklärung dafür gab. Aruula, die Taratzen, die Technos – all das konnte unmöglich nur einem Traum entsprungen sein!

Er wandte den Kopf, sah das schmale Fenster, das in die Wand des Krankenzimmers eingelassen war. Eine Jalousie hing davor, durch deren schmale Ritzen grelles Sonnenlicht fiel.

Matt biss die Zähne zusammen und setzte sich auf, schlug die Bettdecke zurück. Schwindel überkam ihn. Seine Beine waren weich wie Butter – aber er brauchte Gewissheit.

Kurzerhand packte er den Infusionsschlauch und riss ihn mitsamt der Kanüle aus seiner Hand. Dann schwang er sich ächzend aus dem Bett.

Die ersten Schritte waren seltsam, als würde man auf meterdicken Schichten von Watte gehen. Allmählich jedoch schienen sich Matts Muskeln wieder an die Bewegungsabläufe zu erinnern. Unsicher und auf wankenden Beinen erreichte er das Fenster.

Mit einer fahrigen Bewegung wischte er die Lamellen der Jalousie beiseite, warf einen Blick durch das Fenster auf den gerade beginnenden Tag.

Der Anblick war niederschmetternd – und großartig zugleich.

Matt sah seinen alten Stützpunkt, blickte hinaus auf die Kompaniegebäude und den Exerzierplatz, sah weiter hinten die gewölbten Dächer der Hangarhallen. Fahrzeuge waren unterwegs, Jeeps und klobige Transporter, dazwischen Menschen in den Uniformen der US Air Force. Eine Staffel von F-17 Alpha 2 Kampfflugzeugen stieg gerade dröhnend in den Himmel, auf gleißendem Feuer reitend.

Der Anblick überwältigte Matthew Drax – und machte ihn gleichzeitig fassungslos. Er schnappte nach Luft, konnte nicht begreifen, was er da sah. Schwindel überkam ihn – und im nächsten Moment verließen ihn seine Kräfte. Die Spritze wirkte.

Seine Beine brachen unter ihm ein wie morsche Stelzen. In einem Reflex versuchte Matt sich irgendwo festzuhalten, bekam die Jalousie zu fassen – doch die dünnen Schnüre hielten seinem Gewicht nicht stand und gaben knirschend nach. Mit einem dumpfen Aufschrei stürzte Matt zu Boden, riss die Jalousie mit sich. Er schlug hart mit dem Kopf auf – und war einen Herzschlag später wieder im Reich der Träume.

»Das war nicht sehr klug, Commander.« Dr. Sirwigs Stimme klang vorwurfsvoll. »Zwar haben wir alles daran gesetzt, den Muskelschwund an Ihrem Körper zu verhindern, doch werden zweifellos noch ein paar Tage vergehen, bis Sie wieder ganz der Alte sind. Bis dahin verbiete ich Ihnen das Bett zu verlassen.«

Matt widersprach nicht. Mit dem Verband um den Kopf sah er aus wie ein Fakir, und der dröhnende Schmerz in seinem Schädel sagte ihm nur zu deutlich, dass Sirwig Recht hatte. Es war ziemlich dämlich gewesen aufzustehen – aber hinterher war man meistens schlauer ...

»Tut mir Leid, Doc«, knurrte Matt. Die Schwellung seiner Zunge hatte sich bereits ein wenig gelegt, und er konnte sich wieder besser verständlich machen. »Soll nicht wieder vorkommen. Es war nur ... ich brauchte Gewissheit.«

»Ich verstehe.« Sirwig nickte. »Und? Fühlen Sie sich jetzt besser?«

»Offen gestanden – nein. Nun weiß ich zwar, wo ich bin – aber ich frage mich, was verdammt noch mal mit mir passiert ist.«

»Vielleicht«, meinte der Mediziner mit mildem Lächeln, das seine Raubvogelzüge seltsam verzerrte, »sollte ich Ihrem Gedächtnis ein wenig auf die Sprünge helfen. Was ist das Letzte, woran Sie sich erinnern?«

»Das Letzte ...« Matt schloss die Augen, dachte nach. »Ich kam nach Waashton, um mit der neuen Regierung in Kontakt ...«

»Ich meine nicht das, was Ihnen Ihre Träume vorgegaukelt haben«, belehrte ihn Sirwig kopfschüttelnd. »Ich meine Ihre letzte *konkrete* Erinnerung. In *dieser* Welt.«

»Ich ...« Matt legte seine Stirn in Falten.

»Der achte Februar 2012, nicht wahr?«, erkundigte sich der Arzt.

»Ja«, entfuhr es Matt verblüfft. »Woher wissen Sie ...?«

»Dieser Tag ist uns allen in lebhafter Erinnerung geblieben, Commander«, erwiderte Sirwig. »Es war der Tag, an dem ›Christopher-Floyd‹ die Erde treffen sollte ...«

»*Sollte*?« Matt hob die Brauen.

»Allerdings. Unserem Schöpfer sei Dank, dass es uns in letzter Sekunde gelungen ist, den Kometen zu sprengen.«

»Was? Wovon sprechen Sie? Das verdammte Ding ist eingeschlagen! Ich habe es mit eigenen Augen gesehen!«

»An jenem achten Februar, Commander Drax, waren Sie mit Ihrer Staffel zur Beobachtung von ›Christopher-Floyd‹ abgestellt. Ihr Copilot war ein Zivilist namens Smythe. Professor Doktor Jacob Smythe.«

»Ja«, knurrte Matt missmutig. »Erinnern Sie mich bloß nicht daran ...«

»Kurz bevor der Komet die Erde erreichte, konnte er durch gezielten Raketenbeschuss gesprengt werden – allerdings hatte er bereits den kritischen Punkt überschritten, sodass die Trümmerstücke die Atmosphäre durchdrangen und auf der Erde verheerende Schäden anrichteten. Es war schlimm, Commander Drax. China und Teile von Russland wurden am schwersten getroffen, die Streuung der Kometensplitter reichte jedoch von Japan bis nach Mitteleuropa. Die Wirkung war verheerend. Millionen von Menschen starben, ganze Städte wurden zerstört – aber es war nicht der Untergang, Commander. Wir haben es überstanden.«

»Überstanden«, echote Matt fassungslos.

»Inmitten dieses Infernos wurde Ihre Staffel offenbar getrennt. Das Letzte, was wir von Ihnen erhielten, war ein Notruf. Was danach geschehen ist, können wir nur vermuten. Wahrscheinlich wurde Ihre Maschine von einem kleinen Kometensplitter getroffen. Ihr Copilot Smythe konnte sich mit dem Schleudersitz retten, während Sie mit dem Jet über den Alpen niedergingen. Als der Bergungstrupp Sie fand, waren Sie bereits bewusstlos. Und daran sollte sich auch lange Zeit nichts ändern. Fünfzehn Monate lang …«

»Nein«, sagte Matt entschieden. Er wollte und konnte nicht glauben, was er da hörte. Natürlich – er war zur Beobachtung des Kometen aufgestiegen, und seine Maschine war tatsächlich abgestürzt. Doch was er danach erlebt hatte, unterschied sich grundlegend von dem, was ihm der Doktor da einzureden versuchte.

»Christopher-Floyd« *war* eingeschlagen.

Matt *wusste* es. Er hatte die Welt nach dem jüngsten Tag erlebt, hatte gesehen, wie Natur und Zivilisation aus den Fugen geraten waren. Nomadenstämme hatten Europa durchwandert, bedroht von bizarren Kreaturen, die jedem Horrorfilm zur Ehre gereicht hätten. Die Städte waren zum Teil wieder aufgebaut worden, doch die Zivilisation in ganz Europa war barbarisch bis mittelalterlich. All das war so *real* gewesen – es konnte nicht einfach nur ein Traum gewesen sein.

Oder doch …?

»Commander«, sagte Sirwig, dem die innere Unruhe seines Patienten nicht verborgen blieb. »Ich weiß nicht, was Sie während Ihres langen Schlafes erlebt haben. Es gab Fälle von Patienten, die während ihrer Abwesenheit im Koma ein ganzes Leben durchlebten, die in der Welt der Träume ihre Erfüllung gefunden hatten. Bisweilen spielt uns das Unterbewusstsein diesen Streich, Commander Drax. Aber das ändert nichts daran, dass Ihr Leben im Hier und Jetzt weitergeht. Sie befinden sich wieder in der realen Welt – und damit müssen Sie leben.«

Matt starrte stumm vor sich hin.

Die Worte des Arztes klangen wie Hohn in seinen Ohren. Erfüllung hatte er in jener anderen Welt wahrlich nicht gefunden – es war eine entartete, grausame Wirklichkeit gewesen, in der ein Menschenleben wenig genug wert gewesen war. Wie viel Blut hatte er fließen, wie viele Freunde hatte er sterben sehen? Wie viele Verluste hatte er hinnehmen müssen?

Nein – Erfüllung hatte er dort nicht gefunden. Und doch...

Ein Bild tauchte aus dem Hintergrund seines Bewusstseins auf – das Bild einer Frau mit langen blauschwarzen Haaren, die ihr hübsches Gesicht umrahmten. Sie war nackt bis auf einen Lendenschurz, und eine exotische Linienzeichnung verlief über ihre bronzefarbene Haut. Sie war anmutig und stark zugleich, furchtlos und tapfer. Die perfekte Kriegerin – aber auch eine liebende Frau.

Aruula.

Der Gedanke an seine Gefährtin, die ihn ein langes Stück seines Weges begleitet hatte, gab Matt einen Stich ins Herz. Auch wenn Sirwigs Argumente eine gewisse Logik besaßen und Matt tief in seinem Inneren unendlich froh darüber war, dass der Albtraum dieser fremden, zerstörten Welt endlich geendet hatte – um Aruulas willen musste er an dieser anderen Wirklichkeit festhalten.

Sie war seine Gefährtin gewesen und mehr als einmal

mit ihm durch die Hölle gegangen. Er hatte sie geliebt. Schon um ihretwillen konnte nicht alles nur ein Traum gewesen sein.

»Nein«, sagte Matt trotzig und schüttelte den Kopf. »Hören Sie, Doktor – ich weiß nicht, was Sie mir hier einzureden versuchen. Aber eines ist sicher: Ich habe das alles *nicht nur geträumt.*«

»Wenn Sie es nicht nur geträumt haben, muss es Beweise geben«, erwiderte der Arzt gelassen. »Oder nicht?«

»Natürlich.« Matt überlegte. Dann fiel ihm ein, wie Aruula und er gegen eine Horde Taratzen gekämpft hatten. Eines der Biester hatte ihn am rechten Bein verletzt – die Wunde hatte wie verrückt geblutet und eine hässliche Narbe hinterlassen. Wenn er sie Dr. Sirwig zeigte ...

Hastig schlug Matt die Bettdecke zurück, starrte auf sein nacktes Bein – und ächzte entsetzt, als dort nichts zu sehen war. Nicht die geringste Spur von einer Narbe!

»Commander?«, erkundigte sich Sirwig besorgt. »Alles in Ordnung mit Ihnen?«

»Ich ... weiß nicht.« Matt atmete stoßweise, fühlte, wie sich sein Puls beschleunigte.

»Beruhigen Sie sich, Commander. Was Sie brauchen, ist viel Ruhe. Es wird sich alles klären ...«

»Nein.« Matt schüttelte den Kopf. »Ich will nicht, dass es sich klärt, hören Sie? Ich habe das alles erlebt, wirklich erlebt! Aruula und all die anderen – das kann nicht nur ein Traum gewesen sein! Das ist unmöglich! Völlig unmöglich!«

»Ist es nicht, Commander. Glauben Sie mir – ich hatte schon Fälle, in denen Patienten Stein und Bein schworen, in die Zeit der Dinosaurier zurückgereist zu sein.

Oder einen anderen Planeten besucht zu haben. Im komatösen Zustand sind die bewussten Funktionen Ihres Körpers komplett abgeschaltet, Sie sind Ihrem Unterbewusstsein völlig ausgeliefert. Das erklärt vieles ...«

»Mag sein, Doktor«, räumte Matt ein, »aber nicht *das*! Ich habe mit diesen Leuten gelebt, habe mit ihnen gesprochen – sie hatten sogar ihre eigene Sprache ...«

»Daran können Sie sehen, was sich der menschliche Geist ausdenken kann, wenn er sich nur ein bisschen Mühe gibt«, meinte Sirwig lapidar.

»Ich habe mir das nicht ausgedacht!«, brüllte Matt den Doktor an. »Hören Sie mir doch zu, verdammt noch mal! Ich habe mir das nicht ausgedacht, okay? Das alles war so wirklich wie Sie und ich ...«

»Commander!«, sagte der Mediziner scharf und eindringlich. »Beruhigen Sie sich! Bitte! Sie sollten das Unabänderliche akzeptieren und nicht an Ihrer Traumwelt festhalten. Ich kann sonst für nichts garantieren!«

»Das ist mir gleichgültig, verdammt!«, schrie Matt aus Leibeskräften. Die Vorstellung, dass alles, was er in den vergangenen fünfzehn Monaten erlebt hatte, nicht mehr gewesen sein sollte als ein langer Albtraum, war einfach zu viel für ihn.

Adrenalin schoss mit Macht in seine Adern, sein Pulsschlag steigerte sich zu hektischem Stakkato. Seine Fäuste ballten sich, und er begann in wilder Wut um sich zu schlagen, schickte sich an, erneut aufzustehen.

»Pfleger!«, rief Sirwig scharf – und im nächsten Moment flog die Türe des Krankenzimmers auf. Zwei kräftige Männer in weißen Anzügen stürmten herein und stürzten sich auf den Patienten.

Matt verharrte mitten in der Bewegung, als er einem der beiden ins Gesicht blickte. Es war ein bärtiger, muskulöser Mann mit langer Zottelfrisur. Die Züge erschienen ihm sofort vertraut.

Es war kein anderer als Pieroo, jener tapfere Krieger, der ihn ein Stück seines Weges begleitet hatte!

»Pieroo«, ächzte Matt fassungslos. »Erkennst du mich nicht? Ich bin es: Matt!«

Der Pfleger reagierte nicht. Mit eiserner Hand packte er den Commander und drückte ihn mit sanfter Gewalt auf sein Lager zurück.

»Lasst mich los!«, verlangte Matt. »Ihr sollt mich loslassen! Pieroo!«

Die Pfleger taten ihm den Gefallen nicht. Pieroo hielt seinen Oberkörper fest, während der andere seine Beine fixierte. Dann trat Sirwig hinzu, wieder eine Spritze in Händen. »Es tut mir Leid, dass ich Sie schon wieder ruhig stellen muss«, beschied er ihm. Seine Stimme klang fast bedauernd. »Ihr Kreislauf ist noch zu schwach, Commander. Wir können nicht riskieren, dass er kollabiert.«

»Ich will keine Injektion! Hören Sie? Ich will keine ...!«

Matt sah hilflos zu, wie der Inhalt der Spritze durch die wieder angebrachte Kanüle in seinen Körper schoss.

Noch eine geschlagene Minute wand er sich im Griff seiner Häscher, ehe ihn bleierne Müdigkeit übermannte. Seine Kräfte ermatteten, sein Widerstand erlahmte. Erneut driftete sein Geist ab in dämmrige Bewusstlosigkeit.

Und diesmal träumte er nicht.

»Er schläft.«

»Na, und wenn schon.«

»Ob wir ihn wecken sollen?«

»Unbedingt. Ich kanns kaum erwarten, diesen Goldjungen zu küssen...«

Wie von fern drangen die Stimmen an Matts Ohr – Stimmen aus dunkler Vergangenheit. Er wusste nicht zu sagen, wem sie gehörten, aber sie erschienen ihm irgendwie vertraut.

Es waren die Stimmen von Freunden.

Guten Freunden...

Jemand berührte ihn an seiner Schulter, riss ihn endgültig aus den dämmrigen Gefilden des Schlafes, in den er gefallen war. Blinzelnd öffnete Matt Drax die Augen – und blickte in das Gesicht einer jungen Frau Anfang dreißig. Langes blondes Haar umrahmte ihre hübschen Züge, aus denen ihn ein freundliches Augenpaar anstrahlte. Dann beugte sie sich zu ihm hinab und hauchte ihm einen flüchtigen Kuss auf die Wange.

»Willkommen zu Hause«, sagte sie lächelnd. »Schön, dass du wieder bei uns bist.«

»So, das reicht«, ließ sich eine Männerstimme mit kernigem texanischen Akzent vernehmen. »Genug geknutscht. Lass mich unserem Bruchpiloten auf die breiten Schultern klopfen...« Ein durchtrainierter Mann mit Bürstenschnitt trat an Matts Bett, blickte missbilligend auf ihn herab. »Nee, lieber doch nicht. Mann, du siehst beschissen aus«, konstatierte er lapidar. »Aber es tut verdammt gut, dich zu sehen.«

»Jenny? Hank?«, überwand Matt endlich seine Überraschung.

Jennifer Jensen und Hank Williams waren seine Freunde von der Fliegerstaffel, seine Kameraden auf dem Stützpunkt! Zumindest von Hank wusste er, dass er eigentlich tot sein musste, zerrissen von einem jungen Avtar, einem Monstervogel, in den Ruinen von Paris.*

»Alles senkrecht, Bruder?«, fragte eine sonore Stimme von der anderen Seite des Krankenbettes – und Matt blickte in die dunklen Züge von Captain Irvin Chester, dem vierten Mann des Quartetts. Auch er war tot, umgekommen durch Aruulas Schwert im neuen Kolosseum von Rom.**

»Big Boy …«, presste Matt hervor. Noch immer fiel ihm das Sprechen etwas schwer.

»Mensch Junge, was machst du nur für Sachen?«, fragte Hank und setzte sich kurzerhand auf Matts Bett. »Ehrlich – ein paar Mal dachten wir schon, du wolltest dich klammheimlich aus dem Staub machen.«

»Ich doch nicht.« Matt grinste. Es tat verdammt gut, die drei wieder zu sehen – *lebend …*

»Wir haben uns darin abgewechselt, dich zu besuchen«, erklärte Jenny, die sich ganz besonders darüber zu freuen schien, dass Matt wieder bei Bewusstsein war. »Wir dachten, dass du dich dann nicht so alleine fühlst.«

»Danke, Freunde«, sagte Matt. »Es hat geholfen.«

»Wir sollen dir schöne Grüße von Major Bellmann bestellen«, berichtete Irvin. »Der alte Haudegen will dich möglichst bald wieder in Dienst stellen – natürlich erst, wenn du wieder ganz gesund bist.«

»Okay«, meinte Matt. »Ich gebe mein Bestes.«

»Wirklich?« Jenny hob die Brauen. »Wie man hört, bereitest du den Ärzten ganz schönes Kopfzerbrechen.«

---

* siehe Taschenbuch 3, Roman 4 »Der Tod über Paris«

** siehe Taschenbuch 1, Roman 3 »Rom sehen und sterben«

»Wirklich?«, echote Matt und schnitt eine Grimasse.

»Allerdings«, ergriff Chester das Wort. »Angeblich meinst du, das alles hier wäre gar nicht echt. Sollst ja während der vergangenen Monate allerhand erlebt haben …«

»Das kann man wohl sagen.«

»Was war denn so los im Schlummerland?«, erkundigte sich Hank augenzwinkernd. »Gabs wenigstens ein knackiges Püppchen dort?«

»Macho!« Jenny versetzte ihrem Kameraden einen harten Rippenstoß.

»Ist doch wahr! Ich meine, wenn man schon fünfzehn Monate im Koma liegt, sollte man wenigstens seinen Spaß dabei haben. Also?«

»Ja«, gestand Matt und musste unwillkürlich lächeln. »Gab es. Ihr Name war Aruula …«

»Aruula«, echote Hank. »Klingt nach einem Mädchen, das einem kräftig einheizen kann.«

»Hey, Jungs«, meinte Jenny genervt. »Muss ich an diesem Gespräch teilnehmen? Woran kannst du dich noch erinnern, Matt? Diese Aruula kann doch unmöglich alles gewesen sein.«

»Nein«, gestand Matthew ein. »Da waren noch viele andere. Ihr wart auch dabei, Freunde.«

»Wir?« Über Irvin Chesters Gesicht glitt ein flüchtiges Grinsen. »Ist ja 'n Ding! Hört euch das an, Leute – unser guter Matt hat von uns geträumt.«

»Es war kein Traum. Es war … viel realer.«

»Wie auch immer«, meinte Hank. »Was ist mit uns passiert? Ich meine, welche Rolle spielten wir darin?«

Matt schaute seinem Freund ins Gesicht – und von einem Augenblick zum anderen verschwand die Heiterkeit, die er eben noch empfunden hatte. »Das wollt ihr nicht wissen«, sagte er bestimmt.

»Och, komm schon«, bettelte Jenny. »Nun rück schon raus damit ...«

Matt schüttelte den Kopf und schwieg beharrlich.

Was sollte er ihnen auch sagen? Dass Irvin Chester in geistiger Umnachtung, zu einem Muskelprotz mutiert, gestorben war? Dass sich Hank Williams geopfert hatte, um ihn und Aruula zu retten? Dass Jenny Jensen ihr Gedächtnis verloren hatte und in Berlin zur Herrscherin eines Amazonenstammes geworden war? Dass Sie miteinander geschlafen hatten?*

Nein.

All diese Dinge würden niemals über seine Lippen kommen, das schwor er sich in diesem Augenblick – und erschrak fast darüber, dass er begann, sie allmählich selbst als Traum zu betrachten. Als etwas, das weit hinter ihm lag, fernab der wirklichen Welt.

»Ach, lass mal«, meinte Hank und machte eine wegwerfende Handbewegung. »Ich weiß ohnehin, was du geträumt hast – du hast die gute Jenny vernascht und bist dafür von Big Boy und mir ordentlich verprügelt worden.«

»Du ... du *Mann*!«, fuhr Jenny auf – und erneut erntete Hank einen harten Stoß.

Matt erwiderte nichts darauf – er war viel zu sehr mit sich selbst beschäftigt. Noch vor ein paar Stunden hätte er Stein und Bein geschworen, dass er nicht geträumt hatte, dass das, was er die letzten Monate erlebt hatte, die Wirklichkeit gewesen war.

Nun aber keimten erste Zweifel in ihm auf. Seine Freunde Hank, Jenny und Irvin – er war so glücklich darüber, sie wohlbehalten und lebend wieder zu sehen,

---

* siehe Taschenbuch 3, Roman 1 »Die Amazonen von Berlin«

dass er die Erinnerung an die andere Welt nur zu gerne verdrängte.

Er hatte Williams und Chester sterben sehen, hatte um sie getrauert – und nun standen sie wieder vor ihm, leibhaftig und unversehrt. Es war wie ein Geschenk, das ihm das Schicksal machte, und alles in ihm drängte ihn dazu, es anzunehmen. Noch vor ein paar Tagen hätte er alles dafür gegeben, die drei Freunde wieder an seiner Seite zu wissen – nun hatte er die Chance dazu.

Alles, was er tun brauchte, war, die Vergangenheit ruhen zu lassen. Zu akzeptieren, was der Arzt sagte. Dass alles nur ein Traum gewesen war. Ein sehr realistischer Traum – aber nichtsdestotrotz ein Traum.

Die Besuchszeit war um. Die Kameraden verabschiedeten sich und ließen Matt wieder alleine in seinem Zimmer.

Er brauchte Zeit zum Nachdenken.

Zwei Tage später durfte Matt zum ersten Mal sein Krankenzimmer verlassen.

Der Pfleger, der wie Pieroo aussah (und der, wie Matt inzwischen erfahren hatte, während des langen Komas seine Muskeln trainiert hatte), stand plötzlich mit einem Rollstuhl vor dem Bett. Obwohl Matt energisch protestierte, dass er bereits wieder gehen könne, bestand der Pfleger darauf, dass er sich in das Gefährt setzte.

Mit gemischten Gefühlen rollte Matt aus dem Krankenzimmer hinaus auf den Gang.

Draußen herrschte Betriebsamkeit. Männer und Frauen in zivil und in Uniform bevölkerten die Gänge, Krankenhauspersonal huschte geschäftig umher. Niemand schien Matt besonders zu beachten – auf dem Korridor eines Krankenhauses war ein Mann im Rollstuhl kein ungewöhnlicher Anblick. Die Leute konnten ja nicht wissen, welche bewegte Vergangenheit Matthew Drax mit sich herumschleppte.

In Matts Kopf herrschte Verwirrung.

Noch immer war er sich nicht sicher, was er von all dem halten sollte – doch ohne dass er es bewusst wahrgenommen hätte, begann er sich mehr und mehr in dieser Welt heimisch zu fühlen. Irgendwie hatte er es die ganze Zeit gewusst: Diese zerstörte Welt mit ihrer entarteten Flora und Fauna, ihren Mutanten und Monstern *konnte* nur ein Albtraum gewesen sein.

Und Aruula ...?

Matt war sich nicht sicher. Noch immer ließ ihn der Gedanke an die Barbarin, die so lange Zeit seine Gefährtin gewesen und von der er kurz vor der Überfahrt nach Meeraka getrennt worden war, wehmütig werden. Traurig dachte er an sie zurück. Auch wenn alles andere, was er erlebt hatte, ein Traum gewesen sein mochte – Aruula war real gewesen. Das hätte er vor jedem Gericht dieser Welt beschworen ...

Matt gab den Rädern seines Stuhls einen Stoß und rollte auf das große Fenster zu, das den Gang auf einer Seite begrenzte. Ein weiter Ausblick bot sich ihm – auf das Gelände des Stützpunkts und die Rollfelder, die weiter hinten lagen, auf die Kampfjets, die aufgetankt und startbereit vor den Hangars standen.

Er spürte, wie sich sein Pulsschlag beschleunigte – vor Freude. Als er das letzte Mal hier gewesen war, hatte kein Stein mehr auf dem anderen gestanden, nun jedoch war wieder alles so, wie er es in Erinnerung hatte.

Irgendwie war es verrückt: Noch vor ein paar Wochen hätte er alles, wirklich alles dafür gegeben, wieder hierher und in diese Zeit zurückkehren zu dürfen – und nun, wo er wieder hier war, war er sich nicht sicher, ob ...

Plötzlich sah Matt etwas, das ihn jäh aus seinen Gedanken riss. Vor ihm im Glas des Panoramafensters spiegelte sich die Gestalt einer schlanken jungen Frau mit bronzefarbener Haut und langem schwarzen Haar, das in einer wilden Mähne die hübschen Züge umrahmte …

Aruula!, schoss es ihm heiß durch den Kopf.

Blitzschnell riss er an den Rädern des Rollstuhls, ließ das Gefährt herumwirbeln – und sah gerade noch, wie die junge Frau in einem Seitengang verschwand.

»Aruula …?!«

Er musste ihr folgen!

Hektisch riss er an den Rädern des Rollstuhls, flitzte den Gang hinab und bog in den Seitenkorridor, in den die junge Frau gegangen war.

Doch da war niemand! Die Frau mit dem schwarzen Haar war spurlos verschwunden.

»Aruula?«, rief Matt laut, scherte sich nicht um die verwunderten Blicke, die ihm Passanten zuwarfen. Sein Herz schlug schneller, seine Gedanken drehten sich im Kreis. Er war sicher, seine Gefährtin gesehen zu haben, wenn auch nur für einen kurzen Augenblick …

Wieder gab er den Rädern einen Schubs, rollte den Seitengang hinab, spähte in jedes der Zimmer, die den Korridor säumten. Plötzlich drang vom Ende des Ganges ein leises Geräusch an sein Ohr.

Matt erreichte eine Türe, auf der »medical personnel only« stand. Sie war nur angelehnt; gedämpftes Licht sickerte durch den Türspalt.

Matt hielt es nicht aus. Kurzerhand öffnete er die Tür und warf einen Blick in den Lagerraum, der dahinter lag. Die junge Frau, die er kurz gesehen hatte, war gerade dabei, ein kleines Paket mit Kanülen aus dem Regal zu nehmen.

Da stand sie vor ihm. Schlank, mit wallendem blauschwarzen Haar, so attraktiv, dass es ihm die Sprache verschlug.

»Aruula?«, fragte Matt leise.

Erst jetzt gewahrte die junge Frau ihren Besucher. Für einen Moment schien sie überrascht – doch sofort hellten sich ihre Züge auf. »Ach, Sie sind es, Commander Drax«, sagte sie. »Schön, Sie wieder munter zu sehen, Sir.«

»Aruula?«, fragte Matt noch einmal – und erntete einen verständnislosen Blick.

»Ich fürchte, ich weiß nicht, was Sie meinen, Sir«, beschied ihm die junge Frau. »Ich bin Schwester Ruler. Angela Ruler ...«

Matt hatte das Gefühl, aus einem Traum zu erwachen.

Natürlich war diese Frau nicht Aruula – wie sollte sie auch? Sie trug eine Schwesterntracht und keinen Lendenschurz und ein Schwert. Aber sie sah der Barbarin zum Verwechseln ähnlich.

Die Krankenschwester merkte, dass Matt sie von Kopf bis Fuß musterte. »Kann ich Ihnen irgendwie helfen, Sir?«, fragte sie ein wenig indigniert.

»Äh ... nein.« Matt schüttelte den Kopf, sich jetzt erst darüber bewusst werdend, wie unmöglich er sich benahm. »Entschuldigen Sie, Schwester – es ist nur ... Ich hatte das Gefühl, Sie zu kennen.«

»Nun«, meinte Miss Ruler, und ihre hübschen Züge entspannten sich wieder, »ich habe mich um Sie gekümmert, als Sie im Koma lagen, Commander. Ich war für Ihre Versorgung zuständig.«

»Tatsächlich?«

»Aber ja. Ich war fast jeden Tag bei Ihnen und habe mit Ihnen gesprochen. Vielleicht haben Sie ja trotz Ihres komatösen Zustands etwas davon mitbekommen?« Die Schwester lachte – und Matt erkannte dieses Lachen wieder. Es war Aruulas Lachen …

Er erwiderte nichts mehr, sondern wandte sich ab, rollte langsam wieder den Korridor hinab, während ihn ein niederschmetternder Verdacht zu beschleichen begann.

Sollte es wirklich möglich sein?

Konnte er sich so geirrt haben?

War Aruula nicht mehr gewesen als eine Spiegelung von Schwester Ruler? Ein Streich, den ihm sein Unterbewusstsein gespielt hatte, während er im Koma lag?

Es war schwer zu glauben, aber nicht unmöglich.

Die Ähnlichkeit zwischen den beiden war geradezu unglaublich. Vielleicht hatte jener unbewusste Teil seines Geistes, der auch im Koma noch wach gewesen war, Schwester Ruler wahrgenommen und in seine Träume eingearbeitet.

Angela Ruler.

A. Ruler.

Aruula …

Erschüttert kehrte Matt auf sein Zimmer zurück.

Für heute hatte er genug gesehen.

Am nächsten Tag stand Matt wieder auf seinen eigenen Beinen, ohne gleich den Boden zu küssen. Unter »Pieroos« Anleitung unternahm er seine ersten unsicheren Gehversuche – doch schon nach ein paar Stunden Übung konnte er wieder richtig laufen. Es war ein verdammt gutes Gefühl. Von da an ging es mit Matts Genesung steil bergauf.

An den nächsten beiden Tagen musste er eine Unzahl von Tests und Untersuchungen über sich ergehen lassen, bei denen seine körperliche Fitness und Leistungsfähigkeit geprüft wurden – mit durchweg zufrieden stellenden Ergebnissen.

Matthew Drax war wieder gesund – zumindest was seinen Körper anging. In seinem Kopf hingegen herrschte nach wie vor einiges Durcheinander. Knoten, die es zu lösen gab, Fragen, die geklärt werden mussten. Doch mit jedem Tag, den sich Matt länger in seiner alten Umgebung aufhielt, wurde das Gefühl stärker, dass er hierher gehörte. Nach einer fünfzehn Monate dauernden Odyssee war er endlich nach Hause zurückgekehrt...

Matts erster Befehl nach seiner Entlassung von der Krankenstation lautete, sich zum Rapport bei Major Bellmann im Stabsgebäude einzufinden – eine Anweisung, der Matt nur zu gerne nachkam. Bellmann war ein Vorgesetzter, wie man ihn sich nur wünschen konnte. Der »alte Mann«, wie die Piloten von Matts Staffel ihn respektvoll nannten, hatte ihm gefehlt; er freute sich darauf, ihn wieder zu sehen.

Matt legte die Uniform an, die Hank ihm vorbeigebracht hatte, betrachtete den makellosen blauen Stoff wie einen Schatz. Auch in jener anderen Welt hatte er überwiegend seine alte Fliegerkombi getragen, die nach einiger Zeit mehr einem Flickenteppich geähnelt hatte als einer Uniform. Jetzt stand er im kleidsamen Dienstanzug der US Air Force vor dem Spiegel – und ihm gefiel, was er sah.

Matt stopfte die wenigen persönlichen Dinge, die im Spind des Krankenzimmers lagen, in einen Seesack, warf sich das Ding über die Schulter und wandte sich zum Gehen. Auf der Türschwelle drehte er sich noch einmal um.

In diesem Krankenzimmer hatte es geendet, war er

aus dem Albtraum einer zerstörten, versunkenen Welt erwacht. Er würde diesen Augenblick niemals in seinem Leben vergessen.

Er schulterte den Seesack und verließ das Zimmer, ging den Korridor hinab bis zum Aufzug. Aus einem Nebengang trat ihm unvermittelt Schwester Ruler entgegen.

Noch immer gab ihm das Aussehen der jungen Frau einen Stich ins Herz – doch gleichzeitig hatte er das Gefühl, allmählich darüber hinwegzukommen. Er würde damit leben müssen, dass Aruula nichts als eine psychische Spiegelung gewesen war, eine Reflexion der Realität, die ihn während seines Komas umgeben hatte. Ebenso wie Jenny, Hank, Irvin und all die anderen, denen er auf seiner langen Reise begegnet war.

Matt verabschiedete sich von Angela Ruler, bedankte sich noch einmal für die fürsorgliche Pflege, die sie ihm hatte angedeihen lassen. Dann stieg er in den Aufzug und fuhr hinab zum Erdgeschoss. Als sich die Türhälften vor ihm teilten, drang ihm heiseres Geschrei entgegen, Tumult herrschte auf dem Korridor.

Matt sah, dass zwei Militärpolizisten einen kleinwüchsigen Mann festgenommen hatten, der sich in ihrem Griff heftig wand und wehrte.

»Das ist nicht wahr!«, hörte Matt ihn zetern und kreischen. »Ich hab keine Medikamente gestohlen! *Gopferdammi*! Ich brauchte nur dringend etwas gegen mein A-!«

»Das können Sie dem Wachoffizier erzählen, Corporal Nutty«, knurrte einer der beiden MPis. »Das ist bereits das dritte Mal, dass Sie auf frischer Tat ertappt wurden – diesmal wird es Sie teuer zu stehen kommen.«

»*Gopferdammi*, ich hab doch nicht ...«

Nutty zeterte und fluchte, während sich Matt an der Menge der Schaulustigen vorbei Richtung Ausgang wandte – und dabei ein seltsames Gefühl von Déjà vu verspürte. Der kleinwüchsige Corporal hatte einem Quälgeist aus seiner Traumwelt verblüffend ähnlich gesehen: dem Schweizer Agenten Sepp Nüssli.*

Durch die gläserne Front des Lazaretts trat Matt nach draußen, sog die frische kühle Morgenluft in seine Lungen und genoss das Gefühl, wieder zu Hause zu sein.

Über den Exerzierplatz, wo einige Drill-Sergeants gerade dabei waren, einer Gruppe junger Offiziersanwärter auf die Sprünge zu helfen, erreichte Matt das Stabsgebäude, in dessen oberer Etage Major Bellmanns Büro untergebracht war.

Ungläubig, fast andächtig blickte sich Matt um, holte tief Luft, ehe er seine Mütze abnahm und das Gebäude betrat. Den Weg zu Bellmanns Büro fand er wie im Schlaf, erinnerte sich an jede Einzelheit. Die knarzenden Holzstufen im Hausgang, die Regimentsstandarte auf dem Flur, das Vorzimmer, in dem Lieutenant Hagley ihren Dienst als Bellmanns Adjutantin versah.

»Herzlich willkommen, Commander«, sagte die junge Offizierin, und ein breites Grinsen huschte über ihre fein geschnittenen Züge. »Der Major erwartet Sie bereits.«

»Danke.« Matt ließ seinen Seesack im Vorzimmer zurück, trat dann ins Büro seines Vorgesetzten.

Bellmann saß hinter seinem Schreibtisch, war noch immer jener weißhaarige, durchtrainierte und energisch wirkende Mann, als den ihn Matthew in Erinnerung hatte.

Matt nahm Haltung an, seine rechte Hand schnellte

---

* siehe Taschenbuch 2, Roman 3 »Der schlafende König«

hinauf zur Schläfe. »Commander Matthew Drax, Sir. Melde mich zurück zum Dienst.«

Bellmann starrte ihn an, sagte einen Moment lang überhaupt nichts.

»Mein Gott«, meinte er dann. »Wissen Sie, wie sehr ich diesen Augenblick in den letzten fünfzehn Monaten herbeigesehnt habe?« Mit einem Ruck schoss der Major in die Höhe und erwiderte Matts militärischen Gruß. »Schön, Sie wieder bei uns zu haben, Commander«, sagte er sachlich. »Und nun stehen Sie verdammt noch mal bequem und setzen Sie sich.«

»Ja, Sir.« Matt kam der Aufforderung nach, gönnte sich ein erleichtertes Grinsen. »Tut verdammt gut, Sie wieder zu sehen, Sir.«

»Was glauben Sie, wie es mir geht? Sie haben mir in den letzten Monaten ganz schön Sorgen gemacht. Mehr als einmal haben wir befürchtet, Sie zu verlieren.«

»Ich weiß«, erwiderte Matt – und fragte sich unwillkürlich, ob dies die Phasen gewesen waren, in denen er drüben, in der anderen Welt, mit dem Tod gerungen hatte.

»Sie fühlen sich wieder fit für den Dienst?«

»Ich denke ja, Sir.«

»Keine körperlichen Beschwerden?«

»Nein, Sir.«

»Und wie steht es mit Ihrer Psyche, Commander? Fühlen Sie sich schon wieder voll einsatzbereit?«

»Unbedingt, Sir«, versicherte Matt – doch Bellmanns kantige Miene blieb skeptisch.

»Leider«, sagte der Major, »schätzt Dr. Sirwig die Lage nicht ganz so optimistisch ein wie Sie, Matthew. Er hat mir von einigen Problemen berichtet, die sie hatten. Er sprach von latenten Wahnvorstellungen und Realitätsverlust infolge der langen Bewusstlosigkeit ...«

»Das ist vorbei, Sir«, versicherte Matt schnell – wenngleich das nicht ganz der Wahrheit entsprach. Aber wenn es auf dieser Welt überhaupt einen Platz gab, an dem er bald wieder einen klaren Kopf bekommen würde, so war dies das Cockpit eines Flugzeugs. »Lassen Sie mich wieder fliegen, Sir, bitte! Ich versichere Ihnen, dass ich wieder ganz der Alte bin. Lassen Sie mich in mein altes Leben zurück, und ich werde Sie nicht enttäuschen.«

Bellmann sah ihn schweigend an, musterte ihn eine Weile.

»Weiß Gott, Matt«, sagte er dann, »ich bin froh darüber, dass Sie wieder bei uns sind. Sie haben uns allen sehr gefehlt. Hätte ich nur für Sie allein zu entscheiden, würde ich Ihnen hier und jetzt erlauben, Ihre Tätigkeit als Kampfpilot wieder aufzunehmen. Aber als Kommandant dieser Basis habe ich das Wohl *aller* meiner Leute im Auge zu behalten. Und nach allem, was geschehen ist, kann ich nicht riskieren, sie wieder ins Cockpit eines Jets zu setzen. Noch nicht.«

»Aber Sir, ich ...«

»Sie werden sich weiterhin von Dr. Sirwig behandeln lassen. Er ist Spezialist für posttraumatische Syndrome, arbeitet seit dem Golfkrieg auf diesem Gebiet. Erst wenn er mir sagt, dass Sie vollständig genesen sind und Ihre Psyche so stabil ist wie früher, werde ich Sie wieder fliegen lassen.«

»Sir!«, entfuhr es Matt entsetzt. »Bitte! Ich bin nicht krank, ich ...«

»Ohne Behandlung keine Lizenz«, machte Bellmann klar – und setzte damit der Diskussion ein Ende, noch ehe sie richtig begonnen hatte.

Matt verstummte, blickte zu Boden. Er fühlte ohnmächtige Wut in sich aufkeimen – vielleicht eine Folge der Tatsache, dass er an Autorität nicht mehr gewohnt war. In der anderen Welt hatte das uneingeschränkte Recht des Stärkeren regiert…

Der Gedanke, nicht wieder fliegen zu können, erschreckte Matt, machte ihm Angst. Andererseits konnte er Bellmann durchaus verstehen. Wer vertraute schon einem Mann, der behauptete, mit Barbaren durch die Lande gezogen zu sein und sich mit mannsgroßen Ratten herumgeschlagen zu haben?

»Also gut, Sir«, erklärte er zähneknirschend. »Ich bin einverstanden.«

»Sehr gut, Matt.« Über Bellmanns Züge huschte ein erleichtertes Lächeln. »Sie werden sehen, schon in ein paar Wochen sieht alles anders aus. Alles wird sich legen, glauben Sie mir…«

O ja, dachte Matt bitter bei sich. Und wie sich alles legen wird! Vor allen Dingen werde *ich mich* legen – und zwar auf die Psychiatercouch…

Er kam sich vor wie ein Idiot.

Lang gestreckt lag er auf der Ledercouch, die Dr. Sirwig in seinem Arbeitszimmer stehen hatte, starrte zur schmucklosen Decke des Raumes empor – und berichtete. Erzählte, was ihm in den vergangenen Monaten widerfahren war.

Nicht dass er darauf gebrannt hätte, sich jemandem mitzuteilen – schon gar nicht einem Arzt, der sich als Psychofritze herausgestellt hatte. Doch dies schien der einzige Weg zu sein, seine Fluglizenz zurückzubekommen. Und wenn es überhaupt etwas gab, was Matt wirklich haben wollte, was ihn daran hinderte, an dem Chaos in seinem Kopf zu verzweifeln – dann war es die Aussicht, bald wieder fliegen zu dürfen.

Sirwig saß neben Matt auf einem lederbezogenen Sessel und machte sich fortwährend Notizen. Ein digitales Aufnahmegerät, das Bild- und Tondaten lieferte, lief außerdem mit, hielt jeden einzelnen Moment von Matts Bericht fest.

Matthew erzählte alles, woran er sich erinnern konnte. Angefangen von seinem Absturz in den Alpen und seinem ersten Zusammentreffen mit Aruula, von seiner Suche nach seinen Kameraden, die ihn quer durch Westeuropa getrieben hatte. Er berichtete, auf welch groteske Wesen er bei seinen Reisen gestoßen war, erzählte von Taratzen, von Wulfanen und Amazonen, von Technos und Hydriten.

Er berichtete, wie er auf seine Freunde gestoßen war, wie Hank und Irvin gestorben waren und wie er langsam hinter das Geheimnis dieser fremden und doch so vertrauten Welt gekommen war. Es war die Welt der Zukunft, das Jahr 2516, fünfhundertvier Jahre nach dem Einschlag von »Christopher-Floyd«.

Matt erzählte von seiner Reise nach England, von seiner gefahrvollen Überfahrt nach Amerika, von der neuen Regierung der Vereinigten Staaten. Und von seinem jähen Erwachen.

Nachdem er mit seinem Bericht geendet hatte, hielt Sirwig eine Weile inne und blätterte schweigend die Notizen durch, die er sich gemacht hatte.

»Alle Achtung, Commander«, meinte er dann. »Das ist erstaunlich, ganz erstaunlich.«

»Was meinen Sie?«, fragte Matt.

»Nun, ich bin seit fünfundzwanzig Jahren für das Militär tätig und untersuche Fälle posttraumatischer Syndrome. In dieser Zeit hatte ich wiederholt mit Patienten zu tun, die sich aufgrund extremer physischer wie psychischer Belastungen in geistige Traumwelten flüchteten – doch noch nie habe ich von einem Fall gehört, in dem ein Patient derart präzise von seinen Erfahrungen in der Traumwelt berichten konnte. Das System, das Sie schildern, diese zerstörte Welt, ist von erstaunlicher Komplexität. Geradezu unglaublich …«

»Was bedeutet das?«, erkundigte sich Matt. »Bin ich verrückt? Habe ich den Verstand verloren?«

»Nein, Commander.« Sirwig schüttelte den Kopf. »Ganz im Gegenteil – ich halte die Komplexität Ihrer Wahnvorstellungen für ein gutes Zeichen. Sie deuten lediglich darauf hin, dass Ihr Unterbewusstsein es verstanden hat, die extremen Stressoren zu meistern.«

»Extreme Stressoren?« Matt verstand kein Wort.

»Denken Sie, in welcher Situation Sie sich befanden. Der herannahende Komet, das drohende Ende der Menschheit. Dann der Flugzeugabsturz. Ich weiß, dass Sie für Extremsituationen ausgebildet wurden, Commander – aber so etwas wäre für jeden zu viel. In der menschlichen Psyche gibt es so etwas wie eine Hauptsicherung. Die ist bei Ihnen durchgebrannt, als sie nach dem Absturz ohnmächtig wurden. In der Folge hat ihr Unterbewusstsein die Steuerung Ihres Körpers übernommen, um Ihrem Bewusstsein eine Erholungspause zu verschaffen. Während des Komas war es fortwährend damit beschäftigt, die gemachten Erfahrungen zu bewältigen.«

»Soll das heißen …?«, begann Matt verblüfft.

»… dass alles, was Sie erlebt haben, sich nur in Ihrem Unterbewusstsein abgespielt hat? Dass es Reflexionen Ihrer Umgebung waren? Der Erfahrungen, die Sie gemacht haben?« Sirwig nickte. »Ja, Commander.«

»Nein!« Matt schüttelte trotzig den Kopf. »Das ist Bullshit, Doktor, und das wissen Sie. Niemand könnte sich so etwas einfach nur ausdenken.«

»So? Und was ist mit der Krankenschwester, von der Sie mir erzählt haben? Schwester Ruler? Wollen Sie bestreiten, dass Sie Ihrer Aruula zum Verwechseln ähnlich sieht?«

»Nein, Doc, das will ich nicht«, entgegnete Matt, »aber es könnte ebenso gut Zufall gewesen sein.«

»Zufall?« Sirwig schnaubte. »In der Psychoanalyse gibt es so etwas wie Zufall nicht, Commander. Alles hat seinen Grund und seine Ursache.«

»Ach ja? Und wieso dann dieses Szenario? Diese zerstörte Welt?«

»Ihre Befürchtungen bezüglich der bevorstehenden Katastrophe, gepaart mit einer gewissen Skepsis, die sie der modernen Zivilisation gegenüber empfinden.«

»Und die Barbaren? Sorbans Horde?«

»Verkörperten Ihren Wunsch nach Geborgenheit, nach einer Familie. Die Taratzen hingegen stehen für das andere, das zerstörerische Element. Das Sie von Ihrer Familie forttrieb und sie zwang, in die Fremde zu gehen.«

»O Mann.« Matt stöhnte, rieb sich die Schläfen. »Ich hasse diesen freudschen Mist.«

»Während Ihrer ganzen Reise haben sich diese beiden Kräfte – das zerstörerische und das erhaltende Element – immer wieder heftige Konflikte geliefert: die Taratzen und die Krieger von Sorbans Stamm, die Narka und Alcams Heer, die Nordmänner und die Technos, die Paari und der Avtar. Doch in Wahrheit, Commander, gab es immer nur zwei Parteien in diesem Kampf: Ihr Bewusstsein und das Unbewusste. Oder, um mit Freud zu sprechen, Ihr Ich und das Es.«

»Verdammt«, stieß Matt hervor. Er hasste es, wie ein Truthahn zu Thanksgiving tranchiert und in Scheibchen geschnitten zu werden. Sirwigs Analysen setzten ihm zu – vor allem, weil er kein Argument dagegen fand.

»Aruula«, fuhr Sirwig sachlich fort, »ist nichts weiter als ihr personifizierter Wunsch nach weiblicher Gesellschaft, der sich durch die Scheidung von Ihrer Frau sehr einfach erklären lässt.«

Matt sandte dem Mediziner einen verblüfften Blick. »Woher wissen Sie ...?« *Na klar,* schoss es ihm sofort durch den Kopf. *Meine Personalakte ...*

»Ihre ganze Reise durch diese zerstörte Welt war vom Motiv der Suche geprägt, Commander. Das sollte Ihnen zu denken geben. Die Suche nach Ihren Freunden, die Suche nach den Bunkermenschen, die Suche nach einem Weg nach Amerika. In Wahrheit war es nur Ihr Bewusstsein, das nach einem Weg aus dem Koma suchte und nicht in einen endlosen Dämmerzustand verfallen wollte.«

Wieder wollte Matt etwas erwidern, wollte Sirwig an den Kopf werfen, dass er in jedem Fall Unrecht hätte – doch die Worte wollten nicht über seine Lippen.

Wieso?

Weil es sinnlos war, zu widersprechen?

Oder war es vielmehr deswegen, weil in ihm allmählich die Erkenntnis reifte, dass Sirwig vielleicht *doch* Recht hatte mit dem, was er sagte?

Matt dachte nach. Er fand auf keines von Sirwigs Argumenten eine stichhaltige Erwiderung. Konnte es wirklich so gewesen sein? Hatte sich der wahre Konflikt in seinem Inneren abgespielt? Hatte es die Taratzen nie gegeben? Keine Frekkeuscher und keine Andronen, keinen Avtar und keinen Lemarr?

Matthew Drax dachte darüber nach – und ertappte sich dabei, dass ihm der Gedanke, dass es diese andere, grausame Welt nie gegeben haben sollte, mehr und mehr gefiel ...

Es tat gut, wieder unter Menschen zu sein.

Wäre es nach Dr. Sirwig gegangen, wäre Matt diese Erfahrung für die nächsten Wochen vorenthalten geblieben – der Mediziner hatte ihm eine strenge Ausgangssperre auferlegt und ihm untersagt, das Gelände des Stützpunkts bis zum Ende der Therapie zu verlassen.

Matt jedoch hatte darauf gepfiffen.

Nicht dass es seine Art gewesen wäre, Befehle von Vorgesetzten einfach in den Wind zu schlagen. Aber erstens war Sirwig Zivilist und kein Mitglied der US Air Force. Und zweitens *musste* Matt einfach raus, brauchte dringend eine Luftveränderung. So sehr er sich nach seinem Erwachen darüber gefreut hatte, den Stützpunkt unzerstört vorzufinden, so sehr dürstete es ihn jetzt nach Tapetenwechsel.

Ein junger Versorgungsoffizier vom Nachschubtross, der Matt noch einen Gefallen schuldete, hatte ihm einen Platz auf einem Lastwagen verschafft, der bei Einbruch der Dunkelheit das Gelände des Stützpunkts verließ. Die Rückfahrt war gegen Mitternacht angesetzt – dann würde Matt wieder als blinder Passagier an Bord sein. Mit etwas Glück erfuhr niemand von dem nächtlichen Ausflug.

Matt ließ sich an der U-Bahn-Haltestelle Lichtenberg absetzen, nahm von dort aus die Bahn in die Innenstadt. Auf dem Ku'damm spazieren zu gehen und dem nächtlichen Treiben dort zuzusehen hatte ihn in früheren Zeiten oft aufgemuntert und auf andere Gedanken gebracht. Er hoffte, dass sich daran nichts geändert hatte …

An der Haltestelle Uhlandstraße stieg er aus, gelangte hinauf zur Oberfläche, mitten hinein in das pulsierende Nachtleben Berlins. In der Zeit nach der Jahrtausendwende hatte sich die Hauptstadt von Deutschland zum heimlichen Zentrum Europas entwickelt, die Stadt boomte und pulsierte. Wieder hier zu sein und das brodelnde Leben zu fühlen kam für Matt einem Wunder gleich – bei seinem letzten Besuch war die Stadt an der Spree eine Landschaft aus Ruinen gewesen. Amazonen hatten die degenerierten Männerstämme unterdrückt und auf großen Säbelzahntigern Jagd auf sie gemacht.

Mein Gott – erst aus der Distanz wurde Matt bewusst, welchen hanebüchenen Unsinn er sich da zusammengeträumt hatte. *Amazonen im Reichstag! Säbelzahntiger!*

In zivil schlenderte er den breiten Bürgersteig hinab, blieb hier und dort stehen, wenn Straßenkünstler oder Musikanten ihre Werke zum Besten gaben. Bei einem Duo, das aus einem betagten Geiger und einer jungen Frau bestand, die mit heller Stimme sang, blieb er ein wenig länger stehen – die beiden erinnerten ihn an Yorl und seine Tochter Sam, denen er im Dorf der Narka begegnet war ...

Energisch wandte sich Matt ab, schüttelte unwillig den Kopf. Wenn er nicht wollte, dass man ihn irgendwann in eine Zwangsjacke steckte, musste er lernen, sich von der Vergangenheit zu verabschieden und akzeptieren, dass sie nicht real gewesen war. Nur ein übler Streich, den ihm sein Unterbewusstsein gespielt hatte, nichts weiter ...

Er ging weiter, passierte ein Gebäude, dessen Front mit allerlei mystischen Symbolen verziert war, die in aufdringlichen Neonfarben leuchteten. Über dem Eingang prangte ein Schild, das »Church of Floydology« lautete.

Matt lachte lautlos in sich hinein. Hank hatte ihm davon erzählt. Einer der beiden Kerle, die den Kometen entdeckt hatten, hatte seine weltweite Berühmtheit genutzt, um sich zum Guru einer Sekte aufzuschwingen, die jenen achten Februar vergangenen Jahres als Beginn einer neuen Zeitrechnung betrachtete.

Die Floydologen waren zahlreich; binnen der letzten fünfzehn Monate waren überall auf der Welt Niederlassungen ihrer Sekte wie Pilze aus dem Boden geschossen – und Archer Floyd war mit seiner Idee reich geworden.

Wenigstens einer, der aus dem Beinahe-Untergang der Erde Kapital geschlagen hatte, dachte Matt bitter.

In Gedanken versunken, kam er an einer Telefonzelle vorbei, blieb abrupt stehen.

Vielleicht hatte Sirwig ja Recht.

Vielleicht entsprangen einige der Probleme, die Matt hatte, tatsächlich einem gewissen Defizit ...

Kurz entschlossen betrat Matt die Telefonzelle, wählte die Nummer der Vermittlung und meldete ein R-Gespräch an. Dann nannte er die Nummer, die er während all der Fährnisse, die er in den vergangenen Monaten hatte überstehen müssen, nie vergessen hatte. Schon deshalb nicht, weil es einmal *seine eigene* Telefonnummer gewesen war ...

Es klickte in der Leitung, dann begann es zu tuten, gedämpft und gleichmäßig. Zweimal. Dreimal.

Dann, plötzlich, eine Frauenstimme. »Ja?«

Mann, dachte Matt bei sich. *Tut verdammt gut, ihre Stimme zu hören ...*

»Hallo?«, erkundigte sich die Frau. »Melden Sie sich gefälligst ...«

»Hallo Liz«, sagte Matt leise.

Für einen Moment herrschte Schweigen am anderen Ende der Leitung. »M ... Matthew?«, kam es dann zögernd.

»Ja. Ich … ich dachte mir, ich ruf dich mal an.«

»Dann … bist du aus dem Krankenhaus raus?«

»Ja, Liz. Ich bin wieder auf dem Damm.«

»Schön für dich.« Ein wenig verwirrt nahm Matt zur Kenntnis, dass Liz' Stimme keinerlei Regung verriet. Sie schien sich kein bisschen darüber zu freuen, dass er wieder unter den Lebenden weilte – schon viel eher hatte er das Gefühl, dass sein Anruf ihr irgendwie ungelegen kam …

»Liz, ich … ich möchte dich nicht stören. Ich wollte dir nur sagen, dass … dass mir Leid tut, was geschehen ist. Es hätte nicht so zu kommen brauchen. Ich war ein verdammter Idiot.«

»Was du nicht sagst.«

»Vielleicht … können wir uns demnächst mal treffen. Ich könnte Urlaub nehmen und rüberkommen in die Staaten. Dann können wir über alles reden und …«

»Da gibt es nichts mehr zu bereden, Matt. Es ist vorbei.«

»Ich weiß, Liz. Es ist nur … es gibt so viel, das ich dir zu erzählen habe. Ich habe Dinge erlebt, die …«

»Matt, es tut mir Leid«, fiel ihm seine Ex-Frau ins Wort, »aber ich kann nicht länger sprechen. Ich bin nicht allein, wenn du verstehst …«

»Na klar.« Matt nickte, biss sich auf die Lippen. »Ich verstehe.«

»Machs gut, Matt. Gib auf dich Acht.«

»Okay. Du auch. Bye.«

»Bye«, kam die Antwort – und das Gespräch war zu Ende.

Einigermaßen deprimiert hängte Matt den Hörer zurück auf die Gabel, verließ die Telefonzelle und kehrte zurück ins hektische Treiben der Nacht.

Manche Dinge schienen sich in den vergangenen

fünfzehn Monaten geändert zu haben – andere hingegen waren auf erschreckende Weise gleich geblieben. Das Leben, das er in letzter Zeit gelebt hatte, war nur ein Traum gewesen, eine Seifenblase, die jäh zerplatzt war. Seine Ex-Frau wollte noch immer nichts von ihm wissen, hätte ihn am liebsten aus ihrem Leben gestrichen. Und zu allem Überfluss durfte er noch nicht einmal fliegen.

Eine Woge von Selbstmitleid überkam Matthew Drax; er fühlte sich unendlich deprimiert. Er kam an den weit geöffneten Pforten einer Kneipe vorbei, deren schummriges, in dichten Zigarettenrauch gehülltes Inneres ihn geradezu magisch anzog. Genau das war es, was er jetzt brauchte ...

Wild entschlossen, sich die Hucke voll zu saufen und seinen Frust im Alkohol zu ertränken, betrat Matt die Bar, setzte sich an den Tresen und bestellte einen Doppelkorn. Wozu die Zeit mit Bier verschwenden? Er wollte einfach nur schlucken, um wenigstens für kurze Zeit die bohrenden Fragen in seinem Kopf loszuwerden.

Ohne Zögern stürzte er den Inhalt des Glases hinab, das ihm der Barkeeper hinstellte. Er bestellte noch einen Doppelten und noch einen – und merkte zufrieden, wie der Alkohol Wirkung zeigte ...

Mit stierem Blick saß Matt an der Bar, beobachtete die Menschen, die den Tresen säumten. Offenbar war er in irgendeiner Szene-Pinte gelandet – die Jungs und Mädels ringsum trugen kunterbunte Frisuren und speckige Lederklamotten. Wer hätte gedacht, dass Punk tatsächlich nicht tot war ...?

Zwischen all den abgefahrenen Szene-Heinis gewahrte Matt einen Mann, der ebenso wenig in diese

Bar zu passen schien wie er selbst. Er war vollschlank, trug Jeans und T-Shirt, statt bunter Wirrnis auf dem Kopf einen gepflegten, leicht schütteren Kurzhaarschnitt und einen kurzen Vollbart. Durch die Gläser seiner Brille blickte er Matt herausfordernd an.

Zum Henker, dachte Matt, *wer ist der Kerl?* Er überlegte kurz – und lachte lautlos in sich hinein, als ihm tatsächlich niemand einfiel, an den ihn dieser Typ erinnerte. Erleichtert stellte er fest, dass er diesem Mann noch nie zuvor in seinem Leben begegnet war – nicht einmal in seinen Träumen …

Er bestellte sich noch einen Doppelten, wollte den Inhalt des Glases gerade in sich hineinschütten – als ihn plötzlich jemand von der Seite ansprach.

»Commander Drax?«

Matt hätte sich fast verschluckt. Keuchend setzte er sein Glas ab und wandte sich um, stellte zu seiner Verblüffung fest, dass es der Typ war, der ihn beobachtet hatte.

»Woher, verdammt noch mal, kennen Sie meinen Namen?«

»Sie sind doch Commander Drax, oder nicht? Commander Matthew Drax von der US Air Force …«

Der Typ sprach Englisch, wenn auch mit deutlich hörbarem deutschen Akzent. Skeptisch blickte Matt ihm in die Augen.

»Woher kennen Sie mich?«, erkundigte er sich erneut.

»Jeder kennt Sie, Commander«, gab der andere zurück. »Ihr Bild war ja oft genug in der Zeitung.«

»Was?«

»Die Medien lieben es, Geschichten hochzupuschen«, erklärte der Fremde. »Denen ist es gleichgültig, wenn der ganze Planet vor die Hunde geht. Auf Einzelschicksale kommt es an. Grundkurs für Journalisten, erste Lektion. Und Ihr Schicksal, Commander, war besonders bewegend. Abgestürzt während der Beobachtung von ›Christopher-Floyd‹. In letzter Sekunde vor dem Kältetod gerettet, danach Monate lang im Koma. Schön, Sie wieder auf den Beinen zu sehen.«

Matt hob die Brauen. Der Alkohol, den er so schnell und unbeherrscht in sich hineingekippt hatte, forderte Tribut.

»Wer sind Sie?«, wollte er wissen.

»Nennen Sie mich Mike«, meinte der andere und reichte ihm die Hand. »Alle meine Freunde nennen mich so.«

»Ich bin nicht Ihr Freund.«

»Vielleicht – aber ich bin *Ihr* Freund, Commander.«

»Wie darf ich das verstehen?«

»Nun – wie soll ich sagen? Es ist kein Zufall, dass wir uns hier treffen. Ich habe Ihren Fall während der letzten fünfzehn Monate sehr genau verfolgt.«

»Was soll das heißen?«

»Das heißt, dass ich zu jeder Zeit über Ihren Zustand informiert war, Commander. Anfangs war das noch einfach – wie gesagt berichteten die Medien jeden Tag über Sie, breiteten Ihren Fall in allen Einzelheiten in der Öffentlichkeit aus.«

»Meinen Fall?« Matt verstand kein Wort.

»Nun ja – Ihre Kindheit in Riverside, Ihre Trennung von Ihrer Frau Liz, Ihre Versetzung nach Europa. Das alles gehört zur Allgemeinbildung, Commander Drax. Sie sind sozusagen ein Medienheld geworden.«

»Das habe ich mir schon immer gewünscht«, knurrte Matt sarkastisch – wieso zum Henker hatte ihm auf dem Stützpunkt niemand etwas davon erzählt?

»Die ganze Welt fieberte, wartete darauf, dass Sie aus

dem Koma erwachen würden – vergeblich. Nach einigen Monaten wurde die Berichterstattung über Sie immer karger, nahm mit jedem Tag ab. Schließlich wurden Sie ganz aus den Nachrichtensendungen gestrichen – das Thema war erledigt.«

»Wie schmeichelhaft ...«

»Nicht jedoch für mich«, fuhr Mike mit seiner Erklärung fort. »Ich blieb an der Sache dran und habe ihr Schicksal weiter verfolgt, Commander. Ich hatte einen Freund auf dem Stützpunkt, der mich über Ihren Zustand auf dem Laufenden hielt. Von ihm habe ich auch erfahren, dass Sie aus dem Koma erwacht sind.«

»Und?«

»Wie ich schon sagte, Commander Drax – ich bin Ihr Freund. Ich bin auf Ihrer Seite. Und ich kenne Ihr Dilemma.«

»Dilemma?« Matt rülpste geräuschvoll. »Sie meinen, ob ich mich mit deutschem Schnaps oder amerikanischem Whisky zuschütten soll?«

»Nein«, erwiderte Mike kopfschüttelnd. »Ich spreche davon, dass Sie während der letzten fünfzehn Monate nicht Sie selbst waren. Dass Sie Dinge erlebt haben, die weit über das menschliche Fühlen und Begreifen hinausgehen und ...«

Der Fremde verstummte jäh, als Matt herumfuhr. Seine Rechte schoss vor und packte Mike am Kragen.

»Genug«, zischte er heiser. »Ersparen Sie mir diesen Mist. Ich will nichts davon hören.«

»Das ... ist kein ... Mist, Commander«, presste Mike ächzend hervor. »Ich weiß, dass Sie ... Dinge erlebt haben ... muss alles erfahren ... bin bereit ... Ihnen zu glauben.«

Matt starrte dem geheimnisvollen Mann in die Augen. Der Kerl war ihm suspekt, und er quatschte entschieden zu viel. Matt wusste nicht, wer der Typ war, aber eines wusste er ganz sicher: Dass er nicht noch einen Quacksalber brauchte, der in seiner Psyche herumpfuschte.

»Nein danke«, knurrte er – dann ließ er den Fremden los und erhob sich spontan von seinem Barhocker, legte einen Geldschein auf den Tresen und torkelte Richtung Ausgang. Der Mann, der sich Mike nannte, griff sich an die Kehle, rang keuchend nach Luft – dann folgte er Matthew Drax hinaus auf die Straße.

»Commander!«, rief er ihm hinterher. »Commander...!«

Matt blieb stehen, stieß eine Verwünschung aus. »Verdammt«, blaffte er den Deutschen an, der ihm gehörig auf die Nerven ging. »Ich will nicht, dass Sie mein Freund sind, kapiert? Hören Sie auf, mir auf die Nerven zu gehen, und lassen Sie mich in Ruhe, verstanden?«

»Hören Sie, Commander«, meinte Mike und hob beschwichtigend die Hände, »ich weiß, wie seltsam das alles für Sie sein muss, und mir ist klar, dass Sie mir nicht vertrauen. Wieso denn auch? Sie kennen mich ja nicht. Aber lassen Sie mich Ihnen *das hier* geben – das wird alle Ihre Zweifel beseitigen.«

Damit streckte er seine Hand aus und überreichte Matt ein winziges Päckchen, das dieser verblüfft entgegennahm. Dann wandte sich der Fremde um – und war im nächsten Augenblick im Strom der Passanten verschwunden.

Verblüfft betrachtete Matt das Ding in seiner Hand, das in ein Stück Papier eingewickelt war. Vorsichtig versuchte er zu erfühlen, was es war – offenbar ein harter, kantiger Gegenstand. Aber was war es genau?

Von Neugier getrieben, begann Matt das Ding auszuwickeln, und mit jeder Schicht Papier, die er entfernte, wuchs seine Anspannung. Aus einem Grund, den er selbst nicht nennen konnte, begannen seine Finger zu zittern – und schließlich hielt er den Gegenstand in Händen.

Es war ein schmales, knapp fingerlanges Stück Horn von gelblicher Farbe, das in etwa die Form eines Dreiecks besaß. Es war leicht gebogen und besaß messerscharfe Kanten.

Matt brauchte einen Augenblick, um sich daran zu erinnern, wo er so ein Ding schon mal gesehen hatte. Als es ihm schließlich dämmerte, durchzuckte ihn die Erkenntnis wie ein Blitzschlag, elektrisierte ihn bis ins Mark.

Es war ein Zahn.

Der Zahn einer Taratze!

Matt merkte, wie sich seine Nackenhaare sträubten. Seine Augen weiteten sich, wurden groß und größer, während sie das Ding betrachteten.

Ohne Zweifel – dies war ein Taratzenzahn! Matt erkannte die charakteristische Form, und eine unbestimmte Furcht durchzuckte ihn dabei.

Dann entdeckte, er, dass mit einem spitzen Gegenstand etwas in den Zahn eingeritzt worden war.

Es war eine Telefonnummer.

Zweifellos gehörte sie dem Typen, der sich Mike nannte …

»… sollten wir nun dazu übergehen, die Ursachen für Ihre Komaträume in aller Einzelheit zu erarbeiten und zu versuchen sie zu beseitigen. Nur so kann von medizinischer Seite gewährleistet werden, dass … *Commander, hören Sie mir überhaupt zu?*«

Matt, der ausgestreckt auf Sirwigs Couch lag, hob die Brauen, als der Doktor ihn direkt ansprach. Er war in Gedanken versunken gewesen, hatte nicht das Geringste mitbekommen von dem, was der Arzt gesagt hatte.

»Natürlich, Doktor«, versicherte er trotzdem. »Ich habe Ihnen genau zugehört. Jedes Wort…«

»Na schön.« Sirwig atmete geräuschvoll durch die Nase. Als Kapazität auf seinem Gebiet konnte er es nicht leiden, wenn er in seinem Vortrag unterbrochen wurde. »Wir werden also versuchen«, fuhr er fort, »Konstanten Ihres früheren Lebens mit Konstanten aus Ihrer Traumwelt gleichzusetzen. Daraus müssten sich Aufschlüsse darüber ergeben, wie sich Ihre Therapie zu gestalten hat.«

»Was meinen Sie, Doktor?«

»Nun – nehmen Sie zum Beispiel Ihre Kindheit, Commander. Sie sind in Riverside, Kalifornien aufgewachsen, einem strukturschwachen Gebiet mit überwiegend ländlicher Bevölkerung. Man hat es dort nicht gerne gesehen, dass Sie zur Air Force gingen, um Pilot zu werden, nicht wahr?«

»Woher wissen Sie…?«

»Ein einfacher Umkehrschluss«, erklärte Sirwig mit überlegenem Grinsen. »Es ist nicht nur so, dass Ihr Leben Rückschlüsse auf Ihre Träume zulässt, Commander – es funktioniert auch umgekehrt. Die zerstörte Zivilisation, die Sie in Ihren Träumen erlebt haben, der Untergang der Technik – all das deutet auf latent vorhandene Schuldgefühle hin, die Sie Ihrer Familie gegenüber haben.«

»Was? So ein Unsinn!«

»Wirklich, Commander? Und was ist mit diesen Technos, von denen Sie mir erzählt haben? Sagten Sie nicht, es hätte sich bei ihnen um eine straff organisierte

Gruppierung gehandelt, dem Militär nicht unähnlich?«

»Natürlich, Doc, aber ...«

»Wenn ich Sie ausführlich analysieren soll, müssen Sie mir mehr über diese Technos verraten. Ich muss alles wissen, Commander, jede Einzelheit, an die Sie sich erinnern können. Nur wenn wirklich alles aufgearbeitet wird, haben Sie eine Chance auf Genesung.«

»Ich verstehe, Doc«, gab Matt zurück. »Ich verstehe.«

Er dachte kurz nach und begann erneut zu erzählen, schilderte sein erstes Zusammentreffen mit den zerbrechlich wirkenden Bunkermenschen und berichtete ausführlich von seiner Reise nach England. Sirwig unterbrach ihn dabei immer wieder, zerpflückte jeden Aspekt von Matts Erzählung unter psychoanalytischen Aspekten.

So war Matts Suche nach Technik und Wissen auf sein unbewusstes Verlangen nach Erlösung von Schuldgefühlen zurückzuführen, während der lange Marsch durch den Euro-Tunnel nichts anderes als eine Aufarbeitung des Geburtstraumas war. Sirwig wusste auf alles eine Antwort, war in der Lage, jedes Stichwort, das Matt ihm gab, sofort freudianisch umzudeuten.

Wahrscheinlich hätte Matt schon lange aufgegeben. Wahrscheinlich hätte ihn der Doktor schon längst restlos überzeugt – hätte es da nicht etwas gegeben, was ihn noch daran festhalten ließ, dass er nicht nur einen Traum erlebt hatte.

Der Taratzenzahn in seiner Hosentasche, den Matt wieder und wieder befühlte – und der so real war wie er selbst.

Am Nachmittag des darauf folgenden Tages hielt Matt es nicht mehr aus.

Er hatte Sirwig nichts von dem Zahn erzählt – denn dann hätte er auch von seinem geheimnisvollen Treffen berichten und zugeben müssen, dass er sich unerlaubt vom Stützpunkt entfernt hatte. Stattdessen hatte er versucht, allein hinter das Rätsel zu kommen, das der Taratzenzahn ihm aufgab – allerdings vergeblich.

Die letzten achtundvierzig Stunden hatte er damit verbracht, sich erfolglos das Hirn darüber zu zermartern, wie das alles zusammenhängen konnte. Entweder er wurde allmählich wirklich verrückt. Oder aber hier ging etwas vor sich, das er mit seinen bescheidenen Sinnen einfach nicht erfassen konnte.

Wie auch immer – es gab jemanden, der die Antwort kannte …

Von einer Telefonzelle auf dem Gelände des Stützpunkts aus wählte Matt die Nummer, die auf dem Taratzenzahn eingraviert war. Die Nummer des Mannes, der sich Mike genannt hatte …

Ein kurzes Tuten in der Leitung, dann eine vertraute Männerstimme. »Ja?«

»Ist dort Mike?« Diesmal sprach Matt Deutsch – er wollte nicht, dass jemand an der Telefonzelle vorbeikam und ihn belauschte.

»Ja«, bestätigte die Stimme am anderen Ende der Leitung. »Wer ist dort? Sind Sie das, Commander?«

»Ja. Ich habe nachgedacht … über das, was Sie mir gesagt haben. Wir müssen reden.«

»Sehr schön. Wann und wo?«

»Die gleiche Bar wie gestern. Heute Abend gegen zweiundzwanzig Uhr.«

»Verstanden, Commander. Ich werde da sein.«

»Danke. Bis später.«

Ein hohles Klicken – und das Gespräch war vorbei. Mit pochendem Herzen hängte Matt den Telefonhörer zurück auf die Gabel. Die Sache gefiel ihm ganz und gar nicht. Wieso hatte er das dumpfe Gefühl, etwas Falsches zu tun?

Mit einem miesen Gefühl im Bauch trat er aus der Zelle und blickte sich unauffällig um. Weit und breit war keine Menschenseele zu sehen – die meisten Einheiten hatten bereits Dienstschluss.

Matt steckte die Hände in die Taschen seiner tarnfarbenen Uniformhose, befühlte erneut den Taratzenzahn. Dann machte er sich auf den Weg zu seiner Unterkunft.

Er merkte nicht, dass er dabei beobachtet wurde.

Wenn es etwas gab, was Matt an den Deutschen besonders schätzte, so war es ihre Pünktlichkeit.

Punkt zweiundzwanzig Uhr betrat Mike die Bar am Kurfürstendamm, blickte sich suchend um und gewahrte Matt am Tresen. Diesmal verlief die Begrüßung der beiden ein wenig vertrauter – wenngleich Matt dem bärtigen Mann mit der Brille noch immer einiges Misstrauen entgegenbrachte.

»Sie wollten mich sprechen, Commander?«, erkundigte sich Mike, nachdem er neben ihm Platz genommen und sich ein Pils bestellt hatte.

»Allerdings«, bejahte Matt. »Dieses Ding, das Sie mir gestern gegeben haben. Dieser Zahn – woher haben Sie den?«

Mike strahlte wie ein Honigkuchenpferd, als der Barkeeper ihm sein Pilsener servierte. Als Erstes gönnte er sich einen ausgiebigen Schluck. Dann schleckte er sich den Schaum von den Lippen und setzte ein überlegenes Grinsen auf.

»Nein, Commander«, erklärte er schlicht. »So läuft das nicht. Zuerst werden *Sie* mir berichten müssen, was Sie während der vergangenen fünfzehn Monate erlebt haben. Danach werde ich Ihre Frage beantworten.«

»Das ist Erpressung«, knurrte Matt.

»Es ist ein Handel, den ich Ihnen vorschlage«, verbesserte Mike. »Sie können einschlagen oder es bleiben lassen – Ihre Entscheidung.«

Matt biss die Lippen zusammen, überlegte, was er machen sollte. Verdammt, er hatte schon genug Ärger – was er brauchte, waren Informationen. Warum sollte er diesem Mike nicht von seinen Erlebnissen erzählen? Auf einen Menschen mehr oder weniger, der ihn für durchgeknallt hielt, kam es schon nicht mehr an.

»Es ... es war unbeschreiblich«, begann Matt mit seinem Bericht. »Fünfzehn Monate lang ... war ich in einer anderen Welt. Einer zerstörten Welt, in der unsere Zivilisation untergegangen war. Fünfhundertvier Jahre nach dem Einschlag von ›Christopher-Floyd‹ ...«

Er unterbrach sich und blickte skeptisch in Mikes aufmerksame Züge. Als er dort weder ein skeptisches Zucken noch Indizien auf ein hämisches Grinsen entdeckte, fuhr er fort.

»Ich erklärte es mir damit, dass es durch den Kometen zu einer Art Zeitsprung gekommen war, der mich in die Zukunft geschleudert hatte. Ich erwachte in einer Welt, in der das Recht des Stärkeren regiert und das Leben eines Menschen nichts wert ist. Gigantische Insekten gibt es dort, Rattenmenschen und Kreaturen, wie Ihre schlimmsten Albträume sie sich nicht auszumalen vermögen. Man gab mir dort einen Namen – Maddrax ...«

Wieder ein prüfender Blick – keine Reaktion.

»Mein Jet stürzte über den Alpen ab. Ich wurde von

einer Horde Nomaden aufgenommen. Eine Kriegerin namens Aruula war unter ihnen. Sie wurde meine Gefährtin. Zusammen mit ihr habe ich nach meinen Staffelkameraden gesucht – und sie schließlich auch gefunden. Sie waren ebenso kaputt wie die Welt, in der wir gestrandet waren. Ich habe das Rom des sechsundzwanzigsten Jahrhunderts gesehen. Grausame Gladiatorenkämpfe gab es dort und eine Droge, die Menschen zu willenlosen Muskelbergen machte. Ich habe einen Krieg in den Alpen erlebt, habe gegen ein Monsterkrokodil und eine Schlangenkreatur gekämpft, die über ihre Opfer telepathische Macht besaß. Ich habe Berlin in Trümmern liegen sehen und Paris, ich sah ein grausames Volk von Wikingern und wurde Zeuge, wie in Brüssel um ein Haar die Pest wieder ausgebrochen wäre. All das und mehr habe ich in diesen Monaten erlebt, Mike.« Matt holte tief Luft, ehe er die entscheidende Frage stellte: »Glauben Sie mir?«

»Ja, Commander«, kam die Antwort ohne Umschweife. »Ich glaube Ihnen, dass Sie das alles erlebt haben.«

»Natürlich«, versetzte Matt bitter. »Sie glauben mir, dass ich all das *geträumt* habe – als Folge des Komas, in dem ich lag.«

»Nein, Commander.« Mike schüttelte entschieden den Kopf. »Ich glaube Ihnen *tatsächlich*. Ich denke, dass Sie die Wahrheit sagen, dass Sie all diese Dinge *wirklich* erlebt haben.«

Matt starrte sein Gegenüber verblüfft an. Augenblicke lang wusste er nicht, ob er dem Mann mit der Brille dankbar sein oder ihn dafür hassen sollte, dass er ihn mit seinem Gerede in neue Gewissenskonflikte stürzte. Er entschied sich für Ersteres – denn schließlich war da noch der Taratzenzahn …

»Warum glauben Sie mir?«

»Ich glaube Ihnen, weil ich guten Grund dazu habe«, erwiderte Mike. »Weil ich aus zuverlässiger Quelle weiß, dass…« Plötzlich unterbrach sich der Deutsche, blickte sich argwöhnisch in der Bar um.

»Was ist?«, fragte Matt.

»Ich weiß nicht. Irgendetwas stimmt nicht. Für einen Moment glaubte ich…«

Matt konnte sehen, wie sein Gegenüber nervös wurde. Mike warf gehetzte Blicke umher, schaute unruhig in Richtung Eingangstür – die sich im nächsten Augenblick öffnete. Ein Trupp bewaffneter Militärpolizisten der US Air Force betrat die gut besuchte Bar.

»Verdammt«, kam es Mike über die Lippen, während er bereits von seinem Barhocker rutschte und seine Jacke überzog. »Ich muss verschwinden, Commander.«

»Wieso, was ist? Diese Jungs sind *meinetwegen* hier – ich habe mich unerlaubt vom Stützpunkt entfernt.«

»Keine Zeit für Erklärungen, Commander«, zischte ihm Mike zu, während er sich bereits durch die Menschenmenge davonstahl. »Rufen Sie mich nicht mehr an – unter dieser Nummer wird sich niemand mehr melden. Ich werde mich mit Ihnen in Verbindung setzen…«

Damit verschwand Mike inmitten eines Pulks von bunt gefärbten Schöpfen, und Matt blieb allein an der Bar zurück. Augenblicke lang erwog er, sich ebenfalls aus dem Staub zu machen und sich davonzuschleichen wie ein Rekrut, der den Zapfenstreich verpasst hatte. Er entschied sich dagegen – vielleicht auch wegen des Aufruhrs, der in seinem Inneren herrschte.

Was hatte Mike gemeint? Was wusste der Deutsche?

Jetzt hatten ihn die MPis ausgemacht, kamen von mehreren Seiten auf ihn zu, um zu verhindern, dass er flüchtete.

»Commander Matthew Drax?«, erkundigte sich der Kommandant des Trupps, ein junger Sergeant.

»Der bin ich.«

»Sir, ich habe Anweisung, Sie vorläufig festzunehmen.«

»Weswegen?«

»Insubordination gegenüber Weisungsbefugten sowie unerlaubtes Entfernen vom Stützpunkt. Bitte folgen Sie uns, Sir – wir würden gern auf Handschellen verzichten.«

»Ich auch, Jungs, ich auch«, versicherte Matt und glitt von seinem Hocker. Dann folgte er den MPis – nicht ohne vorher noch sein Glas zu leeren. Wer vermochte zu sagen, wann er das nächste frisch gezapfte Bier bekam...?

Die Arrestzellen des Stützpunkts hatte Matt bislang nur vom Hörensagen gekannt. Heute sah er zum ersten Mal eine von innen.

Die Hände hinter dem Kopf verschränkt, lag er auf der kargen Pritsche und starrte zur niederen Decke empor, auf der Wasserflecken zu sehen waren. Die Luft roch stickig.

Matthew Drax nahm nichts davon wirklich wahr. Er war tief in seine Gedanken versunken, die immer wieder um die gleichen Fragen kreisten: Wer war dieser Mike? Welches Geheimnis schleppte der mysteriöse Fremde mit sich herum? Und woher hatte er den Taratzenzahn...?

Er hatte Matt geglaubt, dass der in dieser anderen

Welt gewesen war, hatte keinen Zweifel am Wahrheitsgehalt seiner Wort gehegt. Wieso? Warum war Mike geneigt, Matt zu glauben, während alle anderen, einschließlich seiner Freunde, ihn auf die Couch legen wollten?

Matt hatte den Gedanken kaum zu Ende gedacht, als er draußen auf dem Gang leise Schritte hörte. Der Riegel der schweren Stahltür wurde zurückgezogen, und das Türblatt schwang auf. Davor standen Irvin Chester, Hank Williams und Jennifer Jensen und machten betretene Gesichter.

»Hallo Freunde«, meinte Matt und setzte ein entschuldigendes Lächeln auf. »Kommt doch rein – wie ihr seht, hab ich es sehr gemütlich hier.«

»Das ist nicht witzig, Matt«, beschied ihm Irvin ernst. »Du hast dich unerlaubt vom Stützpunkt entfernt, noch dazu in deinem Zustand. Das ist ein ernstes Vergehen.«

»Ich weiß«, versicherte Matt, als er sah, dass sich seine Freunde ernsthaft um ihn sorgten. »Aber ich hatte gute Gründe, okay?«

»Was für Gründe?«

Matt überlegte kurz, zögerte mit der Antwort. Die drei waren seine Freunde. Er wollte sie nicht belasten, indem er ihnen Dinge anvertraute, die ihnen Schwierigkeiten bereiten konnten.

»Persönliche Gründe«, verriet er deshalb knapp.

»Mann, Matt!« Hank trat vor, schüttelte zweifelnd den Kopf. »Was ist bloß los mit dir? Seit du wach geworden bist, bist du so ... so ...«

»Verändert?«, fragte Matt und lachte freudlos.

»Ehrlich, Matt, wir machen uns Sorgen um dich«, meinte Jenny. »Was ist los? Willst du nicht bald wieder fliegen?«

»Fliegen«, echote Matt, als handelte es sich dabei um einen Traum, den er schon vor langer Zeit aufgegeben hatte. »Werde ich das denn jemals wieder? Wird man mich wieder in ein Cockpit steigen lassen?«

»Das kommt ganz auf dich an«, meinte Hank. »Wenn du weiterhin solchen Mist baust, lassen sie dich für den Rest deiner Dienstzeit Akten stemmen.«

»Du musst kooperieren, Matt«, stimmte »Big Boy« Chester seinem Kameraden zu. »Sirwig ist für dich der einzige Weg, wieder an deine Fluglizenz zu kommen. Du musst dem Kerl erzählen, was er wissen will, dann wird schon bald alles wieder so sein wie früher.«

»Kann es das denn?«, fragte Matt dagegen, fühlte seltsame Trauer in sich.

»Wir sollen dich von Major Bellmann grüßen«, wechselte Jenny das Thema. »Der alte Mann macht sich große Sorgen um dich.«

»Wirklich?«

»Dein Schicksal liegt ihm sehr am Herzen. Er hat uns gesagt, dass er dich möglichst bald wieder in der Luft sehen will. Aber dazu darfst du nicht an deinen Traumvisionen festhalten. Du musst in die Zukunft blicken.«

»Komisch – ich dachte immer, das würde ich ...«

»Du weißt, was ich meine. Du bist wieder da, Matt, im Hier und Jetzt. Wenn du nicht mit Sirwig zusammenarbeitest, wirst du aus deinen Wahnvorstellungen vielleicht nie mehr herausfinden. Das wäre dein Ende. Und ich ... ich ...«

Die Pilotin verstummte. Matt konnte sehen, wie es in ihren Augenwinkeln feucht zu werden begann. Abrupt wandte sie sich ab und verließ die Arrestzelle. Irvin und Hank blieben betroffen zurück.

»Ehrlich, Drax, du bist ein verdammter Idiot«, knurrte Hank. »Das Mädel mag dich, das sieht doch ein Blinder. Als du weggetreten warst, ist sie praktisch nicht von deiner Seite gewichen. Also reiß dich verdammt noch mal zusammen und komm wieder auf die Beine. Wenn schon nicht für uns, dann wenigstens für sie.«

Irvin schickte ihm einen eindringlichen Blick, der Hanks Worte nur noch unterstrich. Dann wandten sich die beiden ab und verließen die Zelle. Von außen wurde krächzend der Riegel vorgeschoben, und Matt war wieder allein mit sich und seinen Fragen.

Was, wenn seine Kameraden Recht hatten?

Wenn er tatsächlich nur einem Phantom hinterherjagte?

Wenn sich das richtige Leben um ihn herum abspielte und er nur nicht von seinen irren Träumen lassen konnte?

Er atmete tief durch, sog die verbrauchte Luft in seine Lungen.

Was sollte er nur tun?

»In Ordnung, Commander«, meinte Dr. Sirwig, und seine Raubvogelaugen starrten kalt und gelassen auf Matt herab. »Ich werde mich kurz fassen: Ich bin eine Kapazität auf meinem Gebiet. Ich bin es nicht gewöhnt, dass sich Patienten meinen Anweisungen widersetzen, und ich werde mir das nicht bieten lassen. Sollten Sie noch einmal versuchen, den Stützpunkt zu verlassen oder gegen eine andere meiner Auflagen verstoßen, werde ich Ihre Behandlung abbrechen und mich anderen Patienten zuwenden, die meine Hilfe mehr zu schätzen wissen.«

»Es tut mir Leid, Doc«, gestand Matt. »Es wird nicht wieder vorkommen. Es ist nur – diese Erinnerungen, von denen ich Ihnen erzählt habe... Sie sind immer noch sehr lebendig.«

»Träume, Commander, nichts weiter als Träume. Sie müssen sich davon lösen.«

»Ich weiß. Und doch...«

»Sie haben jemanden getroffen, nicht wahr?«, erkundigte sich der Arzt unvermittelt.

»Was?«

»Der Grund, warum Sie den Stützpunkt verlassen haben – Sie haben sich mit jemandem getroffen, oder nicht?«

»Allerdings«, gestand Matt.

»Mit wem?«

Matt seufzte. Er hatte die Nacht damit verbracht, über das nachzudenken, was seine Freunde zu ihm gesagt hatten, und war zu dem Schluss gekommen, dass sie Recht hatten. Er durfte sich nicht von seinen Wahnvorstellungen beherrschen lassen. Die Zeit im Koma hatte ihn fast um den Verstand gebracht – nun musste er endlich wieder normal werden. Und dazu gehörte, Sirwig die Wahrheit zu sagen...

»Sein Name war Mike«, berichtete Matt. »Seinen vollen Namen nannte er nicht. Ein untersetzter Typ mit Bart und Brille, so um die vierzig, schätze ich. Ich hatte das Gefühl, dass er etwas weiß – über diese andere Welt, in der ich war. Und er schien mir zu glauben...«

Der Commander kam nicht dazu, weiterzuerzählen – denn im nächsten Moment prustete Sirwig lauthals los, wollte sich ausschütten vor Lachen. Seine Raubvogelzüge verzerrten sich dabei, dass es Matt fast Angst machte.

»Was?«, erkundigte er sich genervt. »Was ist daran so komisch, Doktor?«

»Dieser Kerl, von dem Sie sprachen, dieser Mike...«

»Was ist mit ihm?«

»Hat er Ihnen seinen Beruf genannt?«

»Nein«, gestand Matt. »Ich kenne nur seinen Namen.«

»Nun – vielleicht hätte er Ihnen verraten sollen, dass er in einem Verlag arbeitet. In einem Verlag für Pulp-Romane ...«

»Was?«

»Allerdings, Commander. ›Mad Mike‹, wie er sich bisweilen nennt, ist Lektor für Science-fiction-Romane. Bekannt wurde er, weil er in der Zeit nach ›Christopher-Floyd‹ durch einige höchst spekulativ verfasste eBooks auf sich aufmerksam gemacht hat. Faselte irgendwas von Außerirdischen, denen wir unsere Rettung zu verdanken hätten.«

»I ... ist das wahr?«

»Allerdings, Commander. Ich schlage vor, dass Sie sich die Personen Ihres Vertrauens das nächste Mal ein wenig näher ansehen, ehe sie ihr Ihre Lebensgeschichte beichten.«

»Verdammt.« Matt presste die Lippen zusammen. Er kam sich vor wie ein Idiot. Wie hatte er nur so dämlich sein können?

Natürlich war ein Typ, der sein Geld mit Science-fiction-Romanen verdiente, dankbar für jede Inspiration, die er bekam, und jetzt war ihm auch klar, warum ihm dieser Mike fleißig nach dem Mund geredet hatte. Der Kerl saß wahrscheinlich schon am Schreibtisch und tippte seine nächsten Exposés. Matt schnaubte freudlos, sah in Gedanken schon den Titel der Serie vor sich: »Maddrax – Die dunkle Zukunft der Erde« ...

Dann plötzlich fiel ihm der Taratzenzahn wieder ein, den er noch immer in seiner Hosentasche bei sich trug.

Der Zahn belegte, dass Mike mehr war als ein Groschenheft-Lektor, der nach neuen Stoffen suchte …

»Warten Sie, Doktor«, kündigte Matt triumphierend an. »Ich werde Ihnen beweisen, dass Sie im Unrecht sind! Ich habe hier …« Hastig griff Matt in die Tasche seiner Uniformhose – und fand nichts als zerknülltes Kaugummipapier. Der Taratzenzahn! Wo war er? Matt sog scharf nach Luft, schaute auch in der anderen Tasche nach – nichts! Der Zahn war verschwunden.

»Was?«, erkundigte sich Sirwig geduldig. »*Was* haben Sie hier, Commander?«

Matt antwortete nicht, dachte fieberhaft nach. Wo war der Zahn geblieben? Hatte er ihn verloren? Dann kam ihm ein übler Verdacht: Die MPis! Sie mussten den Zahn unbemerkt an sich genommen haben, als sie Matt verhafteten und abführten …

»Es … es war ein Zahn«, erklärte Matt hilflos. »Von einer Taratze!«

»Sie meinen eine jener Rattenkreaturen, von denen Sie mir erzählt haben? Jene *menschengroßen intelligenten* Ratten?«

Matt nickte. »Dieser Mike gab ihn mir. Er hatte seine Telefonnummer darauf eingeritzt und …«

»Eine Fälschung«, urteilte Sirwig.

»Nein, Sir! Glauben Sie mir – ich habe in den vergangenen Monaten viele Taratzenzähne zu Gesicht bekommen, einige davon näher, als mir lieb sein konnte. Und dieser Zahn war echt, daran besteht kein Zweifel.«

»Nun – vielleicht stammte er von einem anderen Tier oder von …«

»Nein!«, sagte Matt eindringlich. »Es *war* ein Taratzenzahn, und er war noch ziemlich neu. Ich weiß nicht, woher er ihn bekommen hat, aber …«

»Und wo ist dieser Zahn jetzt?«, fragte der Doktor skeptisch.

»Ich weiß es nicht! Bis zu meiner Festnahme hatte ich ihn in der Tasche, dann wurde er mir offenbar entwendet. Die Militärpolizisten, die mich verhafteten ...«

»Commander!«, fiel ihm Sirwig ins Wort und bedachte ihn mit einem strengen Blick. »Sehen Sie denn nicht, wohin das alles führt? Sie jagen einem Hirngespinst nach! Sie können nicht den geringsten Beweis für Ihre Geschichte vorlegen, aber nun fangen Sie schon an, Soldaten, die nur ihre Pflicht erfüllen, des Diebstahls zu bezichtigen!«

»Ich bedauere das, Sir«, sagte Matt und zwang sich zur Ruhe. »Aber ich weiß, was ich gesehen habe. Der Taratzenzahn war echt – und nun ist er weg!«

»So kann es nicht weitergehen, Commander. Sie müssen sich von Ihren Wahnvorstellungen lösen, oder es wird ein böses Ende mit Ihnen nehmen. Wollen Sie, dass ich Sie in eine Anstalt einweisen lasse? Dass Sie in eine Zwangsjacke gesteckt werden und man Sie mit Medikamenten ruhig stellen muss? *Wollen Sie das*?«

»Nein«, erwiderte Matt zerknirscht, »das will ich nicht. Alles, was ich will, ist Klarheit ...«

Nachdem ihn zwei MPis zurück in seine Zelle gebracht hatten, war Matt wieder allein mit seinen Gedanken. Er fühlte sich elend und krank, innerlich zerrissen.

Welcher von beiden Seiten sollte er Glauben schenken?

Mike, der ihn über seinen Beruf im Unklaren gelassen hatte und der vielleicht nicht mehr war als ein Spinner mit zu viel Fantasie?

Oder Sirwig, einer anerkannten wissenschaftlichen

Kapazität, die ihm seine Fluglizenz wieder beschaffen konnte?

Vielleicht wäre die Entscheidung Matt leichter gefallen, wäre da nicht die Sache mit dem Taratzenzahn gewesen – doch wohin war das verdammte Ding verschwunden?

Genau genommen gab es nicht mehr den geringsten Hinweis, dass es überhaupt existiert hatte. Vielleicht hatte Sirwig ja Recht und Matt hatte sich auch das nur eingebildet …

Matthew Drax stöhnte. Seine Gedanken fuhren in seinem Kopf Karussell, alles schien sich um ihn zu drehen. Er hatte die Schnauze voll davon, sich zu fragen, was real war und was nicht. Alles, was er wollte, war ein ganz normales Leben führen, seinen Job machen wie jeder andere und dabei verdammt noch mal in Ruhe gelassen werden.

Urplötzlich vernahm er in der Enge der Zelle ein Geräusch. Er fuhr von der Pritsche hoch und wandte sich um – und stellte zu seinem Entsetzen fest, dass er nicht mehr allein in der kleinen Arrestzelle war.

Er hatte Besuch.

Es war Mike!

Matt sog scharf nach Luft ein und sprang mit einem Satz von der Pritsche, starrte seinen Besucher perplex an.

»Kein Wort, Commander«, raunte Mike ihm mit gedämpfter Stimme zu. »Ich bin hier nicht gerade ein gern gesehener Gast …«

»Verdammt, das … das gibts doch nicht!« Matts Verblüffung war grenzenlos. »Wie sind Sie hier hereingekommen?«

»Berufsgeheimnis«, verriet Mike grinsend. »Hauptsache, ich bin hier. Wie geht es Ihnen, Commander?«

Matts Gedanken jagten sich, während er sich immerzu fragte, wie es seinem Besucher hatte gelingen können, die Sicherheitssperren zu überwinden. Kenntnisse in Sachen Einbruch gehörten nicht gerade zum Handwerkszeug eines Romanlektors ...

Einen Augenblick lang erwog Matt, die Wachen zu rufen. Immerhin war er Offizier der US-Luftwaffe, und der Mann, der im Halbdunkel vor ihm stand, war widerrechtlich auf militärisches Sperrgebiet vorgedrungen. Doch Matt entschied sich dagegen. Flammende Neugier brannte in ihm ...

»Wieso haben Sie es mir nicht gesagt?«, zischte er den unerwarteten Besucher an. »Wieso haben Sie mir nicht gesagt, dass Sie einer von diesen Science-fiction-Freaks sind?«

»Hätte es denn einen Unterschied gemacht?«, fragte Mike dagegen.

»Vielleicht ja.«

»Das ist der Grund, warum ich es Ihnen verschwiegen habe. Meine Tätigkeit spielt keine Rolle, Commander Drax. Wichtig ist nur, dass ich Ihnen Glauben schenke – und Sie müssen mir ebenfalls glauben, hören Sie? Nur wenn wir einander vertrauen, haben wir eine Chance, aus dieser Sache rauszukommen.«

»Sache? Welche Sache? Verdammt, Mann – hören Sie endlich auf, in Rätseln zu sprechen! Wenn Sie wollen, dass ich Ihnen vertraue, geben Sie mir etwas. Einen Vertrauensbeweis ...«

»Ich bin hierher zu Ihnen gekommen, obwohl es einen großes Risiko für mich darstellt«, erwiderte Mike ruhig. »Das sollte Ihnen Beweis genug sein, Commander.«

»Na schön«, knurrte Matt. »Und was wollen Sie von mir?«

»Sie müssen mir mehr erzählen. Über diese Welt, in der Sie waren. Wir brauchen alle Informationen, die wir bekommen können.«

»Wir? Wer ist *wir*?«

»Die Leute, für die ich arbeite.«

»Von wem sprechen Sie? Von Ihrem Verlag? Oder von diesen Floydologen …?«

»Nein, Commander. Wir brauchen Informationen, die wir weitergeben können, um …« Mike unterbrach sich, schaute sich argwöhnisch um. Offenbar hatte er etwas gehört.

»Ich kann nicht bleiben«, stellte er flüsternd fest. »Jemand ist auf dem Weg hierher …«

»Um was zu tun?«, fragte Matt. »Wieso brauchen Sie Informationen? An wen wollen Sie sie weitergeben? Und zu welchem Zweck?«

»Es … es gibt Parteien, die ein massives Interesse daran haben, die Wahrheit zu verheimlichen.«

»Die Wahrheit?«, erkundigte sich Matt verblüfft. »Welche Wahrheit?«

»Die Wahrheit, dass die Welt, wie wir sie kennen, lange vernichtet wurde«, gab Mike zurück – und sprang mit einem Satz zur Lüftungsklappe empor, die in die Decke der Arrestzelle eingelassen war.

Verblüfft schaute Matt zur Decke hinauf. Er mochte sich irren – doch für einen Moment sah es so aus, aus würde sich Mike geradewegs *durch* das Metallgitter zwängen, das die Auslassöffnung versperrte. Im nächsten Augenblick war er verschwunden.

»Was …?«, wollte Matt fragen – als er auch schon die polternden Stiefeltritte vor der Tür seiner Arrestzelle vernahm. Der Riegel wurde zurückgezogen, und ein Trupp Militärpolizisten erschien.

»Commander Drax?«

»Ja?« Matt stand in der Zelle, noch zu verblüfft, um einen klaren Gedanken fassen zu können.

»Commander, bitte folgen Sie uns.«

»Wohin?«, fragte Matt. Misstrauen befiel ihn plötzlich.

»Wir haben Anweisung, Sie zu Dr. Sirwig zu bringen.«

»Schon wieder? Ich war heute doch schon bei ihm. Meine Sitzung ist bereits beendet...«

»Der Doktor möchte Sie noch einmal sprechen, Sir«, erwiderte der Anführer des MPi-Trupps knapp. »Das ist alles, was ich Ihnen sagen kann.«

»Schon klar«, schnaubte Matt. Dann schloss er sich bereitwillig den Militärpolizisten an und folgte ihnen den kahlen halbdunklen Gang hinab, ein mieses Gefühl in der Magengrube.

Die letzten Worte seines geheimnisvollen Besuchers ließen ihn nicht los.

»Welche Wahrheit?«, hatte Matt gefragt.

»Die Wahrheit, dass die Welt, wie wir sie kennen, lange vernichtet wurde«, hatte Mike ihm geantwortet.

Was bedeutete das?

Wie ein Echo hallten Mikes Worte in Matts Bewusstsein nach, wollten nicht verklingen. Was hatte ihm der rätselhafte Mann damit zu verstehen geben wollen? Dass er *nicht* geträumt hatte? Dass die zerstörte Welt, in der er fünfzehn Monate lang gelebt hatte, tatsächlich existierte?

Aber wo, zum Henker, war sie dann geblieben...?

»An Ihren Blicken, Commander, kann ich sehen, dass Sie nicht bei der Sache sind«, stellte Dr. Sirwig fest, der wie immer in seinem ledernen Sessel saß.

»Tut mir Leid, Sir. Ich … ich weiß nicht, was mit mir los ist.«

»Aber ich weiß es, Commander«, versicherte Sirwig. »Ich weiß, dass diese andere Welt nicht von Ihnen lässt. Es ist, als würde sie wieder und wieder nach Ihnen rufen, nicht wahr?«

»Ja. Woher wissen Sie …?«

»Es spielt keine Rolle, Commander. Wenn ich Ihnen sagen würde, dass über die Hälfte aller Patienten mit posttraumatischen Syndromen ähnliche Erfahrungen macht, würden Sie mir doch nicht glauben. Stattdessen stelle ich Ihnen eine andere Frage.«

»Und die wäre?«

Sirwig ließ sich einen Augenblick Zeit, blickte Matt durchdringend an. »Was wäre, Commander«, begann er dann leise, »wenn ich Ihnen sagen würde, dass Sie *nicht* geträumt haben. Dass Sie *nicht* die ganze Zeit über im Koma gelegen, sondern all diese Dinge wirklich erlebt haben? Die Nosfera, die Taratzen, diese Wikinger, die Überfahrt …«

»Nun – vermutlich wäre ich noch verwirrter als zuvor.«

»Vermutlich«, räumte Sirwig ein. »Aber spielen wir den Gedanken doch einmal durch, Commander. Lassen wir uns darauf ein. Gehen wir davon aus, dass Sie all diese Dinge erlebt haben, von denen Sie mir berichteten. Wie würden Sie sich all das erklären? Und wie würden Sie begründen, dass Sie nun wieder hier bei uns sind?«

»Nun ja«, meinte Matt, einigermaßen überrascht über die Aufgeschlossenheit, die der Doktor plötzlich an den Tag legte. »Natürlich habe ich über diese Frage nachgedacht – im Arrest hatte ich eine Menge Zeit dazu.«

»Und sind Sie zu einem Ergebnis gekommen?«

»Ich weiß nicht. Ich habe viele unglaubliche Dinge gesehen, Doktor, sodass ich mir manches vorstellen kann. Was wäre zum Beispiel, wenn durch den Kometen die Wirklichkeit, wie wir Sie kennen, gespalten worden wäre …?«

»Wie meinen Sie das?«

»Nun ja – nehmen wir an, die Gravitation, die ›Christopher-Floyd‹ auf unseren Planeten ausübte, war so stark, dass dadurch eine physikalische Anomalie ausgelöst wurde, eine Verzerrung im Raum-Zeit-Kontinuum. Und nehmen wir weiter an, dass sich das, was wir als Realität begreifen, also das Zusammenwirken von Raum und Zeit, in diesem Moment gedoppelt hätte. In einer dieser beiden Realitäten gelang es den Kometen zu sprengen und so das Schlimmste zu verhindern. In der anderen Realität hingegen …«

»… stürzte ›Christopher-Floyd‹ auf die Erde und vernichtete die Zivilisation, wie wir sie kennen«, vervollständigte Dr. Sirwig.

»So könnte es gewesen sein«, mutmaßte Matt. »Durch irgendeinen Zufall, eine Laune der Natur, geriet ich mit meinem Jet an den Schnittpunkt dieses Phänomens. Ich wurde von dieser Realität in die nächste befördert – und durch ein Ereignis, an das ich mich nicht erinnern kann, wieder zurück.«

»Was ist das Letzte, an das Sie eine konkrete Erinnerung haben?«

»Meeraka … ich meine Amerika. Die neue Regierung. Ich hatte Probleme … Mit den Menschen dort, aber auch mit meinem Verstand. Ich litt unter Halluzinationen. Dinge geschahen, die es nicht geben durfte. Zum Schluss wäre ich um ein Haar von einem Monstrum verschlungen worden, von dem ich nicht einmal weiß, ob es real war. Dann verliert sich alles, wird bruchstückhaft …«

»Interessant«, meinte Sirwig nickend. »Auch in dieser ›anderen Welt‹ hatten Sie also Probleme mit der Realität.«

»Dann ... halten Sie es für möglich, dass es so geschehen ist?«, erkundigte sich Matt hoffnungsvoll. »Dass ich in Wahrheit nicht krank bin, sondern lediglich einem Phänomen ausgeliefert war, das die Grenzen von Raum und Zeit, wie wir sie kennen, auf den Kopf gestellt hat?«

»Nein«, erklärte der Arzt schlicht – und machte damit Matts Hoffnungen auf einen Schlag wieder zunichte. »Ihre letzten Erinnerungen bestätigen nur meine bisherigen Ergebnisse. Sie waren dabei, langsam das Bewusstsein wiederzuerlangen, sich aus Ihrer Traumwelt zu lösen. Daher diese Halluzinationen – als Reaktion Ihres Verstandes darauf, nun plötzlich zwei Bewusstseinsebenen bewältigen zu müssen. Nun müssen Sie diese falsche Ebene endlich verlassen, Commander! Je krampfhafter Sie daran festhalten, desto weiter verstricken Sie sich darin. Ich fürchte, Commander, Ihre Therapie wird noch sehr, sehr lange dauern. Und ich fürchte, was Ihre Flugfähigkeit angeht ...«

»Nein!«, begehrte Matt auf. Gerade die Klarheit von Sirwigs Worten stürzte ihn in tiefe Verzweiflung. Es klang so plausibel – und durfte deshalb nicht sein!

Matt ballte die Fäuste, bis sich seine Fingernägel schmerzhaft in die Handballen bohrten. Blut sickerte zwischen den Fingern durch. Seine Verwirrung und seine Frustration, seine Furcht und seine ohnmächtige Wut – all das entlud sich jetzt in einem hilflosen Ausbruch von Zorn. Er hatte sich nicht mehr unter Kontrolle.

Matt wusste, dass er damit alles nur noch schlimmer machte – doch es war ihm egal. Wem konnte er noch vertrauen? Wem *durfte* er noch vertrauen? Wer sagte die Wahrheit? Und vor allem: *Was war die Wahrheit*? Paranoia kroch in ihm hoch wie eine verdorbene Speise. Die Saat des Misstrauens, die Mike gesät hatte, trug reiche Ernte.

Mit geballten Fäusten wollte er sich auf seinen hageren Therapeuten stürzen – doch plötzlich drängten bewaffnete MPis zur Tür des Behandlungszimmers herein und packten ihn mit eisernem Griff, schleppten ihm mit sich fort.

»Abführen!«, hörte er Sirwig rufen. »Bringt ihn zurück in seine Arrestzelle. Dieser Mann ist gefährlich – ich werde seine Überführung in eine geschlossene Anstalt veranlassen und Weisung geben, dass ...«

Den Rest von dem, was Sirwig sagte, hörte Matt schon nicht mehr. Von den Militärpolizisten wurde er durch die Gänge gezerrt und in den Aufzug, hinab ins Kellergeschoss, in dem sich die Arrestzellen befanden.

Er erhielt einen harten Stoß und taumelte in seine Zelle, deren Tür dumpf und dröhnend hinter ihm zugeschmettert wurde. In sich zusammengesunken kauerte er auf dem nackten Betonboden, versuchte das Chaos, das in seinem Kopf herrschte, einigermaßen zu ordnen.

Vergeblich.

Wenn es so weiterging, verlor er doch noch den Verstand ...

Eine endlose Weile lang saß er so, versuchte einen logischen Ausweg zu finden, eine Antwort auf all die bohrenden Fragen. Doch der Sturm von Gefühlen, der in ihm tobte, verhinderte jeden klaren Gedanken.

Matt hatte das Gefühl, in einem Meer von Wirrnis zu ertrinken, sah sich von unzähligen Gesichtern umgeben, von denen ihm einige vertraut erschienen, andere völlig fremd. Und sie alle lachten höhnisch auf ihn herab.

Dann, irgendwann, legte sich der Sturm.

Leer und ausgebrannt kauerte Matt auf dem Boden – als jemand hart gegen die stählerne Tür der Arrestzelle pochte.

»Ja?«

Der Riegel wurde beiseite gezogen, und die Tür schwang auf. Ein schlanker Mann trat in die Zelle, und Matt blickte auf. Er erschrak, als das matte Licht der Deckenbeleuchtung auf das Gesicht des Besuchers fiel.

Es war Professor Dr. Jacob Smythe.

Matt hatte Smythe eine ganze Weile nicht mehr gesehen – und hätte nicht sagen können, dass er traurig darüber war.

Smythe war sein Copilot auf der »Christopher-Floyd«-Mission gewesen – ein arroganter, karriereorientierter Sack, dem seine wissenschaftliche Reputation über alles ging. Auch in der »anderen Welt« war Matt Smythe begegnet – der Professor hatte wie er den Absturz überlebt und sich mit dem Schleudersitz retten können. In Mailand waren sie erneut aufeinander getroffen. Smythe hatte sich zum Oberhaupt einer Horde blutdurstiger Nosfera-Mutanten aufgeschwungen und führte grässliche Experimente mit ihnen durch. Bis er sich selbst, von Matt und Aruula in die Enge getrieben, in eine Monstergrube stürzte.* »Drüben« war Smythe lange tot.

---

* siehe Taschenbuch 1, Roman 5 »Festung des Blutes«

Doch in dieser Welt stand er gesund und munter vor ihm in seiner Zelle – *zu* munter für Matts Geschmack.

»Guten Tag, Commander Drax«, grüßte der Professor ölig – und allein der Klang seiner Stimme genügte, um in Matt eine ganze Welle negativer Empfindungen auszulösen.

Betroffen blickte er in das knochige Gesicht mit der platten Nase, auf der eine Brille mit großen Gläsern thronte. Smythe trug sein Haar noch immer lang und zu einem Pferdeschwanz gebunden – unangenehm wenig hatte sich seit ihrer letzten Begegnung verändert.

»Hallo, Smythe«, erwiderte Matt den Gruß des Gelehrten. Seine Wiedersehensfreude hielt sich in Grenzen.

»Sie gestatten, dass ich eintrete?«

»Ich kann Sie wohl nicht daran hindern.«

Smythe nickte und betrat die Zelle, gefolgt von zwei Finstermännern in schwarzen Anzügen. Trotz der gedämpften Beleuchtung, die in der Zelle herrschte, trugen die beiden verspiegelte Sonnenbrillen.

Geheimdienst, dachte Matt missmutig bei sich.

»Commander Drax«, begann Smythe, »ich erwarte nicht, dass Sie mit Freude an unsere letzte Begegnung zurückdenken – sicherlich verbinden Sie einige unangenehme Gefühle damit.«

»Allerdings«, konterte Matt. »Sie ahnen gar nicht, *wie* unangenehm …«

»Nichtsdestotrotz habe ich mich entschieden, Sie aufzusuchen, Commander. Ich glaube nämlich, dass es etwas gibt, das wir beide gemeinsam haben.«

»Wir beide?« Matt lachte freudlos auf. »Wir spielen nicht in derselben Liga, Smythe. Wir atmen nicht mal die gleiche Luft. Ich denke nicht, dass …«

»Commander! Ich bin nicht hierher gekommen, um

mich mit Ihnen zu streiten. Ich bin nicht Ihr Feind, das sollten sie akzeptieren.«

»Es fällt mir schwer«, gestand Matt – obwohl er sich eingestehen musste, dass sich Smythe irgendwie verändert hatte. Natürlich – der Professor war noch immer der gleiche arrogante, rechthaberische Hundesohn, als den er ihn in Erinnerung hatte. Doch seine aufbrausende Art schien der Gelehrte abgelegt zu haben. Ganz offenbar war er auf Zusammenarbeit aus – und das genügte, um Matt noch misstrauischer werden zu lassen …

»Ich weiß, dass Sie mir nicht trauen, Commander«, meinte Smythe, als wären Matts Gedanken für ihn ein offenes Buch. »Aber wir sollten unsere Differenzen vergessen. Es gibt weitaus wichtigere Dinge zu bereden.«

»Es waren nicht nur Differenzen, Smythe«, brachte Matt in Erinnerung. »Sie und mich trennen Welten.«

»Mag sein, dass das einmal so war – aber nun haben wir etwas gemeinsam, sind Verbündete geworden.«

»Und was sollte das sein?« Matt hob müde die Brauen.

»Die Kenntnis von einer Welt, die nicht wie die unsrige ist. In der es bizarre Kreaturen gibt, Nomadenvölker, Nordmänner, die marodierend durch die Lande ziehen. Eine Welt, die aus den Fugen geraten ist, zerstört durch ein Ereignis namens Kristofluu …«

»Woher …?« Kalte Schauer durchrieselten Matt, als Smythe den Namen erwähnte. Kristofluu – so hatten die wandernden Völker den Kometen Christopher-Floyd genannt, der ihre Welt erschaffen hatte. Und auch den Begriff »Nordmänner« hatte er Sirwig gegenüber nie erwähnt, sondern des besseren Verständnisses wegen den Begriff »Wikinger« verwendet.

»Sind Sie überrascht, Commander?« In Smythes Augen blitzte es, während die beiden Kleiderständer keine Regung zeigten. »Ja, Commander Drax, ich weiß, wo Sie waren! Ich weiß, wo Sie die letzten Monate Ihres Lebens verbracht haben! In einer Welt, die jenseits unseres Begreifens liegt, fünfhundertvier Jahre in der Zukunft. Und ich weiß es deshalb so genau, weil ich *ebenfalls* dort war! Ich habe diese andere Welt mit eigenen Augen gesehen!«

»Nein!« Entsetzt schüttelte Matt den Kopf, wich in die hinterste Ecke der Zelle zurück. »Das kann nicht sein! Was soll das, Smythe?«, brüllte er. »Haben Sie vor, mich in den Wahnsinn zu treiben? Die einen versuchen mir einzureden, dass ich alles nur geträumt habe, während Sie mir jetzt weiszumachen versuchen, dass alles *real* war ...«

»Welcher Seite *möchten* Sie glauben, Commander?«, erkundigte sich Smythe mit hintergründigem Grinsen. »Was wollen Sie?«

»Die Wahrheit«, erklärte Matt rundheraus.

»Dann hören Sie auf mich, Matthew! Sirwig mag eine Kapazität auf seinem Gebiet sein, aber in diesem Fall ist er ein inkompetenter Idiot. Sie haben sich das alles nicht eingebildet, haben es nicht nur geträumt – kein Unterbewusstsein könnte sich eine komplexe Welt wie diese ausdenken! Ich weiß, wovon ich spreche, denn ich habe es selbst gesehen. Die zerstörten Städte, das veränderte Klima, die Mutanten und Barbaren. *Fa tuu magare te feesa*, wissen Sie noch?«, fügte der Professor hinzu – und Matt zuckte abermals zusammen.

Wie konnte Smythe den traditionellen Segensgruß der wandernden Völker kennen? Auch ihn hatte Matt niemandem gegenüber erwähnt.

Es gab nur eine logische Antwort auf diese Frage –

und sie war gleichermaßen bestürzend wie erlösend. Matt war nicht der Einzige, der sich an die andere Welt erinnerte. Auch Jacob Smythe war dort gewesen ...

»Glauben Sie mir nun?«, erkundigte sich der Gelehrte und bedachte Matt mit auffordernden Blicken aus seinen großen blauen Augen. »Kommen Sie, Commander! Es ist äußerst wichtig, dass Sie mir vertrauen!«

»Ich ... glaube Ihnen«, erklärte Matt zögernd. »Wenngleich ich noch nicht weiß, was ich von dieser Sache halten soll.«

»Dann hören Sie mir zu«, erwiderte Smythe. »Ich habe nur darauf gewartet, dass Sie aus dem Koma erwachen, um mich endlich mit Ihnen austauschen zu können. Noch vor ein paar Wochen ging es mir wie Ihnen – ich war mir nicht sicher, ob ich vom Schicksal auserwählt bin oder ganz einfach den Verstand verliere. Erinnern Sie sich noch an den Absturz unseres Jets? Ich konnte mich damals mit dem Schleudersitz retten und fiel einer Bande von Nosfera in die Hände. Ich kann mich nicht mehr an viel erinnern – aber ich sah eine zerstörte Welt. Bizarre Wesen, wie unsere schlimmsten Albträume sie nicht auszumalen vermögen. Ich merkte, wie sich mein Verstand allmählich verwirrte. Was ich dann tat, weiß ich nicht mehr.«

»Ich schon«, versicherte Matt bitter in Erinnerung an die schrecklichen Ereignisse, die sich in den Ruinen von Mailand abgespielt hatten. »Ich schon ...«

»Das Nächste, woran ich mich erinnere, ist, dass ich auf der Intensivstation eines Mailänder Krankenhauses aufgewacht bin«, berichtete Smythe weiter. »Zehn Wochen lang hatte ich im Koma gelegen und in dieser Zeit offenbar eine andere Welt besucht. Anfangs, Commander, erging es mir wie Ihnen – ich wusste nicht, ob ich mir das alles nur eingebildet hatte. Doch je mehr ich darüber nachdachte, desto mehr kam ich zu der Überzeugung, dass es real gewesen sein musste, und ich begann Nachforschungen anzustellen. Ich entwickelte eine Theorie, derzufolge der Einschlag von ›Christopher-Floyd‹ eine Spaltung im Kontinuum von Raum und Zeit verursacht hat. Die Realität, wie wir sie kennen, wurde in zwei Wirklichkeiten aufgespalten – die zerstörte Welt, die wir beide gesehen haben, und die Zeit, in der wir uns jetzt in diesem Augenblick befinden. Das Jahr 2013, das Jahr nach der Verhinderung der großen Katastrophe. Und es ereignet sich wieder und wieder!«

»Was soll das heißen?«

»Ich kann es Ihnen nicht anders erklären: Wir sitzen in einer Zeitschleife fest, Commander, einem Zyklus, der sich ständig wiederholt. Meine Berechnungen haben ergeben, dass der Riss in der Raumzeit, den der Komet verursacht hat, auch diese Anomalie bewirkt hat. Sie lässt uns das Jahr nach der Katastrophe wieder und wieder durchleben. Nach meinen Berechnungen befinden wir uns im fünfhundertvierten Zyklus. Alles hat sich schon fünfhundertviermal ereignet – ohne dass irgendjemand von den Menschen da draußen es bemerkt. Sie altern nicht, und sie erinnern sich nicht …«

»Fünfhundertvier Jahre«, entfuhr es Matt atemlos, während ihn eine Gänsehaut befiel. »So weit wurde ich in die Zukunft geschleudert!«

»Genau wie ich.« Smythe keuchte vor Aufregung, holte tief Luft. »Lange Zeit war ich im Ungewissen über meine Theorie, wartete darauf, dass Sie aus dem Koma erwachen würden, um meine Annahmen zu bestätigen. Nun endlich ist es so weit – dies ist ein großer Augenblick für mich.«

»Dann habe ich also nicht nur geträumt?«

»Keine Spur, Matthew. Jene andere Welt existiert so wirklich wie Sie und ich – nur dass wir beide die einzigen Menschen sind, die davon wissen.«

»Das ist unglaublich.«

»Allerdings. Ich weiß nicht, weshalb das Schicksal gerade uns zu dieser großen Aufgabe ausersehen hat – aber eines ist sicher: Es hatte einen guten Grund dafür.«

»Was meinen Sie?«

»Matt, wir beide haben das Tor durchschritten, sind von einer Welt in die andere gewechselt – in beide Richtungen. Ist Ihnen nie der Gedanke gekommen, dass dies noch einmal geschehen könnte?«

Matt sog scharf nach Luft. Er wusste, worauf Smythe anspielte, und der Gedanke erschreckte ihn. »Mein Gott«, sagte er. »Sie haben Recht ...«

»Der Gedanke ist mir gekommen, nicht lange nachdem ich aus dem Koma erwacht war. Was, wenn sich das Tor erneut öffnet? Wenn Wesen aus jener anderen Welt in unsere kommen? Können Sie sich vorstellen, was dann passiert, Matthew? Wenn Horden von Taratzen über die Bevölkerung von New York City herfallen? Wenn Nosfera und Wulfanen oder gar Nordmänner Washington D. C. angreifen?«

Matt schluckte hart. Der Gedanke war bizarr – aber nicht abwegig ...

»Ein schrecklicher Krieg wäre die Folge, Matt. Ein Krieg auf unserem eigenen Grund und Boden. Sie haben diese grässliche Welt mit eigenen Augen gesehen – Ihnen brauche ich nicht zu sagen, wer in einem solchen Konflikt der Gewinner wäre. Und es gibt bereits Spione da draußen, die für die andere Seite arbeiten ...«

Matt schluckte wieder. Das Militär des Jahres 2013

mochte gut gerüstet sein – doch gegen die blutrünstigen Instinkte von Barbaren und Mutanten, die die Katastrophe des Kristofluu überlebt hatten, hatte die zivilisierte Gesellschaft keine Chance. Die Schacht der Nordmänner gegen die Communities von London und Salisbury hatte ihm das eindrucksvoll vor Augen geführt . . .

»Wie ich sehe, glauben Sie mir«, stellte Smythe fest.

»Das muss ich wohl«, meinte Matt. »Die Alternative wäre, dass ich langsam verrückt werde. Aber Sie haben noch nicht gesagt, was Sie von mir wollen, Smythe.«

»Ich bitte Sie um Ihre Hilfe, Matt. Ich brauche Sie! Ihr Land braucht Sie!«

»Wozu?« Matt hob die Brauen.

»In meiner Eigenschaft als Leiter der Astronomic Division der US Air Force habe ich eine Forschungsgruppe eingerichtet, die das Phänomen genauer untersucht hat. Die Ergebnisse dieser Untersuchungen habe ich an das Pentagon weitergeleitet, zusammen mit meinen Theorien.«

»An das Pentagon?« Matt machte große Augen. »Ich nehme an, man hat Ihnen kein Wort geglaubt . . .«

»Im Gegenteil. Paranoia ist ein guter Lehrherr, zumal wenn die nationale Sicherheit auf dem Spiel steht. Man hat mir weitere Forschungsgelder bewilligt und außerdem den Status höchster Geheimhaltung über das Projekt verhängt. Meine beiden Begleiter hier sind, wie Sie unschwer erkennen können, vom CIA . . .«

»Und ich dachte schon, es wären die Men in Black«, meinte Matt und schnitt eine Grimasse. Äußerlich blieb er gelassen – doch in seinem Inneren herrschte Verwirrung. So erleichtert er einerseits darüber war, dass seine Erlebnisse in jener anderen Welt nicht nur ein Traum gewesen sein sollten, so bestürzt war er über die Theorie, die Smythe entwickelt hatte.

So haarsträubend das alles klang – nach all den Dingen, die er in den vergangenen Monaten erlebt hatte, war Matt bereit, auch an eine Zeitschleife zu glauben, die sich ständig wiederholte. Und an eine drohende Invasion aus der anderen Welt ...

In kurzen schrecklichen Bildern, die durch sein Bewusstsein zuckten, sah er, wie Taratzen und mordende Barbaren über wehrlose Frauen und Kinder herfielen. Er schauderte. Vielleicht hätte alles doch besser nur ein Traum sein sollen ...

»Sie müssen uns helfen, Matt«, sagte Smythe beschwörend. »Ich selbst war nur fünf Wochen in jener anderen Welt und kann mich an viele Dinge nicht mehr erinnern. Aber Sie, Matthew, haben mehr als ein Jahr dort verbracht. Sie kennen die europäische Geografie, haben viele Städte besucht und sind auf Lebensformen der unterschiedlichsten Art gestoßen. Mit Hilfe Ihres Wissens können wir Abwehrmaßnahmen treffen, die Millionen von Menschen das Leben retten können. Und bedenken Sie – wir haben nur ein Jahr dafür Zeit. Danach wird alles wieder von vorn beginnen ...«

Matt brauchte nicht lange nachzudenken. Hatte er denn eine Wahl? Sirwig war drauf und dran, ihn in eine geschlossene Anstalt einzuweisen, während Smythe seinen Erzählungen Glauben schenkte. Und ganz gleich, was Matt persönlich von dem Professor halten mochte – es war immer noch besser mit Smythe zu kooperieren, als den Rest seiner Tage in einer Gummizelle zu verbringen. Zumal sich Smythes abenteuerliche Theorie nicht ganz von der Hand weisen ließ ...

»Also gut«, erklärte er knapp. »Ich bin einverstanden, Smythe. Aber ich warne Sie – sollte dies irgendein Trick sein, um ...«

»Keine Tricks«, beteuerte der Wissenschaftler schnell.

»Glauben Sie mir, Matt – ich habe es immer bedauert, Sie zum Feind zu haben. Es wird Zeit, dass wir zusammenarbeiten.« Damit streckte Smythe Matt seine knochige Rechte entgegen – und der Commander ergriff sie zögernd.

»Also gut«, meinte Matt. »Und was jetzt?«

»Das Projekt, an dem ich arbeite, unterliegt der strengsten Geheimhaltung. Weder dieser blasierte Sirwig noch Ihre Vorgesetzten wissen darüber Bescheid.«

»Wunderbar.« Matt schnitt eine Grimasse. »Vom Regen in die Traufe …«

»Wir werden dafür sorgen, dass Sie den Stützpunkt unbemerkt verlassen können. Unser Wagen parkt draußen vor dem Gebäude.«

»Ich soll *fliehen*?«, fragte Matt ungläubig.

»Das ist der Plan«, bestätigte Smythe. »Sie können natürlich auch hier bleiben und warten, bis Sirwig Sie in eine geschlossene Anstalt einweist. Allerdings dürfte es dann noch schwieriger werden zu entkommen …«

»Okay«, knurrte Matt. »Sieht nicht so aus, als ob ich die Wahl hätte, oder?«

»Kaum, Matthew. Folgen Sie uns …«

Ein wenig zögernd kam Matt der Aufforderung des Professors nach. Es behagte ihm nicht, dass Smythe ihn neuerdings beim Vornamen nannte, aber dies war nicht der richtige Augenblick, um über Formalitäten zu streiten. Matts Pulsschlag beschleunigte sich, als er seine Zelle verließ und Smythe hinaus auf den Korridor folgte. Die beiden Agenten übernahmen die Nachhut.

Matt war klar, dass er sich auf neues Terrain begab. Hatte bislang noch immer eine Chance bestanden, dass er in sein normales Leben zurückkehrte, war diese nun zerstört. Er war dabei, sich gegen seine Vorgesetzten zu stellen, ihre ausdrücklichen Befehle zu missachten.

Er hatte vor der Wahl gestanden, sein Leben in jener zerstörten Welt als Hirngespinst abzutun oder als (wenn auch haarsträubende) Realität zu betrachten – und er hatte sich für letzteres entschieden. Er hätte sich nur gewünscht, dass ihm dabei etwas wohler gewesen wäre ...

An zwei leblosen, am Boden liegenden Militärpolizisten vorbei gelangten sie zum Lift. Als Matt die beiden Männer sah, sandte er Smythe und seinen Begleitern entsetzte Blicke.

»Keine Sorge.« Der Professor winkte ab. »Wir mussten die beiden nur ein wenig schlafen legen – wir können keine Zeugen gebrauchen.«

Damit stiegen die vier Männer in den Lift, fuhren damit nach oben. Die Flucht gestaltete sich einfacher, als Matt angenommen hatte. Vom Wachpersonal war weit und breit nichts zu sehen, die Tür zur Straße stand halb offen. Es war ein Spaziergang ...

Draußen war Nacht; es herrschte matte Finsternis. Im schmutzig fahlen Licht einer Straßenlaterne parkte ein dunkler Lieferwagen. Einer der Agenten erklomm den Fahrersitz, Smythe ließ sich auf dem Beifahrersitz nieder. Matt und der andere Agent kletterten in den Fond des Fahrzeugs, wo sie einander gegenübersaßen.

Mit heiserem Brummen sprang der Motor des Gefährts an. Der Fahrer gab Gas, und Matt spürte, wie der Van zu rollen begann, die breite Zufahrtsstraße zum Westtor des Stützpunkts hinunter.

Im spärlichen, flüchtigen Licht, das durch die verspiegelten Seitenscheiben ins Innere des Wagens fiel, musterte Matt den Agenten, der ihm gegenübersaß.

Das Gesicht des Hünen war ausdruckslos. Weder hatte er bislang ein Wort gesprochen noch seine dämliche Brille abgenommen.

Sie erreichten das Tor. Der Schlagbaum war unten. Der Dienst habende Wachsoldat trat aus dem Häuschen, musterte den Fahrer im Licht seiner Taschenlampe. Als er nichts Verdächtiges entdecken konnte, winkte der Soldat den Lieferwagen durch und gab Anweisung, den Schlagbaum zu heben. Sekunden später hatte der Van das Gelände des Stützpunkts verlassen.

Matt konnte es kaum glauben. Eines war sicher – wenn *er* Wachdienst gehabt hätte, hätte er einen Finstermann mit Sonnenbrille, der zu nächtlicher Stunde einen Lieferwagen vom Stützpunkt steuerte, nicht ohne Weiteres entkommen lassen ...

»Sie können aufatmen, Matthew«, meinte Smythe, als sie auf der Landstraße fuhren und die ersten Kilometer zwischen sich und den Stützpunkt gebracht hatten. Offenbar zogen es der Professor und seine Leute vor, der Autobahn fernzubleiben ...

»Schätze ja.« Matt nickte und verzog das Gesicht. Einerseits war er froh darüber, den Stützpunkt verlassen zu können und sich wieder als vollwertiger Mensch zu fühlen. Andererseits war er sich klar darüber, dass er nun nicht mehr in sein altes Leben zurückkonnte. Alles würde sich ändern – hatte er das Richtige getan?

»Wohin fahren wir?«, erkundigte er sich.

»Zum Flughafen«, informierte Smythe ihn knapp. »Als Erstes werden wir Sie mit neuen Papieren und einer neuen Identität ausstatten. Danach werden wir in die Staaten fliegen. Man erwartet uns bereits in Langley.«

»In Langley?« Matt horchte auf. »Im CIA-Hauptquartier?«

Smythe blickte über die Schulter zurück in den Fond des Lieferwagens, ein breites Grinsen auf seinen knochigen Zügen. »Wie ich schon sagte, Matthew – es geht um die nationale Sicherheit. Wir bauen auf Ihre Hilfe.«

»Sieht ganz so aus.«

»Wir müssen alles von Ihnen erfahren. Jedes Detail. Es ist wichtig, dass Sie uns alles sagen, was Sie über die andere Welt wissen.«

»Ich werde mein Bestes geben«, versicherte Matt.

»Vor allem sind wir natürlich an Informationen über die Bewaffnung der Bewohner dieser Welt interessiert, über ihre Kampfstärke und ihre Zahl«, fuhr Smythe fort. »Nur so können wir ein wirksames Verteidigungskonzept erarbeiten. Besonders interessiert sind wir an Informationen über die Technos. Wir müssen wissen, wo sich ihre Communities befinden, welche Stärke sie haben und ...«

»Moment mal«, unterbrach Matt den Redeschwall des Wissenschaftlers. »Woher wissen Sie von den Technos? Wer hat Ihnen gesagt, dass Sie sich in Communities organisieren?«

»Nun – wie ich bereits sagte, war ich selbst in dieser Welt gestrandet, Matthew. Schon vergessen?«

»Sie waren lediglich in Norditalien, Smythe. Dort gibt es keine Communities; diese Bezeichnung hatte sich nur in England etabliert. Und ich halte es auch für nicht sehr wahrscheinlich, dass Sie einem Techno begegnet sind.«

»Aber ... natürlich bin ich ihnen begegnet!« Der Professor klang verärgert. »Wie sollte ich sonst von ihrer Existenz wissen?«

»Das ist eine gute Frage«, knurrte Matt. »Eine verdammt gute Frage sogar.«

»Was wollen Sie damit sagen?«

»Ich weiß nicht, Smythe – sagen *Sie* es mir! Die einzige Person, der ich von den Communities der Technos erzählt habe, ist Dr. Sirwig. Jener Mann, den Sie für einen blasierten Idioten halten.«

»So ist es auch.« Smythe schnaubte. »Sirwig mag ein versierter Psychologe sein, eine Kapazität auf seinem Gebiet. Aber ihm fehlt der Blick für die Möglichkeiten. Für das große Ganze.«

»Hm«, machte Matt. »Wissen Sie, was seltsam ist?«

»Was?«

»Dass mich Sirwig vor ein paar Stunden gefragt hat, wie ich mir das alles erklären könnte – mein Leben in dieser anderen Welt, meine Erinnerungen daran und so weiter. Ich erzählte ihm von einer Theorie, die ich entwickelt hatte – und sie unterschied sich gar nicht mal so sehr von der Ihren, Smythe.«

»Ich gratuliere«, verkündete der Professor mit breitem Grinsen. »Dann waren Sie auf dem richtigen Weg, Matthew.«

»Nein«, erwiderte Matt, dem allmählich klar zu werden begann, warum er schon die ganze Zeit über dieses hässliche Ziehen in seiner Magengrube spürte. »Ich war auf dem Holzweg – und hören Sie verdammt noch mal auf, mich beim Vornamen zu nennen. Wir haben noch kein Bier zusammen getrunken, Smythe. Und wie es aussieht, wird es dazu wohl auch nicht kommen.«

»Wovon sprechen Sie, Matthew ... ich meine Commander Drax?« Smythe starrte ihn an, einen verwirrten Ausdruck im Gesicht.

»Ich spreche davon, dass Sie mich belogen haben«, schoss Matt seinen Verdacht ins Blaue ab. »Sie stehen mit Sirwig in Verbindung. Er hat Ihnen alles mitgeteilt, was er über mich herausgefunden hat. Jedes einzelne Detail ...«

»Das ist nicht wahr!«

»Ach nein? Wie konnten Sie dann wissen, dass ich über Informationen verfüge, die Ihnen von Nutzen sein können? Ich habe halb Westeuropa durchwandert, habe Städte in Trümmern liegen sehen und Menschen, die zu grässlichen Monstern mutiert sind. Sie haben das alles gewusst, Smythe – deswegen haben Sie mich aufgesucht. Und deswegen war unsere Flucht auch so einfach – es war ein abgekartetes Spiel!«

»Nein, ich …«, unternahm der Gelehrte einen Versuch sich zu verteidigen, ließ es dann aber bleiben. »Gratuliere, Commander«, knurrte er. »Sie sind sehr scharfsinnig – ich hätte nicht gedacht, dass Sie so schnell darauf kommen. Aber nun ist es zu spät, um sich darüber noch Gedanken zu machen. Sie haben sich entschieden und die Seiten gewechselt. Es gibt kein Zurück mehr. Johnson – erinnern Sie Mr. Drax daran, dass er auf *unserer* Seite steht …«

Zum ersten Mal reagierte der Koloss, der Matt gegenüber saß, griff in einer fließenden Bewegung unter sein Jackett, um seine Waffe zu zücken.

Dies war der Moment, in dem Matt explodierte.

Er war nicht aus seiner Arrestzelle geflohen, um nun erneut festgesetzt zu werden. Die vielen Monate harten Überlebenskampfes, die hinter ihm lagen, hatten seine Muskeln und seine Instinkte gestählt. Er hatte einen untrüglichen Sinn dafür entwickelt, wann es Zeit wurde zu handeln – und dieser Sinn schlug nun Alarm.

Mit atemberaubender Wucht schnellte Matts rechter Fuß in die Höhe, traf den Hünen am Kinn, als der sich gerade erhob. Es gab ein hässliches Knacken. Der Kehle des Kolosses entrang sich ein wütendes Knurren. Der

Mann wurde nach hinten geschleudert und fiel in seinen Sitz zurück, worauf der Van bedenklich ins Wanken geriet. Matt hörte die Reifen des Wagens quietschen, während der Fahrer ihn hektisch wieder unter Kontrolle zu bringen versuchte.

»Verdammt, Johnson«, gellte Smythes Befehl. »Stellen Sie ihn ruhig ...!«

Der Koloss spuckte Blut und zwei Zähne, raffte sich wieder hoch und wollte sich mit einem wütenden Grunzen auf Matt werfen – doch der war schneller.

Blitzartig wich er dem Kleiderschrank aus. Matts Rechte ballte sich zur Faust und zuckte empor, senkte sich in die Magengrube seines verblüfften Gegners. Eine Gerade, die er nachschickte, explodierte an der Schläfe des Hünen, fegte die Sonnenbrille aus seinem Gesicht – Matthew blickte in ein paar starr vor sich hin blickender Augen, deren leerer Ausdruck ihn erschreckte.

»Shit«, knurrte er, »was für eine miese Vorstellung ist das hier ...?«

Die zu mörderischen Fäusten geballten Hände des Agenten flogen heran. Matt duckte sich und wich ihnen aus, setzte dann nach vorn. Die Bewegungen seines Gegners auspendelnd wie ein Preisboxer, unterlief er die Fäuste des Hünen, griff unter dessen Jackett und bekam die Waffe zu fassen. Mit einem Ruck riss er sie heraus – eine Beretta 98 G, Matts bevorzugtes Modell ...

Im Bruchteil eines Augenblicks hatte Matt die Pistole entsichert, zielte zuerst auf den Hünen, der in seiner Bewegung gefror, dann auf Smythe.

»Anhalten!«, verlangte er lautstark. »Los, Professor! Geben Sie Anweisung, den Wagen sofort anzuhalten. Ich habe es mir anders überlegt. Ich steige aus!«

»Sie haben eingewilligt«, brachte Smythe kopfschüttelnd in Erinnerung. »Wissen Sie noch? Wir haben es per Handschlag besiegelt, Commander. Es gibt kein Zurück mehr für Sie.«

»*Anhalten*!«, verlangte Matt noch einmal. »Bringen Sie die verdammte Kiste zum Stehen, oder ...«

»Oder was?« Smythe widmete ihm einen mitleidigen Blick. »Wollen Sie Agent Johnson erschießen? Einen wehrlosen Mann? Oder etwa mich? Oder den Fahrer? Zu einer solchen Tat wären Sie nicht fähig, Commander, das wissen Sie. Ihr psychologisches Profil hat das eindeutig bestätigt ...«

Smythe begann zu lachen – ein überhebliches, arrogantes Lachen, das Matt auf die Nerven ging. Der Commander biss sich auf die Lippen, stieß eine lautlose Verwünschung aus. Das Dumme war, dass Smythe Recht hatte – er hätte lieber jeden Widerstand aufgegeben, als einen wehrlosen Mann kaltblütig über den Haufen zu schießen.

Johnson gab ein Knurren von sich und nutzte die Gunst der Stunde. Wankend erhob er sich, um sich erneut auf Matt zu stürzen, der im hinteren Teil des Wagens stand – und einen verzweifelten Entschluss fasste.

Er wusste nicht, was genau Smythe im Schilde führte und weshalb er ihn belogen hatte. Nur eines wusste er – er musste schnellstens hier raus!

Schnell wie ein Kreisel wirbelte Matt herum, riss die Beretta in Anschlag und feuerte auf das Schloss der Hecktüre.

Die Waffe bellte zweimal auf, Projektile jagten aus dem Lauf und schlugen in das Schloss. Mit metallischem Klang schlugen die Kugeln ein, Funken stoben – und im nächsten Moment schwangen die beiden Türhälften auf. Kühle Nachtluft fegte ins Innere des Lieferwagens.

Matt zögerte keine Sekunde. Noch ehe Johnson ihn erreichen konnte, warf er sich nach vorn und sprang dem dunklen Asphaltband entgegen, das unter dem Van dahinglitt.

»Nein!«, hörte er Smythes entsetzten Schrei gellen – im nächsten Moment schlug er hart auf der Straße auf, zog den Kopf zwischen die Schultern und rollte sich ab.

Er hörte seine Knochen knacken, zog sich mehrere Schürfungen und blaue Flecken zu – aber er war frei!

Erleichtert raffte sich Matt auf die Beine und blickte die Straße hinab – wo der Fahrer des Van gerade eine Vollbremsung hinlegte. Die Rücklichter des Lieferwagens flammten auf, dann stieß das Fahrzeug surrend zurück...

»Bullshit«, stieß Matt hervor und wandte sich zur Flucht – als ihn plötzlich die Frontscheinwerfer eines Wagens blendeten, der genau auf ihn zuschoss.

Entsetzt blieb Matt stehen – und wäre von dem Cabrio über den Haufen gefahren worden, hätte der Fahrer nicht mit aller Kraft in die Eisen getreten.

Mit quietschenden Reifen kam das Fahrzeug nur wenige Zentimeter vor Matt zum Stillstand.

»Worauf warten Sie?«, rief eine vertraute Stimme vom Fahrersitz aus. »Steigen Sie schon ein!«

»Mike? Sind Sie das...?«

Matt atmete auf, als er die Stimme seines geheimnisvollen Kontaktmanns hörte – in Mikes Wagen zu steigen war allemal besser, als sich noch einmal mit Smythe und seinen Schergen anzulegen.

Matt umrundete die Motorhaube des Sportwagens und schwang sich auf den Beifahrersitz.

»Willkommen«, raunte Mike ihm grinsend zu – und trat das Gaspedal des Flitzers durch. Matt wurde in den harten Ledersitz gepresst, als der Sportwagen davonschoss, dessen kleines Lenkrad ein gelbes Pferdewappen zierte.

»D ... das ist ein Ferrari!«, entfuhr es Matt verblüfft. »Ein verdammter Ferrari!«

»Ja«, gab Mike zurück, »nicht schlecht, was? Vor allem wenn man bedenkt, dass ich gar keinen Führerschein habe ...«

Matt wollte lieber nicht fragen, was sein seltsamer Retter damit nun wieder meinte. Atemlos verfolgte er, wie Mike die Handbremse anzog und die Kupplung drückte, den Flitzer auf rauchendem Gummi herumkreiseln ließ. Dann schoss der Ferrari mit röhrendem Motor davon, ließ Smythes Van binnen weniger Augenblicke hinter sich.

Mit knapp zweihundert Sachen raste der Sportwagen die Landstraße hinab und über einen Hügelkamm hinweg. Matt hatte das Gefühl, als wolle das Gefährt jeden Augenblick abheben.

Ein Blick zurück auf die in Dunkelheit liegende Straße – von Smythe und seinen Schergen war weit und breit nichts mehr zu sehen.

»Danke«, hauchte Matt atemlos. »Das war wirklich knapp.«

»Gern geschehen«, gab Mike zurück, immer wieder in den Rückspiegel blickend. »Aber freuen Sie sich nicht zu früh – es ist noch nicht vorbei.«

»Wieso? Was meinen Sie?«

»Denken Sie, die lassen uns so ohne Weiteres entkommen? Sie sind zu wertvoll für die, Commander. Man wird uns verfolgen – wahrscheinlich aus der Luft.«

»Was? Verdammt, wovon sprechen Sie, Mann? Wer sind ›die‹...?«

Im nächsten Moment hörte Matt bereits das dumpfe Knattern von Rotoren, das von jenseits der Bäume kam, die die Straße säumten und im grellen Licht der Scheinwerfer vorbeiwischten.

»Das gibts doch nicht...!«

Atemlos sah Matt, wie sich drei riesige, bedrohliche Silhouetten über die Baumwipfel erhoben und sich gewaltigen Raubvögeln gleich über die Straße senkten, die Verfolgung des Sportwagens aufnahmen. Hochmoderne Kampfhubschrauber, Modelle der Bell 438er-Serie...

»Scheiße«, stieß Matt hervor, als er die Raketen- und MG-Batterien erkannte, die zu beiden Seiten der schlanken Maschinen montiert waren. Im nächsten Moment flammte eines der Bord-MGs auch schon grell auf, und eine gleißende Garbe von Leuchtspurgeschossen fegte aus der Mündung, pflügte den Asphalt der Straße auf.

Mit zu schmalen Schlitzen verengten Augen starrte Mike in den Rückspiegel – um im letzten Augenblick am Lenkrad zu reißen. Die Garbe stach an ihnen vorbei ins Leere.

»Verdammt, woher wussten Sie das?«, rief Matt aus, verwirrt und aufgeregt zugleich. »Woher wussten Sie, dass diese Kerle auftauchen würden?«

Wieder eine Garbe, diesmal schlecht gezielt. Doch die Helikopter holten auf; das Dröhnen ihrer Maschinen vertrieb die Stille der Nacht.

»Ich bin Redakteur für Unterhaltungsromane«, erwiderte Mike gelassen, während er den Ferrari mit zweihundertzwanzig Sachen über die schmale Landstraße hetzte. »Haben Sie das etwa vergessen, Commander?

Was denken Sie, wie viele Romane ich schon gelesen habe, in denen die Helden ihren Verfolgern knapp entkommen, um dann aus der Luft attackiert zu werden? Es ist ein Klischee.«

»Ein Klischee?« Matt schnappte nach Luft. Seine Blicke pendelten gehetzt zwischen Mike und den Hubschraubern hin und her. »Aber, verdammt noch mal, das hier ist doch kein Roman! Das hier ist die *Wirklichkeit*!«

Mike bedachte ihn mit einem flüchtigen Blick, der eine Mischung aus Staunen und Mitleid zu enthalten schien. »Sie haben es noch immer nicht gemerkt, nicht wahr?«, erkundigte er sich besorgt.

»Was?«, fragte Matt. »Was soll ich nicht gemerkt haben?

»Dass all das hier nur erfunden ist!«

»*Was?*« Matt glaubte nicht recht zu hören.

»Dies hier *ist* quasi ein Roman, Commander! Die Ausgeburt eines Autors, eine künstliche Welt – und Sie sind mittendrin, sind der Held dieser Geschichte!«

»Das ... das...« Matt schüttelte fassungslos den Kopf. Sein Verstand suchte nach Lösungen, nach etwas, woran er sich festhalten konnte – und griff in gähnende Leere. Allmählich wusste er nicht mehr, was er denken sollte.

»Sie sind ja wahnsinnig!«, rief er hilflos. »Völlig durchgeknallt! Ich...«

Weiter kam Matt nicht – denn in diesem Augenblick riss Mike den Wagen hart zur Seite. Matt wurde in den Sitz gepresst, knallte mit dem Kopf gegen die Innenseite des Überrollbügels und sah Sterne vor Augen. Das alles konnte einfach nicht wahr sein...

Es gab ein helles Zischen, einen gleißenden Schein, der die Nacht zum Tag machte. Eine der Luft-Boden-

Raketen, die unter den kurzen Stabilisatoren der Hubschrauber befestigt waren, löste sich und schoss mit Urgewalt auf den Ferrari zu.

»Verdammte Kacke!«, rief Mike aus – und riss mit Reflexen, die Matts Fassungsvermögen bei weitem überstiegen, am Sportlenkrad des Cabrios. Die Reifen des Ferrari quietschten protestierend, als der Wagen zur Seite ausbrach – keine Sekunde zu früh.

Die Rakete verfehlte das Fahrzeug um Haaresbreite. Mit atemberaubendem Tempo flog sie zweihundert Meter weiter und detonierte auf der Straße, riss einen klaffenden Krater in den Asphalt. Eine Wand von Feuer loderte in die Höhe und versperrte die Durchfahrt. Endstation ...

»Mist!«, rief Mike aus und schlug frustriert auf den Lenkradkranz, während er den Ferrari schlitternd zum Stehen brachte. »Los, aussteigen!«, rief er Matt zu, der noch immer wie benommen war und das Gefühl hatte, durch einen nicht enden wollenden Alptraum zu stolpern.

Noch vor drei Tagen hatte er sich gefragt, ob jene zerstörte, entartete Welt, die er gesehen hatte, echt gewesen war. Nun begann er sich allmählich zu fragen, ob überhaupt noch etwas echt war. Existierte er tatsächlich noch? Oder saß er in Wahrheit schon in der Einzelzelle einer geschlossenen Anstalt und hatte längst den Verstand verloren?

Willenlos folgte er Mike, der mit fliegenden Schritten zur Straßenböschung eilte und sich in den fast mannshohen Farn schlug, der dort wucherte. Die Helikopter schossen heran, kreisten wie gewaltige Geier über der Straße. Matt fühlte sich an den Avtar erinnert, jenen gigantischen Vogel, der das zerstörte Paris heimgesucht hatte ...

Die Piloten der drei Maschinen aktivierten die Suchscheinwerfer. Grelle Lichtkegel fielen auf die Straße herab, wischten über den Waldrand.

Matt zog den Kopf zwischen die Schultern, huschte pfeilschnell durchs Gebüsch in der Hoffnung, dass man ihn nicht entdecken würde.

Vergeblich.

Einer der grellen Lichtkegel erfasste ihn und blieb an ihm haften, begleitete ihn auf die kleine Lichtung, auf der Mike ihn erwartete.

»Verdammt! Sie haben uns …!«

Von den Lichtkegeln der drei Helikopter festgenagelt, standen die beiden Männer auf der Lichtung. Matt wusste, dass jeder Fluchtversuch sinnlos gewesen wäre – die Kugeln der MGs würden sie ereilen, noch ehe sie die schützenden Bäume erreicht hätten.

»Commander!«, erklang plötzlich Jacob Smythes Stimme über Megafon. »Geben Sie auf! Sie sitzen in der Falle …!«

Verdammt, war alles, was Matt denken konnte. Verwirrt fragte er sich, wie es der Wissenschaftler so schnell geschafft hatte, vom Van in den Helikopter zu wechseln …

In einer spontanen Reaktion riss Matt die Beretta aus dem Gürtel, richtete sie in hilfloser Panik auf den Hubschrauber, in dem er Smythe vermutete.

»Tun Sie das nicht, Commander«, schallte die Stimme des Professors beschwörend herab. »Zwingen Sie uns nicht, Gewalt anzuwenden. Wir brauchen Sie, vergessen Sie das nicht!«

»Wozu?«, brüllte Matt in das Dröhnen der Rotoren hinein. »Was soll das alles?«

»Ich habe es Ihnen gesagt, Commander! Wir brauchen Sie, um unsere Welt vor den *anderen* zu schützen.

Vor den Bewohnern dieser schrecklichen Wirklichkeit, die Sie und ich gesehen haben …«

»Glauben Sie ihm nicht!«, rief Mike ihm zu. »Der Kerl lügt wie gedruckt, Commander!«

Verwirrt wandte sich Matt um, sah den Redakteur mit konsterniertem Blick an. »Sie kennen ihn?«

»Gewissermaßen.« Mike trat einen Schritt auf ihn zu. »Ich kenne nicht seinen Namen, aber ich weiß, für wen er arbeitet. Er arbeitet für *sie* …«

»Commander Drax!«, ließ sich erneut Smythe über Lautsprecher vernehmen. »Ich sollte Sie darauf aufmerksam machen, dass das Subjekt, in dessen Gesellschaft Sie sich befinden, äußerst gefährlich ist. Er ist für uns kein Unbekannter, und wir verfolgen ihn schon eine ganze Weile …«

Jetzt galt Matts verwirrter Blick wieder Mike, und instinktiv wich er einen Schritt vor ihm zurück.

»Was …?«

»Er ist einer von *ihnen*, Commander«, fuhr Smythe fort. »Er stammt nicht aus unserer Welt, sondern kommt aus der anderen Realität – aus der, die Sie erst vor wenigen Tagen verlassen haben. Er ist ein Spion der Technos, darauf abgestellt, unsere Realität zu unterwandern und die Invasion durch das Chaos vorzubereiten.«

»Das ist lächerlich!«, verteidigte sich Mike entrüstet, und auch Matt fand die Anschuldigung ziemlich haarsträubend.

»Denken Sie nach, Commander«, forderte Smythe. »Überlegen Sie! Erinnern Sie sich an das, was ich Ihnen gesagt habe. Über die andere Seite und die drohende Invasion. Darüber, dass es bereits Spione unter uns gibt. *Dieser Mann* ist einer von ihnen …«

Matt wandte sich um, blickte Mike zweifelnd an.

Er hatte das Gefühl, den Boden unter den Füßen zu verlieren. Alles, woran er geglaubt hatte, woran er sich bislang noch festgehalten hatte, begann sich aufzulösen. Er hatte das Gefühl, in bodenlose Leere zu stürzen.

»Das ist nicht wahr!«, brüllte er verzweifelt.

Sein Verstand war dabei sich zu verabschieden. Was sollte er noch glauben und was nicht? Was war real und was nicht? Für welche Möglichkeit sollte er sich entscheiden …?

»Denken Sie nach, Commander!«, dröhnte Smythes Stimme. »Sie *wissen*, dass ich die Wahrheit sage. Dieser Mensch hat Kontakt zu Ihnen gesucht, nicht wahr? Von Anfang an war er darauf aus, von Ihnen zu erfahren, wie viel Sie über seine Welt wissen – die andere Welt …«

»Blödsinn«, blaffte Matt – aber es klang mehr nach einer Bitte als nach einer Feststellung.

»Er hat Ihnen geglaubt, nicht wahr? Er hat sich Ihr Vertrauen erschlichen. Er verfügt über erstaunliche Fähigkeiten, die Sie sich nicht erklären können. Und er weiß bereits vorher, was im nächsten Moment geschehen wird.«

Matt warf seinem Begleiter einen gehetzten Blick zu. Es stimmte – Mike hatte tatsächlich mehrmals gewusst, was kommen würde …

»Erinnern Sie sich noch, was ich Ihnen gesagt habe? Dass sich die Zeit ständig wiederholt? Dieser Mann ist schon so lange hier, dass er alles weiß, Matt! Er hat so viele Zyklen erlebt, dass ihn nichts mehr überraschen kann. Denn anders als die Menschen hier kann *er* sich erinnern. Er ist einer von *ihnen*, Matt. Ein Feind, verstehen Sie? Und er trachtet danach, unsere schöne Welt dem Chaos preiszugeben …«

»Nein!«, rief Matt entsetzt aus – und richtete die Waffe spontan auf Mike, dessen Gesichtsausdruck weder Furcht noch Erschrecken zeigte.

»Ich bin nicht Ihr Feind, Matthew«, sagte er nur. »Das müssen Sie mir glauben.«

Matt fuhr herum, richtete die Beretta wieder auf den Helikopter.

»Er ist der Feind, Commander! Lassen Sie sich nicht von ihm täuschen. Wir brauchen Sie! Ihre Welt braucht Sie . . .«

Wieder fuhr Matt herum, zielte abwechselnd auf Mike und den Helikopter, der wie ein gewaltiger Aasvogel über der Lichtung schwebte. Sein Atem ging heftig und stoßweise; kalter Schweiß trat ihm auf die Stirn. Sein Mund schnappte auf und zu wie bei einem Fisch, der auf dem Trockenen lag. Er war nicht mehr fähig zu sprechen.

Wirre Gedanken schossen Matt durch den Kopf, zusammenhanglose Fetzen, Eindrücke und Bilder. Ihm war klar, dass er sich am Scheideweg befand – doch für welche Möglichkeit sollte er sich entscheiden?

Für Sirwig – dann war er ein Wahnsinniger, der um jeden Preis therapiert werden musste.

Für Mike – dann war er nicht mehr als der Held einer Science-fiction-Geschichte, existierte nicht einmal wirklich.

Für Smythe – dann drohte der Welt, die in einer Zeitschleife gefangen war, ein schreckliches Armageddon durch die andere Realität.

Matts Verstand war nicht mehr fähig, eine klare Entscheidung zu fällen. Unentwegt zuckte seine Schusshand hin und her. Augenblicke wurden zu Ewigkeiten, während er auf der Lichtung stand und das Blut in seinem Kopf rauschen hörte. Er wusste nur, dass die nächsten Sekunden über sein Schicksal entscheiden würden.

Er musste das Richtige tun – und hatte dabei nur einen Kompass, nach dem er sich orientieren konnte: seine Gefühle, seine Instinkte, die der monatelange Überlebenskampf geschult hatte.

Unwillkürlich musste er an Aruula denken.

Mit ihrer telepathischen Begabung war sie ihm oft eine große Hilfe gewesen – wie sehr hätte er sie jetzt gebraucht! Was hätte er darum gegeben, hinter Mikes Züge blicken zu können, zu wissen, was hinter Smythes hoher Stirn vor sich ging …

»Aruula«, murmelte er leise ihren Namen. »Verdammt, hilf mir! Was soll ich nur tun …?«

Dann, plötzlich, war ihm, als würde eine Stimme zu ihm sprechen – eine Stimme, die aus weiter Ferne kam. In einem jähen Entschluss fuhr Matt herum und entsicherte die Waffe, zielte auf Mike.

Der geheimnisvolle Mann, der angeblich Science-fiction-Romane schrieb und lektorierte, sagte nichts, machte auch keine Anstalten zu fliehen. Unbewegt stand er da und blickte Matt einfach nur an.

»Gut so, Commander!«, tönte Smythe. »Töten Sie ihn! Er ist der Feind!«

Urplötzlich wirbelte Matt herum, seine Schusshand flog hinauf in den nachtschwarzen Himmel – und gab mehrmals hintereinander Feuer.

Das erste Geschoss zerstörte den Suchscheinwerfer des Hubschraubers. Das zweite und dritte Projektil schlugen in die Turbine der Maschine ein.

Im nächsten Augenblick gab es einen dumpfen Knall, und eine Fahne von dunklem Rauch quoll aus dem heulenden Antrieb. Der Motor spuckte, der stete Schlag der Rotoren geriet ins Stottern – und der Hubschrauber driftete seitlich ab.

»Was haben Sie getan, Sie Narr…?«, hörte Matt Smythe entsetzt brüllen – einen Herzschlag später sackte der Helikopter ab, rasierte die obersten Baumwipfel. Die beiden anderen Maschinen, die die Flanken gesichert hatten, stiegen pfeilschnell in die Höhe und brachten sich in Sicherheit. Deren Insassen hatten keine Augen mehr für die beiden Flüchtigen.

»Los, weg hier!«, rief Matt Mike zu – und die beiden begannen zu laufen.

Sie hörten ein schreckliches Bersten und Krachen hinter sich, als der Helikopter mit wummernden Rotoren in den Wald säbelte und zwischen den eng stehenden Bäumen niederging. Sie kümmerten sich nicht darum und blickten nicht zurück, rannten immer tiefer in den Wald, der das Licht des Mondes und der Sterne zu schlucken schien.

»Da entlang«, sagte Mike nach einer Weile, und sie änderten ihre Laufrichtung, gelangten auf einen schmalen Pfad. Matt wunderte sich schon nicht mehr darüber, dass sein Begleiter ganz offenbar in der Dunkelheit sehen konnte und den Weg kannte.

Er hatte sich für eine Seite entschieden – nun würde er mit seiner Entscheidung leben müssen, egal was die Konsequenzen sein mochten. Er hatte auf die Stimme in seinem Inneren gehört. Es war seine Verantwortung…

Unvermittelt erreichten sie eine weitere Lichtung, auf der eine einsame Blockhütte stand – ein Holzfällerhaus, das im Sommer Wanderern als Herberge diente. Die Tür stand offen, und die beiden traten ein. Mike entzündete die Gaslampe, die auf dem grob gezimmerten Tisch stand, der den einzigen Einrichtungsgegenstand bildete.

Im fahlen Schein der Gaslampe standen sich die beiden Männer gegenüber. Matt atmete schwer, während Mike die Flucht durch den nächtlichen Wald kaum angestrengt zu haben schien. Die beiden musterten sich; jeder schien dem anderen auf den Grund seiner Seele blicken zu wollen.

Erfolglos.

»Wir sind ihnen entkommen«, stellte Matt schließlich fest.

»Zumindest vorerst«, erwiderte Mike nur.

Matt nickte, legte die Beretta vor sich auf den Tisch. »Schön«, meinte er. »Und jetzt sagen Sie mir, Mike – habe ich mich für die richtige Seite entschieden?«

Der andere zeigte keine Regung; sein Gesicht war eine starre Maske. »Was ist die richtige Seite?«, fragte er zurück.

»Hatte Smythe Recht? Sind Sie ein Spion der anderen Seite? Oder verliere ich nur allmählich den Verstand? Was zum Henker ist da eben passiert?«

»Wollen Sie die Wahrheit wissen, Matthew?«, fragte Mike. »Keine Rätsel mehr und keine Anspielungen? Die nackte, ungeschminkte Wahrheit?«

»Bitte«, sagte Matt leise, und es klang fast flehend.

»Es ist *nichts* passiert«, erwiderte der Redakteur schlicht.

»Wie bitte?«

»In Wahrheit ist nichts passiert«, wiederholte Mike schulterzuckend. »Nichts von dem, was Sie hier gesehen oder erlebt haben, ist *wirklich* geschehen.«

»Nein?« Matts Gesicht war voller Unverständnis. »Aber wie …?«

»Es ist, wie ich Ihnen sagte, Matt – Sie sind der Held einer Geschichte. Die Hauptfigur einer Simulation, die sich um Ihr Leben dreht. Eine fiktive Realität, die sich ihre Bestandteile aus Ihrem Geist holt, Commander, aus Ihren Erinnerungen. In Wirklichkeit ist nichts davon real.«

»Aber das ergibt doch keinen Sinn!«, ereiferte sich Matt.

»Im Gegenteil«, hielt Mike dagegen. »Es ergibt mehr Sinn als jede andere der Lügen, die ihnen aufgetischt wurden, um Informationen von Ihnen zu bekommen, um ihre Verhaltensweisen zu analysieren und Ihre Loyalität zu testen.«

»Meine Loyalität? Aber wer …?«

»Was ist das Letzte, woran Sie sich erinnern? Ich meine *konkret* erinnern, ehe Sie aus dem Koma erwacht sind.«

»Mein Zusammentreffen mit der neuen Regierung, dem Weltrat …«

Mike erwiderte nichts – der Blick, mit dem er Matt bedachte, sprach dafür Bände.

»*Der Weltrat*?«, hakte Matt ungläubig nach. »Der Weltrat steckt hinter all dem?«

»Sie wurden getäuscht, Matt. Ohne dass Sie es wussten, hat man Sie einer Unzahl von Prüfungen unterzogen. Man hat Ihre Psyche getestet, indem man Sie einer Reihe extremer, sich ständig verändernder Szenarien aussetzte. Nur mit dem einen Ziel, mehr über Ihre Vergangenheit in Erfahrung zu bringen und Ihre Loyalität gegenüber der Regierung zu prüfen.« Mike blickte ihn durchdringend an. »Denken Sie nach, Commander, und Sie werden erkennen, dass ich die Wahrheit sage.«

»Die Wahrheit.« Matt schnaubte freudlos. »Welche Wahrheit? Ihre? Oder die von Smythe? Sirwigs Wahrheit vielleicht?«

»Ich habe Sie nie belogen«, brachte Mike in Erinnerung. »Aber ich musste mich vorsehen. Es ist hier nicht sicher für mich.«

»Wieso? Wer sind Sie? *Was* sind Sie? Angenommen, das hier ist nur eine Simulation, dann sind Sie …«

»… nur ein Teil davon«, ergänzte Mike bereitwillig. »Ganz recht, Commander. Ich bin nicht wirklich hier. Ich bin nur eine Projektion, ein Piratenprogramm, das geschrieben wurde, um diese Simulation zu unterwandern. Glauben Sie mir – es war nicht einfach, hierher zu kommen. Der Weltrat hat seine Datenbanken gut abgeschirmt.«

Matt war fassungslos. Trotzdem gestand er sich ein, dass es nicht unmöglich war. Schon in der Welt des Jahres 2012 hatten virtuelle Realitäten zum Alltag computerspielsüchtiger Kids gehört, auch wenn sie noch weit davon entfernt gewesen waren, wirklich authentisch zu wirken. Warum sollte der Weltrat nach mehr als 500 Jahren Evolution nicht über eine Technologie verfügen, die so weit fortgeschritten war, dass sie die Simulation einer kompletten virtuellen Welt ermöglichte, die von der Realität nicht zu unterscheiden war?

»Sie kennen jetzt die Wahrheit«, drang Mikes Stimme in Matts Gedanken. »Aber Sie werden noch einige Zeit brauchen, um wirklich alles zu verstehen. Irgendwann werden Sie dann begreifen, worum es geht. Wofür wir kämpfen.«

»Wir?« Matts Augen verengten sich zu schmalen Schlitzen. »Für wen arbeiten Sie?«

»Für den Widerstand«, erklärte Mike knapp. »Der

Weltrat ist nicht, was er zu sein vorgibt, Matthew. Auch das werden Sie irgendwann erkennen.«

Matt erwiderte nichts, taxierte sein Gegenüber mit kritischen Blicken. »Einmal angenommen, Sie hätten Recht«, meinte er schließlich, »könnte es dann nicht sein, dass Sie auch nur eine Prüfung sind? Ein Lockvogel, der meine Loyalität testen soll?«

»Es wäre möglich«, räumte Mike ein. »Aber mit diesem Risiko werden Sie leben müssen, Commander ...«

Matt stieß einen überraschten Laut aus, als er merkte, wie sich sein geheimnisvoller Gesprächspartner vor seinen Augen aufzulösen begann.

»Halt! Warten Sie!«, forderte er.

»Ich kann nicht länger bleiben«, wehte die Antwort heran. »Sie werden gleich Besuch bekommen. Seien Sie vorsichtig, Commander Drax. Leben Sie wohl ...«

Damit verblasste Mikes Bild, wurde transparent – und begann sich aufzurastern. Immer gröber wurden die bunten Punkte, aus denen sich Mikes Körper zusammensetzte, immer undeutlicher das Bild. Schließlich waren nur noch wenige grobe Pixel übrig – die auf einen Schlag verschwanden. So als hätte es einen Mann namens »Mad Mike« nie gegeben.

Matt kam nicht dazu, sich von der Überraschung zu erholen – im nächsten Augenblick hörte er schwere Stiefeltritte vor der Tür der Blockhütte. Mit einem dumpfen Schlag flog die Tür der Behausung auf, und ein Trupp schwer bewaffneter Militärpolizisten drängte herein, Schnellfeuergewehre im Anschlag.

Matt reagierte instinktiv. Mit einer blitzschnellen Bewegung riss er die Beretta an sich, die vor ihm auf dem Tisch lag, und wirbelte herum, zielte auf die vordersten Soldaten. »Halt!«, brüllte er. »Keine Bewegung!«

Die MPis erstarrten. Mindestens vier von ihnen hatten ihm im Visier und hätten nur abzudrücken brauchen, um ihn zu erledigen. Dass Sie es nicht taten, zeigte Matt, dass sie Weisung hatten, ihn *lebend* einzufangen...

Die Beretta in seiner Rechten, stand er den Soldaten gegenüber, deren Mienen keinerlei Regung verrieten. Von draußen waren hektische Schritte zu hören, dann erschien ein leicht verstört wirkender Jacob Smythe im Rahmen der Tür.

»Commander!«, sagte er beschwörend. »Was tun Sie da?«

»Ich weiß nicht«, erwiderte Matt schulterzuckend. »Schätze, ich versuche nur, mir über einige Dinge klar zu werden.«

»Was hat er ihnen gesagt?«, fragte Smythe. »Sie haben ihm doch nicht etwa geglaubt?«

»Sollte ich das denn?« Matt schaute den Professor durchdringend an. »Haben Sie den Absturz des Hubschraubers gut überstanden, Smythe? Schön, Sie schon wieder auf den Beinen zu sehen...«

»Wovon sprechen Sie? Was soll das? Ich hatte Ihnen gesagt, worum es bei dieser Sache geht. Sie gefährden die nationale Sicherheit, wenn Sie sich nicht augenblicklich ergeben.«

»Tatsächlich?« Matt blieb gelassen.

»Was für ein Unsinn!«, ließ sich plötzlich eine weitere Stimme vernehmen – und zu Matts Verblüffung erschien Dr. Sirwigs Raubvogelgesicht im Eingang der Hütte.

»Smythe!«, blaffte der Psychologe den Professor an.

»Ich hätte mir denken können, dass Sie dahinter stecken! Ich hätte Sie nie aus der Anstalt entlassen dürfen!«

»Anstalt? Aus welcher Anstalt?«, fragte Matt verwundert.

»Smythe hat ein ähnliches Schicksal erlitten wie Sie, Commander«, erklärte Sirwig bereitwillig. »Nach dem Absturz des Jets lag er mehrere Wochen lang im Koma. Als er erwachte, redete er wirres Zeug. Und genau wie Sie war er nicht bereit, sich von seinen Visionen zu trennen. Die Folge war der Abstieg in den Wahnsinn!«

»Das ist nicht wahr!«, ereiferte sich der Professor mit einem Glanz in den Augen, der seine Worte Lügen strafte. »Das ist eine üble Verleumdung! Ich bin so klar im Kopf wie Sie, Commander Drax! Wir beide kennen die Bedrohung, der sich diese Welt gegenübersieht! Sie und ich wissen, dass man sie bekämpfen muss!«

Sirwig schüttelte den Kopf. »Das ist Unsinn! Hören Sie nicht auf ihn, Commander! Smythe ist wahnsinnig, für ihn kommt jede Hilfe zu spät. Aber für Sie besteht noch Hoffnung! Kommen Sie mit mir, kehren Sie in Ihr altes, normales Leben zurück! Wir warten auf Sie! Ihre Freunde warten auf Sie ...«

Gehetzt schaute Matt von einem zum anderen, wusste nicht mehr, was er sagen oder denken sollte. Seine Verwirrung hatte jedes verträgliche Maß überstiegen, kannte keine Grenzen mehr.

Er hatte das Gefühl, als würde Sirwigs Stimme langsam verblassen. Smythes keifendes Organ mischte sich darunter, dazu klangen noch immer Mikes letzte Worte in Matts Bewusstsein nach. Er schüttelte den Kopf, glaubte jeden Augenblick den letzten Rest Verstand zu verlieren.

Sirwig, Smythe und Mike.

Fast war ihm, als würden sich die drei um seine Seele streiten.

Drei Männer.

Drei Realitäten.

Drei Möglichkeiten, für die er sich entscheiden konnte.

Er musste ruhig bleiben, musste versuchen, einen klaren Kopf zu bewahren, ein letztes Mal ...

Welche Realität war die richtige? Welche war *seine*? Welche war die, aus der er gekommen war?

Mit einem Mal empfand Matt eine seltsame innere Ruhe. Er hatte das Gefühl, auf einer kleinen Insel inmitten eines Ozeans tobender Wogen und Wellen zu sitzen. Ihm war, als legte sich eine unsichtbare Hand auf seine Schulter, die ihn beruhigte und ihm Zuversicht vermittelte.

Dann, inmitten dieser unerwarteten Stille, begann er nachzudenken, seine Möglichkeiten abzuwägen.

Wenn Sirwig Recht hatte, war er bereits völlig wahnsinnig, und es gab keine Rettung mehr für ihn. Er würde den Rest seiner Tage in einer Einzelzelle verbringen, von Medikamenten ruhig gestellt, und nach der Wirklichkeit suchen, die ihm irgendwann verloren gegangen war.

In Smythes Realität blieben ihm kaum Möglichkeiten. Entweder er fügte sich dem Willen des offensichtlich paranoiden Professors, oder er musste sich gegen die MPis zur Wehr setzen. In diesem Fall würde er entweder erschossen werden oder Unschuldige töten, wahrscheinlich beides.

Schließlich blieb noch Mikes Version der Dinge. Wenn *er* Recht hatte, war nichts von all dem, was Matt umgab, wirklich wahr. Dann war er nur Teil einer großen, unfassbaren Simulation, konstruiert zu dem einen Zweck, ihn zu befragen und zu testen ...

Drei Möglichkeiten, drei Realitäten – und keine davon gefiel Matt sonderlich. Fieberhaft sann er darüber nach, was er tun sollte. Und plötzlich, als würde sie aus den unergründlichen Fluten des Ozeans auftauchen, der ihn umgab, wusste er die Lösung. Die Antwort auf alle drei Fragen.

Es war so einfach.

Er wandte sich an beide Männer. »Okay, Sie haben gewonnen. Ich gebe auf. Aber auf *meine* Art!«

Ein flüchtiges Grinsen huschte dabei über seine Züge. Dann, mit einer blitzartigen Bewegung, zu schnell, als dass irgendeiner der Umstehenden hätte reagieren können, richtete er die Beretta gegen sich selbst.

Einen Lidschlag lang blickte er in die hässlich schwarze Mündung der Waffe, sah Endgültigkeit darin – und Wahrheit.

»Nein!«, brüllten Smythe und Sirwig gleichzeitig – und Matt drückte ab. Einen Augenblick lang verspürte er lähmende Angst, hörte den ohrenbetäubenden Knall.

Dann war es vorbei ...

Schlagartig hatte Matt das Gefühl, keine Luft mehr zu bekommen. Ihm war, als wäre lauter Wasser um ihn, als schwimme er inmitten blauer Unermesslichkeit, die seinen Lungen keine Chance ließ.

Oder war es umgekehrt? Lag er wie ein Fisch auf dem Trockenen, nicht in der Lage, die Luft zu atmen, die ihn umgab ...?

Plötzlich merkte er, wie etwas aus seinem Hals gezogen wurde. Er würgte und spuckte, sein Magen rebellierte – doch dann konnte er wieder frei atmen. Gierig und keuchend sog er die kühle Luft, die nach Metall und Säure roch, in seine Lungen. Er fühlte seinen Pulsschlag wieder, hörte das Pochen seines Herzens.

Dann schlug er die Augen auf.

Er lag auf einer blank polierten Fläche aus Metall, war an Hand- und Fußgelenken mit stählernen Spangen gefesselt. Unzählige Kabel und Schläuche ragten aus seinem Körper, erfüllten Funktionen, die er nicht einmal erahnen konnte.

Matt blinzelte, brauchte einige Augenblicke, bis sich seine Augen an das gleißende Licht gewöhnt hatten.

Dann sah er das Monstrum, das über ihm lauerte.

Es war eine Siragippe! Eine gewaltige Spinnenkreatur mit gewaltigen, vielgliedrigen Beinen, die über ihm an der Decke hing, bereit, mit ihren tödlichen Fängen auf ihn herabzustoßen.

Matt stieß einen verzweifelten Schrei aus, wand sich im Griff der eisernen Fesseln – vergeblich.

»Commander!«, drang eine menschliche Stimme an sein Ohr. »Beruhigen Sie sich! Es ist alles in Ordnung …«

Matt schloss für einen Moment die Augen, zwang seinen hämmernden Puls zur Ruhe. Als er seine Lider schließlich wieder hob, sah er, dass seine überreizten Sinne ihm einen Streich gespielt hatten.

Das Ding an der Decke war kein Lebewesen, sondern eine metallene Apparatur – eine fremdartige Vorrichtung, die mit ihren unzähligen Sonden und Fühlern wie ein gewaltiges Insekt aussah. Bunte Lichter flackerten daran in unregelmäßigen Abständen, und die meisten der Schläuche und Kanülen, die aus Matts Körper ragten, endeten irgendwo im metallenen Rumpf der bedrohlich aussehenden Maschine.

»Was…?«, brachte Matt nur hervor. Seine Stimme klang seltsam nah.

»Ruhen Sie sich aus, Commander«, trug ihm die Stimme auf, die ihm irgendwie bekannt vorkam. »Sie haben einiges hinter sich.«

»W … wo…?«, brachte Matt nur hervor.

»In Washington«, kam die Antwort prompt. »Im Quartier des Weltrats.«

Matt wandte seinen Kopf, sah den Mann, der neben ihm stand und mit besorgter Miene auf ihn herabblickte – und erkannte ihn.

Es war General Arthur Crow. Der Sicherheitsinspektor der neuen Regierung…

»Willkommen in der *wirklichen Welt*, Commander«, sagte Crow.

Einen Augenblick lang sprach Matt kein Wort, blickte den hageren Mann mit den kantigen Zügen fassungslos an.

»Also doch«, war alles, was er schließlich hervorbrachte.

»Warum?«, fragte Matt nur. Dann noch einmal, lauter und energischer: »*Warum*?«

Crow saß ihm in dem zweckmäßig eingerichteten Quartier gegenüber, das ihm von der Verwaltung zugewiesen worden war.

»Weil es notwendig war, Commander«, erwiderte er. »Für Sie *und* für uns. Für unser aller Sicherheit. Sie sind Soldat; Sie werden das verstehen.«

Matt schüttelte fassungslos den Kopf.

Drei Tage war es nun her, dass er aus der virtuellen Realität erwacht war, in die man ihn versetzt hatte – und noch immer waren die Erinnerungen daran sehr, sehr lebendig. Mit Schaudern dachte Matt daran zurück, wie er zwischen den Realitäten den Bezug zur Wirklichkeit immer mehr verloren hatte.

Durch seinen »Selbstmord« hatte er schließlich einen Abbruch des menschenverachtenden Experiments erzwungen – und war in der zerstörten Welt des Jahres 2517 aufgewacht.

Ein Teil von ihm war entsetzt darüber, dass sich die dunkle Zukunft der Erde am Ende doch als Realität entpuppt hatte – doch lieber nahm er diese zerstörte Welt als gegeben hin, als in einer falschen Scheinwelt vor sich hin zu vegetieren.

»Ich kann es nicht glauben«, sagte er leise. »Ich kann es noch immer nicht glauben. Als ich nach Washington kam, war ich unendlich froh darüber, Zivilisation vorzufinden; Menschen, die sich nicht der Barbarei ergeben hatten, sondern die versuchten, wieder etwas aufzubauen. Und nun stellt sich heraus, dass die neue Regierung grausamer und ruchloser ist als jedes der Barbarenvölker, denen ich auf der anderen Seite des Ozeans begegnet bin.«

»Ich sagte doch bereits…«, wollte Crow einwenden.

»Wissen Sie, wie das ist, General?«, sprach Matt einfach weiter und hatte Mühe, die Tränen ohnmächtiger Wut zurückzuhalten, die ihm in die Augen treten wollten. »Wie das ist, wenn man den Boden unter den Füßen verliert? Wenn es nichts mehr gibt, woran sich der Verstand festklammern kann?«

»Es ist der Augenblick absoluter Wahrheit«, erwiderte der General. »Der Moment, in dem sich niemand mehr verbergen kann. In dem der wahre Charakter zutage tritt.«

»Ach, und darum ging es Ihnen? Meinen wahren

Charakter zu ergründen? Verdammt, Mann – ich hätte dabei fast den Verstand verloren!«

»Sie standen unter ständiger medizinischer Überwachung, Commander«, versicherte Crow. »Ihre Gehirnströme wurden fortwährend gemessen. Hätten wir auch nur den geringsten Hinweis auf Komplikationen gehabt, hätten wir die Simulation sofort abgebrochen.«

»Großartig.« Matt schnitt eine Grimasse. »Warum nur beruhigt mich das nicht, General? Sie haben mich arglistig getäuscht!«

»Es war notwendig – zu unser aller Sicherheit. Irgendwann werden Sie das verstehen, Commander.«

»Was gibt es da zu verstehen?«

»Nun – zum einen ging es darum, Ihre Loyalität unserer Regierung gegenüber zu testen …«

»Meine Loyalität?« Matt schnaubte. »Ich bin amerikanischer Staatsbürger und Soldat! Es gab eine Zeit, da hat das genügt, um in diesem Land als vertrauenswürdig zu gelten.«

»Die Zeiten haben sich geändert«, sagte Crow nur.

»Ja«, stimmte Matt leise zu, »ich fürchte, das haben sie …«

»Vielleicht ist es ein Trost für Sie, dass es uns nicht ausschließlich darum ging, Sie einer Prüfung zu unterziehen. Die VR bietet uns auch die Möglichkeit, den Probanden in eine Art Hypnose zu versetzen, die selbst verdrängte oder verschüttete Erinnerungen wieder freisetzt. Auf diese Weise gelang es uns, viele Erkenntnisse über die Welt zu sammeln, aus der Sie kommen.«

»Wie tröstlich. Befürchteten Sie, ich würde Ihnen nicht alles erzählen? Ihnen absichtlich etwas vorenthalten? Sie belügen?«

»Wir mussten sichergehen«, erklärte Crow diplomatisch. »Sie müssen verstehen, Commander – Sie waren nicht nur ein Fremder für uns, sondern behaupteten außerdem, aus einer fünfhundert Jahre entfernten Vergangenheit zu kommen! Es fiel Präsident Hymes nicht leicht, die Genehmigung für den VR-Scan zu geben, aber er hatte keine Wahl …«

Obwohl Crow nicht weiter sprach, hatte Matt das sichere Gefühl, dass er noch etwas hatte sagen wollen. Er blickte den General herausfordernd an. »Ja …?«

Crow holte tief Luft. »Unglücklicherweise erwies sich die Struktur Ihres Gehirns als nicht ganz kompatibel. Der Scanner musste nach einigen missglückten Versuchen neu justiert werden.«

Matt ahnte, was Crow meinte. »Meine Halluzinationen!«, entfuhr es ihm. »Das waren die Folgen dieser Scans?!«

»Bis wir unsere Geräte auf Ihre Hirnwellenfrequenz eingestellt hatten«, bestätigte der General.

Matts Verbitterung wuchs noch weiter an. Bereits vor dem VR-Trip war er also schon überwacht und manipuliert worden. Auch wenn er den Mord, der ihm angehängt werden sollte, nicht begangen hatte – es hätte durchaus so weit kommen können!

Als er vor Wochen zum ersten Mal seit undenklich langer Zeit seinen Fuß wieder auf den amerikanischen Kontinent gesetzt hatte, hatte er tief in seinem Inneren das Gefühl verspürt, nach Hause zu kommen. Dann, als er auf die neue Regierung getroffen war, hatte er Hoffnung geschöpft, dass alles wieder gut werden, dass sich ein neues Amerika aus der Asche der Zerstörung erheben würde.

Diese Hoffnung hatte einen herben Rückschlag erlitten.

Eine Frage aber war noch ungeklärt.

»Dann entstammte also alles, was ich erlebte, ausschließlich meiner Erinnerung?«, hakte Matthew nach.

»Fast alles«, gab Crow Auskunft. »Dr. Sirwig war der einzige von uns erschaffene Charakter, sozusagen das Interface zu unserer realen Welt. Ansonsten war alles, was Ihnen in der virtuellen Realität begegnet ist, ein Teil Ihrer selbst. Ein Teil Ihrer Persönlichkeit. Ein Teil Ihrer Vergangenheit.«

Matt hatte die Frage nicht ohne Grund gestellt. Er dachte an »Mad Mike«. Sein geheimnisvoller Helfer, der vorgegeben hatte, einer ominösen Widerstandsbewegung anzugehören, war definitiv nicht seiner eigenen Fantasie entsprungen.

Matt hatte Crow gegenüber nichts von Mike gesagt, und auch der Sicherheitschef hatte den Namen nicht erwähnt. Was also steckte hinter diesem Charakter? War er tatsächlich ein Piratenprogramm gewesen, wie er behauptet hatte? Dann musste auch die Widerstandsgruppe existieren.

Matt würde der Sache nachgehen. Ihm war aber klar, dass er sich vorerst fügen musste.

Er konnte nicht mehr ändern, was geschehen war, musste es hinnehmen. So enttäuscht er auch war und so sehr sich alles in ihm empörte gegen das, was ihm angetan worden war.

Andererseits durfte er aber auch nicht vorschnell urteilen. Den Weltrat, die neue Regierung der Vereinigten Staaten jetzt schon zu verdammen wäre engstirnig gewesen. Er musste mehr über Präsident Victor Hymes' Pläne in Erfahrung bringen und *dann* erst sein Urteil fällen.

Nach all den Wirrnissen, die hinter ihm lagen, *wollte*

er daran glauben, dass alles wieder in Ordnung kommen würde. Nun, da er endlich wieder Gewissheit darüber hatte, *wer* er war und *wo* er war.

Dennoch blieben viele Fragen offen. Die Zeit würde die Antworten bringen …

ENDE

RONALD M. HAHN

WELTFEIND NR. 1

Gegen Mitternacht hatte Black die vereiste Stadtmauer von Waashton im Schneegestöber überwunden und sich am Ufer des zugefrorenen Rock Creek weiter nordwestlich gehalten. Nun bemühte er sich im Schatten der Fichten zu bleiben, die sich unter ihrer weißen Last bogen.

Obwohl er genau wusste, dass ihm ein Kommando zu allem entschlossener Weltrat-Agenten auf den Fersen war, lauschte er der Stimme in seinem Kopf, die mit nasaler Stimme sang. *It's time to move an, time to get goin', what lies ahead, I have no way of knowin', but under my feet, baby, grass is growin'...*

Nun ja, statt Gras knirschte Schnee unter den Sohlen seiner Stiefel, aber er wusste tatsächlich nicht, was vor ihm lag, und wenn er sich nicht bewegte, war er ein toter Mann...

Black war hoch gewachsen und muskulös mit kurzem blonden Haar, das jetzt unter einer eng anliegenden Taratzenfellmütze verborgen war. Mit Ausnahme der schweren Schusswaffe, die er unter der Armbeuge schleppte, erinnerte auch seine restliche Kleidung – Jacke, Hose, Stiefel – an die eines Trappers aus dem 19. Jahrhundert. Doch Black war kein Trapper, auch wenn er und die seinen in Zeiten wie diesen gelegentlich dazu gezwungen waren, sich vom Fallenstellen zu ernähren.

Black war ein echtes Kind seiner Zeit. Er wusste zwar, dass die momentane Jahreszeit dem April entsprach, aber er wunderte sich nicht über den Schnee, der sein Vorankommen behinderte. Der Nordpol war nur knappe 1700 Kilometer von Waashton entfernt. Früher, vor fünf Jahrhunderten, waren es immerhin 5300 Kilometer gewesen. In dieser Gegend sah man nur selten eine andere Jahreszeit. Erst im Juni wurde es hier grün, und die Temperaturen stiegen für drei Monate auf über siebzig Grad Fahrenheit*.

Für etwa fünfzehn Generationen nach der Katastrophe hatte in diesen Breitengraden sogar ewiger Winter geherrscht, während den dunklen Jahren der globalen Eiszeit. Es hatte etwas mit dem aufgewirbelten Staub und Wasserdampf in der Stratosphäre zu tun gehabt und damit, dass sich die Pole verschoben und das Klima verändert hatten.

Doch Überlegungen dieser Art interessierten Black in diesem Augenblick wenig. Ihm gingen notgedrungen wichtigere Dinge durch den Kopf. Zum Beispiel beschäftigte ihn die Frage, wie er sich das Kommando vom Hals schaffen konnte, das seit Sonnenuntergang an seinen Fersen klebte. Ihm war klar, dass die Agenten ihn töten würden, wenn sie ihn erwischten, denn das war schließlich ihr Auftrag.

Zum Glück hatte das Schneetreiben nachgelassen, und das silberne Licht des Mondes tauchte die Flussaue in ein sanftes Licht. Die Sicht war so klar, dass seine Augen auf dem vor ihm liegenden Gelände einen Gerul erblickten. Hundert Meter entfernt ragten im Schnee drei Hütten wie große Pilze auf. Der sie umgebende Schnee war völlig unversehrt. Black sah weder Schlittenkufenspuren noch Stiefelabdrücke.

Gut. Er atmete auf. Er hatte mit einem Hinterhalt gerechnet, doch offenbar waren sie nicht auf die Idee gekommen, ihm den Weg abzuschneiden. Das Glück blieb ihm also treu. Aber wie lange noch? Black biss sich auf die Unterlippe, packte seine Waffe fester und nahm den Abstieg vom Hügel in Angriff. Noch eine halbe Stunde, dann war er in relativer Sicherheit.

---

* 21 Grad Celsius

Er hatte bewusst die Stadtmauer hinter sich gelassen und entfernte sich immer weiter von der Basis, steuerte ein kleines Notquartier an, das die *Running Men* hier draußen errichtet hatten. Eins von vielen. Wenn die Agenten des Weltrats es entdeckten, war der Verlust zu verschmerzen.

Pitsch.

Der Laut wäre für jeden normalen Menschen fast unhörbar gewesen, doch Blacks Sinne waren in dieser Nacht besonders scharf.

Pitsch. Pitsch. Pitsch.

Schüsse aus schallgedämpften Waffen! Sie hatten ihn im Visier!

Black ließ sich in den Schnee fallen und rutschte fast lautlos den Abhang hinunter, der zu den Hütten führte. Er fragte sich, ob sie bewohnt wurden. In diesem Vorort Waashtons herrschten Kid-Gangs, die man aus dem inneren Zirkel der Stadt geworfen hatte. Mit einigen dieser Typen war nicht gut Kirschen essen.

Noch weniger gut Kirschen essen war freilich mit seinen Verfolgern. Zum Glück wurde der Mond gerade von einer Wolke verdeckt, die noch mehr Schnee versprach. Zugleich sank die Temperatur. Der ständig wechselnde Wind kühlte Black zunehmend aus.

Am Fuß des Hügels angekommen, schaute er sich geduckt um. Jede Bewegung, und mochte sie noch so geringfügig sein, konnte ihm zum Verhängnis werden. Die Leute, die ihm auf den Fersen waren, verfügten über Nachtsichtgeräte, und damit war ihr Blick schärfer als der seine. Er hatte im Moment keine andere Wahl, als reglos auszuharren.

Kurz darauf hörte Black ein Geräusch – den leisen dumpfen Fluch eines Menschen, der offenbar mit dem Bein in einen Gerulbau eingebrochen war. Die Stimme verstummte so schnell, wie sie laut geworden war, aber Black wusste nun, welcher Richtung er Beachtung schenken musste.

Sekunden später erspähte er eine grau gekleidete Gestalt, die etwa fünfzig Meter hinter ihm zwischen den kleinen Fichten herglitt. Sie trug einen von außen undurchsichtigen Kugelhelm, der ihr Gesicht nicht zeigte. Thermo-Schutzanzüge! Black wusste, dass die Dinger zwar längst nicht mehr keimfrei sein mussten – ein Umstand, zu dem er maßgeblich beigetragen hatte –, aber sie enthielten einige technische Gerätschaften, die ihrem Träger auch in der Finsternis der Nacht einen großen Vorteil verschafften. Außerdem waren sie gut beheizt.

Der Verfolger – die Verfolgerin? – hielt an. Sein Blick, der die Umgebung der Hütten abtastete, war ebenso schnell wie zuvor der Blacks. Die unberührte Schneeschicht schien ihn zu beruhigen.

Black lachte lautlos. Dann schien der Verfolger seinen Kollegen Befehle zu erteilen. Zwischen den Fichten raschelte es. Sechs, sieben Gestalten, ebenso gekleidet wie die erste, tauchten auf und wurden im gleichen Augenblick vom Silberlicht des Mondes beschienen. Die Verfolger waren, wie man an ihren Bewegungen sah, ausnahmslos jung und agil. Und gut bewaffnet. Das Jagdfieber hatte sie gepackt.

Dass sie Profis waren, zeigte sich gleich darauf: Natürlich ließen sie sich von dem unberührten Schnee um die Hütten nicht in Sicherheit wiegen. Schließlich konnte ihre Beute in spe sie auch von einer Seite her betreten haben, die man von hier aus nicht einsehen konnte.

Der Anführer gab seinen Leuten ein Handzeichen. Sie schwärmten aus. Zweifellos nahmen sie die Hütten jetzt von den drei anderen Seiten her in die Zange.

Black lächelte zufrieden. Es verlief alles nach seinen Wünschen. Er wartete eine Weile, dann sah er die Gestalten rings um die Hütten auftauchen. Der Schneefall nahm wieder zu und behinderte seine Sicht.

Kurz bevor der weiße Vorhang so dicht wurde, dass man nichts mehr erkennen konnte, sah er etwas, das weniger in seinen Plan passte. Unter den Gestalten, die nun die Hütten umzingelten, befand sich jemand, der einen großen Behälter auf dem Rücken trug. Black zweifelte nicht daran, dass es sich dabei um einen Flammenwerfer handelte. Man hatte allem Anschein nach vor, die Hütten in Brand zu stecken – und damit die Leute, die sich eventuell in ihnen aufhielten.

Entweder vermutete man ihn in einem dieser Unterschlüpfe oder ging davon aus, dass es der Sache allemal dienlich war, möglichst viele Quartiere zu vernichten, die ihm als Deckung dienen konnten. Am meisten erboste Black jedoch, dass man damit auch potentiellen Lebensraum vernichtete, denn in dem kalten Klima, in dem die Menschen hier lebten, waren frei stehende Hütten oft der einzige Schutz für jene, die sich nicht in der Innenstadt von Waashton aufhalten durften: Arme, Unerwünschte, Asoziale und jene, die sich an die Gegebenheiten nicht anpassen wollten. Niemand also, der den Tod verdient hätte …

Black dachte allen Ernstes darüber nach, seine sichere Position zu verraten, indem er die Agenten mit seinem Gewehr auf sich aufmerksam machte.

»Tun Sie's nicht, Mr. Black«, wisperte plötzlich eine tiefe Bassstimme neben ihm. »Es sind mindestens acht Mann. Gegen die haben wir keine Chance.«

Black wandte den Kopf. Neben ihm war eine dunkle Gestalt aus einer Schneemulde aufgetaucht und schaute gleichfalls hinab zu den Hütten. Der Mann war wie

Black gekleidet, doch seine Haut war schwarz. Er hob eine Waffe, die der Blacks wie ein Zwilling glich. An seiner Brust baumelte ein leistungsstarkes Binocular.

»Freut mich, dass auch Sie ihnen entwischt sind, Mr. White«, sagte Black und deutete mit dem Kinn auf die Gestalten, die sich den Hütten nun bis auf zwanzig Meter genähert hatten. »Was halten Sie davon?«

»Offen gesagt nicht viel«, sagte White mit einem verächtlichen Schnauben. »Aber noch weniger halte ich von dem, was Sie planen.« Er hockte sich neben Black in den Schnee und hob das Binocular an die Augen.

»Haben Sie etwa seit unserer Trennung am Capitol telepathische Fähigkeiten entwickelt, Mr. White?« Black ließ die Agenten nicht aus den Augen.

»Ich brauche nur Ihr Gesicht zu sehen«, erwiderte White. »Dann weiß ich, dass es Ihnen in den Fingern juckt, es diesen Lumpen zu zeigen.« Er räusperte sich leise. »Aber es würde Sie den Kopf kosten. Und der wird noch gebraucht.«

»...und der wird noch gebraucht«, wiederholte Black leise und murmelte etwas Unverständliches vor sich hin.

Die dunklen Gestalten umstellten mit lautlosen Schritten die Hütten. Sie hoben ihre Waffen, und der Mann mit dem Flammenwerfer – nein, es war eine Frau – trat vor und stellte an dem Gerät irgendetwas ein. *Sie brennen wirklich alles nieder,* dachte Black. Er biss die Zähne zusammen und klammerte sich an seine Waffe.

»Glauben diese Typen etwa, wir hätten uns da drin verschanzt?«, fragte White, ohne das Fernglas abzusetzen.

Black nickte stumm. »Erkennen Sie jemanden?«, fragte er schließlich.

»Der Lange da ist unverkennbar Lieutenant Costa. Die Frau mit dem Feuerspeier könnte die kleine O'Dell sein. Bin mir aber nicht sicher.« White setzte das Fernglas ab und fuhr sich mit dem Handschuh über die Nase. »Wir haben keine Zeit für Heldentum, Mr. Black. Wir müssen ins Hauptquartier zurück. Unser Mr. Hacker meint, um diese Zeit würden Mac und der Fisch schon schwimmen.«

»Der Fisch?« Black runzelte die Stirn.

»Ich kenne seinen Namen nicht.« White grinste so breit, dass seine großen Zähne blitzten. »Vielleicht sollten wir ihn Wanda nennen.«

»*Wanda?* Wieso Wanda?«

»Ich weiß nicht. Der Name ist mir so eingefallen. Vielleicht eine genetische Erinnerung oder so was. Er scheint mir jedenfalls zu einem Fisch zu passen.«

Black schnaubte leise. Auch er hatte gelegentlich Geistesblitze, die er sich nicht erklären konnte, und auch er ging davon aus, dass sie mit seinem genetischen Erbe zu tun hatten. Aber *Wanda* ...!

Wuuusch! Der Flammenwerfer grellte auf. Die Frontseite der ersten Hütte fing sofort Feuer. Helle Flammen schlugen aus dem Holz. Es knisterte und knackte. Die kleine O'Dell, wenn sie es denn war, wandte sich zur Seite und setzte die zweite Hütte in Brand. Als die dritte aufloderte, flog die Tür der ersten auf, und eine Gestalt stürzte ins Freie. Die Brandstifter richteten ihre Waffen auf sie und schossen sie nieder.

Pitsch! Pitsch! Pitsch!

Die zweite Gestalt, die durch die offene Hüttentür geflogen kam, war gewitzter. Sie riss etwas hoch, das Black aus der Ferne als Armbrust erkannte. Ein Pfeil durchbohrte den Hals der kleinen O'Dell und ließ sie zu Boden stürzen.

Pitsch! Pitsch! Pitsch!

Die Waffen der Agenten zirpten leise, dann fiel auch der Armbrustschütze tot in den Schnee.

Black knurrte leise vor sich hin. White legte eine Hand auf seinen Arm und sagte warnend: »Reißen Sie sich am Riemen, Mr. Black!«

Das Wetter änderte sich von einer Sekunde zur anderen. Eben noch war der Schnee in einem wilden dichten Gestöber gefallen, nun fegte aufkommender Sturm die Luft so klar, dass man hundert Meter weit sehen konnte. Auch in die Richtung, aus der Black und White erst kurz zuvor auf verschiedenen Wegen gekommen waren.

»Volle Deckung!«, stieß White hervor, als rings um sie her der Schnee aufstob und sie das *Pitsch!* aus den Waffen der Agenten vernahmen, die es vorgezogen hatten, nicht mit hinab zu den Hütten zu gehen.

Black und sein Gefährte ließen sich in den Schnee zurückfallen und rissen ihre Waffen hoch. Leider verfügten sie nicht über Schalldämpfer, aber die psychologische Wirkung eines guten Knalls war schließlich auch nicht zu verachten. Sie nahmen die Schützen in ihrem Rücken unter Feuer, und White konnte mit dem ersten Schuss einen Treffer verbuchen.

»Voll ins Schwarze, Mr. White«, sagte Black.

»Danke.«

Die Bewaffneten bei den Hütten fuhren herum und nahmen sie vom Fuß des Abhangs unter Feuer. White stieß einen leisen Fluch aus und drehte sich herum, um sich ihrer anzunehmen. Black feuerte inzwischen auf die andere Gruppe, die, wie er bald erkannte, nur noch aus zwei Mann bestand. Den ersten traf er auf Stirnhöhe in den Helm. Der zweite ging in Deckung und kreischte: »Gebt auf! Gebt auf, ihr verdammten Verräter!«

»Ist das nicht Willoughby?«, murmelte Black. Er kniff ein Auge zu und visierte die finstere Gestalt an, die zwischen den Fichten kauerte. »Tut mir Leid, Willoughby, aber es geht um meinen Hals, und du stehst auf der falschen Seite.« Sein Schuss krachte. Willoughby kreischte erneut auf und fiel in den Schnee.

»Auch ein guter Schuss, Mr. Black«, revanchierte sich White.

»Danke«, sagte Black. Er warf einen Blick auf die Leute vor den lichterloh brennenden Hütten. Sie gaben in der Helligkeit der Flammen ein erstklassiges Ziel ab, aber das hatten sie wohl selbst schon bemerkt, denn sie spritzten auseinander und tauchten in jenen Gefilden unter, die der Schein des Feuers nicht erreichte.

»Die Gelegenheit ist günstig«, sagte White. »Wollen wir die Kurve kratzen?«

»Ihre Ausdrucksweise lässt gelegentlich zu wünschen übrig, Mr. White«, sagte Black tadelnd. »Aber wenn Sie damit meinen, dass wir uns absetzen sollten, bin ich ganz Ihrer Meinung.«

»Auch meine Ausdrucksweise muss mit meinem genetischen Erbe zu tun haben«, sagte White entschuldigend. Er schulterte seine Waffe und äugte den Abhang hinauf. »Hoffen wir, dass die Luft da oben rein ist.«

Black nickte. Dann begannen sie mit dem Aufstieg. Oben angekommen, schlugen sie sich seitwärts in die Büsche. Und »kratzten die Kurve«.

In früheren Zeiten, die weder Black noch White persönlich erlebt hatten, hatte man vom *John F. Kennedy Center for the Performing Arts* einen wunderschönen Ausblick auf den Potomac Parkway und den Fluss selbst gehabt. Das Museum stand im Südteil der Stadt in einer weitläufigen Parkanlage und war einst ein beeindruckendes Bauwerk aus Stein, Stahl und Glas gewesen.

Heute blickte man vom John F. Kennedy Center nur noch auf die trostlos dunkle Stadtmauer, die sich am Ufer des Potomac Rivers erhob und die Südgrenze des inneren Stadtkreises markierte. Und auch das Gebäude selbst war trostlos und dunkel. Es verfügte nur noch über sechzig Prozent seiner einstigen Bodenfläche. Die Fenster waren finstere Höhlen, und in den dahinter liegenden Räumen nisteten monströse Lebewesen und struppige Vögel und giftige Insekten. Man hatte schon häufiger versucht, den Bau wieder bewohnbar zu machen – ohne Erfolg. Es schien, als wolle die Natur das Kennedy Center nicht mehr freigeben. So hatte man das Gebäude schließlich aufgegeben.

Freilich ahnte niemand, dass hinter der Hartnäckigkeit der Waashtoner Fauna durchaus menschliche Gehirne steckten. Das John F. Kennedy Center war ein perfekter Stützpunkt für eine Gruppe, die sich die Running Men nannte: Nahe am Fluss gelegen und von dieser Seite nicht angreifbar, bot es der Rebellengruppe Schutz vor den Häschern des Weltrats.

Die Laternen, die einst die Wege zwischen den Gebäuden beleuchtet hatten, waren allesamt ausgefallen, und wer sich ins Hauptquartier durchschlagen wollte, hatte einen langen, abenteuerlichen Weg durch ein Labyrinth von Gängen vor sich, bevor er in der Kelleretage landete, die einen krassen Gegensatz zum oberirdischen Verfall bildete.

Als Black und White eine große stählerne Tür passiert hatten, entledigten sie sich ihrer Fellkleidung und standen in eng anliegenden Synthokombinationen da. Hier unten herrschte weniger große Kälte, verglichen mit den Minusgraden draußen. Richtig warm war es jedoch nur in wenigen intensiv genutzten Räumen. Man musste mit dem Treibstoff für den Generator sparsam sein.

Sie stellten ihre Waffen in einem dafür eingerichteten Schrank ab, rieben sich die Hände und marschierten durch einen breiten Gang, der sie nach wenigen Minuten in eine Zimmerflucht brachte, die an eine militärische Kommandozentrale alter Zeiten erinnerte.

Dort wurden sie von einem kahlköpfigen schwarzen Mann erwartet, so gekleidet wie sie. Er war etwa zwanzig Jahre alt. Seine Füße lagen auf der Platte eines Metallschreibtisches, und er las ein buntes Buch mit dem Titel *Jim Trash und der König der Zwerge.* Der junge Mann war von zahllosen Rechnern und Monitoren umgeben und hob erst den Blick, als Black und White unmittelbar vor ihm standen.

»Wie ich aus Ihrer Lektüre ersehe, nutzen Sie jede Gelegenheit, um sich auf den neuesten Stand der Technik zu bringen, Mr. Hacker«, sagte Black trocken.

»Bildung is' eben alles«, sagte Hacker. Er klappte das Buch leicht verlegen zu, legte es mit dem Titelbild nach unten auf den Schreibtisch und stellte die Beine auf den Boden. Er hüstelte verlegen, dann stand er auf und legte die Hände wie ein Rekrut an die Hosennaht. Er hatte deutlichen Respekt vor Black, der ihn jedoch durchaus wohlwollend musterte. White tat derweil so, als ginge ihn all dies nichts an. Er studierte mit faszinierter Miene die sie umgebenden Gerätschaften und warf einen Blick auf jeden Monitor.

»Unser Mr. White«, sagte Black und deutete auf seinen Begleiter, »hat mir berichtet, dass Mac und der Fisch schon in den Tanks schwimmen.«

Hacker nickte. »Das entspricht der Sachlage«, sagte er und deutete auf eine schmale Eisentür, die in einen Nebenraum führte. »Möchten Sie, dass ich Sie zur GWU bringe?«

»Ich bitte darum«, sagte Black.

Hacker öffnete eine Schleusentür, hinter der ein langer, wie mit dem Lineal gezogener Gang sichtbar wurde. Es war einer von zwei Tunneln, die die Running Men vor Jahren selbst angelegt hatten. An der Decke waren im Abstand von zwanzig Schritten Glühbirnen angebracht, die beim Öffnen der Tür aufflammten, und auf dem Boden verlief ein Gleisstrang.

Hacker wandte sich nach links, wo eine Art Draisine stand, ein kleines, elektrisch betriebenes Schienenfahrzeug. Black und White nahmen auf einer harten Holzbank Platz, während ihr Fahrer das Vehikel in Gang setzte. Immerhin maß der Tunnel über anderthalb Kilometer und hätte einen Fußmarsch von einer knappen Viertelstunde bedeutet.

So aber langten die drei Männer bereits zwei Minuten später am Endpunkt des Tunnels an: einem Kellergewölbe der George Washington University, kurz GWU genannt. Auch hier passierten sie eine Schleusentür und gelangten in das Labor. Bereits vor dem Bau der Tunnelverbindung hatten die Rebellen das zweite Kellerstockwerk mit Stahlbeton vom oberen Teil der Universität abgeschottet. So konnten sie die hiesigen Laboranlagen ungestört nutzen. Den elektrischen Strom bezogen sie aus dem Generator unter dem Kennedy Center.

Vor Mr. Black und Mr. White ragten zwei transparente zylinderförmige Tanks auf kupfernen Gestellen in die Höhe. Darin schwammen zwei mit allerlei Kabeln und Schläuchen verbundene Lebewesen, deren geschlossene Augen anzeigten, dass sie ohne Bewusstsein waren. Der eine war ein Mensch. In dem zweiten Tank befand sich ein bläuliches Fischwesen mit Armen und Beinen, etwas kleiner als ein Mensch.

»Damit ist die erste Stufe des Projekts angelaufen«, sagte Hacker, ohne den Blick von den beiden in der milchigen Flüssigkeit des Tanks schwimmenden Gestalten abzuwenden. »Es wird nun schwerlich aufzuhalten sein.«

Black nickte. Zum ersten Mal seit langer Zeit zeigte sich auf seinem stoischen Gesicht so etwas wie der Anflug eines Lächelns. »Damit sind unsere Bemühungen einen entscheidenden Schritt weitergekommen«, sagte er.

»Wie ist Ihr Unternehmen ausgegangen?«, fragte Hacker interessiert und schaute Black an.

Blacks Miene verfinsterte sich. »Negativ. Wir wurden von Crows Schergen entdeckt und mussten fliehen.«

»Aber wir haben ihnen ganz schön den Arsch aufgerissen«, fügte White hinzu, der einen Schritt vor den Tanks stand und mit interessierter Miene den Menschen musterte.

»Äh ... wie bitte?«, fragte Hacker.

»Wir haben sie fertig gemacht«, präzisierte White, ohne »Mac« aus den Augen zu lassen. Der Mensch war von weißer Hautfarbe, groß und schlaksig. Er trug einen kurzen Bart. Rechts und links von seinem Nasenrücken waren zwei helle Druckstellen zu erkennen, die andeuteten, dass er Brillenträger war. Dies war sehr ungewöhnlich, da es keine nennenswerte optische Industrie in Meeraka gab und kurz- oder weitsichtige Menschen sich mit ihrem Schicksal abzufinden hatten, sofern sie überhaupt merkten, dass sie schlecht sahen.

Mac war, wie der Fischmensch, eine wichtige Figur in ihrem Projekt. Das Leben der beiden musste unter allen Umständen erhalten werden. Ein schier unglaubliches Rätsel umgab Mac, ein Geheimnis, das ihnen beim Kampf gegen den Weltrat dienlich sein konnte. Irgendwie gab es eine Verbindung zwischen ihm und diesem Commander Drax, der sich ihren Informanten zufolge im Pentagon aufhielt. Eine erste Kontaktaufnahme mit ihm hatte jedoch nicht den erwünschten Erfolg erbracht.

»Wir müssen einen zweiten Versuch wagen«, sagte Black. »Wir müssen an diesen Drax herankommen!«

Black nickte. »Das werden wir. Ich sehe den ersten Versuch aber noch nicht als gescheitert an, Mr. White. Wenn Drax kein Idiot ist, wird er nachdenken, nachdem unser Freund Mike ihn in seiner virtuellen Traumwelt besucht hat. Und wenn er die richtigen Schlüsse zieht, wird er mit *uns* Kontakt aufnehmen wollen …«

Im zwanzigsten Jahrhundert war das Pentagon eines der wichtigsten Gebäude der Erde gewesen. Im Weißen Haus hatte man zwar die höchsten politischen Entscheidungen getroffen, doch im Pentagon wurden sie durchgesetzt. Wurde anderswo Geschichte geschrieben, so hatte man sie hier *gemacht* – in einem fünfeckigen Gebäude, das für die nationale Sicherheit der USA von höchster Wichtigkeit war und dessen äußere Gestalt dieser Wichtigkeit entsprach.

Schon vom Jefferson Davis Highway aus betrachtet wirkte das Pentagon gigantisch. Und doch hatten auch damals nur wenige Menschen gewusst, dass das Gebäude nur zu einem kleinen Teil über die Oberfläche hinausragte, dass es sich – einem Eisberg gleich – tief unter die Erde erstreckte.

Im 20. Jahrhundert hatte man nachts an der Menge der erhellten Fenster erkennen können, ob politische Spannungen in der Luft lagen. Heute war dies nicht mehr der Fall, denn die Fenster waren zugemauert. Was freilich nicht bedeutete, dass die Welt frei von Krisen und Spannungen war, denn in den steinernen Lebensadern der acht unterirdischen Stockwerke herrschte die gleiche Betriebsamkeit wie immer.

Und die heutige Nacht war keine Ausnahme.

Commander Matthew Drax, ehemaliger US Air Force Pilot, spürte es in jeder Sekunde, die er in seinem kleinen Quartier auf dem Bett lag. Der Boden schien leicht zu vibrieren, und in seinem Kopf purzelten die Gedanken wie Meteoriten durcheinander.

Viele dieser Gedanken waren von Wut beherrscht.

Man hatte ihn benutzt und betrogen, hatte ihn ausspioniert auf eine Weise, die seine Würde verletzt und sein Innerstes bloßgestellt hatte.

Angefangen hatte es mit seiner Ankunft im Pentagon. Noch bevor sich der Weltrat überhaupt auf zivilisierte Weise mit ihm auseinander gesetzt hatte, begann man mit Hirnscannern einen Zugang zu seinen Gedanken und seinem Unterbewusstsein zu finden. Da sein Gehirn aber nicht »synchron lief mit den weiter entwickelten Gehirnen dieser Generation«, wie man ihm später erklärt hatte, verursachte der Scan Halluzinationen bei ihm. Matt war regelrecht durchgedreht, hatte zwischen Visionen und Wirklichkeit nicht mehr unterscheiden können. Dass er in diesem Zustand keinen Mord begangen hatte, war auch alles.

Und dann, als man die Scanner endlich justiert hatte, war Phase zwei angelaufen: die Rückversetzung von

Commander Matthew Drax in seine Vergangenheit. Er war in Berlin-Köpenick aus einem angeblichen Koma erwacht und hatte feststellen müssen, dass alles, was er in den vergangenen fünfzehn Monaten erlebt hatte, ein Traum gewesen war. Die Erde war nicht von einem Kometen getroffen worden. Alle hatten es ihm versichert, auch seine Freunde Chester, Jensen und Williams.

Er hatte sich gefreut, natürlich, aber auch an seinem Verstand gezweifelt, denn er war ständig Menschen begegnet, deren Gesichter er aus seinem »Traum« kannte: einem Pfleger, der Pieroo ähnlich aussah, einer Krankenschwester, die Aruula wie aus dem Gesicht geschnitten war, einen kleinwüchsigen Corporal, der Sepp Nüsslis Zwilling hätte sein können.

Ein auf die Behandlung schwerer Traumata spezialisierter Psychiater hatte seine Wahnvorstellungen auf tiefenpsychologische Phänomene zurückgeführt, und seine Behandlung hatte darin bestanden, Matt alle Details seiner angeblichen Traumreise aus der Nase zu ziehen. So hatte er alles preisgegeben, auch verschüttet geglaubte Erinnerungen.

Und dann war Matt dem geheimnisvollen »Mad Mike« begegnet, der ihm geglaubt und behauptet hatte, die irdische Zivilisation sei tatsächlich vernichtet worden und Matt sei nur gefangen in einer virtuellen Simulation. Mike war ein Piratenprogramm gewesen, das sich in dieser falschen Welt als Lektor fantastischer Romanhefte tarnte, ausgesandt von einer Rebellengruppe, die gegen den Weltrat kämpfte.

Matt hatte die richtigen Schlüsse gezogen und sich aus der Simulation befreit; zugegebenermaßen etwas drastisch: Er hatte sich umgebracht – und war im Pentagon wieder aufgewacht.

Dass der Weltrat, die derzeitige Regierung der Vereinigten Staaten, seitdem nicht mehr seine volle Loyalität genoss, war klar. Wer sich solcher Methoden bediente, war ihm suspekt. Andererseits durfte er nicht außer Acht lassen, dass sich die Zeiten geändert hatten. Unter dem Einfluss der barbarischen Welt da draußen mussten sich die Methoden der Bunkermenschen zwangsläufig ändern; das hatte er schon in den Communities in London und Salisbury erlebt. Was früher ethisch falsch gewesen war, war heute vielleicht die einzige Chance zu überleben.

Matt seufzte leise, richtete sich auf und schwang die Beine über den Bettrand. Es war zwar ein angenehmes Gefühl, endlich wieder einen Pyjama zu tragen und auf sauberen Laken zu ruhen, aber auch der Luxus, den er so lange entbehrt hatte, konnte nicht verhindern, dass er sich ungut fühlte. Zwar war General Crow, der die VR-Aktion geleitet hatte, nicht müde geworden ihm zu versichern, alles sei nur zu seinem Besten geschehen, aber …

Nun, zumindest hatte die Fragerei ein Ende. Seine Dienstakte war nach dem virtuellen Abenteuer mit Informationen prall gefüllt. Matt sah sie regelrecht vor sich:

Matthew Drax, Sohn von Simon Drax, geboren am 26. Januar 1980 in Riverside, Kalifornien. Abschluss an der High School 1998, Studium in Europäischer Geschichte und Deutsch, Französisch als Nebenfach von 1998 bis 2000 an der Columbia University in New York City. Von 2000 bis 2004 United States Air Force Academy in Colorado. 2001 Heirat mit Elizabeth Harper. 2004 Stationierung auf der Andrew Air Force Base bei Washington D. C. und 2006 beim Luftwaffenstützpunkt Berlin-Köpenick, Deutschland. Beförderung zum Commander 2007, Dienstnummer MD-1980-0106-C23 …

Wenigstens würde man jetzt nicht mehr daran zweifeln, dass er tatsächlich aus einer fünfhundertfünf Jahre zurückliegenden Vergangenheit kam. Wenngleich er das *Wie* selbst nicht beantworten konnte, schlicht weil er es nicht wusste. Nur dass »Christopher-Floyd« ursächlich dafür verantwortlich sein musste, war klar: Der Zeitsprung hatte stattgefunden, als die Druckwelle des Kometen die Jets erfasst und über jeden Messwert hinaus beschleunigt hatte. Was ansonsten mitgewirkt hatte – ein Zeitriss, ein Wurmloch, eine Dimensionsverschiebung – war reine Spekulation.

Matthew schüttelte die nutzlosen Gedanken ab, schaute sich um und musterte die Einrichtung seines Quartiers. Ihm war klar, dass es in jedem Bunker in jedem Land Raumprobleme geben musste und er sich glücklich schätzen konnte, überhaupt ein Einzelzimmer bekommen zu haben. Aber auch in dieser Hinsicht war der Regierungsbunker ein Novum.

Denn seine Bewohner konnten sich – anders als die Technos in Europa – auch auf der Oberfläche frei bewegen, ohne dass ihre Immunschwäche sie dahinraffte. Das gelang ihnen mit einem Serum, das sie vor gut dreißig Jahren entwickelt hatten. Jeder Bunkermensch trug einen schmalen Plasikbehälter bei sich, aus dem die gelbliche Flüssigkeit in kleinsten Dosierungen permanent in Höhe des Brustbeins in seine Blutbahn abgegeben wurde. War der Tropf mit dem Serum leer, musste er erneuert werden.

Ob auch andere Bunkerzivilisationen der Ex-USA über das Serum verfügten, wusste Matt nicht. Es würde zu seinem ersten Eindruck vom Weltrat passen, wenn man diese Errungenschaft für sich behalten hätte.

Schon der Name: *Weltrat!* Klang irgendwie nach Größenwahn. Aber in dieser Hinsicht waren seine Landsleute ja nie sonderlich bescheiden gewesen.

Ob es nicht auch in anderen Ländern »Welträte« gab? König Roger von England fiel Matthew ein. Die englischen Communities hatten auf ihn nicht den Eindruck von »Weltsheriffs« gemacht. Im Gegenteil war man dort auf Zusammenarbeit bedacht. Das war auch der Grund gewesen, warum Matt und Aruula sich auf den Weg nach Meeraka gemacht hatten: um Kontakt zu den dortigen Bunkerzivilisationen aufzunehmen. Aber vielleicht gab es ja in den ehemaligen GUS-Staaten einen Weltrat, der Lust darauf hatte, ein Imperium zu errichten. Matt fragte sich, was aus den Mächtigen in den diktatorischen und religiös-fundamentalistischen Staaten geworden war.

Er faltete die Hände und ließ seine Knöchel knacken. Wieder kehrte der Gedanke an »Mike« zurück – und an dessen Hintermänner. Wer war diese unbekannte Gruppe, die ihn in die Simulation eingeschleust hatte? Mike hatte von einer Widerstandsgruppe gegen den selbstherrlichen Weltrat gesprochen. Sollte er versuchen, Kontakt mit ihnen aufzunehmen …

Und plötzlich durchzuckte es Matt wie ein Blitz.

Was ihm hier durch den Kopf ging, waren eindeutig konspirative Gedanken, die sich gegen den Weltrat wandten! Was, wenn Mikes Auftritt auch nur ein Bestandteil des Programms gewesen war, erschaffen vom Weltrat, um seine Loyalität zu testen? Wenn man jetzt, in dieser Sekunde, den Vermerk »Verräter« unter seine Akte setzte?

Wenn sich alles, was er jetzt erlebte … *immer noch in der virtuellen Welt abspielte?*

Matt wurde übel.

Er wusste es nicht …!

Die fünfzehn Monate in der Wildnis hatten Matts Sinne mehr geschärft als die zweiunddreißig Lebensjahre zuvor. Nicht zuletzt Aruula hatte ihm in dieser Zeit eine Menge beigebracht, was dem Überleben dienlich war. Als Angehörige eines Nomadenstammes hatte sie kämpferisches Geschick und wusste ein Schwert zu führen. Und sie verfügte über eine ungewöhnliche Fähigkeit, die sie *Lauschen* nannte. Matt hielt ihre Gabe für eine Form der Telepathie. Sie hatte Aruula befähigt, seine Sprache in nur wenigen Wochen zu erlernen, indem sie seine Worte mit den Bildern verglich, die gleichzeitig in seinem Geist entstanden waren.

Diese Gabe wünschte Matt sich, als er sein Quartier in dieser Nacht verließ, um durch die Bunkergänge zu spazieren. Er konnte nicht schlafen. Zu viel ging ihm im Kopf herum.

Zu seiner Überraschung hielt niemand ihn auf. Er erspähte auch keinen Wächter. Offenbar eine Geste des *»good will«*, zu der sich Präsident Hymes befleißigt fühlte, um Matts Vertrauen zurückzugewinnen.

Nicht zum ersten Mal wunderte sich Matthew, dass er in der riesigen Anlage bisher nur so wenigen Bewohnern begegnet war. Wie viele Menschen lebten hier? Mit welcher Energiequelle hielt man den Betrieb aufrecht? Seit der Katastrophe waren über fünfhundert Jahre vergangen. Wie viele Menschen hatten damals hier Zuflucht gefunden? Aus welchen Kreisen hatten sie gestammt? Wie viele Nachkommen hatten sie gezeugt?

Es wäre am einfachsten gewesen, sich mit seinen Fragen an den Präsidenten zu wenden. Doch irgendetwas hielt Matt zurück. Nein, momentan konnte er nicht einmal mit Dayna reden, die ihn in den ersten Tagen betreut hatte. Obwohl er durchaus Sympathie für die Bunkerfrau empfand. Doch durch die Wahnsinnstat ihres Ex-Freundes Malcolm war auch ihr Verhältnis zueinander gestört worden. Matt hatte sie seitdem nur noch flüchtig gesehen; selten hatten sie mehr als ein paar Worte gewechselt.

Matt wurde klar, dass er hier im Pentagon nicht den Abstand gewinnen würde, den er brauchte. Er fühlte sich beobachtet, überwacht, kontrolliert.

Um mit sich selbst und dem Weltrat ins Reine zu kommen, gab es nur einen Weg – und der führte nach draußen. Vielleicht würde er in Washington D.C.* die Freiheit und Ruhe finden, die er jetzt dringend brauchte.

Vorausgesetzt, man ließ ihn gehen!

Matts Entschluss stand fest. Gleich morgen früh würde er Victor Hymes aufsuchen …

Präsident Hymes war eine Persönlichkeit. Das merkte man schon, wenn er nur einen Raum betrat. Er besaß diese Präsenz, die große Männer erst groß machte. Darüber hinaus war auch sein Äußeres beeindruckend. Er mochte zwischen fünfzig und sechzig Jahre alt sein, hatte graues Haar und trug einen ebensolchen Bart, der ihm etwas Väterliches verlieh.

Seine graublauen Augen zeigten hohe Intelligenz und strahlten Wärme aus – auch jetzt, da Matt in dem großen holzgetäfelten Büro vor einem Schreibtisch auf einem verchromten Rohrstuhl saß und etwas Dunkles aus einer Tasse schlürfte, das ihn entfernt an Kaffee erinnerte.

---

* District of Columbia

»Ich verstehe natürlich, dass Sie sich nach der langen Zeit an der Oberfläche in unserem kleinen Reich eingeengt fühlen, Commander«, sagte Hymes liebenswürdig, »aber ich muss Ihnen sagen, dass es für einen Menschen, der sich hier nicht auskennt, an der Oberfläche nicht ganz ungefährlich ist.«

Hinter ihm an der Wand hingen Gemälde vergangener Präsidenten. Matt erkannte »Tricky Dick« Nixon, Bill Clinton und Arnold Schwarzenegger. Hymes deutete kurz auf den Monitor, der auf seinem Schreibtisch stand. Versteckt angebrachte Außenkameras übertrugen gestochen scharfe Bilder der Landschaft, die das Pentagon umgab, sodass Matt sich selbst überzeugen konnte, wie es draußen aussah.

Es sah vor allem *kalt* aus. Eigentlich zu kalt für diese Jahreszeit.

Doch inzwischen wusste Matt, was das Klima verändert und einen Gletscher sogar bis nach New York getrieben hatte: Der Einschlag des Kometen hatte nicht nur große Teile Russlands und der Mongolei vernichtet, sondern auch die Erdachse verschoben! Der neue Nordpol lag nun beim kanadischen Edmonton, und der Äquator verlief über Salvador, Kairo, Taipeh und Samoa. Die Erdneigung hatte sich nicht verändert, sodass die Jahreszeiten erhalten geblieben waren. Im winterlichen Washington sah es nun ungefähr so aus wie früher im kanadischen Nordwesten.

»Offen gesagt, Mr. President, in Ihrem *gemütlichen Heim* fällt mir allmählich die Decke auf den Kopf.«

»Eine nette Redewendung«, sagte Hymes. »Gefällt mir. Wo haben Sie die her?«

»Aus Europa. Deutschland, um genau zu sein.«

»Deutschland, was?« Hymes schaute ihn interessiert an. »Das Land der Dichter und Henker.«

»Dichter und Denker, Sir.« Matt räusperte sich.

»Es war die virtuelle Überprüfung, die Ihnen zu schaffen macht, nicht wahr?«, fragte Hymes und zupfte an seinem Bart.

»Offen gesagt ja.« Matt leerte seine Tasse und stellte sie auf Hymes' Schreibtisch ab. Wieder überfiel ihn dieses unangenehme Gefühl, nicht mit Sicherheit sagen zu können, ob er sich vielleicht noch immer in jener falschen Wirklichkeit befand. Aber es gab keine Möglichkeit, das zu überprüfen. Es sei denn, er jagte sich wieder eine Kugel durch den Kopf. Was sich als arger Fauxpas herausstellen würde, wenn er falsch lag und dies tatsächlich die Realität war ...

»Na schön«, sagte Hymes nach einer kurzen Pause. »Ich verstehe Ihre Lage.« Er räusperte sich. »Und ich halte Sie nicht zurück, Commander. Schauen Sie sich in der Stadt um. Denken Sie nach. Und kommen Sie zurück, wenn Sie unser Vorgehen akzeptiert haben.«

Matthew war baff. Er hatte mit Ausflüchten gerechnet, mit einer Hinhalte-Taktik oder gar mit einem Verbot, den Bunker zu verlassen. Stattdessen ließ Hymes ihn einfach gehen. War das Kalkül oder echtes Verständnis? Oder gar der Beweis dafür, dass dies alles nicht wirklich geschah ...?

Hymes warf einen erneuten Blick auf den Monitor. »Wir müssen Sie natürlich passend ausstatten, damit Sie uns nicht erfrieren«, fuhr er fort. »Und eine Waffe bekommen Sie auch.« Er stand auf, umrundete den Schreibtisch und trat an einen Schrank heran, den er mit einer schnellen Bewegung öffnete.

Matts Blick fiel auf ein Arsenal von Handfeuerwaffen unbekannten Fabrikats. Hymes reichte ihm eine Pistole, die Matt dank ihrer glatten Oberfläche und der geschwungenen Linien unwillkürlich an einen Phaser erinnerte, wie er in Science-fiction-Filmen ein beliebtes Utensil war. Seine Vorfreude, dass es sich tatsächlich um eine Laserwaffe handeln könnte, wurde jedoch enttäuscht, als Hymes ihm die Funktionsweise erklärte. Der *Driller*, wie er ihn nannte, verschoss Projektile, immerhin fünfzig pro Magazin, da sie kaum größer waren als die Spitze eines Kugelschreibers. Trotzdem sollte ihre Wirkung dank eines explosiven Kerns verheerend sein. Matt nahm die Waffe an sich und wog sie in der Hand.

»Wenn Sie wollen, gebe ich Ihnen gern eine kleine Eskorte mit«, sagte Präsident Hymes.

Matt schüttelte den Kopf. »Das ist nicht nötig, Sir«, erwiderte er. »Ich habe mich über ein Jahr lang mehr oder weniger allein durchgeschlagen. Ich kann mich meiner Haut schon wehren.«

Hymes schaute ihn stirnrunzelnd an. Die Vorstellung, ihn ohne Begleitschutz ziehen zu lassen, schien ihm nicht zu gefallen. »Aber Sie waren nicht allein, Commander. Diese Barbarin ... wie war noch gleich ihr Name ...?«

»Aruula. Richtig, Sir, sie hat mich begleitet und mehr als einmal mein Leben gerettet. So wie ich das ihre. Ich denke aber nicht, dass es in Washington auch nur annähernd so gefährlich wird wie in Europa. Schließlich ist die Stadt gesichert; hier gibt es weder Taratzen noch Nosfera oder Nordmänner.«

»Hm ...« Hymes zupfte erneut an seinem Bart und musterte sein Gegenüber von oben bis unten. Dann nickte er. »Na schön, Commander.« Er klopfte Matt auf die Schulter. »Meine Adjutantin, Captain Melanie Chambers, wird Sie neu einkleiden und über alles informieren, was Sie über die Umgebung und die hiesige

Lage wissen müssen.« Er räusperte sich. »Kommen Sie bloß heil zurück. Wir haben noch Großes mit Ihnen vor.«

Matt schob die Waffe in seinen Gürtel und bedankte sich. Hymes brachte ihn zur Tür. Als Matt das Zimmer verlassen hatte, kehrte er an den Schreibtisch zurück und drückte einen Knopf. Das Bild auf dem Monitor wechselte und zeigte das Gesicht einer rotblonden Frau.

»Hallo Melanie. Hymes hier.«

»Mr. President. Was kann ich für Sie tun?«

»Commander Drax wird sich in Kürze zum Freigang abmelden«, sagte Hymes, »und muss entsprechend ausgerüstet werden.«

»Verstanden, Sir. Ist er bewaffnet?«

»Ja. Ich habe ihm einen Driller aus meinem Waffenschrank gegeben.« Hymes zupfte an seinem Bart und musterte Captain Chambers mit eingehendem Blick. »Er geht allerdings ohne Eskorte.«

»Ohne Eskorte, Sir?« Captain Chambers zog ihre formschönen Brauen hoch.

»Ohne Eskorte«, wiederholte Hymes. Er warf einen Blick auf die Tür, durch die Matt gegangen war, und räusperte sich. »Das macht mir etwas Sorgen. Ich hoffe doch sehr, dass der Peilsender, den wir ihm eingepflanzt haben, immer noch klaglos funktioniert?«

Ein behelmter WCA-Mann geleitete Matt wortlos mit einer Codekarte zum Aufzug und brachte ihn nach oben. Er führte seinen Schützling in einen mit allerlei Computerelektronik ausgestatteten Büroraum, in dem die Assistentin des Präsidenten wartete. Der Mann salutierte stumm, und Captain Chambers erwiderte seinen Gruß. Dann verschwand er wieder.

Als sie sich Matthew Drax vorstellte, verzog Melanie Chambers ihren roten Mund zu einem Lächeln. Sie stand ein wenig linkisch da, als mache es sie verlegen, ihm in Person zu begegnen. Immerhin hatte sich die Ankunft des »Mannes aus der Vergangenheit« schnell im Bunker herumgesprochen.

Sie war verdammt attraktiv, fand Matt. Er schätzte sie auf Anfang dreißig.

»Guten Abend, Commander«, sagte sie mit leicht heiserer Stimme. »Ich freue mich, Sie persönlich kennen zu lernen.«

»Ganz meinerseits«, entgegnete Matt. Er schaute sich um.

Captain Chambers deutete auf einen ordentlich gefalteten blauen Kleiderstapel, der neben ihr auf einem Drehstuhl lag. Davor stand ein Paar Stiefel. »Als Erstes ist ihr Outfit dran. Kleiden Sie sich bitte um.«

Matt schaute Captain Chambers an. Na schön, als Soldat war er es gewohnt, sich in Gegenwart von Kameraden umzuziehen, aber er wusste nicht genau, ob er in Melanie Chambers eine Kameradin sehen sollte. Auch wenn sie uniformiert war.

Da sie jedoch keine Anstalten machte, ihn allein zu lassen, zog er schließlich seine Kombination aus und probierte das an, was sie für ihn bereitgelegt hatte.

Das Gewebe der neuen Kleidung fühlte sich ungewohnt an. Captain Chambers erklärte ihm, er trüge nun einen gegen die Oberflächenkälte schützenden Thermoanzug. Sie erläuterte ihm die Funktionsweise der »Gürtelschnalle«, die allerlei nanotechnisches Gerät enthielt. »Der integrierte Sensor prüft die Temperatur und erwärmt automatisch den Anzug, sodass Sie sich höchstens eine kalte Nase holen können …«

Anschließend setzte sie Matt noch über die Umstände auf der Oberfläche in Kenntnis. Dass er im Gegensatz zu der restlichen Bunkerbesatzung keinen Tropf für das Serum bei sich tragen musste, schien sie regelrecht mit Neid zu erfüllen. Sein Immunsystem war intakt und verkraftete die Krankheitserreger, die sich dort oben tummelten, problemlos.

Dann ging es mit einem anderen Aufzug noch weiter hinauf zu jenem Komplex, den Matt in unangenehmer Erinnerung behalten hatte: zur Endstation von SUBWAY 1, dem Zug des Präsidenten. Während des kalten Krieges war eine unterirdische Zugstrecke gebaut worden, die das Weiße Haus mit dem Pentagon in Arlington und dem CIA-Hauptquartier in Langley verband. Hier war er, von Halluzinationen geplagt, vor gut zwei Wochen zusammengebrochen – um in einer virtuellen Welt wieder aufzuwachen.

Als die Fahrstuhltüren sich öffneten und Matt in das große betongraue Gewölbe trat, hatte dies trotz allem etwas Befreiendes an sich. Hier schmeckte die Luft frischer, hier wichen die engen Wände weit zurück, hier atmete man bereits den Duft der Freiheit.

Die auf Hochglanz polierten stählernen Waggons warteten schon auf ihn – und *nur* auf ihn! Verblüfft stellte Matt fest, dass er offenbar der einzige Fahrgast war. Lediglich einige Techniker wieselten noch umher.

Captain Melanie Chambers verabschiedete sich von Matthew und machte ihn noch einmal darauf aufmerksam, dass seine implantierte ID-Card ihn autorisierte, jederzeit ins Pentagon zurückzukehren. »Ich wünsche Ihnen viel Glück auf Ihrer Expedition, Commander Drax. Ich hoffe, Sie finden, was Sie suchen.«

»Das hoffe ich auch. Davon wird abhängen, ob ich zurückkomme«, entgegnete Matt.

Captain Chambers lächelte. »Davon bin ich überzeugt«, sagte sie mit warmer Stimme. »Sehen Sie, Matthew, einige unserer Methoden mögen Ihnen etwas ... drastisch erscheinen. Aber die Umstände bestimmen unser Handeln, das werden Sie bald begreifen. In einer Welt wie dieser haben wir vielleicht verlernt, allzu zimperlich zu sein, aber deswegen sind wir nicht die Bösen.«

Matt nickte, erwiderte aber nichts.

Erst als er im vordersten Abteil saß und hörte, wie die Zugmaschine summend zum Leben erwachte, wurde ihm bewusst, dass ihn Melanie Chambers beim Vornamen genannt hatte.

Er sah zu ihr hinüber, wie sie am Bahnsteig stand. Sie winkte ihm zu. Auf ihrem Gesicht lag wieder ihr unvergleichliches Lächeln. Und es schien mehr zu sagen als nur »Adieu!« ...

Waashton, früher Washington D.C. genannt, war seit dem Jahr 1800 Hauptstadt und Regierungssitz der USA. Die Stadt an der Mündung des Potomac Rivers in der Chesapeake Bay hatte vor dem Kometeneinschlag eine Fläche von 179 Quadratkilometern belegt und etwa 700 000 Einwohner gehabt, von denen, nebenbei erwähnt, siebzig Prozent eine schwarze Hautfarbe besaßen. Hier befanden sich das Weiße Haus, das Capitol, in dem Senat und Repräsentantenhaus tagten, der Oberste Gerichtshof sowie fünf Universitäten und andere Hochschulen. Außerdem war die Stadt Sitz zahlreicher naturwissenschaftlicher Gesellschaften und der NASA.* Der

---

* National Aeronautics and Space Administration

Vorort Arlington beherbergte das Pentagon, den größten Ehrenfriedhof des Landes und den National Airport.

Matt erinnerte sich auch noch gut an die Namen der Washingtoner Stadtteile: Adams-Morgan, Anacostia, Capitol Hill, Chinatown, Dupont Circle, Foggy Bottom, Georgetown, Southwest/Waterfront und Alexandria. Die meisten Gebäude hatten die Jahrhunderte währende Eiszeit nicht überstanden. Wo damals prächtige Bauten aufragten, erstreckten sich jetzt Ruinen oder verschneite Flächen. Dass Matt wusste, wo er sich befand – nämlich auf der Pennsylvania Avenue –, lag nur daran, dass er noch immer im Westen das Weiße Haus erkennen konnte.

Matt hielt nach weiteren markanten Stellen im Gelände Ausschau, doch er erspähte weder das National Theatre noch den Old Post Office Pavillon. Gerüste an den Gebäuderuinen zeigten ihm immerhin, dass hier Wiederaufbau betrieben wurde.

Er schritt in seinem dunkelblauen Thermoanzug die Avenue entlang. Rings um ihn her war kaum ein Laut zu hören. Es war fast wie in einem Wintermärchen. Nein, doch wohl eher ein Winteralbtraum …

Matt blieb stehen. War das das alte FBI-Gebäude? Hinter den Fensterhöhlen nistete Dunkelheit; wenn es eine Ordnungsmacht im neuen Washington gab, dann schlief sie den Schlaf der Gerechten …

Matt rief sich die Zeit ins Gedächtnis, die er als Pilot in Washington verbracht hatte. Ihm fiel speziell die blonde deutsche Studentin Barbie ein. Er war mit ihr durch die Kneipen von Georgetown gezogen, um unter ihrer fachlichen Anleitung seine Umgangssprache zu perfektionieren. Barbie war beim Fernsehen gelandet. Er hatte sie Jahre später in Berlin des Öfteren auf dem Bildschirm gesehen – als Moderatorin einer Randale-Sendung, in der enthemmte Pärchen sich vor laufender Kamera an die Kehle fuhren und die Perücken vom Kopf rissen. Bei dem Gedanken musste er grinsen.

Tja, man konnte nicht alles haben. Auch er hatte längst nicht all seine Wünsche verwirklicht. Am meisten fehlte ihm Aruula. Sie hatte ihn fast ein Jahr lang durch diese fremde neue Welt geleitet, bis sie in Plymouth getrennt und als Sklaven verkauft worden waren.* Was wohl aus ihr geworden war?

Beim Gedanken an Aruula erfasste ihn ein Hauch von Schwermut. Er sah sie vor sich: eine schlanke Frau Mitte zwanzig mit schulterlangen blauschwarzen Haaren und braunen Augen – und einem traumhaften Körper. Ohne sie hätte er vermutlich nicht einmal die ersten Tage in dieser feindlichen Zukunft…

Hoppla. Matt blieb schlagartig stehen und drückte sich in einen Hauseingang. In Gedanken versunken, war er in eine Seitenstraße abgebogen, an deren Rändern zwei- bis dreistöckige teils zerfallene Bauten aufragten. Auch hier war alles dunkel bis auf das Licht der Milchstraße über ihm… und dem Schein einer Taschenlampe, den er gerade über den Schnee hatte huschen sehen.

Zwischen den Gebäuderuinen tauchten dunkle Schatten auf. Irgendwelche mutierte Tiere auf nächtlicher Beutejagd, die ihm ans Leder wollten?

Nein, es schienen Menschen zu sein, der Statur nach zwei Männer. Trotzdem verharrte Matt in seinem Versteck. Es gab schließlich nicht nur vierbeinige Raubtiere…

---

* siehe Taschenbuch 4, Roman 6 »Aufbruch in die ›Neue Welt‹«

Die Gestalten waren in graue Thermoanzüge gekleidet. Kugelförmige Helme umschlossen ihre Kopf.

Technos?

Aber wozu die Helme? Die Bunkermenschen von Washington mussten keine Krankheitserreger fürchten, die für die Communities in Europa tödlich waren. Sie besaßen das Serum, das sie schützte.

Dann gab sich Matt selbst die Antwort: Diese beiden Männer waren eindeutig auf der Jagd. Sie bewegten sich wie die Männer einer Spezialeinheit. Dazu passten auch die klobigen Schusswaffen in ihren Händen. Wahrscheinlich nutzten sie die Technologie der Helme, um so gut zu sehen wie am helllichten Tag. Reflexartig zog Matthew den Kopf ein und drückte sich noch tiefer in den Hauseingang.

Letzte Klarheit gewann er, als er den Aufnäher mit dem Symbol der World Council Agency auf den Thermoanzügen entdeckte: die von einem Kometenkeil zerteilte Erdkugel, eingebettet in die rotweißen Streifen der alten US-Flagge. Die Typen waren vom Weltrat. Aber was trieben sie hier? Waren sie jemandem auf der Spur? Und vor allem: Passte *er* in ihr »Beuteschema«?

Die Antwort darauf erübrigte sich glücklicherweise. Die beiden Gestalten bogen zwanzig Schritte von Matts Versteck in eine Nebenstraße ab. Und Matt verspürte kein gesteigertes Interesse, ihnen zu folgen und sie nach dem Grund der nächtlichen Exkursion zu fragen. Als Soldat hatte er genügend Leute kennen gelernt, die nach dem Grundsatz »Erst schießen, dann fragen« handelten.

Also wartete er drei Minuten, und als sich dann noch immer nichts regte, setzte er seinen Weg in Richtung des Washington Monuments fort. Ein paar Mal schrak er noch zusammen, wenn es um ihn her ab und zu raschelte oder ein kehliges Vogelkrächzen ertönte. Kleine Lebewesen stromerten auf der Suche nach Beute durch die Nacht. Aber wenigstens trugen sie keine großkalibrigen Waffen mit sich herum …

Matt schritt zwischen fensterlosen Häusern einher, aus deren Fenstern Weißbirken ihre schneebedeckten Äste hängen ließen. Die Thermostiefel trugen ihn sicher und trockenen Fußes durch steinige Klüfte und über Plätze, die von uralten Gebäuden mit geborstenen Kuppeln umgeben waren. Doch es war unverkennbar, dass hier im Stadtkern dem Verfall Einhalt geboten wurde. Überall erkannte Matt Baustellen. Der Wiederaufbau ging schleppend voran, aber er ging voran.

Seltsam nur, dass er bis auf die zwei Weltrat-Typen noch keinen einzigen Menschen zu Gesicht bekommen hatte. Herrschte hier eine Ausgangssperre, von der Captain Chambers ihn zu unterrichten vergessen hatte? Oder trauten sich die Bewohner Waashtons wegen irgendwelcher Gefahren nachts nicht ins Freie?

Unwillkürlich tastete Matt nach der Pistole, die er von Präsident Hymes erhalten hatte. Sie gab ihm ein kleines Gefühl der Sicherheit. Die natürlich äußerst relativ war.

Er schritt kräftig aus. Seine Schritte knirschten geisterhaft im weißen Firn. Leichter Schneefall setzte ein.

In einer schmalen Straße, die er nicht kannte, verdunkelte plötzlich ein Schwarm kleiner dunkler Kreaturen den Himmel. Sie stoben aus den Fensterhöhlen einer Ruine und fegten im Tiefflug über ihn hinweg, um über den Dächern zu verschwinden.

Fledermäuse? Matt schüttelte sich. Bei seinem Glück waren es wahrscheinlich Bateras, blutgierige Mutationen. Doch die flatternden Geschöpfe zeigten sich nicht mehr. Falls sie Beute suchten, taten sie es anderswo. *Vielleicht auf dem Capitol Hill,* dachte Matt mit einem verhaltenen Grinsen. *Wo früher die international tätigen Vampire gewohnt haben.*

»Hey, Mann«, sagte plötzlich eine Stimme aus dem Nichts. »Hasse mal 'ne Fluppe?«

Das kann doch nicht wahr sein, dachte Matt. *Nicht nach fünfhundert Jahren!* Er drehte sich langsam um, denn er wollte den Unbekannten nicht verschrecken, zumal es der erste »Normalsterbliche« zu sein schien, dem er heute Nacht begegnete. Dazu bestand aber kein Anlass, denn der Bursche, der in einem Hauseingang lehnte, wirkte nicht im Geringsten ängstlich. Er war so schwarz, dass man ihn in der Nacht kaum erkannte. Nur das Weiße in seinen Augen und seine großen Zähne waren in der Finsternis sichtbar.

Als am Himmel eine Wolke aufbrach und das Mondlicht auf den Fremden fiel, sah Matt, warum sich sein Gegenüber so lässig gab. Eine gespannte Armbrust mit einem stählernen Bolzen war genau auf seinen Bauch gerichtet.

Matt beschloss ebenfalls cool zu bleiben und erst mal auf die Frage zu antworten. »Sorry, Mann, ich hab keine Fluppe.« Er musterte sein Gegenüber. Der Bursche mochte etwa siebzehn Jahre alt sein und war in ein graubraunes Fell gekleidet. Auch seine Stiefel waren bepelzt, und auf dem Kopf trug er eine Mütze mit einer Art Biberschwanz. Er sah aus wie ein schwarzer Davy Crockett.

»Wie heissu, Alta?«, fragte der Junge.

»Maddrax«, entgegnete Matt der Einfachheit halber, nachdem er den furchtbaren Slang sortiert und übersetzt hatte.

»Maddrax?« Der Bursche lachte. »Was 'n irrer Name! Was machste hier, ey? Weisse nich, dasses Pancake Kids Territorium is?«

Matt schüttelte vorsichtig den Kopf und überlegte dabei, wie er sein Gegenüber dazu bringen konnte, die Armbrust sinken zu lassen. Es war auf Dauer kein angenehmes Gefühl, einen Stahlbolzen auf sich gerichtet zu sehen. »Hab ich nicht gewusst. Ich bin fremd hier.«

»Wo kommste denn her, ey?«, fragte der Bursche, ohne die Zielrichtung seiner Armbrust zu verändern. »Bis fasso angezogn wie die Ballertypen, die schoma nachts hia rumschleichen. So wie heute.« Er maß Matts Thermoanzug mit einem argwöhnischen Blick. »Aber die nehm nien Helm ab und zeigen eim nie ihr Gesicht ...«

»Ich bin keiner dieser Typen«, entgegnete Matt. Offenbar waren die Agenten des Weltrats hier nicht gut gelitten. »Ich habe einem von ihnen den Anzug abgenommen«, setzte er sicherheitshalber hinzu.

»Hey, dann gehörste zun Running Men, ey?« Der junge Schwarze bleckte geringschätzig die Zähne. »Auch nich bessa.«

Matt horchte auf. »Die *Running Men*?«

Der Schwarze schnaubte verächtlich. »Die gegen die Ballertypen kämpfn tun. Sach ma, was bistn du für eina? Kennst dich ja echt nich aus hier, ey!« Er deutete mit dem Kinn in die Richtung, aus der Matt gekommen war. »Die Ballertypen komm ausm Capitool, und die Running Men ... sonst wo her. Weiß keina.«

Matt kam ein Verdacht, wer diese *Running Men* waren. Hatte er während seines Abenteuers in der virtuellen Welt bereits einen ihrer Kontaktmänner kennen gelernt – jenen ominösen »Mad Mike«? Handelte es sich also um die Rebellengruppe, die ihm geholfen hatte, sich aus der falschen Realität zu befreien?

»Ich möchte die Running Men gern kennen lernen«, sagte Matt. »Kannst du mich zu ihnen bringen?«

Der Schwarze schien im blassen Mondlicht zu erbleichen. »Nee, Mann, echt nich!«, wehrte er hastig ab. Matthew hatte plötzlich den Eindruck, dass er trotz seiner Armbrust nicht sehr mutig war. »Ich komm denen nicht inne Quere, nee. Is ungesund, wennde verstehs, was ich mein.«

Matt verstand, wenn auch mehr inhaltlich denn phonetisch. »Dann bring mich zu jemandem, der sie kennt«, versuchte er es anders.

»Was willstn eigenlich von denen, ey?«, fragte der Junge.

»Nichts«, sagte Matt. »Ich will nur rauskriegen, was sie vorhaben.«

»Das wüsst Pancake Kid auch gern. Die treibn sich nämlich in seim Gebiet rum, und das mager gar nich, ey... Wenn ichs rausfinden könnt, würd er mir bestimmt was schenken. Oda mich sogar in seine Gang aufnehm...« Er schien nachzudenken, und Matt erfasste allmählich, dass er nicht zu den Hellsten gehörte. Er schien aber gutmütig zu sein. Und schließlich kam er sogar zu einem Entschluss.

»Na schön, Maddrax. Wenn du mir nix tust, tu ich dir auch nix.« Er grinste. »Ich bin Yellow Kid.«

Wie passend, dachte Matt. Er verkniff sich ein Grinsen.

Yellow Kid war, wie er erfuhr, ein so genannter *Solo.* Er lebte davon, dass er die Lagerhäuser der Kaufleute in der Innenstadt bewachte, doch leider hatte er nach einem gewaltigen Einbruch, den er leider verschlafen hatte, vor einigen Tagen Job und Quartier verloren. Da er als Obdachloser Grund hatte, die örtlichen Ordnungskräften zu meiden, stromerte er seither nur noch nachts durch die Stadt.

Yellow Kid träumte davon, sich einer der Kid-Gangs anzuschließen, die in den Randbereichen Washingtons lebten, denn sie garantierten Schutz, Nahrung, Wärme und gelegentlich auch Zärtlichkeit. Leider hatte er bisher kein Glück gehabt, denn um von einer Gang aufgenommen zu werden, musste man ihr schon etwas zu bieten haben – und seine Schießkünste mit der Armbrust waren leider sehr bescheiden.

»Wenn ich ne Heldentat machen tät, die Pancake Kids Gang nützt«, schwadronierte er, als sie in Richtung West Potomac Park gingen, »würd er mich mit Kusshand aufnehm ...«

Yellow Kid erwies sich als ausgezeichneter Führer, der alle Schleichwege und potentiellen Gefahren kannte. Einmal mussten sie einem Rudel struppiger graubrauner Bestien ausweichen, die Matt an die Wölfe des hohen Nordens erinnerten. Dann und wann stießen sie auf einzelne Gestalten, die immer schnell Reißaus nahmen und auf keinen Anruf reagierten.

Die beiden WCA-Agenten sahen sie nicht mehr, doch im Innenhof eines Häuserblocks trafen sie auf ein Dutzend mit Fellen bekleidete Männer und Frauen, die sich um drei Feuer versammelt hatten, die in eisernen Fässern brannten. Matt sah Flaschen kreisen, in denen braune Flüssigkeit schwappte.

Yellow Kid berichtete, dass die Leute Trapper und Jäger von der Waterfront seien, die ihren Lebensunterhalt mit der Deerjagd verdienten. Hunger schienen sie nicht zu leiden, denn sie wirkten wohlgenährt. Ihre Sprache hatte sich im Laufe der Jahrhunderte zwar gewaltig abgeschliffen, war Matt aber noch gut verständlich. Allerdings beschworen sie laufend eine Gottheit namens »Gangsta«, die sie aber nicht sonderlich ernst zu nehmen schienen. Wudan und Orguudoo waren ihnen nicht geläufig, was nur logisch war: Schließlich war Matt der einzige Amerikaner, der bisher von den Göttern aus Euree gehört hatte.

Als der Morgen graute und die ersten Lichtstrahlen die Nacht vertrieben, beobachteten sie am Tidal Basin ein gutes Dutzend abenteuerlich kostümierter Typen, die ein riesiges Loch ins Eis geschlagen hatten und gerade im Begriff waren, ein mehrere Meter langes blaugraues Reptil mit drei Augen und einem Maul voller rasiermesserscharfer Zähne an Land zu ziehen. Der Oberkiefer der Bestie hatte sich in einen dicken Stahlhaken verbissen, an dem ein etwa dreipfündiger Köder hing.

Das Reptil wehrte sich mit Zähnen und Klauen, um nicht von den langen Lassos, die um seinen Hals geschlungen waren, aufs Eis gezerrt zu werden. Zwei Drittel seines Körpers waren aber bereits oben. Die jungen Burschen und Mädchen, die es umringten, hoben ihre Armbrüste und ließen eine Bolzensalve los. Die meisten dieser Geschosse prallten am Panzer des Reptils ab, doch zwei oder drei bohrten sich hinein, was nur dazu führte, dass das Vieh noch wilder und wütender wurde.

Dann schien ihm endgültig der Schuppenkragen zu platzen: Urplötzlich zog es sich fauchend mit seinen gefährlich aussehenden Vordertatzen aufs Eis, zog den Rest seines knorrigen Leibes hinter sich her und drosch mit einem Schwanz um sich, der härter und länger war als das Leben.

Einer der fellbekleideten Kids, der sich mit einem schartigen Säbel zu nah an das Reptil herangewagt hatte, erhielt einen Stoß vor die Brust, flog meterweit übers Eis, klatschte auf und schlitterte bis vor Matts und Yellow Kids Füße.

Matthew beugte sich über das Opfer – und stellte fest, dass es eine Frau war. Ihr Brustkorb war nur noch eine blutige Masse. Ihre Augen waren gebrochen. Die restlichen Reptiljäger stießen erschrockene Schreie aus, ließen das Seil los, an dem der Köderhaken befestigt war und luden ihre Armbrüste nach.

Die nächste Salve bewirkte nicht mehr als die erste. Das dreiäugige Reptil wirbelte mit einem bösartigen Knurren auf dem spiegelblanken Eis herum und holte erneut mit dem Schwanz aus. Erst jetzt sah Matt, dass es eine Amphibie war und Kiemen besaß. Offenbar konnte es sich auf dem glatten Untergrund nicht sonderlich gut bewegen, denn es schlitterte durch die eigene kraftvolle Bewegung unkontrolliert herum und fegte dabei mehr zufällig drei weitere Burschen zu Boden.

Wieder prasselte eine Salve auf den Panzer nieder. Die aufgeregten Jäger rutschen auf dem Eis hin und her, und einige warfen ängstliche Blicke zum Ufer hin, als hofften sie auf Verstärkung. Die Gestürzten beeilten sich, aus der Reichweite des Reptils zu gelangen, was aber nur zweien gelang. Der dritte fing sich einen Krallenhieb ein, der ihn buchstäblich den Kopf kostete. Sein Blut spritzte übers Eis.

Das Reptil war sofort über ihm, packte eins seiner Beine mit den Zähnen und schlitterte, die Leiche hinter sich herschleifend, zu dem Loch zurück, aus dem es gezogen worden war.

»Macht ihm kaputt!«, schrie jemand aus der Meute und rannte mit dem schartigen Säbel, den das tote Mädchen verloren hatte, der Bestie hinterher. »Macht ihm *kapuuutt!*«

Matt furchte die Stirn. Dann glitt der Driller aus Hymes' Arsenal wie von selbst in seine rechte Hand. Er deaktivierte die Funktionstaste der Sicherung.

Pitsch! Pitsch! Pitsch!

Das Reptil, das den Leichnam seines Opfers gerade ins Eisloch hatte fallen lassen, machte einen Satz nach vorn, klatschte zu Boden und schlitterte mehrere Meter weiter.

Matts Waffe teilte fast lautlose Hiebe aus. Der Panzer des Reptils klaffte auf, als die winzigen Sprengladungen der Projektile faustgroße Löcher rissen, aus denen dunkles Blut spritzte und das Eis nässte.

Die jungen Jäger fragten nicht, woher die Hilfe kam. Sie schrien triumphierend auf und stürzten sich mit gezückten Säbeln und Messern auf die zuckende Bestie, die noch immer heftig mit dem Schwanz um sich schlug. Doch es war nur noch ein Todeszucken, denn gleich darauf, die erste Klinge hatte es kaum durchbohrt, warf es sich auf den Rücken, streckte die Tatzen in die Luft und verendete mit einem kehligen Röcheln.

»Wooooow«, sagte Yellow Kid beeindruckt und schaute Matt aus großen Augen an. »Warum haste nich gleich gesacht, dasde 'ne Knarre has? Da hättich mich doch viel sichrer gefühlt.«

... und mich mit deiner Armbrust gleich zu Anfang über den Haufen geschossen, vervollständigte Matt in Gedanken.

»Danke, Alta«, sagte der junge Jäger, der sich als Erster mit dem Säbel auf die Bestie gestürzt hatte, und klopfte Matt auf die Schulter. »Ohne dich hätts Probleme gegeben.«

»Schätz ich auch, Alta«, sagte Matt.

Der junge Bursche musterte den hoch gewachsenen

Mann im Thermoanzug aus intelligenten Augen. »Wie heißte, Alta?«

»Er heißt Maddrax«, sagte Yellow Kid, bevor Matt antworten konnte.

»Hastn komischen Namen, Alta«, sagte der Jäger. »Ich bin Pancake Kid.« Er zupfte sich an der Nase, die so schwarz war wie der Rest seines Gesichts. Matt schätzte ihn auf etwa zwanzig Jahre. »Falls du Hunger hast ...« Pancake Kid grinste und zeigte ein lückenhaftes Gebiss. »Aber wer hat das nicht? – Wir laden dich zum Futtern ein. Und deinen Kumpel natürlich auch.« Er deutete auf das Reptil, das seine Genossen schon zerlegten.

»Danke, Alta«, sagte Matt ermattet.

»Gegrillte Echse«, sagte Yellow Kid und leckte sich hungrig die Lippen. »Yummyumm.« Er strich sich über den Bauch.

Hackers Beine lagen, wie üblich, auf der Schreibtischplatte. Und wie üblich, wenn er nicht gerade vor einem Computer saß und arbeitete, war er damit beschäftigt, ein neues Abenteuer von *Jim Trash* zu goutieren. Die Geschichte, in die er diesmal vertieft war, schien besonders spannend zu sein, denn es machte dreimal *Ping*, ehe er den Kopf hob und einen Blick auf den Monitor zu seiner Rechten warf. Dann runzelte er die Stirn. Die Botschaft, die ihm gerade übermittelt worden war, hatte es in sich.

Hacker bestätigte mit einem Tastendruck den Erhalt der Meldung, dann legte er das *Jim-Trash*-Heft beiseite und aktivierte ein Visaphon. Sekunden später tauchte auf dem Bildschirm Blacks kantiges Gesicht auf. Er schien geschlafen zu haben, denn seine Augen zeigten einen leichten Schleier, und sein kurzes blondes Haupthaar stand ein wenig ab. Hacker hatte nur kurz Gelegenheit, die prächtigen Muskeln des Mannes zu bewundern, denn schon zog er sich einen weißen Pulli über den Oberkörper.

»Yeah?« Black klang etwas unwirsch, aber das hatte bestimmt damit zu tun, dass nach der Expedition und der langen Verfolgungsjagd noch viel Arbeit auf ihn gewartet hatte und er noch nicht ganz ausgeschlafen war.

Hacker unterdrückte einen Seufzer. Er schaute sich gern ein prächtig gebautes Mannsbild an, aber in seinem momentanen Umfeld gab es leider nur wenige, die dafür Verständnis hatten. Früher, als er noch mit der Gang von Pancake Kid um die Häuser gezogen war, war das anders gewesen. Doch hier, in den Räumen unter dem John F. Kennedy Center, lebten nur wenige Menschen, und außer ihm standen alle auf Frauen. Wie dumm.

»Eine Meldung von Mr. Eddie«, sagte Hacker freundlich.

»West Potomac Park?«

Erstaunlich, dieses Gedächtnis. Black war über den Standort jedes einzelnen Feldagenten bestens informiert. Er kannte auch den fünfhundert Jahre alten Stadtplan auswendig, jede nicht mehr existierende Straße und jedes in der letzten Eiszeit zerquetschte Gebäude. Es hatte vermutlich etwas mit seinem genetischen Erbe zu tun. Wie auch seine ungeheuren Körperkräfte. Und seine prächtigen Muskelberge, deren Anblick Hacker immer wieder entzückte.

Hacker nickte. »So ist es, Mr. Black.«

»Fein«, sagte Black. »Und wären Sie so freundlich, mir die Botschaft zu übermitteln?«

Hacker zuckte zusammen. »Aber natürlich.« Er hüstelte verlegen. »Sie lautet: Person gesichtet, auf die Beschreibung von Commander Matthew Drax zutrifft. Hält sich momentan in Gesellschaft von Pancake Kids Bande auf. Ort: Nördlich vom Tidal Basin. Mutmaßliches Ziel der Gruppe: Das Museum of Natural History.«

»Gegenüber vom Smithsonian Institute, richtig?«, fragte Black und schlüpfte in seine Hosen.

Bevor Hacker nickte, zauberte er mit einem weiteren Tastendruck den Stadtplan Washingtons auf den Bildschirm. »In der Tat. Zwischen Independence und Constitution Avenue.«

»Ich danke Ihnen, Mr. Hacker.« Black schaltete ab. Hacker seufzte und wandte sich wieder *Jim Trash* zu.

Als Black sich angekleidet hatte, verließ er den Raum, trat in einen kahlen Gang und klopfte an die Nebentür. Kurz darauf wurde sie von innen geöffnet, und Mr. White, dessen Augen ebenso verquollen waren wie die seines Gegenübers, schaute ihn an. Sein Haupthaar war nicht zerzaust, denn es war kürzer als das von Black und lag wollig an seinem Kopf an, wie ein Käppchen.

»Die Pflicht ruft, Mr. White«, sagte Black und informierte ihn über Eddies Meldung. »Ziehen Sie sich an. Wir müssen uns beeilen, damit Drax uns nicht durch die Lappen geht oder die andere Seite ihn wieder reinholt, bevor wir ihn erwischt haben.«

»Ich hab grad so schön geträumt«, murrte White und zupfte sich an der Nase.

»Vernehme ich etwa eine gewisse Renitenz in Ihren Worten, Mr. White?«, sagte Black tadelnd.

»Aber nicht doch«, sagte White. »War nur so 'ne

Redensart.« Er deutete in Richtung seiner Kleider. »Wenn Sie gestatten?«

Black nickte und kehrte in seine Unterkunft zurück. Zehn Minuten später traf er sich mit White an der Stelle, an der sie ihre Fellmäntel und Waffen deponiert hatten. Kurz darauf gesellten sich zwei junge Männer und ein Mädchen im Alter von sechzehn bis achtzehn Jahren zu ihnen. Sie waren ebenso gekleidet und trugen bereits Rucksäcke mit Marschverpflegung. Hacker führte sie an, meldete ihre Einsatzbereitschaft und reichte Black und White zwei pralle Rucksäcke.

Die Männer legten sie an. White zwinkerte Hacker zu. Dann eilten sie zu fünft hinaus und durchquerten das Kellerlabyrinth, bis sie durch einen Gullideckel an die Oberfläche der Welt und ans Licht eines neuen Tages kamen …

Leider hatte Commander Matthew Drax in den knapp zwei Jahren seiner Anwesenheit auf der Andrews Air Base nie eine Gelegenheit gehabt, sich das Naturgeschichtliche Museum anzuschauen.

Nun war er zu spät gekommen, denn das prächtige Gebäude war nicht besser in Schuss als der Kölner Dom. In den beiden durch Gänge verbundenen Innenhöfen spielte sich jedoch das pralle Leben ab, das jeden begeistert hätte, sofern er unter zwanzig war und sich für eine Kultur interessierte, die auf dem basierte, was man früher Machismo genannt hatte. Dass den in einem eisigen Zeitalter aufgewachsenen Kids *political correctness* völlig fremd war, konnte man ihnen nicht verübeln: Nach dem Großen Knall war sich über viele Generationen hinweg jeder selbst der Nächste gewesen, und so hatte man alles schnell vergessen, was fleißige Psychotherapeuthen und Vordenker der weiblichen Emanzipation sich ausgedacht hatten, um eine gleichberechtigte Gesellschaft hervorzubringen.

In den Washingtoner Hinterhöfen herrschten die gleichen Muskeln und die gleiche Gewalt wie schon fünftausend Jahre zuvor. Die Kids aus Pancake Kids Gang – Matt zählte etwa ein Dutzend Köpfe – waren jung, demgemäß unsterblich und freuten sich ihres Lebens. Keiner konnte lesen und schreiben, und keiner hatte je etwas von Thomas Jefferson oder dem guten alten Abe Lincoln gehört. Der einzige Washington, den sie kannten, war »Spinner« Washington – doch so nannte man ihn nur dann, wenn er nicht anwesend war, denn er überragte die meisten Kids um zwei Haupteslängen.

Generationen frierender Menschen hatten den Inhalt des Naturgeschichtlichen Museums ebenso geplündert und verfeuert wie das des Geschichts- und Technikmuseums nebenan. Beide Häuser waren dachlos, durchnässt und rotteten vor sich hin. In dem Innenhof, in dem Matt, Yellow Kid und die anderen sich aufhielten, brannten in alten Öltonnen rußende Feuer. Gleich nebenan drehten sich die fettigen Fleischklumpen des erlegten Reptils auf mehreren Spießen.

Die meisten Kids, die sich hier ein Stelldichein gaben, waren schwarz. Weiße kamen in Waashton und der näheren Umgebung selten vor. Aber niemand fragte sich, wieso es überhaupt weiße und schwarze Menschen gab. Es interessierte niemanden. Ebenso wenig interessierte die meisten die Fehde zwischen Weltrat und Running Men. Sie hatten ihre eigenen kleinen Kämpfe zu bestehen, in denen es um die Vorherrschaft über die Stadtteile ging.

Trotzdem hatten sie, wie Matt schnell herausfand,

bereits Kontakt zu den Running Men gehabt. Offenbar hatten die Rebellen versucht, die Kids für ihre Ziele einzuspannen. Ohne Erfolg. Man hielt sie für Spinner mit kruden Ideen, und über die komischen Dinge, die sie manchmal erzählten, konnte man sich eigentlich nur kaputtlachen.

»Du wirst es nich glauben«, sagte Pancake Kid, der schmatzend ein Reptilkotelett verdrückte. Das heiße Fett lief ihm übers Kinn. »Einer von den Pfeifen sacht, früher wär hier alles ganz anders gewesen. Da wären Blechhütten auf den Straßen rumgefahren, und man hätte den ganzen Abend vor kleinen Glaskästen gehockt wie vor nem Fenster und sich bewegte Bilder angeguckt. Und warm wärs gewesen, fast das ganze Jahr!« Er verschluckte sich fast vor Lachen. Seinen Zuhörern erging es nicht anders, denn »so 'n Scheiß« hatten sie noch nie gehört. Sie hockten auf alten Kisten unter einem Zeltdach aus hellblauem Kunststoff, das sich unter den Schneemassen bog.

»Un ich«, sagte ein breitnasiges Mädchen mit den wasserblauesten Augen, die Matt je bei einer Schwarzen gesehen hatte, »hab mal 'n Spinner getroffen, der mir allen Ernstes verklickern wollte, unterm Pentagramm ...«

»*Pentagoon*«, sagte Yellow Kid. »Pentagoon heißt das Ding. Isses nich so, Maddrax?«

Matt nickte.

»... unterm Pentagoon«, fuhr das Mädchen fort, »wär jetzt noch alles ganz trocken und warm ... und da täten mehr Menschen lebn als hier bei uns inne Stadt ... zehnmal mehr ... hundertmal mehr ...« Sie musterte die Zuhörer. »Und die meisten, die da unten inner Höhle lebn tun, wären weiß. *Weiß!* Habt ihr sowas schonma gehört?«

Die Zuhörer grölten vor Entzücken.

Kurz darauf wandte man sich wieder anderen Themen zu, wie der Heldentat der Jäger, die das Reptil »mit Matts Hilfe« erlegt hatten. Pancake Kid und seine Kumpane spannten stolz ihre Muskeln, ließen sie von den Mädchen begrabschen und blähten ihren Brustkorb auf, dass die Schwarte krachte. Matt hörte ihnen aufmerksam zu, saugte jede Information auf, die er aus ihren Gesprächen bekam, schloss hier und da eine Bekanntschaft und erkundigte sich irgendwann nach einem gewissen *Mike*.

»Was hater fürn Kampfnamen, Alta?«, fragte das Mädchen mit den wasserblauen Augen und setzte eine nachdenkliche Miene auf. »Heißt Toothless Kid nich Mike?«

»Toothless Kid?«, sagte der Junge neben ihr. »Nee, der heißt Leroy.«

»Ich glaub, er heißt Mike.«

»Er heißt nich Mike«, sagte ein anderes Mädchen. »Er heißt Elvis.«

»Er heißt nich Elvis«, sagte Pancake Kid. »Er heißt Leroy.«

»Wirklich?«

»Wenn ichs dir doch sach!«

»Wie sieht er denn aus?«, erkundigte sich ein schlaksiger Bursche aus der Runde bei Matt.

»Er ist ein Weißer«, gab Matthew Auskunft. »Mitte bis Ende dreißig. Blonde Haare, kurzer Vollbart. Nicht der Schlankste. Er trägt eine Brille.«

»Was«, sagten das Mädchen mit den blauen Augen und der schlaksige Junge wie aus einem Munde, »is ne Brille?«

»Gläser, die man auf der Nase trägt«, erklärte Matt. »Damit man besser sehen kann.«

»Kenn ich nicht«, sagte das Mädchen.

»Hab ich noch nie gesehn«, sagte Pancake Kid.

»Ich auch nicht«, sagte der schlaksige Junge.

Matt kam zu dem Schluss, dass die Jugendlichen um ihn herum insgesamt herzlich wenig wussten. Den Ausdruck »Weltrat« hatten sie noch nie gehört. Sie konnten sich auch nichts darunter vorstellen. Der Häuptling von Waashton war ihrer Ansicht nach »der dicke Kerl mit der roten Nase«, der in der City Hall hauste. Ihm zur Seite standen die bärbeißigen »Copper«, die an der Stadtmauer Wache schoben und nur jene Leute reinließen, die etwas bei sich hatten, das der Stadt nützlich sein konnte. Außerdem hielten sie »das Gelichter« draußen. Unter Gelichter verstand man, wie Matt durch Nachfragen erfuhr, »Typen wie uns, die nix ham oda tun«.

Die Kids wussten allerdings, dass aus dem Pentagon nachts manchmal komische Fahrzeuge aus Eisen kamen, die auf der anderen Seite des Flusses auf Ketten durch die Gegend fuhren. Man konnte sie von der Stadtmauer am Potomac aus sehen. In ihnen vermutete man Menschen, aber die stiegen nie aus. Man wusste auch, dass in besonders kalten Nächten, wenn sich kein braver Bürger ins Freie wagte, oft »die Grauen« aus dem Wheiduus – dem Weißen Haus – kamen und sich in der Stadt umschauten. Gerüchten zufolge jagten sie die Running Men, die sich irgendwo in Foggy Bottom versteckten.

Von der hohen Politik wussten die Kids nichts. Sie wussten nicht mal etwas von den Niederungen der Politik, die »der dicke Kerl mit der roten Nase« in der City Hall betrieb. Sie lebten in anarchistischen Banden zusammen und waren mehr oder weniger ständig »auffe Flucht« vor den Coppers – und manchmal auch vor den »Rotzlöffeln aus Dupzirc«, einer konkurrierenden Jugend-Gang, vermutlich vom Dupont Circle. Sie kannten keine Stammesstruktur, und ihr Anführer konnte jeden Tag ein anderer sein – je nach den gerade benötigten Fähigkeiten.

Matt ließ nicht locker und fragte erneut nach den Running Men, von denen die Kids wenigstens den Namen wussten.

»Die leben unta die Erde«, ließ sich Yellow Kid vernehmen.

»Ja«, sagte Pancake Kid. »Ich kenn einen, der heißt Mr. Black. Wo er wohnt, weiß ich nich, aber er hat immer 'ne Wumme auffer Schulter.«

»Isn echt harter Typ«, ergänzte Yellow Kid. »Ich glaub, der ...« Er wollte noch mehr sagen, doch im gleichen Moment machte etwas *Twäng!*, und ein stählerner Armbrustbolzen ragte aus seiner Kehle hervor.

»Deckung!«

Die Gang reagierte gedankenschnell. Wahrscheinlich rechneten sie ständig mit einem Überfall. Matt konnte gar nicht so schnell schauen, wie sie hinter Kisten, Mauerresten und Unrat verschwanden. Auch die Kids, die an den Lagerfeuern gestanden hatten, über denen sich das Reptilfleisch drehte, spritzten auseinander und stürzten zu ihren Waffen.

»Die Rotzlöffel aus Dupzirc!«, schrie Pancake Kid.

»Krepiert, ihr abgefuckten Schwachmaten!«, brüllte jemand aus der Ferne.

Auf der ihrem Standort gegenüberliegenden Seite erblickte Matt im Licht des Morgens die dunklen Gesichter einer anderen Bande. Sie fletschten die Zähne, stießen wüste Drohungen aus und überschütteten Pancake Kids Gang mit einem Bolzen- und Pfeilhagel.

Matt tauchte ab, griff instinktiv zur Waffe und vergaß alle weiteren Fragen. Neben ihm fasste sich jemand an die Brust und wechselte lautlos ins Reich des Todes über. Dann prasselte die erste Bolzensalve der Verteidiger gegen den Säulengang, in dem sich die Konkurrenz verschanzt hatte. Rohe Flüche wurden laut. Man schrie sich gegenseitig Schmähungen zu, die nicht nur jungen Theologinnen die Schamröte ins Gesicht getrieben hätten.

Obwohl Matthew Drax keine Ahnung hatte, wer hier die Guten und wer die Bösen waren, blieb ihm nichts anderes übrig, als in die Schlacht einzugreifen – einige Sekunden zu spät, wie sich zeigte, denn schon stürmten die Eindringlinge in den Innenhof und warfen sich mit gezückten Klingen auf Pancake Kids Bande, die vor einer Minute noch friedlich beim Essen zusammengehockt hatte.

Sein Driller machte zweimal *Pitsch!* Aber Matt zielte nicht auf die Halbwüchsigen, auch wenn es ihn in den Fingern brannte, Yellow Kids unnützen Tod zu rächen. Mit den Explosivgeschossen waren harmlose Treffer kaum anzubringen.

Vor den Angreifern spritzten eine Säule und ein Steinhaufen in zwei Lichtblitzen auseinander. Die Attacke kam ins Stocken.

Nun stürzten rings um ihn her Jungs und Mädchen aus ihrer Deckung und stellten sich dem Feind. Ehe Matt einen klaren Gedanken fassen konnte, hatten sie sich gegenseitig an der Kehle. Messer und Säbel blitzten auf; hier und da spritzte Blut. Ein Knurren lag in der Luft, das ihn daran erinnerte, dass der Mensch unter aller Zivilisiertheit immer noch ein wildes Tier war.

Dann hingen plötzlich zwei Gestalten an seinem Hals, ein Halbwüchsiger und eine üppig gebaute Frau Mitte zwanzig, die einen Dolch schwang. Matt versetzte ihr einen Haken, und sie flog zurück, woraufhin sich ein Mädchen aus Pancake Kids Bande ihrer annahm.

Unter Biberfelljacken blitzten bunte Klamotten und irgendwelcher Knochenschmuck auf. Die Angreifer trugen rote Stirnbänder, wahrscheinlich um bei Gemetzeln dieser Art nicht versehentlich jemanden aus dem eigenen Lager zu entleiben.

Die Hand des Halbwüchsigen griff nach Matts Waffe. Der Junge wollte sie ihm entreißen, was ihm nicht gelungen wäre, hätte nicht jemand in gleichen Augenblick mit einem harten Knüppel auf Matts Armbeuge eingeschlagen.

Matt stöhnte auf, doch da war es schon passiert: Der Driller landete im schmutzigen Schneematsch, und der Junge stürzte sich mit einem fiebrigen Blick darauf. Matt versetzte ihm einen Tritt, der ihn zur Seite warf, doch bevor es ihm selbst gelang, die Waffe an sich zu reißen, hockte irgendein Knabe auf seinem Rücken und würgte ihn am Hals.

Pitsch! Pitsch! Pitsch!

Der Junge auf Matts Rücken erschlaffte. Der andere, den Matt mit dem Tritt aus dem Weg geschafft hatte, wollte gerade aufstehen, als auf seiner Stirn ein dunkles Loch sichtbar wurde.

Wer schoss da mit dem Driller?! Matt fuhr herum. Sein Blick fegte über die Reihen der Kämpfenden, als – *Pitsch! Pitsch!* – in seiner unmittelbaren Umgebung zwei weitere Gestalten tödlich getroffen in den Schnee kippten. Diesmal hatten sie zu Pancake Kid gehört!

Als Matt ein Mädchen packen wollte, das gerade im Begriff war, eine gezackte Klinge in den Hals eines am

Boden liegenden Angreifers zu stoßen, fiel sein Blick in den Säulengang.

Er erstarrte mitten in der Bewegung.

Da stand ein gutes Dutzend Männer in grauen Thermoanzügen und zielte in aller Ruhe auf die jugendlichen Streithähne. Es mussten Scharfschützen sein, denn sie trafen nur selten daneben. Rings um Matt wälzten sich mehrere Getroffene in ihrem Blut. Über ein Dutzend regte sich nicht mehr. Die restlichen – es waren noch immer gut zehn bis fünfzehn – schienen erst jetzt zu begreifen, dass sie einen gemeinsamen Feind hatten. Doch es war zu spät, um sich gegen ihn zu organisieren.

»Feuer einstellen!«, schrie Matt, als ihm klar wurde, wer zu seiner vermeintlichen Rettung herbeigeeilt war.

Aber die anonymen grauen Gestalten mit den Kugelhelmen schienen keine Gnade zu kennen. Die Kids lösten sich voneinander und spritzten in alle Richtungen davon. Sie hatten keine Chance. Einer nach dem anderen wurde niedergemacht, egal ob Mann oder Frau.

Keine halbe Minute später stand Matt, vor ohnmächtiger Wut zitternd, allein auf dem Schlachtfeld. Die Gestalten in den Thermoanzügen kamen langsam näher und schauten sich wachsam um. Einer hob die Waffe auf, die der Junge Matt entrissen hatte, und musterte sie von allen Seiten. Schließlich drückte er auf einen Knopf an seinem Gürtel. Ein Teil seines Helms wurde transparent.

»General Crow?«, entfuhr es Matt fassungslos.

»Scheint, als wären wir gerade im richtigen Augenblick gekommen, Commander«, erwiderte Crow. Seine Stimme, die aus irgendeinem verborgenen Minilautsprecher kam, klang blechern. Er warf einen angewiderten Blick um sich.

General Arthur Crow war ein großer kahlköpfiger Mann, optisch zwischen fünfzig und sechzig Jahre alt und bestens durchtrainiert. Seine kalten grauen Augen passten wunderbar zur Farbe seines Anzugs. Er gab seinen Leuten einen Wink. Sie fingen an, die Toten eingehend zu untersuchen, als seien sie auf einen ganz Bestimmten aus. »Es hätte übel für Sie ausgehen können, Drax.«

»War das wirklich nötig?«, fragte Matt. Er schaute auf die verunstalteten Leiber der Jugendlichen. Die Explosivgeschosse hatten furchtbare Wunden gerissen. »Sie hätten sie zur Aufgabe zwingen können. Sie waren ihnen doch haushoch unterlegen.«

Crow hob die rechte Braue. »Ich fürchte, Sie sind sich des Ernstes der Lage nicht bewusst, Commander Drax.« Er steckte Matts Driller ein. »In einer Zivilisation muss jedes Mitglied der Gemeinschaft gewissen Gesetzen gehorchen, sonst schafft es den anderen fortlaufend Probleme.« Sein Blick glitt über die Toten. »Diese Jugendlichen haben sich außerhalb der Gesetze gestellt. Sie waren unfähig, nach Regeln zu leben. Und sie waren für unsere Leute eine permanente Bedrohung.« Er räusperte sich. »Wir hatten keine andere Wahl, als sie zu eliminieren.«

»Ach, *wirklich?*« Matt kochte innerlich, doch er hätte sich nur Ärger eingehandelt, wäre er jetzt seinen Gefühlen gefolgt und hätte Crow niedergeschlagen. Es kam nie besonders gut, einem ranghöheren Offizier in aller Öffentlichkeit die Fresse zu polieren.

»Diese zwielichtigen Elemente«, fuhr Crow fort, »sind Asoziale in der fünfundzwanzigsten Generation. Sie sind unfähig, sich in ein geordnetes System einzufügen. Wir haben es weiß Gott versucht. Sie werden auf ewig ein Stachel in unserem Arsch sein.« Er trat einer Leiche in die Rippen. Matt hätte mit seinem Stiefel zu gern Stachel bei Crow gespielt. »Außerdem haben wir Grund zu der Annahme, dass es sich bei diesen beiden Gruppen um Sympathisanten einer gut organisierten terroristischen Bewegung handelt, die uns seit geraumer Zeit zu schaffen macht.«

»Erzählen Sie mir mehr«, sagte Matt. Endlich gab mal ein Techno zu, dass die Running Men überhaupt existierten. Bislang war dieses Thema nie zur Sprache gekommen.

Doch Crow blockte ab. »Dies sollte dem Präsidenten vorbehalten bleiben«, erwiderte er. »Ich bin nur ein ausführendes Organ.« Er gab seinen Leuten einen Wink, und sie zogen sich durch einen Säulengang ins Innere des Museumstrakts zurück.

»Kommen Sie«, sagte Crow zu Matt. »Wir bringen Sie zurück ins Pentagon.«

»Scheint so, als wären wir zu spät gekommen, Mr. Black«, sagte White und nahm das Fernglas von den Augen.

Black ließ den gewaltigen Panzer aus grauem Stahl nicht aus den Augen, in den die grau uniformierten Angehörigen der World Council Agency gerade den Mann schoben, der als Einziger unbehelmt war. Das Fernglas zeigte seine Gesichtszüge, und Black wusste nun ganz sicher, dass es kein anderer war als jener Commander Matthew Drax, von denen Mac ihnen vor Beginn des Projekts berichtet hatte. Der schlanke Bursche mit der blonden Kurzhaarfrisur besaß harte Gesichtszüge, die aber nicht unsympathisch wirkten.

Auch wenn der Ausdruck darauf im Augenblick darauf hindeutete, dass er mit irgendetwas äußerst unzufrieden war.

Er wirkt, als würde er gern jemandem in den Arsch treten, dachte Black amüsiert. *Und das kann sich bei seinem momentanen Umfeld nur auf die WCA-Agenten beziehen.*

Sekunden später vernahm er das dumpfe *Bong,* mit dem die Seitenluke des Panzerfahrzeugs geschlossen wurde. Eiserne Raupenketten setzten sich mahlend in Bewegung, und der graue Tank schlug einen westlichen Kurs ein. Dort lag, wie Black wusste, das Weiße Haus. Er zweifelte nicht daran, dass man Commander Drax von dort aus mit der SUBWAY 1 zurück ins Pentagon bringen würde.

Er ließ das Fernglas sinken und schaute White an. Sein Partner war inzwischen hellwach, wenn auch leicht frustriert, denn der schnelle Marsch von Foggy Bottom hierher hatte ihn ordentlich zum Keuchen gebracht – völlig umsonst, wie sich jetzt zeigte. Der Mann, hinter dem sie her waren, war ihnen knapp durch die Lappen gegangen.

Ihre drei jungen Kollegen duckten sich rechts von ihnen hinter eine meterhohe Schneeverwehung und äußerten keinen Laut. Obwohl es bei den Running Men keine Dienstgrade gab und jeder gleichberechtigt war, wussten sie die auf Lebenserfahrung gewachsene Autorität der älteren Männer zu schätzen und nutzten jede Gelegenheit, um ihnen bei ihren Gesprächen zuzuhören. Sie taten dies nicht nur, um eigene Erfahrungen zu sammeln, sondern auch, weil sie im Laufe der Zeit schon so manchen verschrobenen Dialog verfolgt hatten, der dazu beitragen konnte, ihre eigene Artikulationsfähigkeit zu schulen. Einige von ihnen stammten aus den Wäldern und Sümpfen südlich von Waashton und hatten nie eine Ausbildung genossen.

Bei den Running Men bekamen sie nun Werte vermittelt, für die es zu Leben und zu Kämpfen lohnte. So wussten sie, dass Mr. Black und Mr. White seit Kindesbeinen die besten Freunde waren und jeder bereit war, dem anderen sein Leben bedingungslos anzuvertrauen. Dass sie sich mit ihren Nachnamen ansprachen, hatte aber nicht etwa mit gegenseitigem Respekt zu tun. Der Grund war viel profaner: Sie besaßen keine Vornamen. Warum das so war, blieb ihr Geheimnis – und Teil ihrer Legende.

»Pssst!«, zischte Mr. Black in diesem Moment und ließ sich fallen. Die anderen folgten sofort seinem Beispiel, denn Black stieß nie grundlos eine Warnung aus. Wenige Sekunden später – das Panzerfahrzeug war inzwischen außer Sichtweite und das Schneegestöber ging wieder los – konnte er jedoch Entwarnung geben, denn die fellbekleidete Gestalt, die er links von ihnen zwischen den Fichten erblickt hatte und die sich nun zu ihnen gesellte, war kein anderer als der schnauzbärtige Feldagent Mr. Eddie. Eddie war etwa neunzehn Jahre alt und hatte eine schokoladenfarbene Haut. Seine leicht geschlitzten Augen deuteten an, dass zu seinen Ahnen auch Asiaten gehört hatten, aber Genaueres wusste er nicht.

Er kniete sich keuchend zwischen Black und White in den Schnee und rang erst eine Weile nach Luft, bevor er sprechen konnte.

»Sie ham ... die Kids ... umgelegt ...«, keuchte er. »Die Kids ... die immer im alten Museum rumhängen ... 's war 'n Massaker ... Ich kann mir nich vorstellen, dass einer entkommen is ...« Eddie schüttelte sich. »Ich war ziemlich nah dran ... auf'm Dach ... Hab alles gesehn ...« Er spuckte grüne Galle aus. Allem Anschein nach war ihm übel.

Die jungen Leute im Hintergrund tauschten einen Blick und schüttelten sich. Im Gegensatz zu ihren älteren Kameraden hatten sie noch nie auf Menschen geschossen. Sie fürchteten sich davor, dies eines Tages tun zu müssen, wenn sie selbst am Leben bleiben wollten.

White klopfte Eddie beruhigend auf die Schulter. »Ist schon okay, Junge. Kotz dich aus, dann gehts dir besser.«

»Und Commander Drax?«, fragte Black.

»Ich hab ihm angesehn, dass ihn die Sache ziemlich fertig gemacht hat. Er hat wohl nich mit Mr. C und seinen Schergen gerechnet.«

»Hm«, machte Black. »Diese Reaktion dürfte seinem Charakterprofil entsprechen.«

Er spitzte die Lippen. White und Eddie kannten ihn gut genug, um zu wissen, dass ihm gerade eine Idee gekommen war.

Black wirkte nun sehr nachdenklich. »Aber angenommen ... nur mal angenommen, er verstellt sich? Vielleicht weiß Mr. C von unserem Plan, und Drax steht längst in seinem Sold?«

»Dann müsste Mac uns wissentlich belogen haben, was seinen Charakter angeht«, sagte Eddie.

»Das konnte er gar nicht«, warf White ein. »Wir haben ihn schließlich mehr als einmal verhört, zur Sicherheit sogar unter Drogen. Seine Angaben stimmen, darauf verwette ich meinen schwarzen ... äh, mein Abendessen.« Er schaute zu Black hinüber, doch die erwartete Rüge blieb aus.

»Ich denke eher daran, dass unser alter Freund Mr. C irgendwas mit ihm angestellt haben könnte«, sagte

Black. »Wir wissen, über welche Mittel die WCA verfügt…« Seine Miene wurde immer nachdenklicher. Dann gab er sich einen Ruck. »Aber es nutzt nichts, hier zu grübeln und sich dabei den Arsch abzufrieren. Gehen wir zum Stützpunkt zurück.«

Eddie stieß einen Seufzer aus. »Da bin ich voll für. Hab kaum nochn Gefühl inne Beine.«

In Blacks Augen blitzte es kurz auf. Den jungen Leuten war bekannt, dass er sich für eine ordentliche Aussprache stark machte, fast so sehr wie für gesunde Ernährung und körperliche Ertüchtigung. Aber bis dahin war es mit den über Generationen verwahrlosten Slumkindern noch ein weiter Weg.

»Wer ist Mr. Eddies Ablösung?«, fragte Black.

Eine schmale weibliche Gestalt mit dünnen Lippen und kleinen Händen trat vor.

»Ihr erster Soloeinsatz, Miss Wells?«

Die junge Frau nickte tapfer und klopfte auf die langschäftige Waffe, die sie in der Armbeuge hielt. Ihre entschlossene Miene verriet, dass sie keine Angst davor hatte, sich mutterseelenallein in dieser gefährlichen Gegend aufzuhalten. Sie war gut ausgebildet und -gerüstet. Und außerdem schon siebzehn Jahre alt.

Mr. Black nickte ihr zu. Dann gab er für die Gruppe den Befehl zum Abmarsch.

Das einzige Geräusch, das Matt in Präsident Hymes' Büro hörte, war ein leises Summen, von dem er annahm, dass es von der Belüftungsanlage erzeugt wurde.

Er saß ein wenig erschöpft auf einem Chromstuhl und ließ seinen Blick durch den spartanisch eingerichteten Raum wandern. Vor ihm stand ein Metallschreibtisch, auf dem außer einigen in die Oberfläche eingelassenen Knöpfen und einem Monitor nichts zu erspähen war. Dahinter hingen zwei Regalbretter an der Wand, auf denen sich Bücher aus dem frühen 20. Jahrhundert stapelten, in der Mehrzahl englischsprachige Biographien einstiger politischer Größen, deren Namen er natürlich kannte: John F. Kennedy, Richard Nixon, Bill Clinton, Mao Tse Tung, Gamal Abdel Nasser, Mahatma Gandhi, Willy Brandt, Itzchak Rabin … um nur einige zu nennen.

Er hätte freilich nichts dagegen gehabt, wenn der Präsident auch das eine oder andere Buch über Keith Richards oder John Lennon zu seinem Besitz gezählt hätte. Aber schon zu seiner Zeit hatte man von Politikern nicht erwarten können, dass sie sich für die gleichen Dinge interessierten wie ihre Wähler.

»Als kultivierter Mensch kann ich Ihren Abscheu vor solchen Gemetzeln gut verstehen, Commander Drax«, sagte Hymes gerade und riss Matt damit in die Wirklichkeit zurück, »aber andererseits …« Er seufzte. Sein Blick schweifte in die Ferne und verfinsterte sich, als erspähe er irgendein böses Bild, das er am liebsten aus seiner Erinnerung verbannt hätte. »… müssen Sie sich natürlich auch darüber im Klaren sein, dass Sie erst seit sehr kurzer Zeit in dieser Gegend weilen und nicht wissen können, mit welchem Abschaum wir es gelegentlich zu tun haben.«

»Abschaum?« Matt schaute auf. Die Wortwahl gefiel ihm nicht, vor allem in Zusammenhang mit den Tod etlicher Jugendlicher.

»Natürlich kann ich nicht anders, als mich bei Ihnen für das harte Vorgehen der Eingreiftruppe zu entschuldigen, aber aus einem anderen Blickwinkel betrachtet«, Hymes' Blick richtete sich auf Matt, »musste es für

General Crow so aussehen, als sei Ihr Leben in höchster Gefahr. Nicht zuletzt weil die Berichte unserer Agenten besagen, dass die Bande, bei der Sie sich aufhielten, zum Sympathisantenkreis einer Organisation gehört, die unsere Bemühungen seit Jahren mit terroristischen Aktionen zu unterbinden versucht.«

Matt horchte auf. Ließ Hymes jetzt die Katze aus dem Sack?

»Die WCA hat doch nicht etwa Angst vor diesen Leuten, Sir«, sagte Matt und bemühte sich, nicht spöttisch zu klingen. »Soweit ich sehen konnte, waren die Kids nur mit Messern und Armbrüsten bewaffnet.«

»Es mag so aussehen, als hätten sie nichts anderes«, erwiderte Hymes väterlich. »Aber man hat Ihnen vermutlich nur etwas vorgespielt. Schließlich konnten diese Terroristen nicht wissen, wer Sie sind.« Er stand auf, umrundete den Schreibtisch und ging vor Matt auf und ab. »Sie sind gut organisiert und für jede Eventualität gewappnet. Der Kopf dieser Bewegung, die sich die *Running Men* nennt, ist unglücklicherweise ein Mann, der ursprünglich in unseren Diensten stand – und nicht irgendein primitiver Schläger, der nur mit einem Schwert vor der Nase anderer Leute herumfuchtelt.«

Matt schaute überrascht auf. »Ein Abtrünniger?«

Hymes nickte. Er blieb stehen und holte tief Luft. »Und mehr als das ...« Er machte eine kurze Pause. Als er sich wieder Matt zuwandte, stand großer Ernst in seinen Zügen. »Ich will Ihnen reinen Wein einschenken, Matthew«, sagte er dann. »Weil ich spüre, dass Ihr Vertrauen in uns erschüttert ist. Die Wahrheit wird es hoffentlich wieder herstellen.«

Matt entgegnete nichts. Aber in seinem Inneren spannte sich alles an, bis seine Nervenenden vibrierten.

Hymes nahm abermals einen tiefen Atemzug. Dann fragte er: »Können Sie etwas mit dem Wort *Klon* anfangen? Hat es in Ihrer Zeit schon existiert?«

In Ihrer Zeit? Matt kam sich plötzlich fünfhundert Jahre alt vor, aber er nickte. »Die Sache steckte zwar damals noch in den Kinderschuhen, aber man hat schon in meiner Jugend heftig darüber gestritten.«

»Vor dreißig Jahren«, fuhr Hymes fort, »hat unsere Wissenschaft zwei männlichen Klonen das Leben geschenkt – einem Weißen und einem Schwarzen. Man hatte ihre Genproben vor dem Einschlag ›Christopher-Floyds‹ eingefroren.« Er grinste etwas verlegen. »Der Leiter des Projekts war ein Mann mit ziemlich schrägem Humor, wie ich zugeben muss. Er gab dem Weißen den Namen Black, angelehnt an den richtigen Namen des Spenders. Und den Schwarzen taufte er folgerichtig White. Nun ja ...« Er räusperte sich. »Aufgrund der urwüchsigen Gene dieser beiden Männer konnten unsere Wissenschaftler ein Serum entwickeln, das unsere Immunschwäche so weit behob, dass wir uns wieder an die Erdoberfläche wagen konnten.« Der Präsident strich über seinen grauen Bart und setzte sich auf die Schreibtischkante. »Leider haben Black und White sich nicht nur als ziemlich undankbare Gesellen erwiesen, sondern halten sich auch für etwas Besseres.«

»Etwas Besseres?«

»Ich weiß nicht, ob es unter den Begriff Rassismus fällt«, sagte Hymes, »aber sie scheinen uns, die wir im Bunker aufgewachsen sind, für Degenerierte oder Mutanten zu halten, die nicht würdig sind, in einer zukünftigen zivilisierten Welt eine führende Rolle einzunehmen.«

»Haben sie geputscht?«, fragte Matt.

»Dazu ist es dank der Wachsamkeit General Crows zum Glück nicht gekommen«, sagte der Präsident. »Er hat ihre Verschwörung vor acht Jahren auffliegen lassen, sodass sie die Flucht ergreifen mussten. Seither fügen sie uns mit Hilfe leicht zu beeinflussender Jugendlicher bösartige Nadelstiche zu und lassen nichts unversucht, um unsere Pläne für einen Neuaufbau der Welt zu sabotieren. Sie sind gut organisiert und ausgerüstet. Offenbar haben sie irgendein Waffenlager entdeckt. Sie schrecken auch vor Sprengstoff-Attentaten und Morden nicht zurück.«

»Hm«, machte Matt nachdenklich.

»Blacks reaktionäre Ideen scheinen bei den Jugendlichen, die dort draußen nicht gerade im Luxus leben, gut anzukommen. Er redet ihnen ein, dass wir hier unten wie die Maden im Speck leben und nicht wollen, dass die zu kurz Gekommenen an der Oberfläche den Lebensstandard erringen, der ihnen zusteht. Sie geben keine Ruhe und rekrutieren ständig neue Leute, um dem Weltrat zuzusetzen.« Hymes stand wieder auf und nahm hinter seinem Schreibtisch Platz. »Black ist ein übler Kerl. Er hat Machtfantasien und wäre selbst gern Präsident. Ein durch und durch verkorkster Charakter. Wer weiß; vielleicht hatte das Genmaterial die Jahrhunderte doch nicht so gut überstanden, wie wir dachten …«

Matt strich sich übers Kinn. Aus diesem Blickwinkel betrachtet, machte die Wut der Bunkermenschen auf die Running Men durchaus Sinn, auch wenn er Crows Rücksichtslosigkeit nach wie vor nicht gutheißen konnte.

»Um wirklich zu verstehen, warum General Crow so hart gegen diese Leute vorgeht«, fuhr Präsident Hymes fort, als hätte er Matts Gedanken gelesen, »sollten Sie vielleicht wissen ...« Er wirkte nun sehr verlegen, als sei es ihm peinlich, über jemanden zu reden, der nicht anwesend war. »... dass Blacks Komplize White damals seine Tochter Lynne vergewaltigt hat. Vielleicht wird Ihnen seine Aversion gegen die Running Men dadurch etwas verständlicher ...«

In den Untiefen des Pentagon-Bunkers, die sich weit unter der achten Kelleretage erstreckten, hatte Matt, wenn er allein war, ständig das Gefühl, ein lebender Toter in einem luftdicht verschlossenen Massengrab zu sein.

Obwohl er sich nun schon mehrere Tage hier aufhielt, waren seine menschlichen Kontakte nur auf wenige Personen beschränkt. Wo waren all die Familien und Arbeiter, die den Bunker bevölkern mussten? Oder hielt man ganz bewusst seine nähere Umgebung menschenleer, damit er nicht anfangen konnte, unangenehme Fragen zu stellen? Dass er sich auf dieser Etage frei bewegen durfte, ließ ihn ahnen, dass es hier nichts gab, was man vor ihm verbergen musste.

Wenn ihm in seinem neuen Quartier die Decke auf den Kopf fiel und er durch die langen Gänge marschierte, begegnete er keiner Menschenseele. Die hallenden Korridore, durch die ihn seine Schritte führten, erinnerten ihn an das Innere jener Weltraumschiffe, die er in seiner Jugend aus irgendwelchen Fernsehserien kannte. Boden, Wände und Decke waren mit Metall verkleidet. Er sichtete nur hier und da irgendwelche Schaltkästen, deren Zweck ihm verborgen blieb, denn sie waren verschlossen und konnten nur mit Chipkarten geöffnet werden. Auch die Türen und Aufzüge waren auf diese Weise gesichert.

Umso mehr überraschte es ihn, als er eine Stunde nach seinem Gespräch mit Präsident Hymes in seinem Quartier ein leises Summen vernahm und eine wohlmodulierte, doch eindeutig mechanische Stimme von der Decke her sagen hörte: »Major DeLano bittet um Zutritt, Commander Drax.«

Major DeLano? Matt drehte sich auf dem Schwenksitz herum, auf dem er vor einem kleinen Monitor gesessen hatte. *Wer zum Henker war Major DeLano?* Er beschloss die Frage durch ein »Herein!« zu klären.

Die Tür glitt zischend auf, und auf der Schwelle stand die Frau, von der er nur wusste, dass sie Dayna hieß und in General Crows Diensten stand. Sie war schlank und hatte dunkelbraunes Haar, das über ihre Schultern reichte. Matt nickte ihr zu, und Dayna nickte zurück.

»Was für ein netter Besuch«, sagte Matt. »Ich wusste nicht, dass du Major bist.«

»Weil ich nicht vor dir salutiert habe?« Dayna grinste, blieb aber auf der Schwelle stehen, als erwarte sie, dass er sie hereinbat.

Matt reagierte erst verspätet darauf. Er war viel zu sehr damit beschäftigt gewesen, sie eingehend zu betrachten. Er hatte sie bisher nie in einem so freizügigen Gewand gesehen und nahm zum ersten Mal wahr, dass sie ausgesprochen gut gewachsen war.

Die WCA-Agentin trug eine Art Kimono von schwarzer Farbe, der auf Brust und Rücken mit grüngoldenen Drachen bestickt war. Das Kleidungsstück war kurz und endete zwanzig Zentimeter oberhalb ihrer entzückenden Knie. Dazu trug sie merkwürdige Stiefelchen, die zehn Zentimeter über ihre Knöchel reichten und mit spitzen goldenen Metallabsätzen versehen waren, die kaum dicker waren als eine Kugelschreibermine. Sie trug ihr Haar offen, und Matt fühlte sich unvermittelt an Aruula erinnert.

Es war eine Erinnerung, die ihm einen Stich ins Herz versetzte.

Daynas Augen glitzerten schalkhaft. Sie deutete auf Matts Bett, das momentan die einzige Sitzgelegenheit darstellte. »Ist es gestattet?«

»Bitte, setz dich«, sagte Matt. Die Tür schloss sich hinter ihr. Sie waren allein. Als Dayna saß, fragte er: »Wo hast du in den letzten Tagen gesteckt?«

»Nach der Sache mit Malcolm war mir nicht sonderlich nach Gesellschaft zumute«, sagte Dayna. »Aber ich glaube, jetzt ist es an der Zeit, dass ich wieder ins Leben zurückkehre.« Sie schaute sich in Matts Quartier um und schüttelte sich. »Hier siehts ja grauenhaft eintönig aus. Nicht mal ein Bild an der Wand! Da muss man ja in Depressionen verfallen.«

»Wem sagst du das?«, erwiderte Matt. »Ich stehe kurz vor dem Bunkerkoller. Du kannst dir gar nicht vorstellen, wie froh ich bin, dass du vorbeigekommen bist.« Er beäugte ihre Beine – unauffällig natürlich, wie es sich für einen Offizier und Gentleman geziemte. Er musste zugeben, dass Daynas Beine wirklich außerordentlich lang und hübsch waren und er durchaus Lust hatte, sie noch ein bisschen länger anzuschauen.

Er hüstelte verlegen. »Dein Chef ... General Crow ... hält mich wohl für einen gefährlichen Infiltrator, der in den Diensten Königin Victorias von England steht. Ich habe den Verdacht, dass er mich hier am ausgestreckten Arm verhungern lässt.« Matt schüttelte den Kopf. »Ich kann nicht behaupten, dass seine Art in mir Sympathien für ihn weckt. Außerdem halte ich zumindest einige seiner Methoden für fragwürdig.« Als er Daynas fragenden Blick bemerkte, erzählte er ihr von seinem nächtlichen Abenteuer in Washington und von der Unterhaltung mit Präsident Hymes.

Dayna machte eine wegwerfende Handbewegung. »Black ist wirklich ein gefährlicher Terrorist«, sagte sie. »Und sein Spießgeselle White eifert ihm in allem nach…« Sie verzog das Gesicht, als lohne es sich nicht, über die beiden Charaktere viele Worte zu verlieren. »Nach allem, was ich über diese Kerle weiß, hängen sie reaktionären Ideen des zwanzigsten Jahrhunderts an. Man vermutet…« Sie schien nach Worten zu suchen. »Ich verstehe nicht viel davon, aber ein befreundeter Gentechniker bezeichnet sie als Atavismen.«

»Atavismen?«, fragte Matt verdutzt.

»Ein Atavismus ist ein Wiederauftreten von Eigenschaften oder Anschauungen der Ahnen«, sagte Dayna. »Black und seine Sympathisanten vertreten Ansichten, die wir als rückwärts gewandt einstufen, weil sie nach unseren Erkenntnissen nicht nur überholt sind, sondern auch nie Gültigkeit hatten.«

»Zum Beispiel?«, fragte Matt.

»Sie glauben, sie seien anderen Menschen geistig und körperlich überlegen.«

»Hm«, machte Matt. »Nun gibt es aber *tatsächlich* Menschen, die anderen geistig und körperlich überlegen sind…«

»Ja.« Dayna nickte. »Aber wenn sie *human* sind, lassen sie es die anderen nicht spüren.« Sie räusperte sich. »Aber lass uns das bitte ein andermal besprechen, ja? Ich bin nicht zum Diskutieren hier. Mir ist…« Sie druckste herum. »Mir ist … genau wie dir … nach … äh, menschlicher Gesellschaft.«

»Oh.« Matt verstand. Er verstand nur zu gut. Daher also Daynas luftiger Aufzug – der allmählich auch Wirkung auf ihn zeigte. Matts Kragen schien in den letzten

Minuten kontinuierlich enger zu werden. »Das ist … schön.« O Gott, er begann dummes Zeug zu quasseln!

»Ich weiß zwar nicht, was in deiner Zeit üblich war«, fuhr Major Dayna DeLano fort, »aber heutzutage zeigen Frauen es, wenn sie einen Mann mögen.«

»Solche Frauen«, sagte Matt, »hat es zu meiner Zeit auch gegeben. Leider waren sie so selten wie weiße Elefanten.« Er kam nicht umhin zu bemerken, dass sich in seinen Lenden etwas regte. Vermutlich hatte es damit zu tun, dass Major DeLano nun dazu ansetzte, ihren Kimono zu öffnen und abzulegen. Das, was sie darunter trug, hätte zusammengefaltet problemlos in eine Streichholzschachtel gepasst.

Matt erlebte einen gewaltigen Hormonschub. Daynas Haut war hell, jedenfalls viel heller als die seine, und ihre Rundungen, die er unter ihrer früheren Tarn- und Dienstkleidung nie vermutet hätte, hätten jeden primitiven Rohling auf der Stelle sabbern lassen.

Matt war jedoch kein Rohling, sondern in der United States Air Force Academy in Colorado erzogen worden. Sie hatte zwar keinen so elitären Ruf gehabt wie West Point, aber auch dort hatte man sich bemüht, einen Menschen aus ihm zu machen, der sich in Anwesenheit kaum oder gar nicht bekleideter Damen benehmen konnte.

Dayna warf den Kimono achtlos neben sich aufs Bett, und obwohl Matt mehrheitlich damit beschäftigt war, ihre Formen im Auge zu behalten, nahm er aus dem rechten Augenwinkel wahr, dass eine Codekarte aus der Kimonotasche rutschte und auf den Teppichboden fiel. Dayna hatte sie höchstwahrscheinlich benötigt, um aus ihrer Wohnetage in die seine zu gelangen.

Die spontane Idee, die Matt durchs Hirn zuckte, half

ihm, seine Erregung zumindest für ein paar Momente zu zügeln.

Dayna DeLano klopfte mit der Hand neben sich auf das Bett. »Nur Mut, Matthew. Oder hast du vielleicht irgendwelche ethischen Bedenken?«

»Nun ... abgesehen davon, dass du eine Frau bist und ich ein Mann ...«, begann Matt.

»Hey – wenn das mal keine gute Voraussetzung ist!«, unterbrach sie ihn. »Diesen Umstand sollten wir ausnutzen!«

Ihre Fröhlichkeit brach den Damm, den Matt bis dahin mühsam aufrechterhalten hatte. Diese Art von Optimismus war genau das, wonach er sich in den letzten Tagen gesehnt hatte.

Also ergab er sich in sein süßes Schicksal und entledigte sich eilig seiner Klamotten. Wenige Sekunden später glitt er neben Dayna auf das harte Lager und nahm sie in die Arme. Ihre Blicke trafen sich. Sie roch verdammt gut; viel besser als die Frauen, denen er in den letzten fünfzehn Monaten begegnet war.

Als er mit ihrer Haut in Berührung kam, löste dies spontan eine körperliche Reaktion bei ihm aus – die Dayna an ihrer Hüfte spüren konnte. Sie griff hinab und hielt ihn sinnlich seufzend fest. »Du gefällst mir verdammt gut, Matthew Drax«, raunte sie und schaute ihm in die Augen. »Malcolm hatte tatsächlich einen Grund, sich deinetwegen Gedanken zu machen.«

Sie schmiegte sich an ihn, und Matt küsste sie leidenschaftlich. Daynas Hände und Lippen waren plötzlich überall an seinem Körper und schalteten seine Beherrschung aus, wie man eine Sicherung herausschnappen lässt.

Matt dachte nicht mehr an Aruula, von der er vor Monaten schon getrennt worden war und nicht einmal wusste, ob sie überhaupt noch lebte. Sie war drüben in England zurückgeblieben, tausende von Meilen entfernt. Die Chance, dass sie sich je wieder fanden, war nur sehr gering.

Dayna dagegen war hier bei ihm, so nah es nur möglich war. Matt rollte sich auf den Rücken, und sie schob sich über ihn, bedeckte seine Brust mit kleinen feuchten Küssen und rieb sich an ihm. Matt spürte die Hitze ihres Geschlechts.

Das Vorspiel dauerte nicht allzu lange. Bald konnten sich beide nicht mehr zurückhalten und taten das, wozu sie ins Matts Koje gestiegen waren. Schließlich schliefen sie beide aneinander gekuschelt ein …

Irgendwann in der Nacht schrak Matthew aus einem Schuldtraum hoch, in dem eine schlanke Barbarin mit wehendem blauschwarzen Haar ihn mit gezücktem Schwert durch eine Eiswüste gejagt hatte.

Dayna lag in tiefem Schlummer neben ihm. Sie hatte sich von ihm gelöst und ruhte auf der Seite, die Beine halb an den Körper gezogen.

Matt hielt die Gelegenheit für günstig, seine Idee von vorhin in die Tat umzusetzen – auch wenn er damit sein Schuldbewusstsein aufs Neue belastete. Im Nu war er auf den Beinen und zog sich an; seinen alten Pilotendress, nicht den Thermoanzug. Darin fühlte er sich einfach wohler. Als er fertig war, hob er Daynas Codekarte vom Boden auf. Er warf der Schlafenden einen letzten Blick zu und verließ leise sein Quartier.

Die automatische Uhr über der Tür des Lifts zeigte sieben Minuten nach Mitternacht an, als Matthew Daynas Codekarte in einen schmalen Schlitz in der Wand schob und zurücktrat, als die Tür sich zischend öffnete.

Die Liftkabine war leer. Glück gehabt!

Weiße Leuchtbuchstaben auf der Schalttafel zeigten an, dass er sich auf Ebene Sub-6 befand. Er betätigte den Knopf, der ihn zur Ebene Null bringen sollte. Als die Kabine sich mit einem leisen Heulen nach oben in Bewegung setzte, zog er instinktiv den Kopf ein und suchte die Wände und die Decke nach Kameras ab. Dass er keine fand, musste nichts besagen, und so war er rechtschaffen erleichtert, als die Bewegung aufhörte und die Tür wieder aufglitt. Vor ihm befand sich eine Wand, von der er von seinem »Freigang« her wusste, dass man sie nur von innen öffnen konnte. Er übte mit der Hand einen leichten Druck aus, und sie klappte wie eine Tür zur Seite.

Matt fand sich in einem verlassenen Gang im Parterre des Pentagons wieder. Es war finster und kalt. Alle Fenster dieser Ebene waren zugemauert worden. Matt wusste, dass man das Pentagon zu einer uneinnehmbaren Festung ausgebaut hatte. Uneinnehmbar von außen – aber hoffentlich mit einem Schlupfloch nach draußen versehen.

Er schlich lautlos weiter. Niemand war zu sehen, aber irgendwo erklang das leise Tapsen von Stiefeln. Matt blieb stehen und versuchte die Richtung zu lokalisieren.

Im nächsten Moment war er in gleißendes Licht getaucht.

»Identifikation!«

Matt zuckte zusammen. Als er sich umdrehte, schaute er in das Gesicht eines blassen und unbehelmten WCA-Mannes mit leicht asiatischen Gesichtszügen. Er war ungefähr in seinem Alter, und sein Blick kündete von Argwohn. Er trug einen grauen Thermoanzug und Stiefel. Seine rechte Hand schwebte über dem Kolben einer großkalibrigen Driller. Am Gurt des Mannes war ein schwarzes elektronisches Gerät mit einem Schlitz befestigt. Vermutlich ein Lesegerät für Codekarten.

»Major DeLano«, murmelte Matt und hoffte inständig, dass der Wachmann Dayna nicht persönlich kannte. Er zog ihre Karte aus der Tasche und reichte sie dem Wächter, der sie mit spitzen Fingern an sich nahm.

Der Mann machte den Fehler, sich die Codekarte genau anzuschauen. Denn dafür musste er Matt aus den Augen lassen. Eine Sekunde später landete Matts Faust in seinem Magen. Ihm blieb die Luft weg. So konnte er auch nicht aufschreien, als die Faust einen Bogen nach oben beschrieb und gegen seine Kinnspitze krachte.

Matt fing den Fallenden auf und ließ ihn lautlos zu Boden gleiten. Seine Faust schmerzte höllisch, doch der Wächter war besinnungslos. Matt nahm ihm den Gürtel mit der Waffe ab und schnallte ihn sich selbst um. Daynas Karte steckte er wieder ein. Dann zog er den Bewusstlosen in eine Nische, damit man ihn nicht so schnell fand, und setzte seinen Weg fort.

Es war relativ unproblematisch, den Ausgang zu finden, denn die Abmessungen des US-Verteidigungsministeriums hatten die hier Tätigen schon vor Jahrhunderten gezwungen, das Gebäude im Fall akuter Bedrohung schnell verlassen zu können. Matt folgte einfach den in die Bodenplatten eingravierten EXIT-Pfeilen und war sieben Minuten später am Haupteingang.

Er ließ sich überraschend leicht öffnen, was nur bedeuten konnte, dass noch andere Wachmänner in der Nähe waren. Vermutlich im Freien.

Matt schob sich nach draußen und schaute sich um. Eisige Kälte schlug ihm entgegen. Vor ihm lag eine unberührte weiße Fläche, auf der Fußspuren wunderbar zu sehen sein würden. Leider hatte es aufgehört zu schneien, so dass ihm *diese* Deckung versagt blieb.

Nun beginnt es, dachte er mit Galgenhumor, *das große Abenteuer des unerschrockenen Haudegens Commander Drax. Folge 31: »Wie ich aus dem Pentagon floh und mir dabei den Arsch abfror« ...*

Im Alter von dreizehn Jahren hatte Honeybutt Hardy noch bei den Kids gelebt und sich mit der Armbrust in der Hand durchs Leben geschlagen.

In diesen winterlichen Zonen wurden Menschen ohne festen Wohnsitz nicht alt. Ihre Eltern hatten sie mit vierzehn gezeugt und zehn Jahre später den Löffel abgegeben. Snotnose Kid hatte Honeybutt in einer kalten Erdhöhle aufgelesen und zu seiner Gang mitgenommen.

Mit dreizehn – sie war kurz davor gewesen, mit Snotnose Kid eine feste Beziehung einzugehen – war ihr ein Mann namens White begegnet. White hatte ihr aus seinem Rucksack was zu Futtern gegeben. Er hatte auch ein Feuer für sie angezündet und ihr von seinen Freunden Black, Eddie und Hacker berichtet und von den anderen Kids, die sie dazu überredet hatten, das Herumhängen aufzugeben und ihrem Verein beizutreten, den *Running Men*.

Um der aufdringlichen Werbung Snotnose Kids zu entgehen, war sie White gefolgt. Seitdem hatte sie nicht mehr gefroren – es sei denn, sie stand in kalten Nächten irgendwo in oder außerhalb Waashtons auf Posten. In einer Nacht wie dieser. Die Stadtmauer zu über-, oder besser *unter*winden war dabei kein Problem. Die Running Men hatten in den letzten Jahren genug Schlupflöcher geschaffen. Verborgene Löcher allerdings, von denen nur die Mitglieder der Rebellengruppe wussten.

Momentan stand Honeybutt, ein altes Zeiss-Fernglas vor den Augen, zwischen zwei Fichten. Sie war gut fünfhundert Meter vom riesenhaften Pentagon entfernt und beobachtete einen einzelnen Mann, der ihr schon durch seine seltsame Kleidung aufgefallen war. Er trug keinen der grauen Helmanzüge, sondern eine grüne Kombination mit vielen Taschen und schwarzen Stiefeln. Ebenfalls ungewöhnlich: Der Mann war weiß und sein Haar blond. Es musste die Zielperson sein, auf die alle Posten der Running Men besonders zu achten hatten, dieser Commander Drax.

Er entfernte sich gerade vom Pentagon, und anhand seines geduckten Gangs konnte Honeybutt erkennen, dass er nicht gesehen werden wollte. *Fragt sich nur, von wem nicht – von uns oder den Weltrat-Typen.* Sie griff an ihren Gürtel und gab einige Codezahlen in die Tastatur ein. Elektronische Impulse rasten ungesehen durch die verschneite Landschaft. Irgendwo nordwestlich von ihr, tief unter der Erde, machte im gleichen Moment ein Computer *Ping!*, und Hacker – so nahm sie an – schaute von seinem *Jim-Trash*-Heft auf.

Der Computer würde ihre Codezahlen in Text umwandeln, und vermutlich würde Hacker kurz darauf eine Taste betätigen und Mr. Black ihre Nachricht übermitteln. Was daraufhin geschah, entzog sich ihrer Kenntnis und ihrem Einfluss. Sie musste nun auf eine Anweisung warten.

Honeybutt hatte keine Ahnung, warum Black und die anderen den Weißen namens Drax für so wichtig hielten, aber sie vermutete, dass es mit dem geheimnisumwitterten Projekt zu tun hatte, von dem sie ständig hörte. Auch der weiße Mann und das merkwürdige

Fischwesen, die im Hauptquartier in den Tanks schwammen, hatten damit zu tun.

Der Taster vibrierte an ihrem Bauch. Honeybutt klinkte ihn aus, hob ihn vor die Augen und erblickte eine sechsstellige Zahlenkombination. *Hm, hm,* dachte sie. Eigentlich war sie erfreut, denn der Code bedeutete, dass sie ihren kalten Posten nun verlassen und sich endlich wieder die Beine vertreten konnte.

Zielperson verfolgen.

Na fein, dachte Honeybutt. Sie schob ihre Fellmütze gerade und setzte sich in Bewegung.

Seit dem ersten Tag als bewusst denkendes Menschenwesen litt Black an einem ständig wiederkehrenden Albtraum, in dem Folgendes geschah: Er und seine Kollegen von der Firma *Dick Associates*, für die Überwachung und Neutralisierung parapsychisch begabter Menschen zuständig, sind unterwegs, um einen Auftrag zu erledigen. Doch die Reise endet für alle als Albtraum: Auf Philip K. Dick, seinen Chef, wird ein Anschlag verübt. Black und die anderen kommen mit einem blauen Auge davon. Dick, in einem Zustand zwischen Leben und Tod, wird eingefroren und in ein »Tiefkühlgrab« gebracht, in dem wohlhabende Menschen ein Halbleben führen und mit den Lebenden Kontakt aufnehmen können.

Kurz darauf verändert sich für Black und seine Kollegen die Welt. Die Gegenwart macht dem Jahr 1939 Platz. Nach und nach zerfallen Blacks Kollegen zu Staub. Auch Black droht dieses Schicksal. Er bemüht sich herauszukriegen, was diese Vorkommnisse hervorgerufen hat, und bald erreichen ihn merkwürdige Botschaften seines eingefrorenen Chefs: Auf Blacks Geldscheinen prangt plötzlich Dicks Konterfei, und er warnt ihn vor einer Verschwörung. Schließlich zeigt sich, dass die Welt nie das war, was Black in ihr gesehen hat: Nicht nur Dick ist bei dem Anschlag gestorben, sondern auch andere. In Black wächst der Verdacht, dass er und seine Kollegen sich ebenfalls im Halbleben befinden.

Ist Dick real? Sind alle anderen nur Produkte seiner Phantasie? Oder befindet sich auch Dick im Halbleben und übermittelt von dort aus Botschaften? Ein Bewusstsein überlagert das andere; es ist nicht mehr feststellbar, wessen Existenzebene die wirkliche ist ...

»Ein schrecklicher Traum, Mr. Black«, ließ sich White vernehmen. Er saß mit dicken wollenen Socken vor dem Heizofen und schaute von dem alten Buch auf, das er in Händen hielt. »Und so ... real.« Er räusperte sich. »Ich träume wirklich nur sehr selten solch zusammenhängende Geschichten.«

»Deswegen glaube ich auch nicht, dass es ein Traum im klassischen Sinn ist«, erwiderte Black. Er saß an einem metallenen Schreibtisch und reinigte seine Waffe. »Ich vermute eher, es ist so etwas wie eine genetische Erinnerung ... Falls es so etwas gibt. Eine Sache, die der Mann erlebt hat, dessen Zellen ich entstamme. Vielleicht hat er diese schreckliche Geschichte in einem Buch gelesen. Oder in einem Film gesehen.«

»Hm«, machte White. »Abgesehen von den gruseligen Elementen der Handlung ... was beunruhigt Sie daran?«

»Sie bringt mich auf paranoide Gedanken«, sagte Black. Er setzte seine Waffe mit einigen geschickten Griffen wieder zusammen und richtete den Blick zur Decke. »Sie sind etwa dergestalt, dass ich mich allmählich frage, ob auch die Welt, die wir kennen, wirklich so ist, wie wir sie wahrnehmen. Sie kennen doch Dr. Sirwigs Programm?«

»Und ob.« White nickte. »Es kann einen in Welten versetzen, in denen man genug Gründe findet, an seinem eigenen Verstand zu zweifeln.«

»In der Tat.«

»Fragen Sie sich etwa«, sagte White mit einer äußerst nachdenklichen Miene, »ob wir unseren eigenen Wahrnehmungen trauen können?«

Black schaute ihn an. Doch bevor er etwas sagen konnte, meldete sich der Monitor auf seinem Schreibtisch, und das bebrillte bärtige Gesicht »Mad Mikes« wurde auf dem Bildschirm sichtbar.

»Eine Botschaft von Miss Hardy«, sagte Mike.

»Sparen Sie sich Ihre Scherze, Mr. Hacker«, sagte Black.

»Entschuldigung.« Mikes Gesicht fiel in sich zusammen und wurde durch das Hackers ersetzt. »Zielperson hat Pentagon verlassen. Bewegt sich in Richtung Innenstadt. Honey … Ich meine, Miss Hardy hat die Verfolgung aufgenommen.«

»Fein«, sagte Black und wandte sich wieder White zu. Der Bildschirm verblasste. »Sie haben mich gefragt, ob ich daran zweifle, dass wir unseren Wahrnehmungen trauen können …« Black reckte sich, sodass sich die dicken Muskelpakete unter seinem Hemd abzeichneten. »Ich frage mich das schon lange … Seit ich diesen Traum habe. Vielleicht sitzen wir jetzt gar nicht hier. Vielleicht liege ich – wie Mac und der Fisch – in einem Tank, und mein Gehirn wird mit Informationen gefüttert, die ein anderer ihm eingibt.«

»Wanda.«

»Wie bitte?«

»Der Fisch«, sagte White. »Verwenden wir den Namen Wanda. Klingt nicht so unpersönlich.«

Für einen Moment war Black irritiert und verärgert, weil ihn sein Partner aus dem Konzept gebracht hatte. Dann fügte er sich seufzend. »Okay: *Wanda.* Er und Mac und Sie und ich – vielleicht sind wir alle nur Spielzeug in den Händen eines genialen Programmierers. Es muss nicht unbedingt Dr. Sirwig sein. Ich weiß nicht mal, ob es *ihn* wirklich gibt oder ob er auch nur eine Projektion ist.« Er räusperte sich. »Vielleicht sind *Sie* gar nicht da, Mr. White. Vielleicht gibt es unsere kleine Organisation gar nicht. Vielleicht glaube ich nur, dass es sie gibt, weil man mir diese Informationen einpflanzt, um in Erfahrung zu bringen, wie man am besten gegen eine solche Organisation vorgehen könnte, *wenn* es sie gäbe. Um gegen eine Rebellengruppe wie die Running Men gewappnet zu sein. Um rechtzeitig Abwehrmaßnahmen gegen sie ergreifen zu können.«

White schaute Black an, als sei ihm gerade ein zweiter Kopf gewachsen. »Glauben Sie das wirklich? Mein Gott, dann wäre ja alles ...« Er riss hilflos die Arme in die Luft.

»Völlig hoffnungslos?« Black schmunzelte. »Das wäre es, Mr. White, in der Tat. Alles wäre nur ein gigantisches, mit modernster Technologie ausgeklügeltes Täuschungsmanöver. Künstliche Realität. Eine Scheinwelt, in der nur ich lebe, damit irgendein Team von Psychologen und militärischen Strategen in Erfahrung bringen kann, wie sie sich gegen Leute unseres ... beziehungsweise *meines* Schlages wehren können.«

»Ich fühle mich aber sehr ... ähm ... lebendig«, sagte White.

»Als Scheinwesen müssten sie das natürlich sagen«, entgegnete Black. »Sie könnten gar nicht anders, weil

Sie so programmiert sind. Aber ich glaube, dass Sie existieren und keine Einbildung sind.«

»Ich danke Ihnen, Mr. Black«, sagte White irgendwie erleichtert. »Darf ich fragen, wie Sie darauf kommen?«

»Als Wesen meiner Imagination müssten Sie, wenn das Programm geschickt und wirklich intelligent ist, mir heftig widersprechen, um mich in Sicherheit zu wiegen. Aber ich sehe Ihnen an den Augen an, dass sie panische Angst davor haben, ich könnte Recht haben.«

»Wenn das Programm *wirklich* intelligent ist, würde es mich erst recht panisch reagieren lassen«, sagte White. »Um Ihnen einzureden, dass Sie mit Ihrer Theorie völlig falsch liegen.«

»Damned«, sagte Black, obwohl er Flüche ansonsten scheute. »Sie haben Recht!« Er schaute erneut an die Decke. »Wir wissen also nur, dass wir nichts wissen, und nicht mal das wissen wir genau.«

White schmunzelte. »Ich frage mich etwas anderes«, fuhr er dann fort. »Und zwar, ob wir Commander Drax trauen können. Wir wissen doch genau, was der alte Raubvogel Sirwig alles aus einem Menschen machen kann.«

»Sie meinen, weil schon die Tatsache, dass er sich im Pentagon aufgehalten hat, bedeuten könnte, dass er für General Crow als Agent arbeitet?«

White nickte. Sein schwarzes Gesicht strahlte in der Tat Skepsis aus.

»Und wenn schon«, sagte Black gelassen. »Wenn es wirklich so ist, wäre es für unsere Pläne sogar noch besser: Steht Drax tatsächlich auf Seiten des Weltrats, kommt er viel näher ans Zentrum der Macht heran, als wir uns erträumt haben. Denn in diesem Fall genießt er das Vertrauen des Präsidenten.«

White runzelte die Stirn, sagte aber nichts. Dann gähnte er und reckte sich. Er hatte in den vergangenen Stunden nur wenig geschlafen. »Wie steht das Projekt?«, fragte er.

Black warf einen kurzen Blick auf den Monitor. »Falls wir uns auf unseren rührigen Mr. Hacker verlassen dürfen, können wir es morgen Mittag in Angriff nehmen und Mac und den … äh, Wanda koppeln.« Er schüttelte sich, als sei ihm bei der Vorstellung selbst nicht ganz geheuer.

Und dann reißen wir euch die Eier ab, ihr verdammten Säcke im Pentagon, dachte White. Natürlich war er viel zu gut erzogen, um in Blacks Gegenwart solche unflätigen Gedanken laut auszusprechen.

Die beiden Männer standen auf und gingen nach nebenan, um sich abmarschbereit zu machen, denn wie sie beide wussten, brauchte die unerfahrene Miss Hardy dringend ihre Unterstützung.

Der silberne Mond verschwand gerade hinter einer finsteren Wolke, als Matthew Drax, tiefer in Gedanken versunken, als es in dieser Umgebung angeraten war, wie aus einem Traum hochschreckte.

Vor ihm stand mit gesträubtem Fell, aufgerissenem Maul und fingerlangen Säbelzähnen ein struppiges Rüsseltier von der Größe eines ausgewachsenen Keilers und funkelte ihn aus tückischen gelben Augen an.

»Gaaanz ruhig«, sagte Matt leise und zog vorsichtig den Driller des Wachpostens aus dem Gürtelfutteral. »Braaaves Mutantenschwein. Nur keine Hektik. Ich bin nicht scharf auf dich und deine Ferkel …«

Das Rüsseltier schien ihm nicht zu trauen. Es scharrte mit den Hufen und grunzte schweinisch, und sein Blick wurde noch verschlagener. Matt entsicherte die Waffe und machte einen Schritt zurück.

Ein Fehler! Sein Rückzug schien bei dem Tier irgendeinen Reflex auszulösen. Es nahm offenbar an, es hätte Oberwasser, und setzte spontan zum Sturmangriff an.

Das Vieh war so verflucht schnell, dass Matt erst wieder zu Sinnen kam, als er schon auf dem Boden lag und das gefährlich aussehende Tier ihm grunzend seinen stinkenden Atem ins Gesicht blies und ihn mit Sabber besprenkelte, der aus seinem geifernden Maul spritzte.

Der Driller entglitt Matts Hand, doch der Adrenalinstoß, der durch seinen Körper jagte, ließ ihn reagieren wie bei einem Lehrgang als Luftwaffen-Einzelkämpfer: Seine Rechte flog hoch und versetzte dem Schwein einen saftigen Hieb auf den Rüssel, der es vor Schreck grunzen ließ. Dann packte Matt mit beiden Händen zu, krallte sie in den fetten Stummelhals der Wildschweinbestie und riss sie seitlich neben sich.

Das von der unerwarteten Taktik umgeworfene Rüsseltier stieß ein Quieken aus, das man noch in fünfzig Meter Entfernung hören musste. Zugleich fing es an, mit seinen gelben Säbelzähnen nach Matt zu schnappen, der zurück und auf seine im Schnee liegende Waffe hechtete. Da sie schon entsichert war, konnte er sie dank des stecknadelkopfgroßen dunkelroten Bereitschaftslichts in wenigen Augenblicken finden.

Als er sie in der Hand hielt und herumfuhr, hatte das Schwein trotz seiner limitierten Intelligenz offenbar erkannt, dass dieser Gegner ihm über war: Es gab Fersengeld.

Matt verfolgte seinen Fluchtweg vier bis fünf Sekunden lang mit angelegter Waffe, dann lachte er leise, schüttelte den Kopf, murmelte »Dummes Schwein« und steckte den Driller weg.

Die unerwartete Begegnung hatte ihn nervlich ein wenig aufgewühlt, sodass er eine Weile brauchte, bis er seinen zitternden Gliedern wieder traute. Dann setzte er sich wieder in Bewegung.

»He, Alta!«

Matt blieb stehen. Eisiger Wind fegte durch die enge Gasse, in der er sich befand. Zwar waren die Straßenschilder ausnahmslos verrostet, aber er wusste anhand einiger markanter Gebäude, dass er sich in Georgetown befand, dem alten Universitätsviertel außerhalb der Stadtmauer Washingtons.

Zwei schmale Gestalten, die in einem Hauseingang standen, winkten ihm zu. Sie waren etwa im gleichen Alter wie der arme Yellow Kid. Der Junge war dunkelhäutig, hatte aber auch Weiße unter seinen Vorfahren gehabt. Das Mädchen war weißer als ein Weißer und hatte eindeutig negroide Züge. Ein Albino? Ihre Augen waren jedoch nicht rot, sondern graublau, ihr Haar weiß.

»Was machste da draußen, Alta?«, fragte das Mädchen.

»Ich frier mir den Arsch ab«, sagte Matt.

»Dann komm rein, Alta, wir ham hier 'n Feuer brennen, da kannste dich aufwärmen.«

Matt nahm das Angebot dankend an. Er bahnte sich seinen Weg durch einen mit Bauschutt überladenen Hausflur, konnte aber in den Räumen, die von dort abzweigten, niemanden erspähen. Als er das Parterre des Wohnhauses halb durchquert hatte, sah er an der Hintertür das Mädchen, das ihm zuwinkte. Kurz darauf roch er brennendes Holz.

Auch hier gab es, wie schon am Naturwissenschaftlichen Museum, einen Hinterhof, der von zahllosen leeren Fensterhöhlen gesäumt wurde. Matt erspähte drei eiserne Tonnen, aus denen Rauch und Flammen aufstiegen. Darum herum hatten sich zehn oder zwölf in Felle gekleidete junge Leute versammelt, die sich die Hände wärmten und ihn neugierig musterten. Der Morgen dämmerte schon, und als Matt sich umschaute, wurde ihm bewusst, dass er sich tatsächlich nur wenige hundert Meter vom Gelände der Universität Georgetown entfernt befand.

»Wie heißte, Alta?«, wurde er gefragt. Matt stellte sich vor und erfuhr die Namen seiner Gastgeber, die er sich freilich nicht alle merken konnte. Der Anführer der Kid-Gang war ein gewisser Jazz, ein junger Spund von etwa zwanzig Jahren, in dessen Blick Schläue blitzte. Er war auch deutlich weniger aufgedreht als die Jungs, die er am Tag zuvor getroffen hatte.

»Was machste hier, Alta?«

»Wo kommste her, Alta?«

»Wo willste hin, Alta?«

»Zu welcher Gang gehörste, Alta?«

»Was haste da für 'ne Waffe, Alta?«

»Biste allein, Alta?«

»Haste 'ne Alte, Alta?«

Matt schwirrte der Kopf, so viele Fragen wurden auf ihn abgeschossen. Die Neugier der jungen Leute verwirrte ihn, und er bemühte sich, aus dem Stegreif eine gute Geschichte zu erfinden. Am besten war es wohl, wenn er den Fremden im fremden Land mimte. Was ja auch irgendwie stimmte.

»Ich komm aus dem Westen. Kalifornien.«

»Calfoonien, Alta?«

»Yeah. Ich such 'nen alten Freund, der sich hier rumtreiben soll.«

»Wie heißt er, Alta? Vielleicht kenn wir ihm.«

»Er heißt Black«, sagte Matt. Er schaute in die Runde, wartete auf eine Reaktion. »Sagt euch der Name was?«

»Enäh«, sagte Jazz kopfschüttelnd. »Aber hier treiben sich viele Typen rum, die wir nich kennen. Vor allem die ausm Pentagoon.«

»Yeah. Sin komische Typen, ey«, ließ sich ein anderer vernehmen. »Gut bewaffnet. Verstehn kein Spaß. Sin auch Weiber bei, ey.« Er zog geräuschvoll die Nase hoch.

Matt musste grinsen.

»Die fragen uns auch immer nach diesem Black«, warf das Albino-Mädchen ein. »Sin wohl auch mit ihm befreundet…« So wie sie das Wort *befreundet* aussprach, bedeutete es das genaue Gegenteil, und Matt schwante allmählich, dass man ihn womöglich auch für jemanden hielt, der Black ans Leder wollte.

»Moment mal«, sagte er, »wenn ihr denkt…«

»Pssst!«, machte Jazz. Seine Freunde duckten sich hinter die Tonnen und griffen unter ihre Fellmäntel. Doch niemand zog eine Waffe.

Matt stellte fest, dass die Blicke der Jugendlichen aufmerksam in die Runde schweiften. Hinter den Hausdächern ging die Sonne auf und überschüttete den Hinterhof mit Licht. Schneekristalle glitzerten. Irgendwo ertönte das Geräusch schwerer Stiefel, die sich über festgetretenen Schnee bewegten.

Matts Blick heftete sich auf die Hintertür, durch die er gekommen war. Dort stand ein muskulöser Schwarzer in einem Fellmantel. Er trug eine tief ins Gesicht gezogene Mütze, und seine Miene drückte Freundlichkeit aus.

Die Kids atmeten auf, und sogleich setzte lautes Gejohle ein.

»Washington!«, rief jemand. »Es is Washington!«

Washingtons Zähne blitzten auf, dann kam er auf die Gruppe zu. Matt schätzte ihn auf etwa dreißig Jahre, und ihm fiel ein, dass er seinen Namen schon bei Pancake Kids Gang gehört hatte.

Es schien Washington zu überraschen, einen Weißen seiner Altersgruppe bei den Kids zu sehen. Nachdem er die anderen begrüßt hatte, die sich anschließend daranmachten, unter einem Rost ein Feuer zu entzünden und das Frühstück zu braten, gesellte er sich zu Matt.

»Wie heißt du, Mann?«

»Maddrax.«

»Komischer Name. Wo kommst du her?«

»Calfoonien.«

Washington nickte. »Hab ich schon von gehört. Soll dort um einiges wärmer sein als hier.«

»Yeah«, sagte Matt. »Und was machst du so?«

Washington grinste. »Bin Fallensteller.«

»Aus der Gegend hier?«

»Yeah. In Arlington geboren.«

Arlington?, dachte Matt. Der Schwarze sprach den Ortsteil korrekt aus, ohne die sonst übliche Vereinfachung. Und dann sein Name – Washington. Wusste der Fremde, dass er den alten Namen Waashtons trug? Matt mochte nicht an einen Zufall glauben.

»Was machst du hier?«, fragte Washington.

»Ich suche jemanden.«

»Jemanden, den ich kenne?«

»Kann schon sein.«

»Was dagegen, mir seinen Namen zu sagen?«

Matt schüttelte den Kopf. »Nein. Er heißt Black.«

Washington zog die Brauen hoch, und Matt wusste im gleichen Augenblick, dass er vor einem Menschen stand, der Black kannte. Nun musste er vorsichtig sein, um keinen falschen Eindruck zu erwecken.

Plötzlich fragte er sich, ob er etwa einem Agenten der WCA gegenüberstand. Dann allerdings war es ein Fehler gewesen, Blacks Namen auszusprechen, denn damit würde er sich bei Hymes und dem Weltrat diskreditieren.

Matt beschloss die Sache durchzuziehen. Für ein Zurück war es eh zu spät.

»Was willst du von Black?«, fragte Washington.

»Du kennst ihn?«

»Könnte sein.« Washingtons Blick wurde nun durchdringend. »Er will aber vielleicht nicht mit Leuten reden, die *er* nicht kennt.«

»Ich will nur eine Auskunft von ihm«, sagte Matt. »Es geht um einen gewissen Mike, der mir aus der Klemme geholfen hat.«

»Ey, wollt ihr auch was futtern?«, fragte Jazz, der neben ihnen an der Öltonne auftauchte.

Matt nickte, und Washington sagte: »Ich kenne Black. Ich kenne auch Mike.«

»Was du nicht sagst«, sagte Jazz.

Er ist White, durchzuckte es Matt.

»Dann musst du White sein«, sagte Jazz. »Und Black ist vermutlich auch nicht fern.« Ehe Washington den Mund aufmachen konnte, griff der junge Mann in seinen Mantel, zückte ein Schießeisen und setzte es an die Stirn seines Gegenübers. »Ich bin Lieutenant Garrett, WCA. Und du bist *tot*.«

Pitsch!

Matt war vor Schreck wie gelähmt. Die Stille nach dem Schuss schien ewig zu währen. Er sah, dass sich auf Whites Stirn eine rote Blüte entfaltete. Er sah die entsetzten Augen des Mannes. Er sah, wie er die Arme in die

Luft riss, bis er aussah wie ein riesiger schwarzer Vogel, der sich vergeblich in die Lüfte zu erheben bemühte. In dem Sekundenbruchteil, den er noch lebte, drückte Whites Blick größte Enttäuschung aus: Er hatte sich unter Freunden gewähnt, doch nun erwiesen sie sich als Verräter.

Washington alias White flog wie in Zeitlupe nach hinten, mit wirbelnden Armen, und Matt erblickte in seiner rechten Hand eins der großen Schießeisen, die nun auch Jazz' Freunde zückten. Sie schrien triumphierend auf, als hätten sie nach einer jahrelangen Jagd endlich, *endlich* ein bösartiges Raubtier zur Strecke gebracht. Dann klatschte White rücklings in den Schnee und besudelte ihn mit dunkelrotem Blut.

Matt Drax reagierte instinktiv aus dem Bauch heraus. Seine Rechte zuckte zur Waffe, riss sie hoch und knallte sie Garrett so fest unters Kinn, dass dieser ein halbes Dutzend Zähne verlor und gegen zwei Kollegen fiel, die gerade auf ihn zueilten.

In der gleichen Sekunde fielen auch in der Umgebung Schüsse, und Matt nahm aus den Augenwinkeln wahr, dass sich in den leeren Fensterhöhlen der Hausruine graue Thermoanzüge zeigten. Behelmte Köpfe wurden ins Freie gestreckt. Arme schwangen Waffen. Er wusste zuerst nicht, auf wen sie zielten, doch dann erspähte er drei oder vier Gestalten im Hintergrund des Innenhofes, die im Zickzack zwischen dem dort angesammelten Gerümpel und den Brennholzstapeln herjagten. Sie trugen wehende Mäntel und Mützen aus Taratzenfell und bemühten sich verzweifelt aus dem Schussfeld zu gelangen.

Die jugendlichen Weltrat-Agenten schwärmten aus und gingen in Deckung – einerseits um ihren uniformierten Kollegen, die das Gebäude umzingelt hatten, nicht versehentlich zum Opfer zu fallen; andererseits um Whites Kameraden zu erledigen, um die es sich bei den Fliehenden zweifellos handelte. War auch der legendäre Black unter ihnen?

Überall in den umliegenden Ruinen regten sich Schatten. Das Lager war eingekesselt. Rings um sie wirbelte Schnee auf, und pausenlos erklang das fast lautlose *Pitsch! Pitsch! Pitsch!* schallgedämpfter Waffen.

Matt trat einem jungen WCA-Mann, der ihm den Weg verbaute, ins Gemächt und verschwand mit einem Hechtsprung hinter einem Bauschuttstapel. Am anderen Ende des Hofes erblickte er unter den Beschossenen einen großen muskulösen Blondschopf, dessen kantiges Kinn und Gesichtszüge ihm merkwürdig bekannt vorkamen. Einer seiner Begleiter stieß einen Schrei aus, stürzte und blieb mit verrenkten Gliedern liegen. Der Große, den Matt für Black hielt, verharrte, fuhr herum und zerrte den Kameraden mit sich, doch dann schien er zu erkennen, dass seine Hilfe zu spät kam. Er fletschte wütend die Zähne, riss seine Waffe hoch, feuerte eine donnernde Salve zu den Fenstern und Dächern hoch und eilte dann zur nächsten offenen Hintertür, in der er verschwand.

Einer seiner beiden noch lebenden Begleiter, die ihm dicht auf den Fersen waren, hatte kein Glück und wurde erschossen, bevor er die Tür erreichte. Der dritte kam zwei Angehörigen von Garretts Gruppe in die Quere. Erst jetzt sah Matt, dass es sich um eine junge Frau handelte. Seine Waffe flog hoch und machte *Pitsch!* Einer der WCA-Agenten ließ sein Schießeisen fallen, griff sich an den rechten Arm und schwankte so heftig, dass er gegen seinen Kollegen fiel und ihn aus dem Gleichgewicht warf.

Die junge Frau nutzte die Gelegenheit, um ihm einen

Tritt vors Schienbein zu versetzen. Im gleichen Augenblick tauchte die hünenhafte Gestalt Blacks im Türrahmen auf. Seine Waffe spuckte Feuer.

Ich kenn diesen Typen, dachte Matt verdutzt. *Ich kenn ihn von früher! Aus der alten Zeit …*

Black erledigte zwei weitere Agenten, die seine Begleiterin fast erreicht hatten, dann einen dritten. Schließlich packte er die junge Frau am Kragen, riss sie zurück und tauchte mit ihr im Inneren des Gebäudes unter.

Nun strömten grau gekleidete WCA-Agenten in den Innenhof. Matt versetzte Garrett, der sich inzwischen verwirrt aufgerappelt hatte, einen Schwinger, der ihn nochmals zwei Zähne ausspucken ließ. *Weg hier,* dachte er. *In dieser Liga spiel ich nicht mit.*

Dann bemerkte er eine Bewegung in seinem Rücken. Er wollte herumfahren, doch im gleichen Moment krachte etwas auf seinen Hinterkopf und zeigte ihm explodierende Sterne.

Der heimtückische Angreifer hatte wohl nicht damit gerechnet, dass Matt auf den Beinen blieb.

Aber genau das tat er, und mehr: Er fuhr herum und schlug blindlings zu. Die stahlharte Waffe in seiner Hand krachte ins Gesicht eines Burschen, der ihn mit seinem Schießeisen geschlagen hatte, und warf ihn neben Jazz zu Boden.

Matt kochte vor Wut. *Nicht mit mir, Crow!,* dachte er grimmig. *Nicht schon wieder!*

Dann nutzte er das allgemeine Chaos, um sich abzusetzen.

Acht Jahre zuvor

Auch an seinem 22. Geburtstag wurde Black von Colonel Arthur Crow mit einem heiklen Auftrag an die

Oberwelt geschickt. Crow hielt nicht viel von Sentimentalitäten, und Geburtstagsfeiern gehörten für ihn dazu.

Draußen herrschte Frühling. Das Eis des Potomac war vor einer Woche aufgebrochen. Am Tidal Basin dösten graue Echsen in der Sonne. Die Stadt war schneefrei. Bäume und Gesträuch standen in voller Blüte. Das Thermometer zeigte achtzehn Grad Celsius an; für die Bewohner der Oberwelt eine geradezu unglaubliche Hitze.

Trotzdem musste Black sich schütteln, als er aus dem hölzernen Nachbau des Weißen Hauses trat. Er war an die angenehme Wärme der Bunkerwelt gewöhnt. Nun, nach der kurzen unterirdischen Eisenbahnfahrt von Arlington nach Washington empfand er die Oberweltatmosphäre als nicht sehr angenehm.

Sein wacher Blick wanderte konzentriert über das Grün, das sich um das Gebäude in alle Richtungen erstreckte. Über der Kampfkombination trug er einen grauen Umhang, der seine großkalibrige Waffe tarnte. Sein Kopf war unter einer Kapuze verborgen. Sie schützte ihn nicht nur vor dem Frühlingsregen. Sein kurz geschnittenes blondes Haar hätte die Aufmerksamkeit der Menschen auf sich gezogen.

Seit Black zum ersten Mal an der Oberfläche gewesen war, wusste er, wie riesig die Unterschiede zwischen den beiden Lebenssphären waren: Dort wo er herkam, regierte eine allumfassende Sicherheit. Hier oben hingegen herrschten Zustände, die es sonst nur in den alten Büchern und Filmen gab, die in der Bunkerbibliothek standen. Die Menschen, die hier oben lebten, wussten nichts von dem Techno-Paradies, das sich unterirdisch kilometerweit in alle Richtungen ausdehnte.

Mit Ausnahmen. Teile der herrschenden Klasse der Oberwelt waren aufgrund der Aktivitäten der WCA seit langer Zeit über die Existenz der Unterwelt im Bilde. Hin und wieder war es nötig, einen neuen Bürgermeister in die tatsächlichen Gegebenheiten einzuweihen.

Kürzlich erst hatten auch Black und sein Kollege White einen Bürgermeister bei Nacht und Nebel in einen Schutzanzug gesteckt und ihm die große Welt gezeigt. Der Präsident und Colonel Crow hatten ein langes Gespräch mit dem verschreckten Fettwanst geführt. Nun wussten er und seine Familie, dass nicht sie die Herren der großen ummauerten Stadt waren. Er hatte die Wirkung der Feuer speienden Waffen der Unterirdischen gesehen und sich ihnen spontan unterworfen.

Das Volk wusste nichts. Die herrschende Klasse der Oberwelt behielt ihr Wissen für sich. Der Weltrat, hatte Black auf verschlungenen Wegen erfahren, ließ sich das Schweigen dieser Leute einige Annehmlichkeiten kosten. Sie waren nur Handlanger, aber man musste sie bei Laune halten, damit sie spurten.

Die Frage war, wie lange der Weltrat sie noch brauchte. Das Serum, das die Forscher aus dem Blut Blacks und Whites gewannen, würde die gegen die Bakterien der Oberwelt anfälligen Bunkermenschen bald in die Lage versetzen hinauszugehen. Der erste Test an zehn freiwilligen Versuchspersonen war äußerst positiv verlaufen – wenn man davon absah, dass sieben der Freigänger nicht mehr in den Bunker zurückgekehrt waren. Es konnte nur noch Tage dauern, bis man das Serum in größeren Mengen herstellen konnte.

»Dann brechen neue Zeiten an, Mr. Black!« Colonel Crows begeisterte Worte warfen jetzt noch Echos in Blacks Ohren. »Herrliche Zeiten! Dann können wir endlich an unsere große Vergangenheit anknüpfen …«

Leider hatte auch die *achte* Versuchsperson vor zwei Tagen den Beschluss gefasst, der Unterwelt Adieu zu sagen. Und diese Person war Colonel Crow sehr wichtig. Also schickte er seine einzigen beiden Agenten aus, die sich dank ihrer antiken Gene gefahrlos an der Oberfläche bewegen konnten.

Black hatte sich kaum in Richtung Stadtrand in Bewegung gesetzt, als pechschwarze Wolken aufzogen und das Land sich verfinsterte. Der Himmel öffnete schlagartig seine Schleusen. Das Trommeln unzähliger Tropfen betäubte Blacks Gehör, doch die imprägnierte Kapuze schützte ihn.

Hinter dem Dschungel, der vor über fünfhundert Jahren der Park des Weißen Hauses gewesen war, gingen einige Lichter an und spiegelten sich in den Pfützen. Die Luft wurde kälter. Die Kälte vertrieb die zahllosen Gerüche der Natur, die Black bisher stets mit besonderem Wohlbehagen eingeatmet hatte. Nach einer Minute liefen die silbernen Tropfen über sein Gesicht und sickerte in seine Stiefel. Er fühlte sich nicht besonders wohl in dieser Nässe. Regen war einem Menschen seiner Art völlig fremd.

Doch draußen war man der Feuchtigkeit ausgeliefert. Unter Blacks Füßen rauschte das Wasser. Hinter der Straße, die das Weiße Haus vom Zentrum trennte, standen noch einige Gebäude aus der alten Zeit. Black war erst eine kurze Strecke gegangen und hatte gerade die ersten Häuser erreicht, als sein Blick auf vier Männer fiel, die unter der Markise einer Taverne Schutz suchten und ihn argwöhnisch beäugten.

Es waren Gendarmen, die nach Illegalen Ausschau hielten. Da Black aufgrund seiner Größe, seiner Statur und seiner hellen Hautfarbe den Eindruck eines Fremden erweckte, regte sich ihr Misstrauen.

»He, du da!«, rief der Anführer der vier Behelmten, ein vierschrötiger Typ mit tückischen Säuferaugen. »Komma her, aber dalli.«

Black grunzte, doch nicht allzu laut. Die Gendarmen waren mit langen Schwertern bewaffnet und wirkten nicht gut aufgelegt. Vielleicht hatten sie nur Langeweile und suchten ein Opfer, an dem sie ihr Mütchen kühlen konnten. Black schätzte sie ab und sah, dass er den größten um eine Haupteslänge überragte.

Die Kerle waren breitschultrig, muskulös und agil. Unter ihren Helmrändern quoll schwarzes Kraushaar hervor. Da sie keine Kapuzen trugen, lief ihnen der Regen in den Kragen. Sie trugen ausgebeulte Hosen aus Karibuleder, Stiefel und metallene Harnische. Am Hals eines jeden baumelte an einer Kette ein Medaillon mit dem Signum des Bürgermeisters, das sie als seine Schergen auswies.

Black blickte in bartlose Gesichter und große dunkle Augen. Er lächelte, als er das beruhigende Gewicht seiner Waffe unter dem Umhang spürte. Im Nu war er von den Gendarmen umringt. Der Anführer war etwa vierzig, die anderen hätten seine Söhne sein können. Auf den nackten Unterarmen der Kerle waren Schriftzeichen eintätowiert; möglicherweise Rangabzeichen. Black wurde zehn Sekunden lang wachsam gemustert, dann sagte der Anführer: »Was bist du für einer, hm?«

»Sonderkommando«, sagte Black knapp. »Im Auftrag des Bürgermeisters.« Laut dem Abkommen, das der Präsident mit dem Mayor getroffen hatte, brauchte er nicht mehr zu sagen. »Sonderkommando« hieß Freibrief. Bisher hatte es bei allen Gendarmen geklappt. Doch entweder war der Gendarmen-Chef schwer von Begriff, oder er hatte seine Dienstanweisung nicht gelesen.

»Sonderkommando?«, schnaubte der Mann. »Zeig mir deine Eidie, aber 'n bisschen plötzlich.«

Black überlegte schnell. Er hatte jetzt die Wahl. Er konnte dem impertinenten Burschen eins aufs Maul hauen oder ihm den Lauf seiner Wumme in den Mund schieben, bis er das lächerliche Ansinnen widerrief. Er konnte ihn auch auf den Bürgermeisterbefehl hinweisen, der ihm überall Zutritt verschaffte. Letzteres wäre zu zeitaufwendig gewesen, Ersteres hätte zu viel Aufmerksamkeit erregt. Black war in Eile: Mr. White hatte Freigänger Nummer 8 nämlich gerade lokalisiert und wartete auf sein Eintreffen.

Ist es nicht merkwürdig?, dachte Black, *dass einem immer dann, wenn man ohnehin in Zeitnot ist, irgendwelche Bürokraten in den Weg treten und einen an der Arbeit hindern?*

Er beugte sich vor und sagte so leise, dass nur der Anführer der Gendarmen ihn verstehen konnte: »Wenn du mich aufhältst, bist du tot.«

Der Gendarm erbleichte unter seiner schwarzen Haut. Black sah Entrüstung in seinen rot geäderten Säuferaugen. Aber auch einen Anflug von Furcht. Er hatte in Blacks Augen geblickt und darin gelesen, dass der große Mann seine Drohung todernst meinte – wortwörtlich. Er murmelte etwas, trat beiseite und winkte Black mit fahriger Hand weiter. Black bedankte sich höflich, schritt an den Gendarmen vorbei, trat unter den First der Taverne und ging weiter. Am Ende des Gebäudes bog er in eine Seitengasse ab.

Auch hier war der Boden gepflastert. Die bunten Markisen der Läden boten einem einsamen Fußgänger genügend Schutz vor dem prasselnden Nass. Black wich abgestellten Karren und Fuhrwerken aus. Die Gasse war wie ausgestorben.

In der nächsten Straße lagen mehrere Tavernen. Lärm und Geschirrgeklapper drang an seine Ohren. Sein Blick fiel durch kleine Butzenscheiben. Farbenfroh gekleidete Händler und Pfeffersäcke gaben sich an grob zusammengehauenen Tischen bei Vino und Wakudabraten ein Stelldichein.

Vier Straßenecken weiter stieß Black auf einen Gasthof, der sich »Zum Einäugigen« nannte. Unter einer verschossenen, vom Regenwasser schweren Markise stand Mr. White und wartete auf ihn. Als er seinen Freund erspähte, verzog sich sein Mund zu einem kollegialen Zähnefletschen, und er nickte Black erleichtert zu.

»Wo ist sie?«, fragte Black knapp.

White deutete mit dem Kopf nach oben. »Im ersten Stock.«

»Allein?«

White schüttelte den Kopf. »Sie ist mit 'nem Mann zusammen.«

Black grunzte. Das war nicht gut. Sie konnten keine Zeugen brauchen, wenn sie die junge Dame in den Bunker zurückschleppten. Zeugen bedeuteten Unannehmlichkeiten. Zeugen würden die Aktion vielleicht verzögern. Zeugen würden ihn und Mr. White für gewöhnliche Entführer halten. Dies konnte zu heftigem Geschrei führen, das vielleicht andere Bewohner des Gasthofes auf den Plan brachte. Vielleicht beschlossen sie dann, den Helden zu spielen.

»Wer ist der Mann?«, fragte Black an seinen Partner gewandt.

»Keiner von den verschwundenen Freigängern. Ein Oberweltler. Man nennt ihn Dauntless Kid.«

»Der Name ist kein gutes Omen«, sagte Black. »Ist er bewaffnet?«

»Bis an die Zähne.« Mr. White grinste. »Ich hab noch niemanden gesehen, der so mit Eisen behangen ist.« Er räusperte sich. »Der Einäugige sagt, er wäre 'ne lokale Größe. Auf sein Kommando hören mindestens zehn der übelsten Halsabschneider und Schläger der Stadt.« Er deutete über die Schulter auf die Schwingtür des Gasthofes, und Black lauschte dem entströmenden Lärm. »Sie sitzen alle in der Gaststube.«

»In welcher Branche arbeiten diese Leute?«, fragte Black.

»In der Fleischbranche.«

»Monsterskunk-Metzger?«

»Nee.« Mr. White schüttelte den Kopf. »Lustbarkeiten.«

Black seufzte. Er kannte den Zuhälterberuf aus Filmen und konnte nicht behaupten, dass Leute, die ihn ausübten, ihm sympathisch waren. Er wusste auch, dass es in diesen Kreisen als schick galt, mit seinen Muskeln zu protzen und Konkurrenten die Ohren abzuschneiden.

Jetzt hatten sie den Salat. Was würde Colonel Crow sagen, wenn sie die Abtrünnige nach Hause holten und dabei ein Dutzend Menschen umlegen mussten? So etwas war unmoralisch und konnte nicht einmal mit Notwehr motiviert werden.

Crows Befehl lautete: *Bringen Sie sie unversehrt zurück. Wer ihr auch nur ein Haar krümmt, ist ein toter Mann!* Wenn sie gezwungen waren, Gewalt einzusetzen, war es nicht unmöglich, dass auch die desertierte Freigängerin etwas abbekam.

»Was findet sie an diesem Kerl?« fragte Black.

Mr. White lächelte. »Er ist sehr attraktiv ...«

Black schaute ihn verwundert an.

»... sofern ich das beurteilen kann«, sagte Mr. White

hastig und hüstelte. »Die Damen in der Gaststube sind jedenfalls alle dieser Meinung.«

»Und woher kennt sie ihn?«

»Sie hat ihn beim Freigang kennen gelernt. Dauntless Kid hat sie vor 'nem Kerl gerettet, der sie belästigt hat. Seitdem ist sie ihm offenbar verfallen.«

»Wahrscheinlich hat Dauntless Kid den Kerl auf sie angesetzt, um ihr Vertrauen zu gewinnen«, sagte Black. »In diesen Kreisen ist das ein uralter Trick.«

»Ach, wirklich? Woher wissen Sie das?«

Black schnaubte. »Ich sehe mir Filme an. Da lernt man solche Dinge. Sollten Sie auch mal versuchen, Mr. White.«

Wenn es sein Dienstplan erlaubte, schaute er sich täglich mindestens zwei Filme an. Filme verzauberten ihn, nicht nur deswegen, weil sie die alte Welt abbildeten, die seit dem Aufprall des Kometen unwiderruflich dahin war. Gelegentlich sah er sich auch in seinen Träumen als Filmheld: Dann schlich er durch phantastisch anmutende tropische Dschungel und wurde von einem merkwürdigen Lebewesen gejagt, das sich der Natur so gut anpasste, dass es buchstäblich mit der Umgebung verschmolz. Manchmal stand er auch im Traum vor einem Spiegel und schaute sich seine in Fetzen hängende Gesichtshaut an, hinter der silbernes Metall und ein künstliches Auge sichtbar wurden. Dann fühlte er sich wie eine mit Kunsthaut überzogene Maschine.

All diese Träume ließen Black schaudern. Er konnte sie nicht erklären. Dr. Sirwig schrieb sie seinen »genetischen Erinnerungen« zu. Aber welcher Mensch konnte wohl *Erinnerungen* daran haben, einst eine Maschine gewesen zu sein?

»Gehen wir rein.« Black stieß die Schwingtür auf.

Der Einäugige, ein spindeldürrer, pockennarbiger Kerl mit einem hervorstehenden Adamsapfel, schenkte ihnen als einziger Beachtung, als Black und White die Spelunke betraten. Die Gäste waren abenteuerlich gekleidete Männer mit Ohrringen und angemalte Frauen. Sie saßen in Grüppchen von vier bis fünf Personen an den Tischen, sprachen heftig alkhaltigen Getränken zu und ließen Würfelbecher kreisen. Das Stimmengewirr war nervtötend; besonders das schrille Gackern der käuflichen Damen ging Black auf die Nerven.

Sie bauten sich am Tresen auf, bestellten einen Becher Fichtennadeltee und schätzten die Lage ein. Der versammelte Mob wirkte nicht gerade Vertrauen erweckend. Es war sehr gut möglich, dass er Dauntless Kids Partei ergriff, wenn es knallte. Doch sie konnten ihren Auftrag nicht auf die lange Bank schieben.

Black wechselte ein paar taktische Worte mit Mr. White. Dann ließen sie den Tee stehen und gingen die Treppe hinauf. Der Einäugige gaffte überrascht, doch ehe er einen Laut äußern konnte, hatte Mr. White sich auf den oberen Treppenabsatz postiert, den Umhang zurückgeschlagen und seine Knarre enthüllt.

Black ging weiter. Er trat die Tür des Zimmers ein, das White ihm von außen bedeutet hatte, und richtete den beeindruckenden Lauf seiner Waffe auf den Mann, der neben der rothaarigen Frau auf der Bettkante saß.

Die Frau war nackt. Der Mann schien sich gerade angezogen zu haben. Er fuhr in die Höhe, schwang einen langen Säbel und funkelte den Eindringling aus blitzenden Augen an. Black fand ihn im Gegensatz zu Mr. White und den Damen in der Gaststube nicht sonderlich attraktiv.

Die Rothaarige kreischte auf und bedeckte ihre Blößen mit einem Kissen. Dauntless Kid, ein schlanker muskulöser Kerl mit einer schwarzen Mähne und einer Narbe auf der Stirn, bleckte die Zähne und nahm Kampfposition ein.

»Du bist tot, Mann«, sagte er zu Black. »Tot! Tot! *Tot!*«

Blacks rechtes Bein zuckte vor und traf ihn dorthin, wo es einen Mann ganz besonders schmerzt. Dauntless Kid flog ächzend zurück und ließ den Säbel fallen. Er sank auf das Bett und presste beide Hände auf seine Kronjuwelen.

»Ziehen Sie sich an!«, sagte Black zu der Rothaarigen. Er griff nach rechts, packte ihre über eine Stuhllehne geworfenen Kleider und warf sie ihr zu. »Beeilen Sie sich. Ich nehme an, dass Sie ein Blutbad vermeiden wollen.«

»Wer bist du, du Arsch?« Die Blicke der Rothaarigen erdolchten den am Fuß des Bettes stehenden Black, während Dauntless Kid sich neben ihr krümmte und mit pfeifender Lunge nach Luft schnappte. »Weißt du überhaupt, wer *ich* bin?«

Black hatte von Colonel Crow erfahren, dass sie nicht nur ein freches Mundwerk hatte, sondern auch als eigensinnig und unberechenbar galt. Vielleicht lag es daran, dass sie seine Tochter war.

»Vergeuden Sie keine Zeit mit Diskussionen«, sagte er sachlich, als er das Trappeln etlicher Stiefel und einen Warnruf von Mr. White hörte. In der Gaststube tat sich wohl etwas. Black vernahm das dumpfe Geräusch, mit dem ein hölzerner Gewehrkolben auf menschliche Knochen zu prallen pflegte, und gleich darauf das Poltern eines Körpers, der eine Treppe hinunterfiel sowie das aufgeregte Geschrei mehrerer Männer, die ihm ausweichen mussten. »Wir müssen sofort hier raus …«

»Ich gehe nicht mit«, fauchte die Rothaarige. »Ich will nicht mehr in dem Scheiß-Bunker leben und mich von anderen Leuten herumkommandieren lassen! Ich will hier bleiben, an der Oberwelt! Ich bin Lynne Crow! Sagt dir das nichts, du Blödmann? Mein Alter ist der Chef der Sicherheit!«

»In seinem Auftrag sind wir hier«, sagte Black nüchtern. »Jetzt beeilen Sie sich, oder ich schleife Sie nackt hier raus.« Er trat an das Bett heran, auf dem Dauntless Kid sich die schmerzenden Eier hielt, und zog Miss Crow mit einer Hand hoch. Sie kreischte noch einmal, und Black zerrte sie zum Fußende. Endlich schlüpfte sie in ihre Kleider.

Dauntless Kid hob den Kopf. Er hatte Lynnes und Blacks Worte offenbar trotz seiner Agonie gehört und fragte sich nun, worüber sie eigentlich redeten.

»Was faselt ihr da?« Er schaute Lynne an. Dann richtete sich sein verschwommener Blick auf Black. »Wer bist du überhaupt?«

»Dein schlimmster Albtraum«, erwiderte Black. Er hatte den Satz mal in einem Film gehört, und er gefiel ihm.

Dauntless Kid richtete sich auf. »Hier hab nur ich was zu sagen«, knurrte er und zeigte mit dem Daumen nach unten. »Ich brauch nur zu schreien, dann machen meine Männer Hackfleisch aus dir!«

Black hielt ihm seine Waffe unter die Nase und deutete auf den Abzug. »Und ich brauch nur an diesem kleinen Haken hier zu ziehen, dann verteilt sich dein Kopf überall im Zimmer.«

»Pah«, machte Dauntless Kid. Er war völlig unbeeindruckt, was sich in einer Situation wie dieser als fatal erweisen konnte. Ein Mensch, der noch nie ein Schießeisen in Aktion gesehen hatte, konnte unmöglich ahnen, in welcher Gefahr er schwebte. Fand er es heraus, war es in der Regel zu spät für ihn. Black seufzte.

»Ich lass dich von meinen Männern zerlegen«, fauchte Dauntless Kid. »Wir werden dich und deine Bande mit Stumpf und Stiel ausrotten. Wir übernehmen euer Revier, denn die Belohnungen des Lebens stehen nur dem Tüchtigen zu. Verstehst du, was ich meine?«

»Gewiss.«

»Und?«

»Du hast es nicht begriffen, Jungchen«, sagte Black. »Wir wollen das Mädchen, sonst nichts. Vielleicht muss ich nicht mal abdrücken. Ein Matschhirn hast du immerhin jetzt schon.«

»Du …!«, fauchte Dauntless Kid. Er machte einen Versuch, sich vom Bett auf seinen am Boden liegenden Säbel zu stürzen. Darauf hatte Black nur gewartet. Mit einem wohldosierten Schlag auf den Hinterkopf schickte er ihn ins Land der Träume.

Lynne Crow, inzwischen angezogen, fauchte: »Dafür wirst du bezahlen!«

Black schob sie stumm zur Tür hinaus. Am oberen Ende der Treppe hielt Mr. White inzwischen ein Dutzend schäumende Galgenvögel in Schach, in deren vernarbten Händen jede Menge Stahl blitzte. Der Einäugige duckte sich hinter den Tresen und schaute sich mit furchtsamer Miene um. Ein Gast lag auf dem Boden. Einen anderen zierte ein geschwollenes Auge, das allmählich alle Farben des Regenbogens annahm. Ein dritter Mann betastete seine Zähne. Er hatte nicht mehr viele.

»Die Lage wird heikel«, sagte Mr. White, als er Black und die Rothaarige erblickte. »Diese Schwachköpfe wollen einfach nicht glauben, dass ich sie mit einer Salve in den Orkus wirbeln kann …«

»Sie müssen noch viel lernen«, sagte Black. Er hatte keine Lust, Dauntless Kids Freunden die Macht ihrer Waffen zu demonstrieren. Mochten die Kerle auch zum städtischen Abschaum gehören – sie handelten in dem guten Glauben, dass fremde Halsabschneider in ihr Revier eingedrungen waren und ihrem Anführer die Gespielin wegnehmen wollten. Auf ihre Art handelten sie durchaus ehrenhaft: Sie wollten einem Freund helfen.

»Legt die Kerle um«, fauchte Lynne Crow plötzlich und deutete auf die Bediensteten ihres Vaters. »Sie haben versucht, Dauntless Kid zu töten.«

Die Galgenvögel schrien auf und kamen näher. Black und White richteten zwar ihre Waffen auf sie, doch ihre Skrupel, einfach in die Menge zu schießen, waren zu groß. White stieß einen Fluch aus, schob Miss Crow durch den Korridor zurück und drängte sie an eines der Fenster, die nach hinten hinauszeigten. Zwar setzte sie sich mit Zähnen und Klauen zur Wehr, doch konnte sie dem durchtrainierten Schwarzen nichts anhaben.

In Sekunden hatte White das Fenster geöffnet und warf das Girl kurzerhand hinaus. Sie landete mit einem lauten Schrei auf einem Misthaufen, wie er in jedem Garten üblich war.

Als White sich selbst über das Fensterbrett schwang, eilte Black hinter ihm her – verfolgt von einer tobenden Meute, zu der sich nun auch der aus seiner Ohnmacht erwachte Dauntless Kid gesellte.

Als die Meute Black fast erreicht hatte, hob White kurz entschlossenen seine Waffe und feuerte eine Salve in die Decke.

Die psychologische Wirkung des unerwarteten Gewitters und der umherfliegenden Holzsplitter war kolossal: Wie ein Mann warfen sich sämtliche Verfolger zu Boden. Nur einer nicht: Der schäumende Dauntless Kid glaubte wohl, er würde das Gesicht verlieren, wenn er jetzt nicht den Helden spielte.

Im gleichen Moment, da White neben der sich aufrappelnden Miss Crow auf dem dampfenden Mist landete, stürzte Dauntless Kid auf Black zu und hob seinen Säbel, um ihn zu enthaupten.

Black saß rücklings auf dem Fensterbrett und wollte sich gerade fallen lassen, als er das Sirren von Dauntless Kids Klinge hörte und instinktiv den Kopf einzog.

Der Säbel zerteilte einen Zentimeter über ihm die Luft und krachte in den Fensterrahmen.

Black handelte im Affekt. Sein Schießeisen zuckte hoch und bohrte sich in Dauntless Kids Magen.

Später wusste er nicht zu sagen, ob er den Abzug bewusst durchgezogen hatte. Jedenfalls löste sich ein Schuss.

Dauntless Kid flog zurück. Das Explosivgeschoss ging quer durch seinen Körper.

Black hatte keine Zweifel daran, dass der Junge sofort tot war. Trotzdem schien in seinem Blick, der ihn mit fast ebensolcher Wucht traf, das Leben nicht verlöschen zu wollen. Es war ein Ausdruck darin, den Black Zeit seines Lebens nicht mehr vergessen sollte. Und der mehr in ihm auslöste, als er zu diesem Zeitpunkt ahnen konnte …

Wie in Trance ließ er sich fallen, kam unten im Garten auf und spürte Whites Griff an seinem Arm.

»Los, weg von hier!«, drängte sein Partner, und Black ließ sich mitziehen, stolperte hinter White und Miss Crow her.

Ich war im Recht, pochte eine Stimme hinter seinen Schläfen. *Er hatte Miss Crow entführt und wollte mich töten.*

Doch gleichzeitig wusste er, dass diese Entschuldigung zu einfach war. Es wäre nie so weit gekommen, wenn sich das Gesetz des Weltrats nicht über das der Oberwelt gestellt hätte. Mit einer Überheblichkeit, die die Schergen des Systems – auch ihn! – blind machte für die wahren Werte. Dauntless Kid und Lynne Crow waren ein Paar gewesen; sie hatte sich für das Leben an der Oberfläche entschieden, und vielleicht hatte er sie sogar geliebt. Welches Recht besaß er, Black, sie daran zu hindern und wieder hinunterzuschaffen in die Gefangenschaft des beengten Bunkers?

Etwas stimmte nicht mit dem Gesetz, dem er folgte und das er mit Waffengewalt durchsetzte …

Der Regen hatte aufgehört. Das Zwielicht war geblieben. Da und dort schoben verwirrte Stadtbewohner aufgrund des Lärms und der Schüsse ihre Köpfe aus dem Fenster. Mr. White hielt die störrische Renegatin am Kragen, während Black noch immer wie betäubt neben ihm herlief. Sie eilten in Richtung Norden.

Nach einigen hundert Metern stellten sie fest, dass sie nicht verfolgt wurden. Offenbar setzte der Tod ihres Anführers den Spießgesellen so sehr zu, dass sie gar nicht an Rache dachten.

Die drei gingen langsamer weiter. Doch schon an der nächsten Straßenecke prallten sie unverhofft mit den vier Gendarmen zusammen, denen Black auf dem Weg in die Stadt begegnet war.

Lynne Crow, die eine Gelegenheit sah, sich ihre Häscher vom Hals zu schaffen, schrie lauthals um Hilfe.

Die Gendarmen griffen zu ihren Schwertern, doch sie waren für die ausgebildeten Einzelkämpfer keine Gegner. Whites rechte Faust traf das Kinn des ersten Ordnungshüters und ließ ihn besinnungslos an der Hauswand hinabsinken. Den zweiten trat Black in den Bauch, so dass er sich Sekunden später in einer Regenwasserlache am Boden wälzte. Die restlichen beiden versuchten es erst gar nicht, sondern nahmen Reißaus.

Und weiter ging es in Richtung Weißes Haus, während Miss Crow in Whites Griff zappelte, pausenlos schrie und alles tat, um ihr Vorankommen zu behindern. Schließlich platzte White der Kragen. Er ließ seinen Umhang zu Boden gleiten, packte Lynne Crow und warf sie sich über die Schulter, wo sie zwar weiterhin wütete und fluchte, aber kein ernstliches Fluchthindernis mehr darstellte.

Nach einer Viertelstunde, in der Black kein Wort sprach und seinen Gedanken nachhing, erreichten sie das Regierungsgebäude. Zu Whites großer Erleichterung kam ihnen ein WCA-Kommando entgegen – drei grau gekleidete Gestalten mit undurchsichtigen Helmen.

»Legt diese Kerle um!«, schrie Lynne Crow schrill, sobald White sie zu Boden gelassen hatte. »Sie haben mich vergewaltigt!« Sie warf sich zu Boden, schlug auf das Gras ein und simulierte einen Weinkrampf, der so entsetzlich echt klang, dass Black fast übel wurde. Hätte er es nicht besser gewusst – sogar *er* hätte ihr geglaubt.

White schaute ihn verdutzt an. Das WCA-Kommando stand wie erstarrt da, doch Black wusste, dass die Männer unter den undurchsichtigen Helmen unhörbar miteinander kommunizierten.

»Sie lügt«, sagte er und dachte: *Warum zittert meine Stimme?*

White sagte gar nichts. Er war sprachlos.

Ein WCA-Agent kniete sich neben die heulende Miss Crow und half ihr auf die Beine. Ein Knistern erfüllte die Luft, dann sagte eine elektronisch verzerrte Stimme, die kaum menschlich klang: »Das wird sich erweisen. Händigen Sie uns Ihre Waffen aus.«

»Legt sie um!«, schrie Lynne. »*Tötet Sie!*«

Black und Mr. White schauten sich an.

»Ihre Waffen«, sagte die verzerrte Stimme. »*Sofort!*«

Die Gewehre der Weltrat-Agenten richteten sich auf Mr. Black und Mr. White.

»Sie lügt«, wiederholte Black, während die Gedanken in seinem Kopf Purzelbäume schlugen. »Sie hat sich geweigert mitzukommen. Sie hat gedroht, dass wir dafür bezahlen würden.«

»Ihre Waffen!«

»Hört mal, Leute«, mischte sich White in den einseitigen Dialog ein. »Ihr glaubt doch wohl nicht, dass wir beide fähig sind ...«

»Ihre Waffen!«

Wenn wir sie abgeben, sind wir erledigt, raste es durch Blacks Geist. *Sie ist immerhin Crows Tochter. Sie hat nicht nur ein freches Mundwerk, sie ist darüber hinaus auch noch rachsüchtig und psychopathisch. Wir haben keine Chance.*

Er schaute seinen Partner an und sah in dessen Miene, dass er die gleichen Gedanken hatte. Doch was war die Alternative?

»Hören Sie zu«, sagte Black und hob dabei seine klobige Waffe ein wenig an. »Ich werde mich nicht für eine Tat verantworten, die ich nicht begangen habe.«

»Ihre Waf-«

»Maul halten«, fuhr White plötzlich auf. Er zuckte mit keiner Wimper. »Ich bin der gleichen Meinung.« Er warf einen verächtlichen Blick auf die prächtig schauspielernde Tochter ihres Vorgesetzten. »Ich glaube, die Wahrheit wird sich eines Tages von selbst ergeben. Aber ich werde mich bis dahin keinem haltlosen Verdacht aussetzen. Ich mache euch einen Vorschlag: Ihr verschwindet mit diesem Miststück, und wir bleiben hier oben.«

»Das ist Desertion«, sagte die verzerrte Stimme. »Und wenn Sie zu zweit desertieren, ist es Verschwörung. Darauf steht der Tod.«

»Es gibt Schlimmeres«, sagte Black. »Gehen Sie jetzt.« Die Mündung seiner Waffe deutete jetzt unmissverständlich auf die Agenten.

Die Weltrat-Leute schauten sich an. Möglicherweise kommunizierten sie miteinander. Sie waren zu dritt, hatten aber nur Handfeuerwaffen. Außerdem waren sie bemüht, Miss Crow zu schützen. Deren Gesicht war völlig verquollen. Sie sah wirklich bemitleidenswert aus. Doch Black bemerkte das Glitzern in ihren Augen, ihren Triumph.

»Ich hoffe, wir sehen uns wieder«, sagte er zu ihr. »Aber unter anderen Umständen.«

»Wir weichen der Gewalt«, sagte die elektronische Stimme. Die Agenten nahmen Miss Crow zwischen sich und wichen langsam zurück. Rückwärts, als rechneten sie mit Beschuss. Black und White warteten ab, bis sie im Weißen Haus verschwunden waren, dann nahmen sie die Beine in die Hand.

Am gleichen Abend, als sie in einer Ruine in Foggy Bottom untergetaucht waren, liefen ihnen zwei der desertierten Freigänger über den Weg: Offiziere, die mehr über das System wussten, als Black und White sich je erträumt hatten. Sie berichteten Unglaubliches, bevor sie nach einigen Tagen erkrankten.

Das Serum, das ihnen injiziert worden war, erwies

sich als nicht stabil. Es schien das Immunsystem nur für kurze Zeit zu stärken, verlor aber zunehmend seine Wirkung, bis die Krankheitserreger schließlich die Oberhand gewannen.

Black und White begruben die Toten unweit des John F. Kennedy Centers for the Performing Arts. Dabei entdeckten sie einen verschütteten Zugang zu den Kellerräumen des Gebäudes. Wegen seiner Nähe zur Stadtmauer erschien es ihnen als das perfekte Versteck – und Hauptquartier.

Die erste Zelle der Running Men war geboren.

Commander Matthew Drax hatte nur einen Gedanken: eine möglichst große Entfernung zwischen sich und die Weltrat-Agenten zu bringen. Noch immer dröhnte sein Schädel von dem Schlag, der seinen Hinterkopf getroffen hatte, und ihm war so kotzübel wie nach der Feier seines fünfzehnten Geburtstags.

Hatte er eine Gehirnerschütterung davongetragen? Seine Beine waren seltsam schwach, und in seinem Magen wühlten Krämpfe. Als er um die nächste Straßenecke bog, stellte er fest, dass der Himmel sich trotz des frühen Morgens verfinstert hatte. War ein neuer Schneesturm im Anmarsch?

Matt rutschte aus und rappelte sich wieder hoch. Es wurde rasend schnell dunkel, und bald konnte er seine eigenen Beine nicht mehr sehen. Das war doch keine natürliche Dunkelheit! Was geschah hier?!

Eine neue Welle der Übelkeit schoss in ihm hoch, so heftig, dass er sich übergeben musste. Keuchend und an eine Hauswand gestützt, blieb er stehen. Langsam, aber unerbittlich kroch die düstere Wahrheit in sein Bewusstsein.

Es war nicht dunkel geworden. Mit *ihm,* Matthew Drax, war etwas geschehen.

Er war blind! Blind und hilflos.

Panik drohte ihn zu überschwemmen. Er schlug sich mit den Fäusten gegen die Stirn und rieb seine Augen mit Schnee ein, bis sie wie Feuer brannten. Doch nichts änderte sich. Kein Lichtschimmer brach durch die Dunkelheit, die nun umfassend war.

Der Schlag! Hatte der Schlag etwas in seinem Kopf zerstört? Matt zitterte am ganzen Leib und kauerte sich dicht an die Mauer. Wenn die Verfolger ihn entdeckten, war er erledigt. Vielleicht hatten Crows Leute ihn ja längst umzingelt...

Stopp!

Matt rief sich zur Vernunft. Es brachte nichts, in Konfusion zu verfallen. Er musste nachdenken, planmäßig vorgehen!

Er hatte einen Schock erlitten. Der Schlag hatte seine Sehnerven in Mitleidenschaft gezogen. Nur vorübergehend! Ganz bestimmt! Wenn er irgendwo in Deckung kroch und abwartete, würde er bald wieder...

Matt schrak zusammen, als er die Berührung zweier Hände spürte, die sich unter seine Achselhöhlen schoben. Er unterdrückte gerade noch einen Schrei.

Der Mensch, der sich da bemühte, ihn aufzurichten, konnte kein Feind sein. Ein Feind hätte ihn angerufen oder ihm die Mündung seiner Waffe in den Nacken gedrückt. Und es musste eine Frau sein, denn Männer rochen anders.

»Wer bist du?«, fragte Matthew.

»Honeybutt«, sagte die Stimme. Sie klang nach einem jungen Mädchen. Matt gab ihren Händen nach und ließ sich aufrichten. Er tastete mit ausgestreckten Armen um sich und sagte: »Ich kann nichts sehen. Jemand hat mir auf den Kopf geschlagen ... Ich vermute, es ist eine Art Schock.« Und er dachte: *Hoffentlich ist es nur ein Schock.*

»Komm mit.« Honeybutt hakte sich bei ihm ein, und Matt setzte sich vorsichtig in Bewegung.

»Wohin bringst du mich?«

»In Sicherheit.«

Matt ließ sich führen. Honeybutt warnte ihn vor jedem Stein, jedem Bordstein und jedem Laternenpfahl. Später – Matt hätte nicht sagen können, wie viel Zeit vergangen war – drang der Geruch von Fichten in Matts Nase und verriet ihm, dass sie sich in einem bewaldeten Gebiet befanden. Kurz darauf bog Honeybutt scharf nach links ab. Das Gelände stieg leicht an. Dann ging es eine Treppe hinab. Echos begleiteten plötzlich seine und Honeybutts Schritte. Offenbar gingen sie durch einen Tunnel oder Korridor. Der Boden unter seinen Füßen war glatt wie Beton. Langsam wurde es auch wärmer.

Matt hatte längst jeden Begriff für Zeit und Entfernung verloren, als seine Führerin endlich stehen blieb. Eine Tür wurde geöffnet, und Honeybutt sagte: »Ich hab ihn gefunden, Mr. Black.«

»Fein.«

Matt verharrte auf der Stelle. Blacks Stimme klang irgendwie mitgenommen, erschöpft. Außerdem warf sie ein hohles Echo. Sie schienen sich in einem Kellergewölbe zu befinden. Vielleicht auch in einem Raum, der zur U-Bahn gehörte.

»Was ist mit ihm?«, fragte Black.

»Er kann nichts sehen«, sagte Honeybutt und gab Matt zu verstehen, er solle sich hinsetzen. »Vermutlich ein Schock durch einen Schlag auf den Kopf ...«

Matt nahm vorsichtig Platz. Er spürte eine Art Kiste

unter seinem Hintern. Es war zwar nicht warm hier, aber doch angenehmer als im Freien.

Sein unsichtbares Gegenüber ächzte leise, und Honeybutt erkundigte sich besorgt nach seinem Befinden.

»Es geht mir den Umständen entsprechend gut, Miss Hardy«, erwiderte Black. »Es ist zum Glück nur ein simpler Steckschuss.«

»Wo sind wir hier?«, fragte Matt. »Und wer sind Sie?«

Honeybutt räusperte sich, als wollte sie etwas sagen, doch Black kam ihr zuvor. »In einem Versteck nahe des Rock Creek.«

»Sind wir hier sicher?«, fragte Matt.

Black lachte leise. »Solange Miss Hardy funktioniert, kann uns wenig passieren. Unsere Freunde werden bald hier sein und uns an einen wirklich sicheren Ort bringen.«

Matt drehte sich in die Richtung, aus der Blacks Stimme kam. »Wer immer Sie sind, ich möchte Ihnen sagen, dass ich nicht wusste, an wessen Feuer ich mir gerade die Hände wärmte, als Washington ... beziehungsweise White ...« Er brach verlegen ab.

»Das weiß ich, Commander Drax.« Black seufzte schwer, und Matt hatte den Eindruck, dass Whites unverhoffter Tod ihm nahe ging. »Sie trifft keine Schuld.«

Matts Kopf zuckte hoch. »Sie kennen meinen Namen?«

»Natürlich.«

Matt erschauderte. Was ging hier vor? Saß er wirklich Black gegenüber, oder erlebte er gerade das neueste Täuschungsmanöver General Crows?

Er verfluchte die Dunkelheit in seinem Kopf. Er hatte Blacks Gesicht nur kurz gesehen, doch es war ihm vertraut erschienen. Gehörte auch dieses Gesicht aus der Vergangenheit zu einem für ihn vorbereiteten Spiel? So wie die Gesichter Aruulas, Pieroos und Sepps, denen er in dem imaginären Berlin begegnet war?

Wenn er nur nach der Stimme des Mannes urteilte, der ihm gegenübersaß, machte sie jedenfalls nicht den Eindruck des ehrgeizigen und fanatischen Terroristen, den Hymes ihm beschrieben hatte.

»Wie stehen Sie zum Weltrat, Commander Drax?«, fragte Black.

»Ich bin hier, um mir ein Bild von ihm zu machen«, sagte Matt vorsichtig. »Aber auch von der Organisation, die *Sie* repräsentieren.«

»Ich muss gestehen, dass mir Ihre Antwort gefällt«, erwiderte Black und stöhnte leise.

»Sind Sie wirklich nur leicht verletzt?«, fragte Matt besorgt.

»Vertrauen Sie mir«, sagte Black. »Ich halts schon noch eine Weile aus.« Er hustete, dann wandte er sich an Honeybutt. »Ich schlage vor, Sie gehen raus und weisen Mr. Eddie und die anderen ein, Miss Hardy.«

Matt hörte das Geräusch sich entfernender Stiefel. Eine Tür schlug zu. Waren sie jetzt allein, oder wurden sie von Kameras beobachtet, an deren Monitoren General Crow saß und sich die Hände rieb?

Welch beschissene Situation, dachte Matt. *Was ich auch tue, es kann sich alles gegen mich wenden.*

»Woher kennen Sie mich?«, fragte er, um wenigstens einen Teil seiner Neugier zu befriedigen.

»Aus einer anderen Realität«, erwiderte Black. »Wir haben etwas unternommen, um ihnen die Augen zu öffnen.« Er schwieg eine Weile. »Sie erinnern sich doch an *Mike?*«

»Und ob ich mich an ihn erinnere«, sagte Matt aufatmend. »Eine Mischung aus Romanlektor und James Bond.«

»Unser Mr. Hacker hat die Figur künstlich erzeugt«, sagte Black. »Es war die einzige Möglichkeit, mit Ihnen in Verbindung zu treten. Wir sind auf Ihre Unterstützung angewiesen, Commander. Von Mac wissen wir, dass Sie über uralte Kenntnisse verfügen, die uns sehr nützlich sein könnten.«

»*Mac*?«, fragte Matthew. »Ich kenne keinen Mac. Wer soll das sein?«

»Sie kennen ihn *nicht?«* Unverhülltes Erstaunen schwang in Blacks Stimme mit.

Im gleichen Augenblick explodierte ein Lichtblitz vor Matts Augen.

Und er konnte wieder sehen.

So ähnlich stellte Matt sich einen Atomblitz vor: eine rasende Woge unerträglich grellen Lichts, die einen zwang, die Augen zu schließen und die Hände vors Gesicht zu reißen.

Ehe er einen klaren Gedanken fassen konnte, wurde er zu Boden gerissen und auf den Bauch geworfen. Harte Fäuste hielten ihn fest. Er hob ächzend den Kopf und sah, wie sich eine Horde von Menschen in grauen Thermoanzügen auf den an der Wand hockenden blutenden Mann stürzte.

Das Gespenstische an der Situation war, dass niemand auch nur einen Ton äußerte. Bis Matt klar wurde, dass die Eindringlinge sich über Helmfunk verständigten

Black – er nahm jedenfalls an, dass er es war, denn er war außer ihm der einzige Unbehelmte in dem schmutzigen, von zwei hellen Scheinwerfern erhellten Kellerraum – stieß einem Angreifer den Kopf in den Magen, sodass der nach hinten taumelte. Ein halbes Dutzend graue Gestalten packten ihn, hielten ihn fest und versuchten ihm Handschellen anzulegen, was Black große Schmerzen zu bereiten schien.

Matt erstarrte.

Jetzt, da er Blacks Gesicht im hellen Licht sah, erkannte er es endlich.

Der Mann, der sich mit den WCA-Agenten raufte, war Präsident Schwarzenegger!

Nein, korrigierte sich Matt. Das konnte nicht sein. Erstens war Schwarzenegger längst nicht mehr am Leben, zweitens sah der Mann vor ihm gut dreißig Jahre jünger aus, als er den Präsidenten in Erinnerung hatte. Es war natürlich sein Klon! Der Weltrat hatte Präsident Schwarzenegger geklont – und dessen Vize. Matt hatte ihn nicht erkannt, aber »Mr. White« musste der Klon jenes Mannes gewesen sein, der damals als erster schwarzer US-Vizepäsident für Furore gesorgt hatte.

Blacks gewaltige Muskeln spannten sich unter seinem weißen Pulli. Doch gegen ein halbes Dutzend zu allem entschlossene Gegner konnte auch er nichts ausrichten. Die Waffe hatten sie ihm längst entrungen.

»Lasst mich los, ihr dämlichen Hunde!«, knirschte Matt und schnappte mit den Zähnen nach der Hand, die seinen Kopf erneut auf den Boden drücken wollte. Doch seine Bemühungen halfen ihm nicht. Er musste hilflos mit ansehen, wie die Schergen des Pentagons den sich heftig wehrenden Black aus dem Kellerraum schleiften.

Wenigstens, dachte er, *haben sie ihn nicht auf der Stelle umgebracht …*

Aber er wusste nicht, ob ihm dies ein Trost sein konnte. Innerlich hatte er sich längst von Präsident Hymes und dem Weltrat verabschiedet.

Das gurkenförmige Sauggerät an seiner nackten Schulter zischte. Matt empfand ein leises Ziehen, dann war alles vorbei. Die rothaarige Medizinerin hielt ihm den Peilsender unter die Nase, den sie aus seinem Fleisch entfernt hatte, dann warf sie ihn auf den Tisch. »Das wars, Commander Drax.«

»Danke.«

Matt griff sich an die Schulter, massierte kurz die malträtierte Stelle und zog sich wieder an.

Eine anonyme WCA-Agentin nahm ihn in Empfang und brachte ihn in die Ebene Sub-6 hinunter, wo er allein durch einen endlosen Korridor zu seinem Quartier marschierte. Matt dachte an General Crow, dem er das Implantat verdankte, dessen Existenz erst die ärztliche Untersuchung nach dem Blindheitsschock ans Licht gebracht hatte. Präsident Hymes war entsetzt gewesen. Matt wünschte Crow nach Edmonton, wo der neue Nordpol lag.

Nach der Rückkehr ins Pentagon hatte Präsident Hymes ihm durch seine Adjutantin mitteilen lassen, man habe den Offizier aus seinem Amt entfernt und ihm eine andere Aufgabe übertragen. Crows erfolgreicher Versuch, Matt als Lockvogel einzusetzen, um Black zu »neutralisieren«, war nicht mit dem Präsidenten abgesprochen gewesen, was Hymes angeblich zutiefst bedauerte.

Es war Matt völlig schnurz, ob Hymes die Wahrheit sagte. Er konnte sich ebenso gut vorstellen, dass seine salbungsvollen Worte nur eine Schutzbehauptung waren, um das Gesicht nicht zu verlieren. Auch nach fünfhundert Jahren war ihm nämlich nicht entfallen, dass Politiker mit Grips stets andere vorschickten, um für sie die Dreckarbeit zu erledigen. Nach dem Motto: »Fasst man Sie, müssen wir leider abstreiten, Sie zu kennen.«

In seinem Quartier setzte Matt sich ans Visaphon und gab die PK-Ziffer Daynas ein, die er auf ihrer Codekarte gelesen hatte. Die Verbindung kam zwar zustande, doch statt eines leibhaftigen Gesichts erschien nur ein Bild von ihr, unter dem stand: VERBALE IDENTIFIKATION ERBETEN. Sonst nichts.

»Hier ist Matt«, sagte Matt. »Commander Drax.«

Er hatte das dringende Bedürfnis, sich bei Major DeLano zu entschuldigen.

»Major DeLano ist unter diesem Anschluss gegenwärtig nicht zu erreichen, Commander Drax«, sagte eine Frauenstimme, die so sympathisch klang, dass er daran zweifelte, dass sie von einem Menschen stammte.

»Was heißt *gegenwärtig?*«, fragte Matt.

»Jetzt ... zurzeit ... heute ... heutigentags ... heuer ...«, erwiderte die Stimme. Sie *gehörte* eindeutig einem Computer.

»Der Grund ihrer Abwesenheit?«, fragte er.

»Strafversetzung aufgrund nachlässigen Umgangs mit ihrer Codekarte.«

Matt stieß bestürzt die Luft aus. Das ging eindeutig auf *sein* Konto. Wahrscheinlich wäre Dayna ohnehin nicht sonderlich gut auf ihn zu sprechen gewesen ... Es war wohl besser, wenn er jetzt kleine Brötchen buk.

»Danke ...«

»Einen schönen Tag noch«, flötete die Frauenstimme. Daynas Bild löste sich auf. Der Bildschirm wurde schwarz.

Matt lehnte sich zurück. Die Gedanken, die in seinem Kopf umherwirbelten, waren nicht sehr fröhlich. Er dachte an Königin Victoria von England und an das Versprechen, das er ihr gegeben hatte. Er dachte auch an die Freiheit, die oben in der großen amerikanischen Weite auf ihn wartete. Und er fragte sich, was aus seiner Heimatstadt Riverside geworden war.

Das Visaphon summte. Gleich darauf erschien das Siegel des Präsidenten auf dem Schirm. Und dann das Gesicht Hymes'.

»Ich möchte gehen, Herr Präsident«, sagte Matt, bevor der Präsident das Wort ergreifen konnte. »Ich quittiere den Dienst.«

»Commander Drax ...« Hymes wirkte fassungslos.

»Ich fühle mich missbraucht, Sir«, fuhr Matt fort. »Ich bin Soldat, kein Geheimagent. Was geschehen ist ...«

»Commander Drax«, fiel Präsident Hymes ihm ins Wort, »ich kann Ihren Unmut verstehen, glauben Sie mir. Aber Sie müssen sich auch bemühen zu verstehen, dass es manchmal unvorhersehbare Situationen gibt – und Kräfte, die auch *mich* hintergehen. Wir brauchen Männer wie Sie, Commander. Vor uns stehen gewaltige Aufgaben, die engagierte Kräfte erfordern ...«

»Ich vermag leider nicht zu erkennen, *wer* hier die engagierten Kräfte sind, Herr Präsident«, erwiderte Matt. »Wenn ich nach meinen bisherigen Erfahrungen urteile, muss ich in der Fraktion, die General Crow repräsentiert, weniger engagierte als sabotierende Kräfte sehen.«

»Crow wurde versetzt.«

»Vielleicht ist sein Nachfolger von seiner Art.«

Hymes setzte eine peinlich berührte Miene auf, doch Matt wartete darauf, dass er die Maske endlich fallen ließ. »Wie kann ich Sie umstimmen, Commander?«

»Lassen Sie mich mit Schwarzen ... mit Black reden.«

Hymes fasste sich nachdenklich ans Kinn. »Sie haben ihn also erkannt?«

»Er war zu meiner Zeit ein berühmter Mann.«

»Ich kann Sie nicht zu ihm lassen, Commander. So gern ich es auch täte. Es steht nicht in meiner Macht.«

»Sind Sie nun der Präsident oder nicht?«

»Ich bin es«, sagte Hymes. »Aber auch ein Präsident ist nicht allmächtig, wenn es um Fragen der nationalen Sicherheit geht.«

In meiner Zeit, dachte Matt, *wurde die nationale Sicherheit grundsätzlich immer dann beschworen, wenn es darum ging, irgendeine innenpolitische Schweinerei zu vertuschen.* Er hütete sich freilich, dies laut auszusprechen. Stattdessen sagte er: »Ich glaube zwar, dass Black ein Gegner der gegenwärtigen Regierung ist, aber ich glaube nicht, dass er mit irgendwelchen Terroristen zusammenarbeitet.«

»Dies ist eine Frage des Standpunkts, Commander.«

»Mag sein.« Matt schüttelte den Kopf. »Aber es ändert nichts an meinem Entschluss. Ich gehe.«

Hymes zuckte die Achseln.

Gleich, dachte Matt, *drückt er einen Knopf unter seinem Schreibtisch. Dann stürmt ein WCA-Kommando hier rein, und mit meiner Freiheit ist es aus.*

Doch er wartete vergebens.

»So sehr ich es auch bedauere«, sagte Präsident Hymes, »ich will Sie nicht festhalten.« Er lehnte sich in seinen Sessel zurück. »Melden Sie sich bei Captain Chambers. Dort werden Sie mit Kleidung, Waffen und Lebensmitteln ausgerüstet. Ich wünsche Ihnen viel Glück, Mr. Drax.«

Auch nachdem der kleine Bildschirm erloschen war, saß Matt noch mit offenem Mund da …

Es war ein deprimierendes Gefühl, für die Festnahme eines Menschen verantwortlich zu sein, über den man nur das wusste, was man von einem Politiker erfahren hatte, der sich auf paranoide Militärs verließ. Auch wenn Blacks Festnahme Matt nur indirekt anzurechnen war – er hatte schließlich nichts von dem Peilsender unter seiner Haut gewusst, der es Crow ermöglicht hatte, ständig seinen Standort zu bestimmen –, er fühlte sich irgendwie für den Mann verantwortlich, der nun in den Tiefen des Pentagons schmachtete und vom Weltrat verhört wurde.

Es war nur konsequent gewesen, sein Bündel zu packen und zu verschwinden. Die Fahrt im Zug des Präsidenten hatte man ihm verwehrt. Stattdessen brachte ihn ein Panzerfahrzeug zur Stadtmauer. Die Torwächter waren, wie Captain Chambers ihm versichert hatte, über seine »Einwanderung« informiert und würden ihn unbehelligt lassen. Matt warf einen Blick aus dem Tank, der nach der schaukelnden Fahrt über die Bundesstraße 29 nun das Ufer des zugefrorenen Potomac Rivers in Höhe der Theodor Roosevelt Memorial Bridge erreichte. Hier stoppte das Gefährt – für die Brücke war es eindeutig zu schwer.

Die Fahrerin wandte sich um und gab ihm mit einer stummen Handbewegung zu verstehen, er solle aussteigen. Sie hatte während der Fahrt kein Wort gesprochen, und Matt fragte sich schon, ob man ihn zur Unperson gemacht hatte.

Auf der rechten Seite öffnete sich eine Luke. Kalter Wind fegte hinein. Matt stand auf und trat ins Freie. Er trug seine alte Uniform, vor der man die Rangabzeichen entfernt hatte, darüber einen wärmenden Pelzmantel. In seinem Gurt steckte ein Driller, und er hatte genug Munition, um über den Winter zu kommen.

Da die behelmte Fahrerin keine Anstalten machte, ihm beim Entladen des Gepäcks zu helfen, nahm er die Sache allein in Angriff. Zuletzt lud er den kleinen Kunststoffschlitten aus, der ihm dazu dienen sollte, sein Zeug in eine sichere Unterkunft zu bringen. Es war wohl angebracht, wenn er eine Weile in Washington blieb. Er musste sich dringend über einige Dinge klar werden. Dass Hymes ihn tatsächlich hatte ziehen lassen, hatte ihn verblüfft. Nun wusste er wirklich nicht mehr, wem er glauben sollte. Wer war der Böse in diesem Spiel?

»Die Bösen«, hatte Victor Hymes zum Abschied gesagt und Matt die Hand gedrückt, »sind *immer* böse. Aber was die Guten angeht ... Wer weiß?«

Matt hatte ihm zugesichert, irgendwann zurückzukommen und die Gespräche über die englischen Communities und den Kontakt zu Europa fortzuführen.

»Fertig?«, fragte die Fahrerin, als Matt das letzte Paket aus dem Panzerwagen genommen hatte. Ihre Stimme kam durch den Außenlautsprecher ihres Helms und klang leicht verzerrt.

Matt nickte.

»Pass auf dich auf, Matt«, sagte sie. Die Tür schloss sich zischend. Der Motor röhrte auf. Der Wagen setzte sich in Bewegung und wendete.

Matt schaute fassungslos hinter dem Fahrzeug her. Er hatte Daynas Stimme trotz der Verzerrung erkannt. Der schwere Tank fuhr nun wieder Arlington entgegen. Gleichzeitig setzte heftiger Schneefall ein, sodass das Gefährt schon nach einer halben Minute im Gestöber dicker weißer Flocken verschwunden war.

Matt wandte sich um und betrat die Brücke, die ihn nach Washington hinüberführte …

Abraham Lincoln schaute von seinem hohen Podest auf Matt hinab. Er war zwar von Grünspan überwuchert und stark bemoost, sah aber noch immer so aus, wie Matthew ihn in Erinnerung hatte: dürr, hoch aufgeschossen, mit einem mageren Gesicht, einem dichten Bart und dem unvermeidlichen Zylinder auf dem Kopf. Nachdem irgendwann die hohen Tore des Memorials verlustig gegangen waren, konnte man ihn auch von hier draußen gut sehen.

»Tja, Abe«, sagte Matt und zupfte sich an seinem linken Ohr, »man kann halt nicht alles haben: Amerika *und* einen hohen Lebensstandard; genug zu futtern *und* eine hübsche Frau an seiner Seite; einen an sich sympathischen Präsidenten *und* eine Opposition, die nicht verteufelt wird …«

Täuschte er sich oder zwinkerte der alte Abe ihm zu? Matt seufzte. Es war natürlich eine Täuschung gewesen. Aber irgendwie war ihm auch, als hätte er jemanden sagen hören: *Wem sagst du das, Alter? Wem sagst du das?*

Matt warf einen Blick auf das von Unkraut überwucherte Rondell des Lincoln Memorials, nur wenige hundert Meter vom Stadttor entfernt. Hier müsste mal jemand Unkraut jäten. Abe Lincoln war schließlich nicht irgendein beliebiger Politiker gewesen, sondern ein Mann, der für seine Überzeugung in den Tod gegangen war. Nun ja, er war nicht freiwillig aus dem Leben geschieden – doch wenn er sich aus allen heiklen Themen seiner Zeit herausgehalten hätte, wäre er vermutlich auch nicht von einem rassistischen Attentäter erschossen worden.